CHRISTINE WESTENDORF

Liebeskind

Buch

Ein später Racheakt an zwei Männern, die ermordet und übel zugerichtet wurden? Für Kommissarin Greve weist jedenfalls einiges darauf hin, nachdem sich beide Opfer kannten und in ihrer gemeinsamen Schulzeit so einiges auf dem Kerbholz hatten. Mögen sie danach auch als unbescholtene, rechtschaffene Bürger gegolten haben – die Ermittlungen fördern ein anderes Bild zutage.

Denn in ihrer Jugend hatten die beiden eine wahre Schreckensherrschaft errichtet und gleich mehreren ihrer ehemaligen Schulkameraden Grund genug zur Rache gegeben. Aber wie passt dann der dritte Mord an der sanften Doreen mit ins Bild, die nun wirklich nie jemandem etwas zu Leide getan hatte? Und wie die unbekannte Rothaarige, die mit einem der später ermordeten Männer gesehen wurde, danach aber spurlos verschwand?

Anna Greve lässt nicht locker; für sie steht fest, dass in der Vergangenheit der Opfer etwas vorgefallen sein muss, was die drei miteinander verbindet und zuletzt ihren grausamen Tod herbeigeführt hat. Annas Hartnäckigkeit macht sich bezahlt – auch wenn die Lösung des Falles noch einmal ganz anders aussieht als lange erwartet.

Autorin

Christine Westendorf wurde 1960 in Hamburg geboren, wo sie nach einem Lehramtsstudium und einer Ausbildung zur Goldschmiedin auch langjährig freiberuflich tätig war. Heute lebt sie im Landkreis Harburg, wo sie an einem privaten Bildungsinstitut für Orthographie und Schreibtechnik arbeitet. Dabei kümmert sie sich vor allem gezielt um die Förderung und Motivierung von Menschen mit einer Lese- und Rechtschreibschwäche. Nebenbei widmet sie sich dem Schreiben.

Bereits lieferbar:

Und jeder tötet, was er liebt (37074)

Christine Westendorf

Liebeskind

Roman

blanvalet

FSC
Mix
Produktgruppe aus vorbildlich
bewirtschafteten Wäldern und
anderen kontrollierten Herkünften

Zert.-Nr. SGS-COC-1940
www.fsc.org
© 1996 Forest Stewardship Council

Verlagsgruppe Random House FSC-DEU-0100
Das für dieses Buch verwendete FSC-zertifizierte Papier
Holmen BookCream liefert Holmen Paper, Hallstavik, Schweden

1. Auflage
Taschenbuchausgabe Oktober 2009 bei Blanvalet,
einem Unternehmen der Verlagsgruppe
Random House GmbH, München

Lizenzausgabe mit Genehmigung des Verlags
fredeboldundfischer, Köln
Umschlaggestaltung: HildenDesign, München
Umschlagbild: © Engel & Gielen / LOOK / Getty Images
lf · rf
Druck und Einband: GGP Media GmbH, Pößneck
Printed in Germany
ISBN: 978-3-442-37283-6

www.blanvalet.de

Für Matthias und für Felix

»Die für uns wichtigsten Aspekte der Dinge sind durch ihre Einfachheit und Alltäglichkeit verborgen. (Man kann es nicht bemerken, weil man es immer vor Augen hat.)«
Ludwig Wittgenstein

Prolog

Elsa in Maschen, am letzten Tag der Sommerferien im August 1987.

Die anderen lachten, aber als Elsa sich ihnen zuwandte, hörten sie sofort damit auf. Ein aprikosengroßer Fleck machte sich auf ihrer rechten Gesichtshälfte breit. An den Rändern war er schartig ausgefranst, seine kraterhafte, rote Oberfläche ließ Elsa immer an Pockennarben denken. Auch schien er ihr noch viel größer zu sein, als er in Wirklichkeit war. Wenn sie sich in den Fenstern irgendwelcher Häuser betrachtete, kam ihr in den Sinn, alle Menschen um sie herum hätten ihre Spiegel gegen solche ausgetauscht, die verkleinerten, beschönigten. Aber in Wahrheit stimmte das nicht, dieses Mal bedeckte nahezu ihr ganzes Gesicht. Machte nur Halt vor der kartoffelartigen Nase und der Partie darüber, mit dem unter einem Schlupflid blitzenden, katzengrünen Auge. Zum Abschied schaute Elsa noch einmal verächtlich zu ihnen hinüber, jetzt lachte auch sie, ein Krächzen kam aus ihrem Mund.

Das hier war also das Ende. Schon morgen wäre sie in einer anderen Schule, weit fort. Nie hätte sie für möglich gehalten, dass diese Geschichte einfach so aufhören würde. Sie ging den Weg zur Siedlung hinunter, und während sie ging, fühlte sie die Augenpaare der anderen heiß in ihrem Rücken. Ihre schwarzen Schuhe mit den hohen Absätzen, nur müh-

sam kam sie darin auf den ausgetretenen Steinen voran. Eben noch meinte Elsa, ein Gefeixe hinter sich gehört zu haben, doch da war nichts als ihre widerhallenden Schritte auf dem Kopfsteinpflaster. In früheren Zeiten hätte sie sich keine Sorgen um ihren Lebensunterhalt zu machen brauchen, das Mal hätte ihre Existenz gesichert. Als Monstrum – zur Schau gestellt auf der hölzernen Bühne eines Kuriositätenkabinetts. Sie wäre die Attraktion gewesen auf dem Jahrmarkt, bestimmt hätte sie dort auch einen Freund gefunden. Ein unvergleichliches Paar wären sie gewesen – das Mädchen mit dem Feuermal und der Elefantenmensch.

1

Rainer Herold rieb sich die Augen und gähnte. Hinter ihm lagen viele Flugstunden von New York nach Hamburg, vor ihm ein wichtiger Geschäftstermin. Dazwischen lag Maschen. Er sah aus dem Fenster auf die ordentlich geharkten Wege, kein Grashalm wuchs, wo er nicht hingehörte. Maschen, das Kaff, wie sehr er es doch verachtete. Und seine Eltern lebten noch immer in diesem Haus, von dessen oberem Stockwerk er nun in die Nachbargärten hinunterschaute und in dem er vor fünfunddreißig Jahren geboren worden war. Gerade eben hatte er die beiden ziemlich kurz abgefertigt, trotzdem empfand Rainer keine Reue. Sie würden damit umgehen müssen, dass er erst einmal seine Ruhe haben wollte. Er saß auf der Bettkante in seinem alten Zimmer und starrte auf die Glasvitrine mit den Sportpokalen. Immer würden sie die Zeugen einer erfolgreichen Jugend bleiben. Seine Eltern hatten alles so gelassen, wie es gewesen war, bevor er fortging. Warum eigentlich? Rainer war zu müde, um ernsthaft darüber nachzudenken. Er ließ sich von der Bettkante auf die Daunendecke zurückfallen und schlief sofort ein.

Es war bereits dunkel, als er aufwachte. Schnell sprang er aus dem Bett, zog sich den an den Rändern ausgefransten, blauen Bademantel mit dem goldbestickten Klubabzeichen über und lief die Treppe ins Erdgeschoss hinunter. Seit er die

Tür zu seinem Apartment in New York hinter sich zugeschlagen hatte, lag der Duft von Sauerbraten in der Luft. Seine Mutter und ihr Sauerbraten; kochen konnte sie wirklich. Dafür lohnte sich der weiteste Weg.

Auf dem letzten Treppenabsatz angekommen, stolperte er über seine Laptoptasche, die noch immer dort lag, wie er sie vorhin fallen gelassen hatte, und stieß sich den Fuß an der Bodenvase. Unten war es dunkel. Es roch auch nicht nach Essen. Fluchend rieb er sich seinen großen Zeh, machte Licht und fand schließlich einen Zettel auf dem Küchentisch. »Lieber Junge, wir sind heute Abend bei Schultes eingeladen und wollten dich nicht stören. Falls du Hunger hast, im Kühlschrank ist Heideschinken. Die Butter und das Schwarzbrot findest du, wie immer, in der Speisekammer. Bis nachher – Mama.«

Er zerriss das Blatt, dann warf er die Schnipsel in den Mülleimer. Da flog er um die halbe Welt, fairerweise musste er eingestehen, nicht nur, um seine Eltern zu besuchen, und dann waren die beiden einfach ausgegangen. Sie hatten nichts Besseres zu tun gehabt an diesem Abend, als den senilen Schulte und seine ewig nörgelnde Frau zu besuchen. Nachbarn, die sie sowieso täglich sahen. Sein Magen meldete sich wieder, doch die Aussicht auf ein paar belegte Brote machte seine Gier nach einer warmen Mahlzeit nur noch schlimmer. Nein, er würde nicht hier herumsitzen und warten, bis sie geruhten zurückzukommen.

Rainer Herold zog den Mantelkragen hoch, als er in den bedeckten Winterhimmel starrte. Während seine Augen die Sterne suchten, lehnte er sich für einen Moment an die Hauswand. Er bemerkte nicht, wie sich dabei eine Spinnwebe auf seinen Kopf legte, ein Überbleibsel des vergangenen Altweibersommers. Jetzt hing ein Teil davon vor seinem Auge herum. Hastig fuhr er sich mit den Händen durch die Haare und sah den Rest des Gespinsts an seiner Hand kleben. Die gesponnenen Fäden waren mit Leichenteilen irgendwelcher Insekten durchsetzt, schwierig, das Zeug an seiner Hose abzuwischen. Rainer schüttelte sich. Wenn er etwas nicht leiden konnte, waren es von jeher Spinnen gewesen. Ein scharfer Wind schlug ihm entgegen, scheißkalt und nass war es hier, wie immer. Als er die Tür zum Gasthof öffnete, umfing ihn sogleich ein vertrauter Geruch von Schweinebraten, Rotkohl und Provinz. Neben dem Eingang stand der schmiedeeiserne Schirmständer, an der gegenüberliegenden Wand, wie früher, der alte Zigarettenautomat. Wenn er nur daran dachte, wie viel er gesehen und erlebt hatte, seit er zuletzt in Deutschland gewesen war. Doch hier, in dieser Kneipe, war gar nichts passiert. Allein die nordische Schneelandschaft hatte einen neuen, kitschig blauen Rahmen bekommen.

Er suchte sich einen Tisch, von dem aus er die gesamte Gaststube gut im Blick hatte. Die Kellnerin kam auf ihn zu, und er bestellte das Stammessen und ein großes Bier. Sie hatte Rainer nicht erkannt, dabei waren sie früher einmal in dieselbe Schule gegangen. Ob das an den paar Pfunden mehr lag, die er mit der Zeit angesetzt hatte? Nein, es konnte nur seine Ausstrahlung sein, die ihn tarnte. Der Geruch des Erfolges, den die Leute hier nicht kannten. Er war eigentlich keiner, der mit Kellnerinnen und Handwerkern die Bank gedrückt haben konnte. Zu ihm passte ein Lebenslauf mit entsprechenden Internaten in der Schweiz, nicht dieses Nest. Und doch war Rainer Herold genau hier aufgewachsen.

Elfi, die Kellnerin, hatte gerade sein Glas vor ihn hingestellt, und Rainer nahm den ersten großen Schluck. Mit dem nächsten Zug leerte er es gierig. Er hatte sich keine Zeit gelassen, wirklich etwas zu schmecken. Er wusste, dass es gut war. Zufrieden wischte er sich mit dem Handrücken den Schaum vom Mund und begann, sich wirklich zu Hause zu fühlen. Das war eines der wenigen Dinge, die er in den Staaten ernsthaft vermisste; ein ehrliches Bier. Mochte es in Deutschland auch stickig zugehen, hier verstanden sie etwas davon. Er spürte, wie der Alkohol in seinem Körper zu wirken begann und sich jene wohlige Wärme ausbreitete, die er so angenehm fand.

Träge ließ er den Blick durch die Gaststube schweifen. In einer Ecke, ganz in der Nähe des Eingangs, saßen ein Mann und eine Frau um die siebzig und schwiegen sich an. Die beiden warteten auf ihr Essen, das offensichtlich schon lange auf sich warten ließ. Der Gesprächsstoff war ihnen ausgegangen, und so konnten sie nichts weiter tun, als einander zu ignorieren.

Rechts von ihm hatte es sich eine Familie gemütlich gemacht. Mutter, Vater und zwei Kinder, ein Mädchen und ein Junge, so um die zehn, elf Jahre alt. Die Frau hatte, obwohl sie vielleicht gerade einmal dreißig war, bereits die Matronenhaftigkeit älterer Tanten an sich, was durch die fleischige Form ihres Körpers und die nachlässige Kleidung mit den schief abgelaufenen Absätzen unter ihren Schuhen noch unterstrichen wurde. Zusätzlich fingen die Kinder jetzt auch noch an, miteinander zu streiten, und Rainer warf dem Mann einen mitleidigen Blick zu.

Der Stammtisch neben dem Tresen war verwaist, wahrscheinlich fand im Nachbarort gerade eine Sitzung des Taubenzüchtervereins statt. Lächerlich, der verschnörkelte

Aschenbecher unter diesem massiven Metallgestell. In seiner Mitte baumelte eine Messingglocke, darüber hing ein weiß emailliertes Schild. In großen schwarzen Buchstaben warnte es den unbedarften Gast davor, sich hier einfach so niederzulassen. Und dann Alfred, der Wirt. Ein blasser Mann, der zu geifern anfing, sobald sich ein fremder Rock in sein Revier verirrte. Ob er wohl noch mit Marion verheiratet war? Wenn ja, hatten die beiden heute wahrscheinlich gemeinsame Kinder, mindestens fünf an der Zahl. Rainer konnte Alfreds Gören vor sich sehen, entsprechend ihrer Größe hintereinander aufgereiht wie die Orgelpfeifen, alle mit dem gleichen blassen Gesicht und dem fliehenden Kinn des Vaters wie wahrscheinlich auch der Dummheit ihrer Mutter ausgestattet. Und der älteste Sohn würde irgendwann den Gasthof übernehmen. Genau, wie Alfred es getan hatte. Die anderen Jungen würden ein Handwerk erlernen müssen. Dann könnten sie später, mit etwas Glück, in eine Klempnerei einheiraten oder in die Familie eines Fleischermeisters. Mit den Töchtern aber würde Alfred noch seine wahre Not haben und die eine oder andere Kuh verschenken müssen, damit sich ihrer einer erbarmte. Wenn doch nur endlich das Essen käme.

Rainer starrte aus dem Fenster, als die Eingangstür geöffnet wurde und zusammen mit der Kälte und Nässe des trüben Novemberabends eine Frau hereinkam, die ihm den Atem raubte. Sie war schön. Zögernd durchquerte sie die Gaststube und setzte sich auf einen Barhocker an den Tresen.

Von seinem Stuhl aus konnte er gerade noch die Konturen ihres ausdrucksvollen Gesichtes sehen. Dazu dieses sympathische Lächeln, das Alfred traf, als sie bestellte. Schlagartig war jegliche Müdigkeit aus seinem Körper gewichen. Fasziniert beobachtete Rainer die Fremde, die ebenso wenig hierher passte wie er. Sein Essen, das Elfi gerade vor ihn hinstellte, interessierte ihn nicht mehr. Fast hätte er sogar vergessen, noch ein zweites Bier zu bestellen. Er schlang den köstlichen Braten, die Kartoffeln und die Soße hinunter, ohne etwas zu schmecken. Den Rotkohl ließ er gänzlich unberührt. Jetzt hatte er nur noch ein Ziel – so schnell wie möglich fertig zu werden, um danach zu versuchen, die fremde Schönheit kennen zu lernen. Sollten ihr Rainers gierige Blicke aufgefallen sein, schließlich hatte er die ganze Zeit zu ihr hinübergestarrt, so schien sie nicht unangenehm davon berührt zu sein. Vielleicht hatte er ja Chancen bei ihr.

Die Kellnerin schreckte Rainer aus seinen Gedanken hoch.

»War alles in Ordnung?«

Er starrte geistesabwesend in Elfis rundes Gesicht. Dann murmelte er: »Vorzüglich.«

Elfi grinste.

»Ja, ist das denn die Möglichkeit, Rainer! Rainer Herold; der bist du doch, oder?«

Die Situation begann ihm lästig zu werden. Doch nun würde er sich wohl oder übel mit dem Schaf, wie Elfi früher in der Schule genannt worden war, beschäftigen müssen. Die anderen Gäste sahen schon zu ihnen herüber. Schnell reichte er ihr die Hand, zog sie auf einen der Plätze neben sich und hoffte, dass sie von nun an etwas leiser sprechen würde.

»Ich war mir auch nicht ganz sicher, ob du es bist, ist schließlich ein paar Tage her. Wie geht's denn so?«

Elfi streckte ihre Beine unter dem Tisch aus und kramte ein Päckchen Zigaretten aus ihrer weißen Kellnerinnenschürze hervor. Ein Blick in die mittlerweile deutlich geleerte Gaststube zeigte Rainer, dass dieses Gespräch dauern konnte.

»Muss ja.« Elfi holte tief Luft. Wie es aussah, war sie im Begriff, ihm die letzten zwanzig Jahre ihres Lebens ausführlich schildern zu wollen. Rainer Herold musste etwas tun.

»Hat mich gefreut, dich wiederzusehen«, sagte er so galant wie möglich in den ersten Schwall ihrer Worte hinein. Dann holte er seine Geldbörse heraus und tat, als zähle er seine Barschaft.

Elfi wurde wieder zur Kellnerin. »Das macht dann dreizehn Euro und fünfundzwanzig Cent«, meinte sie.

Großzügig gab er ihr zwei Zehnerscheine. »Stimmt so, mach's gut.«

Beleidigt schob Elfi daraufhin in Richtung Küche ab. Jetzt drehte er sich vorsichtig um und sah, dass die schöne Frau ihm zuzwinkerte. Rainer zog den Bauch ein, stand auf und kam dann mit dynamischem Schritt zu ihr herüber.

»Hat das Essen geschmeckt?«, fragte ihn die Schöne, und ihre Augen strahlten. Ein kokettes Lächeln spielte um ihren Mund.

Rainer spürte seinen Puls schneller gehen.

»Ja, für mich war es etwas Besonderes.« Seine Stimme nahm einen tieferen Ton an. Dann sagte er langsam und mit geheimnisvollem Blick: »Der Geschmack der Vergangenheit.«

Er glitt auf den Hocker neben sie.

»Sie sind nicht von hier?« Wieder dieses Lächeln.

»Nein. Eigentlich ja, ich bin hier aufgewachsen, lebe aber seit einigen Jahren in New York.«

»Ach so.«

Sie schien wenig beeindruckt zu sein. Rainer musste sich etwas anderes einfallen lassen, denn schon war sie im Begriff, sich wieder Alfred, dem Wirt, zuzuwenden.

»Sie sind aber auch nicht aus dem Ort, oder?«

Jetzt stellte er einen seiner Füße auf der Verstrebung ihres Hockers ab. Dabei berührte sein Knie ihr Bein.

»Meinen Sie?«

»Sie sehen nicht so aus, als ob Sie hierher gehörten.«

»Wie sieht man denn aus, wenn man hier lebt?«

»Anders eben«, sein Blick streifte ihren Körper. »Sie sind bestimmt auf der Durchreise oder vielleicht vom Weg abgekommen.«

»Glauben Sie tatsächlich, dass ich mich verlaufen habe?«

Ihre weißen, ebenmäßig gewachsenen Zähne blitzten.

»Nein, Sie kommen mir alles andere als verloren vor.«

Für einen Moment sah ihm die Frau ganz tief in die Augen, und Rainer drohte das Spiel auf einmal aus den Händen zu gleiten. Er fühlte sich von ihr ertappt und senkte den Blick.

»Ich meine ...«

Die Schöne schaute ihn noch immer an. Freundlich und aufmerksam, so wie man ein exotisches Tier in seinem Käfig im Zoo betrachtete.

»Ja?«

»Ich meine, Sie sind eben anders.«

»Wie denn?«

Rainer versuchte, sich auf das Hirschgeweih hinter ihrem Kopf zu konzentrieren. Wenn nicht bald etwas geschah, würde er anfangen zu stottern.

Endlich streckte sie Rainer ihre Hand entgegen.

»Angela.«

»Ich heiße Herold, Rainer Herold.«

»Freut mich.«

Schon sah sie wieder in eine andere Richtung, aber er durfte jetzt nicht nachlassen. Er musste eine Frage stellen, irgendeine. Auch auf die Gefahr hin, dass es nichts Originelles wäre. Hauptsache, sie blieb weiter hier sitzen und unterhielt sich mit ihm.

»Sie haben mir noch immer nicht gesagt, was Sie hier tun.«

Angela schaute auf ihre Armbanduhr. »Tut mir leid, aber ich muss jetzt gehen, wenn Sie jedoch möchten, können Sie mich gern noch ein Stück begleiten.«

Wieder dieser tiefe Blick, der Rainer verunsicherte. Doch er würde sich die Chance nicht entgehen lassen. Er würde sie begleiten, egal wohin. Obwohl er sie gerade erst kennen gelernt hatte, war er sich in einem sicher; Angela könnte die Frau sein, nach der er gesucht hatte. Er musste mehr von ihr in Erfahrung bringen, also tat er, was er für das Beste hielt. Er half ihr in den Mantel, dann hielt er die Tür für sie auf.

Kaum waren sie draußen angekommen, als sie sich vor ihn hinstellte und ihn unverhohlen von oben bis unten musterte. Sie hatte einen spöttischen Blick dabei, Rainer begannen die Innenflächen der Hände feucht zu werden. Diese Fremde hatte so eine ganz andere Art als die Frauen, die er kannte. Sie schien genau zu wissen, was sie wollte, und er zweifelte nicht daran, dass sie Wege kannte, um zu bekommen, wonach ihr gerade der Sinn stand. Und wenn er sich nicht täuschte, wollte sie ihn, jetzt, in diesem Augenblick. Nun verzog sie den Mund zu einem schiefen Lächeln, bevor sie ihn zu sich heranzog und ihm einen leidenschaftlichen, fordernden Kuss gab. Rainer begann die Sache unheimlich zu werden und doch konnte er nicht verhindern, dass sich ihm sämtliche Körperhärchen aufstellten und ihn ein heißer Schauer überlief. Aber da war noch etwas anderes. Er spürte, wie sich ihm etwas aufs

Gesicht legte – wie vorhin die Spinnweben. Wieder strich er mit der Hand über seinen Kopf, aber diesmal klebten keine Leichenteile daran. Da war nichts als ein kleiner Schweißtropfen, der nun an der tiefsten Stelle seiner Handfläche hängen blieb. Rainer rieb sich seine Hand schnell an der Hose trocken. Er war doch ein Kerl, verdammt, da durfte er sich nicht länger bitten lassen. Während er ihren Kuss erwiderte, begann er sich besser zu fühlen. Er fing sogar an, ihr über den Rücken zu streicheln, und Angela gab Rainers drängenderen Händen nach. Er hatte das Spiel wieder aufgenommen, sie stöhnte, er bestimmte die Richtung. Doch nach einer Weile löste sie sich und sah zum zweiten Mal auf ihre kleine schwarze Armbanduhr am rechten Handgelenk. Ihre Augen waren kühl.

»Ich muss nun wirklich los.«

»Was soll das heißen?«

Rainer hatte Mühe, seine Stimme, die dazu neigte, sich zu überschlagen, wenn er aufgeregt war, ruhig und tief klingen zu lassen. »Du kannst doch jetzt nicht so einfach verschwinden. Wir müssen uns unbedingt wiedersehen. Sag mir, wie ich dich erreichen kann.«

»Ich habe morgen einen Termin in Hamburg, dann muss ich weiter. Aber wenn du willst, können wir uns treffen, bevor ich abreise. Sagen wir so um zweiundzwanzig Uhr am ZOB, an der Haltestelle nach Travemünde.«

»Was, gibt es denn den alten Zentralen Omnibusbahnhof immer noch?«

»Bestimmt.«

»Und du glaubst, dass so spät noch ein Bus abfährt?«

»Ich weiß es nicht, aber ich wollte unbedingt noch einmal dorthin, bevor ich Hamburg wieder verlasse.«

Als er sie fragend anschaute, setzte sie hinzu: »Die Vergangenheit, du verstehst?«

Jetzt begriff er. Seine Schöne musste auch aus dieser Gegend stammen und wollte, wie er, das Angenehme mit dem Nützlichen verbinden. Rainer fand es zwar seltsam, dass ein Busbahnhof so wichtig für sie sein sollte, glaubte jedoch nicht das Recht zu haben, darüber zu urteilen.

»Gut, ich werde da sein. Und wie geht es weiter?«

»Das werden wir sehen«, sagte sie unbestimmt. Dann gab sie ihm einen letzten verheißungsvollen Kuss zum Abschied.

»Aber du wirst es nicht bereuen.«

Wortkarg saß Rainer Herold am Frühstückstisch und überflog die Schlagzeilen der Morgenpost. Dabei hatte er eigentlich vorgehabt, sich mit seinen Eltern zu unterhalten, herauszufinden, wie es ihnen ging. Hilde beobachtete die hinter der aufgeschlagenen Zeitung verborgene Gestalt ihres Sohnes und seufzte. Es fiel ihr schwer, sich seine geistige Abwesenheit mit dem Jetlag zu erklären.

»Was sind deine Pläne für heute«, fragte sie, während sie ihm den Brötchenkorb reichte.

Rainer starrte seine Mutter aus trüben Augen an und gähnte.

»Ausruhen, schlafen, mal sehen.«

Hilde Herold ging in die Küche hinüber. Sie lehnte sich gegen den Kühlschrank, den Blick aus dem Fenster auf die Reihe Blautannen gegenüber geheftet.

»Ihr habt mir gar nicht erzählt, dass die Elfi jetzt im Gasthof arbeitet.«

Rainer bemerkte, dass seine Eltern nicht mehr neben ihm saßen.

»Mama?«

Zögernd kehrte Hilde an den Tisch zurück.

»Wir wollten dich nicht langweilen.«

Er entschloss sich, über den Vorwurf in der Stimme seiner Mutter hinwegzugehen. Stattdessen grinste er sie nun jungenhaft an und nahm ihre Hand.

»Gestern Abend im Gasthof habe ich jemanden kennen gelernt. Ich wüsste gern, ob sie öfter im Dorf ist.«

»Wie sieht sie denn aus?«, murmelte Paul Herold gerade aus den Tiefen des Wohnzimmers hervor.

»Sie ist in meinem Alter, vielleicht ein paar Jahre jünger. Eine auffällige Frau, sehr hübsch.«

»Und wie müssen wir uns das bildlich vorstellen?«

Paul Herold war an den Esstisch zurückgekommen und sah seinen Sohn erwartungsvoll an, Hilde musterte Rainer irritiert.

»Sie hat die schönsten roten Haare, die ich jemals gesehen habe.« Rainer zeigte mit seiner Hand bis zur Hüfte. »Ungefähr so lang. Sie ist groß, beinahe so groß wie ich, und schlank, aber trotzdem ist ihre Figur sehr weiblich. Und sie hat sich angeregt mit dem Wirt unterhalten, deshalb bin ich überhaupt erst auf die Idee gekommen, euch nach ihr zu fragen. Sie sieht nämlich eigentlich nicht so aus, als ob sie von hier wäre.«

Hilde Herold versuchte, ihren Ärger über den letzten Satz ihres Sohnes hinunterzuschlucken. Schon als Junge war er überheblich gewesen, oft hatte er sich in dem Bewusstsein, mehr zu wissen als andere, über seine Mitschüler lustig gemacht. Aber sie hatte wohl vergeblich gehofft, dass ihm das Leben diese schlechte Eigenschaft inzwischen abgewöhnt hatte.

Elsa zog die Gardine am Fenster ihres Hotelzimmers einen Spalt breit zur Seite und schaute in den trüben Wintermorgen. Der Kragen ihres Pullovers fühlte sich nass an. Sie musste schon eine ganze Weile geweint haben, ohne es zu bemerken. Warum hatte sie nur in diesem Dorf Halt gemacht? Seine Bewohner lebten noch immer beschaulich. So, als hätten sie niemals einen der Ihren auf dem Gewissen gehabt. Doch Elsa wusste es besser. Sie hatte überlebt, auch wenn sie heute eine andere war. Niemand würde sie wiedererkennen. Mittlerweile war sie eine attraktive Frau, eine Frau, die man nicht übersah. Allein – glauben konnte Elsa das nie.

Zuerst hatte es ihr Spaß gemacht, in dieser Kneipe bewundert zu werden. Die Verwandlung schien perfekt zu sein, als nicht einmal Alfred sie erkannt hatte. Genauso wenig wie Elfi, das Schaf.

Doch welch grausamer Zufall war es gewesen, an diesem Abend auf Rainer Herold zu treffen. Seitdem kam es ihr so vor, als habe sie lange Jahre in einem Kokon gelebt. Abgeschirmt und begrenzt durch dicke Wände in ihrer eigenen Welt. In einer Welt ohne Gefühl. Außengeräusche, Gesichter, Lachen und Weinen, all das war nur dumpf, verschleiert oder schemenhaft zu ihr durchgedrungen. Sie war wie in Watte gepackt gewesen, und bis gestern hatte sie diese Tatsache nicht einmal wahrgenommen. Die widerliche Fratze von Rainer war das erste Gesicht, das sie wieder klar gesehen hatte, seit damals. Jetzt schien ihr der Kokon zu klein zu werden, schon fing er an, auseinanderzuplatzen. Dahinter kam ihr Mädchengesicht zum Vorschein. Das Mädchen Elsa brauchte Raum.

Sie musste auf der Stelle von hier verschwinden, sonst würde sie sich am Ende noch verraten. Wie war sie nur darauf gekommen, Rainer zu küssen? Widerlich, wie scharf dieser Kerl auf sie gewesen war. Früher hatte Elsa sich nach nichts mehr gesehnt als nach seiner Aufmerksamkeit. Vor mehr als zwanzig Jahren war Rainer einer der wichtigsten Menschen für sie gewesen, der Freund ihres Liebsten. Doch wenn sie ihn sich heute vorstellte, den dicklichen, untrainierten Körper, das gockelhafte Gehabe, so erschien es ihr beinahe lächerlich, dass er einmal eine so große Bedeutung für sie gehabt hatte. Elsa hätte sich beim Gedanken an den gestrigen Abend noch im Nachhinein übergeben mögen, und jetzt war ihr tatsächlich schlecht. Sie kramte ein Tütchen mit einem Medikament gegen Sodbrennen aus ihrer Tasche hervor und knetete es fest zwischen den Fingern. Während sie den Inhalt des Tütchens in ihre Kehle laufen ließ, ermahnte sie sich, Rainer so schnell wie möglich zu vergessen. Elsa hatte genug gelitten. Ihre Vergangenheit war zusammen mit dem Mädchen Elsa gestorben, und sie hatte hart dafür gekämpft. Ein dünnes Rinnsal der weißen Emulsion rann von ihrem Kinn den Hals hinab, gedankenversunken wischte sie es ab. Und wenn es nun doch einen anderen Weg gab? Wenn sie selbst versuchte, das zu vollbringen, was keinem Arzt oder Psychologen in all den Jahren gelungen war? Was, wenn sie sich endlich an diesen Leuten rächte, die für alles verantwortlich waren? Vielleicht würde dann endlich alles gut werden. Während sie so dasaß und in die Wolken starrte, kam Elsa ein Plan in den Sinn. So einfach und genial, dass sie ernsthaft darüber nachzudenken begann.

Als Kommissarin Anna Greve an diesem Morgen Ende November erwachte und aus dem Bett stieg, fror sie erbärmlich. Schnell zog sie sich ihren Bademantel über, dann ging sie in die Küche hinunter, um Kaffee zu kochen. Das Wasser kam kalt aus dem Hahn. Seltsam, dachte sie, während sie den Mantel fester um ihren Körper zog. Sie griff an die Heizung und stellte fest, dass sie ebenfalls kalt war. Wahrscheinlich hatte Tom wieder einmal an der Nachtabsenkung herumgespielt. Er hatte den Ehrgeiz entwickelt, den Energieverbrauch in ihrem Haus so niedrig wie möglich zu halten. Das war im Prinzip auch in Ordnung, doch sie hasste es, am frühen Morgen frieren zu müssen. Mit zwei Bechern Kaffee in der Hand ging sie ins Schlafzimmer zurück und reichte einen davon ihrem Mann Tom, der sie nun aus verschlafenen Augen anschaute.

»Es ist eiskalt im Haus.«

Tom setzte sich auf. »Ich werde gleich nachsehen, was los ist.«

Anna ging derweil ins Badezimmer, wo sie auf ihren älteren Sohn Ben traf, der sie anstatt eines Grußes nur mit einem vorwurfsvollen Blick bedachte und vor ihr auf und ab hüpfte. Dann fing er an, wild mit den Armen um sich zu schlagen. Schon zeigten sich rote Flecken auf seinem nackten Oberkörper.

»Hat Papa mal wieder die Heizung abgedreht?«

Ben wie auch Paul, dem jüngeren der beiden Brüder, gingen die Energiesparmaßnahmen ihres Vaters ebenfalls auf die Nerven. Zwar fand es Anna grundsätzlich gut, dass Tom den Kindern beizubringen versuchte, nicht verschwenderisch mit Dingen und Ressourcen umzugehen, aber manchmal schoss er dabei eben über das Ziel hinaus. »Ich weiß auch nicht, was los ist. Dein Vater sieht gerade unten nach.«

»Schreibst du mir eine Entschuldigung für die erste Stunde?« Bens missmutiger Blick hatte einem listigen

Lächeln Platz gemacht. »In dieser Kälte kriegt man ja einen zu viel, ich werde bestimmt zu spät kommen.«

Anna sah ihren vierzehnjährigen Sohn mahnend an.

»Sieh zu, dass du in die Klamotten kommst, du bist heute dran mit Brötchenholen.«

Nun kam Tom leise vor sich hin schimpfend zu ihnen ins Badezimmer, nahm seinen Morgenmantel vom Kleiderhaken und zog ihn sich über.

»So ein Mist«, knurrte er. »Ich glaube, die Heizung ist kaputt, und das bei dieser lausigen Kälte. Ich werde gleich mal Herrn Baumann anrufen, der soll sich die Bescherung heute noch ansehen.«

Na wunderbar, dachte Anna und hoffte inständig, dass es sich nur um eine kleinere Reparatur handeln würde. Ansonsten wären ihre Pläne für einen gemeinsamen Skiurlaub über Weihnachten damit geplatzt, denn eine neue Heizung und einen Urlaub würden sie sich gleichzeitig nicht leisten können.

An diesem Morgen hatte Anna es sehr eilig, zu ihrer Arbeitsstelle beim Landeskriminalamt im Hamburger Stadtteil Alsterdorf zu kommen. Sie wollte so schnell wie möglich ins Warme und hatte tatsächlich Glück. An diesem Tag schaffte sie den weiten Weg von ihrem Zuhause am Rande der Lüneburger Heide bis ins Büro, ohne im Elbtunnel im Stau stecken zu bleiben, wie es meistens der Fall war.

Lukas Weber beobachtete seine Kollegin Anna Greve sorgenvoll. Sie zitterte, dabei war es angenehm warm in ihrem gemeinsamen Büro.

»Morgen, Anna, Sie werden doch wohl nicht krank werden?«

»Es sieht so aus, als hätte unsere Heizung den Geist aufgegeben.«

»Umso wichtiger, dass unsere Gehälter endlich aufgebessert werden.«

Anna Greve sah von ihrem Schreibtisch auf.

»Glauben Sie das wirklich, Weber? Es ist doch jedes Mal vor den Wahlen das Gleiche. Erinnern Sie sich nicht mehr, was der Poll uns alles versprochen hat, als er damals Innensenator wurde?«

»Klar, aber jetzt weht schließlich ein anderer Wind in der Stadt.«

»Tatsächlich? Ich für mich kann jedenfalls keinen großen Unterschied ausmachen. Außerdem ist Hamburg nach wie vor so gut wie pleite.«

Anna nahm die oberste Akte vom Stapel ihres Schreibtischs und schlug sie auf. Dann machte sie sich an die Arbeit.

Rainer Herold sah auf die Uhr über der Küchentür, es war erst halb acht. Ihm blieben noch beinahe zwei Stunden Zeit bis zu seinem Treffen mit Angela. Eben noch hatte er mit seinen Eltern zu Abend gegessen. Endlich gab es Mutters berühmten Sauerbraten, und Rainer hatte gleich zwei Portionen davon in sich hineingeschaufelt. Wäre er wegen der bevorstehenden Verabredung nicht so aufgeregt gewesen, hätte er sich nur allzu gern noch eine Weile ausgeruht. Seine Eltern hatten Angela anscheinend noch nie gesehen. Würde sie hier im Landkreis leben, so wäre sie ihnen sicher schon aufgefallen. Auch Alfred, der Wirt des Gasthofs, in dem er sie gestern kennen gelernt hatte, konnte sich nicht daran erinnern, Angela schon jemals zuvor gesehen zu haben. Rainer hatte ihn heute Nachmittag gründlich nach seiner Schönen ausgefragt, allerdings ohne Ergebnis. Nicht einmal Elfi hatte ihm weiterhelfen können, dabei war sie früher für ihr fotografisches Gedächtnis bekannt gewesen. Zuerst war Elfi abweisend und zickig gewesen. Doch nach einer Viertelstunde, in der Rainer sie hatte reden lassen, war sie endlich bereit gewesen, sich seine Fragen anzuhören. Ebenfalls ohne Ergebnis. Diese Angela schien eine Unbekannte für sie alle zu sein, und doch war da etwas in ihrem Blick gewesen. Etwas, das ihm vertraut vorgekommen war. Die Ahnung eines Gesichtes begann aus den Tiefen seines Unterbewusstseins hervorzukriechen, aber es gelang ihm nicht, es zu fokussieren. Rainer wusste nicht, wohin mit seiner Assoziation dieser Frauenaugen. Nachher würde er Angela fragen, wo sie ihre Wurzeln hatte. Dieses Gefühl, ihr schon einmal irgendwo begegnet zu sein, war wohl nichts weiter als eine Wunschvorstellung.

Heute wählte Rainer seine Kleidung mit Bedacht. Als er anschließend sein Spiegelbild betrachte, war er eigentlich ganz zufrieden. Wäre da nur nicht dieser lästige Bauchansatz, den er trotz des vorteilhaften Schnittes seines Jacketts nicht ganz verstecken konnte. Er zog die Schultern hoch und atmete tief ein, um, wenn auch nur für einen kurzen Moment, die Illusion zu haben, eine einigermaßen sportliche Figur zu besitzen. Im Grunde passte diese Verabredung heute Abend überhaupt nicht in seine Pläne, schließlich musste er morgen früh aufstehen. Der Termin, vielleicht entscheidend für seine weitere berufliche Zukunft, würde um neun Uhr in Hamburg in den Geschäftsräumen der Bank stattfinden. Doch für Angela wollte er eine Ausnahme machen. Und wenn er darauf achtete, nicht zu viel zu trinken, dürfte er morgen, trotz einer hoffentlich durchwachten Nacht, dennoch einigermaßen fit sein.

Rainer setzte sich in Bewegung, obwohl er noch viel Zeit hatte. Aber er wollte vor Angela am Treffpunkt sein, um keinen Preis der Welt wollte er versäumen zu sehen, wie sie auf ihn zukam. Um sich die Zeit bis dahin zu vertreiben, steckte er im Gehen noch das Wochenblatt ein, eine Zeitung des Landkreises, die er früher gern gelesen hatte. Sie berichtete über Ereignisse wie Fasching, Dorf- und Schützenfeste oder Veranstaltungen der Freiwilligen Feuerwehr und der Kirchenjugend. Ganz besonders hatten ihn immer die Sportseiten interessiert, denn als Jugendlicher war er ein annehmbarer Fußballspieler gewesen. Zusammen mit seiner Mannschaft hatte er mehr als einmal in dieser Zeitung gestanden.

Anna Greve untersuchte gerade den Fall eines alten Mannes, der tot in seiner Wohnung aufgefunden worden war. Meistens eine Routinesache, trotzdem war es wichtig, genau zu prüfen, ob nicht doch mehr dahintersteckte. Soeben hatte sie ein abschließendes Gespräch mit Dr. Severin aus der Rechtsmedizin geführt, und er hatte ihr bestätigt, was sie zuvor schon angenommen hatte. Der Mann war an Altersschwäche gestorben, und selbst wenn sein Körper bereits stark verwest gewesen war, gab es an diesem Befund keine Zweifel. Anna klappte den Aktendeckel zu und goss sich einen Kaffee ein. Sie sah auf die große Wanduhr über der Tür. Eigentlich hatte sie Feierabend, konnte sich aber noch nicht dazu entschließen, nach Hause zu fahren. Es hatte beinahe den ganzen Tag gedauert, bis Annas Füße endlich wieder warm geworden waren, und an dieser Behaglichkeit wollte sie so schnell nichts ändern. Zum ersten Mal seit heute Morgen dachte sie wieder an das Malheur mit ihrer Heizung, als das Telefon klingelte.

»Ja, ich bin's, Tom. Baumann ist gerade weg, er meint, wir brauchen einen neuen Heizkessel. Wird einiges kosten.«

»Wie viel«, fragte die Kommissarin, die ihren Traum vom Skiurlaub mit der ganzen Familie im gleichen Augenblick gefährdet sah.

»Kommt drauf an, lass uns nachher darüber reden. Ich habe für die Küche und das Bad zwei Heizstrahler besorgt, den Rest wird der Ofen übernehmen müssen.«

Anna knipste die Schreibtischleuchte aus und fing an, ihre Tasche zu packen.

Elsa und ihre Mutter an einem Winternachmittag in Maschen, im November 1978.

Vera Hollstein betrachtete ihre Tochter Elsa, die tief über den Küchentisch gebeugt mit ihren Buntstiften auf einer ausgedienten Zeitung herumkritzelte. Das neue Malbuch, das die Großmutter für sie gekauft hatte, lag verloren an der Tischkante. Sorgfältig schob Vera es weiter zurück, damit es nicht herunterfallen konnte, und schaute sich dabei den auf dem Einband abgebildeten Bauernhof an. Er war genau so, wie Vera sich einen vorgestellt hatte als Kind. Gerade Formen, helle freundliche Farben, ein Hund vor der Tür, ein paar Geranien im Fenster; übersichtlich; heil. Sie beobachtete Elsa, die selbstvergessen in ihrem eigenen Rhythmus, mal rechts, mal links auf den Rändern ihrer Zunge herumkaute, während die kleine Hand in schnellen Strichen über das Papier flog. Die Angewohnheit, in dieser Art und Weise ihren Mund zu bewegen, hatte sie sich von Friedrich abgeguckt oder er hatte sie ihr vererbt. Kaum vorstellbar, wie sich ein kleines Mädchen von selbst etwas Derartiges ausgedacht haben sollte. Ganz abgesehen davon, dass es ihr Gesicht entstellte, erhielt es dadurch auch einen dumpfen Ausdruck, wie ihn Vera auch aus dem Fernsehen kannte. Ihre Tochter, ein Fall für die »Aktion Sorgenkind«. So hieß die Lotterie, bei der man durch den Kauf von Losen behinderte Kinder unterstützte. Mit viel Glück konnte man auch selbst etwas gewinnen. Von Zeit zu Zeit wurde eine »Aktion- Sorgenkind«-Show am Samstagabend auch in die Wohnzimmer übertragen. Da konnte man dann miterleben, wofür das ganze Geld verwendet wurde. Vera sah das sehr gern, besonders die Ziehung der Hauptpreise. Und es waren immer ganz süße Kinder eingeladen, denen man ihr schweres Schicksal zumeist nicht ansehen konnte.

Vera wandte sich ab und machte sich an den Abwasch, der seit gestern Abend die Arbeitsplatte blockierte. Jeden Tag dasselbe. Eigentlich hätte sie längst anfangen müssen mit der Kocherei, schließlich würde Friedrich in ein paar Minuten zu Hause sein. Und während das heiße Wasser in das Waschbecken lief, starrte Vera ein letztes Mal zu Elsa hinüber, die gerade dabei war, die gemalten Bilder aus ihrer Zeitung herauszureißen und zu kleinen Bällen zusammenzuknüllen. Noch immer bewegte sich ihre Zunge dabei in diesem seltsamen Rhythmus. Ekelhaft, dachte Vera, als sie ihre Hände in das Wasser tauchte und dann vor Schmerz aufschrie. Sie hatte, in Gedanken wieder einmal nur mit ihrem Kind beschäftigt, vergessen, auch das Kaltwasser mit aufzudrehen.

Es war exakt neun Uhr, als Rainer Herold seinen Treffpunkt mit Angela erreichte. Er bezahlte das Taxi und sah sich um, hier, am Zentralen Omnibusbahnhof, hatte sich viel verändert. Er erinnerte sich an die einfachen Haltestellen mit ihren kleinen Dächern und den Plexiglaswänden, die früher gerade einmal einer Hand voll Leuten genug Platz geboten hatten, um sich vor Regen und Kälte zu schützen. Auf den Gehsteigen vor dem alten ZOB hatte jede Menge Müll herumgelegen, weit und breit war nicht einmal eine Imbissbude in Sicht gewesen. Wie sehr unterschieden sich die alten Bilder von damals doch von dem Anblick, der sich ihm heute bot. Er stand auf einer riesenhaften Verkehrsinsel, um die herum an die zwanzig Haltestellen angelegt worden waren, jede mit einer eigenen Spur ausgestattet. Gekrönt wurde das Ganze von einem ellipsenförmigen Dach, das dem Architekten wohl die Möglichkeit geboten hatte, sich künstlerisch auszuleben. Es war nichts mehr als ein designtes Anhängsel, ein Schmuckelement ohne praktischen Wert, denn um wirklichen Schutz zu bieten, war es viel zu weit nach oben gebaut worden. Auf den Gehsteigen musste man seinen Hut festhalten. Der Wind pfiff um die Ecken und zerzauste jedem, der hier wartete, das Haar. In der Mitte der Insel gab es einen Warteraum, zwei Fastfoodrestaurants, ein hochmodernes Informationsterminal sowie mehrere Fahrkartenschalter. Und es war auffällig sauber. Die beiden Männer in ihren schmucken Uniformen, die ihm gerade entgegenkamen, schienen tatsächlich zu verhindern, dass sich hier wie früher Obdachlose oder anderes Pack zusammenrottete und die Gehsteige blockierte. Neugierig schlenderte Rainer an den Haltebuchten entlang und studierte die Reiseziele. Berlin, Amsterdam, Danzig, Kaliningrad, irgendwelche weiteren Städte in Polen, die er nicht kannte, und dann tatsächlich Moskau. Der Bus nach Moskau sollte kurz vor Mitternacht losfahren, also würde hier bis spät in der Nacht geschäftiges Treiben herrschen. Vermummte Gestalten zogen an ihm vorbei, viele schleppten großes Gepäck. Die meisten waren junge Männer. Alles war so ganz anders als in seiner Erinnerung, keine Spur von Seniorengruppen oder Schulklassen. Keine Spur von Reisefieber. Die Leute sahen so gar nicht aus, als stünden sie kurz vor Beginn einer Urlaubsfahrt. Die Haltestelle Travemünde war nicht zu entdecken. Wie sollte er Angela nur in diesem Gewimmel finden? Rainer sah sich um, er brauchte einen guten Überblick. Als er den Bahnhof fast umrundet hatte, sah er in Richtung des Brachgeländes, dort, wo früher das Automuseum gewesen war, zwei kleine Bushaltestellen, die die Zeit überdauert hatten. Lange Sonntagnachmittage hatte er damals mit seinem Vater in diesem Museum verbracht. Schon als Junge war er an den glänzenden Oberflächen der Oldtimer vorbeigestrichen. Er hatte verchromte Spiegel und Zierleisten bewundert und sich vorgenommen, irgendwann auch einmal mindestens eine dieser stolzen Karossen zu besitzen. Auf jeden Fall aber ein Auto, an dessen Scheiben sich die Nachbarskinder ihre Nasen platt drücken würden. Rainer entschied, zu der kleinen Haltestelle hinüberzugehen, nicht nur weil er den Ort von früher kannte. Sondern weil Angela, wenn sie nach ihm suchte, ihn sofort auf dieser beleuchteten Insel inmitten der Dunkelheit ausmachen würde.

Das Neonlicht flackerte, als Rainer sich auf die Bank setzte. In der spiegelnden Fläche der gegenüberliegenden Plexiglaswand überprüfte er kurz den Sitz seines Mantels, dann holte er die Zeitung hervor. Hier, nur einen Steinwurf vom geschäftigen Bahnhofstreiben entfernt, war es menschenleer. Er beobachtete einen einsamen Penner, der am Besenbinderhof entlang in Richtung Hauptbahnhof davontrottete. Rainer vertiefte sich in seinen Artikel über den VFL-Maschen. Es ging um die erste Herrenmannschaft, sie hatten bisher eine sehr gute Saison gespielt, und der Bericht machte ihm Lust, wieder dabei zu sein. Auf dem daneben abgedruckten Foto erkannte er auf Anhieb drei seiner früheren Fußballkumpel wieder. Wenn Angela also unbedingt im Landkreis bleiben wollte, vielleicht ... Er konnte sich plötzlich vorstellen, wieder hier zu leben.

Ein Geräusch ließ ihn von seiner Zeitung aufsehen. Es war wie ein Windhauch gewesen, der einen streift, wenn ein Mensch direkt neben einem seinen Mantel überwirft, oder doch mehr wie eine leichte Bewegung, die jemand macht, wenn er seinen Fahrschein aus der Tasche holt. Egal, irgendetwas, was er gehört, gespürt oder in der gegenüberliegenden Plexiglaswand gesehen hatte, hatte ihn aufmerksam gemacht. Für einen Moment erinnerte sich Rainer an eine Szene aus einem alten Film – »Wenn die Gondeln Trauer tragen« oder so ähnlich. Donald Sutherland, der Held, hatte auch einen solchen Schatten vorbeihuschen sehen. Auf der Suche nach seinem verlorenen Kind war er durch die Gassen der Altstadt von Venedig geirrt, und hinter jeder Ecke war es ihm erschienen, als ob er verfolgt würde. Mehr von einem Phantom als von einem realen Menschen aus Fleisch und Blut. Dann, ein, zwei Einstellungen später, war der Angriff erfolgt, und innerhalb von Sekunden hatte Donald auf dem Kopfsteinpflaster in seinem Blut gelegen und geröchelt. Dabei war er ein so sympathischer Kerl gewesen. Am Ende des Films hatte sich Rainer jedenfalls sorgfältig die Augen trocken gewischt, damit nicht gleich jeder im Kino sehen konnte, dass er geheult hatte. Jetzt hätte er einiges dafür gegeben, nicht allein zu sein. Wäre in diesem Moment ein Penner aufgetaucht, er hätte ihm die Füße geküsst und ihm Schnaps bis zum Abwinken besorgt.

Hastig legte Rainer die Zeitung zusammen. Er war schon dabei, wieder in Richtung der Lichter am ZOB zu gehen, als er zum zweiten Mal eine Bewegung wahrnahm, die sich in der gegenüberliegenden Plexiglaswand spiegelte. Fast als wäre die Person, die sie verursacht hatte, jetzt direkt hinter ihm. Er ließ die Zeitung liegen und sah sich um. Aber da war niemand, Rainer war allein. Doch durch die andere Plexiglaswand, an der er bis eben mit dem Rücken gelehnt hatte, sah Rainer kurz darauf wieder für einen Moment etwas von rechts nach links über den Rasen huschen. Unglaublich schnell hatte sich der Schatten bewegt, das konnte niemals ein Mensch gewesen sein. Aber was dann? Vielleicht das Scheinwerferlicht irgendeines Fahrzeugs, das in der Sackgasse dort hinten am Ende der Rasenfläche gewendet hatte? Nein, was er gesehen hatte, war definitiv ein Schatten gewesen, kein verirrtes Scheinwerferlicht. Und darüber hinaus war ihm irgendetwas an der Bewegung bekannt vorgekommen. Nicht die Gestalt des Schattens an sich, schließlich konnte er ja nicht einmal sagen, was für eine Form der Schatten gehabt hatte. Eher war es die Art und Weise der Bewegung gewesen. Rainer drehte sich wieder um, kniff die Augen zusammen und suchte die Gegend um die Haltestelle herum ab. Dabei fing er an, in seinen Erinnerungen zu kramen. Vielleicht hatte die Bewegung Ähnlichkeit mit der eines Phantoms aus einem alten Film gehabt, dennoch war er sicher, dass sie sich aus seinem eigenen Leben herleitete. Rainer fing an zu frösteln. Er stand auf, um ein paar Schritte zu gehen, heraus aus dem grellen Licht. Auf einmal kam er sich vor wie auf einem Präsentierteller. Rainer Herold griff in seine Manteltasche und holte ein Päckchen Zigaretten hervor. Er war nur einen Augenblick lang abgelenkt gewesen, aber nun bemerkte er, dass wirklich jemand hinter ihm stand. Rainer konnte den Atem des Schattens hören. Er wünschte sich einen Cut, die nächste Szene. Er hatte Angst davor, sich umzudrehen, und er kam auch nicht mehr dazu. Noch bevor er sich bewegen konnte, spürte er schon etwas Kaltes und Hartes an seiner Kehle. Allerdings war die metallene Klinge viel zu scharf, als dass er hätte fühlen können, wie sie sein Fleisch durchschnitt. Das Blut rann so schnell aus ihm heraus, dass Rainer augenblicklich kein Gefühl mehr in seinen Beinen hatte. Kälte breitete sich unerbittlich in ihm aus. Er fiel ins Gras und sah in den dunklen Winterhimmel, dann in das Schattengesicht. Kurz bevor er starb, wusste er auf einmal, wohin mit seiner Assoziation dieser merkwürdig kühlen Frauenaugen. In den Augen des Schattens über sich erkannte er das Mädchen Elsa. Fragend blickte Rainer sie an. Bilder seines Lebens zogen schnell an ihm vorbei und ganz zum Schluss Angela. Elsa.

Als Elsa sein Gesicht anschließend mit schnellen geschickten Bewegungen bearbeitete, hatte sie endlich Gelegenheit, seiner stummen Frage zu antworten.

»Ja, wir haben einander gekannt. Aber das zu wissen nützt dir jetzt auch nichts mehr.«

Tom saß mit Anna vor dem Kaminofen und betrachtete seine Frau. Was für wunderschöne bernsteinfarbene Augen sie doch hatte. Wenn Anna wie jetzt ins Feuer schaute, reflektierten die hellen Einschlüsse in ihren Pupillen das Licht und funkelten golden. Tom nahm Anna in den Arm und versuchte vergeblich, eine widerspenstige Strähne ihres kurzen schwarzen Haares glatt zu streichen. Anna wirkte so zart und zerbrechlich, besaß aber eine ungeheure Energie. Auch wenn sie viel kleiner war als er und beinahe knabenhaft wirkte, wusste er doch, wie stark sie sein konnte. Er nahm eine ihrer schmalen Hände in die seine.

»Was ist jetzt mit der Heizung«, holte sie ihn mit ihrer Frage soeben aus seinen Gedanken zurück.

»Baumann sagt, ein neuer Kessel muss her. Er hat am Anfang gehofft, dass es nur am Brenner liegen würde, dann wären wir mit tausend Euro dabei gewesen.«

»Und was wird ein neuer Kessel kosten?«

»Viertausend Euro, den Einbau inklusive.«

»Was? Für so ein Teil, das nichts weiter tut, als unser Heizöl zu fressen, müssen wir so viel Geld zahlen?«

Anna wühlte in einem Stapel alter Zeitungen auf der Ecke des Wohnzimmertisches herum und fand schließlich, wonach sie gesucht hatte.

»Hier, Tom, hör dir das an.«

Sie begann, aus einer Werbebroschüre für Zweistoffkessel vorzulesen, eine Heizung, die sich wahlweise mit Öl oder Holz befeuern lassen würde.

»Dieser Kessel macht Sie unabhängig, und Sie tun gleichzeitig etwas für die Umwelt. Holzverbrennung ist annähernd CO_2-neutral«, fuhr Anna fort. »Der Baum vernichtet im Laufe seines Wachstums durch die Fotosynthese einen bestimmten Prozentsatz an CO_2. Bei seiner Verbrennung wird ungefähr der gleiche Anteil an CO_2 freigesetzt, sodass man von einer sehr umweltfreundlichen Art zu heizen sprechen kann. Außerdem ist Holz ein nachwachsender Rohstoff, Öl dagegen nicht. Ich finde das sehr überzeugend.«

»Hört sich interessant an, aber bestimmt ist so ein Ding auch sehr teuer.«

Anna schlug die Broschüre noch einmal auf.

»Fünfeinhalbtausend Euro. Und der Menzel hat uns doch

schon oft angeboten, Holz für den Kamin zu besorgen. Ich glaube, er hat eine Jagd gepachtet.«

Tom nahm sie wieder in den Arm. »Dann sollten wir mal mit ihm reden,« sagte er. »Wenn er uns das Holz zu einem fairen Preis anliefert, ist das Ganze vielleicht gar keine so schlechte Idee.«

Anna sah ihren Urlaub nun endgültig den Bach hinuntergehen und seufzte.

In dieser Nacht träumte sie von Bäumen, deren mächtige Kronen im Wind wogten und in ihr ein tiefes Gefühl von Geborgenheit auslösten.

2

»Es gibt Arbeit, Kollegin Greve, am ZOB ist ein Toter gefunden worden.«

Anna, die gerade dabei gewesen war, ihren Mantel auszuziehen, knöpfte ihn gleich wieder zu, dann ging sie zusammen mit Weber über den Behördenparkplatz zu ihrem Dienstwagen.

Weber grinste.

»Soll ziemlich schlimm aussehen, ich hoffe, Sie haben schon gefrühstückt.«

Sie hielt inne und schaute ihrem Kollegen irritiert hinterher.

Anna sah den Toten auf dem Grün vor dem Kurt-Schuhmacher-Haus liegen und erinnerte sich. Dieser Platz war einst Schauplatz der harten Kämpfe der Arbeiterbewegung in Hamburg gewesen. Hier war schon früher einmal Blut geflossen, nicht erst gestern.

Ein paar Jugendliche waren im Morgengrauen auf ihrem Weg nach Hause über den Mann gestolpert. Zuerst hatten sie geglaubt, dass hier ein Penner seinen Rausch ausschlafen würde. Bis sie genauer hingesehen und dann panisch das Weite gesucht hatten. Nur weg, fort von dem Toten und der Rasenfläche, die sich um ihn herum bräunlich rot verfärbt hatte.

Anna streifte das Paar Handschuhe über, das ihr Huber,

der neue Assistent von Dr. Severin, gerade gegeben hatte, und kletterte über die Absperrung, Lukas Weber immer einen Schritt hinter sich.

Der Mann lag auf dem Rücken, an seiner Halsschlagader klaffte ein tiefer, horizontaler Schnitt. Sein Körper war fast vollständig ausgeblutet, gerade so, als hätte ein muslimischer Metzger ein Tier geschächtet. Er konnte nicht lange gelitten haben. Seine toten Augen waren weit geöffnet, und Anna sah in ihnen so etwas wie eine unbeantwortete Frage stehen. Seine rechte Gesichtshälfte wies mehrere Schnittverletzungen auf, die seine Wange entstellten und in ihrer Anordnung an einen blutigen Stern erinnerten. Ob ihm diese Wunden nach seinem Tod zugefügt oder noch bei lebendigem Leib beigebracht worden waren, während er sich heftig gegen seinen Angreifer gewehrt hatte, würde die Rechtsmedizin klären müssen. Sie standen auf dem von Blut getränkten Rasen, und Anna hatte die Assoziation einer großen Schlacht. Sie fror.

Ein paar Meter vom Fundort entfernt, auf einer Bank an der Bushaltestelle, lag eine zusammengefaltete Zeitung. Anna kannte deren Logo, es handelte sich um ein Wochenblatt aus ihrem Landkreis Harburg, das kostenlos an alle Haushalte verteilt wurde. Ein Kollege der Spurensicherung hob die Zeitung nun vorsichtig auf und steckte sie in einen Beutel, den er anschließend beschriftete. Weber ging zum Chef der Spurensicherung hinüber. Zuerst scherzte er mit dem Mann herum, dann ließ er sich die bisher gesicherten Spuren zeigen. Er war unangemessen gut gelaunt an diesem frühen Morgen.

Während sie hinter Weber her zum Wagen trottete, hatte Anna einen Augenblick für sich. Zeit, ihren Kollegen unbemerkt zu beobachten. Alles war wie immer. Weber zog die

Schultern nach vorn, während er hastig einen Schritt vor den anderen setzte. Sein Gang war krumm wie eh und je, aber wenigstens hatte er sich endlich einen vernünftigen Haarschnitt verpassen lassen. Seine dünnen Fransen waren stumpf abgeschnitten und in Form gebracht worden. Die neue Frisur machte ihn zwar nicht unbedingt attraktiver, doch zumindest hingen ihm seine straßenköterfarbenen Strähnen nun nicht mehr bei jeder Bewegung ins Gesicht. Als hätte er ihre Gedanken erraten, drehte er sich zu ihr um und grinste schon wieder. Hatte er etwa den Jackpot geknackt und war deshalb so unverschämt fröhlich? Nein, denn dann wäre er bestimmt schon lange damit herausgerückt. Ratlos fragte sich Anna, was sonst noch der Grund für seine heitere Stimmung sein konnte.

Als Anna und Weber ins Präsidium zurückgekehrt waren, waren sie auf dem Flur vor ihrem Büro von Antonia Schenkenberg, ihrer Sekretärin, abgefangen worden.

»Haben Sie schon gehört? Der Chef ist zurückgetreten.«

»Was, Sibelius?«

Günther Sibelius war der Leiter ihrer Abteilung und ihr direkter Vorgesetzter. Nachdem er den Posten erst vergangenen Sommer übernommen hatte und sowohl Anna als auch Weber ihrem vorangegangenen Chef keine Träne nachweinten, hoffte Anna inständig, dass sich hinter dieser Nachricht nicht etwa Günther Sibelius' Rücktritt verbarg.

»Nein, es geht um Hermann Meyer, den Chef des LKA.«

»Haben Sie etwas über seine Gründe erfahren«, fragte Weber nach.

Antonia Schenkenberg zuckte die Schultern. Dann murmelte sie: »Wird wohl mit den jüngsten Entscheidungen des amtierenden Innensenators zu tun haben.«

»Warum denn das? Wilhelm Karras hat der Polizei doch

jegliche Unterstützung zugesagt. Und seit Poll nicht mehr da ist, weht hier doch auch schon wieder ein ganz anderer Wind«, meinte Weber ungläubig.

Wie unglaublich naiv ihr Kollege doch manchmal war, dachte Anna.

Schließlich hatte der große Erfolg der Poll-Partei vor ein paar Jahren nicht nur bei der Polizei tiefe Spuren hinterlassen. Die Tatsache, dass damals in der durch und durch sozialdemokratisch geprägten Hansestadt Hamburg eine rechtspopulistische Partei auf Anhieb nahezu zwanzig Prozent der Wählerstimmen erlangt hatte, war von vielen Menschen noch immer nicht vergessen. Außerdem hatte der amtierende Senat klammheimlich einige brutale Praktiken aus dieser für alle Demokraten dunklen Amtszeit des früheren Innensenators Hartmut Poll übernommen.

»Mag sein«, erwiderte Antonia Schenkenberg. »Trotzdem ist Herr Karras für den Einsatz von Brechmitteln beim Zugriff auf Drogendealer verantwortlich. Und dass neulich einer von ihnen bei dieser Tortur gestorben ist, hat den jetzigen Innensenator nicht von seinem Kurs abbringen können. Im Gegenteil, er hat die Weisung ausgegeben, mit aller Härte so weiterzumachen wie bisher. Daran hat sich Meyer wohl gestört, aber es soll auch noch andere Streitpunkte zwischen ihnen gegeben haben. Jedenfalls wird er jetzt in den vorzeitigen Ruhestand gehen.«

Hermann Meyer war ein Beamter vom alten Schlag, der nicht gerade dem Interessenverband kritischer Polizisten in der Stadt zuzurechnen gewesen war. Wenn daher nun sogar solch ein Mann die Segel strich, konnte das durchaus auch jede Menge neuen Ärgers für ihre Abteilung bedeuten.

»Danke für die Nachricht, Antonia«, Anna lächelte der Sekretärin zu, »wir sind in unserem Büro.«

Anna saß an ihrem Schreibtisch und grübelte noch immer über die Bedeutung von Hermann Meyers Rücktritt sowie die gerade vergangene Bürgerschaftswahl in Hamburg nach, die einen politischen Machtwechsel in der Stadt herbeigeführt hatte. Endlich wurde wieder auf einem demokratischen Fundament regiert, stellte Anna erleichtert fest. Mittlerweile weinte zum Glück auch kaum noch jemand dem früheren Innensenator Hartmut Poll eine Träne nach. Ziemlich schnell hatte sich gezeigt, wie wenig er von seinen vollmundigen Versprechungen umsetzen konnte. Dabei war Poll und seine nach ihm benannte Partei, die Poll-Partei, damals als großer Sieger aus den Bürgerschaftswahlen hervorgegangen. Hartmut Poll war mit dem Verkünden seiner diffusen Strategien zur Verminderung der Kriminalität und für den wirtschaftlichen Aufschwung der Stadt sehr erfolgreich gewesen. Er war ein Mann der einfachen Wahrheiten und schien damit genau die Themen angesprochen zu haben, die vielen Menschen zu dieser Zeit unter den Nägeln gebrannt hatten. Nach damaliger Statistik hatte es in Hamburg die meisten Verbrechen bundesweit gegeben, aber selbst Poll war es nicht gelungen, daran etwas Wesentliches zu verändern. Anna erinnerte sich an die abenteuerlich zusammengewürfelte Mannschaft der Poll-Partei. Kaum einer ihrer Mandatsträger hatte sein politisches Handwerk wirklich gelernt, und doch waren sie für eine Weile bundesweit in den Schlagzeilen gewesen. Die jetzige Bürgerschaft rekrutierte sich dagegen zum großen Teil wieder aus der Riege erfahrener Berufspolitiker. Und doch bahnten sich erneut Veränderungen an, die nichts Gutes für Hamburg mit sich brachten, resümierte Anna Greve, längst nicht mehr so erleichtert wie noch eben zu Beginn ihres gedanklichen Ausflugs in die politische Vergangenheit Hamburgs.

Noch immer ein wenig geistesabwesend, starrte die Kommissarin kurz darauf in Lukas Webers grinsendes Gesicht.

»Hatten Sie einen schönen Ausflug? Sie haben gerade ausgesehen, als wären Sie in Gedanken ganz weit fort gewesen.«

Als er jetzt den Plastikbeutel mit dem Tascheninhalt des Toten auf seinem Schreibtisch auskippte, lächelte Weber noch immer. Bedächtig legte er die einzelnen Gegenstände in Reih und Glied nebeneinander und schien weiterhin sehr vergnügt zu sein. Normalerweise war ihr Kollege kein besonders fröhlicher Mensch. Anna musste auf der Stelle wissen, was dahintersteckte.

»Weber, was auch immer Sie genommen haben, geben Sie mir bitte etwas davon ab.«

Lukas Weber fuhr sich mit beiden Händen durch den neuen Haarschnitt und grinste wieder. Diesmal noch entschlossener. Und so breit, dass seine Mundwinkel Gefahr liefen, jeden Moment einzureißen.

»Meine Schwiegereltern haben sich entschlossen, umzuziehen. Wird ihnen zu viel mit den ganzen Treppen im Haus. Jetzt haben sie eine schöne Wohnung in einem anderen Stadtteil gefunden, alles zu ebener Erde. Freut mich wirklich für sie.«

Natürlich, kein Wunder, dass Weber erleichtert war, dachte Anna. Bisher hatte er mit den Eltern seiner Frau Rita Tür an Tür gewohnt. Und obwohl sie selten über Privates miteinander sprachen, hatte Anna doch mitbekommen, wie sehr Rita Weber ständig an den Arbeitszeiten ihres Mannes herummäkelte. Wahrscheinlich hatten Webers Schwiegereltern ihre Tochter von jeher in ihrem Zorn gegen ihren Mann bestärkt, vielleicht sogar nicht nur in diesem Punkt.

Gerade eben hatte sich Weber die Brieftasche des Toten

vorgenommen, und schon schwenkte er einen Personalausweis durch die Luft. Das Foto auf der Vorderseite zeigte das Gesicht des Ermordeten. Der Pass war auf den Namen Rainer Herold ausgestellt, geboren im August 1972. Demnach war er zum Zeitpunkt seines Todes fünfunddreißig Jahre alt gewesen. Als Wohnsitz war Maschen, ein Dorf südlich von Hamburg, eingetragen.

In der Brieftasche befanden sich an die zweihundert Euro. Rainer Herold hatte einen deutschen sowie einen amerikanischen Führerschein bei sich gehabt und einige Schriftstücke, die darauf schließen ließen, dass er über einen zweiten Wohnsitz in New York verfügt hatte. Die zwei Schlüsselbunde, die vor ihnen auf dem Tisch lagen, sprachen ebenfalls dafür. Dann waren da noch Filterzigaretten, etwas deutsches, außerdem amerikanisches Kleingeld und ein silbernes Feuerzeug, auf dem das Monogramm RH eingraviert war. Eine handschriftliche Notiz, die nur aus dem einen Wort »Angela« bestand, legten sie erst einmal zur Seite.

Anna überlegte. Ihre Freundin Paula war doch gleichfalls eben erst fünfunddreißig geworden. Und sie war, wie der Tote, im selben Landkreis aufgewachsen, vielleicht hatte sie ihn sogar gekannt. Anna nahm sich vor, dieser Möglichkeit bei Gelegenheit nachzugehen.

Unter der Anschrift in Maschen konnten vielleicht zudem noch die Eltern des Mordopfers vom Hamburger ZOB leben. Die angegebene Adresse war jedenfalls ihr erster Ansatzpunkt, um über den Mann, der an der Bushaltestelle verblutet war, etwas herauszubekommen. Und damit auch über seinen Mörder.

Die Kommissare hielten vor dem Haus Nr. 43 in der Schulstraße, der Hauptgeschäftsstraße von Maschen, in die auch Anna öfter zum Einkaufen kam. Vor allem, um für Henry, ihren Hund, frischen Pansen zu besorgen. Gleich neben dem Hundefutterladen gab es ein gutes, wenn nicht sogar das beste Fischgeschäft des ganzen Landkreises. Erwin Nordmann stellte einen vorzüglichen Krabbensalat her, den Annas Familie sehr liebte. Zwei gute Gründe, ab und zu hierher zu kommen, obwohl Maschen schon lange nicht mehr so beschaulich war wie das Dorf, in dem die Kommissarin lebte. Viele der schönen alten Fachwerkhäuser hatten mit der Zeit einer modernen und zweckmäßigeren Bebauung weichen müssen.

Nun standen die beiden Kommissare vor einem Einfamilienhaus, das von einem großen Garten umgeben war. Es war mit mittlerweile unansehnlich gewordenen Gelbklinkersteinen verblendet, aber ursprünglich in den sechziger Jahren gebaut worden, als die Grundstückspreise noch erschwinglich gewesen waren. Weber klingelte, während Anna hinter ihm stehen geblieben war, da der Aufgang zum Haus zu schmal für zwei Personen war. Eine ältere Frau, die Anna schon öfter im Ort gesehen hatte, öffnete die Haustür. Weber zückte seinen Dienstausweis.

»Lukas Weber vom LKA Hamburg, und das ist meine Kollegin Anna Greve.«

Die Frau bat ihre Besucher herein. Dann schloss sie die Tür und murmelte: »Bitte, hier entlang.«

An der Treppe, die zum oberen Stockwerk hinaufführte, blieb sie stehen.

»Paul, kommst du mal!«

Sie bat die beiden Kommissare ins Wohnzimmer, in das kurz darauf auch ein schmächtiger Mann Ende sechzig trat, dessen schwere Schritte auf der Treppe soeben noch eine ganz andere Erscheinung hatten vermuten lassen. Er blieb hinter seiner Frau stehen, die zusammengekauert auf einem rotbraunen Ledersofa saß, und wartete nicht, bis Anna oder Weber von sich aus zu sprechen begannen.

»Ist etwas mit Rainer?«

Weber kam Anna zuvor.

»Es tut uns leid, aber wir haben Ihren Sohn heute Morgen tot aufgefunden. Er ist ermordet worden.«

Paul und Hilde Herold sahen einander an. In ihren Blicken lag das stumme Entsetzen verwaister Eltern. Die Vorstellung, ein Kind zu verlieren, gehörte für Anna zu den traurigsten Dingen überhaupt, die einem im Leben widerfahren konnten. Ein Kind blieb immer ein Kind, ganz egal, wie alt es zu dem Zeitpunkt war, an dem es starb. Wenn man es verloren hatte, gab es keine Perspektiven mehr, denn mit ihm war auch die eigene Zukunft verloren.

Paul Herold räusperte sich.

»Wo haben Sie ihn gefunden?«

»Neben dem Gelände des ZOB in Hamburg. Ihr Sohn ist erstochen worden.«

Ein Schluchzen kam aus der Sofaecke, worauf Paul Herold seine Frau sofort in den Arm nahm und ihr mit langen, gleichmäßigen Bewegungen über den Rücken strich. Immer wieder und geduldig; so, als besäße er eine Zauberformel gegen den Schmerz.

»Wir können gern später wiederkommen.«

Hilde Herold sah Weber aus traurigen Augen an.

»Ist dem Mädchen auch etwas zugestoßen?«

Jetzt schaltete sich Anna ein. »Von welchem Mädchen sprechen Sie, Frau Herold?«

»Wir wissen nicht, wer sie ist. Eine Zufallsbekanntschaft, Rainer hatte sie erst am Abend zuvor im Gasthaus kennen gelernt. Er wusste nichts von ihr, außer ihrem Vornamen. Angela.«

»Und er ist gestern Abend mit dieser Angela verabredet gewesen?«

»Ja, er war deswegen schon den ganzen Tag über zerstreut gewesen. So etwas kennen wir sonst nicht von ihm, mein Sohn ist normalerweise nicht der Typ, der sich Hals über Kopf verliebt. Rainer glaubte, dass die Frau aus unserem Landkreis stammen könnte, weil sie sich so vertraut mit dem Wirt unterhielt.«

»Hat er sie beschrieben?«

»Sehr genau sogar.«

Anna schrieb mit und spürte plötzlich, wie der Platz auf dem Sofa neben ihr vibrierte. Hilde Herold zitterte und fing immer heftiger zu weinen an, bis ihr Körper schließlich in einer einzigen Verkrampfung erstarrte. Anna strich der Frau eine Haarsträhne aus dem Gesicht, dann wählte sie die Telefonnummer des Notarztes.

Paul Herold hatte sein Rückenstreicheln wieder aufgenommen. Mit einem Blick zu Weber sagte er: »Wir würden gern morgen unseren Sohn sehen.«

Falls die Jungs von der Rechtmedizin bis dahin mit ihm fertig sind, dachte Anna.

»Gut, sagen wir um elf Uhr in unserem Büro.« Weber reichte Paul Herold seine Karte. »Hier haben Sie die Adresse.«

Auf ihrem Weg zur Autobahn kamen sie am selben Gasthof vorbei, in dem Rainer Herold Bekanntschaft mit Angela gemacht hatte. Draußen hing ein großes Schild im Wind – »Täglich wechselnder Mittagstisch«. Weber fuhr eine scharfe Kurve, bog in den Parkplatz ein, und wenig später saßen sie bereits an einem Tisch in der Ecke der Gaststube. Der »Maschener Hof« war ein gutbürgerliches Lokal mit norddeutscher Hausmannskost, wie es in dieser Gegend viele gab.

Die Einrichtung aus eichefurnierten Möbeln wirkte düster, und der Wirt hatte wohl gemeint, diesen Makel durch eine gleißende Beleuchtung wieder ausgleichen zu können. Anna war durchaus eine Freundin traditioneller Wirtshäuser, aber hierhin würde sie auch in Zukunft nichts ziehen. Dabei hätte es eigentlich nur weniger Kleinigkeiten bedurft, wie zum Beispiel Kerzen auf den Tischen und hier und da einiger Pflanzen oder Bilder. Und vor allem eines weicheren Lichts.

Hinter dem Tresen stand ein hoch aufgeschossener Mann mittleren Alters, der sich unter der Theke zu schaffen machte. Wie es aussah, war er gerade damit beschäftigt, ein neues Bierfass anzuschließen.

»Ich habe Hunger wie ein Wolf.«

Anna wunderte sich immer wieder, welche Mengen Weber an einem Tag verdrücken konnte, ohne auch nur ein Gramm zuzunehmen. Nun trat eine rundgesichtige Kellnerin an ihren Tisch heran und fragte nach ihren Wünschen. Weber bestellte Grünkohl mit Kassler und Kohlwurst, Anna ein Schnitzel mit Salat.

»Wollen wir nicht zuerst unsere Arbeit erledigen?«, fragte Anna, als die Kellnerin wieder verschwunden war.

»Warum? Es kann doch nicht schaden, die Leute ein wenig zu beobachten, bevor wir zur Sache kommen.«

Die Kommissarin sah sich um, sie waren die einzigen Gäste in der Gaststube, und Anna konnte nur hoffen, dass dies an der fortgeschrittenen Uhrzeit und nicht an der Qualität der zubereiteten Speisen lag. Die Kellnerin unterhielt sich mittlerweile aufgeregt mit dem Wirt hinter dem Tresen, doch die beiden sprachen sehr leise. Unmöglich, auch nur ein Wort mitzubekommen.

Dann kam auch schon das Essen, das viel besser schmeckte, als es aussah. Als die Kellnerin abräumte, zog

Anna Greve ihren Dienstausweis aus der Tasche und stellte sich vor.

»Es geht um vorgestern Abend. Genauer, um zwei Ihrer Gäste.«

Sie stand auf und ging zum Tresen hinüber, damit sie nicht alles zweimal sagen musste. Weber folgte ihr und übernahm nun die Beschreibung der unbekannten Frau, die sich Angela genannt hatte.

Alfred Biesterfeld, der Wirt, konnte sich sofort an sie erinnern.

»Eine hübsche Person«, sagte er. »Und nett dazu. Aber sie ist noch nie zuvor hier gewesen.«

»Laut der Aussage eines Zeugen haben Sie sich ja sehr ausführlich mit ihr unterhalten.«

»Das haben wir, bis Rainer Herold dazukam. Er hat ihr sofort ein Gespräch aufgezwungen, und ein paar Minuten später sind sie zusammen rausgegangen.«

»Sie kennen Herrn Herold?«

»Rainer turnte hier früher öfter rum, bevor er in die Staaten ging.«

Jetzt meldete sich die Kellnerin zu Wort. »Ist Rainer etwa der Tote, von dem im Frühstücksfernsehen die Rede war?«

»Wie kommen Sie darauf?«

Elfi zupfte an ihrer Schürze herum. »Ich glaube, dass sein Name erwähnt worden ist. Außerdem wäre es doch ein merkwürdiger Zufall, dass Sie uns ausgerechnet heute besuchen und gleichzeitig nach Rainer fragen, oder?«

»Herr Herold ist ermordet worden, deshalb sind wir hier. Die Frau könnte eine wichtige Zeugin sein.«

»Dazu kann ich nichts sagen«, blaffte Elfi. »Außer, dass sie ziemlich arrogant daherkam, ist mir an ihr nichts weiter aufgefallen.«

Anna wurde mit einem niederträchtigen Blick bedacht.

»In diesem Punkt müsste sie sich gut mit Rainer verstanden haben. Obwohl wir uns seit Jahren nicht gesehen haben, schien er sich nicht besonders dafür zu interessieren, wie es den Leuten hier im Dorf so geht. Er ist sich schon immer als etwas Besseres vorgekommen.«

Den Nachsatz, dass er nur bekommen hatte, was er verdiente, verkniff sich Elfi gerade noch. Trotzdem konnte Anna dem Gesicht der Kellnerin ansehen, dass sie genau das dachte. Mit der Kellnerin hatte sie einen bedauernswerten Menschen, getrieben von Neid und Eifersucht, vor sich. Die Art und Weise jedoch, in der Elfi die Unbekannte beschrieben hatte, ließ Anna Greve in einem sicher sein: Sie waren auf der Suche nach einer sehr schönen Frau.

Elsa und ihre Mutter an einem Sonntagnachmittag in Maschen, im Frühjahr 1980.

»Lass das!«

Elsa fuhr herum, die mahnende Stimme hatte sie in die Gegenwart zurückgeholt. Jetzt sah Elsa auch den brennenden Vorwurf im Gesicht der Mutter und wusste, sie hatte etwas Verbotenes getan. Wie wenn sie mit vor Dreck starrenden Händen an den Mittagstisch gekommen wäre. Genau wie vor ein paar Tagen, als sie den verletzten Vogel mit nach Hause gebracht hatte. Doch worum ging es heute? Sie schämte sich, wie immer, wenn Vera in diesem Ton mit ihr sprach. Aber was hatte sie schon Schlimmes getan?

Die Kinderhand unter die zu klein gewordene Strumpfhose geschoben, die Beine gemütlich in eine Decke geschlungen. In den Fernseher gestarrt, wo gerade eine Folge von »Herr Rossi sucht das Glück« lief. Selbstvergessen mal das eine Bein zu sich herangezogen, dann das andere und dabei eine Stelle entdeckt, an der es kitzelte. So hatte sie weitergemacht, gar nicht gemerkt, wie sich die Decke über ihren Beinen bewegte. Da war etwas Neues gewesen, eine große Freude.

Wie einen Tag ganz allein in einem Spielzeugladen sein und tun und lassen dürfen, was immer sie wollte. Wie vor einem Losstand auf dem Jahrmarkt stehen, die freie Auswahl in der Hand. So, wie an diesem Abend vor ihrem Geburtstag. Auf ihrem Weg zur Toilette hatte Elsa das Lachen ihrer Eltern durch die Wohnzimmertür gehört und sich vorgestellt, wie die beiden gerade dabei waren, ihren Gabentisch zu schmücken. Es war ein mächtiges Gefühl gewesen, eine ungeheure Vorfreude auf das, was in ihrem Leben noch kommen sollte.

Jetzt stand die Mutter ganz nah bei ihr. Elsa hielt die Beine still. Vorsichtig, damit die Decke keine Wellen schlug, kramte sie ihre Hand hervor und begann, mit den Fingern das Blumenmuster nachzuzeichnen. Vera sah Elsa mit diesem strengen Mutterblick an, und sagte dann, bevor sie sich entfernte: »Tu das nie wieder.«

Über die Sache, die sie nicht tun durfte, schwieg Vera, da musste sich Elsa nun selbst einen Reim drauf machen. Auf jeden Fall schien es um etwas Verbotenes zu gehen. Und auch um ein Geheimnis, vor allem, weil Vera ihrer Tochter nichts erklärte. Warum war es verboten, Spaß zu haben, indem man sich selbst berührte, fragte sich Elsa. War es das, was nicht sein durfte?

Anna und Weber waren mit Dr. Severin in der Rechtsmedizin verabredet. Er war, trotz seiner Profession, stets gut gelaunt, auch wenn es Zyniker in den Reihen des LKA gab, die behaupteten, diese spezifische Heiterkeit käme überhaupt erst durch Dr. Severins Beruf zustande.

»Der Mann ist durch die Durchtrennung der Halsschlagader getötet worden. Er muss schnell verblutet sein.«

»Und die Gesichtsverletzung?«

»Ist ihm post mortem beigebracht worden. Noch etwas, der Körper weist keinerlei Abwehrverletzungen auf. Entweder ist das Opfer von seinem Mörder überrascht worden, oder es hat ihn gekannt und deshalb so nah an sich herangelassen.«

»Sie meinen also, der Täter hatte es speziell auf Rainer Herold abgesehen?«

»Ich glaube schon, denn ansonsten hätten wir Schnittverletzungen an seinen Händen und Armen finden müssen. Er hätte sich mit Sicherheit gegen einen unbekannten Angreifer gewehrt.«

Dr. Severin lachte leise vor sich hin. »Aber das sind nur Spekulationen von mir, ich bin schließlich nicht für das Einfangen von Mördern zuständig. Das ist Ihre Aufgabe, und ich muss sagen, ich möchte nicht mit Ihnen tauschen.«

Nachdem die Tür zur Rechtsmedizin wieder hinter ihnen ins Schloss gefallen war, holte Anna ihre zerknüllte Tüte mit den Salbeibonbons hervor und hielt sie Weber hin.

»Und ich nicht mit ihm.«

Als Anna Greve an diesem Abend den Wagen in ihre Einfahrt lenkte, hatte sie Mühe, an dem großen Haufen Holz vorbeizukommen, der ziemlich chaotisch in ihren Vorgarten abgekippt worden war. Bestimmt waren es mehrere Kubikmeter, Nadelholz das meiste, in Stücken zu einem Meter Länge geschnitten. Sie würden viel Arbeit haben, bis sie aus diesem Berg einigermaßen verwertbares Feuerholz gesägt haben würden.

»Was ist denn hier los?«, fragte sie Tom, der aus dem Dunkel heraus auf sie zutrat.

»Menzel hat es vor einer Stunde abgeladen. Er meinte, wir sollten uns schon einmal einen Vorrat anlegen, bevor die neue Heizung kommt. Außerdem muss es erst noch trocknen.«

»Ziemlich eifrig, unser Nachbar«, entgegnete Anna. »Hat er auch gesagt, was er dafür haben will?«

»Die erste Fuhre hier ist für dreißig Euro, hat Menzel gesagt. Er meinte, wir können sie ihm zusammen mit der nächsten Lieferung zahlen.«

Das war nicht sehr teuer, doch für fertig gehacktes Holz hätte Anna gern noch etwas mehr Geld draufgelegt.

»Jetzt wissen wir immerhin, womit wir uns am Wochenende beschäftigen können«, meinte Tom, während er mit Anna zusammen ins Haus ging.

Mit seinen großen Händen umfasste er einen ihrer Oberarme und drückte auf ihrem Bizeps herum. So lange, bis sie aufschrie.

»Hier muss sich aber noch einiges tun, wenn du als Holzfällerin durchs Leben kommen willst. Übrigens, ich habe mit Jan gesprochen. Er möchte uns bald besuchen kommen.«

Tom wirkte entspannt und gelöst, in seiner Stimme schwang keinerlei Vorwurf mit. Nichts deutete darauf hin, dass er Anna ihre kurze, aber heftige Affäre mit seinem zehn Jahre jüngeren Bruder Jan im vergangenen Sommer noch immer nicht verziehen hatte, obwohl als Folge viele unbewältigte Probleme und verletzte Gefühle zwischen Anna und Tom zurückgeblieben waren. Die hatten sie zwar mittlerweile Stück für Stück durch eine Paartherapie in den Griff bekommen. Dennoch schien es Anna noch zu früh für eine Konfrontation mit ihrem Schwager zu sein. Was würde geschehen, wenn sie Jan wiedersah?

Jan Greve war Fußballprofi und hatte sich im vergangenen Sommer dazu entschieden, den Hamburger Erstligaverein HFC zu verlassen, um für die Tottenham Hotspurs in London Fußball zu spielen. Bisher hatte es Anna erfolgreich zu vermeiden gewusst, mit Jan über die Beweggründe für seinen plötzlichen Wechsel zu sprechen. Zu groß war ihre Angst, sich sonst möglicherweise von Neuem in eine Affäre mit ihm zu verstricken, die ihr und ihrer Familie schaden würde.

»Sag ihm liebe Grüße.« Anna gab ihrem Mann Tom einen zärtlichen Kuss und zog ihn weiter den Flur entlang. »Komm, lass uns nach oben gehen.«

In dieser Nacht erwachte Elsa von ihrem eigenen Schrei. Sie sah auf den Reisewecker, es war gerade erst einmal vier Uhr morgens. Das Nachthemd klebte an Elsas Körper. Benommen ging sie ins Badezimmer, in der Hoffnung, sich dort zusammen mit ihrem Schweiß auch die Erinnerung abwaschen zu können. Unzählige Male hatte sie diesen schrecklichen Traum schon gehabt, seit damals. Wieder und immer wieder hörte sie das gehässige Gelächter der Clique. Sah, wie Rainer Herold währenddessen im Windschatten stand und sich einen feixte, wie immer, wenn es jemand anderem an den Kragen ging. Wie leicht war sie zu täuschen, wie einfach in diese Falle zu locken gewesen.

Nachdem sie geduscht hatte, saß Elsa mit nassem Haar auf ihrem Bett und merkte nicht, wie sich um sie herum eine Pfütze auf dem Teppichboden bildete. Mit den Augen fuhr sie das grafische Muster der Tapete nach, langsam atmete sie wieder ruhiger. Rainer, der Dreckskerl, endlich hatte er bekommen, was er verdient hatte. Noch mit dem letzten Atemzug hatte er versucht, ihren Namen auszusprechen, aber es hatte ihm nichts genutzt. Eines Tages, wenn alles erledigt war, würde dieser Traum aufhören, Elsa zu quälen. Eines Tages würde ihr auch inwendig warm sein. Es gab also doch einen Weg, sich von den Schatten der Vergangenheit zu befreien.

»Morgen.«

Wie ein angeschossenes Raubtier lief Günther Sibelius im Büro der Kommissare Weber und Greve auf und ab. Was war nur der Grund für seine üble Laune an diesem frühen Morgen? Hier ging es um mehr als nur einen verstopften Kaffeefilter oder andere Kleinigkeiten, dachte Anna beunruhigt, während sie ihren Chef nicht aus den Augen ließ. Gewöhnlich war Sibelius ein freundlicher, ausgeglichener Mann. Anna hatte ihn bisher nur ein einziges Mal in einem vergleichbaren Zustand gesehen, und das war, als er von einem Termin bei seinem Kieferchirurgen zurückgekommen war, dem der Bohrer in seinem Mund abgerutscht war.

»Haben Sie schon gehört? Hermann Meyer ist zurückgetreten.«

Weber und Anna Greve nickten.

»Da kommt jede Menge Ärger auf uns zu, Kollegen. Ich glaube, der Druck und Ärger der letzten Jahre hat ihn zermürbt. Denken Sie allein an diese üble Geschichte mit der Poll-Partei. Rausgekommen ist dabei ja nichts anderes, als dass der Ärger vieler Bürger an der Polizei hängen geblieben ist. Jetzt sind unserer Behörde schon wieder die nächsten Sparmaßnahmen angedroht worden. Und das, obwohl von den angekündigten zweitausend neuen Mitarbeitern für Hamburg sowieso nur noch gut ein Zehntel zur Debatte steht, was nicht gerade übermäßig viel ist.«

»Sie haben Recht, Chef. Das ist zu wenig, um vernünftig arbeiten zu können«, bestätigte Anna.

»Vergessen wir aber nicht die zweihundert Hilfskräfte für den Innendienst«, fügte Weber versöhnlich hinzu.

Günther Sibelius schnaufte.

»Das haben Sie zwar schön gesagt, was wir allerdings mit denen anfangen sollen, ist mir ein Rätsel. Ich befürchte vielmehr, dass der Unmut der Leute einmal mehr an uns hängen bleiben wird.«

Anna kam mit einem Kaffee zu Sibelius herüber.

»Wie dem auch sei«, er nahm ihr den Becher dankend aus der Hand, »auch meine Belastbarkeit hat ihre Grenzen. Wenn man die Kompetenzen unserer Abteilung noch weiter beschneidet und auf Teufel komm raus Geld einsparen will, werden wir uns wehren müssen.«

»Und wie soll das gehen?« Weber kaute nachdenklich auf einer Bleistiftspitze herum.

»Ist der Ermordete vom ZOB eigentlich inzwischen identifiziert worden?«, überging Günther Sibelius Webers Frage.

»Ja, die Eltern des Mannes sind bereits informiert. Sie kommen übrigens noch heute Vormittag ins Büro«, fügte Weber hinzu.

»Ich möchte auf jeden Fall dabei sein.«

Günther Sibelius durchquerte das Zimmer in Richtung Ausgang, und Anna beobachtete, wie sein forscher Schritt dabei die Staubflusen auf dem Fußboden aufwirbelte. Was hatte er gemeint, als er sagte, dass sie sich würden wehren müssen? Welche Möglichkeiten besaßen sie als Beamte überhaupt dazu? Dienst nach Vorschrift kam ihr in den Sinn und als letztes Mittel Streik. Anna wusste von Weber, dass man in den Reihen der Polizei nicht zum ersten Mal über

Widerstand nachdachte. Wäre Hartmut Poll damals tatsächlich eine volle Amtszeit lang Hamburgs Innensenator geblieben, wäre es vielleicht schon viel früher zum Streik gekommen. Doch Poll hatte nicht lange genug durchgehalten. Er hatte es, nach seiner Pleite in der Politik, vorgezogen, sich irgendwo nach Südamerika abzusetzen.

Als Sibelius gegangen war, untersuchte Anna noch einmal den Notizzettel, den die Spurensicherung in Rainer Herolds Hosentasche gefunden hatte. »ANGELA«, jeder einzelne Buchstabe des Namens war von einem Herzen eingerahmt. Ganz unten auf der Seite hatte der Schreiber, höchstwahrscheinlich Rainer Herold selbst, zudem noch einen roten Pfeil gezeichnet und auf der Rückseite die Daten seines Rendezvous geschrieben. »22.00 Uhr, ZOB.« Der Platz, an dem man ihn ein paar Stunden später ermordet aufgefunden hatte. War diese Angela unter Umständen sogar der Schlüssel zu dieser Tat? War sie möglicherweise selbst die Täterin? Oder hatte vielleicht der Mann, mit dem sie zusammenlebte, etwas mit dem Mord an Rainer Herold zu tun? Falls es überhaupt einen festen Partner in Angelas Leben gab, hätte dieser unter Umständen auch ein Motiv für den Mord an Rainer Herold gehabt. Ein eifersüchtiger Liebhaber, der sich von Angela betrogen fühlte, hätte durchaus auf die Idee kommen können, Vergeltung an seinem vermeintlichen Nebenbuhler zu üben. Die Schnittverletzungen in Herolds Gesicht deuteten jedenfalls auf einen Täter hin, der mit ungezügelter Wut zu Werke gegangen war. Falls an ihrer Theorie etwas dran sein sollte, überlegte Anna, könnte auch Angela selbst diesem Mann zum Opfer gefallen sein oder noch fallen. Das wäre möglicherweise auch eine Erklärung dafür, warum sich die Frau bisher noch nicht bei der Polizei gemeldet hatte.

»Weber, haben Sie das gesehen? Rainer Herold ist offensichtlich mit seiner Gasthausbekanntschaft Angela am Busbahnhof in Hamburg verabredet gewesen. Hat sich Dr. Severin eigentlich schon über den genauen Todeszeitpunkt geäußert?«

»In den späten Abendstunden; kurz vor Mitternacht, hat er gesagt.«

Zur Beantwortung der zweiten Frage kam er nicht mehr, denn ihr Gespräch wurde durch ein jähes Klopfen unterbrochen. »Ja bitte«, sagte Weber, worauf Paul und Hilde Herold Hand in Hand zur Tür hereinkamen. Anna rief Günther Sibelius an.

Paul Herold hielt sich nicht lange mit Vorreden auf.

»Wir möchten unseren Sohn sehen.«

»Lassen Sie uns zuerst ein wenig miteinander reden«, Günther Sibelius lächelte freundlich. »Setzen Sie sich doch. Gab es einen bestimmten Anlass für den Besuch Ihres Sohnes, ein Familienfest vielleicht?«

»Nein, Rainer wollte uns wohl eine Freude machen, wir hatten einander lange Zeit nicht gesehen. Außerdem erzählte er etwas von einem geschäftlichen Termin in Hamburg.«

»Was hat Ihr Sohn denn beruflich gemacht?«

»Er ist an der Börse gewesen. Ein Fachmann für Geldangelegenheiten«, erwiderte Paul Herold, doch aus seinem Mund klang es so, als hätte er das Tätigkeitsprofil eines Löwenbändigers beschrieben. Einen Beruf, bei dem jeder sofort ein Bild im Kopf hatte, aber keine realistische Vorstellung, worin diese Arbeit tatsächlich bestand. Er sah sich hilfesuchend nach seiner Frau um, die aber völlig leblos auf ihrem Stuhl saß. Also fuhr er fort. »Nach seinem Studium hat Rainer für einige Zeit bei einer Bank in Frankfurt gearbeitet. Die letzten Jahre hat er dann in New York gelebt.«

»Können Sie uns sagen, was er dort getan hat?«

»Das habe ich ihn auch gefragt, aber er meinte immer, das sei ziemlich kompliziert zu beschreiben. So wie ich es verstanden habe, war er an der New Yorker Börse tätig. Internationale Geschäfte, mehr wissen wir nicht.«

»Wer ist sein Arbeitgeber gewesen?«

Paul Herold sah Weber ratlos an. »Die Hessen Bank, glaube ich. Jedenfalls war das so, als er noch in Frankfurt arbeitete. Doch jetzt hieß das anders, irgendwie englisch. Ich werde in Rainers Unterlagen nachsehen.«

Wieder versuchte er vergeblich, Blickkontakt zu seiner Frau herzustellen.

»Wenn wir die Beerdigung hinter uns haben, fliege ich in die Staaten, um Rainers Angelegenheiten zu regeln.«

»Kommen wir noch einmal zum letzten Abend zurück«, Annas Gedanken kreisten weiter um die unbekannte Frau. »Hat Ihr Sohn irgendetwas über diese Angela gesagt. Etwas, das Sie bei unserem ersten Besuch vergessen haben?«

»Hilde und ich haben uns die ganze Nacht über den Kopf zerbrochen. Ob wir etwas übersehen haben. Irgendein Detail vielleicht ...«

»Da war nichts«, unterbrach Hilde Herold ihren Mann. »Es ist meine Schuld, ich hätte ihn niemals gehen lassen dürfen. Wenn ich geahnt hätte ...« Der letzte Teil des Satzes ging in einem unverständlichen Flüstern unter. »Er war doch unser einziges Kind.«

Paul Herold war aufgestanden. »Wir möchten ihn jetzt sehen, bitte«, murmelte er.

Obwohl sie ihnen diesen letzten Blick auf ihren Sohn zugestehen mussten, er sogar unumgänglich war, wünschte sich Anna, Rainer Herold hätte nicht dieses entstellte Gesicht gehabt. Tot war er sowieso, aber darüber hinaus war er auch noch verstümmelt, seine Würde als Mensch in den Dreck getreten worden. Ein Anblick, den Anna Greve seinen Eltern gern erspart hätte.

Weber begleitete die beiden auf ihrem Weg in die Rechtsmedizin, während sich Anna in die Laborberichte vertiefte, die Antonia Schenkenberg in der Zwischenzeit hereingebracht hatte. Wer immer Rainer Herolds Mörder gewesen war, er musste sehr umsichtig vorgegangen sein, denn es gab keine Spuren. Nicht einmal ein Schuhabdruck des Täters war in dem aufgeweichten Rasen am Fundort zu sichern gewesen.

Als Weber zurückkam, machten sie sich zum zweiten Mal auf den Weg nach Maschen und in die Straße, in der auch der »Maschener Hof« lag. Die Kollegen von der Schutzpolizei, die nach dem Mord die Befragung der Nachbarn in der Umgebung des Gasthauses übernommen hatten, gaben ihnen die Adresse eines möglichen Zeugen durch.

Anna und Weber klingelten. Ein weißhaariger Mann schaute sie misstrauisch an, bis Weber seinen Dienstausweis aus der Jackentasche hervorholte.

»LKA Hamburg. Herr Kogel?«

Der Alte nickte, nahm eine stramme Haltung an.

Dreißig Minuten nachdem er das Wirtshaus an besagtem Abend verlassen habe, sei er dort noch einmal vorbeigekommen, um wie immer, kurz vor dem Schlafengehen, seinen Dackel auszuführen.

»Da ist sie mir aufgefallen.«

»Dieselbe Frau, die sich zuvor in dem Lokal mit Rainer Herold unterhalten hat?«

»Ja, ich habe selten so schönes Haar gesehen. Sie hat vor einem Auto gestanden und geweint.«

»Ist die Frau allein gewesen?«

»Ja, und sie hat so traurig ausgesehen. Da bin ich über die Straße, wollte fragen, ob sie Hilfe braucht. Als sie mich bemerkte, ist sie jedoch eingestiegen und ziemlich schnell davongefahren.«

»Können Sie den Wagen beschreiben?«

»Dunkel ist er gewesen, irgendein Kleinwagen. Welche Marke, kann ich nicht sagen.«

Anna Greve hakte nach. »Haben Sie sich vielleicht das Kennzeichen merken können?«

»Tut mir leid.« Wieder schaute er sie mit diesem unterwürfigen Blick an. »Wenn ich gewusst hätte, wie wichtig das für die Polizei ist, hätte ich bestimmt genauer hingesehen. Aber ich glaube, der erste Buchstabe ist kein W gewesen, die kam nicht aus dem Landkreis.«

Die beiden Kommissare bedankten sich, und als sie anschließend wieder zum LKA nach Hamburg zurückfuhren, schaltete Weber das Radio ein und trommelte den Takt des Liedes auf dem Lenkrad mit. Er sah zufrieden aus, so als wären sie gerade einen großen Schritt vorangekommen.

»Langsam mache ich mir Sorgen um Angela«, murmelte Anna.

Weber stellte die Musik leiser.

»Was?«

»Weber, wir sollten die Presse einschalten. Wenn diese Frau wirklich am Tatort gewesen und nicht unsere Mörderin ist, weiß sie vielleicht nicht einmal, in welcher Gefahr sie sich möglicherweise befindet.«

Im Büro zurück, verfassten sie umgehend den Text, der am kommenden Tag in vielen Zeitungen und Rundfunkstationen veröffentlicht werden sollte.

Elsa würde sich eine andere Bleibe suchen müssen. Hier, in

dieser Gegend, in die sich kaum ein Tourist verirrte, würde sie auffallen, wenn sie noch einen weiteren Tag blieb. Außerdem musste sie nach Frankfurt zurück. Dort wollte sie zu ihrem Chef gehen und ihn um Urlaub bitten, aber vielleicht würde es auch ausreichen, wenn sie ihn anrief. Er kannte sie als gewissenhafte Mitarbeiterin, Elsa musste nur noch eine glaubwürdige Geschichte erfinden. Eine alte Tante vielleicht, um die es sich zu kümmern galt, oder ein Todesfall in der Verwandtschaft. Ihre Augen leuchteten bei diesem Gedanken, ganz sicher würde ihr ein passendes Schicksal für eines ihrer Familienmitglieder einfallen.

Der erste Schritt war getan. In der Nacht nach Rainers wohlverdientem Ende hatte sie das erste Mal seit damals wieder ruhig und fest geschlafen. Die bösen Träume waren weit fort gewesen, fast schienen sie aus einem anderen Leben zu kommen. Ihr Weg lag jetzt klar und weit vor ihr.

Elsa an einem Nachmittag in Maschen, im April 1982.

»Warum lachen die anderen über mich?«

»Ach, Kind.« Die Mutter lachte jetzt auch, während sie versuchte, Elsa in den Arm zu nehmen. Das Mädchen wand sich aus ihrer Umklammerung und stellte sich vor sie hin.

»Dass du auch immer so zappeln musst.« Veras Stimme war eine Spur härter geworden. »Da musste der Storch ja abrutschen.«

Das Kind griff sich mit der Hand ins Gesicht, seine Augen funkelten zornig. »Aber ich hab das doch gar nicht von Anfang an.«

»Genau wie bei Frieda, deiner Großtante, die konnte auch nie still sitzen. So hat sie der Storch genau wie dich anstatt

im Nacken eben im Gesicht erwischt.« Sie gab ihrer Tochter einen versöhnlichen Klaps auf den Po.

»Aber ...«

»Immer dieses Theater wegen des kleinen Flecks vor deinem Ohr. Warum lässt du dir nicht die Haare wachsen, dann wird man kaum mehr etwas sehen. Wenn du groß bist, kannst du ihn ja immer noch wegmachen lassen. Wir haben schon so oft darüber gesprochen, dass es zum jetzigen Zeitpunkt zu schwierig ist.«

»Ich will es aber sofort.«

»Schluss jetzt, Elsa. So viel Aufregung um nichts, du bist doch ein hübsches Mädchen. Andere Leute haben Schweinsaugen oder einen fürchterlichen Zinken im Gesicht. Sieh das Mal doch als Gruß an, so kannst du sicher sein, auf jeden Fall zu unserer Sippe zu gehören. Frieda ist trotzdem eine fesche Person gewesen, und ihre Männer hat das auch nie gestört. Wenn jemand über dich lacht, wird es an etwas anderem liegen, so schlecht gelaunt, wie du immer herumläufst.«

Elsa schluckte ihren Zorn hinunter und ging zurück auf die Straße, wo ihre Glasscherben auf sie warteten. Vorsichtig sah sie zu Doreens Eingang hinüber. Auf den schmalen Stufen vor der Tür saßen drei Mädchen hintereinander aufgereiht wie Perlen an einer Schnur und spielten mit ihren Puppen. Doreen war nicht unter ihnen, aber bestimmt würde sie gleich zurückkommen. Elsa raffte die Scherben in ihrem Rock zusammen und trollte sich in das kleine Stück Garten hinter dem Haus. Was sie jetzt auf keinen Fall vertrug, war eine halbherzige Aufforderung mitzuspielen. Lieber war sie allein. Und überhaupt, wer wollte schon mit ihr zusammen sein, hässlich, wie sie war. Elsa konnte es den anderen nicht verübeln, dass sie sie mieden, so, wie Katzen das Wasser meiden. Bestimmt hatten sie Angst, sich doch irgendwie bei ihr anzustecken, wenn sie im Eifer des Gefechtes eine ihrer Hände zu fassen bekamen oder, noch schlimmer, eine Stelle ihres Gesicht streiften. Ihr Bruder Robin hatte sich mit Decken in der von hohem Unkraut überwucherten Parzelle eine Höhle gebaut. Auch er spielte allein. Sie nahm ihre Lieblingsglasscherbe, die große blaue, in die Hand, und dann ging es fast wie von selbst. Verwundert beobachtete Elsa das schmale Rinnsal, das nun rot an ihrem Unterarm herabrann und langsam, aber doch beständig auf das Gras tropfte. Was war nur los mit ihr heute? Warum konnte sie den Schmerz nicht fühlen?

Am Abend zog Anna Greve ihre Sportsachen an und schlug die Haustür hinter sich zu. Das Laufen war beschwerlich in diesen Tagen. In der letzten Woche war ein Sturm über den Norden von Deutschland hereingebrochen, der eine Schneise der Verwüstung hinterlassen hatte. Danach war polare Kaltluft zu ihnen geströmt. Der Feldweg vor ihr schlängelte sich unberührt durch die Lüneburger Heide. Der plötzliche Temperatursturz hatte das Land mit einer dünnen Eisschicht überzogen, die Anna nur mühsam vorankommen ließ. Trotzdem war sie aufgebrochen, und obwohl sie schon mehrfach gerutscht war, bereute sie es nicht. Laufen war Meditation, nur durch die Anstrengung und den gleichmäßigen Rhythmus von Bewegung und Atem konnte sie wirklich entspannen. Ihr Kopf, angeregt durch den Überfluss an Sauerstoff, konnte klarer denken. Belangloses fiel von ihr ab, und nur das, was wirklich wichtig war, blieb übrig. Während sie weiterlief, nahm sie sich vor, später noch auf einen Sprung bei Paula vorbeizuschauen. Anna freute sich. Ein Abend mit Paula bedeutete immer, dass es etwas zu lachen gab, bedeutete immer Vertrautheit und vielleicht sogar neue Erkenntnisse den Mordfall Rainer Herold betreffend.

Nachdem sie geduscht hatte, stand Anna nackt vor ihrem Kleiderschrank und suchte gerade ihren schwarzen Body, als Tom zur Tür hereinkam. Er stellte sich hinter sie und fing an, ihr Ohr mit seinen warmen Lippen zu liebkosen.

»Ach, Anna, was machst du nur mit mir? Warum muss ich ausgerechnet heute Abend noch einmal weg.«

Er drehte sie zu sich herum, seine Augen blitzten.

»Wahrscheinlich, weil ich mit Paula verabredet bin. Aber ich werde mich beeilen.«

Tom beugte sich zum Abschied weit hinunter und kitzelte ihren Bauchnabel mit seiner Zunge, dann machte er sich mit einer angedeuteten Kusshand auf den Weg. Er musste diese Nacht noch in seine Druckerei zurückfahren, um einen zusätzlichen Auftrag fertigzustellen. Die Zeiten waren härter geworden, und Tom konnte es sich nicht leisten, einen guten Kunden zu verlieren.

Anna sah ihrem Mann nach, dann zog sie sich vollends an. Wie schön war es doch, die Kinder langsam flügge werden zu sehen, dachte sie. Anna war gerne Mutter, und doch hatte sie aufgeatmet, als ihr die Söhne nicht mehr ausschließlich am Rockzipfel gehangen hatten. Die ersten Jahre der symbiotischen Beziehung waren vorüber, aber die Kommissarin empfand deswegen keine Wehmut wie so manche ihrer Freundinnen. Mittlerweile waren ihre Jungen zwölf und vierzehn Jahre alt, Ben, der Ältere, sogar fast schon ein Mann; jedenfalls körperlich, wobei offensichtlich war, wie wenig Körper und Geist bei ihm zurzeit zusammenpassten. In den letzten Monaten hatte er sich immer mehr zurückgezogen. Früher waren, kaum, dass er nach der Schule in der Tür war, die Ereignisse des Vormittags nur so aus ihm herausgesprudelt. Und Anna hatte in solchen Momenten alles stehen und liegen zu lassen, um mit ihrer ganzen Seele für ihn da zu sein, Ratschläge oder Kommentare geben zu können. Heute erzählte Ben zwar immer noch mehr als die meisten Gleichaltrigen, aber Anna spürte, wie sehr er in seiner eigenen Welt verwoben war. Eine Welt, in der es keinen Platz gab für Mütter über vierzig, erst recht nicht, wenn sie der Polizei angehörten.

Anna Greve hatte es sich mit ihrer Freundin Paula in deren Küche gemütlich gemacht. Der kleine Ofen bullerte, und es roch nach Zimt.

»Ich habe heute in der Zeitung über deinen neuen Fall gelesen. Den Toten hab ich übrigens gekannt, ich war sogar mal mit ihm in einer Klasse.«

Paula schenkte den schweren Rotwein in zwei große, dickbäuchige Gläser.

»Ich kann nicht sagen, dass er mir sympathisch war. Trotzdem, eine schreckliche Vorstellung, dass ihn jemand aufgeschlitzt hat.«

»Was für eine Art von Mensch ist er denn gewesen?«

»Rainer Herold war einer von denen, die immer alles besser wissen. Ein echter Klugscheißer. Schon als Kind ist ihm klar gewesen, dass er einmal viel Geld verdienen wollte. Womit, das war ihm, glaube ich, relativ egal, er hat sich für nichts wirklich interessiert.«

»Und wie ist sein Verhältnis zu Frauen gewesen? Konnte er sich Hals über Kopf verlieben?«

Paula rümpfte die Nase.

»Der doch nicht. Ich glaube kaum, dass er irgendwann jemand anderen als sich selbst geliebt hat. Überhaupt war der Typ ein ziemlicher Angeber.«

»Trotzdem muss ihm, wenn seine Eltern Recht haben, genau das passiert sein. Ich meine, dass er sich Knall auf Fall verliebt hat. Möglich, dass er sich verändert hat, die alten Schulgeschichten sind lange her.«

Nun gab Anna ihrer Freundin eine Beschreibung der Frau, nach der sie suchte.

»Angela?«, fragte Paula, die schon immer einen guten Blick für Menschen gehabt hatte. Und eine Frau mit diesem Äußeren wäre ihr auf jeden Fall aufgefallen, wenn sie ihr über den Weg gelaufen wäre. Aber Paula hatte sie noch nie gesehen, und Anna begann sich langsam über das Verhalten ihrer möglichen Zeugin zu wundern. Denn da bisher nirgends eine unidentifizierte, rothaarige Frauenleiche aufgetaucht war, sprach einiges dafür, dass Angela noch lebte. Vielleicht wollte sie sogar verborgen bleiben, überlegte Anna. Nur, was sollte der Grund dafür sein? Falls sie noch lebte, schien sie jedenfalls weder fernzusehen noch eine Zeitung zu lesen. Jedoch konnte die unbekannte Frau, die sich Angela genannt hatte, möglicherweise auch nur verreist sein. Oder sie war sowieso nur auf der Durchreise gewesen und hatte nach ihrem Treffen mit Rainer Herold in Hamburg ihre Fahrt fortgesetzt. Wie auch immer, sie mussten mehr über den Toten in Erfahrung bringen. Möglicherweise würden sich die Spuren, denen sie nachgingen, an irgendeiner Stelle wieder kreuzen und Anna zum Schluss doch noch zu der Rothaarigen führen.

3

Rainer Herold hatte für eine Investmentgesellschaft mit dem Namen Hessen Bank, Kleinworth und Benson gearbeitet. Weber schien um einige Zentimeter gewachsen zu sein, nachdem er Anna erzählt hatte, was er herausbekommen hatte. Wie es aussah, war Rainer Herold in seinem Job äußerst erfolgreich gewesen.

»Er hat sich nur um die großen Fische gekümmert.«

»Und was soll das heißen, Weber?«

»Rainer Herold scheint mit allem gedealt zu haben, was es auf dem Markt gab. Besonders mit Futures und Optionen. Er hat nur ein geringes Festgehalt von der Bank bekommen. Das meiste verdiente er sich durch die Provisionen, die er bei Erfolg von seinen Kunden kassiert hat, meist im fünfstelligen Bereich. In diesem Job kannst du innerhalb von Sekunden zum Rockstar werden und am nächsten Tag nicht einmal mehr in der kleinsten Klitsche auftreten dürfen.«

»Vielleicht hat er diesen enormen Druck nicht mehr ausgehalten und deshalb nach neuen Perspektiven gesucht.«

»Wie auch immer, Rainer Herold hatte sich jedenfalls für eine Woche Urlaub genommen. Sein Chef vermutet, er habe in Hamburg Freunde und Verwandte besuchen wollen.«

»Und doch hatte er auch einen geschäftlichen Termin hier. Weber, wir müssen herausbekommen, was dahintersteckt.«

»Dass man in Herolds Firma nichts von seinen Plänen gewusst hat, wundert mich nicht. Aber es muss darüber hinaus doch noch jemanden geben, dem er davon erzählt hat.«

Anna nahm ihren Mantel aus dem Schrank.

»Kommen Sie, wir fahren aufs Land.«

Die Fahrt über die Autobahn ging schleppend voran, die Straßen waren noch immer vereist, und Anna bemerkte im Gesicht so manches Autofahrers, den Weber überholte, unruhig flackernde Augen. In ihrer Gegend gab es höchstens ein paar Wochen im Jahr wirkliches Winterwetter mit Eis und Schnee. Das war es wohl auch, was die Leute so nervös werden ließ. Sie konnten einfach nicht mit den ungewohnten Straßenverhältnissen umgehen. Ein kleiner Streifen Wintersonne kitzelte Annas Nasenspitze. Sie blinzelte in das Licht und genoss den Augenblick.

Das Elend schaute Anna wenig später aus der rotbraunen Ledersofaecke entgegen, aber sie konzentrierte sich trotzdem auf ihre Arbeit. Doch egal, welche Frage Anna den Eltern von Rainer Herold auch stellte, immer bekam sie nur ein Schulterzucken zur Antwort. Erschreckend, wie wenig Paul und Hilde Herold über das Leben und die Leidenschaften ihres Sohnes wussten. Fast schien es so, als wäre er nicht ihr Kind gewesen, sondern irgendein Mensch, mit dem sie in der Vergangenheit zufällig eine Wohnung geteilt hatten. Anna überlegte, ob es ihr eines Tages ebenso wie dieser Mutter ergehen könnte. Die Vorstellung, ein Kind geboren zu haben, das dann irgendwann, als Erwachsener, völlig fremd geworden vor einem stand, machte die Kommissarin unendlich traurig. Woran mochte es wohl liegen, dass es keinerlei Vertrautheit zwischen ihnen gegeben hatte? Kein Wissen oder Ahnen, was ihren Sohn berührt hatte. Wen er geliebt, wen er gehasst hatte. Weber klappte sein Notizbuch wieder zu. Nicht einen Namen hatte er aufschreiben können. Wenn man den Aussagen seiner Eltern Glauben schenken konnte, schien Rainer Herold, seitdem er flügge geworden war, keine Feinde, aber auch keinen einzigen Freund gehabt zu haben.

Elsa in Maschen, im März 1983

Warum hatte Robin keine Freunde? Ihr Bruder war doch ein liebenswerter Kerl, und seit er in die Schule ging, kannte er endlich auch ein paar andere Kinder seines Alters. Leider hatte Elsa ihn noch nie auf der Straße mit den Jungen beim Fußball gesehen, nicht ein einziges Mal war Besuch für ihn da gewesen. Wenn sie am Abend von ihren Streifzügen in der Siedlung nach Hause kam, leuchtete sein Gesicht auf, so, als habe er seit Stunden auf Elsa gewartet. Dann kletterte er mit seinem neuesten Kipplaster oder einem Buch für Babys auf ihren Schoß und wollte, dass sie sich um ihn kümmerte. Manchmal tat sie es sogar, auch wenn es alles andere als angemessen war, sich in ihrem Alter, immerhin war sie schon elf, noch mit diesem Erstklässler abzugeben. Doch irgendwie war er in Ordnung, und vielleicht einfach zu jung, um von ihrer Hässlichkeit abgestoßen zu sein. Ganz anders Miriam, die jüngere Schwester. »Kleine Prinzessin« wurde sie von Vera genannt. Wenn es im Haus jemals so etwas Ähnliches gegeben hatte wie Fröhlichkeit, dann für sie. Kinderlachen konnte man hören, wenn Miriam mit ihren Prinzessinnenfreundinnen spielte. Sie war noch nicht einmal sechs Jahre alt und hatte schon eine genaue Vorstellung davon, was Schönheit war. Jeden Morgen gab es Theater wegen der Sachen, die sie anziehen sollte. Miriam hasste Hosen. Selbst wenn es draußen regnete oder schneite und es so kalt war, dass einem die Hände am Fahrradlenker festfroren, wollte sie immer nur in ihren Rüschenkleidern in die Vorschule gehen. Oder in dem weißen Rock mit den gelben und orangefarbenen Blumen darauf. Nur dann gab es Streit mit der Mutter, sonst waren die beiden ein Herz und eine Seele. Manchmal, wenn die ganze Familie gemeinsam beim Essen saß, verzog die Kleine das Gesicht, während sie ihre große Schwester mit einem Ausdruck anstarrte, als wäre sie soeben in Hundescheiße getreten. Miriam zeigte auf Elsas kleinen Fleck vor dem Ohr und machte ein Ekelgeräusch. Iiiiih! Dann sah Friedrich, ihr Vater, Veras Prinzessin so lange tadelnd an, bis diese den Blick niederschlug und zu weinen anfing. Jedes Mal bestand der Vater darauf, dass Miriam sich bei Elsa entschuldigte, und jedes Mal wischte Vera diese Forderung beiseite. »Sie ist doch noch so klein, sie versteht nicht, was sie sagt.«

Wenn Friedrich daraufhin die Küche verließ, um sich mit einem Bier auf die Couch zu legen, war sonnenklar, dass es heute Abend wieder Streit geben würde. Manchmal ging das Brummen des Vaters und das schrille Gezeter der Mutter bis weit in die Nacht hinein. Elsa lag in ihrem Bett, und auch wenn sie kein Wort verstand, wusste sie genau, dass es wie immer um sie ging. Wenn sie doch nur groß genug wäre, um zu einem guten Arzt zu gehen. Und wie viele Jahre würde sie noch warten müssen, bis zu jenem verheißungsvollen Tag, an dem sie endgültig dieses Haus verlassen konnte. Wann war sie endlich groß genug für die Welt jenseits der Siedlung?

Weber und Anna waren auf dem Weg zur täglichen Besprechung mit ihrem Vorgesetzten. Als sie an die Tür seines Büros anklopften und keine Reaktion bekamen, gingen sie hinein. Günther Sibelius saß hinter seinem Schreibtisch und schaute ihnen trüb entgegen.

»Was ist los, Chef?«

Sibelius winkte ab.

»Hoffentlich steht in der nächsten Zeit keine Personenüberwachung an, die werden wir dann nämlich ohne Unterstützung von Kollegen aus anderen Abteilungen machen müssen. Hier, gucken Sie sich das an«, meinte er verärgert und warf den Zettel, auf den er bis eben noch gestarrt hatte, quer über den Tisch.

Es war eine Dienstanweisung der Innenbehörde, in der Sibelius' Kompetenzen nachhaltig beschnitten wurden. Die Tendenz war eindeutig. Demnächst würden sie vielleicht sogar noch jede Rolle Faxpapier einzeln beantragen müssen. In der Vergangenheit habe es viele unnötige Ausgaben, ja sogar Verschwendung gegeben, behauptete der Verfasser des Textes. Das solle sich nun ändern.

Hinzu kam noch ein weiteres Ärgernis, das für die Kommissare noch viel Zusatzarbeit mit sich bringen würde. Schließlich mussten die neuen Hilfskräfte, die in Zukunft im Innendienst beschäftigt werden sollten, ja auch von irgendwem eingearbeitet werden.

»Die werden sich bestimmt schon bald wieder eines Besseren besinnen.« Weber versuchte ein aufmunterndes Lächeln.

»Weber, Sie sind ein unverbesserlicher Optimist. Nach dieser unerfreulichen Sache mit Poll als Innensenator und all dem Kasperkram, den wir seinetwegen veranstalten mussten, hatte ich mich wirklich auf ein paar ruhigere Jahre eingestellt. Doch jetzt scheint der Zirkus von vorne loszugehen.«

Anna wusste, dass Sibelius Recht hatte. Die Stadt stand kurz vor der finanziellen Pleite, aber jetzt sollte, wie so oft, wieder einmal an der falschen Stelle gespart werden: Bei der Hamburger Polizei.

Elsa lenkte ihren Mietwagen über die vereiste Autobahn. Sie fuhr sehr schnell. Zu schnell, um die Situation wirklich im Griff zu haben. Aber Kontrolle war auch nicht das Ziel. Elsa wollte spüren, dass sie noch lebendig war; einen Körper besaß und ein Herz, das klopfte. Doch hier, auf dieser viel befahrenen Straße, würde sie nur unnötig auf sich aufmerksam machen, wenn sie weiter in diesem Tempo raste. Elsa betrachtete ihr verschwitztes Gesicht im Rückspiegel, dann nahm sie den Fuß vom Gas. Sie bog von der Autobahn ab und nahm die Landstraße in Richtung Maschen. Jetzt hatte sie einen großen Haufen Zeit und endlich den Raum vor sich, das Richtige zu tun. Fast fühlte sie so etwas wie Freude bei dem Gedanken an die Aufgabe, die vor ihr lag. Ihr Liebster, wie würde er sich freuen, wenn er Elsa nach so langer Zeit nun endlich wieder sehen würde. Bald würde es so weit sein.

Sorgfältig bürstete Torsten Lorenz die Flusen von seiner Uniformjacke, bevor er sie anzog. Anschließend betrachtete er die braunen Lederschuhe, die noch immer schmutzig im Hausflur standen.

»Marianne!«

Torsten Lorenz sah auf seine Armbanduhr. Wenn er jetzt auch noch anfangen musste, seine Schuhe zu putzen, würde er zu spät kommen. Und Torsten hasste es, unpünktlich zu sein. »Marianne!«, rief er wieder, dieses Mal lauter. Eine schlanke Frau mit langen, blonden Haaren zeigte sich kurz in der Tür. Früher war sie das schönste Mädchen der ganzen Gegend gewesen, doch die täglichen Sorgen hatten über die Jahre hinweg einen verbitterten Ausdruck in ihrem Gesicht hinterlassen. Torsten Lorenz zeigte vorwurfsvoll auf seine Schuhe.

»Mensch, Marianne, habe ich dich nicht erst heute

Morgen gebeten, die sauber zu machen. Das ist doch nun wirklich nicht zu viel verlangt.«

»Zieh halt die Schwarzen an«, erwiderte sie ungerührt und verschwand im Wohnzimmer. Missmutig folgte er ihrer Aufforderung, in dem unguten Gefühl, dass diese Schuhe nicht zu seiner Uniform passten. Dann machte er sich auf den Weg zur Sitzung der Freiwilligen Feuerwehr. Heute würden die Wettbewerbsergebnisse bekannt gegeben werden. Torsten war das Resultat bereits bekannt, seine Jungs hatten den zweiten Platz von acht Zügen belegt. Doch so recht darüber freuen konnte er sich nicht, Marianne hatte es wieder einmal geschafft, ihn zur Weißglut zu bringen. Waren sie überhaupt jemals glücklich miteinander gewesen? Dabei lag ihm so viel daran, die Leute genau dies glauben zu machen, und er war bisher sehr erfolgreich damit gewesen. Kein Kumpel im Schützenverein oder bei der Feuerwehr, der ihn nicht um seine schöne Frau beneidete. Torsten Lorenz lachte boshaft in sich hinein. Er würde nachher noch auf ein paar Bier in den Dorfkrug gehen und Marianne daheim auf ihn warten lassen. Am wirkungsvollsten strafte er sie immer noch dadurch, dass er sich ihr entzog.

Sobald sie Torsten Lorenz aus dem Haus kommen sah, zog Elsa ihren Notizblock hervor und notierte die Uhrzeit. Sein Haar war immer noch voll, sein Gesicht, die ganze Gestalt nicht groß verändert. Doch Torsten trug eine lächerliche Uniform, fast wie ein Soldat in einem Science-Fiction-Film. Nun öffnete er das Garagentor, stieg in einen schwarzen Geländewagen und fuhr die Straße hinunter. Elsa ließ sich Zeit, bevor auch sie ihr Auto startete und ihm langsam, und ohne die Scheinwerfer einzuschalten, folgte. Nach ungefähr einem Kilometer schien er sein Ziel erreicht zu haben. Vor einer hell erleuchteten quadratischen Halle machte er Halt und stieg aus. Sogleich trat ein fassförmiger Mann, der die gleiche kindische Uniform wie Torsten trug, auf den Geländewagen zu und begrüßte seinen Kumpel mit lautem Hallo. Dabei fielen die spärlichen, aber lang gewachsenen Haarreste des Dicken, die er sich in einer abenteuerlichen Frisur über den Scheitel bis in die Stirn hineingezogen hatte, in sein feistes Gesicht. Elsa lachte heiser. Wie sehr hatte Torsten dieses Dorfleben früher gehasst. Alles hatte er sich vorstellen können. Zum Beispiel, nach Australien zu gehen mit nichts als ein paar guten Ideen im Kopf. Oder in einem dieser alten Hausboote zu wohnen, in Amsterdam, um mit Hund und Gefährtin die Zeit totzuschlagen und ab und zu ein paar Bilder für bescheuerte Touristen zu malen. Solche wie den Dicken neben ihm. Alles hatte er sich vorstellen können, nur nicht so ein Vereinsmeier zu werden wie schon sein Vater vor ihm. Wie armselig konnte das Leben sein. Elsa blieb noch eine Weile in der Nähe des Feuerwehrhauses stehen, dann wendete sie den Wagen und fuhr ins Hotel zurück. Sie hatte genug gesehen. Hier würde heute nichts mehr stattfinden, außer einem Besäufnis höchstwahrscheinlich und spießigen kleinen Witzen.

Friedhelm Maier beobachtete das Wendemanöver des dunkelblauen Peugeots, der bis eben noch in einiger Entfernung von ihnen am Straßenrand geparkt hatte. Dann machte er seinen Feuerwehrbruder auf den gerade davonfahrenden Wagen aufmerksam und meinte: »Du, da ist dir jemand gefolgt, Torsten.«

»Was?«

»Da war ein Auto. Hat ’ne Frau dringesessen oder so ein Langhaariger.«

»Blödsinn.«

»Nee, im Ernst. Als du vorhin auf den Hof kamst, ist er

ohne Licht hinter dir her. Hat da hinten gestanden. Hast du etwa 'ne neue Flamme?«

Torsten sah den Rücklichtern des dunklen Kleinwagens nachdenklich hinterher. Dann sagte er: »Quatsch, komm, lass uns reingehen.«

Mit einer Motorsäge und zwei Äxten bewaffnet näherten sich die Greves dem riesigen Holzstapel in ihrer Einfahrt. Paul und Ben hatten sich breitschlagen lassen, mit anzupacken. Zuerst schleppten sie Stück für Stück nach hinten in den Garten, wo Anna die Stämme in kleinere Abschnitte sägte und Tom und Ben sie anschließend mit der Axt bearbeiteten. Paul hatte die Aufgabe übernommen, die Holzscheite unter dem Dachvorstand des Hauses aufzustapeln. Der Vormittag war über dieser ungewohnten Arbeit schnell vergangen, und als sich ihre Familie danach über den von ihr gekochten Gemüseauflauf hermachte, war es ganz still geworden. Niemand beschwerte sich heute über zu viel oder zu wenig Salz, und Anna freute sich an der Ruhe und dem Appetit ihrer Männer. Für sie war alles genau so, wie es sein sollte.

»Was haltet ihr von einem gemütlichen Abend«, fragte sie von dem Gedanken erfüllt, diesen Moment noch länger festzuhalten.

»Nee, ich bin doch auf 'ne Fete eingeladen!« Ben sah sie beschwörend an. »Und du hast erlaubt, dass ich da schlafen darf.«

Tom fiel im nächsten Augenblick auch etwas ein, was dem entgegensprach, und Anna sah sich schon allein mit ihrem Jüngsten auf dem Sofa vor dem Fernseher sitzen.

»Ich habe ganz vergessen, dir zu sagen, dass Jan in der Stadt ist. Er kommt nachher vorbei.«

Anna schenkte ihrem Mann einen raschen Blick. Nie und nimmer hatte Tom vergessen, ihr das zu mitzuteilen.

»Auch gut«, erwiderte Anna ruhig. »Machen wir uns eben zusammen mit deinem Bruder einen gemütlichen Abend.«

Die Kinder waren wieder an die Arbeit gegangen, Tom und Anna blieben für einen Moment allein im Haus zurück.

»Vertraust du mir nicht?«, wollte Anna wissen.

Tom sah seine Frau nachdenklich an.

»Ich wollte mich wirklich niemals zwischen euch stellen«, fügte sie noch hinzu.

»Ich weiß, trotzdem habe ich ein merkwürdiges Gefühl.«

Anna erwiderte darauf nichts, sondern streichelte nur Toms Wange. Dann ging sie nach oben, um sich zu überlegen, was sie heute Abend anziehen sollte. Ein Blick in den Spiegel zeigte Anna, dass sie wieder einmal vergessen hatte, zum Friseur zu gehen. Egal, wegen Jan wollte sie sich eigentlich gar keine Umstände machen und war doch gerade dabei, genau das zu tun.

Torsten Lorenz saß in seinem Büro und gähnte. Sein Versuch, sich auf die Arbeit zu konzentrieren, fiel ihm schwer. Zum Glück war heute Samstag, sodass er nur noch ein bisschen durchhalten musste. Gestern auf der Rückfahrt vom Feuerwehrtreffen hatte er aufmerksam in den Rückspiegel geblickt, um zu prüfen, ob ihn jemand verfolgte. Doch um diese Zeit war kein einziges Auto mehr auf der Straße zu sehen gewesen. Friedhelm musste sich geirrt haben. Obwohl Torsten die Vorstellung, dass sich eines seiner Häschen eine solche Mühe machen könnte, durchaus gefiel. Claudi vielleicht? Hatte sie sich tatsächlich dermaßen in ihn verguckt? Claudi war zwar nicht die Hellste, aber sie himmelte ihn, ganz im Gegensatz zu seiner Frau Marianne, wenigstens an. Seine Alte verhielt sich wirklich merkwürdig in der letzten Zeit. So hatte Marianne gestern Abend nicht wie sonst herumgezetert, als Torsten viel zu spät nach Hause gekommen war. Lange nach Mitternacht war er gut abgefüllt ins Schlafzimmer gestiefelt, aber sie hatte sich nur kurz umgedreht. Ein gleichgültiger Blick hatte ihn getroffen, fünf Minuten später hatte Marianne schon wieder tief und fest geschlafen. Er war derjenige gewesen, der danach keine Ruhe mehr hatte finden können. Warum ließ sie sich nicht mehr aus der Reserve locken?

Torsten Lorenz verließ sein Büro und ging in die Fabrikhalle hinüber, in der die Garne auf den Spulen schnurrten. Aber weder ihre Farbenpracht noch die Geschäftigkeit um ihn herum vermochten ihn heute aufzuheitern. Auch der Anblick der neuen Arbeiterinnen aus Polen schaffte das nicht. Beide waren jung und ansehnlich und tauschten immer kokette Blicke, wenn er sich näherte. Unwahrscheinlich, dass seine Verfolgerin von gestern eine von ihnen gewesen sein könnte, denn sie besaßen kein Auto. Torsten Lorenz sah auf seine Uhr. Bald war Mittagszeit, aber heute würden Marianne und die Kinder vergeblich auf ihn warten. Im Krug gab es Lendenbraten. Nach dem Essen würde er noch ein bisschen durch die Gegend gondeln und anschließend pünktlich zur Sportschau sein wohlverdientes Wochenende vor dem Fernseher einläuten.

Elsa sah von ihrem Wagen aus zu, wie sich die Arbeiterinnen vor der Fabrikhalle, die Torsten gehörte, voneinander verabschiedeten. Jetzt konnte es nicht mehr lange dauern, bis auch die anderen Angestellten in ihr Wochenende aufbrechen würden. Wahrscheinlich würde Torsten als Letzter herauskommen, schließlich hatte es sein Vater auch immer so gehalten.

Aus den vielen Fragmenten in Elsas Kopf begann sich langsam ein Bild zu formen, ihr Plan fing an, Gestalt anzunehmen. Ja, sie musste in die Fabrik hineinkommen, einen Moment in der Halle unbeobachtet sein und dann ... Aber wie sollte sie sich Torsten unauffällig nähern? Sie konnte sich doch unmöglich in seinem Laden vorstellen und vorgeben, auf der Suche nach Arbeit zu sein. Auch die Idee, sich als Vertreterin für Garne oder Maschinen auszugeben, verwarf Elsa wieder. Beide Möglichkeiten bargen einen entscheidenden Nachteil, ein Risiko, das ihr gefährlich werden konnte. Es würde Zeugen für ihren Besuch in der Fabrik geben. Irgendjemand, der sie von früher kannte, würde sie möglicherweise wiedererkennen. An einer Kleinigkeit, ihrem Blick oder der Art ihres Ganges. Er käme vielleicht auf die Idee, dass es eine Verbindung zwischen ihr und dem Mädchen Elsa geben könnte. Nein, alles musste ganz unbeabsichtigt erscheinen, zufällig sollte es für Torsten aussehen. Er würde sich keine Sorgen machen, bis zum letzten Augenblick. Dem Moment, in dem er sterben musste. Frauen machten nur Fehler, wenn sie versuchten, zu denken wie Männer. Selbstvergessen kaute Elsa weiter auf einer Stange Sellerie herum, die sie vorhin im Supermarkt erstanden hatte. Das mahlende Geräusch ihres Kiefers versetzte sie in einen Zustand der Ruhe, der beinahe einer Meditation gleichkam. Elsa betrachtete ihr Problem von allen Seiten, und dann kam ihr schließlich eine Idee. Jetzt musste sie nur noch den richtigen Zeitpunkt abwarten. Doch sie konnte sehr geduldig sein, wenn es erforderlich war.

Elsa in Maschen, im Juli 1984.

Elsa hatte ihre Streunereien ausgedehnt, mittlerweile wagte sie sich sogar weit über die Grenze der Siedlung hinaus. Es gab so viel zu entdecken, dass die Zeit dafür bei Weitem nicht ausreichte. Und so konnte sie sich gerade jetzt, da das Wetter so schön war, oft nicht entschließen, in die Schule zu gehen. Sie hatte sich angewöhnt, noch vor den anderen das Haus zu verlassen. So konnte sie niemand beobachten oder bei den Eltern verpetzen. Immer öfter bog sie nun nicht links in die Schulstraße ein, sondern fuhr einfach weiter geradeaus. Kam an, wo ihr die Straßen und Häuser, vor allem aber die Menschen fremd waren. Hier sagte niemand guten Tag und bedachte sie dabei mit einem mitleidigen Blick. Hier war sie einfach nur ein fremdes Mädchen, um das man sich nicht weiter kümmerte. Jenseits der Grenzen ihrer vertrauten Welt schienen die Glasscherben bunter zu sein. Durchsichtiger in ihren Farben und von einem geheimen Glanz, fast wie Edelsteine. Und sie waren auch viel größer, so kam es ihr jedenfalls vor. Wenn sie dann aber, zu Hause angekommen, ihre neuen Schätze mit den alten in der Holzkiste verglich, waren sie auf einmal nichts Besonderes mehr. Sie hatten das Feuer, den edlen Glanz verloren, waren nur noch kleine Stückchen von zerbrochenem Glas, weiter nichts. Genauso wenig wert wie sie selbst.

Jan war schmaler geworden, erwachsener. Anna fand, dass es ihm gut stand. Zögernd nahm sie Jan in den Arm und versuchte, sich den Anschein zu geben, als wäre diese Geste nichts Besonderes für sie. Sein Blick traf Anna nur für einen kurzen Augenblick, dann ging er mit seinen Paketen ins Wohnzimmer, wo ihm die Jungen um den Hals fielen. Anna fühlte Toms Hand auf ihrer Schulter, sie war warm und fest. Trotzdem hatte sie auf einmal einen muffigen Geruch in der Nase. Es roch wie früher in der Kirche, beim Abendmahl. Wenn sich der Pastor über sie gebeugt, sein modriger Talar dabei ihr Gesicht berührt und er anschließend seine Finger auf ihre Stirn gelegt hatte, um sie zu segnen, genau dann hatte es so gerochen. Sie versuchte dem Drang zu widerstehen, sich die Nase zuzuhalten. Konzentrierte sich auf das Ausatmen und darauf, dass dieser Moment bald vorüber sein würde. Anna sah ihren Mann Tom zu den anderen hineingehen und konnte keinen Schritt mehr tun. Reglos stand sie da, und es kam ihr so vor, als wären Stunden vergangen seit diesem Blick von Jan, seit dieser Hand von Tom. Jetzt stürmten Ben und Paul ohne ihre Mutter zu bemerken an Anna vorbei die Treppe hoch, und auch die beiden Brüder im Wohnzimmer waren nur miteinander beschäftigt. Vielleicht sollte sie mit Henry einen Spaziergang machen, überlegte Anna. Leise drehte sie sich um und schloss die Tür. Am wichtigsten war jetzt, dass Tom und Jan wieder einen Weg zueinander fanden, dabei störte sie nur. Anna ging in den Flur und nahm sich ihre Daunenjacke von der Garderobe. Während sie sich anzog, konnte sie hören, was drinnen gesprochen wurde.

»Ist schön, dich zu sehen.« Jan lachte verlegen.

»Ja.«

»Wir müssen reden, Tom.«

»Lass uns zuerst etwas trinken.«

Sie nahm nicht den geraden Weg, sondern lief lieber querfeldein über die Felder. Um diese Jahreszeit hatten die Bauern nichts dagegen, und auch Henry wusste genau, dass er, wenn das Getreide erst einmal gemäht war, darauf herumtollen durfte, so wie jetzt. Es war kalt, und der Schneeregen machte das Gehen nicht gemütlicher. Sie hatte vergessen, Handschuhe und Mütze mitzunehmen, der Wind zerrte an ihren Haaren und ließ sie frösteln. Anna beschleunigte ihren Schritt und zwang sich, nicht darüber nachzudenken, was jetzt vielleicht gerade bei ihr zu Hause geschah.

Als sie wieder zurückkam, stand Jans Auto nicht mehr vor der Tür.

»Wo bist du gewesen«, fragte Tom mit ernster Stimme.

»Ich wollte euch die Gelegenheit geben, allein zu sein.«

»Wenn ich mit Jan allein sein wollte, hätte ich mich nicht hier mit ihm verabredet.«

»Ich habe es gut gemeint.«

Doch in seinen Augen konnte sie lesen, dass ihr guter Wille nicht bei ihm angekommen war. Für Tom musste ihr plötzlicher Aufbruch nach Flucht ausgesehen haben. War es denn Flucht gewesen? Anna füllte Henry frisches Wasser in seinen Napf, gab ihm einen Knochen und ging ins Wohnzimmer zurück.

»Wie ist es gelaufen?«

»Wir treffen uns morgen noch einmal in der Stadt.«

Sie öffnete die Kamintür, legte Anzünder und Holz hinein und zündete das Feuer an. Es war noch immer kalt im Haus. Und Eiseskälte herrschte auch zwischen ihnen.

Ein ungemütlicher Tag, dieser Sonntag. Draußen war alles grau, es regnete in Strömen, und die Wassermassen wischten auch noch den letzten Rest von Schnee beiseite. Hinterließen nichts als Matsch und Traurigkeit. Am liebsten wäre Anna im Bett liegen geblieben, doch sie hatte sich aufgerafft, um das Frühstück für ihre Familie zuzubereiten. Danach war Tom in die Stadt gefahren und die Jungen zum Sport, nur Anna saß noch immer in der Küche herum. Die Ruhe im Haus, die sie sonst so sehr genoss, war plötzlich zu ihrem Feind geworden. Sie sah sich um, starrte die Dinge an, mit denen sie sich selbst umgeben hatte, und dachte an Jan.

Warum hatte Tom sie nicht einfach in den Arm genommen? Vielleicht war es ein Fehler gewesen, sich gestern so ohne Worte aus dem Staub zu machen, trotzdem hätte sie von Tom ein wenig mehr Verständnis erwartet. War das hier wirklich ihr Platz im Leben? Zum Teufel mit der Grübelei. Anna lud Henry und zwei Eimer voller Boskopäpfel in ihren Wagen und machte sich auf den Weg zu Paula. Vielleicht würde ihr ja eine Apfelmusschlacht über ihre melancholische Stimmung hinweghelfen.

»Kannst du dich nicht mal am Wochenende zusammenreißen, Torsten? Hast noch immer eine Fahne von gestern.«

Marianne Lorenz sah ihren Mann angewidert an.

»Wenn du zu Hause bist, rennst du unrasiert und in ausgelatschten Jogginghosen herum, aber draußen spielst du den amüsanten Verführer. Ich glaube kaum, dass dich eines deiner Flittchen geschenkt haben wollte, könnte es dich jetzt so sehen.«

Marianne machte auf dem Absatz kehrt. Im Hinausgehen rief sie noch: »Wenigstens zum Essen solltest du dich umziehen. Denk an die Kinder.«

»Ach, lass mich doch in Ruhe, alte Ziege!« Torsten Lorenz warf die Zeitung auf den Fußboden, und zwanzig Minuten später krachte die Haustür der Lorenzens ins Schloss. Torsten stieg in seinen Wagen und fuhr, ohne sich noch einmal umzusehen, mit quietschenden Reifen davon. Marianne, dieses Biest, brachte ihn sogar dazu, auch noch am Sonntag ins Geschäft zu fahren. Eigentlich hatten sie sich für heute vorgenommen, einen Ausflug zu unternehmen, aber er sah nicht ein, Marianne für ihre Frechheiten auch noch zu belohnen. Sollte sie doch zusehen, wo sie mit ihren Blagen blieb. Schließlich war sie diejenige gewesen, die unbedingt Kinder hatte haben wollen. Er verdiente immerhin das Geld für sie alle, das war mehr als genug. Da musste sie schon einen Sonntag lang in der Lage sein, die beiden Gören allein bei Laune zu halten. Und heute würde er auch nicht nach Hause kommen, um ihren schlecht gewürzten Braten zu essen. Seine Alte, ständig mäkelte sie an ihm herum, dabei fehlte es ihr an nichts. Kein Wunder, dass ihn schon so mancher Rock in Versuchung geführt hatte. Jetzt war Marianne auch noch dazu übergegangen, ihn zu ignorieren. Es wurde Zeit, dass sie endlich zur Vernunft kam, er konnte auch anders. Torsten Lorenz wusste, wie man mit Frauen umging.

Elsa sah ihren Liebsten davonfahren, dann verwischte sich das Bild. Der Traum fing an, sie bis hinüber in ihre wache Welt zu verfolgen. Elsa hielt am Straßenrand und rieb sich die Augen. Mit aller Kraft versuchte sie, sich auf die Gegenwart zu konzentrieren. Der schwarze Geländewagen war unterdessen wieder aus ihrem Gesichtsfeld verschwunden. Wo war Torsten geblieben? In dieser wütenden Stimmung konnte er wohl kaum zum Frühschoppen gefahren sein. Was würde er stattdessen tun? Elsa erinnerte sich an Torstens Vater, dem an den Wochenenden meist nichts anderes eingefallen war, als zu arbeiten. Sie startete den Motor und fuhr los.

Ihr Gefühl hatte Elsa nicht getrogen, als sie an ihrem Ziel ankam. Torstens schwarzer Geländewagen parkte im Hof der Näherei. Wie zuvor stellte sie sich auf einen versteckten Parkplatz, von dem aus sie den Eingang schräg gegenüber gut im Blick hatte. Erst jetzt fiel ihr das neue Firmenschild auf. Nicht mehr Hans Lorenz, sondern sein Sohn Torsten war mittlerweile Inhaber der Fabrik. Torsten schien auch nicht gerade ein erfülltes Leben zu haben, dachte Elsa. Nun machte es ihr nichts mehr aus, lange zu warten.

»Er hat einen Blick, so tief wie das Meer. Paula, was soll ich nur tun?«

Die Äpfel kochten leise vor sich hin, Henry lag auf seinem Platz vor der Küchentür, und Anna band sich gerade ihre verschmierte Schürze ab. Doch ihre Freundin antwortete nicht direkt, sondern meinte nur: »Jetzt haben wir uns erst mal ein Gläschen verdient, prost.«

Anna fühlte den kühlen Prosecco auf ihrer Zunge prickeln, schluckte ihn hinunter und seufzte.

»Bleib ruhig«, riet ihr Paula nun, »ich denke, du hast dich entschieden.«

»Das hat doch damit nichts zu tun. Warum guckt Jan mich noch immer so an?«

Paula tätschelte ihren Po. Dann begann sie, Anna zu kitzeln, bis diese vor Lachen kaum noch Luft bekam.

»Du bist eben ein hübsches Kind. Wäre ich nicht so hoffnungslos auf Männer fixiert, würde ich auf der Stelle etwas mit dir anfangen.«

»Ach, Paula, ich bin schon wieder mittendrin, mich zu verzetteln. Nie habe ich genug Zeit oder Kraft für all die Dinge, die von mir erwartet werden. Manchmal beneide ich meine ledigen und kinderlosen Kollegen. Die haben alle Zeit der Welt, sich auf das Wesentliche zu konzentrieren.«

»Meinst du etwa, die hätten nichts mit der Liebe am Hut? Sieh mich an. Und jetzt erzähl, habt ihr die rothaarige Frau denn schon gefunden?«

Als Torsten gegen Mittag wieder in seinen Wagen stieg, folgte Elsa ihm in gebührendem Abstand. Sie hatte vermutet, dass er nach Hause fahren würde, doch stattdessen parkte er nun wie gestern vor dem Gasthof und ging hinein. Elsa biss in ihr Sandwich und wartete. Während sie auf die Eingangstür starrte, kam ihr Johannes in den Sinn.

Johannes war einer ihrer ehemaligen Liebhaber, Elsa hatte ihn während des Studiums kennen gelernt. Von Anfang an hatte er die Augen nicht von ihr lassen können. Er war ein sympathischer, zuverlässiger Mann gewesen, der alles dafür getan hatte, dass Elsa sich in ihn verliebte. Elsa hatte sich von seinem Interesse an ihr geschmeichelt gefühlt, aber ihr Herz hatte Johannes nie gehört. Trotzdem hatte sie sich mit ihm zusammengetan und gehofft, dass Johannes vielleicht in der Lage war, ihr zu geben, wonach sie sich sehnte. Wonach hatte Elsa sich eigentlich gesehnt in dieser Zeit? Nach einer Familie, einem Zuhause, nach Geborgenheit, wahrscheinlich nach all dem Mist. Elsa lachte verächtlich, an Torsten konnte man doch sehen, wohin das führte. Ja, mit Johannes hätte es klappen können. Aber warum hatten sie seine Zärtlichkeiten dann trotzdem so unberührt gelassen in all den Monaten? Damals hatte Elsa sich mit dem Gedanken beruhigt, dass sie ihn eben nicht genug liebte. Zwei Jahre lang hatte ihr Spiel gedauert, Johannes konnte schließlich nicht wissen, dass sie in einem Kokon gefangen war. Sie hatte es ja selbst nicht gewusst. Elsa ließ Johannes immer nur gerade so nah an sich heran, dass er motiviert war, weiterzumachen. Elsa konnte seine Nähe nicht ertragen, doch ohne ihn zu leben schien ihr ebenso unvorstellbar zu sein. Und sie genoss es, Macht über Johannes zu besitzen. Irgendwann hatte er dann genug gehabt von ihr, das war der Augenblick, in dem Elsa angefangen hatte, ihn zu lieben. Nach Johannes hatte es andere Männer gegeben, doch es waren immer kurze Affären geblieben. Und an all dem war nur Torsten schuld. Elsa schlug mit der Hand gegen das Steuer, in ihr war eine große Wut.

Elsa in Maschen, im Sommer 1984.

Jenseits der Siedlung begann die Welt. Hier standen die schönen Häuser, hier waren auch die Menschen schön und gepflegt. Und die Kinder in den großzügigen Gärten spielten andere Spiele. Jedenfalls kam es Elsa so vor, wenn sie vom Fahrrad aus vorsichtige Blicke auf das Leben warf. Einmal hatte eine Frau in einem dieser Gärten sie sogar zum Mitmachen eingeladen. Sie hatte auf einer hölzernen Gartenliege mit schneeweißem Bezug gelegen und das Spiel ihrer Kinder beobachtet. Elsa hatte das auch getan, vom Fahrrad aus. Fast wäre sie ins Straucheln geraten, weil ihre Augen sich nicht lösen konnten, und genau in diesem Moment hatten sich ihre Blicke getroffen. Die Frau im Garten hatte sie freundlich angelächelt. Möchtest du auch etwas trinken, hatte sie gefragt und dabei ihre Arme einladend weit ausgebreitet. Elsa hatte hinter sich geschaut, aber da stand niemand anderes, da war nur sie. Zuerst hatte sie ein paar Schritte auf den Zaun zu gemacht, dann hatte sie begriffen. Die freundliche Frau hatte nur ihr halbes Gesicht gesehen, ihre grässliche Seite war verborgen geblieben. Und Elsa wollte, dass es dabei blieb. Ich muss nach Hause, hatte sie deshalb gemurmelt und war schnell weitergefahren.

Das Lachen war immer bei den anderen.

Viele Male noch war sie zurückgekehrt zu diesem besonderen Haus mit der freundlichen Frau, aber sie achtete darauf, dass man sie nie wieder sah. Sie fuhr nur noch los, wenn es dunkel war oder regnete. Elsa konnte mehrere

Stunden unter einem der erleuchteten Fenster stehen, atemlos vor Sehnsucht, vor Gier, sich in ein fremdes Leben zu schleichen. Sie begann, sich Geschichten auszudenken. Über die Menschen, die dort wohnten. Elsa kaufte sich eine große Kladde und schrieb diese Geschichten auf. Es war wie das Erschaffen eines anderen Kosmos, ein Märchen nur für sie. Es war ihre neue Familie. Sie fügte sich ein, wurde ein Teil dieses fremden Lebens, das sie von außen beobachtet hatte, und manchmal wurde es sogar zu ihrem eigenen. Dann war das Lachen auch bei ihr.

Torsten Lorenz war gerade im Begriff, loszufahren, als er am Straßenrand eine attraktive Frau bemerkte, die ganz nass vom Regen war und ihm aufgeregt Zeichen gab. Er betätigte den Fensterheber.

»Kann ich Ihnen helfen?«

»Wenn Sie etwas von Autos verstehen.«

Torsten sprang aus seinem Geländewagen und schielte auf die schönen Beine der Frau.

»Wo steht er denn?«

Elsa deutete in die schlecht beleuchtete Seitenstraße, um diese Zeit war das Gewerbegebiet wie ausgestorben.

»Ich habe mich total verfranst.« Zum Beweis schwenkte sie einen aufgeweichten Stadtplan durch die Luft. »Jetzt habe ich auch noch den Motor abgewürgt, da geht nichts mehr.«

Sie schaute ihn hilflos an, und Torsten Lorenz legte sogleich einen Arm um sie.

»Na, na, wird schon nicht so schlimm sein. Wir schaffen das schon.«

So aufgekratzt wie in diesem Augenblick hatte Elsa ihn die ganzen Tage, seit sie ihn beobachtete, noch nicht gesehen. Torsten schien tatsächlich einmal mehr mit dem beschäftigt zu sein, von dem sie wusste, dass er es am liebsten tat. Darauf hatte sie gesetzt und sich nicht getäuscht, ihr Liebster ließ noch immer nichts anbrennen.

Nun schaute Elsa zur Fabrik hinüber.

»Arbeiten Sie hier?«

»Mir gehört der Laden.«

Gerade hatte er ihren Wagen wieder in Gang gebracht, und Elsa lobte ihn für seine Kompetenz. Jetzt schenkte sie ihm einen Kleinmädchenblick und zupfte mit den Fingern an ihrer Jacke herum.

»Darf ich Sie vielleicht um einen weiteren Gefallen bitten?«

»Nur zu.«

»Ich bin durch das Herumstehen im Regen ganz nass geworden. Ob ich mich wohl kurz bei Ihnen umziehen könnte?«

Sie nieste.

»Wenn's weiter nichts ist. Ich müsste auch noch einen Rum dahaben.«

Elsa nahm ihre Reisetasche mit den Werkzeugen vom Rücksitz und ging hinter ihm auf das Fabrikgebäude zu. Als er die Eingangstür aufschloss und Licht machte, drehte sie sich so, dass ihr Gesicht weiter im Halbdunkel lag. Sie musste vorsichtig sein, Torsten hatte sie schließlich einmal gut gekannt. Doch er hatte nichts bemerkt, redete stattdessen weiter auf sie ein, was heute wohl seine Art war, einer Frau zu zeigen, dass er sie attraktiv fand. Elsa nickte und bejahte, dann sah sie kurz auf ihre Armbanduhr. Sollte sie es jetzt wirklich wagen? Ja, eine bessere Gelegenheit würde sich wohl nicht mehr ergeben. Und wenn die Leute vom Wachdienst genauso arbeiteten wie an den Tagen zuvor, würde sie auch ausreichend Zeit haben. Gerade zeigte ihr Torsten den Umkleideraum der Arbeiterinnen.

»Hier können Sie sich frisch machen. Ich werde uns beiden Hübschen derweil einen steifen Grog zaubern. Lassen Sie sich ruhig Zeit.«

Elsa sah Torsten in einem der hinteren Räume verschwinden. Nun konnte sie unbemerkt in die Halle kommen. Und falls es hier noch annähernd so war wie früher, würde es nicht lange dauern, bis sie die geeignete Stelle gefunden hätte. Elsa zog sich ihr Kleid und die taillierte Jacke an und schlich den Flur entlang. Die erste Schraube ließ sich kinderleicht lösen, sie brauchte nicht einmal das Sonax dafür. Elsa war zufrieden. Torsten musste nachher nur genau an der Stelle zu stehen kommen, an der sie sich gerade befand, und sie musste dafür sorgen, dass er sich nicht zu früh bewegte. Schnell stahl sich Elsa in den Umkleideraum zurück. Nicht eine Sekunde zu früh, denn Torsten kam aus dem hinteren Raum mit zwei Gläsern in der Hand zurück und auf sie zu.

Elsa warf ihre Haare zurück und gurrte: »Diese alten Hallen wirken sehr anregend.«

Torsten Lorenz reichte ihr ein Glas hinüber. Dabei wanderten seine Augen begehrlich über ihren wohlgeformten Körper.

»Haben Sie Lust auf eine Führung?«

Sie lächelte.

»Auch das.«

Als er das Licht in der Halle einschalten wollte, legte sie ihre Hand auf seine.

»Lass es, wie es ist. Da, schau.«

Der Vollmond schien durch die Fensterfront herein und verzauberte den hohen Raum. Die Maschinen wirkten, als ob sie sich im nächsten Moment bewegen könnten. So, als besäßen sie einen Willen und ein eigenes Leben. Fast fühlte sie sich genauso von ihnen beobachtet wie von dem silbrig schimmernden Erdtrabanten in der Fensterscheibe. Elsa zog ihre Jacke aus.

»Was ist dort hinten?«

»Das Lager für die Garnvorräte.«

Sie ging weiter, dann hockte sie sich hin und breitete ihre Jacke vor einem großen, frei im Raum stehenden Regal auf dem Fußboden aus.

»Ein schöner Platz, komm«, meinte sie, während sie sich auf die Jacke setzte und herausfordernd auf den Bodenplatz neben sich klopfte. Torsten Lorenz fuhr sich nervös durch die Haare. Er hatte doch gleich gemerkt, dass diese Kleine ziemlich scharf war, aber dass es nun so schnell zur Sache gehen sollte, brachte ihn für einen Moment aus dem Konzept.

»Bin sofort zurück«, murmelte er und machte sich in Richtung Küche davon. Noch ein Schluck Rum aus der Flasche, dachte er sich, dann konnte es losgehen.

Als er endlich neben ihr lag, ging Elsa zielstrebig voran. Torsten Lorenz versuchte sich derweil am Verschluss ihres Kleides, die andere Hand schob den Saum hoch und nestelte an der Naht ihres Slips. So etwas Heißes hatte er seit Jahren nicht mehr erlebt. Marianne würde wahrscheinlich gerade zu Haus mit dem Abendbrot auf ihn warten. Er sah sie in Gedanken hinter dem Küchenfenster stehen, nach ihm Ausschau halten und sich Vorwürfe machen. Geschah seiner Alten ganz recht, mit ihren ewigen Nörgeleien. Von dieser Frau könnte sie sich einiges abgucken, die verstand etwas von Männern. Soeben hatte Elsa den Gürtel und den Reißverschluss seiner Hose geöffnet. Torsten lehnte sich entspannt zurück, heute schien sein Glückstag zu sein. Voller

Vorfreude, dass sie gleich tun würde, wovor Marianne sich ekelte, streichelte er der fremden Frau über den Rücken, als diese auf einmal aufstand und sich in Richtung Umkleiden davonmachte.

»Warte, ich bin gleich wieder da.«

4

Der Abspann von »Ein Mann zum Verlieben« flimmerte über den Bildschirm. Paula flegelte neben ihrer Freundin Anna auf der Couch herum und schnäuzte sich geräuschvoll die Nase. Sie hatte Anna den Film als Medizin gegen ihre trüben Gedanken empfohlen, und Paula war unerbittlich, wenn es darum ging, ihre Freundin aufzumuntern. Anna starrte aus dem Fenster in die Dunkelheit hinaus und rieb sich ihre brennenden Augen. Paulas Medizin hatte leider nicht gewirkt, genauso wenig wie die Apfelmusschlacht. Das klebrige Zeug lag ihr wie ein Klumpen im Magen, schwamm in einem Liter Prosecco herum und verursachte mit Sicherheit ihre kneifenden Bauchschmerzen. Schwerfällig mühte sie sich aus der Sofaecke heraus und schob die halb volle Flasche in die Mitte des Couchtisches zurück.

»Ich muss nach Haus, Paula. Hab vielen Dank.«

»Es ist wohl immer noch nicht besser, oder?«

Paula schlang ihre Arme um Annas Hals.

»An dir liegt es nicht, du hast wirklich alles versucht. Ich hoffe nur, dass Tom schon wieder zurück ist. Wird Zeit, dass er endlich den Mund aufmacht.«

Torsten Lorenz legte einen Arm unter seinen Kopf und schloss die Augen. Dabei stellte er sich genüsslich vor, wie sich sein unerwarteter Gast eben noch kurz die Lippen rot nachziehen, vielleicht auch ein Kondom mit ihrem Lieblingsgeschmack aus ihrer Handtasche holen würde. Die sich nähernden Schritte jagten Torsten eine Gänsehaut über den Körper. Plötzlich war es still. Er spähte umher und entdeckte sie schließlich hinter sich, auf der anderen Seite vom Regal. Allerdings verspürte er jetzt nur wenig Lust, aufzustehen, um die Kleine wieder einzufangen. Langsam sollte es wirklich zur Sache gehen.

»Komm doch her.«

War es Einbildung oder hatte sich das Gesicht seines Gastes in der Zwischenzeit verändert? Irgendetwas stimmte nicht mit den Augen der Frau. War er bösartig, dieser Blick? Torsten Lorenz kam nicht mehr dazu, weiter darüber nachzudenken, denn Elsa stemmte sich plötzlich mit aller Kraft gegen das Regal, das zu seinem Erstaunen zu kippen begann.

»Halt!«, schrie er noch, aber es war bereits zu spät.

Als Torsten wieder zu sich kam, spürte er einen stechenden Schmerz. Vergeblich versuchte er, sich aufzurichten. Sein rechter Arm tat ihm höllisch weh, er schien gebrochen zu sein, und seine Beine lagen merkwürdig verdreht und gefühllos unter all den Trümmern. Das Gewicht des Regals auf ihm machte es Torsten unmöglich, mehr als seinen Kopf und die Schultern anzuheben.

»Sind Sie verrückt geworden? Los, helfen Sie mir!«

Die Frau stand nun dicht neben ihm. Sie sah auf Torsten herab und kicherte leise.

»Du bist doch nicht ganz dicht, du blöde Schlampe.«

»Wie fühlt es sich an, in der Falle zu sitzen, Torsten?«

Voller Angst blickte er zu ihr hoch. Da war etwas in ihrer Stimme gewesen, das ihm bekannt vorkam. Und irgendwo hatte er auch diese Augen schon einmal gesehen.

»Elsa?«

»Die dicke Elsa mit dem Feuermal im Gesicht, die so verliebt in dich gewesen ist?«

»Was im Gesicht? Elsa, hilf mir hier heraus, bitte. Wir können über alles reden. Ich hab das damals wirklich nicht gewollt. Es ist Rainers Idee gewesen. Bitte, sei vernünftig ...«

Doch Elsa reagierte nicht. Stattdessen kramte sie in ihrer Reisetasche herum und lachte verächtlich, als sie den Hammer nun fest in beide Hände nahm. Als es vorbei war, zückte sie das scharfe Messer, um zu tun, was sie sich die ganze Zeit über vorgenommen hatte. Mit einem präzisen Schnitt kastrierte sie ihn, seine Hose stand ja noch offen. Der Mond schaute wie vorhin zum Fenster herein, und Elsa beeilte sich, von hier fortzukommen. Schnell zog sie ihr Kleid aus, zum Glück war es eines, das man gut waschen konnte, und streifte sich die anderen, nassen Kleidungsstücke von vorhin wieder über. Sorgsam packte sie anschließend ihre Werkzeuge, das Kleid und die Jacke wieder in ihre Reisetasche zurück. Die beiden Gläser legte sie, damit sie nicht kaputt gingen, obenauf, dann schaute sie sich aufmerksam um. Alles war in Ordnung, sie hatte nichts übersehen. Zuletzt fiel ihr Blick auf die hölzernen Aufbewahrungskästchen für Nähgarne, die in einem großen Regal in der Halle herumstanden. Im Hinausgehen klemmte sich Elsa eines davon unter den Arm und verließ unerkannt die Fabrik.

Als Anna an diesem Morgen die Tür zu ihrem Büro öffnete, saß dort ein junger Mann an ihrem Schreibtisch. Im Hereinkommen konnte sie gerade noch sehen, wie er ihren Aktenstapel mit seinem Ellenbogen beiseiteschob. Ihren gemurmelten Gruß schien er nicht gehört zu haben. Stattdessen unterhielt er sich weiter lebhaft mit Weber und stieß versehentlich dabei die oberste Mappe vom Tisch, die klatschend zu Boden fiel. Mittlerweile stand Anna direkt hinter ihm. Eifrig bückte er sich, hob die Akte auf und wischte den Staub von ihrem Einband. Noch immer hatte er die Kommissarin nicht bemerkt. Weber zupfte an seinem Hemdkragen herum und rollte mit den Augen.

Dann sagte er: »Herr Bertram, meine Kollegin Anna Greve. Herr Bertram soll sich hier bei uns ein bisschen umsehen.«

Der junge Mann stand daraufhin auf und versuchte hastig, die alte Ordnung auf Annas Schreibtisch wiederherzustellen.

Er wischte seine staubige Hand gründlich an seiner Jeans ab, bevor er sie ihr hinhielt.

»Tut mir leid, Frau Greve, ich wusste nicht, wohin mit den Sachen.«

Anna lächelte, schließlich konnte er ja nichts dafür. Sie gab Weber ein Zeichen, mit ihr vor die Tür zu kommen.

»Was soll das werden, da drinnen?«

»Das ist einer von den neuen Hilfskräften für den Innendienst. Wir sind angewiesen, ihm zu zeigen, wie der Hase bei uns so läuft.«

Wie eine Verstärkung sah der Mann für Anna nun wirklich nicht aus. Viel eher vermutete sie, dass sie durch ihn noch eine Menge an zusätzlicher Arbeit bekommen würden.

»Und die da oben meinen, der Fall löst sich solange von allein, oder wie?«

Weber stellte einen Pappbecher unter den Automaten im Flur, dann reichte er ihr das Wasser herüber.

»Keine Sorge, ich habe das schon mit dem Chef besprochen. Sie werden den Neuen kaum bemerken. Es sieht übrigens so aus, als wäre er ein ganz cleveres Kerlchen, ich werde das übernehmen.«

Anna holte sich daraufhin einen weiteren Stuhl aus dem Sekretariat gegenüber, den sie hinter Webers Schreibtisch schob.

»Einen eigenen Arbeitsplatz können wir Ihnen leider nicht bieten«, sagte sie mit einem Augenzwinkern zu Bertram. Anschließend schlug sie die Akte Herold auf und versuchte, sich zu konzentrieren. Weber und sein Lakai hatten ihr lautstarkes Gespräch über die neue Computersoftware wieder aufgenommen, während sich Anna bemühte, freundlich zu bleiben. Doch bei diesem Geräuschpegel konnte sie beim besten Willen keinen klaren Gedanken fassen. Das Büro bot schon kaum ausreichend Platz für zwei Personen, wie sollten sie da auf Dauer nun auch noch zu dritt klarkommen? Zum wiederholten Mal hatte Anna sich jetzt abgemüht, die lange Nummer in New York zu wählen, die ihr von Rainer Herolds Vater gegeben worden war, und immer war sie dabei an einer der letzten Zahlen gescheitert. Angeblich gab es dort drüben einen Arbeitskollegen von Rainer Herold, der auch privat Kontakt mit ihm gehabt haben sollte. Nach den Informationen, die sie bereits bei einem vorangegangenen Telefonat von der Bank erhalten hatte, war der Mann heute aus seinem Urlaub zurückgekehrt, und die Kommissarin wollte die Gelegenheit nutzen und dem Hinweis nachgehen. Wieder nahm Anna den Telefonhörer zur Hand und stellte sich dabei einen tief verschneiten Winterwald vor. Da war nichts, nur ihre knirschenden Schritte in der Stille. Endlich klappte die Verbindung, doch Anna konnte nur mit Mühe verstehen, was der Mann am anderen Ende der Leitung sagte. Selten zuvor hatte sie jemanden mit einer derart durchdringenden Stimme erlebt wie Bertram. Und das

Wenige, was sie mitbekam, ließ kaum eine Hoffnung auf neue Erkenntnisse zu.

Wütend drehte sich Anna zu ihren Kollegen um, während sie mit einer Hand die Sprechmuschel zuhielt.

»Geht das nicht auch etwas leiser? Ich habe hier ein Ferngespräch!«

Weber und Bertram schauten sich betreten an, dann herrschte endlich Ruhe.

Von einer Freundschaft könne keine Rede sein, erklärte der Börsenmakler der Kommissarin. Ihr persönlicher Kontakt habe sich auf ein paar Bier ab und zu nach Feierabend und unverbindliche Gespräche beschränkt. Wenn Rainer Herold also tatsächlich auch geschäftlich in Hamburg unterwegs gewesen war, hatte er es verstanden, dies geheim zu halten.

Nachdem Anna aufgelegt hatte, spürte sie, dass sie nun dringend eine Pause vertragen konnte. Sie überlegte, ob sie Weber bitten sollte, sie zu begleiten, entschied sich aber, als sie ihn noch immer mit dem jungen Bertram im Gespräch vertieft sah, dagegen.

In der Polizeikantine fielen Anna sofort die vielen unbekannten Gesichter auf, offensichtlich wurde auch in anderen Abteilungen neues Personal eingearbeitet. Sie sah noch einmal genauer hin und registrierte, dass kaum einer von ihnen die zwanzig überschritten haben konnte. Missmutig fragte sie sich, wie dieser Haufen grüner Jungen es ihnen wohl ermöglichen sollte, in Zukunft effektiver zu arbeiten. Der Kaffee vor ihr war mittlerweile kalt geworden, und an seiner Oberfläche hatten sich einige grauweiße Milchflöckchen abgesetzt, die ihn auch nicht einladender machten. Ohne einen Schluck davon probiert zu haben, schob Anna ihre Tasse weit von sich fort. Unruhig stand sie auf und trottete in ihr Büro zurück.

Elsa wartete seit Stunden darauf, dass alles gut werden würde. Mit festem Druck hatte sie nun schon seit einer Weile an den Blutflecken herumgerubbelt, aber es war aussichtslos. Ohne eine vernünftige Maschinenwäsche würden die dunklen Ränder nicht aus dem Kleid herausgehen. Schließlich nahm sie ihre Nagelschere aus dem Etui und begann, den Stoff in kleine Stücke zu zerschneiden, danach warf sie die Fetzen in den Mülleimer. Wenigstens waren die Gläser heil geblieben. Wie zwei kleine Schätze hatte Elsa die Groggläser auf dem kleinen Nachttisch in ihrem Hotelzimmer platziert. Mit der Kerze gleich daneben sah er jetzt fast aus wie ein Altar. Den hölzernen Kasten mit dem Nähgarn hatte sie erst einmal unters Bett geschoben.

Seit dem frühen Morgen wurde Elsa von einem heftigen Kopfschmerz gequält. Er hämmerte gegen ihre Schädeldecke und machte es ihr nahezu unmöglich, die Augen offen zu halten. Hoffentlich kündigte sich nicht schon wieder ein neuer Migräneanfall an. Erschöpft setzte sich Elsa auf den Badewannenrand und nahm eine Tablette aus der blauen Schachtel. Sie musste sich Zeit nehmen, um zur Ruhe zu kommen. Und sie hatte schon lange nichts Schönes mehr gesehen. Gestern Abend den Mond vielleicht, mit seinem geheimnisvollen Licht. Das war so ein Augenblick gewesen. Leider hatte sie es sich nicht leisten können, länger hinzuschauen. Und Elsa hatte auch ein wenig Angst vor dem Mond. Bereits als Kind war es ihr manchmal so vorgekommen, als würde er sie beobachten. Vielleicht sollte sie sich entschließen, Robin zu besuchen. Oder ihre Mutter. Elsa fühlte sich so unrettbar allein, doch sie wusste, die beiden würden ihr über ihre Einsamkeit auch nicht hinweghelfen können. Das hatten sie nie gekonnt. Warum war Vera nicht nur ein bisschen wie die freundliche Frau in der Villa gewesen, die sie als Kind so oft beobachtet hatte? Und sie selbst nicht wie die Kinder in den großzügigen Gärten? Nein, es würde niemals sein wie bei anderen; sie musste endlich lernen, sich damit abzufinden. Elsa hatte Angst vor der Nacht. Dabei hatte sie doch alles richtig gemacht, warum schwitzte sie dann trotzdem nur so stark?

Als Anna an diesem Abend nach Haus kam, lag wieder ein großer Holzstapel mitten in ihrer Einfahrt. Mit Mühe zwängte sie sich aus ihrer Wagentür und fluchte. Sie war neulich viel zu höflich zu ihrem Nachbarn Herrn Menzel gewesen. Warum hatte sie ihm nicht einfach klargemacht, dass sie mit dem Holz so nichts anfangen konnten? Aber anstatt etwas zu sagen, hatte sie sich nur artig bei ihm bedankt, und als sie ihm anschließend noch geschildert hatte, wie viel Arbeit das Zerkleinern des Holzes gewesen war, hatte Menzel nur milde gelächelt. Eigentlich konnte Anna es ihrem Nachbarn nicht einmal zum Vorwurf machen, wenn dieser ihre leise Kritik nicht verstanden hatte. Doch ein zweites Mal würde ihr das nicht passieren. Anna stapfte mit dem festen Vorsatz, dass es nun an der Zeit für klare Worte war, zu Menzels Haus hinüber.

Herr Menzel öffnete die Haustür, und als er seine Nachbarin, die Kommissarin, erkannt hatte, lachte er sie freundlich an.

»Na, Frau Greve, klasse was!«

»Nett, dass Sie an uns gedacht haben, trotzdem, so geht das nicht, Herr Menzel. Wir brauchen fertig geschnittenes Holz, und es sollte bei Anlieferung gleich hinter dem Haus gestapelt werden.«

Anna fiel auf, dass ihr die Worte eben eine Spur zu hart herausgerutscht waren, und daher versuchte sie ein versöhnliches Lächeln. Wie sich allerdings herausstellte, hatte sie gerade einen nicht wiedergutzumachenden Fehler begangen.

»Da sind Sie bei mir aber an der falschen Adresse«, erwiderte Menzel unfreundlich.

»Was würde es denn kosten, wenn Sie das in die Hand nehmen?«

Mist, schon wieder hatte sie den falschen Ton getroffen. Menzel schaute sie an, als ob sie soeben von ihm verlangt hätte, dass er ihre Toilette putzen und den Urinstein entfernen sollte.

»Gute Frau, ich wollte Ihnen nur gefällig sein. Ist wohl nicht richtig angekommen.«

Er murmelte einen kurzen Gruß und schlug ihr dann die Haustür vor der Nase zu. Unzufrieden mit sich selbst stiefelte Anna in ihren Garten zurück. Warum nur fiel sie so oft mit der Tür ins Haus, anstatt das Gespräch diplomatischer zu beginnen. Das wäre bei einem Mann wie Menzel auf jeden Fall besser angekommen und auch angemessen gewesen.

In diesem Moment kam Tom die Einfahrt hochgefahren, und der Bewegungsmelder schaltete die Außenbeleuchtung vor dem Haus an.

»Schau dir das an, so ein Mistkerl!«

Anna registrierte verwundert, dass sie wegen des Zusammenstoßes mit Menzel sogar mit den Tränen kämpfte, und trat ein paar Schritte aus dem Licht heraus.

»Wir werden jemanden finden, der das für uns erledigt«, erwiderte Tom schlicht. »Frag mal bei Paula nach, die kennt doch Gott und die Welt.«

Anna sah ihrem Mann dabei zu, wie er vor ihr den Weg zum Haus entlangging, ohne auf sie zu warten. Warum konnte er sich jetzt nicht einfach umdrehen und sie in den Arm nehmen?

Nach dem Abendbrot saßen Tom und Anna gemeinsam in ihrer Küche, jeder von ihnen in einen Teil der Kreiszeitung vertieft. Tom hatte wie immer zuerst die Sportseiten für sich reklamiert und Anna den Rest überlassen. – »Wer ist das Ungeheuer von Maschen?« – Die roten Großbuchstaben auf der ersten Seite brannten sich in Annas Augen. Sie blätterte um und las den zu dieser Schlagzeile gehörigen Bericht. Der Inhaber einer Näherei war unter ungeklärten Umständen in seiner Fabrikhalle im Gewerbegebiet von Maschen zu Tode gekommen. Er war von einem schweren Regal erschlagen aufgefunden worden. Wahrscheinlich ein Unglücksfall, dachte Anna. Warum wurde dann aber von Mord gesprochen? Die Kommissarin las weiter und erhielt nur wenige Zeilen weiter Antwort auf ihre Frage. Der Redakteur des Artikels benutzte im folgenden Absatz Worte wie »ungeheuerlich« und »verabscheuungswürdig«, um das Geschehene zu beschreiben, denn der Geschäftsmann aus Maschen war außerdem auch noch Opfer einer Kastration geworden. »Es gibt keinerlei Zweifel, dass es sich dabei um ein Gewaltverbrechen handelt«, resümierte der Journalist. »Hoffen wir, dass unsere Polizei alles tun wird, um den Täter so schnell wie möglich zu fassen.«

Anna faltete die Zeitung zusammen und überlegte. Eine Tat wie diese war tatsächlich keine alltägliche und setzte zudem eine große Wut voraus. Der Geschäftsmann aus Maschen musste sich jemand zum erklärten Feind gemacht haben. Zu einem Feind, dem es nicht gereicht hatte, sein Opfer einfach nur zu töten, sondern der ihm darüber hinaus auch seine Würde hatte nehmen wollen. In diesem Punkt weist die Geschichte eine Ähnlichkeit zum Mordfall Herold auf, dachte Anna. Doch zum Glück lagen die Fundorte der

Opfer nicht nur in unterschiedlichen Gegenden, sondern sogar in zwei verschiedenen Bundesländern. Ansonsten hätte man, angesichts der grausamen Verstümmelungen der beiden Opfer, als Ermittlerin schon auf die Idee kommen können, hierin eine Parallele zu sehen oder vielleicht sogar einen Zusammenhang zu vermuten. Wie auch immer, der Mordfall an dem Geschäftsmann in Maschen fiel in den Zuständigkeitsbereich des LKA Hannover. Anna legte die Beine hoch und seufzte. Sie war froh, nicht auch noch für dieses Verbrechen zuständig zu sein.

Entspannt wandte sie sich ihrem Mann zu, der gerade eine Flasche Rotwein geöffnet hatte und ihr nun ein Glas herüberreichte. Dabei streifte sein Arm ihr Gesicht und verharrte in dieser Berührung länger als nötig. Durch seinen Blick, der sie nun traf, fühlte sich Anna endlich in den Arm genommen. Sie stand auf und setzte sich auf seinen Schoß. Sofort schmiegte sich Tom an ihre Schulter.

»Ich kann nicht einfach so zur Tagesordnung übergehen, Anna.« Seine Stimme klang traurig. »Diese Sache mit Jan tut noch immer sehr weh.«

Anna nahm seinen Kopf in ihre Hände und wiegte ihn sanft hin und her.

»Wir haben gewusst, dass es nicht leicht werden würde, aber ich liebe dich, Tom.«

Tom küsste Anna, und es war fast wie das erste Mal. Oder vielmehr so, als hätten sie sich für lange Zeit verloren und wären einander gerade erst wieder begegnet. In seinem Blick lag noch immer Trauer, und als sie anschließend miteinander schliefen, taten sie es scheu.

Später lag sie in Toms Armen und genoss seine wunderbare Wärme.

»Ich liebe dich, Anna, doch es ist noch lange nicht vorbei.

Woher nimmt Jan nur den Mut, so zu tun, als ob das, was war, heute nichts mehr bedeutet?«

Anna nahm seine Hand und drückte sie fest an ihr Herz. »Wir sind das Team, vergiss das nicht.«

Das Telefon klingelte, aber sie nahmen den Hörer nicht ab. Beide wollten sie unbedingt an diesem Augenblick und aneinander festhalten. Wieder klingelte es, aber worum es auch immer gehen mochte, es würde bis zum nächsten Morgen warten müssen.

Anna Greve kam gerade ins Büro herein, als ihr Telefon zu klingeln begann. Sie nickte Weber und Bertram zu, dann nahm sie den Hörer ab.

»Hast du gestern Zeitung gelesen?« Paulas Stimme klang aufgeregt.

»Hab ich getan, aber guten Morgen, erst mal.«

»Ja, ja. Du, ich kenne den Typen aus der Fabrik. Bearbeitest du den Fall?«

»Nein, das macht das LKA in Hannover.«

»Ich würde mich an deiner Stelle mal mit denen in Verbindung setzen. Rainer Herold und Torsten Lorenz haben einander gut gekannt, die waren früher wie Pech und Schwefel. Sollte mich nicht wundern, wenn derselbe Kerl die beiden auf dem Gewissen hat.«

In der nachfolgenden Dienstbesprechung entschied Günther Sibelius, Paulas Hinweis unbedingt nachzugehen. Eine Nachfrage bei Hilde und Paul Herold hatte zudem ergeben, dass Torsten Lorenz früher tatsächlich ein Freund ihres Sohnes gewesen war. Der beste, den er je gehabt hatte.

»Fahren Sie nach Hannover, Frau Greve. Wir müssen sehen, ob es eine Möglichkeit zur Zusammenarbeit gibt.

Weber bleibt derweil hier und kümmert sich weiter um unseren neuen Mitarbeiter. Macht mich nervös, der Mann.«

Anna Greve stand auf dem Flur des LKA Hannover und wartete auf die für den Mordfall in Maschen zuständige Kommissarin. Pünktlichkeit schien nicht gerade zu den Tugenden ihrer Kollegin zu gehören, denn ihr Termin war bereits vor einer halben Stunde angesetzt gewesen. Endlich öffnete sich eine Tür, und Anna wurde von einer Frau begrüßt, die ihr vom ersten Augenblick an nicht besonders sympathisch war. Sigrid Markisch war sehr schlank, ungefähr fünf, vielleicht sogar sieben Jahre jünger und viel größer als ihre Hamburger Kollegin. Auf ihrer Nase saß das, was Anna Greve eine Zickenbrille nannte. Schmale Gläser, in Form von sich zu den Bügeln hin verjüngenden Dreiecken. Das Gestell war aus schwarzem Kunststoff und wirkte wie ein Balken mitten in ihrem ernsten Gesicht.

Anna stellte sich vor, dann informierte sie Sigrid Markisch kurz über den Grund ihres Besuches.

»Wir ermitteln im Mordfall Rainer Herold, ein Mann, der bei uns in Hamburg am ZOB tot aufgefunden wurde. Wahrscheinlich gibt es eine Verbindung zwischen diesem Verbrechen und Ihrem Toten aus Maschen.«

»Und die wäre?«

»Die Opfer haben einander gekannt. Mehr noch, sie sind gut miteinander befreundet gewesen, beide stammen aus demselben Ort, nämlich aus Maschen. Rainer Herold wurde erstochen, ist aber nach seinem Tod ebenfalls verstümmelt worden, genau wie Torsten Lorenz. Das könnte auf die Handschrift desselben Täters deuten.«

Sigrid Markisch vertiefte sich in die Akte auf ihrem Schreibtisch.

»Wir wissen noch nicht, wie sich die Tat abgespielt hat, und werden erst einmal die Untersuchungsergebnisse abwarten müssen.«

Anna Greve versuchte ein gewinnendes Lächeln. »Rufen Sie mich an?«

Doch Sigrid Markisch erwiderte das Lächeln nicht. Und als sie aufstand, um Anna zur Tür zu bringen, schaute sie von oben herab auf ihre Kollegin hinunter.

»Ich werde mich bemühen, Sie auf dem Laufenden zu halten.«

Blöde Kuh, dachte Anna und machte damit ihrem Unmut Luft, als sie auf dem Rückweg zu ihrer Dienststelle kurz an einem Supermarkt Halt machte, um etwas Käse für das Abendbrot einzukaufen. Dessen ungeachtet hatte sie die ganze Fahrt über das arrogante Gesicht der Kollegin aus Hannover vor Augen.

An diesem Abend saß Ben nicht als Erster am Abendbrottisch und wartete wie sonst darauf, dass seine Mutter endlich mit den Vorbereitungen fertig war. Stattdessen wühlte er in der Speisekammer herum, aus der er mit einem Vollkornmüsli zurückkam, das er normalerweise keines Blickes würdigte. Umständlich fuhrwerkte er anschließend am Verschluss der Milchflasche herum, als Paul auf einmal herausplatzte: »Ben ist beklaut worden.«

»Halts Maul, Arschloch.«

Das war es also! Bens Wortkargheit der letzten Tage war zwar auffällig gewesen, doch Anna hatte es einem neuen Schub der Pubertät zugeschrieben. Tom stand auf und versuchte, seinem Sohn mit dem Verschluss zu helfen.

»Was ist denn passiert?«, fragte er vorsichtig an.

Anstatt seinem Vater zu antworten, riss Ben ihm die

Flasche wütend aus der Hand. Dabei verschüttete er etwas Milch auf dem Fußboden. Ein abweisender Blick traf Tom und Anna.

»Ich werde schon allein damit fertig.«

»Sie haben seinen Rucksack mit den neuen Basketballsachen abgezogen.«

Paul konnte es offensichtlich nicht lassen, Tom und Anna die Geschichte des Beutezugs zu erzählen, obwohl sie nicht seine eigene war.

»Sei ruhig und lass deinen Bruder reden.«

Anna gab ihrem Impuls jetzt nicht nach, Ben in den Arm zu nehmen. Früher war es leicht gewesen, ihn zu trösten. Aber nun sagte sie nichts, sondern schaute ihn nur weiter abwartend an.

»Haltet euch bloß raus da, ihr macht es sonst nur noch schlimmer.«

»Wer ist es gewesen, Ben?«

»Kennt ihr nicht.«

Er stand auf, knallte die Küchentür hinter sich zu und rannte in sein Zimmer hinauf. Tom und Anna blieben ratlos zurück. Für sie war klar, dass, wenn sich ihr Sohn jetzt nicht wehrte, die Diebe ihn vielleicht nie mehr in Ruhe lassen würden. Aber wie konnten sie ihm helfen, ohne direkt einzugreifen?

Trotzdem, Anna musste es noch einmal versuchen, und so folgte sie Ben in den ersten Stock hinauf. Leise schloss sie die Zimmertür hinter sich, Ben lag im Dunkeln auf seinem Bett.

»Du darfst dir das nicht gefallen lassen.«

»Wenn ihr euch da einmischt, habe ich verloren. Die wissen, dass du bei den Bullen bist.«

Anna nahm Ben nun doch in den Arm und gab ihm

einen Kuss, den er sich überraschenderweise auch gefallen ließ.

»Am besten, wir überschlafen die Sache und sprechen dann noch mal.«

Als Anna ins Wohnzimmer zurückkam, sah Tom sie erwartungsvoll an.

»Wie ist es gelaufen?«

»Ich glaube, unser Großer steckt in ernsten Problemen. Aber er weiß, dass wir ihm beistehen. Wir müssen abwarten.«

»Ich fahre heute Abend nicht mehr ins Büro. Dann kannst du Paula besuchen, und Ben hat jemanden, mit dem er reden kann, wenn er will.«

Dankbar nahm Anna sein Angebot an. Ihr gingen die beiden Toten nicht mehr aus dem Kopf und die Tatsache, dass ihre Freundin Paula beide gekannt hatte.

Nachdem Anna ihr Holzproblem geschildert hatte, für das Paula sofort eine Lösung wusste, kam sie auf das Wesentliche.

»Hast du noch Bilder aus deiner Schulzeit, auf denen auch Rainer Herold und Torsten Lorenz zu sehen sind?«

Paula kramte eine große Aluminiumkiste hervor und gab Anna ein Zeichen, ihnen in der Zwischenzeit einen Tee zu kochen. Als die Kommissarin wenig später mit zwei Bechern in der Hand aus der Küche zurückkam, lagen mehrere Fotografien in Paulas Schoß.

»Hier«, sie zeigte mit dem Finger auf einen knienden Lockenkopf in der vorderen Reihe. »Das ist Rainer Herold und der direkt dahinter Torsten Lorenz.«

Anna betrachtete die beiden Jungen. Zwei Teenager, die aussahen, als wüssten sie nicht wohin mit ihrer überschüssigen Kraft. Strahlende Gesichter voller Zuversicht, dass ihr Leben genauso verlaufen würde, wie sie es sich vorstellten. Kein Zweifel lag in ihren Augen, die vor ihnen ausgebreitete Zukunft schien für sie ein einziges großes Abenteuer zu sein. Dann entdeckte Anna auch ihre Freundin Paula auf einer der Fotografien, sie war schon als junges Mädchen sehr schön gewesen. Das brachte die Kommissarin auf eine Idee. Sie begann, die Bilder nach einem rothaarigen Mädchen abzusuchen.

»Ich denke immer wieder an diese unbekannte Frau, Paula. Die, mit der Rainer Herold am Vorabend seines Todes den Gasthof verlassen hat. Könnte sie nicht auch mit euch zur Schule gegangen sein?«

»Es gab wohl ein paar Schönheiten, aber niemanden, auf den deine Beschreibung passt. Ich weiß nicht, Anna. Ich glaube, du musst woanders suchen.«

Die Kommissarin erinnerte sich an ihr Klassentreffen vor einigen Monaten. Sie war erstaunt gewesen, wie viele ehemalige Mitschüler sich äußerlich so sehr verändert hatten, dass sie kaum wiederzuerkennen gewesen waren.

»Früher könnte sie auch ganz anders ausgesehen haben. Denk nach, Paula. Wer von diesen Menschen auf den Fotos hier hat vielleicht einen Grund gehabt, sich an Rainer Herold und Torsten Lorenz rächen zu wollen?«

Elsa in Maschen, im Herbst 1984.

Elsa wusste schon, warum sie nicht täglich in die Schule ging. Besonders an Montagen fiel es ihr schwer, in die Schulstraße einzubiegen. Dabei war sie sonst doch auch nicht langsamer als Manfred oder Uta. Und trotzdem war immer sie diejenige, die übrig blieb, wenn die Mannschaften im Sportunterricht gewählt wurden. In Zukunft würde Elsa umsichtiger sein müssen, zum Glück hatte sie die Unterschrift ihrer Mutter Vera perfekt nachzumachen geübt. Nun würde diese Fertigkeit bald zum Einsatz kommen. Die Klassenlehrerin hatte an diesem Abend angerufen und ihre Eltern fassungslos zurückgelassen. Elsa sollte die Schule schwänzen? Wie konnte das nur sein? Sie ging doch jeden Tag pünktlich aus dem Haus und kam immer erst zurück, wenn das Mittagessen auf dem Tisch stand. Elsa gelobte Besserung, dann ging sie nach oben, holte Vaters alte Reiseschreibmaschine aus dem Schlafzimmerschrank hervor und machte sich daran, ein paar Entschuldigungen für zukünftige Notfälle zu tippen.

Doreen war die Einzige aus ihrer Klasse, die manchmal nett zu ihr war. Gestern hatte sie ihr sogar einen Apfel geschenkt und sie getröstet, weil Elsa nach der Deutschstunde nicht anders gekonnt hatte, als mit ihrer Drahtbürste auf die hochnäsige Carolin einzuschlagen. Wenn Elsa sich meldete, hatte sie immerhin etwas zu sagen. Zum Glück war sie nicht auch noch eine von den stillen, blassen Mäusen. Warum musste Carolin auch immer Widerworte haben? Was machte es ihr so schwer, zuzugeben, dass Elsa Recht hatte?

»Kommissarin Markisch für Sie.«

Weber drückte Anna Greve das Telefon in die Hand und wandte sich dann wieder Thomas Bertram zu, der vornübergebeugt an seinem Schreibtisch saß und umständlich auf die Tastatur des Computers einhämmerte.

»So geht das nicht, versuchen Sie es hiermit«, grummelte Weber, während er dem jungen Mann eine andere Tastenkombination zeigte. Lukas Weber sah dabei nicht gerade glücklich aus.

Anna führte den Hörer zum Ohr.

»Tag, Frau Greve, es gibt Neuigkeiten. Der Rechtsmediziner sagt, dass Torsten Lorenz erst nach seinem Tod kastriert worden ist. Außerdem ist an den Halterungen des Regals herummanipuliert worden.«

»Also doch. Arbeiten wir also zusammen?«

Sigrid Markisch zögerte. »Das kann ich so noch nicht sagen, aber ich bespreche die Sache mit meinem Chef. Ich melde mich wieder.«

Die scheint sich ziemlich wichtig zu nehmen, dachte Anna, als sie den Hörer auflegte. Dann ging sie zu Weber hinüber und klopfte ihm auf die Schulter.

»Kommen Sie, wir gehen auf einen Kaffee in die Kantine rüber.«

Betreten sah Weber auf seine Schuhspitzen.

»Herr Bertram übernimmt solange das Telefon. Er kommt für eine halbe Stunde bestimmt auch ohne Sie klar«, meinte sie mit einem Kopfnicken in Richtung des neuen Kollegen, der nach wie vor einen ziemlich hilflosen Eindruck machte.

Schweigend hatte sich Weber zusammen mit Anna in die Schlange der Essensausgabe eingereiht, doch nachdem er eine große Portion Gulasch mit Nudeln vertilgt hatte, entspannte sich sein Gesicht endlich wieder.

»Ich dachte immer, junge Leute kennen sich gut mit Computern aus. Dieser Bertram scheint da allerdings eine Ausnahme zu sein. Leider habe ich mich in ihm getäuscht, denn zu Anfang hat er sich wirklich clever angestellt. Trotzdem, Sie sind nicht sehr freundlich zu ihm, Anna.«

Die Kommissarin wusste, dass Weber Recht hatte, schließlich trug der Junge keine Schuld am Durcheinander der letzten Tage.

»Kennen Sie die Giraffe eigentlich näher?« Als Anna in Webers fragendes Gesicht sah, fügte sie an: »Damit meine ich

Frau Markisch.« Beim Gedanken an den langen Hals der Kommissarin aus Hannover konnte sie sich das Lachen nicht länger verkneifen. Auch Weber prustete los. Er verschluckte sich an seinem Nachtisch und musste anschließend all die versprühten, kleinen Obststücke von der Tischplatte in seine Serviette hineinwischen.

»Wirklich Anna, was für ein Vergleich.«

Webers Stimme klang noch immer brüchig. Jetzt räusperte er sich und wollte gerade antworten, als Günther Sibelius an ihren Tisch herantrat. Er hatte wieder angefangen zu rauchen und bot Anna eine Zigarette an.

»Wir bekommen Unterstützung aus Niedersachsen, Frau Greve. Die Kollegin Markisch hat mich gerade angerufen und angeregt, in diesem Fall zusammenzuarbeiten. Sie wird uns ab morgen zur Verfügung stehen.«

Frau Markisch hatte also angeregt! Anna spürte ein leichtes Stechen in ihrer Schläfe. Hoffentlich hatten sie sich mit dieser Frau kein Kuckucksei ins Nest gelegt.

Ein seltsames Gefühl, der alten Heimat so nah zu sein. Wobei – eigentlich nur dem Ort, in dem Elsa aufgewachsen war. Denn so etwas wie eine Heimat oder ein Zuhause hatte sie nie wirklich gehabt. Elsa ging durch die Straße, in der sie früher gewohnt hatten, und überlegte, wie lange sie ihre Mutter Vera nicht mehr gesehen hatte, aber es wollte ihr nicht einfallen. Die Gedanken an sie hinterließen schon seit Langem keinerlei Emotionen mehr in ihr. Der Einzige, zu dem Elsa all die Jahre über Kontakt gehalten hatte, war ihr Bruder Robin. Einmal hatte er sie sogar in ihrer Wohnung im Taunus besucht. Robin war ihr sowieso immer der Liebste von allen gewesen. Ganz im Gegensatz zu Miriam, der kleinen Prinzessin. Ihre Schwester hatte es von jeher viel zu gut verstanden, sich Gehör zu verschaffen. Lebte Miriam außerdem nicht mittlerweile in Kanada oder in Südafrika? Elsa erinnerte sich nicht, und es hatte auch keinerlei Bedeutung für sie. Hauptsache, das kleine Miststück war weit genug fort von hier. Überhaupt war nichts mehr, wie Elsa es in Erinnerung hatte. Die Häuser, dicht aneinandergelehnt, wirkten jetzt viel kleiner als früher. Der Garten, in dem Robin seine Höhlen gebaut hatte, war auf zwei mal zwei Meter von Unkraut überwuchertes Brachland zusammengeschrumpft. Auch von der großzügigen Villa, in der die freundliche Frau gelebt hatte, war kaum mehr etwas übrig geblieben. Nur noch ein paar Außenwände ragten wie bei einem kariösen Backenzahn schief aus der Erde heraus. Drumherum war ein rostiger Bauzaun aufgestellt worden, davor hing ein Schild mit der Aufschrift: »Grundstück zu verkaufen«. Die ehemals schönen Häuser in der Nachbarschaft der Villa hatten ebenfalls an Glanz verloren. Überall entdeckte Elsa kaputte Fensterläden, Holzflächen, die nach Farbe schrien, und bröckelnden Putz an den Fassaden. Sie hatte keine Ahnung, was hier geschehen war, aber dieser Straßenzug war offensichtlich schon seit Jahren in Auflösung begriffen. Bei ihrem Streifzug durch ihre Kinderwelt jenseits der Siedlung war Elsa vorhin einer älteren Dame in einem abgeschabten Wollmantel begegnet. Die Alte hatte nicht gelächelt, sondern nur mit leerem Blick etwas vor sich hin gemurmelt. Was wohl mit der freundlichen Frau geschehen war? War sie etwa dieser Alten ähnlich geworden? Wo lebte sie jetzt? Und würden sich ihre sauber gewaschenen Kinder heute um sie kümmern? Elsa stieg in ihren Wagen und ließ den Motor aufheulen. Das Vergangene war tot, es hatte keinen Sinn, immer wieder Rückschau zu halten. Hoffentlich war wenigstens Robin noch immer genau so, wie Elsa ihn in Erinnerung hatte. Immerhin waren einige

Jahre vergangen, seit sie ihn zuletzt gesehen hatte. Wie gern würde sie ihren Bruder jetzt in die Arme schließen. Ob sich in Robins Leben mittlerweile etwas verändert hatte? Vielleicht lebte er in der Zwischenzeit mit jemandem zusammen, Elsa hätte es ihm gegönnt. Sie nahm sich vor, ihren Bruder anzurufen, nachdem sie schon einmal hier in der Gegend war. Und sollten sich seine Lebensumstände tatsächlich verändert haben, könnten sie sich auch zur Not irgendwo anders treffen. An einem Ort, an dem sie ungestört waren. Aber würde sich Robin überhaupt freuen, wenn Elsa ihn besuchen käme?

»Wie siehst du denn aus?«

Unter Bens rechtem Auge befand sich eine blutige Stelle, die Haut darüber war aufgeplatzt und gerade dabei, sich bläulich zu verfärben. Ben sah seine Mutter grimmig an, während Anna mit Erstaunen registrierte, dass Paul mit einem Kühlkissen in der Hand aus der Küche zu ihnen herüberkam, das er sorgfältig mit einem Geschirrhandtuch umwickelt hatte und nun seinem Bruder reichte.

»Hast du gewonnen?«

Ben gab Paul einen zärtlichen Nasenstüber.

»Dafür sind es zu viele gewesen.«

»Aber du hast doch einen umgehauen, oder?«

»Klar, Mann.«

Anna versuchte, sich ihren Ärger nicht anmerken zu lassen. Das machohafte Gehabe ihres Nachwuchses ging ihr, wie immer, auf die Nerven.

»Was ist mit deinen Sachen, Ben?«

Er schwieg.

»Du sagst mir jetzt sofort, wer dir den Rucksack weggenommen hat!«

»Ein paar Jungs aus der Neunten.«

Ben hatte sich dafür entschieden, sein Problem auf jeden Fall ohne die Hilfe seiner Eltern zu regeln.

Anna schüttelte den Kopf und setzte einen Topf mit Wasser auf. Sie sah zu, wie sich auf dessen Boden nach einer Weile Blasen bildeten, langsam aufstiegen und dann wie wild zu blubbern anfingen. Auch in ihrem Inneren gärte es mächtig vor sich hin, diese Sache mit Ben machte ihr große Sorgen. Das Wasser kochte gerade über und ergoss sich zischend auf die Herdplatte, Anna stellte den Abzug auf die höchste Stufe. Dann schüttete sie kurze Makkaroni in den Topf und fing an, eine Tomatensoße für die Jungen zuzubereiten.

Sigrid Markisch musste mit den Hühnern aufgestanden sein, denn als Anna an diesem Morgen das Büro betrat, war ihre Kollegin bereits dort eingetroffen. Immerhin hatte sie sich nicht an Anna Greves Schreibtisch gesetzt, sondern stattdessen einen Hocker neben Webers Platz geschoben. Nach einem kurzen Nicken in Annas Richtung folgte sie weiter interessiert Webers Vortrag. Dieser versuchte gerade, Thomas Bertram die Vorgehensweise bei Personenfahndungen zu erklären, doch ein Blick in das irritierte Gesicht des Jungen zeigte deutlich, dass diesem Bemühen wahrscheinlich kein allzu großer Erfolg beschieden sein würde. Anna ging zur Fensterbank hinüber und nahm sich einen Kaffee. Der war allerdings so stark, dass sie aus alter Gewohnheit einen Berg Zucker in die Tasse nachlöffelte. Die Kommissarin überlegte gerade, ob der Neue ihn vielleicht gekocht haben mochte, als Antonia Schenkenberg hereinkam.

»Ich habe mir erlaubt, noch ein zweites Arbeitszimmer herzurichten.«

Worauf Anna, gefolgt von Weber und Sigrid Markisch, neben der Sekretärin her den Flur entlangging und sie dankbar anlächelte. Antonia hatte eben immer einen Blick für das Wesentliche.

»Sehr gut«, nickte Anna anerkennend. »An unser Platzproblem habe ich auch gerade gedacht. Aber Sie haben das Problem bereits gelöst, während ich erst anfange, darüber nachzudenken. Danke.«

»Ich habe den Abstellraum am Ende des Gangs aufgeräumt und einen Schreibtisch hineingestellt. Ist ganz nett geworden.«

Seit der frühere Dienststellenleiter, Martin Kuhn, nicht mehr im Amt war, konnte sich Antonia Schenkenberg bei der Gestaltung der Räume vollkommen ausleben. Günther Sibelius störte sich nicht daran. Ganz im Gegenteil, ihm schienen die neuen Vorhänge und Grünpflanzen in seinem Büro gut zu gefallen.

»Herr Bertram könnte hier sitzen«, schlug Antonia vor. Anna Greve nickte zustimmend. In Zukunft würde sie also mit Sigrid Markisch und Weber einigermaßen ungestört an den Mordfällen Herold und Lorenz arbeiten können.

»Nein, das ist unmöglich«, erklärte Sigrid Markisch mit einem kurzen Blick in das kleine Büro. Anschließend musterte sie Antonia Schenkenberg und bedachte sie dabei mit einem hochmütigen Blick. »Was soll's, für ein paar Tage wird es in der Kammer schon gehen. Hauptsache, ich habe meine Ruhe, denn ich bin es gewohnt, allein zu arbeiten.«

»Das verstehe ich nicht, Frau Markisch. Welchen Sinn hat es, sich in einer Phase, in der alle Kollegen möglichst eng zusammenarbeiten müssen, in sein stilles Kämmerlein zurückzuziehen?«, fragte Anna nach.

»Vertrauen Sie mir«, lächelte Sigrid Markisch milde zurück. »Sie werden schon noch sehen, wie gut ich ohne Störungen arbeiten kann. Und wir profitieren doch schließlich alle von einem möglichst schnellen Erfolg.«

Anna hatte Mühe, ruhig zu bleiben. Warum war Sigrid Markisch überhaupt nach Hamburg gekommen, wenn sie hier die Einzelkämpferin spielen wollte? Wenn sie es bevorzugte, auf diese Weise mit ihnen zusammenzuarbeiten, hätten sie einander auch weiterhin telefonisch über den neuesten Stand der Ermittlungen auf dem Laufenden halten können. Und warum zum Teufel bezog Weber überhaupt keine Stellung zum Verhalten der Giraffe?

Am Nachmittag sollte eigentlich die erste gemeinsame Dienstbesprechung im Büro von Günther Sibelius stattfinden, doch Sigrid Markisch hatte Anna und Weber kurzerhand in ihr kleines Büro gebeten.

»Herr Sibelius musste kurzfristig weg.« Sigrid Markisch lächelte ihre Kollegen entwaffnend freundlich an und deutete auf den Stapel Akten auf ihrem Schreibtisch. »Hier sind die Unterlagen zum Mordfall Lorenz, da wollen Sie doch sicherlich einen Blick hineinwerfen.«

Weber lächelte betreten zurück, während Anna mit einem kurzen Nicken zur Giraffe die oberste Akte aufschlug und darin zu lesen begann. Schließlich sagte sie: »Ich begreife zwar noch immer nicht, was dagegen spricht, dass wir drei in einem gemeinsamen Büro sitzen, aber bitte. Wie ist der neueste Stand der Ermittlungen im Fall Lorenz?«

»Die Spurensicherung hat ein langes, rotes Haar auf den Kleidern des toten Torsten Lorenz gefunden. Seine Ehefrau ist jedoch blond.«

»Vielleicht hat Herr Lorenz auch noch auf anderen Hochzeiten getanzt. Diese Unbekannte, mit der Rainer Herold am

Abend vor seinem Tod verabredet gewesen ist, soll allerdings ebenfalls rothaarig sein.«

Sigrid Markisch schnippte mit der Schuhspitze eine Staubfluse unter ihrem Schreibtisch hervor.

»Wir müssen uns zuerst einmal in der Näherei umsehen, Kollegen. Dort sind, soweit ich weiß, vor allem Frauen beschäftigt. Wahrscheinlich finden wir dort auch eine einleuchtende Erklärung für diesen Fund. Zum jetzigen Zeitpunkt halte ich Ihre These jedenfalls, mit Verlaub gesagt, für sehr weit hergeholt, Frau Greve.«

Anna sah sich das Foto und den Analysebefund des Haares durch die Spurensicherung genauer an. »Das sehe ich nicht ganz so, Kollegin. Hier steht, dass es sich um ein Haar von gut und gerne fünfzig Zentimeter Länge handelt, die Farbe ist leuchtend rot. Und genauso hat Rainer Herold die Haarpracht seiner Zufallsbekanntschaft aus dem Gasthaus beschrieben. Das ist mehr als genug, um der Geschichte einmal genauer nachzugehen. Haben Sie sonst noch etwas?«

Die Giraffe zögerte.

»Eine Sache kommt mir in der Tat merkwürdig vor. Die Spurensicherung hat Reste von Rum und Zucker auf dem Fußboden neben dem Opfer entdeckt. Wir warten dazu noch auf die Analyse der kriminaltechnischen Untersuchung, es wird aber wohl noch ein paar Tage dauern, bis die Spuren zeitlich genau datiert werden können. Schließlich ist es doch sehr unwahrscheinlich, dass Torsten Lorenz etwas mit seinem Mörder getrunken hat, bevor er sich abschlachten ließ.«

»Für mich passt das sehr wohl ins Bild«, stellte Anna fest. »Ich glaube immer mehr daran, dass wir beim Täter von einer Frau und nicht von einem Mann ausgehen müssen.«

Sigrid Markisch zog eine ihrer akkurat gezupften Augenbrauen hinter ihrer Zickenbrille hoch.

»Warten wir erst einmal das Ergebnis ab. Können wir jetzt fahren, Frau Greve? Sie wollten sich doch schnellstmöglich den Tatort in Maschen ansehen. Was ist mit Ihnen, Kollege Weber, begleiten Sie uns?«

Weber warf Anna einen hilflosen Blick zu.

»Ist schon gut, ich mache das allein«, erwiderte Anna gelassen. »Und falls Ihnen Herr Bertram in der Zwischenzeit auf die Nerven gehen sollte, konzentrieren Sie sich einfach auf ein paar Atemübungen.«

Elsa in Maschen, im Herbst 1984.

Doreen, wie schön dieser Name klang. Stets war sie gut gelaunt und hatte Freundinnen, so viele sie nur wollte. Ihre blonden Haare fielen ihr weich auf die Schultern, rochen nach Zitrone und sahen immer aus wie frisch gekämmt. Dann ihr Gesicht, ebenmäßig, hell, fast wie die gute Fee aus einem Märchenbuch. Auf jeden Geburtstag wurde Doreen eingeladen, aber sie war kein bisschen eingebildet deswegen. Im Gegenteil, sie schien eine Schwäche zu haben für Kaputtes, für Hässliches. Wie konnte es sonst angehen, dass sie nur noch mit Elsa zusammen sein wollte? Fast schien es Elsa, als hätte das sanfte Wesen von Doreen schon begonnen, auf sie abzufärben. Wenn sie nun manchmal lächelte, war es mehr als nur eine verstellte Grimasse. Dann stand sie am Morgen auf und wusste nicht, wohin vor Freude auf den vor ihr liegenden Tag. Kam singend die Treppe zur Küche hinunter, setzte sich zum Frühstück und fing an, Schulbrote für die anderen zu schmieren. Noch traute sich Vera nicht, die Hand nach ihrer Tochter auszustrecken. Schien ständig Angst zu haben, sie könne von scharfen Zähnen gebissen werden. Warum nur war Vera so misstrauisch? Sie konnte ruhig anfangen zu glauben, dass Elsa auch ihr etwas Gutes tun wollte. Endlich hatte sie eine Freundin gefunden. Elsa war nicht mehr allein. Ihr Herz war leicht und die Holzschachtel schon lang nicht mehr geöffnet worden. Die Farben waren plötzlich nicht mehr nur bei den Glasscherben. Die Farben waren jetzt bei ihr. Sie hatten an Kraft gewonnen, ja an Leben.

Sigrid Markisch parkte den Wagen direkt vor Torsten Lorenz' Fabrik im Gewerbegebiet von Maschen. Anna hatte diese Gegend auf ihrem Weg zum Hundefutterladen bisher immer schnell hinter sich gelassen. Deshalb sah sie das rechteckige, mit grauen Eternitplatten verkleidete Gebäude heute zum ersten Mal richtig. Der Regen jenseits der Fensterscheibe war wie eine Wand. Anna stieg aus dem Auto und ging die paar Meter zum Eingang hinüber, ohne einen Schirm aufzuspannen. Sie schien nicht zu bemerken, wie sich ihre Haare nass um ihr Gesicht legten, Anna war hochkonzentriert. Sie wusste, wenn sie sich anstrengte, würde es ihr vielleicht gelingen, irgendein Detail zu entdecken, das die anderen bisher übersehen hatten. Schon stand sie neben Sigrid Markisch in der Fabrikhalle und sah sich um. Vor den großen Regalen, die eine Ecke der Halle abteilten, blieb sie stehen und registrierte den mit Kreide auf den Boden gezeichneten Umriss eines menschlichen Körpers. Hier war es also geschehen, und eines dieser massiven Metallelemente hatte Torsten Lorenz unter sich begraben. Anna überlegte. War es einer Frau überhaupt möglich, ein solches Regal ohne fremde Hilfe zum Umfallen zu bringen? Anna wollte es sofort auszuprobieren. Also zog sie ihren nassen Mantel aus, öffnete ihre Werkzeugkiste und machte sich an die Arbeit.

Woraufhin sich Sigrid Markisch sofort zu Wort meldete. Sie verfolgte jeden Handgriff ihrer Kollegin, schien aber offensichtlich nicht vorzuhaben, mit anzupacken.

»Der Pathologe sagt, Torsten Lorenz sei nicht durch den Aufprall des Regals auf seinen Körper getötet worden. Seine Beine waren zwar gebrochen, und er hatte innere Verletzungen, aber den Todesstoß hat man ihm durch zwei harte Schläge auf den Kopf versetzt. Als Tatwaffe kommt ein schwerer, metallener Gegenstand in Frage.«

Anna hielt inne und setzte sich vor den Regalen auf den Hallenboden.

»Torsten Lorenz lag bewegungsunfähig unter den Trümmern, als ihm der Mörder den Schädel einschlug. Wie wütend muss man sein, um so etwas tun zu können?«

Sie löste die letzte große Schraube, und nun hatte das Regal entscheidend an Standfestigkeit verloren. Es war zwar noch immer sehr schwer, doch jetzt konnte es auch ein Mensch von geringerer Körperkraft zum Umsturz bringen. Anna stemmte sich gegen die Metallverstrebungen und registrierte erfreut, dass das Regal schon nach kurzer Zeit zu kippen drohte. Sie wischte sich die schmutzigen Hände an einem Lappen ab und grinste.

»Es ist absolut möglich, dass der Täter eine Frau gewesen ist. Aber ganz gleich, ob Mann oder Frau, der Täter muss die Gegebenheiten vor Ort gut gekannt und den Anschlag genau geplant haben. Und es scheint eindeutig eine Racheaktion gewesen zu sein. Denn nur so erklärt sich die an die Hinrichtung anschließende Kastration. Es hat dem Täter offensichtlich nicht gereicht, Torsten Lorenz einfach nur zu töten. Genau wie bei Rainer Herold, dem man auch erst nach seinem Tod das Gesicht verstümmelt hat. Vielleicht haben wir es hier mit einer Person zu tun, der die beiden Männer in der Vergangenheit das Leben schwer gemacht haben. Wir sollten bei unseren Ermittlungen die Vergangenheit der Opfer also nicht außer Acht lassen.«

»Sie meinen, die Täterin ist eine Frau gewesen, der man als Kind die Brille zertreten hat? Oder denken Sie gar an verschmähte Liebe als Tatmotiv? Nein, Frau Greve, das ist doch lächerlich. Außerdem ist Torsten Lorenz verheiratet gewesen und Rainer Herold nicht gerade das, was man einen attraktiven Mann nennt. Und überhaupt, warum sollte eine Frau ein solches Risiko eingehen? Was wäre geschehen, wenn sie das Regal nicht zum Umstürzen gebracht hätte? Es gibt weiß Gott elegantere Methoden, einen Menschen zu töten.«

Anna fragte sich, was Sigrid Markisch mit ihrem letzten Satz wohl gemeint haben konnte. Mordeten Frauen ihrer Anschauung nach etwa nur nach ästhetischen Gesichtspunkten? Vielleicht mit einem Blick in den Spiegel zur Kontrolle, ob die Frisur auch richtig saß? Sollte sich am Ende gar ein Weibchen hinter der glatten Oberfläche von Sigrid Markisch verbergen? Trotzdem, es konnte nicht schaden, die Augen offen zu halten. Anna verkniff sich eine zynische Bemerkung und meinte stattdessen: »Wir müssen natürlich auch untersuchen, ob und welche Verbindungen es in der letzten Zeit zwischen den beiden Männern gegeben hat.«

Sigrid Markisch setzte sich auf einen schmalen Hocker in der Ecke der Fabrikhalle, und ihre Ohren fingen an zu glühen, als sie nun ihrerseits begann, ihre Theorie vor Anna auszubreiten.

»Es könnte auch alles ganz anders gewesen sein«, begann sie. »Rainer Herold ist Investmentbanker gewesen und Torsten Lorenz könnte seinen alten Schulfreund mit potenziellen Anlegern versorgt haben. Mit Leuten, die dumm genug gewesen sind, einem Bekannten zu vertrauen und die Verantwortung für ihr Geld abzugeben. Herold und Lorenz könnten sich die Gewinne, die sie aus ihren gemeinsamen Machenschaften gezogen haben, untereinander aufgeteilt haben, bis einer der Betrogenen schließlich dahintergekommen ist. Der Täter könnte also jemand sein, den die beiden um seine Existenz gebracht haben.«

Anna nahm einen zusammengefalteten Pappkarton aus dem Regal, legte ihn neben Sigrid Markisch auf den Fußboden und setzte sich darauf.

»Auch dann müssten wir bei der Vergangenheit der Opfer ansetzen. Von irgendwoher müssen die Kontakte zu den gutgläubigen Geldanlegern ja schließlich gekommen sein. Außerdem hat Rainer Herold in einer ganz anderen Liga gespielt. Ich glaube kaum, dass er neben seinem Job an der Börse noch Zeit dafür gefunden hat, ehemalige Schulkameraden um ihre Ersparnisse zu bringen.«

»Trotzdem werde ich mit meinen Recherchen genau hier beginnen. Aber ich habe nichts dagegen, wenn Sie sich weiter an die Sohlen eines rothaarigen Phantoms heften wollen.«

Die Giraffe stand auf und stolzierte aus der Halle. »Ich werde mich etwas frisch machen gehen, danach können wir fahren.«

Draußen regnete es noch immer. Anna wartete im Flur vor der Tür zu den Waschräumen und kickte mit dem Fuß gegen einen an der Wand hängenden Feuerlöscher. Was bildete sich diese Frau überhaupt ein? Kam in ihre Abteilung und spielte sich als Chef auf, anstatt erst mal kleine Brötchen zu backen.

Zurück im Büro, machte sich Sigrid Markisch zielstrebig an die Arbeit. Auf ihren Lippen spielte ein dünnes Lächeln, das erst verschwand, nachdem sie die ersten Gespräche geführt hatte. In Rainer Herolds offizieller Kundenliste war, nach Überprüfung der Daten, kein einziger Privatmann verzeichnet, doch so schnell wollte die Giraffe nicht aufgeben. Sigrid Markisch ging allein in die Kantine zum Essen, anschließend machte sie sich auf den Weg zu Torsten Lorenz' Witwe. Wichtig war jetzt vor allem, dass sie schnell handelten, wenn sie zu Ergebnissen kommen wollten. Sollten doch die Kollegen aus Hamburg ihre Zeit mit müßigen Gedankenspielen vergeuden, Sigrid brauchte sie nicht. Sie war es gewohnt, sich allein durchzubeißen.

»Hat Ihr verstorbener Ehemann in der letzten Zeit eigentlich noch Kontakt zu seinem Jugendfreund Rainer Herold gehabt?«

Marianne Lorenz versuchte, sich auf die schnellen Fragen der Kommissarin aus Hannover zu konzentrieren.

»Die beiden haben ab und zu miteinander telefoniert, aber es ist bestimmt drei oder vier Jahre her, dass sie zum letzten Mal zusammen unterwegs ...«

Sigrid Markisch fiel ihr ins Wort.

»Mich interessieren die privaten Gelage der beiden nicht, mir geht es um etwas anderes. Frau Lorenz, hat Ihr Mann an der Börse spekuliert?«

Marianne Lorenz bemühte sich weiter um Höflichkeit gegenüber der Beamtin, doch es fiel ihr mit jeder Minute schwerer.

»Ich glaube nicht. Torsten war eine Spielernatur, aber er ließ seine Finger von Dingen, von denen er nicht viel verstand. Ich rufe Sie jedoch sofort an, sollte ich dazu noch etwas in seinem Papierkram entdecken.«

Sigrid Markisch schrieb die Telefonnummer der Hamburger Dienststelle auf die Rückseite ihrer Visitenkarte und gab sie Marianne Lorenz.

»Ich bin sicher, das wird bald der Fall sein. Für heute danke ich Ihnen für Ihre Hilfe, Frau Lorenz, und bitte denken Sie an die Liste der Bekannten Ihres Mannes, um die ich Sie gebeten habe.«

Sigrid Markischs Augen leuchteten, als sie in die Dienststelle zurückfuhr. Wenn sie diese Mordfälle hier erst einmal gelöst hätte, würde sie ihren Erfolg vielleicht schon früher als gedacht mit einer neuen Arbeitsstelle und einem Umzug nach Hamburg feiern können.

In Sigrid Markischs Büro war seit Stunden niemand mehr ans Telefon gegangen. Anna Greve legte auf und wählte dann kurz entschlossen die Nummer von Antonia Schenkenberg an.

»Wissen Sie, wo unsere neue Kollegin steckt?«

»Kann ich nicht sagen, sie hat sich nicht bei mir abgemeldet.«

Anna bedankte sich und beobachtete dabei Weber, der noch immer mit dem jungen Bertram beschäftigt war. Zu gern hätte sie jetzt ein Gespräch unter vier Augen mit ihm geführt. Sie brauchten unbedingt eine gemeinsame Strategie. Wie sollten sie mit dem Verhalten von Sigrid Markisch umgehen?

Gerade war ein Fax hereingekommen, Anna stand auf und nahm die Seiten aus dem Gerät heraus. Sie las den Vermerk – zu Händen Kommissarin Markisch – auf der ersten Seite. Bei der Absenderin handelte es sich um Marianne Lorenz. Wie aus dem Anschreiben hervorging, hatte sie eine Aufstellung der Bekannten ihres verstorbenen Mannes angefertigt. Während Anna zum Kopierer ging, wunderte sie sich darüber, dass die Giraffe ihre angekündigten Alleingänge nun wohl tatsächlich in die Tat umsetzte.

»Hier, gucken Sie sich das an, Weber.«

Anna hielt ihm das Fax unter die Nase.

»Was wäre geschehen, wenn ich das nicht eben zufällig entdeckt hätte?«

Weber sah seine Kollegin ratlos an.

»In einer Stunde bin ich hier fertig, dann reden wir darüber.«

»Wie Sie meinen, inzwischen fange ich jetzt schon einmal allein an, die auf der Liste angegebenen Leute abzutelefonieren.«

In ihren nun folgenden Gesprächen schlug der Kommissarin Anna Greve viel Sympathie für den ermordeten Fabrikbesitzer aus Maschen entgegen. Torsten Lorenz war, wie es schien, überall beliebt gewesen, bisher hatte niemand seiner Bekannten auch nur ein kritisches Wort über ihn verloren.

Anna erfuhr, dass Torsten Lorenz Mitglied bei der Freiwilligen Feuerwehr und amtierender Schützenkönig des Dorfes gewesen war. Also musste er tatsächlich ein wohlhabender Mann gewesen sein, denn als Schützenkönig hatte man diverse repräsentative Pflichten zu erfüllen und für ein Jahr lang so manchen Stammtisch freizuhalten. Was überdies der Grund dafür war, dass nicht immer der beste Schütze eines Ortes auch sein König wurde. Trotzdem musste jemand wie Torsten Lorenz auch Neider gehabt haben. Ein Mann, dem scheinbar alles gelang, rief normalerweise immer Missgunst hervor, gerade in seinem Bekanntenkreis. Bisher hielten sich die Leute des Dorfes jedoch bedeckt. Weshalb sich Anna dachte, dass es an der Zeit war, die Maschener nun auch einmal persönlich kennen zu lernen, und sie mit einer Befragung von Angesicht zu Angesicht zu konfrontieren.

5

Elsa trug, was sie am liebsten hatte. Den eng geschnittenen weißen Mantel aus feiner Wolle, der ihr bis zu den schmalen Fesseln hinunterreichte. Robin würde beeindruckt sein. Robin, wie albern das klang. Nur weil ihre Mutter Vera damals, als sie schwanger war, einen Film über den Rächer der Enterbten gesehen und sich in den Darsteller verliebt hatte, war ihr Bruder nun mit diesem Vornamen gestraft. Einem Namen, der überhaupt nicht zu ihm passte. Schließlich war er schmächtig, kurzsichtig, kleiner als sie und von jeher ein Angsthase gewesen. Elsa war nun vor Robins Haus angelangt und drückte auf den Klingelknopf. Sie gähnte, obwohl sie lange geschlafen hatte. Zum Glück waren die gestrigen Kopfschmerzen heute kaum mehr zu spüren. Eigentlich spürte sie überhaupt nichts. Weder den Regen, der sich klatschend auf ihr Gesicht legte, noch den kalten Wind und auch keinen Hunger oder Durst, dabei konnte sie sich nicht daran erinnern, wann sie zuletzt etwas gegessen hatte. Da war nichts als eine ungeheure Leere in ihr. Vielleicht war das nach den Anstrengungen der letzten Zeit aber auch ganz normal. Elsa erinnerte sich an die Geschichte eines Mannes, der tagelang allein auf einer Bootsplanke im atlantischen Ozean getrieben war. Als man ihn rettete, habe er nicht mehr gewusst, wie sich Glück anfühlt, hatte in der Zeitung gestanden. Er hatte gesagt, er sei jenseits aller Empfindungen gewesen, er habe die Grenze überschritten. Was mochte dieser Mann gelitten haben, bevor er dazu gekommen war, einen solchen Satz zu sagen. Und da erwartete sie von sich, auf Kommando Freude empfinden zu können? Natürlich war es ein Grund zur Freude, dass Rainer und Torsten nun nicht mehr in der Lage waren, andere Menschen zu quälen. Wie wohl der Schiffbrüchige heute empfand? Bestimmt anders, ansonsten hätte er sich längst umgebracht. Elsa würde das niemals tun. Sie brauchte nur noch ein wenig Geduld, dann würde alles gut werden. Robin würde ihr dabei helfen, lang vergangene Ereignisse und ihr Leben, das ihr mittlerweile wie ein wirres Fadenknäuel erschien, neu zu ordnen. Mit seiner Hilfe würde sie den Anfang des Fadens finden, ihn in die Hände nehmen und neu aufrollen, sorgfältig und beständig. Und wenn sie erst einmal ihren Frieden mit Vera gemacht hätte, würde vielleicht auch das Lachen wieder zu ihr zurückkehren.

Elsa vernahm ein Summen in der Gegensprechanlage und stemmte sich gegen die dunkelbraune Eingangstür aus Holz. Als sie die erste der vier Treppen hinaufzusteigen begann, kam sie mit ihren Pfennigabsätzen auf einer der ausgetretenen Stufen ins Rutschen. Elsa ruderte mit den Armen, fing so den drohenden Sturz ab, landete aber trotzdem mit den Händen auf dem Boden. Das Holz fühlte sich glitschig an. Elsa überlegte, ob sie die hohen Schuhe ausziehen sollte. Aber war es angemessen, Robin nach all der Zeit mit nackten Füßen gegenüberzutreten? Nein, da würde sie schon lieber einen Sturz riskieren. Vorsichtig tastete sich Elsa voran und wäre, als sie endlich den Blick vom Boden lösen konnte, auf dem obersten Treppenabsatz beinahe mit ihrem Bruder zusammengeprallt.

Robin lächelte und strich ihr die Haare aus dem Gesicht.

»Was für eine Freude! Komm doch herein.«

Sie umarmten sich. Elsa fühlte seine Hände warm auf ihrem Rücken, nahm aber gleichzeitig einen unangenehmen Geruch nach gekochtem Kohl wahr, der aus seiner Wohnung in den Treppenaufgang drang. Erst jetzt bemerkte sie die nachlässig aufeinandergestapelten Pappkartons im Eingang hinter ihm, hier lud nichts dazu ein, genauer hinzuschauen. Sie zögerte, wäre am liebsten wieder umgedreht, doch schließlich folgte sie Robin durch den schmalen Flur in ein hell erleuchtetes Zimmer. Verschiedene Gerüche lagen hier übereinander und zeugten von vielen warmen Mahlzeiten, ohne dass zwischendurch einmal ein Hauch frischer Luft hereingelassen worden wäre. Zu viele Stunden musste ihr Bruder allein in diesen Räumen zugebracht haben. Und wie bei manchen alten Leuten schienen selbst die Tapeten Einsamkeit auszudünsten. Das meiste Mobiliar in Robins Wohnzimmer stammte aus dem Hausstand ihrer Mutter. Elsa wurde heiß beim Anblick des alten Sofas mit dem geblümten Stoffüberzug, auf dem sie schon als Kind gesessen hatte. Wie konnte er nur in einer solchen Umgebung leben? Robin schien ihren Blick aufgefangen zu haben, aber anstatt etwas zu sagen, stand er auf und machte sich daran, Kaffee zu kochen. Anschließend kam er mit zwei von Veras goldverzierten Tassen und Tellern aus dem Service für besondere Anlässe zurück und stellte sie neben die Keksdose auf den Tisch.

»Bist du schon bei Mutter gewesen?«

Elsa spürte, wie sich der Schweiß in der Falte unter ihrer Brust sammelte.

»Ich hatte Sehnsucht nach dir.«

Sie versuchte ein zuversichtliches Lächeln.

»Warum bist du hier?«

»Ich überlege, wieder zurückzukommen. Will mich nach einem neuen Job umsehen, ich bin erst seit ein paar Stunden in der Stadt.«

In seinem Gesicht zeigte sich für einen Moment der alte sanfte Robinkinderblick.

»Das ist schön, ich könnte deine Hilfe gut brauchen. Gestern hat mich Mutter nicht einmal mehr erkannt.«

»Du weißt doch, dass das unmöglich ist.«

Robin schenkte den Kaffee ein, dann setzte er sich ihr gegenüber auf das geblümte Sofa. Wie er so dasaß, erinnerte er sie an Friedrich, ihren Vater.

»Warum eigentlich? Sie ist eine alte, kranke Frau, Elsa, und ich habe es überdies satt, mit allem allein dazustehen, während sich meine beiden Schwestern in der Welt herumtreiben.«

Warum musste er nur wieder mit den alten Geschichten anfangen. Das alte Geschirr war schon schlimm genug. Vielleicht war es doch keine so gute Idee gewesen, über ihn den Einstieg in ihr altes Leben versuchen zu wollen. Andererseits, wer außer Robin käme dafür in Frage? Und was war überhaupt ihr altes Leben? Was hatte sie nur erwartet?

»Entschuldige mich für einen Augenblick.«

In der Küche öffnete Elsa das kleine Fenster, und endlich gelangte etwas winterliche Luft in die stickigen Räume. Gierig atmete sie die Frische ein, hielt auch die feuchten Stellen ihres Pullovers unter den Achselhöhlen in den Wind. Als sie zu ihrem Bruder zurückkam, schwitzte sie nicht mehr. Und es schien ihr alles gesagt zu sein.

»Ich hätte nicht herkommen sollen. Mach's gut Robin.«

»Warte, geh jetzt nicht fort. Wie kann ich dich erreichen?«

Elsa gab keine Antwort; sie ließ die Holztür laut ins

Schloss fallen. Die Straße draußen vor ihr war weihnachtlich geschmückt.

»Warum haben Sie uns nicht gesagt, dass Sie bei Marianne Lorenz gewesen sind?«

Annas Augen funkelten dunkel.

Sigrid Markisch stand auf. Sie schaute auf ihre Kollegin herunter und stellte somit das gewohnte Größenverhältnis wieder her.

»Wenn ich gewusst hätte, dass das ein Problem für Sie ist, hätte ich selbstverständlich vorher um Erlaubnis gefragt. Aber ich habe Ihnen das Protokoll sowieso bereits kopiert.«

Sie drückte Anna einige mit einer Büroklammer zusammengeheftete Seiten Papier in die Hand.

»Was macht es Ihnen eigentlich so schwer, mit uns an einem Strang zu ziehen?«

Sigrid Markisch lächelte, während sie es sich wieder auf ihrem Stuhl gemütlich machte. Sie zupfte die Bügelfalte ihrer Stoffhose gerade und sagte: »Ich bin nach Hamburg gekommen, um erfolgreich zu arbeiten.«

Anna hatte das Bedürfnis zu schreien, stattdessen wurde ihre Stimme sanft und leise.

»Was glauben Sie, Frau Markisch, warum hat der Täter das Gesicht von Rainer Herold zerschnitten? Warum hat er Torsten Lorenz kastriert?«

»Wenn wir ihn haben, werde ich ihn danach fragen.«

»Einer, den man um seine Ersparnisse betrügt, würde seine Opfer bestimmt nicht auf eine solche Art und Weise verstümmeln. Nein, da wollte jemand ein Zeichen setzen. Ein Mensch, dessen Gefühle tief verletzt worden sind.«

Sigrid Markisch nahm ihren Mantel aus dem Schrank.

»Wir müssen jetzt zu unserem Termin in der Näherei

losfahren. Sonst kommen wir zu spät und werden vielleicht niemals herausbekommen, wer der Täter ist. Verfolgen Sie Ihre Spur, Frau Greve, ich bleibe bei meiner Theorie. Am Ende zählt nur das Resultat.«

Am liebsten hätte sich Anna auf einen Platz im hinteren Teil des Dienstwagens verdrückt, dann hatte sie sich aber doch vorn auf die Beifahrerseite neben Sigrid Markisch gesetzt. Die Fahrt verlief einsilbig, und nur wenig später standen sie in einem kaum geheizten Büro der Fabrikhalle in Maschen. Vor ihnen lagen zahlreiche Gespräche mit Menschen, die für Torsten Lorenz gearbeitet hatten. Es würde ein anstrengender Tag werden, und Anna wickelte sich fester in ihren Mantel. Sie war müde und ihr war kalt, dabei hatten sie noch nicht einmal begonnen. Wenn wenigstens Weber da wäre. Anna zündete sich eine Zigarette an. Würde sie heute etwas zu hören bekommen, das sie in ihren Annahmen bestätigte? Und was, wenn sie sich irrte? Es gab so viele mögliche Mordmotive, die bei Männern wie Rainer Herold und Torsten Lorenz infrage kamen. Und doch sagte ihr ihr Instinkt, dass sie auf der richtigen Fährte war. Aber welchen Grund könnte die schöne Unbekannte für ihre ungeheure Zerstörungswut gehabt haben? Wo war das Motiv?

Plötzlich tauchte eine Tüte klebriger Pfefferminzbonbons vor Annas Nase auf. Sie starrte darauf, dann in das Gesicht von Sigrid Markisch.

»Ich habe gehört, dass Sie laufen«, begann sie in einem hellen Plauderton.

Anna kehrte ins Hier und Jetzt zurück und lehnte dankend ab.

»Ist schon vorgekommen.«

»Ich mache nächstes Jahr wieder beim Stadtmarathon mit.«

Anna schmunzelte.

»Ziemlicher Zeitaufwand, so etwas. Da muss man als berufstätige Frau andere Prioritäten setzen, als ich das mache. Sie haben keine Kinder, oder?«

Gerade kam ein Mann um die fünfzig im blauen Arbeitsoverall zur Tür herein und nahm vor dem Schreibtisch von Sigrid Markisch Platz. Anna beobachtete das grimmige Gesicht ihrer Kollegin, als diese anfing, ihre Fragen zu stellen. Der Mann antwortete immer leiser. Waren die Zickenbrille oder aber der Tonfall in ihrer Stimme schuld daran? Anna grinste. Auch wenn es ihrer weiteren Beziehung vielleicht nicht unbedingt förderlich war, das kleine Geplänkel mit der Giraffe hatte ihr gerade großen Spaß gemacht.

Nach ein paar Stunden hatten sie viele Gespräche geführt und doch nichts von Bedeutung erfahren. Immer bot sich ihnen das gleiche Bild. Torsten Lorenz, der verständnisvolle Chef, der nette Kerl von nebenan. Doch irgendjemand hatte das offensichtlich anders gesehen und ihn umgebracht. Als die Fabrik am späten Abend schloss, hatten sie noch nicht einmal die Hälfte der Belegschaft zur Sache befragt. Aber morgen war schließlich auch noch ein Tag, dachte Anna und wickelte sich ihren Schal fester um den Hals. Sie schaute Sigrid Markisch an und sehnte sich geradezu nach Weber.

Elsa in Maschen, im Winter 1984.

Wenn Elsa bei Possels klingelte, und Doreen hatte wieder einmal keine Zeit für sie, war es ihr, als fiele sie in ein dunkles Loch. Jetzt, wo sie endlich eine Freundin gefunden hatte, wusste sie mit sich allein nichts mehr anzufangen. Sie hielt sich am Türrahmen fest, sah neben Frau Possels Beinen zwei Paar schwarze Kinderlackschuhe in der Ecke auf der

Matte im Flur stehen, und aus dem ersten Stock drang albernes Gelächter zu ihnen herunter. Frau Possel bedachte Elsa in solchen Momenten immer mit einem hilflosen Blick. So, wie man einen einäugigen Hund ansieht oder einen kleinen Vogel, der aus dem Nest gefallen ist und der verzweifelt nach seiner Mutter piepst.

»Es tut mir leid, Elsa«, sagte sie und es kam wie eine Formel aus ihr heraus. Doch bevor Frau Possel die Haustür wieder schloss, konnte Elsa sehen, dass sie es genauso gemeint hatte.

Dabei war am Anfang alles so schön gewesen. Jeden Nachmittag hatte Elsa bei Doreen gespielt. Sich kaum Zeit für das Mittagessen gelassen, nur damit sie beide so lange wie möglich zusammen sein konnten. Wenn es regnete, saßen die Mädchen in Doreens Zimmer auf dem wunderbar flauschigen Teppich und dachten sich Spiele aus. Elsa las im Gesicht ihrer Freundin, wie sehr sich diese über ihre Einfälle freute. Elsa war sehr erfinderisch und, wenn es um das Ausdenken immer kühnerer Spielregeln ging, unschlagbar. Meistens gewann sie auch, aber das hatte Doreen nie gestört. So war es nun mal im Leben, Doreen hatte diese fantastische Mutter, sie hingegen Glück im Spiel. Elsa gab wirklich ihr Bestes, nicht ohne ihre Freundin sein zu müssen. Dafür war sie sogar in den Turnverein eingetreten, auch wenn sie es hasste, am Reck herumzuhangeln oder über einen Kasten zu hechten. Am Schlimmsten war jedoch immer das Umziehen vor und nach dem Turnunterricht. Das Gefeixe der anderen Mädchen, wenn Elsa sich aus ihren Sachen schälte und hören musste, wie über ihre albernen gestreiften Unterhosen gelästert wurde. Doch ihre Fahrt mit dem Bus hin und zurück bot ihr genug Entschädigung für diese Kränkungen. Die beiden Mädchen nebeneinander auf dem Sitz, Elsas Hand in der von Doreen. Und dann tuscheln, kichern, sich lustig machen über alles, was an ihnen vorbeiflog. Bis Doreen mit dem Reiten anfing und dafür das Turnen aufgab. Der Unterricht fand in einem anderen Dorf statt, in das es keine Busverbindung gab. Außerdem kosteten die Reitstunden viel zu viel Geld. Die Eltern der schwarzen Lackschuhbesitzerinnen konnten sich das leisten, und so waren sie es nun, die ihre Nachmittage bei Doreen verbrachten. Jetzt durften die schwarzen Lackschuhträgerinnen den heißen Kakao von Frau Possel trinken und sich über die klein zurechtgeschnittenen Obststücke hermachen.

Zuletzt hatte Elsa noch einen Versuch gestartet, alles wieder so schön werden zu lassen, wie es noch bis vor ein paar Wochen gewesen war. Sie hatte Doreen vor dem Haus abgefangen und sich eine beeindruckende Rede zurechtgelegt. Aber als die beiden dann so voreinander gestanden hatten und Elsa spürte, wie sich Doreen an einen ganz anderen Ort wünschte, da hatte sie ihr eine gelangt. Doreen hatte sich die Wange gerieben. Jetzt verband sie, wenn auch nur für kurze Zeit, an der gleichen Stelle ein roter Fleck. Als sich Doreen umdrehte, sagte sie kein einziges Wort, und Elsa starrte ihr grimmig hinterher. Ein Wunder, dass die Heulsuse nicht zu flennen angefangen hatte. Stattdessen fing sie nun selbst zu weinen an. Nur Elsa hatte allen Grund dazu.

»Gute Nachrichten.«

Tom schnappte sich die hellblaue Wolldecke und warf sie zu Anna hinüber.

»Übermorgen wird der neue Kessel eingebaut. Kannst du dir freinehmen?«

Anna überlegte, wie sie ihm beibringen sollte, dass das unmöglich war.

»Was ist denn mit Elisabeth?«, fragte sie daher diplomatisch.

»Deine Mutter fährt morgen mit ihrem neuen Nachbarn in den Bayerischen Wald. Ich wundere mich, dass du das vergessen hast, wo sie uns doch schon seit Wochen jeden Tag damit nervt. Ein paar Stunden würden reichen, ich könnte ab Mittag übernehmen.«

Tatsächlich hatte Anna bereits länger nicht mehr an Elisabeth gedacht. Und wenn ihre Mutter begann, von Herrn Horn zu erzählen, dem netten Klavierspieler, der in die Wohnung über ihr eingezogen war, schaltete sie sogleich auf Durchzug. Warum eigentlich?

»O. k., aber um zwölf muss ich weg. Du hast Recht, ich werde Elisabeth nachher anrufen und ihr viel Spaß wünschen.«

Jetzt krabbelte Anna auf Toms Sofa hinüber und versuchte, unter Einsatz ihres Ellenbogens, genügend Platz neben ihm zu schaffen.

»Aua, du bist genauso penetrant wie unser Hund.«

Tom rieb sich die Schulter, grinste und nahm sie in den Arm.

»Aber schön.«

Endlich wurde Anna warm, sie schloss die Augen. Gemeinsam genossen sie die Stille, zu ihrer Freude wummerte gerade einmal keine laute Hip-Hop-Musik aus dem oberen Stockwerk.

Fast wäre sie eingeschlafen, als Toms Stimme sie wieder in die Gegenwart zurückholte.

»Jan ist nicht glücklich bei Tottenham, Anna. Er überlegt, nach Hamburg zurückzukommen. In der Mannschaft ist kein Zusammenhalt, zu viele Legionäre, meint er.«

»Tut mir leid für ihn.«

Sie schloss ihre Augen und wollte sich erneut an ihn schmiegen, aber Toms Brust war hart geworden wie Beton. Ende der Gemütlichkeit. Überdies rappelte er sich jetzt hoch und nahm einen Apfel aus der Obstschale. Doch anstatt hineinzubeißen, ließ er die rotleuchtende Frucht wie einen kleinen Ball zwischen seinen Händen hin und her rollen.

»Was wird sein, wenn er wieder in Hamburg lebt?«

»Für uns bleibt alles, wie es ist, mach dir keine Sorgen. Wo steckt Ben eigentlich?«

Das möblierte Apartment war gar nicht so schlecht, unter anderen Umständen hätte es sich hier gut aushalten lassen. Trotzdem, Elsa durfte nicht länger als ein paar Tage bleiben. Sie musste ihre Aufenthaltsorte ständig wechseln, ihre Spuren verwischen. Niemand sollte wissen, dass sie in der Gegend war.

Ihre Kopfschmerzen waren über Nacht mit voller Intensität zurückgekehrt. Elsa nahm eine Tablette aus der roten Schachtel und legte sich aufs Bett. Vorhin hatte sie das Holzkästchen aus der Fabrik hervorgeholt, jetzt lag es neben ihr. Die Augen wegen der stechenden Schmerzen zusammengekniffen, konnte sie es nur ertasten. Sanft streichelte Elsa über seine glatt polierte Oberfläche. War es ein Fehler gewesen, es mitzunehmen? Wenn nun jemandem auffiele, dass einer der Kästen fehlte? Na und, dann wussten sie noch immer nicht, dass sie es genommen hatte. Zum Glück waren außerdem keine weiteren Aufrufe mehr in der Zeitung erschienen. Sie war gesucht worden, wenn auch nur als Zeugin. Aber es hatte kein Foto gegeben, nur eine vage Personenbeschreibung. Mit Abscheu erinnerte sich Elsa an den Abend in Torstens Fabrik zurück. Wie geil er gewesen war in der Vorfreude darauf, seinen Schwanz in ihrem Mund zu wissen. In diesem Augenblick musste es für ihn ähnlich gewesen sein wie für sie damals, als er sie in den Schuppen geführt hatte. Nein, zum Teufel, da gab es einen großen Unterschied. Sie hatte ihn geliebt! Er hatte das dagegen nie getan.

Elsa schaltete ihr Handy aus, sie wollte jetzt mit niemandem sprechen. Besonders nicht mit Robin. Sie trieb auf ihrem Bett dahin wie der schiffbrüchige Mann auf seinem Holzbalken. Wie sollte es weitergehen? Wo war der Knopf, mit dem sie alles auf den Anfang zurückstellen konnte? Und wie sollte sie ihren Frieden mit Vera machen, wenn diese nur noch herumsabberte und senil war wie ein altes Weib? Andererseits war ihre Mutter ja auch ein altes Weib, wahrscheinlich würde sie Elsa nicht einmal mehr erkennen. Elsa schwamm in einem Meer von Zeit. Ihr begann die Arbeit zu fehlen, den ganzen Tag über so gut wie keine feste Struktur zu haben war ein ungewohnter Zustand für sie. Vielleicht war das auch der Grund, weshalb sie in den letzten Tagen immer mehr in trübe Gedanken verfiel. Und möglicherweise auch der Grund für ihre seltsamen Träume. Erst letzte Nacht hatte Elsa ihren Vater vor sich gesehen, so, als wäre er leibhaftig zurückgekehrt. In seiner braunen, grob gestrickten Jacke mit den losen Knöpfen aus Hirschhorn hatte er auf dem geblümten Sofa gelegen und am lärmenden Fernseher vorbei an die Wand gestarrt. Sie hatte schon genau hinschauen müssen, um das zu bemerken. Vera hatte ihm immer Fernsehsucht unterstellt oder aber Trägheit, doch nie hatte sie angenommen, dass er große Sorgen mit sich herumgetragen hatte. Im Wachen gelang es Elsa ganz gut, die Erinnerungen an ihren Vater zu verdrängen. Und auch die Tatsache, dass er sie verlassen hatte. Doch die Vergangenheit ließ sich nicht bewältigen, indem man sie zu vergessen suchte. Wer sich seiner Vergangenheit nicht erinnert, ist verdammt, sie zu wiederholen, hatte irgendwann einmal ein Therapeut zu ihr gesagt. Elsa hatte sich nicht angesprochen gefühlt. Sein Gerede hatte lediglich die Erkenntnis in ihr hinterlassen, dass dieser Kerl sie nicht verstand. Wütend war sie gewesen. Warum gab es denn niemanden, der sich in ihre Gefühlswelt hineinversetzen konnte? Elsa hatte von Selbstmord gesprochen, danach den Arzt bedroht, und als das alles nichts geholfen hatte, die Therapie abgebrochen. Wie all die anderen zuvor. Elsa weinte in ihrem Meer von Zeit. Was sollte die überflüssige Erinnerung daran, dass man sich seiner Vergangenheit bewusst sein musste, um sie zu bewältigen, gerade jetzt in ihren Gedanken?

Als Anna Greve an diesem Morgen ins Büro kam, strahlte Weber ihr entgegen. Er war gerade dabei, seinen Schreibtisch aufzuräumen, von Werner Bertram keine Spur.

»Was macht der Junge?«

»Ist seit heute beim Betrugsdezernat.«

Anna setzte sich auf seinen Stuhl und legte ihre Füße auf die herausgezogene Schreibtischschublade.

»Dann können wir ja endlich wieder an die Arbeit gehen.«

Schon wollte sie die Gelegenheit nutzen, um über Sigrid Markisch zu lästern, als die Giraffe, elegant wie immer, zur Tür hereinkam. Als sie an ihrer schlanken, ganz in Schwarz gekleideten Gestalt hinaufsah, wusste Anna, dass es immer so sein würde. Diese Frau hätte einen Kopfstand oder sonst irgendeine andere abenteuerliche Akrobatik für sie aufführen können, Anna würde sie trotzdem nicht sympathisch finden. Niemals würde sie sich entschließen können, Sigrid Markisch zu mögen.

Zu dritt fuhren sie in die Maschener Fabrik und machten

sich daran, den Rest der Belegschaft zu befragen. Danach setzten sie sich zusammen und tauschten ihre Ergebnisse aus. Aber außer Verdächtigungen und Anspielungen einiger Mitarbeiter gegen so manchen Arbeitskollegen hatten sie auch heute nichts von Bedeutung herausgefunden. Trotzdem war Anna nicht unzufrieden. Denn zwischen den Zeilen war das Bild, das sie sich von Torsten Lorenz gemacht hatte, bestätigt worden. Offensichtlich gab es Menschen, die dem Fabrikanten seinen Erfolg durchaus missgönnt hatten, doch keiner von ihnen schien ihn genug gehasst zu haben, um diesen brutalen Mord zu begehen.

»Wir sollten noch einmal zu dritt mit Marianne Lorenz sprechen«, schlug Anna vor.

Weber nickte, aber Sigrid Markisch sah darin keinen Sinn, weshalb sie allein mit einem Taxi in die Dienststelle zurückfuhr.

Weber lenkte nun den Wagen und summte dabei eine Melodie, die gerade im Radio lief. Dann bremste er scharf ab und drehte in die Fahrtrichtung, aus der sie gerade gekommen waren.

»Ich halte noch mal an dem Imbiss an, an dem wir gerade vorbeigefahren sind, ich brauche jetzt unbedingt eine Currywurst.«

Anna hatte Mühe, sich zu beherrschen, und nur die Tatsache, dass er am Steuer saß, verhinderte, dass sie ihn nicht auf der Stelle fest an sich drückte.

»Weber, Sie sind ein Schatz.«

Das Einfamilienhaus der Lorenzens in Maschen wirkte von außen betrachtet steril und unbewohnt. Trotz der kleinen Kinder, deren Anwesenheit durch einen Babyrutschewagen und ein gelbes Fahrrad mit Stützrädern vor der Haustür dokumentiert wurde. Der dazugehörende Garten war peinlich aufgeräumt und sah farb- und leblos aus. Anna fragte sich nicht zum ersten Mal, wie viel Lebenszeit wohl notwendig war, um diese Illusion zu schaffen und tagtäglich aufrechtzuerhalten. Nicht ein verschmierter Händeabdruck klebte auf den vielen Butzenscheiben an der Haustür. Ihr war das nie gelungen. Der äußere Eindruck keimfreier Sauberkeit setzte sich auch im Flur und sogar im Wohnzimmer fort, in das sie anschließend von Marianne Lorenz gebeten wurden. Anna hatte den Geruch von Desinfektionsmitteln in der Nase, wahrscheinlich eine Täuschung. Trotzdem, dieses Haus deprimierte sie, es war an der Zeit, auf den Punkt zu kommen.

»Wie würden Sie Ihren Mann beschreiben, Frau Lorenz?«

Wieder einmal wurden Anna Eigenschaften geschildert, die sie schon zur Genüge bei ihren Befragungen in der Fabrik gehört hatte und die sie mittlerweile langweilten. Ehrlich sei er gewesen. Verbindlich anderen gegenüber, ein Kumpeltyp, der sich um alles gekümmert habe und überaus beliebt gewesen sei. Und doch ließ der harte Tonfall in Marianne Lorenz' Stimme an der Richtigkeit ihrer Aussagen zweifeln.

»Und wie hat es Ihr Mann mit der Liebe gehalten?«

Marianne Lorenz starrte Anna verächtlich an. Dann presste sie so viel Luft wie nur möglich aus ihren Lungen und stieß unter zusammengebissenen Zähnen hervor: »Fremden Weibern konnte er von jeher schwer widerstehen. Hat sich bei ihnen mehr als nur Appetit geholt. Wir haben schon lange nicht mehr richtig miteinander gesprochen.«

»Und damit konnten Sie umgehen?«

»Die Kinder sind doch noch so klein.«

Konnte das wirklich angehen, fragte sich Anna. Dass man

seinen Kindern zuliebe eine ausgelebte Geschichte aufrechterhielt, während man selbst mit jedem Herzschlag unaufhaltsam dem Ende seines Lebens entgegenstolperte? Und würden Kinder ihren Eltern eine solche Entscheidung jemals danken? War es dagegen nicht viel eher nachvollziehbar, dass Kinder solcher Eltern irgendwann zu zornigen kleinen Monstern mutierten, die sich durch nichts und niemanden besänftigen ließen? Das war natürlich kein zwangsläufiger Schluss, aber dennoch ein Verhaltensmuster, das Anna schon in vielen Familien beobachtet hatte.

»Wir haben ein langes rotes Haar an der Leiche Ihres Mannes gefunden. Außerdem hat die Spurensicherung Reste von Alkohol neben dem Toten entdeckt.«

»Eine Rothaarige ist unter seinen neuesten Eroberungen nicht dabei gewesen, aber ich kannte bestimmt nicht alle. Kann sein, dass er mit ihr in der Fabrik gewesen ist. Torsten ist an diesem Tag ja nicht zum Essen nach Hause gekommen.«

Jetzt schaltete sich Weber ein.

»Sind Sie eigentlich Erbin der Firma Ihres Mannes?«

»Torsten hat den Kindern und mir alles hinterlassen. Aber ich habe mir deswegen keine rote Perücke aufgesetzt und ihn umgebracht, wenn Sie das meinen.«

Das war kalt und glatt herausgekommen. Für Marianne Lorenz schien der Tod ihres Mannes Torsten kein großer Verlust zu sein. Anna war die Ehrlichkeit dieser Frau gleichwohl allemal lieber als jene zur Schau gestellte Verzweiflung, die sie in ähnlichen Fällen schon häufig erlebt hatte.

»Kannten Sie Rainer Herold?«

»Natürlich, ich bin mit Torsten und Rainer zur Schule gegangen.«

»Es wäre möglich, dass die Person, die Ihren Mann getötet

hat, auch für den Mord an Rainer Herold verantwortlich ist. Der Grund dafür könnte ein weit in ihrer Vergangenheit zurückliegender Vorfall sein.«

Marianne Lorenz war aufgestanden. Sie nahm ein paar vertrocknete Rosen aus der Vase auf dem Tisch vor ihnen und begann dann, die restlichen Blumen neu zu arrangieren.

»Ich werde darüber nachdenken.«

»Schön, dass Sie kommen. Ich bin noch einmal die Akten durchgegangen.«

Sigrid Markisch hatte etwas Triumphierendes im Blick und ließ Anna und Weber kaum die Zeit, ihre Mäntel auszuziehen.

»Hier, sehen Sie sich bitte die von mir markierten Passagen an. Wir müssen noch einmal ganz von vorn beginnen.«

Anna überflog die rot unterstrichenen Sätze aus den Protokollen, die sie bisher zusammengetragen hatten. Dann schob sie die Seiten zu Weber hinüber.

»Ab sofort werden wir dem Umfeld von Herold und Lorenz die richtigen Fragen stellen. Die beiden haben, wie es aussieht, zusammengearbeitet und versucht, Vermögensanlagen unter die Leute zu bringen, das wird immer wahrscheinlicher. Torsten Lorenz könnte Rainer Herold die solvente Klientel vermittelt und einen Anteil an den dafür ausgezahlten Provisionen erhalten haben. Nun kam es ja in der letzten Zeit zu einigen Turbulenzen auf dem weltweiten Geldmarkt, und nicht wenige Anleger haben dabei Geld verloren. Rainer Herolds Eltern sagten aus, dass ihr Sohn am nächsten Vormittag einen wichtigen geschäftlichen Termin gehabt hätte. Warum nicht mit einem privaten Anleger, den er um seine Existenz gebracht hat? Dieser Mann könnte rotgesehen haben. Wir werden das Motiv nur finden, wenn wir endlich an den passenden Stellen danach suchen.«

Lukas Weber runzelte die Stirn.

»Selbst wenn die beiden da was zusammen gedreht haben sollten, lebte Rainer Herold trotzdem weit weg in New York. Wie sollte der Täter erfahren haben, dass er gerade zufällig in der Gegend ist? Und was könnte Herold veranlasst haben, sich mit jemandem, von dem nichts als Ärger zu erwarten war, zu nachtschlafender Zeit allein am ZOB zu treffen?«

»Falls meine Hypothese richtig ist und der Täter mit Rainer Herold am nächsten Tag einen Termin gehabt hat, musste er nichts weiter tun, als Herolds Elternhaus zu beobachten. Er könnte ihm nachgefahren sein und so den rechten Moment für den Mord abgepasst haben. Wenn Sie also etwas herausfinden, ich bin in meinem Büro.«

Sigrid Markisch rückte ihre Zickenbrille gerade und drehte sich auf dem Absatz um. Weber sah Anna von der Seite an, aber die hatte sich bereits hinter einer Akte vergraben, worauf er sich ebenfalls an die Arbeit machte. Nach einer Weile schloss Anna seufzend den Aktendeckel.

»Torsten Lorenz scheint keine finanziellen Probleme gehabt zu haben. Seine Auftragsbücher sind voll, und darüber hinaus besaß er eine Kundschaft, die ihre Rechnungen pünktlich bezahlte. Welchen Grund sollte er also gehabt haben, seine Bekannten zu irgendwelchen risikoreichen Börsengeschäften mit seinem Jugendfreund Rainer Herold zu verleiten?«

Nachdem Webers Recherchen genauso wenig erfolgreich ausgefallen waren, rief er Sigrid Markisch an, und kurz darauf besprachen sie die Ergebnisse.

»Wenn es jedem Menschen finanziell so gut ginge, wie es

Torsten Lorenz gegangen ist, hätten wir weniger Probleme in unserem Land.«

Sigrid Markisch kratzte sich an der Nase.

»Freut mich für die Erben«, erwiderte sie mit kurzem Nicken zu Anna Greve. »Trotzdem gebe ich noch nicht auf. Ich werde mir daher noch ansehen, wie es in der Vergangenheit um die finanzielle Lage der Firma bestellt war. Die Maschinen in der Näherei sehen teilweise relativ neu aus, alles vom Feinsten. Und trotzdem halten sich Lorenz' Verbindlichkeiten gegenüber der Hausbank in Grenzen. Mit etwas Glück finde ich ja etwas auf einem seiner alten Konten. Vielleicht einen verstaubten Einzahlungsbeleg, für den es keine Rechnung gibt.«

Sigrid Markisch nahm ihre Unterlagen, schickte ein letztes Lachen in Richtung Weber und verschwand dann wieder in ihrem Abstellraum. Mittlerweile bedauerte Anna nicht mehr, dass die Giraffe darauf bestanden hatte, allein zu arbeiten.

Missmutig starrte die Kommissarin in den bedeckten Himmel. Draußen regnete es, alles war grau in grau. Im Süden von Deutschland hatte es in den letzten Tagen dagegen viel geschneit, Anna hatte die Bilder gestern Abend in den Nachrichten gesehen. Wie sehr wünschte sie sich so einen weißen Mantel auch für ihre Region. Allein, die Großwetterlage deutete auch weiterhin auf Sturm, Regen und Wind und keineswegs auf Frost. Wie viele Jahre ging das jetzt schon so? Anna konnte sich seit ihre Söhne auf der Welt waren nicht daran erinnern, in dieser Gegend jemals einen tief verschneiten Weihnachtsabend erlebt zu haben. Mittlerweile war die Aussicht auf ein paar romantische Wintertage sogar im Norden von Griechenland wahrscheinlicher als in Hamburg. Anna stand auf, stellte Weber einen Becher Tee vor die Nase und sagte: »Ich bin mal kurz beim Chef.«

Günther Sibelius starrte, wie Anna Greve vor wenigen Minuten, aus dem Fenster und verfolgte den heftigen Hagelschauer, der soeben eingesetzt hatte und hinter der Glasscheibe tobte.

»Störe ich?«

»Ach, woher, setzen Sie sich.«

»Es geht um Sigrid Markisch. Ich habe nicht den Eindruck, als fühlte sie sich besonders wohl bei uns.«

»Wir sind ja auch kein Wellnesshotel, Anna. Sie werden sich schon noch zusammenraufen. Und wenn ich mich recht erinnere, sind Sie doch diejenige gewesen, die von Anfang an einen Zusammenhang zwischen beiden Taten gesehen hat. Wir brauchen Sigrid Markisch.«

»Aber sie hält Informationen zurück und benimmt sich wie eine Diva.«

Sibelius schenkte Anna ein schiefes Lächeln.

»Davon werden Sie sich doch nicht beeindrucken lassen, oder? Vielleicht ist die Markisch nicht gerade die Umgänglichste, aber von ihrer Arbeit versteht sie etwas. Geben Sie sich einen Ruck. Oder ist das ein Problem für Sie?«

Elsa in Maschen, im Mai 1985.

Seit ein paar Monaten konnte Elsa beim Abendbrot nie genug bekommen. Sie schlang in sich hinein, was ging, trotzdem blieb immer eine Leere in ihrem Bauch zurück. Während sie kaute, war es warm. Doch ihr wurde wieder kalt, sobald sie nichts mehr in den Mund steckte. Wenn Elsa die Kälte und Taubheit in sich spürte und es nicht mehr aushalten konnte, kramte sie die blaue Glasscherbe hervor.

»Das Kind ist im Wachstum«, umschrieb Vera die Veränderungen, um sich dann anschließend bei ihrem Mann Friedrich darüber zu beschweren. »Die frisst uns noch die Haare vom Kopf. Schau dir ihre Hose an, wie sie über dem Po spannt. Ich kann doch nicht alle paar Wochen neue Kleider kaufen, was denkt sie sich nur dabei.«

Vera hatte sich angewöhnt, über Elsa zu sprechen, als ob sie gar nicht anwesend wäre. Und sie schaute ihre Tochter auch nicht mehr an, Vera sah durch sie hindurch. So, als wäre Elsa unsichtbar oder dumm oder taub oder blind oder alles zusammen. Friedrich war auf ihrer Seite, zeigte es aber nicht. Wenn ihr Vater doch nur endlich von hier fortginge und sie mitnähme. Elsa wusste nicht, was mit ihr los war, und vor allem wusste sie nicht, wie es weitergehen sollte. Manchmal kam es ihr so vor, als wäre sie der allerletzte Mensch, der auf der Erde lebte. Dann breitete sich das taube Gefühl in ihrem Körper aus, und es war ihr unmöglich, auch nur den kleinsten Muskel zu bewegen. Doch es gab auch Momente, in denen eine große Wut in Elsa war. Eine Wut, die alle anderen Dinge zu überfluten drohte. Wie lange würde ihr Spiel mit den Glasscherben noch die Zauberformel gegen all das sein? Wie lange konnte es sie noch beschützen?

Als Anna Greve an diesem Abend nach Hause kam, stand Paulas Wagen vor der Tür.

»Hier, meine Süße, den habe ich euch mitgebracht. Komme gerade vom finnischen Weihnachtsmarkt, du weißt schon, der am Hamburger Hafen.«

Paula wies auf einen hölzernen Stern, in dessen Mitte eine kleine, kerzenförmige Glühlampe eingeschraubt war. Tom hatte ihn bereits am Rahmen des Küchenfensters angebracht und drückte nun auf den Lichtschalter. Sofort wurde der

Raum in einen warmen, gelblichen Schein getaucht, den Anna mit dem Backen von Plätzchen, heimlichen Geschäftigkeiten, Zimtgeruch und Schnee verband. Seufzend ließ sie sich nieder und rieb ihre kalten Füße aneinander.

Von woher kam nur auf einmal dieser vorweihnachtliche Duft? Paula stand am Herd, rührte in einem von Annas roten Töpfen herum, und es roch tatsächlich nach Nelken, Wein und irgendwelchen Kräutern, deren Namen die Kommissarin nicht kannte. Das genaue Rezept für ihren berühmten Glühwein war Paulas Geheimnis. Anna wusste nur, dass sie außer den üblichen auch noch andere unbekannte exotische Gewürze mit hineingab und das Ganze abschließend mit Palmhonigkandis süßte. Nur wenig später hielt Anna einen Becher des köstlichen Getränks in ihren Händen und schmeckte dessen schwere Süße.

»Immer sorgst du für gute Laune. Danke, Paula.«

Anna rieb sich ihre schmerzenden Schläfen.

»Wie gern würde ich die Giraffe zurück in den Zoo schicken«, murmelte sie müde.

»Wir könnten ihr doch auf die Schnelle ein paar Plätzchen backen. Hast du Rizinusöl im Haus?«

»Nein, das würde die Aufenthaltsdauer auch nur unnötig verlängern. Ich werde wohl warten müssen, bis wir die Fälle gelöst haben und die Giraffe von selbst wieder ins aufregende Hannover verschwindet.«

Anna nahm einen weiteren großen Schluck aus ihrem Becher und spürte, wie ihre Wangen zu glühen begannen.

»Ich war heute übrigens bei Marianne Lorenz. Kennst du sie?«

Paula steckte sich eine ihrer Filterlosen in ihre Zigarettenspitze aus Ebenholz.

»Ja, aus der Schule, doch ich habe nie viel mit ihr zu tun

gehabt. Aber wenn man hier auf dem Land lebt, bekommt man vom Leben der anderen sowieso immer etwas mit, ob man will oder nicht. Ihre Hochzeit mit Torsten vor ein paar Jahren ist jedenfalls von jedermann registriert worden. Sie haben ein ziemliches Brimborium drumherum veranstaltet, was wohl eher seine Idee gewesen ist. Marianne ist eigentlich eine klasse Frau.«

»Hast du noch einmal über unser Gespräch von neulich nachgedacht?«

»Ja, aber ich kann dir leider nicht helfen, Anna. Ich erinnere mich an keine Schönheit mit roten Haaren. Außerdem hätten Torsten und Rainer ein hübsches Mädchen wohl eher in Ruhe gelassen. Die beiden waren zu dieser Zeit ausschließlich damit beschäftigt, Mitschülern, deren Nase ihnen aus irgendwelchen Gründen nicht passte, das Leben schwer zu machen. Die hielten sich doch echt für die Größten.«

»Und auf ein Mädchen hatten sie es wirklich nie abgesehen?«

»Ich glaub nicht, aber ich kannte die beiden auch erst ab der Oberstufe.«

Paula zündete ihre Zigarette an.

»Der Einzige, der mir in diesem Zusammenhang einfällt, ist Dirk Adomeit. Ein schüchternes Kerlchen mit Brillengläsern so dick wie die Böden von Coca-Cola-Flaschen und viel zu kurzen Hosen. Den haben sie gern schikaniert.«

Anna notierte sich den Namen, dann kramte sie ebenfalls eine Zigarette aus ihrer Tasche hervor, zündete sie an und nahm einen tiefen Zug.

Am nächsten Morgen stritten Annas Jungen ausnahmsweise einmal nicht, sondern saßen einträchtig nebeneinander am Frühstückstisch. Beide lachten sie über einen Lehrer, der Paul dabei erwischt hatte, wie er in der Pause verbotenerweise das Schulgelände hatte verlassen wollen.

»Ich weiß, der Markmann is ein Idiot. Hat er früher auch bei uns gemacht.«

Ben klopfte seinem kleinen Bruder auf die Schulter. Vielleicht mochte seine gute Laune mit der mittlerweile zurückgehenden Verfärbung unter seinem rechten Auge zusammenhängen oder aber mit der Tatsache, dass Anna versprochen hatte, seine T-Shirts für ihn zu bügeln. Warum auch immer, Ben war heute jedenfalls pünktlich aufgestanden und hatte sogar Zeit für eine große Schüssel Cornflakes gehabt.

Nachdem Anna die Küche aufgeräumt und den Handwerkern, die kurz zuvor gekommen waren, um die Heizung zu reparieren, den Weg in den Keller gezeigt hatte, machte sie sich daran, das Badezimmer zu putzen. Anschließend warf sie noch einen Blick in Bens Zimmer, denn sie konnte es sich einfach nicht verkneifen, nachzuschauen, ob er seinen Rucksack mit den Sportsachen wiederbekommen hatte. Wie immer herrschte Chaos bei ihm, dennoch ließ Anna schweren Herzens die leeren Joghurtbecher mit ihren verschimmelten Resten und den darin festgetrockneten Löffeln auf dem Fußboden stehen. Die Luft in Bens Zimmer war verbraucht, und doch roch es nicht nur nach verdorbenem Essen. Es hing auch noch ein anderer, süßlicher Geruch mit im Raum. Auf seinem Schreibtisch entdeckte Anna ein kleines, lichtundurchlässig verpacktes Zellophanbeutelchen mit dem unverwechselbaren Marihuanablatt auf der Vorderseite. Daneben lag eine Schale mit Tabakkrümeln und eine angebrochene Packung Zigarettenpapier. War das etwa die Ursache für Bens Albernheit und seinen gesteigerten Appetit an diesem Morgen gewesen? Anna seufzte, als sie den Beutel in ihre Hosentasche gleiten ließ. Das eine Problem war noch nicht gelöst, da kam schon wieder ein neues dazu.

Nach Annas Berechnungen mussten die Handwerker mittlerweile das Wasser abgelassen haben und nun wohl dabei sein, den alten Heizkessel auszubauen. Anna wollte gerade nach ihnen sehen, als sie von unten einen Mann rufen hörte.

»Junge Frau, wie sieht's denn mit 'nem Kaffee aus?«

Anna brachte eine Kanne und drei Becher in den Keller hinunter, dabei schaute sie sich vorsichtig um. Hier schien bisher noch nicht viel passiert zu sein, trotzdem wurden bereits die Brotdosen ausgepackt. Wie es aussah, die Vorbereitung für eine ausgiebige Pause, und Anna entfuhr zum zweiten Mal an diesem Tag ein leiser Seufzer.

Wenn sie noch in der Gegend war, musste Doreen mittlerweile wohl geheiratet haben, denn unter ihrem Mädchennamen fand Elsa keinen Eintrag im Telefonbuch. Also hatte sich Doreen tatsächlich einen Kerl gesucht, der dumm genug war, sie zu ernähren. Elsa begriff bis heute nicht, was eine Frau dazu bewegen konnte, ihre Unabhängigkeit gegen die vermeintliche Sicherheit eines gemachten Nestes einzutauschen. Sie selbst hätte ihre Arbeit oder ihren Namen niemals aufgegeben. Dabei kam nur Frust heraus, das hatte sie am eigenen Leib erfahren. Und was sollte ein Kind schon von solch einer Mutter lernen? Vielleicht hatte Vera ihr damals auch deshalb wehgetan. Weil sie nicht wusste, wohin mit ihrer großen Wut auf sich selbst. Warum auch immer. Was zählte, war die Verletzung, die Elsa erfahren hatte. Die Ungerechtigkeit gegen ein Kind, das sich nicht wehren konnte und am Ende sogar noch glaubte, es trüge selbst Schuld an seinem Unglück. Und das alles nur, weil Frauen wie Vera entweder zu dumm oder zu faul waren, sich ihren eigenen Platz in der Welt zu erkämpfen. Doreen war wahrscheinlich ebenfalls in die Fußstapfen ihrer Mutter Vera getreten. Dabei hatte sie als Kind so große Pläne gehabt, Tierärztin hatte Doreen werden wollen. Und einen netten Mann, ein Haus und ein paar liebe Kinder hatte sie sich noch dazu gewünscht. Früher jedenfalls war es für Doreen unvorstellbar gewesen, auf einen eigenen Beruf zu verzichten.

Elsa hatte neuen Mut gefasst. Und sie hatte erkannt, dass ihre Aufgabe noch lange nicht beendet war. Nur hierin lagen die Gründe für ihre Zweifel und Schmerzen der Tage zuvor. Elsa hatte erkannt, dass sie weitermachen musste, und versucht, den sich daraus ergebenden Problemen auszuweichen. Bislang war es ihr immer unmöglich erschienen, Frauen zu bestrafen. Aber sie konnte schließlich nichts dafür, dass es unter ihren Geschlechtsgenossinnen auch solche gab, die es nicht verdient hatten, zu leben. Es war so schwer, zu töten. Doch wenn Elsa jetzt aufgab, würde niemals alles gut werden. Nein, dazu durfte sie es nicht kommen lassen, sie hatte schließlich auch ein Recht auf Glück. Elsa würde den Weg bis ganz zum Schluss weitergehen. Sie wusste nur noch nicht, wie sie an die Adresse von Doreen herankommen sollte.

Früher hatten ihre Mutter Vera und Frau Possel manchmal an den Nachmittagen beieinandergesessen und Kaffee getrunken. Hatten sie damit aufgehört, nachdem Elsa fortgegangen war? Doch selbst wenn, man verlor einander nicht einfach aus den Augen, wenn man im selben Dorf lebte. Aber lebte Frau Possel überhaupt noch immer in dieser Gegend? In jedem Fall dürfte Vera wissen, wo Doreen untergeschlüpft war. Schließlich hatte sie sich schon immer viel zu sehr für die Belange ihrer Nachbarn interessiert. Vera würde es wissen, oder besser gesagt, sie hatte es gewusst. Denn falls Robins Darstellung vom Zustand ihrer Mutter den Tatsachen entsprach, konnte sich Vera heute nicht einmal mehr an ihren eigenen Namen erinnern. Also blieb nur der indirekte Weg, und Elsa würde noch einmal das Gespräch mit Robin suchen müssen. Immerhin hatte er von jeher eine Schwäche für Doreen gehabt. Sie brauchte jedoch einen guten Vorwand dafür, also würde Elsa behaupten, dass sie ihn bei der Pflege von Vera unterstützen wolle. Vielleicht würde sie sogar über ihren Schatten springen und ihre Mutter besuchen. Das war ein hoher Preis für eine Information. Doch Elsa war bereit, diesen Preis zu bezahlen, denn sie hatte keinerlei Zweifel daran, dass ihr Bruder wusste, wohin Doreen verschwunden war. Gerade weil er früher erfolglos hinter Doreen her gewesen war, hatte Robin bestimmt mitbekommen, wer der Kerl war, der bei Doreen hatte landen können. Er wusste ganz sicher, wessen Namen seine alte Flamme heute trug. Elsas rechte Gesichtshälfte brannte. Das tat sie immer, wenn sie in Aufruhr war.

6

Anna war froh, den Handwerkern in ihrem Haus entkommen zu sein. Und sie hatte sich fest vorgenommen, heute keinerlei Ärger mehr zuzulassen. Auf ihrer Fahrt ins Büro konzentrierte sie sich darauf, nicht mehr hektisch wie ein Fisch an Land nach Luft zu schnappen. Stattdessen atmete sie tief in den Bauch ein und ganz langsam wieder aus. Gleichzeitig versuchte sie, nur positive Gedanken zuzulassen. Wie ein Mantra murmelte sie deshalb auch immer wieder einen Satz in sich hinein, der ihr schon oft dabei geholfen hatte, sich zu erden. Er lautete: In meinem Leben findet nur statt, was gut und richtig für mich ist. – Und heute gelang es ihr tatsächlich. Als Anna in der Dienststelle ankam, fühlte sie sich erfrischt und ausgeglichen. Auf ihrem Schreibtisch neben der Computertastatur lag ein Zettel von Weber. »Sind in der Kantine«, stand dort in seiner akkuraten, mikroskopisch kleinen Handschrift geschrieben. Anna schlenderte in die Kantine hinüber und entdeckte Weber in der Nichtraucherzone zusammen mit Sigrid Markisch an einem Tisch sitzen. Die Giraffe hatte sich sehr weit zu Weber hinübergebeugt. Sie tätschelte seine Hand und lachte, dass man es durch den ganzen Raum hören konnte. Hätte Anna es nicht besser gewusst, hätte sie vermutet, dass Sigrid Markisch mit Weber zu flirten versuchte. Jetzt hatte Weber Anna entdeckt und winkte sie zu sich heran.

»Haben Sie schon von den Neuigkeiten gehört?«, fragte er.

»Martin Schönauer wird ab sofort das LKA leiten. Hoffentlich zwingt er mich in Zukunft nicht, in ledernen Kniebundhosen und Holzfällerhemden zum Dienst zu erscheinen. Gegen einen Bierautomaten im Flur hätte ich dagegen nichts einzuwenden.«

Er lachte, aber Anna tat ihm nicht den Gefallen, mit einzustimmen.

»Soll ich Ihnen einen Salat holen?«

»Hab schon zu Haus gegessen, danke.« Die Kommissarin setzte sich hin. »Da hat sich unsere Innenbehörde ja den Richtigen ausgesucht. Schönauer soll ein knallharter Sanierer sein, der sogar im Freistaat mit seinem autoritären Gehabe angeeckt ist.«

»Die Bürgerschaft muss doch endlich etwas gegen dic immer höhere Verschuldung Hamburgs unternehmen. Ich halte Herrn Schönauer für einen fähigen Mann. Er wird dafür sorgen, dass die Stadt nicht weiter in die unvermeidliche Pleite steuert«, konterte Sigrid Markisch.

Anna hatte Mühe, die Giraffe jetzt nicht wie eine Schmeißfliege zu fixieren, die ihr im Hochsommer auf einer öffentlichen Toilette um die Ohren brummte. Von ihrer mühsam erworbenen Ausgeglichenheit war kaum mehr etwas übrig geblieben.

Und um es noch schlimmer zu machen, fügte Weber hinzu: »Frau Markisch hat mir gerade erzählt, dass sie gern ganz nach Hamburg wechseln möchte.«

»Ja, mir gefällt der frische Wind in Ihrer Stadt«, ergänzte diese katzenhaft.

Anna kämpfte um ihren guten Vorsatz, sich heute auf keinen Fall noch einmal ärgern zu wollen, und zwang sich zu einem ruhigen Tonfall: »Das kann ich gut verstehen, denn mit dem frischem Wind ist das in Hannover ja so eine Sache.

Aber auch, was die finanzielle Situation angeht, steht es mit Ihrer Stadt nicht gerade zum Besten. Zudem wird es jetzt wohl nicht mehr lange dauern, bis Ihr so genannter frischer Wind in Form von Sparmaßnahmen auch bei Ihnen im niedersächsischen Präsidium ankommen wird.«

»Umso besser.« Sigrid Markisch schaute auf ihre Armbanduhr. »Ich würde ja gern noch ein bisschen länger mit Ihnen plaudern, aber ich muss mich sputen. War schön mit Ihnen, Lukas. Wir sollten das bald mal wiederholen.«

»Wirklich zu nett, Lukas«, äffte Anna wenig später leise den Tonfall der Giraffe nach. Dann stützte sie ihren Kopf in die Hand und kramte in ihrer Hosentasche herum. Irgendwo musste doch der Zettel geblieben sein, auf dem Anna den Namen von Paulas ehemaligem Mitschüler mit den zu kurzen Hosen notiert hatte. Statt eines Papiers fühlte sie aber nur einen kleinen Plastikbeutel. Das Gras von Ben. Der Gedanke, Weber jetzt davon zu erzählen, was sie hier bei sich trug, heiterte ihre Laune augenblicklich auf. Sie grinste breit.

Weber musterte Anna irritiert.

»Ich glaube, die Markisch ist scharf auf einen unserer Jobs, Anna. In Hannover soll es zwei bis drei Jahre länger als hier dauern, von einer Besoldungsklasse in die nächst höhere zu rutschen.«

»Sie wird wieder gehen.«

Anna wusste, dass Sigrid Markisch keine Chance mehr auf eine Stelle in ihrem Dezernat hatte, wenn Günther Sibelius von ihrer Einstellung zu Martin Schönauer erfuhr. Sie brauchten nichts weiter zu tun, als abzuwarten. Früher oder später würde die Giraffe den entscheidenden Fehler machen und mit dem Chef über dieses Thema sprechen.

»Kommen Sie, Weber, wir kuscheln lieber im Büro weiter. Außerdem muss ich dringend telefonieren.«

Anna Greve erreichte ihre Freundin Paula gleich mit dem ersten Anruf.

»Dirk Adomeit heißt er, Schätzchen. Wir wär's mal mit 'ner Frischzellenkur?«

Nun würde sich Anna also auf die Suche nach dem Mann begeben, der als Junge eine Brille mit Gläsern so dick wie die Böden von Coca-Cola-Flaschen getragen hatte. Zum Glück war sein Nachname recht selten, es gab nur einen Eintrag im Landkreis. Anna schrieb die Adresse auf und nahm sich vor, auf dem Heimweg einen kleinen Abstecher dorthin zu machen.

»Hat sich noch immer niemand auf unseren Aufruf bezüglich der möglichen Zeugin vom ZOB gemeldet, Weber? Wir brauchen endlich eine Spur von der Frau.«

»Nein, und ich glaube auch nicht, dass da noch etwas zu erwarten ist. Schließlich sind schon ein paar Tage seit dieser Pressegeschichte ins Land gegangen. Vielleicht liegt die Markisch mit ihren Überlegungen doch nicht so falsch.«

Anna bemühte sich, Webers letzten Satz zu übergehen, konnte ihm seine Haltung aber nicht ganz verdenken. Sie begann ja selbst schon an ihrer Theorie zu zweifeln, schließlich gab es bisher keinerlei konkrete Hinweise darauf, dass die Wirtshausbekanntschaft von Rainer Herold zugleich auch seine Mörderin gewesen war. Anna blieb daher nichts weiter übrig, als abzuwarten, ob sich in den nächsten Tagen nicht vielleicht doch noch eine Spur zu dieser Frau auftun würde. Tatsächlich gab es auch eine Reihe anderer denkbarer Erklärungen für das Verhalten der rothaarigen Unbekannten. So konnte sie zum Beispiel die Presse nicht verfolgt haben oder aber nur auf der Durchreise gewesen sein. Doch bis sich diesbezüglich etwas Neues ergab, galt es für Anna, den Blick offen zu halten. Sie würde nach anderen möglichen Motiven suchen und dabei auch der Theorie von Sigrid Markisch nachgehen.

Der Mord an Torsten Lorenz hatte ihrem Fall in der Tat eine neue Dimension verliehen, die es erforderte, weiter unter Hochdruck zu ermitteln. Mit Dirk Adomeit, dem Jungen, dem Torsten und Rainer als Jugendliche das Leben schwer gemacht hatten, würde Anna beginnen und sich dann anschließend systematisch durch die gemeinsam verbrachten Lebensjahre der Ermordeten auf der Suche nach weiteren Hinweisen und Motiven arbeiten. Noch einmal tauchte die Schlagzeile aus der Landkreiszeitung vor Annas Augen auf. »Wer ist das Ungeheuer von Maschen?« In der Tat war Maschen die Verbindung und möglicherweise sogar der Schlüssel für diese beiden außergewöhnlich brutalen Verbrechen. Und wer wusste schon, ob das Morden bereits vorbei war oder ob »das Ungeheuer von Maschen« nicht gerade seinen nächsten Schritt plante.

Der Vorteil an Elsas äußerer Verwandlung und an ihrem neuen Auftreten war, dass die Männer in sie hineinlesen konnten, was immer sie wollten. Es hatte nicht viel gebraucht, und Elsa war für Rainer zur Prinzessin geworden. Und zur Hure für Torsten. Was würde sie für Doreen sein?

Elsa saß auf dem Bett ihres Apartments und aß einen Joghurt. Verblüffend, er schmeckte tatsächlich nach Erdbeeren. Er schmeckte sogar so sehr nach Erdbeeren, wie nicht einmal Erdbeeren nach Erdbeeren schmeckten. Elsa lächelte. Sie war an dieser geschmacklichen Täuschung nicht ganz unbeteiligt, arbeitete sie doch als Chemikerin in einem Labor des Herstellers. Elsa wusste selbst am besten, welche Zutaten wirklich in den Joghurtbechern enthalten waren, und mit frischen Früchten hatte das Ganze kaum mehr etwas zu tun. Die Erkenntnis, dass sich viele vermeintlich guten Dinge des Lebens bei genauerer Betrachtung als Betrug herausstellten, hatte Elsa zu diesem Beruf geführt. Kaum jemand machte sich heute noch die Mühe, seinen Joghurt selbst zusammenzurühren. Im Gegenteil. Die meisten Menschen aßen die mit künstlichen Aromen versetzten Produkte der Lebensmittelindustrie bei Weitem lieber als die natürlichen. Die Leute liebten die Intensität und Süße dieser Täuschung, und Elsa arbeitete kräftig daran mit. So hatte sie Macht, wenn auch nur über den Geschmackssinn ihrer Mitmenschen. Diese Vorstellung gefiel ihr. Elsa schaltete den Fernseher ein und starrte auf die Wand über den bewegten Bildern. Wollte sie überhaupt einen letzten gemeinsamen Augenblick mit der Freundin aus Kindertagen teilen, bevor es für diese ans Sterben ging?

Elsa in Maschen, im August 1985.

»Was, um Himmels willen, ist das?«

Friedrich nahm Elsas Arm in seine Hände, dann strich er den heruntergerutschten Pulloverärmel vorsichtig wieder hinauf. Er sah auf vernarbte Haut. Schnittverletzungen, wohin er auch blickte, dicht an dicht. Einige klein und wie geritzt, andere tief. Fast wie ein Muster, dessen Gesetzmäßigkeit der Vater nicht verstand. Und doch schien es einer Gesetzmäßigkeit zu folgen. Einige Narben waren alt und verheilt. Andere rot, von zartem Fleisch umgeben, Wunden, nicht mehr als ein paar Tage alt. Elsa entwand sich ihrem Vater und schob den Baumwollstoff wieder hinunter.

»Ist nicht weiter schlimm, Papa. Hab mich öfter ge-

ratscht, oben am Bettkasten. Der ist kaputt, hat eine scharfe Kante.«

Sie drehte sich um. »Ich muss jetzt los.«

»Elsa, lüg mich nicht an. Liebes, sag, wie kann ich dir helfen? Warum machst du das? Weiß deine Mutter davon?«

»Ich habe ihr schon tausendmal gesagt, dass ich endlich ein neues Bett brauche.« Elsa sah ihren Vater verächtlich an. »Außerdem ist Mama wirklich die Letzte, die irgendetwas mitbekommt.«

Anna Greve klingelte an der Tür im zweiten Stock eines Dreifamilienhauses in der Maschener Neubausiedlung. Der Mann, der ihr daraufhin öffnete, war nur ein paar Zentimeter größer als sie selbst. Er zwinkerte beständig und schien keinerlei Kontrolle über das heftige Zucken seiner Augen zu besitzen.

»Herr Adomeit?«

Der Mann nickte. Ob er wohl auch sprechen konnte?

»Kommissarin Greve vom LKA Hamburg. Ich ermittle in zwei Mordfällen und habe in diesem Zusammenhang ein paar Fragen an Sie.«

Dirk Adomeit schwieg, bat sie aber herein.

»Erinnern Sie sich an Rainer Herold und Torsten Lorenz?«

»Natürlich.« Seine Antwort war sehr schnell herausgekommen. »Allerdings nicht gern. Ich habe viel herunterschlucken müssen, was die beiden betrifft.«

Anna fand seine Formulierung durchaus treffend. Wenn sie sich seine Leibesfülle so betrachtete, war offensichtlich, wo sein Kummer geblieben war.

»Wo sind Sie vergangenen Montag und Donnerstag in den Abendstunden gewesen?«

»Ich habe nichts mit dieser Sache zu tun. Menschen wie

Rainer und Torsten wird es immer geben, man muss lernen, sich gegen sie zu behaupten.«

»Trotzdem wäre es gut, wenn Sie mir sagen könnten, wo Sie zur fraglichen Zeit gewesen sind.«

Dirk Adomeit überlegte. »Zu Hause, aber ich war allein. Ich habe nicht viele Gründe, mich unter die Leute zu mischen.«

Er sah die Kommissarin misstrauisch an. Doch obwohl Dirk Adomeit alles andere als ein glaubwürdiges Alibi für die Tatzeiten aufweisen konnte, glaubte Anna dennoch, dass er die Wahrheit sagte und nichts mit den Verbrechen an Rainer Herold und Torsten Lorenz zu tun hatte. Möglicherweise könnte er ihnen sogar wertvolle Hinweise auf andere verdächtige Personen geben, allerdings würden sie, solange Dirk Adomeit seine argwöhnische Haltung nicht ablegte, kein vernünftiges Gespräch führen können.

»Haben Sie Lust auf ein Bier?«

Der »Maschener Hof« war noch wenig besucht. Anna wählte trotzdem einen Tisch in der hintersten Ecke der Gaststube, die sich schon bald bis auf den letzten Platz gefüllt haben würde. Dirk Adomeit wirkte plötzlich viel entspannter, als er es noch vor wenigen Minuten in seiner Wohnung gewesen war. Anna räumte das wuchtige Weihnachtsgesteck zur Seite und schaute ihn freundlich an.

»Ich glaube, dass wir den Täter in Ihrer aller gemeinsamen Vergangenheit suchen müssen. Es könnte jemand sein, der genau wie Sie unter den Schikanen der beiden zu leiden hatte. Und ich glaube weiter, dass es sich dabei nicht zwangsläufig um einen Mann handeln muss.«

»Rainer und Torsten haben vielen Leuten das Leben zur Hölle gemacht. Dazu war ihnen jeder Anlass recht. Es reichte schon, wenn jemand eine abgetragene Jacke oder eine ungewöhnliche Nasenform hatte.«

Erneut begann er zu zwinkern. Anna schaute in eine andere Richtung und wartete, bis er sich wieder beruhigt hatte.

»Ich brauche Namen, Herr Adomeit, bitte denken Sie noch einmal genau nach. Wer außer Ihnen hat in ähnlicher Art und Weise unter den beiden zu leiden gehabt? Und ist damals vielleicht auch ein Mädchen zur Zielscheibe von Rainers und Torstens derben Späßen geworden?«

Er nahm einen kräftigen Zug aus seinem Bierglas.

»Im Moment fällt mir leider keine bestimmte Person ein, der Rainer und Torsten ähnlich penetrant wie mir zugesetzt haben, Frau Greve, aber Mädchen sind für die beiden damals überhaupt nicht interessant gewesen. Ihnen ging es vor allem darum, stärker und wichtiger zu sein als die anderen Jungs. Später haben sie sich dann schon mit Mädchen beschäftigt. Aber nur mit den Schönheiten. Die durften dann als schmückendes Beiwerk auf der Stange ihrer Bonanzafahrräder mitfahren und ihr Image aufpolieren.«

Anna Greve wusste genau, was er meinte. Wer kannte das nicht aus seiner eigenen Vergangenheit. Entweder man hatte sich auf der richtigen Seite befunden, dann war eigentlich alles gut gewesen. Oder man hatte auf der anderen Seite gestanden und zu den Losern gehört. Die meisten hatten sich allerdings immer irgendwo dazwischen aufgehalten. Doch sogar wenn man irgendwie dazugehört hatte, hatte es geschehen können, dass man unglücklich war. Anna erinnerte sich an eine ihrer Jugendfreundinnen, die damals sehr unter ihrem Aussehen gelitten hatte. Die sich beklagt hatte, dass sie nur wahrgenommen wurde, weil sie außergewöhnlich hübsch war. Alle Jungen wollten sie einladen und sich mit ihr schmücken. Es gäbe niemanden, so meinte sie, der sich wirklich für sie selbst und ihre Gedanken interessierte. Dieses Mädchen stellte sich vor, ihr ebenmäßiges Gesicht mit einem Messer zu verunstalten. Eine kleine Narbe würde vielleicht schon reichen, auf jeden Fall aber wollte sie sich das lange Haar bis auf die Kopfhaut abrasieren. Und erst wenn dann noch jemand übrig bleiben würde, der sich für sie interessierte, würde sie glauben, dass er es auch wirklich ernst meinte. Nie fühlte sich ihre Kinderfreundin auf der richtigen Seite. Vielleicht hätte sie das Experiment wagen sollen, mit dem sie stets nur in Gedanken gespielt hatte. So aber hatte sie sich immer nur etwas anderes gewünscht und bei den anderen Mädchen beklagt.

Anna dachte plötzlich an Ben. Zu welcher der beiden Seiten er wohl gehörte?

Die Kommissarin schaute auf ihre Armbanduhr, es war höchste Zeit, nach Hause zu fahren. Wieder spürte sie die Plastiktüte in ihrer Hosentasche liegen und winkte Elfi, die Kellnerin, heran. Dirk Adomeit beobachtete Anna Greve aufmerksam. Fast schien es ihr, als würde er bedauern, dass ihr Gespräch für heute zu Ende war. Im Hinausgehen gab ihm Anna ihre Karte.

»Wenn mir noch Namen einfallen, werde ich sie für Sie aufschreiben und sie Ihnen anschließend zufaxen.«

Wenn Dirk Adomeit lächelte, war er ein sympathischer Mann.

Tom empfing Anna mit einem Wischlappen und Gummihandschuhen an den Händen.

»Die drei Handwerker sind der Hammer. Haben mir vorhin etwas von einem neuen Hahn erzählt. Den wollen sie morgen extra so anbringen, damit die Hausfrau«, er grinste,

»also du, mit ihren kleinen Händen in Zukunft besser darum herumwischen kann.«

Anna seufzte.

»Ich weiß genau, was du meinst.«

»Jedenfalls stehen sie sich gegenseitig auf den Füßen herum. Wenn wir viel Glück haben, werden sie morgen mit der Heizung fertig werden.«

Auf ihrem Weg in die Küche hob Anna ein paar Lehmklumpen vom Fußboden auf. Im Flur sahen die Fliesen allerdings, trotz Toms Kosmetikversuchen, noch immer so aus, als ob ein paar Schweine über sie hinweggerannt wären. Zumindest was den Schmutz anging, hatten die Handwerker ganze Arbeit geleistet.

»Paula hat angerufen und wollte wissen, ob wir jetzt, da Elisabeth nicht da ist, wegen des Heizungschaos ihre Hilfe brauchen könnten. Ich habe natürlich sofort ja gesagt. Also kommt sie morgen und kümmert sich um alles.«

Anna atmete erleichtert auf, denn sie hätte sich beim besten Willen nicht schon wieder freinehmen können. Erst jetzt zog sie die kleine Plastiktüte aus ihrer Hosentasche hervor und schwenkte sie durch die Luft.

»Hier, das habe ich heute bei Ben gefunden.«

»Das ist ein Scherz, oder?«

Aber Anna lächelte nicht.

»Im Ernst, Anna, er ist auf jeden Fall zu jung für so ein Zeug. Ich war deutlich älter, als ich meinen ersten Joint geraucht hab. Allerdings fürchte ich, dass es nicht einfach werden wird, mit Ben ins Gespräch zu kommen.«

»Trotzdem müssen wir ihm sagen, dass wir von dem Gras wissen. Schon damit er nicht denkt, jemand hätte es ihm gestohlen.«

Tom und Anna waren sich einig, so schnell wie möglich

ein ernstes Wort mit Ben sprechen zu wollen. An diesem Abend hatte sich Ben aber bereits in sein Zimmer zurückgezogen, was Anna nur recht war, denn sie spürte, dass sie die Kraft für eine Auseinandersetzung mit ihrem älteren Sohn heute nicht mehr aufgebracht hätte.

Im Büro stand am nächsten Morgen zuallererst eine Dienstbesprechung an, in der Anna Greve ihre Kollegen über ihren Besuch bei Dirk Adomeit am vorangegangenen Abend unterrichtete.

»Was macht der Mann denn sonst so?«, fragte Sigrid Markisch, nachdem Anna geendet hatte.

»Beruflich? Ich habe keine Ahnung.«

»Wie kann das sein, Frau Greve? Sollten wir nicht erst einmal unsere Hausaufgaben erledigen, bevor wir eine Dienstbesprechung anberaumen?«

»Was soll denn das nun wieder?«, blaffte Anna zurück. »Schließlich waren Sie doch diejenige, die die Besprechung zu so früher Stunde haben wollte.«

Wieder einmal fiel Anna auf, wie unsympathisch ihr Menschen waren, die sich bei ihren Angriffen auf andere hinter einem »wir« verschanzten, obwohl sie eindeutig ein »du« meinten. Außerdem war der Vorwurf der Giraffe insofern ungerechtfertigt, als Anna die noch fehlenden Informationen zu Dirk Adomeit zu einem späteren Zeitpunkt selbstverständlich parat gehabt hätte.

Die Giraffe kratzte mit ihrem Kugelschreiber über das Papier. Anschließend sagte sie: »Ich jage Herrn Adomeits Daten gleich durch den Computer. Danach werde ich wohl einen Abstecher nach Maschen machen und mir den Herrn selber einmal anschauen.«

»Wollen wir das nicht später gemeinsam tun, Sigrid?«

Weber sah über Anna Greves funkelnden Blick hinweg.

»Danke Lukas, aber mit dem komme ich schon allein zurecht.«

»Ich denke, es ist an der Zeit, uns ganz systematisch mit der gemeinsamen Schulzeit von Rainer Herold und Torsten Lorenz zu beschäftigen«, ergriff Anna das Wort.

»Gute Idee, Frau Greve, genau das habe ich auch gerade vorschlagen wollen. Fangen Sie damit ruhig schon einmal an, ich werde dazukommen, sobald ich mit Herrn Adomeit fertig bin. Aber vielleicht haben Sie bis dahin ja bereits ein paar Schulfreunde gefunden, bei denen es sich lohnen könnte, weiter nachzuhaken.«

Anna musterte Weber, doch dieser schien sich an der Art und Weise, in der Sigrid Markisch mit ihnen umging, nicht zu stoßen. Anna bekam hingegen langsam das Gefühl, dass ihre Kollegin aus Hannover sie beide zu Hilfskräften zu degradieren versuchte. Und weiterhin ärgerte sich Anna über den nach wie vor im Raum stehenden Vorwurf der Giraffe, dass sie schlampig ermittelt hätte.

»War es das jetzt, oder soll der Kollege Weber vielleicht auch noch schnell zur Reinigung hinübergehen, um eines Ihrer Kostüme abzuholen?«, fragte Anna wütend.

Sigrid Markisch ging lächelnd über ihre Frage hinweg, dann verließ sie das Büro. Endlich war Anna mit Weber allein, und so packte sie die Gelegenheit beim Schopf.

»Ich verstehe überhaupt nicht, wie Sie sich den unverschämten Ton der Markisch bieten lassen können, Weber. Wir sind doch schließlich nicht ihre Lakaien.«

»Sie haben ja Recht, Anna. In Zukunft werde ich versuchen, dagegenzuhalten, versprochen.«

»Gut, und rechnen Sie damit, dass ich Sie diesbezüglich

beim Wort nehmen werde, Weber. Apropos Wort, Sie wollten mir doch neulich noch etwas über die Giraffe erzählen. Worum ging es denn dabei?«

»Na ja, ich kenne sie bereits von einer Fortbildung.«

Weber fing an, seine Bleistifte anzuspitzen.

»Sigrid Markisch ist eine fleißige, sehr ehrgeizige Person. Sie war sogar die beste Absolventin ihres Jahrgangs«, er stockte.

»Aber?«

»Ich glaube, dass ihr zu einer guten Polizistin die Geduld fehlt. Sie will den Erfolg um jeden Preis.«

»Wir werden das ausgleichen, Weber. So, und jetzt stürzen wir uns in die Arbeit. Zuerst müssen wir recherchieren, welche Schulen Rainer Herold und Torsten Lorenz gemeinsam besucht haben.«

Klare Luft, Sonnenschein. Elsa schloss das Fenster in der Küche ihres Apartments und griff zum Telefon.

»Tut mir leid, dass ich neulich so kurz angebunden war, Robin. Du, ich muss dich sehen, können wir uns treffen?«

Stille am anderen Ende der Leitung. Dann ein Räuspern und Robins zögernde Stimme.

»Du hast dir noch nie groß Gedanken darüber gemacht, wie du mit anderen umgehst. Aber wenn du willst, komm vorbei. Du weißt ja, wo ich wohne.«

Danach war die Verbindung unterbrochen. Elsa hielt den Hörer nach wie vor in der Hand und horchte auf das Besetztzeichen. Der Himmel draußen war noch immer blau. Was hatte Robin gerade gemeint? Sollte sie ihn wirklich verärgert haben? Wie konnte es sein, dass er so wenig Verständnis für sie aufbrachte, schließlich waren sie beide, die stillen Wasser der Familie, doch von jeher miteinander seelenverwandt gewesen. Elsa konnte sich in ihrem Bruder doch nicht so getäuscht haben, sie musste Robin zur Rede stellen. Und sie würde es sofort tun.

Diesmal stieg Elsa die vielen Stufen zu seiner Wohnung mit flachen Schuhen hinauf. Auch den weißen Mantel hatte sie im Schrank hängen lassen. Als sie Robin dann gegenüberstand, hielt sich Elsa nicht mit langen Vorreden oder Umarmungen auf.

»Wie kommst du dazu, mir Rücksichtslosigkeit vorzuwerfen? Schließlich bin ich diejenige gewesen, die am meisten in der Familie zu leiden hatte.«

»Ach ja? Das sehe ich anders. Aber selbst wenn, das gibt dir noch lange nicht das Recht, dich so aufzuführen.«

Auch Robin machte keine Anstalten, seine Schwester zur Begrüßung in den Arm zu nehmen. Er schloss die Haustür hinter ihr und tat, als bemerke er nicht, wie sie dem Stapel Kartons im Flur nun einen Tritt gab und er sich auf dem Boden ausbreitete.

»Elsa, du hast dich irgendwann nach Vaters Abschied aus dem Staub gemacht und mich mit Mutter alleingelassen. Und Miriam war damals noch viel zu klein und wirklich keine Hilfe.«

»Abschied, dass ich nicht lache. Davongemacht hat er sich.«

Elsa war dieses Zimmer plötzlich viel zu eng. Sie stand auf. Nur ein paar Meter, schon war sie am Fenster angelangt. Dort drehte sie sich um und ging wieder zurück bis zur Tür. Ihre Schuhe traten, trotz der Gummisohlen, geräuschvoll auf das Parkett auf. Sie kam sich selbst wie auf der Flucht vor. Am liebsten hätte sie Robin in sein treu blickendes Gesicht geschlagen, aber dann erinnerte sie sich daran, weshalb sie hergekommen war. Elsa ging in die Küche und kochte Kaffee. Anschließend kam sie mit einem Becher für ihn und sich ins Wohnzimmer zurück.

»Warum hast du mir nie gesagt, dass du es so siehst?«

Robin zuckte resigniert die Schultern.

»Was hätte das denn geändert?«

Elsa musste zugeben, dass es rein gar nichts geändert hätte. Sie hatte Robin tatsächlich alleingelassen. Doch damals hatte es keine andere Möglichkeit für sie gegeben, als fortzugehen, und Elsa hätte sich auch von niemandem von ihrem Entschluss abbringen lassen. Sie hatte diesen Weg gehen müssen, schon aus dem Grund, weil es keinen anderen für sie gegeben hatte. Jetzt setzte sie ein freundliches Gesicht auf, denn Elsa hatte noch immer ein Ziel. Sie nahm Robin in den Arm und strich ihm zart über sein Haar.

»Jetzt bin ich ja wieder da. Sag, wie kann ich dir helfen?«

Dirk Adomeit war soeben nach Hause gekommen, als es an seiner Tür klingelte. Durch den Spion sah er eine ihm unbekannte Frau. Er öffnete.

»Tag, Herr Adomeit, Kommissarin Markisch vom LKA Hannover.«

Die fremde Frau war ihm unangenehm. Stand vor ihm wie eine Vertreterin, die ihren Fuß schon in der Tür hatte, bevor sie überhaupt ein Wort miteinander gewechselt hatten. Dirk Adomeit trat zur Seite, ließ sie herein und wies in Richtung Wohnzimmer.

»Bitte, hier entlang.«

Während er hinter ihr hertrottete, hob er schnell noch eine herumliegende Plastiktüte vom Flurboden auf und zerknautschte sie zwischen den Händen.

Sigrid Markisch musterte Dirk Adomeit und registrierte dabei seine fahrigen Bewegungen.

»Meine Mitarbeiterin hat bei ihrer Befragung gestern ein paar wichtige Details vergessen. Wo sind Sie gleich noch einmal beschäftigt, Herr Adomeit?«

»In einem Architekturbüro, ich bin dort als technischer Zeichner angestellt.«

Er legte die Plastiktüte auf den Tisch und knetete stattdessen seine fleischigen Finger.

»Ja, mit einer festen Anstellung macht das Leben Freude. Und man ist in der Lage, für das Alter vorzusorgen. Bestimmt besitzen Sie auch Wertpapiere, oder?«

Noch immer versuchte er zu vermeiden, die Frau direkt anzusehen.

»Was hat das denn mit Rainer und Torsten zu tun?«

»Herr Adomeit, ich habe doch nur eine harmlose Frage gestellt. Also?«

Nun traf sie ein vorsichtiger Blick.

»Ich habe ein paar Aktien aus der Autoindustrie gekauft, schien mir damals am sichersten zu sein.«

Sigrid Markisch zeigte viel Gebiss, wenn sie lächelte.

»Und wie sind Sie zu dieser Wahl gekommen?«

»Ich verstehe Ihre Frage nicht.«

Sie nahm die Plastiktüte vom Tisch und faltete sie ordentlich zusammen.

»So macht das keinen Sinn, Herr Adomeit. Sie scheinen nicht zu begreifen, dass ich nur versuche, es Ihnen so leicht wie möglich zu machen. Aber wie Sie meinen, kommen Sie bitte morgen Vormittag zur Vernehmung ins Präsidium. Schönen Tag noch.«

Robin und Elsa waren zusammen einkaufen gegangen.

Zwei Nebenstraßen von Robins Wohnung entfernt gab es einen kleinen Wochenmarkt. Ihr Bruder hatte sich dort ein Bund Suppengemüse, einen Brokkoli und ein paar Möhren gegriffen. Elsa hatte etwas Lauch, Petersilienwurzel und eine Knolle Sellerie dazu ausgewählt, und weil sie wusste, wie gern ihr Bruder es aß, kaufte sie auch noch ein Stück Ochsenbein. Während die Geschwister das Gemüse klein schnitten, köchelte das Fleisch schon zusammen mit dem Suppengrün und dem getrockneten Liebstöckel vor sich hin. Dampf stieg auf und beschlug die Fensterscheiben. Eigentlich war es ganz gemütlich, dachte Elsa. Nicht einmal die gemeinsamen Erinnerungen an ihre Kindertage und das In-der-Küche-helfen-Müssen hatten wehgetan. Wenig später saßen sie einander gegenüber und aßen. Elsa löffelte mechanisch und versuchte angestrengt, über den goldverzierten Rand von Veras Teller hinwegzusehen. Robin schien nicht weiter zu bemerken, wie viel Kraft es sie kostete, von einem Teil Vergangenheit zu essen. Robin redete ohne Unterlass, sein blasses Gesicht hatte eine rosige Farbe angenommen.

»Wenn du willst, können wir Mutter gleich nach dem Essen besuchen.«

»Ich glaube, dass es besser ist, wenn du das zuerst mit den Ärzten besprichst. Jetzt haben wir schon so lange gewartet, dass ein weiterer Tag auch nicht mehr schadet. Und nun zu etwas ganz anderem. Was macht eigentlich die Liebe, Robin? Hast du mal wieder etwas von Doreen gehört?«

Robin hustete, er hatte sich am letzten Löffel Gemüsesuppe verschluckt. Verlegen schob er den Teller von sich fort.

»In dieser Hinsicht bin ich leider nie sehr erfolgreich gewesen, und daran hat sich bis heute nichts geändert.« Er seufzte. »Doch was wolltest du mit der Frage nach Doreen nun wirklich wissen? Du hast sie schließlich nicht mehr ausstehen können, nachdem sie dich damals im Stich gelassen hat.«

»Na und, das ist lange her. Deshalb kann ich mich doch trotzdem dafür interessieren, was Doreen heute so treibt. Vielleicht ist Vera ja nicht die Einzige, die ich besuchen möchte. Und wenn ich wieder hier lebe, ist es außerdem nur gut, bereits ein paar Leute zu kennen, zu denen ich wieder Kontakt aufnehmen kann.«

Robin nahm seinen Tabak und begann, sich eine seiner übel riechenden Zigaretten zu drehen.

»Doreen ist mit einem Tischler verheiratet und lebt irgendwo in unserer alten Gegend. 'Ne ganz gute Partie soll er sein. Und sie hat zwei Kinder, glaube ich.«

»Was, die gute Doreen lebt noch immer im Landkreis? Das freut mich aber, erzähl mir mehr von ihr.«

Als Anna an diesem Abend die Haustür aufschloss, wurde sie von einer angenehmen Wärme empfangen. Tom kam seiner Frau aus dem Wohnzimmer entgegen und nahm ihr den Mantel ab.

»Die Handwerker sind heute tatsächlich fertig geworden. Paula hat ganze Arbeit geleistet.«

»Wenigstens eine gute Nachricht. Ich hatte schon fast vergessen, wie schön eine funktionierende Zentralheizung sein kann. Ist Ben noch auf?«

»Ich glaub schon, ich habe aber noch nichts zu ihm gesagt. Ich wollte auf dich warten.«

Zu gern hätte Anna jetzt erst einmal ein heißes Bad genommen, dabei leise Jazzmusik gehört und ein Glas Rotwein getrunken. Doch das würde noch eine Weile warten müssen.

»Gut, bringen wir es also hinter uns.«

Hand in Hand gingen sie die Treppe hinauf und klopften an die Zimmertür ihres älteren Sohnes. Als sie eintraten, lag Ben mit einer aufgeschlagenen Computerzeitschrift auf seinem Bett und tat, als würde er lesen. Er hatte seinen Fernseher, in dem gerade ein Boulevardmagazin lief, eingeschaltet, und aus seiner Hifi-Anlage dröhnte Hip-Hop-Musik. Tom ging zum Regal hinüber und stellte die Musik ab.

»Wäre es nicht sinnvoller, wenn du dich ausnahmsweise mal nur auf eine Sache konzentrieren würdest?«

Noch bevor Ben zu einer patzigen Antwort ansetzen konnte, hatte Anna bereits den kleinen Plastikbeutel aus ihrer Hosentasche hervorgeholt und schwenkte ihn zwischen ihren Fingern.

»Wir wollen über das hier mit dir reden.« Mit diesen Worten war sie an Bens Bett herangetreten und hatte ihm die Tüte mit dem aufgedruckten Marihuanablatt vor die Nase gehalten.

»Das hier habe ich beim Saubermachen auf deinem Schreibtisch gefunden.«

Ben riss ihr den Beutel aus der Hand und schrie: »Wie kommst du dazu, in meinen Sachen rumzuschnüffeln?«

Sanft nahm ihm Anna das Gras wieder aus der Hand und steckte es in ihre Hosentasche zurück.

»Ich habe nicht danach gesucht, wenn du das meinst. Es lag ganz offen herum, deshalb habe ich es einkassiert. Du glaubst doch wohl nicht im Ernst, dass du dieses Zeug mit unserem Einverständnis nehmen kannst, oder?«

Bens Gesicht wurde finster. Wütend trat er gegen seine Schultasche, die daraufhin umfiel und einen Wust Bücher, Hefte und lose Zettel ausspuckte.

»Was soll's, machen doch alle.«

Er legte sich auf sein Bett zurück und konzentrierte sich wieder ganz auf seinen Comic.

»Sonst noch was?«

»Ja, wir möchten wissen, woher du es hast.«

Ben schenkte ihnen einen wütenden Blick, der ihm aber nichts nützte.

»Rück schon mit der Sprache raus, Ben«, setzte Anna nach.

»Vergiss es, Mama.«

Zornig und gleichzeitig auch ein wenig hilflos stand Anna vor ihrem Sohn und überlegte, was sie als Nächstes tun sollte, als Tom in das Gespräch eingriff.

»Denk jetzt erst einmal in Ruhe darüber nach, was deine Mutter dir gesagt hat, und überlege dir gut, was du uns dazu zu sagen hast. Wir reden dann morgen weiter.«

»Nein, wir werden jetzt über die Sache reden!«, beharrte Anna auf ihrem Vorhaben.

»Papa hat gesagt, ich soll darüber schlafen, also bis morgen.«

Daraufhin gab Tom Anna einen Schubs in Richtung Tür und versuchte beim Hinausgehen, seinem Sohn noch einen versöhnlichen Klaps zu geben, aber Ben hatte sich schnell zur Seite gedreht. Jetzt war Anna die Lust auf ein Entspannungsbad vergangen.

»Tom, es ist wichtig, dass wir Ben gegenüber eine klare Haltung einnehmen. Und dazu müssen wir an einem Strang ziehen,« stellte sie noch immer wütend fest, als sie kurz darauf neben ihrem Mann im Bett saß.

»Du hast ja Recht, aber mit Gewalt kommen wir auch nicht weiter. Lass uns morgen noch einmal ein Gespräch mit ihm suchen.«

Anna schwieg. Zwar hielt sie Toms Haltung Ben gegenüber keinesfalls für gut, hatte an diesem Abend aber auch keine Lust mehr, eine Grundsatzdebatte darüber zu führen, wie man am besten damit umging, dass das eigene Kind Drogen konsumierte. Müde schmiegte sie sich daher in ihre Kissen und war kurz darauf eingeschlafen.

Nachdem Elsa fort war, räumte Robin Hollstein das abgewaschene Geschirr in den Schrank ein, dann zog er seinen Mantel an und machte sich auf den Weg zu seiner Mutter Vera. Das tat er immer an seinen freien Tagen, doch so spät wie heute war er noch nie dorthin gegangen. Er hoffte, noch einen Arzt anzutreffen, mit dem er über die veränderte Situation sprechen konnte. Elsa hatte sich kein bisschen darüber gewundert, dass er heute, an einem normalen Wochentag, zu Hause gewesen war. Eigentlich wusste sie nichts von ihm. Robin hätte ohne einen Job sein können, aber seiner Schwester wäre es nicht einmal aufgefallen. Trotzdem hatten die gemeinsamen Stunden mit ihr Spaß gemacht. Von der Gemüsesuppe war einiges übrig geblieben, sie würde ihm noch mindestens einmal das Herz wärmen. Nun war seine Schwester zwar gegangen, doch sie würde zurückkommen. Ob Vera sich freuen würde, wenn sie Elsa wiedersah? Wahrscheinlich würde sie ihre Tochter nicht einmal mehr erkennen. In letzter Zeit hatte seine Mutter immer häufiger furchtbare, ungebremste Wutanfälle gehabt. Die Ärzte vermuteten, dass diese Wut mit ihrem sich verschlechternden Allgemeinzustand zusammenhing. Veras Geist verweilte immer seltener im Hier und Jetzt, und ihre Aggressionen waren vermutlich ein Ausdruck von Hilflosigkeit und einem ungeheuren Zorn auf sich selbst. Aber auch wenn es schwer werden würde, mussten sie es trotzdem versuchen. Zu vieles war zwischen Mutter und Tochter unausgesprochen geblieben. Robin hatte deutlich gespürt, wie unglücklich Elsa war. Und die Vorstellung, dass seine Schwester ihre Fragen und Gefühle an niemanden mehr richten konnte, wenn Vera gestorben war, machte ihn unendlich traurig. Trotz allem war Robin zuversichtlich; für eine versöhnliche Geste war es nie zu spät. Allerdings konnte er es nach wie vor kaum glauben, dass Elsa ihm nach so langer Zeit tatsächlich ihre Hilfe angeboten hatte. Elsas Härte gegen Vera hatte Robin immer bestürzt, und sie war über all die Jahre keinen Millimeter von ihrer Haltung abgerückt. Miriam, seine jüngere Schwester, schickte wenigstens ab und zu einen Scheck. Robin fühlte sich wie ein Einzelkind, jedenfalls soweit es die Belange seiner Mutter betraf. Ob sich das nun ändern würde?

Vielleicht hatte Elsa als ältestes der drei Kinder wirklich am meisten unter Vera zu leiden gehabt, Robin erinnerte sich nicht mehr. Aber wer war in dieser Familie nicht ungerecht behandelt oder gekränkt worden? Man musste lernen, so etwas wegzustecken. Dennoch war ihm seine Schwester, auch wenn sie ihm heute eine Freude gemacht hatte, fremd geworden. Vermutlich würde sich daran auch nichts ändern, wenn sie wieder in diese Gegend zog. Warum nahm Elsa immer für sich in Anspruch, von allem verschont zu werden? Selbst wenn es stimmte, dass sie von Vera damals besonders schlecht behandelt worden war, war sie zum Ausgleich dafür doch der Liebling des Vaters gewesen. Robin aber hatte immer nur zwischen allen Stühlen gesessen. Vielleicht von jedem gemocht, aber niemandes Liebling. Wie kam es eigentlich, dass Elsa sich so furchtbar wichtig nahm?

Nachdenklich ging Robin die Auffahrt zum Altersheim hinauf. Er beschloss, sich auf Vera zu freuen, doch vor allem wollte er für den Rest des Tages nicht mehr über seine Schwester Elsa nachdenken.

Elsa in Maschen, im Herbst 1985.

»Wir müssen mit dir sprechen, Elsa. Robin, heute Abend wirst ausnahmsweise einmal du deiner kleinen Schwester die Gutenachtgeschichte vorlesen.«

Der Vater schenkte sich ein Bier in sein dickwandiges Glas mit dem klobigen Zinndeckel, dann sah er erwartungsvoll zu seiner Frau hinüber. Vera räusperte sich.

»Ja, also, Papa hat mir von deinen seltsamen Verletzungen erzählt.«

Automatisch zog Elsa ihre Pulloverärmel tiefer herunter und sah ihre Mutter herausfordernd an.

»Vom Bettkasten sind die jedenfalls nicht, ich habe mir die scharfe Kante angesehen. Die macht nicht mehr als ein paar kleine Kratzer. Was ist nur los mit dir?«

Nie ließen sie einen in Ruhe, dachte Elsa. Immer wollten sie alles wissen und am besten ganz genau. Was sollte sie ihnen jetzt sagen, wo sie doch selbst nichts wusste. Elsa nahm sich noch eine Scheibe Schwarzbrot, beschmierte sie fingerdick mit Butter und fing an zu kauen.

»Ich bin müde, morgen habe ich eine Mathearbeit. Kann ich in mein Zimmer?«

»Wenn du uns sagst, warum du dir diese Wunden zufügst, kannst du gehen. Vorher nicht.«

Jetzt schmiss Elsa den Rest des Brotes auf ihren Teller zurück.

»Ihr habt doch keine Ahnung, aber echt. Wenn ich mir die Aufgaben nicht noch ein bisschen reinpauke, schreib ich morgen wieder 'ne Fünf.«

Friedrich war aufgestanden und versuchte, seine Tochter in den Arm zu nehmen. Als er jedoch Elsas Widerstand spürte, ließ er von ihr ab.

»Wir wollen dir doch nur helfen.«

»Dann erkläre mir, warum ich diesen ganzen Mist lernen soll. Der kostet viel Zeit und ist zu nichts gut.«

Friedrich wusste nicht, wie er reagieren sollte, und Vera war ihm auch keine Hilfe. Seine Frau fing gerade an, den Tisch abzuräumen. Scheppernd landeten die Teller auf dem Tablett.

»Ich hab dir doch gesagt, dass es keinen Sinn hat, Friedrich. Aber du wolltest ja wie immer nicht auf mich hören.«

Die Küchentür flog auf, dann war Vera verschwunden.

Friedrich versuchte es noch einmal.

»Ich weiß, du hast es nicht leicht mit deiner Mutter. Wollen wir denn nächsten Samstag etwas zusammen unternehmen? Nur wir beide allein?«

Der bestellte Bierautomat war noch immer nicht im Flur des Kommisariats aufgestellt worden, aber dafür lief ein aufgeregter Günther Sibelius vor den Büros auf und ab. Hätte man ihm Bürsten unter die Sohlen seiner Schuhe geschnallt, hätte er den Fußboden damit bohnern und die Putzfrau für einen Tag bei ihrer Arbeit entlasten können. Anna sah Günther Sibelius wild gestikulieren, und als sie näher kam, konnte sie auch hören, dass er mit sich selbst sprach.

»Chef?«

Er fuhr herum. Als er Anna sah, hellte sich sein Gesicht auf.

»Frau Greve, gut, dass Sie da sind. Schönauer hat in einer Stunde eine Besprechung angesetzt. Außer der Reihe, offiziell vorstellen will er sich dann in den nächsten Tagen. Ich lege Wert darauf, dass unsere Abteilung bei dieser Veranstaltung vollzählig vertreten ist. Geben Sie das an Weber weiter.«

Anna kam nicht mehr dazu, etwas zu erwidern, denn schon hatte Sibelius sich umgedreht und mit schnellen Schritten den Rückweg in sein Büro angetreten. Während Anna kurz darauf an ihrem Schreibtisch saß und gerade ihre E-Mails abrief, kam Weber herein, wenig später folgte auch die Giraffe. Anna frohlockte, vielleicht würde der Moment, in dem Sigrid Markischs Zukunftspläne für Hamburg zerschlagen werden würden, ja schon viel eher kommen, als sie gedacht hatte.

»Martin Schönauer will uns heute Morgen die Ehre geben. Sie sind doch auch mit dabei, Frau Markisch?«

Martin Schönauer steckte in einem eleganten, dunkelgrauen Anzug. Dessen Jacke war schmal geschnitten, betonte seinen muskulösen Körperbau und saß perfekt. Darunter schimmerte matt ein hellgrauer Rollkragenpullover aus Seide. Fast eine Spur zu elegant für einen Beamten, fand Anna. Sie hob den Blick und sah in ein gebräuntes, jugendlich wirkendes Gesicht um die vierzig. Darüber dichtes, braunes Haar mit einem wie geföhnt wirkenden Pony. Nicht gerade das Urbild eines Bayern, aber äußerlich durchaus ein Pendant zu den immer schick aussehenden Senatoren des Rathauses. Einzig sein Schnauzer ließ auf Schönauers Herkunft nahe den Alpen schließen.

Der Konferenzraum war bereits gut gefüllt, und Anna beeilte sich, um noch einen Stuhl nahe der Tür zu erwischen. Weber trottete hinter ihr her, nicht jedoch die Giraffe. Sigrid Markisch hatte den einzigen Platz, der in der vordersten Reihe noch frei war, für sich erspäht und stolzierte nun dorthin. Dass sie dabei auch noch von vielen Männerblicken verfolgt wurde, ließ Anna das Blut in den Kopf steigen. Gut, die Markisch mochte eine ganz annehmbare Figur haben, aber dieses Gesicht war nun wirklich kein Hingucker. Womit einmal mehr bewiesen war, worauf ihre männlichen Kollegen zuerst zu achten pflegten.

Schönauer durchquerte nun ebenfalls den Raum, aber in entgegengesetzter Richtung. Er schloss die Tür zum Konferenzraum und zwinkerte Anna dabei zu, machte dann jedoch keine Anstalten, wieder nach vorne zu gehen. Lässig an die Wand neben dem Ausgang gelehnt, begann er mit seinem Vortrag.

»Bedauerlicherweise hat sich Hermann Meyer, wie Sie ja wohl wissen, dafür entschieden, in den Ruhestand zu gehen. Mein Name ist Martin Schönauer, und ich werde in Zukunft das LKA in dieser Stadt leiten.«

Er machte eine Pause und wartete, bis sich alle Anwesenden zu ihm umgedreht hatten. Als das Stuhlgescharre aufhörte, fuhr er fort.

»Personalwechsel an der Spitze einer Behörde bringen immer auch inhaltliche Neuerungen mit sich. Und über Letztere werde ich Sie heute ausführlich informieren, denn ich möchte nicht, dass diesbezüglich irgendwelche Unklarheiten bestehen bleiben. Wir brauchen Sie, jeden Einzelnen von Ihnen. Vielleicht brauchen wir Sie sogar mehr denn je, um die katastrophalen Zustände, die in Hamburg herrschen, endlich zu verändern.«

»Als ob wir hier einen Messias nötig hätten«, raunte Anna Weber zu.

»Dazu gehört unter anderem mehr Transparenz auf jeder Ebene. Deshalb bitte ich Sie, in Zukunft etwas mehr Zeit und Arbeit darauf zu verwenden, Ihre Kollegen aus den anderen Abteilungen immer auf den neuesten Stand ihrer Arbeitsergebnisse zu bringen. Das Verbrechen hat sich vernetzt, deshalb werden wir uns in Zukunft ebenfalls besser vernetzen müssen. Wir werden nicht mehr zulassen, dass sich die Bürger dieser Stadt bedroht fühlen. Schließlich ist die Polizei Hamburgs stets eine der effektivsten der gesamten Bundesrepublik gewesen. Wie Sie alle wissen, bin ich aber auch angetreten, um unsere Behörde zu sanieren. Das heißt, wir werden in Zukunft weniger finanzielle Mittel bei einer gleich bleibenden beziehungsweise ansteigenden Kriminalitätsrate zur Verfügung haben. Um unseren Aufgaben gerecht zu werden, bedeutet das, dass wir uns in Zukunft noch effizienter aufstellen müssen. Wie das im Einzelnen aussehen wird, entnehmen Sie bitte der Informationsmappe, die wir für Sie vorbereitet haben. Danke für Ihre Aufmerksamkeit.«

Wieder zwinkerte Martin Schönauer der Kommissarin Anna Greve zu. Beim ersten Mal hatte sie sich noch umgedreht, weil sie eine blondierte Kollegin aus der Betrugsabteilung, die immer viel zu enge Pullover trug, hinter sich vermutet hatte. Stattdessen war da aber nur Krügers dickes Gesicht gewesen. Ja, der alte Krüger aus dem Team der Mordbereitschaft 4 hatte sich auf den Platz hinter sie gequetscht. Anna tat, als müsste sie jetzt unbedingt ihre Schnürbänder zubinden, auch wenn es an ihren Schuhen keine gab. Erst als die Kollegen um sie herum aufstanden und den Raum verließen, tauchte Anna wieder aus der Versenkung auf und sah dabei direkt in Schönauers schmunzelndes Gesicht.

»Ist er abgebrochen?«, fragte er und zeigte dabei auf den Absatz ihres Stiefels, während er ihr gleichzeitig eine DIN-A4-Mappe reichte.

»Es geht schon, danke.«

Anna beeilte sich, zu Weber aufzuschließen, der bereits halb zur Tür hinaus war.

»Was war denn das, gerade eben?«

Weber saß an seinem Schreibtisch, blätterte in der Hochglanzbroschüre und sah Anna gespannt an. Doch ausgerechnet jetzt gesellte sich die Giraffe zu ihnen ins Büro. Ihr Gesicht war von einer leichten Röte überzogen.

»Endlich einmal ein charismatischer Mann.«

Auch sie blätterte nun in der Mappe von Schönauer, dann spitzte sie, wie eine freichristliche Missionarin, verzückt ihre Lippen.

»Er ist einer von denen, die uns zeigen, wie es gehen kann.«

Beharrlich atmete Anna tief in den Bauch ein, was in diesem Moment jedoch überhaupt nichts half. Einmal mehr fühlte sie sich in Sigrid Markischs Gegenwart wie ein Fisch auf dem Trockenen.

»Gehen wir an die Arbeit zurück«, erwiderte sie daher nur leise.

Für diesen Tag war wegen vieler Lehrerkonferenzen und Klassenarbeiten bedauerlicherweise kein Termin mehr mit dem Schulleiter des Merschenfelder Gymnasiums zustande gekommen. Es war das Gymnasium, in dem Rainer Herold und Torsten Lorenz die Jahre bis zu ihrem Abitur verbracht hatten und daher auch der Ort, an dem Anna weitere Hinweise und Spuren zu den Morden zu finden hoffte. Wo also sollten sie stattdessen nun den Rest des Tages über ermitteln? Am Schreibtisch würde Anna die Spur, nach der sie so beharrlich suchte, jedenfalls gewiss nicht finden. Vielleicht jedoch in Maschen. Dem Dorf, in dem alle, die bislang irgendetwas mit diesem Fall zu tun hatten, aufgewachsen waren. Rainer Herold, Torsten Lorenz, Dirk Adomeit, Paula und möglicherweise sogar die Mörderin. Und das Zentrum des Dorfes war noch immer das Wirtshaus.

»Wie wäre es mit einem späten Mittagessen im ›Maschener Hof‹? Kommen Sie, Weber.«

7

Elsa in Maschen, im Herbst 1985.

Noch hingen die Kastanien prall am Baum. Ihre stacheligen Schalen waren weit geöffnet, doch schon bald würde ein kräftiger Windstoß die Früchte zu Boden fegen. Wie sehr hatte sich Elsa früher immer auf diese Zeit gefreut. An einem stürmischen Herbsttag schon mal die letzte Schulstunde ausfallen lassen, nur um vor den anderen auf der Wiese zu sein. Um dann durch das von Blättern bedeckte Gras zu gehen, die Augen suchend auf der Erde, bis es braun aufblitzte. Noch schöner war es jedoch gewesen, eine noch geschlossene Frucht zu finden. Vorsichtig die Schale aufzubrechen und die weiße Haut von den schimmernden, glatt polierten Kastanien zu schälen.

An diesem Tag war es windstill. Heute einen Ast zu nehmen, um welche vom Baum zu schlagen, war nicht mehr dasselbe. Das Gras im Garten der freundlichen Frau sah braun und struppig aus, fast wie das Fell eines streunenden Hundes. Unter dem Ahorn lag ein Haufen rotgezackter Blätter. Sie waren wunderschön. Wunderschön, kurz bevor sie endgültig vergingen; zu schleimiger Masse, auf der man ausrutschen konnte, und dann zu Erde wurden. Elsa bückte sich und steckte ein paar von ihnen in ihre Manteltasche. Zu Hause würde sie die Blätter zwischen Buchseiten legen und, wenn sie getrocknet waren, in durchsichtige Folie ein-

schlagen. Das Rot würde dann weniger rot sein und auch nicht mehr so schön, aber die verletzliche, papierene Struktur, die sie bekamen, war erst einmal das Leben aus ihnen herausgepresst, würde Elsa mitten ins Herz treffen. Die hölzerne Liege mit ihrer flauschig weißen Auflage, auf der die freundliche Frau gelegen hatte, stand jetzt wohl irgendwo winterfest verpackt in einem der Schuppen herum. Elsa sah zu ihrem Lieblingsfenster hinauf, es brannte kein Licht darin. Nirgendwo in der ganzen Villa brannte Licht. Stattdessen war es totenstill, totendunkel, tot. Waren die Bewohner der Villa etwa auch tot? Oder fortgezogen? Wo war die freundliche Frau? Wo ihre sauber gewaschenen Kinder? Machten sie vielleicht Ferien in einem südlichen Land? Um dort die letzten Sonnenstrahlen einzufangen, bevor es hier endgültig Winter werden würde?

Auf ihrem Weg zurück musste Elsa am Haus von Doreen vorbei. Sie nahm sich vor, vorüberzugehen und auf nichts zu achten. Die Augen fest auf ihre Füße und das Muster der Gehwegplatten gerichtet, riskierte sie im allerletzten Moment dann doch einen Blick. Da stand der dunkelblaue Motorroller von Doreens Onkel Heinz. Und davor drei Autos mit dem Peiner Kennzeichen, Verwandte von Herrn Possel. Das Haus war hell erleuchtet. Aus dem geöffneten Wohnzimmerfenster wehten Wortfetzen zu ihr heraus. Die Schlagermusik war laut, jetzt konnte Elsa sogar fast den ganzen Text verstehen. Da sang ein Mann mit einer merkwürdig hohen Stimme, im Hintergrund machten Frauen »lalala« dazu. Eine Liedzeile ging ungefähr so: »Ich will der Knopf an deiner Bluse sein, lalala.« Nun fingen sie drinnen zu lachen an, ein Prosit der Gemütlichkeit. Geburtstagsstimmung. Aber was machte Elsa heute überhaupt auf der Straße? Friedrich hatte ihr doch versprochen, diesen Tag mit ihr zu verbringen. Nur mit ihr allein. Warum konnten Väter nie halten, was sie versprochen hatten? Es war schließlich seine Idee gewesen, Elsa wäre von allein niemals darauf gekommen, Forderungen an Friedrich zu stellen. Sie stand nun schon eine Weile vor dem Haus von Doreen herum, hoffentlich hatte sie noch niemand bemerkt. Elsa beeilte sich, aus dem Lichtkegel des Eingangs wegzukommen. Schnell machte sie sich davon, dorthin, wo ihr Bett stand. Sie schloss die Haustür auf, durchquerte leise den Flur. Nur noch ein kurzes Stück bis zur Treppe. Die geöffnete Küchentür gab ihr den Blick auf Vera frei. Vor ihr auf dem Tisch standen eine Flasche und ein Schnapsglas. Wie immer war die viel zu helle Deckenbeleuchtung mit der Neonröhre eingeschaltet. Warum gab es keine Kerzen in dem Haus, in dem ihr Bett stand?

Nun spähte Elsa durch das Milchglas der Wohnzimmertür. Es fehlten die Stimmen, die Musik und der bläuliche Schimmer. Kein flackerndes Licht wie sonst, wenn der Fernseher lief. Wo war bloß ihr Vater geblieben?

Als die Kommissare das Wirtshaus in Maschen betraten, fanden sie alles genau wie beim ersten Mal vor. Alfred Biesterfeld, der Wirt des »Maschener Hofs«, stand mit seiner Angestellten Elfi Graf hinter der Theke. Sie sprachen miteinander und schauten kaum auf, als Anna und Weber hereinkamen. Die Gaststube war leer bis auf zwei Männer, die an einem Tisch in der Mitte des Raumes saßen und aßen. Beide hatten rindslederne schwarze Aktentaschen auf den freien Stühlen neben sich abgestellt. Vielleicht waren sie nur so blank geputzt, um über ihren banalen Inhalt wie Seifenproben oder Versicherungsformulare hinwegzutäuschen, überlegte Anna.

»Wenn wir mit den Leuten aus dem Dorf ins Gespräch

kommen wollen, müssen wir später wiederkommen. Außerdem ist mir jetzt eh mehr nach 'ner Currywurst.«

Weber drehte sich um und zog Anna mit sich fort.

»Konnten Sie vorhin schon mal in die Unterlagen von Schönauer reinsehen, Anna? Nicht alles, was dort steht, scheint mir falsch zu sein. Vielleicht lassen sich ja Kompromisse finden.«

»Schönauer ist keiner, mit dem man diskutieren kann. Der ist es gewohnt, die Richtung, in die es geht, allein zu bestimmen.«

»Trotzdem, möglicherweise haben gerade Sie eine Chance, mit Schönauer ins Gespräch zu kommen. Er schien mir ziemlich beeindruckt von Ihnen gewesen zu sein. Also lächeln Sie, machen Sie ein paar verführerische Augenaufschläge, und nebenbei schieben Sie ihm unsere Verbesserungsvorschläge unter.« Weber grinste in Annas staunendes Gesicht, die ihren Kollegen noch nie in einer solchen Art und Weise hatte reden hören. »So, und jetzt habe ich eine Idee, wie wir uns die Zeit bis zum Abend vertreiben können, kommen Sie, Anna.«

Hilde und Paul Herold standen im vorderen Teil ihres Gartens und lieferten sich ein heftiges Wortgefecht. Der Mann hielt dabei das Ende einer Lichterkette in der Hand und gab Anweisungen, während seine Frau Hilde vergeblich versuchte, das zu einem Knäuel verschlungene Kabel am anderen Ende zu entwirren. An die Tanne vor ihrem Haus war eine Leiter aus Metall gelehnt. Anna schmunzelte. Also war sie nicht die Einzige, die sich wie jedes Jahr in der Vorweihnachtszeit von Neuem mit den gleichen Widrigkeiten herumschlug.

Als Hilde Herold Anna und Weber bemerkte, fiel ihr der

Kabelsalat aus der Hand, als hätte er eine ansteckende Krankheit. Sie wirkte fast ein wenig schuldbewusst, wie sie nun von einem Bein auf das andere trat. Was wahrscheinlich aber nur an der Kälte lag, denn seit gestern war die Temperatur auf weit unter null Grad abgesunken.

»Haben Sie einen Moment Zeit?«, fragte Weber.

Mit schnellen Schritten ging ihnen Hilde Herold ins Haus voran, um dann nur wenig später frisch gebrühten Kaffee in ihre Tassen zu füllen.

»Sie müssen nicht denken, dass wir Rainer vergessen haben«, begann sie. Augenblicklich füllten sich ihre Augen mit Tränen, und sie bekam kein Wort mehr heraus. Paul Herold führte ihren Satz zu Ende.

»Wir versuchen nur, uns zu beschäftigen.«

»Herr Herold, es ist gut möglich, dass der Mord an Torsten Lorenz mit dem Verbrechen an Ihrem Sohn in Zusammenhang steht. Die beiden kannten sich seit ihrer Kindheit, und uns ist zu Ohren gekommen, dass sie sich« – Weber suchte nach den richtigen Worten – »nicht immer anständig gegenüber anderen verhalten haben.«

Paul Herold schaute Weber voller Verachtung an.

»Wir sind von Anfang an gegen diese Freundschaft gewesen, Torsten hat seit jeher einen schlechten Einfluss auf unseren Sohn ausgeübt.«

Oder andersherum, dachte Anna und fragte: »Erinnern Sie sich an jemanden, dem die beiden besonders übel mitgespielt haben? Ein Mädchen vielleicht?«

»Wir sind damals mehrfach in die Schule zitiert worden«, murmelte Hilde Herold nach einer Weile. »Die Mutter eines Mitschülers hatte sich beschwert, aber mir fällt dessen Name nicht mehr ein. Erinnerst du dich noch an die Sache, Paul?«

»Wie könnte ich sie jemals vergessen, ich habe mich

seinerzeit sehr für meinen Sohn geschämt. Wir hatten ihn jedenfalls nicht im Sinne all dieser Schandtaten, die er begangen hat, erzogen.«

Weber zückte sein Notizbuch.

»Dirk Adomeit hat er geheißen, er war der Sohn der Kassiererin in unserem Lebensmittelgeschäft. Die arme Frau hatte es schon schwer genug, musste als Witwe mit ihrem geringen Gehalt ganz allein für sich und den Jungen sorgen.«

»Was ist denn damals eigentlich genau passiert?«, wollte Anna wissen.

»Die beiden haben Dirk das Leben zur Hölle gemacht. Mehrfach haben sie ihm vor der Schule aufgelauert, um ihn zu verprügeln, obwohl der Junge ihnen niemals etwas getan hatte. Obendrein haben Sie ihn bestohlen und seine Schulbücher zerrissen.«

»Sind Ihnen darüber hinaus auch noch andere Vorfälle zu Ohren gekommen?«

»Ich bin mir ziemlich sicher, dass es weitere Opfer gegeben hat, doch wer das im Einzelnen gewesen ist, ist mir nicht bekannt.«

»Rainer hatte Eigenschaften, die meinem Mann und mir fremd waren«, fiel Hilde Herold ihrem Mann Paul ins Wort. »Wir haben uns oft gefragt, warum er dazu neigte, sich auf so unangenehme Art und Weise über andere Menschen lustig zu machen. Manchmal konnte er ein richtiges Ekel sein, vielleicht haben wir ihn zu sehr verwöhnt.«

Anna gab ihrem Impuls nach und legte ihre Hand mitfühlend auf die von Hilde Herold. Dann stand sie auf und sagte: »Für heute haben Sie uns wirklich sehr weitergeholfen, Frau Herold. Und Ihrem Hinweis zu Dirk Adomeit werden wir auf jeden Fall nachgehen.«

Als Anna und Weber wieder auf dem Parkplatz neben dem »Maschener Hof« hielten, war es mittlerweile dunkel geworden. Die Gaststube hatte sich in der Zwischenzeit gefüllt, die Dorfbewohner schienen abends zeitig ins Wirtshaus zu gehen. Wahrscheinlich mussten sie am nächsten Tag wieder mit den Hühnern aus den Federn sein. Einige würden zur Arbeit auf den Feldern antreten, die meisten würden sich jedoch wahrscheinlich in die Staus auf den Autobahnen in Richtung Hamburg einreihen, um zu ihren Arbeitsplätzen zu gelangen. Anna Greve sah sich um, ein älteres Paar an einem der Tische war ihr bereits von ihrem ersten Besuch her bekannt. Ihr Blick blieb am Rücken eines Mannes hängen. War das nicht Dirk Adomeit, der da gerade ein Schwätzchen mit der Kellnerin Elfi hielt? Anna machte, gefolgt von Weber, ein paar Schritte auf den Tisch zu und freute sich. Es schien also doch noch Gründe für ihn zu geben, das Haus zu verlassen.

»Ich werde mich zu Herrn Adomeit setzen, Weber, Sie kommen doch alleine klar.«

»Störe ich?«

Elfi warf den Polizisten einen schrägen Blick zu, dann stand sie auf und fragte die beiden nach ihren Getränkewünschen. Als Dirk Adomeit von Weber gemustert wurde, blieben seine Augen ruhig. Vielleicht zeigte sich seine extreme Schüchternheit nur bei Frauen, die er nicht kannte oder die bedrohlich auf ihn wirkten.

»Mir haben Ihre Fragen nach weiteren Opfern von Rainers und Torstens derben Späßen, vor allem die nach dem Mädchen keine Ruhe mehr gelassen, Frau Greve. Leider fällt mir dazu nach wie vor nichts ein, deshalb bin ich auch zu Elfi gegangen, die vergisst nämlich nie ein Gesicht. Wenn Ihnen also jemand weiterhelfen kann, dann ist es Elfi.«

Anna Greve prostete ihm zu, während Weber derweil eine Runde durch die Gaststube drehte. Vielleicht gab es doch noch jemanden, den sie bei ihrer ersten Befragung übersehen hatten und der genauere Angaben zu der Frau machen konnte, die sich Angela genannt hatte. Wenig später setzte sich Weber neben sie und hob sein Bierglas, auf dem der Schaum mittlerweile fast verschwunden war.

»Nichts Neues.«

Weber trank sein Glas mit großen Schlucken aus. »So, wird Zeit für mich, kommen Sie mit, Anna?«

»Ich bleibe noch ein bisschen hier und nehme mir nachher ein Taxi.«

Weber nickte Dirk Adomeit zu. »Bis bald.«

Der kniff seine Augen jetzt wild zusammen.

»Bis morgen. Frau Markisch hat mich nämlich zu einer Befragung ins Präsidium bestellt«, gab er zur Antwort, bezahlte sein Bier und verließ zusammen mit Weber die Gaststätte.

Elfi kam kurz darauf mit einem Tablett voller Getränke an Anna Greve vorbei, die sie nun am Nebentisch verteilte. Die Kommissarin stand auf und stellte sich hinter sie.

»Auf ein Wort, Frau Graf.«

Die Kellnerin drehte sich genervt zu Anna um.

»Ist schlecht im Moment, das sehen Sie doch.«

Die Kommissarin bestellte sich einen Wein und wartete. Sie vertrieb sich die Zeit, indem sie die anderen Gäste beobachtete. Vier alte Männer saßen an einem Tisch zusammen und spielten Karten. Vielleicht hatten sie schon ihr ganzes Leben miteinander in diesem Dorf verbracht. Zuerst in der Schule in der hintersten Reihe, dann im Konfirmandenunterricht. Hatten sich in die gleichen Mädchen verguckt, ihre Junggesellenabschiede in Vossens Scheune gefeiert und anschließend ihre Hochzeiten. Obwohl – sie waren zu einer Zeit aufgewachsen, in der der Zweite Weltkrieg bestimmend für ihre Lebensläufe gewesen war. Und dieser hatte mit Sicherheit ganz andere Ereignisse und Erinnerungen hinterlassen als das, was Anna sich gerade vorstellte. Trotzdem spann sie ihren Faden weiter, sah nun eine Reihe von Kindstaufen, runden Geburtstagen und Beerdigungen vor ihrem inneren Auge vorbeiziehen und geriet dadurch in eine melancholische Stimmung. Dabei wirkten die Alten nebenan eigentlich ganz zufrieden. An einem großen Tisch in der Ecke saß dagegen allerlei junges Volk, das sich unter viel Gelächter und Gejohle vergnügte. Die anderen Gäste ließen sich durch den Lärm nicht stören. Sie schienen zu wissen, dass es keinen anderen Platz in ihrem Ort gab, an dem sich junge Leute treffen und sogar noch die eigenen Getränke mitbringen konnten. Außerdem sicherte man sich so den trinkfesten Nachwuchs und verlor die Brut nicht aus den Augen. Elfi hatte noch immer alle Hände voll zu tun, und es sah nicht danach aus, als ob sich daran so bald etwas ändern würde. Also leerte Anna ihr Glas und zog eine Visitenkarte aus ihrer Tasche.

»Besuchen Sie mich morgen Vormittag bitte im Präsidium, Frau Graf. Dort können wir uns in Ruhe unterhalten.«

An diesem Abend war Ben noch nicht nach Hause gekommen, obwohl es mittlerweile schon nach neun Uhr war.

»Hat er nicht gesagt, wo er hin will?« Anna stand am Fenster und beobachtete die Straße vor ihrem Haus. Tom trat nun ebenfalls ans Fenster und stellte sich hinter seine Frau.

»Ich habe nicht einmal mitbekommen, dass er nach dem Abendbrot noch einmal weggegangen ist.«

»Aber Ben muss doch morgen zur ersten Stunde in der

Schule sein. Wenn er kommt, müssen wir endlich ein ernstes Wort mit ihm reden. Glaubt er wirklich, uns auf diese Weise permanent ausweichen zu können?«

Das Telefon schrillte laut durch das ansonsten stille Haus. Anna lief in den Flur und nahm den Hörer ab.

»Hi Mama, ich bin's. Du, ich bin noch bei Leon, fahre aber demnächst los.«

»Du kommst jetzt sofort nach Haus!«, meinte Anna nur und legte auf.

Als Ben wenig später vor seinen Eltern stand, wirkte er wie ein kleiner Junge, wie ein ABC-Schütze aus der ersten Klasse. In seinem Blick war keine Spur von Trotz zu lesen, nur ein schuldbewusstes Abwarten. Den Kopf hatte er vorsorglich eingezogen, als ob er erwartete, dass gleich ein Gewittersturm über ihn hereinbrechen würde.

»Du wolltest uns noch sagen, woher du das Gras bekommen hast, Ben«, begann Anna.

Jetzt lag ein trotziger Ausdruck in seinen Augen.

»Wollte ich nicht.«

»Nun mach schon. Außerdem hast du dich bei uns abzumelden, wenn du am Abend noch einmal fortgehst.«

»Na, schön. Da stand neulich so 'n Typ vor der Schule, von dem hab ich es gekauft.«

»Was ist das für ein Mann gewesen?«

»Weiß ich nicht, aber ich habe gehört, dass der wohl öfter bei der Schule herumsteht.«

»Würdest du ihn wiedererkennen, Ben?«

»Willst du mich jetzt etwa auf deine Wache schleppen, damit ich mir Verbrecherfotos angucke?«

Das Grinsen in Bens Gesicht ließ Anna vermuten, dass sich ihr Sohn soeben nur irgendeine Geschichte ausgedacht hatte, um die wirklichen Zusammenhänge seiner Drogenbeschaffung zu verschleiern. Sie wollte gerade zu einer angemessenen Antwort ansetzen, als sie Toms Hand auf ihrem Arm spürte.

»Es ist spät geworden, geh jetzt schlafen, Ben«, sagte er sanft.

»Nein, heute gibt es keine Vertagung mehr, schließlich hast du genug Zeit zum Nachdenken gehabt«, widersprach Anna ihrem Mann.

Und Ben, der vor wenigen Augenblicken noch siegesgewiss gewesen war, wusste, dass er sich nun etwas Überzeugenderes einfallen lassen musste.

»Ich habe das Zeug von 'nem Freund gekauft, aber ich möchte ihn nicht verpfeifen, verstehst du?«

»Natürlich, aber wir müssen trotzdem wissen, was hier läuft, Ben, denn wir machen uns schließlich Sorgen um dich. Außerdem haben wir dir bisher noch niemals den Kopf abgerissen, wenn du uns die Wahrheit gesagt hast. Und daran hat sich bis heute auch nichts geändert.«

»O. k., ich hab das Gras von Flo bekommen. Er dealt nebenbei, Mama, du weißt doch, was bei Flo los ist.«

»Ja, ich weiß.« Anna nahm ihren Sohn in den Arm und drückte ihn fest. »Ich danke dir für dein Vertrauen, Ben. Und mach dir keine Sorgen, ich werde Florians Eltern nur im äußersten Notfall, wenn es sich nicht mehr vermeiden lässt, darüber informieren. Aber ich will auf jeden Fall mit Flo sprechen, sag ihm das.«

Als Anna wenig später im Badezimmer stand und sich abschminkte, zog sie ihrem Spiegelbild eine furchterregende Grimasse. Sie war einerseits stolz auf sich, andererseits war sie jedoch noch immer wütend auf Tom.

»Du bist mir keine sehr große Hilfe gewesen!«, fauchte sie ihren Mann kurz darauf im Schlafzimmer an.

»Ich habe eben nicht geglaubt, dass wir mit Härte etwas bei Ben erreichen können. Vielleicht habe ich mich getäuscht.«

»Was heißt denn hier Härte, Tom, wo es ausschließlich um Klarheit geht. Werde doch endlich mal erwachsen und verhalte dich gegenüber deinen Söhnen so, wie es einem Vater entspricht!«

In welcher Werkstatt konnte sich Doreen verkrochen haben? Elsa hatte das Branchenbuch des Landkreises auf ihren Knien und strich die in Frage kommenden Handwerksbetriebe an. Noch hatte sie keine Ahnung, welche Geschichte sie den Leuten erzählen wollte, um herauszubekommen, wo Doreen mittlerweile lebte. Sie konnte schließlich schlecht vorgeben, sich einen Schrank tischlern lassen zu wollen, nur um die einzelnen Schreiner dann besser nach den Geburtsnamen ihrer Ehefrauen fragen zu können. Nein, Elsa brauchte einen anderen Vorwand. Einen, der so außergewöhnlich oder interessant war, dass man ihr zuhörte.

Elsa steckte sich eine der Cocktailtomaten in den Mund, die sie zuvor im Supermarkt an der Ecke erstanden hatte. Die Frucht war leuchtend rot und schmeckte nach nichts, dennoch nahm Elsa eine weitere aus der Plastikverpackung. Während sie kaute, wurde ihr warm. Das hatte sie doch schon einmal erlebt. Damals, als sie noch bei ihren Eltern gewohnt hatte, war es genauso gewesen. Seit dieser Zeit hatte sich allerdings sehr viel verändert, selbst ihr Körpergefühl. Mittlerweile war Elsa meistens warm, ohne dass sie etwas essen musste. Aber seit ihrem Erlebnis mit Torsten in der Fabrikhalle hatte sie auf einmal erneut tagsüber zu frieren angefangen, und sie schwitzte, sobald es dunkel wurde. Wahrscheinlich fror sie nur, weil sie ihre bequeme Winterkleidung im Schrank ihrer Wohnung im Taunus vergessen hatte. Vielleicht sollte sie losgehen, um sich einen dicken Wollpullover und eine lange Unterhose zu kaufen. Ja, wenn ihr erst eine gute Geschichte eingefallen wäre, um an Doreen heranzukommen, würde sie sich damit belohnen. Und sie musste sich heute unbedingt noch bei Robin melden. Ob er etwas von Rainers und Torstens Tod mitbekommen hatte? Früher hatte Robin niemals Zeitung gelesen, und jetzt lebte er in der Stadt. Dort ereigneten sich jeden Tag aufs Neue so viele berichtenswerte Ereignisse, dass eine Mordgeschichte aus der Provinz vielleicht gar nicht weiter auffiel. Obwohl, er hatte sie bei ihrem letzten Besuch so seltsam angesehen. Auf jeden Fall musste sie weiterhin Interesse an Vera heucheln, schon damit Robin nicht misstrauisch wurde. Wahrscheinlich würde sie auch nicht darum herumkommen, ihre Mutter zumindest ein einziges Mal zu besuchen, aber vielleicht ließ sich das wenigstens noch ein paar Tage hinauszögern. Und mit etwas Glück würde bis dahin alles erledigt sein.

Elsa in Maschen, im Herbst 1985.

Jede Nacht Gezeter und Streit, es war unerträglich geworden zu Hause. Am Vormittag hatte Vera wieder einmal einen ihrer Ausflüge in die Stadt unternommen. Friedrich schien irgendwie erleichtert darüber zu sein, dass sie nur noch ab und zu das Haus verließ. Zurück kam Vera dann immer mit vollen Taschen, es gab so vieles, das sie unbedingt brauchte. Ein neues Küchengerät, das in Windeseile Obst und Gemüse zerkleinern konnte und wirklich leicht zu reinigen war, oder die moderne Trockenhaube bei Schröders aus dem Schaufenster. Auf die gestreiften Kleider im Partnerlook für sich und die kleine Miriam war sie besonders stolz gewesen, heute. Elsa sei zu üppig geworden für Querstreifen, hatte sie gesagt und dabei durch ihre ältere Tochter hindurchgesehen.

»Aber stell dir einmal vor, wie zauberhaft das aussieht, wenn wir mit Miriam so zusammen im Sommer an die Elbe fahren. Sie ist ein so hübsches Kind.«

Friedrichs Augen waren stumpf geworden, als er zugesehen hatte, was sie auspackte. Wieder nur Schnäppchen, doch leider fehlte ihnen sogar das Geld für Schnäppchen. Vera selbst war es unmöglich, etwas zum gemeinsamen Lebensunterhalt dazuzuverdienen. »Schließlich habe ich kleine Kinder, um die ich mich kümmern muss«, erwiderte sie jedes Mal, wenn Friedrich ihr vorhielt, dass sie nicht wirtschaften konnte. Das Abendessen war schon lange vorüber, aber sie saßen noch immer am Tisch. Nicht einmal Miriam hatte herumgezetert, weil sie unbedingt die Gutenachtgeschichte im Fernsehen anschauen wollte. Elsa hatte die ganze Zeit nur von einem zum anderen gesehen und kein Wort gesagt. Nun beobachtete sie ihren Vater, etwas war anders als sonst. Er stand vor Vera, den Körper bis zum letzten Muskel angespannt und klang gefährlich leise.

»Jetzt ist Schluss damit. Morgen bringst du die Sachen zurück.«

Veras Stimme nahm einen hysterischen Unterton an.

»Warum kannst du dich nicht für mich freuen? Fühl doch mal den weichen Stoff«, sie warf ihm das Kinderkleid entgegen. »Und hier, der Preis, das ist doch wirklich lächerlich für so ein schönes Stück. Nie gönnst du uns etwas«, murmelte sie jetzt unter Tränen. »Das Leben ist doch so schon schwer genug.«

»Wir reden später noch einmal darüber, wenn die Kinder

im Bett sind«, brummte Friedrich, drehte sich um und schloss die Tür hinter sich.

Mittlerweile wusste Elsa auch, warum der Vater ihre Verabredung vergessen hatte. Friedrich war viel zu sehr damit beschäftigt gewesen, ihren Umzug vorzubereiten. Gestern, der eingetrocknete weiße Farbfleck an seinem Ellenbogen. Warum fiel ihr erst jetzt auf, dass er nach Feierabend bestimmt ihre neue Wohnung renovierte? Nun würde es nicht mehr lange dauern, Friedrich konnte sich Veras Dummheit schließlich nicht ewig gefallen lassen. Endlich tat er etwas. Der Vater würde sie, Elsa, an die Hand nehmen und mit ihr zusammen noch einmal ganz neu beginnen. Wenn Robin mochte, konnte er gern mitkommen. Elsa würde schon dafür sorgen, dass sie es gut zusammen hätten. Sie würde sich um ihre beiden Männer kümmern, das hatte sie schließlich immer getan. In dieser Nacht war der heftige Streit zwischen ihren Eltern beinahe Musik für Elsas Ohren, er schien wie der fröhliche Aufbruch in ein neues Leben zu sein. Irgendwann, der Morgen graute schon und die Vögel hoben ihr vielstimmiges Gezwitscher an, schlief Elsa endlich zufrieden ein.

Anna saß an ihrem Schreibtisch und blätterte lustlos die bunte Mappe mit den Sparmaßnahmen von Martin Schönauer durch, als sie plötzlich auf eine Stelle aufmerksam wurde.

»Für den Bürger da sein!«, hieß es da. Die Worte waren in runden Buchstaben und beruhigendem Grün auf weißen Grund gedruckt. Sie schlug die nächste Seite auf, wo sie eine weitere Zeile, diesmal in leuchtend roter Schrift ansprang. »Unsere Bürger sollen sich wieder sicher fühlen!« Diesmal war die Farbe des Papiers hellblau wie ein Frühlingshimmel.

Anna fiel die Mappe aus der Hand, denn plötzlich fühlte sie sich wieder an die dummen Sprüche der Poll-Partei vor einigen Jahren erinnert.

Deprimiert hob sie den Ordner vom Fußboden auf und entsorgte ihn im Mülleimer. Weber, der gerade hereingekommen war, ging um ihren Schreibtisch herum und holte ihn wieder heraus.

»So schlecht gelaunt, an diesem schönen Morgen? Wir müssen uns damit auseinandersetzen, Anna. Nur dann können wir etwas verändern.«

Er schlug eine Seite auf. »Hier, unsere Bezüge sollen zum nächsten Quartal aufgestockt werden. Das ist doch schon mal was. Zweihundert neue Leute für den Innendienst und endlich andere Uniformen.«

Anna erinnerte sich an Thomas Bertram und die vielen anderen jungen Leute in der Polizeikantine. Sie hatten eher den Eindruck vermittelt, auf einem Schulausflug und nicht zur Einarbeitung in neue Arbeitsfelder hier zu sein.

»Steht da auch, wie viel die uns mehr zahlen wollen?«

Weber wollte gerade nachlesen, als Anna ihm die Mappe aus der Hand nahm.

»Sie lesen zu wenig im Kleingedruckten, Weber ... Für den Außendienst ist keine Verstärkung in Sicht. Die versprochenen neuen Waffen kommen erst im nächsten Jahr, kein Wort über den dringend nötigen Austausch unserer Schutzwesten. Weniger Schießübungen, die Stellen der Polizeipsychologen werden von zwei auf eine reduziert, ebenso wird die Planstellenanzahl für Sekretärinnen zusammengestrichen. Hören Sie sich das außerdem einmal an: ›Im Zeitalter der modernen Kommunikation können wir vieles direkt in einem Arbeitsgang erledigen.‹ Und weiter: ›Unser Büro ist die Visitenkarte unserer Persönlichkeit. Wie viel angenehmer arbeitet es sich doch in einer sauberen Umgebung. Wir sollten uns daher nicht zu fein sein, auch einmal selbst tätig zu werden, wenn außer der Reihe etwas zu Bruch geht.‹«

Anna grinste.

»Holen Sie also schon mal den Feudel raus, Weber. Ich glaube, Sie sehen mit Schürze unschlagbar gut aus, wenn Sie in Zukunft nach Dienstschluss noch schnell den Boden blank wischen.«

Sie blätterte weiter und las: »›Wir kämpfen gegen die Gefahren, die durch die globalisierte Welt entstanden sind. Und wir lassen es uns nicht mehr gefallen, dass Randgruppen das Bild unserer Innenstadt prägen.‹«

»Heißt das, die wollen wieder ein Ghetto bauen für Obdachlose und Junkies oder wie? Ich weiß wirklich nicht, wie Sie mit Schönauer ins Gespräch kommen wollen. Für mich ist das jedenfalls ein einziger Haufen Mist.«

Ungefähr eine Stunde später klopfte Dirk Adomeit an ihrer Tür mit der Nummer 016 und sein Gesicht hellte sich auf, als er Anna an ihrem Schreibtisch sitzen sah.

»Guten Tag, Frau Greve, haben Sie einen Moment Zeit für mich? Mir ist doch noch jemand eingefallen, ein Mädchen, das ebenfalls einige schwerwiegende Probleme mit Rainer und Torsten gehabt hat. Monika Diebach hat sie geheißen. Monika ist eine Zeit lang unsere Klassensprecherin gewesen, bis sie durch eine Intrige der beiden abgewählt und an ihrer Stelle Torsten zu unserem Klassensprecher ernannt worden ist. Ich weiß noch genau, wie sie Rainer und Torsten hinterher damit gedroht hat, es ihnen irgendwann mit gleicher Münze heimzuzahlen.«

»Haben Sie heute noch Kontakt zu Monika Diebach?«

»Nein, aber soweit ich weiß, ist sie in irgendeinem Ministerium in Niedersachsen beschäftigt.«

Anna notierte Dirk Adomeits Angaben in ihrem Notizbuch und bedankte sich für seinen Hinweis, als die Bürotür erneut geöffnet wurde.

Sigrid Markisch stand auf der Türschwelle, und Dirk Adomeits Haltung veränderte sich augenblicklich. Er sackte förmlich in sich zusammen, ließ seine Schultern hängen und warf Anna einen Hilfe suchenden Blick zu. Die Giraffe trat auf ihn zu und klopfte mit ihrem Kugelschreiber gegen das Revers seiner Jacke.

»Herr Adomeit, wollen wir?«

Es war offensichtlich, dass sie Dirk Adomeit allein vernehmen wollte. Anna Greve wäre ihm gerne zu Hilfe gekommen, aber ein Blick auf die Uhr zeigte ihr, dass auch Elfi Graf jeden Augenblick im Präsidium eintreffen musste und es daher keinen Sinn machte, dem Gespräch der beiden noch für wenige Minuten beizuwohnen. Also schüttelte sie nur bedauernd den Kopf in Dirk Adomeits Richtung und nutzte die noch verbleibende Zeit bis zu ihrem Termin, um seinem Hinweis nachzugehen und die Personalien von Monika Diebach zu überprüfen. Möglicherweise würden sich in den polizeilichen Computerdateien ja bereits einige hilfreiche Informationen zur ehemaligen Mitschülerin von Rainer Herold und Torsten Lorenz befinden.

Erhobenen Kopfes ging Sigrid Markisch vor Dirk Adomeit den Flur voran. Wenig später öffnete sie eine Tür zu einem kleinen, fensterlosen Raum, den er zögernd betrat.

Sie schaltete ein Aufnahmegerät ein und sprach das heutige Datum und seine Personalien auf das Band. Danach drückte sie die Stopptaste.

»Sie haben doch nichts dagegen, oder?«

Dirk Adomeit blickte auf seine Schuhe und schwieg.

»Am besten, wir beginnen mit unserem Gespräch dort, wo wir gestern aufgehört haben.« Sie drückte den Aufnahmeknopf des Rekorders. »Wer hat Sie in Börsenangelegenheiten beraten?«

»Niemand, warum?«

»Sehen Sie, Herr Adomeit, genau das fällt mit schwer zu glauben. Sie sind doch ein umsichtiger Mann. Verstehen Sie viel von Geldgeschäften?«

Dirk Adomeit spürte das Zucken seiner Augenlider. Je mehr er versuchte, es unter Kontrolle zu bringen, desto stärker wurde es.

»Eigentlich nicht, aber für das bisschen Geld brauchte es auch keine Beratung. Ich habe mich selbst informiert, anschließend meine Vorgehensweise mit Herrn Wieland von der Maschener Kreissparkasse abgestimmt und dann getan, was ich für das Beste hielt.«

»Rainer Herold ist ein erfolgreicher Investmentbanker gewesen. Wer würde sich jemanden wie ihn nicht als Bekannten wünschen. Bestimmt fällt da der eine oder andere gute Tipp ab, wenn man beim Bier beisammensitzt und über das Leben spricht.«

Ihre Stimme klang jetzt fast warm, verbindlich.

»Verdächtigen Sie mich etwa?«

»Das ist eine reine Formsache, die Sie sofort aus der Welt schaffen können. Meine Kollegin Greve hat mich darüber informiert, dass Sie für die fragliche Zeit kein Alibi vorzuweisen haben.«

Dirk Adomeit vermied es immer noch, ihr in die Augen zu sehen.

»Ich bin allein zu Hause gewesen«, antwortete er leise.

Sigrid Markisch erhob sich von ihrem Stuhl, drehte ihm den Rücken zu und zückte einen Hefter aus dem Regal vor ihr. Dann schlug sie ihn auf und blätterte darin herum.

»Und es hat Sie nicht zufällig jemand angerufen? Oder vielleicht waren Sie mal kurz Zigaretten holen?«

»Ich rauche nicht.«

Sie warf die Mappe auf ihren Schreibtisch und fixierte ihn unerbittlich. Ihre Stimme klang wie klirrendes Glas.

»Das ist nicht gut, Herr Adomeit. Könnte es nicht vielmehr sein, dass Sie nur deshalb kein Alibi haben, weil Sie der Täter sind? Weil Sie die Überheblichkeit von Rainer Herold und Torsten Lorenz nicht mehr ertragen konnten und die Tatsache, dass die beiden Sie als Kind verspottet und als Erwachsenen um Ihre Existenz gebracht haben?«

Dirk Adomeit scharrte mit den Füßen. Er fand einfach keine Stellung, in der es ihm gelang, seine Beine ruhig zu halten.

»Ich habe damit nichts zu tun.«

»Wie auch immer, wir werden uns einen Überblick über Ihre finanzielle Situation verschaffen müssen, Herr Adomeit. Gleich im Anschluss wird Sie ein Beamter begleiten, dem Sie bitte alle Ihre Unterlagen aushändigen werden.«

»Kann ich jetzt gehen?«

»Fürs Erste ja. Aber Sie sollten uns informieren, falls sie zu verreisen gedenken.«

Dirk Adomeit stolperte auf den Flur, wo er beinahe mit Elfi Graf zusammengestoßen wäre.

»Was haben sie denn mit dir gemacht, Dirk?«

Sie reichte ihm ein Taschentuch, mit dem er sich den Schweiß von der Stirn wischte.

»Sie verdächtigt mich.«

Als sich der uniformierte Polizist, der hinter ihnen stand,

daraufhin geräuschvoll räusperte, hob Dirk Adomeit seine Hand zum Abschiedsgruß.

»Bis bald Elfi, ich muss los.«

Anna Greve blickte von ihrem Bildschirm auf, nachdem die Tür zu ihrem Büro mit einem Ruck aufgerissen worden und Elfi Graf grußlos ins Zimmer hereingestürmt war.

»Wie kommen Sie dazu, Herrn Adomeit auf diese Weise einzuschüchtern?«

Weber schob einen Stuhl an Annas Schreibtisch und hob einladend seine Arme.

»Wir ermitteln nach allen Seiten, aber bitte setzen Sie sich doch.«

Anna Greve bot ihr ein Glas Wasser an, das die Kellnerin aber, noch immer aufgebracht, ablehnte.

»Ich hoffe, dass wir von Ihrem guten Gedächtnis profitieren werden, Frau Graf. Das würde auch Ihren Bekannten, Herrn Adomeit, entlasten. Zuerst einmal möchte ich wissen, ob Sie eine Frau mit dem Namen Monika Diebach kennen?«

»Ja, wir sind früher öfter zusammen beim Reiten gewesen.«

»Ist Ihnen die Frau aus Ihrer Schulzeit bekannt?«

»Nein, die Monika ist erst viel später zugezogen.«

»Haben Sie auch heute noch Kontakt zu ihr?«

Elfi lachte verbittert.

»Ich glaube kaum, dass sich eine Frau wie Monika Diebach noch für mich interessieren würde. Sie hat schließlich Karriere gemacht. Ich habe gehört, dass sie mittlerweile irgendwo bei der niedersächsischen Landesregierung untergekommen sein soll.«

»Gut, kommen wir also noch einmal auf jenen Abend im ›Maschener Hof‹ zurück. Diese Fremde, die Sie in der Gastwirtschaft im Gespräch mit Rainer Herold gesehen haben, könnte eine wichtige Zeugin sein. Versuchen Sie doch bitte einmal, sich diese Frau als Kind vorzustellen.«

Elfi Graf überlegte, dann schüttelte sie den Kopf.

»So eine wie die hätte ich mir gemerkt.«

»Aber sie könnte ihr Äußeres total verändert haben.«

»Ein Mensch kann doch nicht in eine völlig neue Haut schlüpfen. Nein, ich bleibe dabei, ich habe sie nie zuvor gesehen.«

Anna Greve versuchte, das Gespräch unter einem anderen Aspekt anzugehen.

»Wie lange sind Sie mit den beiden Opfern zusammen in einer Klasse gewesen?«

»Nur die ersten vier Jahre, Torsten und Rainer wechselten anschließend aufs Gymnasium. Ich habe darin keinen Sinn gesehen.«

Ihr Gesicht nahm einen missmutigen Ausdruck an.

»Dann könnte der Kontakt zum Täter wie auch zu Monika Diebach erst in den darauffolgenden Jahren entstanden sein,« murmelte Anna leise vor sich hin.

»Haben Sie am vergangenen Montag und Donnerstag gearbeitet?«

Elfi Graf blickte aus dem Fenster und schwieg.

Die Kommissarin lächelte freundlich. »Das ist reine Routine. Wir stellen diese Frage jedem, der die beiden Männer gekannt hat.«

»Montag ist bei uns Ruhetag, da bin ich beim Kartenabend. Machen wir seit Jahren, immer umschichtig. Letzten Montag waren die Frauen bei mir, Donnerstag habe ich gearbeitet.«

Elsa in Maschen, im Herbst 1985.

Als Elsa aufwachte, war es still im Haus. In ihr war eine große Freude, und durch ihren Körper ging ein Kribbeln, wie sonst nur am ersten Tag der Sommerferien. Es war noch früh, und Elsa machte sich fein für den neuen Morgen. Sie zog ihren Lieblingspullover an, den schwarzen. Dazu die hellblaue Jeans, von der Friedrich gesagt hatte, dass sie ihr so gut stand. Leicht lief sie die Treppe hinunter. Dort saß Vera am Küchentisch und rauchte. Neben dem überquellenden Aschenbecher flogen Reste von verglommenen Zigaretten auf der karierten Tischdecke herum. Das Haar der Mutter war zerzaust und die Strickjacke über dem blauen Nachthemd falsch zugeknöpft. Auf der Ablage neben der Spüle stand eine leere Schnapsflasche, auf dem Fußboden davor rollten Bierflaschen.

»Frühstück fällt heute aus«, lallte Vera. »Kannst dich bei deinem Vater dafür bedanken.«

Elsa füllte die Kaffeemaschine mit Pulver und Wasser, das Kännchen mit Milch, die kleine Schale mit Zucker und stellte zwei Becher auf den Tisch. Jetzt war das Kribbeln irgendwie anders. Es hatte sich um ihre Brust gelegt und machte das Atmen schwer.

»Was ist denn passiert, Mama?«

Vera stützte den Kopf in ihre Hände und fing zu weinen an.

»Der Saukerl hat sich aus dem Staub gemacht.«

Elsas Herz pochte so laut, dass sie etwas tun musste, damit Vera es nicht hörte. Sie stellte das Radio an. Dann legte sie ihren Arm um die Schultern der Mutter und strich ihr die fransigen Haare aus dem Gesicht. Wie sollte sie jetzt, so kurz vor der Schule, noch ihre nötigsten Sachen packen? Warum hatte Friedrich ihr nicht gesagt, dass heute der große Tag wäre, an dem sich alles ändern würde?

Vera starrte ihre Tochter wie von weither an.

»Ja, meine Große, ab sofort werden wir die Sache hier allein hinbekommen müssen. Ich zähle auf dich.«

»Aber hat Papa denn nichts aufgeschrieben?«

»Er ist nicht mal dazu gekommen, Geld dazulassen. Was hast du denn erwartet?«

Das Kribbeln war noch immer da, doch jetzt wurden ihr die Beine taub davon. Nachdem sie ihre Zimmertür abgeschlossen hatte, öffnete Elsa die Holzschachtel, aber heute hatte sie keinen Blick für die bunten Glasscherben übrig. Sie nahm eine von Friedrichs Klingen heraus, kleine unscheinbare Rechtecke aus Metall, die er sonst in seinen Rasierer einlegte. Qualität von Wilkinson stand oben auf der Verpackung. Elsa prüfte die Schärfe der Rasierklinge. Auf ihrer Fingerkuppe bildete sich sogleich ein Blutstropfen, der schnell größer wurde. Sie würde vorsichtig sein, beim ersten Mal.

»Guten Tag, ich rufe von der Firma Elektrofox an. Herzlichen Glückwunsch, Herr Hartung, Sie sind ausgelost worden.«

Elsa klang freundlich und bestimmt. Genauso, wie man es von einer professionellen Telefonistin erwartete.

»Ja, wofür denn?«

»Unser Betrieb feiert dieses Jahr sein hundertjähriges Bestehen. Aus gegebenem Anlass haben wir deshalb für einige ausgewählte Haushalte eine Überraschung vorbereitet, und Sie gehören zu den Glücklichen, Herr Hartung. Wir kommen zu Ihnen und säubern als kleines Dankeschön für Ihre Treue kostenlos und fachgerecht Ihren Teppichboden, die Polstermöbel oder was Ihnen sonst noch so am Herzen liegt.«

»Moment mal, ich gebe Ihnen meine Frau.«

Nach diesem Muster waren bisher fast alle Gespräche verlaufen. Nur einer hatte seine Mutter an den Apparat holen wollen, da hatte Elsa schnell aufgelegt. So war sie nacheinander die infrage kommenden Anschlüsse durchgegangen und hatte fiktive Termine vereinbart. Einmal war sie sich nicht sicher gewesen, ob die Stimme am anderen Ende der Leitung zu Doreen gehörte, weshalb sie die Frau so lange in ein Gespräch über professionelle Reinigungsgeräte verwickelt hatte, bis sie Gewissheit besaß. Schließlich hatte sie auch die letzte Telefonnummer durchgestrichen, aber noch immer gab es keine Spur von Doreen.

Wütend schmiss Elsa den Hörer auf die Gabel.

»Wahrscheinlich hat mein Bruder, der Trottel, wieder einmal nicht genau zugehört.«

Vielleicht war der Ernährer ihrer früheren Freundin ja gar kein Tischler, sondern Maurer, Klempner oder weiß Gott sonst was. Es konnte auch möglich sein, dass sie mittlerweile in einen ganz anderen Ort gezogen war. Elsa holte das Nähkästchen aus Torstens Fabrik unter dem Bett hervor und betrachtete es von allen Seiten. Unablässig schob sie die Schubladen auf und zu, die nach all den Jahren noch immer leicht in ihren Lagern liefen.

»Dieser elende Trottel!«

Plötzlich warf sie den Kasten zu Boden und begann auf ihm herumzutrampeln, bis die feinen Holzrahmen splitterten. Sie hörte erst auf damit, als alles in Trümmern lag. Nun fühlte sie sich besser. Elsa legte sich aufs Bett und atmete wieder ruhig und gleichmäßig. Sie musste eine neue Richtung einschlagen. Wenn sie so weitermachte und sich nur auf Robins Erinnerungen verließ, würde sie Doreen niemals finden. Elsa musste eine andere Quelle auftun, doch dafür würde sie sich weiter aus ihrer Deckung herauswagen müssen.

Paula, die Schöne, stand in hohen Gummistiefeln, aus denen der viel zu lange Arbeitsoverall herausquoll, und einer weißen Fellmütze auf dem blonden langen Haar vor ihrem Haus und schmückte die Haselsträucher. Sie band zartgrün und orange schillernde Plastikschleifen an die kahlen, wie gekräuselt gewachsenen Zweige. Dazwischen ihre filigranen, handgefertigten Keramikfiguren. Tiere, Menschen, in zarter Emaille schimmernde Fantasiegestalten. Anna hatte auf der Straße geparkt und ging nun lautlos auf das Haus zu, um diesen Anblick so lange wie möglich zu genießen. Paula war von jeher anders gewesen. Und das nicht nur deshalb, weil sich in den Nachbarsgärten im Gegensatz zu ihrem die übliche Mischung aus Weihnachtsmännern, Goldkugeln und Rudolf, dem rotnasigen Rentier, nebst mächtigem, glockenbekränztem Schlitten tummelte. Paula war von jeher anders gewesen, weil sie das Leben mit einer Leichtigkeit nahm, um die sie Anna beneidete. Nie sah man sie mit sich hadern. Schlecht gelaunt war sie äußerst selten, höchstens wenn eine ihrer zahlreichen Liebschaften sich wieder einmal als Flop herausstellte. Immer lebte sie genau das Leben, das zu ihr passte. Paula war stets bei sich. Und auch wenn sie Kinder über alles liebte, zeigte sie keine Verbitterung oder Trauer darüber, dass sie noch immer keine hatte. Für sie schien es keine biologische Grenze zu geben, keine Uhr, die unaufhaltsam tickte. Für sie war alles gut. Gerade so, wie es kam. Ihre positive Grundeinstellung ließ sie aus allem das Beste machen, eine Eigenschaft, die sie zweifellos zu dem Glückskind, das sie war, hatte werden lassen. Paula stammte aus einem gut situierten Elternhaus, dessen Wohlstand ihr Vater bis zum Schluss klug zu mehren verstanden hatte. Nachdem ihre Eltern viel zu früh gestorben waren, war Paula das gewesen, was man eine gute Partie nannte. Dennoch hatte sie sich von jeher für eine Arbeit interessiert, deren Kraft sowohl aus dem Geist als auch aus den Händen kam. Und so war sie Keramikerin geworden, entwarf wundervolle Skulpturen, aber auch Alltagsgegenstände wie Krüge oder Teller. Ihre wahre Meisterschaft lag jedoch in den Glasuren, mit denen sie ihre Objekte überzog. Sie spiegelten alle Farbnuancen, die es in der Natur gab, wider und übertrafen diese oftmals sogar in ihrem zarten Glanz. Und weil sie niemals darauf aus gewesen war, Erfolg zu haben, war er ganz von selbst gekommen. Anna versteckte sich hinter der Brüstung. Paula, schlank und blond, Naturkind. Wie aus irgendeinem kleinen Dorf in Schweden, ganz in der Nähe von Bullerbü. Lief am liebsten in Jeans und ausgeleierten Kapuzenshirts herum. Aber wenn sie sich schön machte, hielt die Welt den Atem an.

»Anna, was tust du da. Hast du etwas verloren?«

Die Kommissarin kam aus ihrer Deckung hervor und schloss die Freundin in den Arm. Sie konnte sich nicht vorstellen, dass es irgendetwas gab, das sie jemals auseinanderbringen konnte.

Dabei waren sie so verschieden. Klein und dunkel, groß und blond. Paula war scheinbar alles zugeflogen, und Anna hatte immer kämpfen müssen. Vor allem gegen ihre ältere Schwester Judith. Bis sie irgendwann beschlossen hatte, der Schwester all die vielen Demütigungen und die Würgegriffe heimzuzahlen. Judo oder ein anderer Kampfsport sollte es sein. Als sie zum ersten Mal mit zehn Jahren in ihrem weißen Baumwollanzug und ebensolchem Gurt auf einer Matte gestanden hatte, hatte sie gespürt, hier war sie richtig. Auch wenn Anna viel kleiner und von geringerer Körperkraft gewesen war als alle anderen in ihrer Gruppe, hatte sie von Anfang an Möglichkeiten gefunden zu punkten. Sie konnte sich unglaublich schnell bewegen, erahnte die Schritte ihrer Partner, noch bevor jene sie ausführten. So ließ sie ihre Gegner oft ins Leere laufen, brach deren Gleichgewicht, ohne Kraft anwenden zu müssen, und sah zu, wie sie auf die Matte krachten. Bei den Bodenübungen allerdings hatte sie es schwer. Saß erst einmal einer dieser Brocken auf Annas Leib, gab es nicht mehr viel, was sie tun konnte. Doch mit der Zeit lernte sie, sich auch aus diesen scheinbar ausweglosen Situationen zu befreien. Die Kunst bestand darin, gar nicht erst in solche zu geraten. Für sie war der Sport von Anfang an eher ein Messen des Geistes gewesen als ein Messen der Körperkräfte. Und sie hatte keine Angst, ihren Gegnern in die Augen zu sehen, so war sie bald die Beste ihres Jahrgangs geworden. Irgendwann hatte Anna dann auch keine Rachegelüste mehr verspürt, und Judith war mittlerweile einer ihrer größten Fans. Sie begleitete die kleine Schwester zu jedem Wettkampf. Als Anna erwachsen geworden war, hatte der Weg klar vor ihr gelegen. Sie wollte unbedingt zu den Guten gehören. Und gut waren Ärzte oder solche Menschen, die in anderen sozialen Berufen arbeiteten. Gut waren Krankenschwestern und Polizisten. Polizisten aber waren die Einzigen, die regelmäßig Kampfsport trainierten. Es war die Zeit gewesen, in der Anna gegenüber ihren Klassenkameraden jedes Gespräch über ihre berufliche Zukunft vermied. Denn viele von ihnen hatten ältere Brüder oder zumindest eine von der Studentenbewegung geprägte Cousine. Wenn diese dann ab und zu auf Besuch kamen, trugen sie ihre Haare noch immer lang und waren so cool, wie die Jüngeren nie glaubten werden zu können. Zwar hatten mittlerweile auch sie lange Haare und zerrissene Jeans, aber darüber regte sich niemand mehr auf. Das Mindeste, was sie tun konnten, um ihren Idolen, ihren Vorkämpfern für ein selbstbestimmtes Leben zu imponieren war deshalb, eine politisch korrekte, kritische Haltung an den Tag zu legen. Eine kritische Haltung dem Staat und seinen Institutionen gegenüber. Bullen waren Schweine. Aber Anna wollte sich damals nicht mehr rechtfertigen und auch nicht mehr grundsätzlich darüber nachdenken müssen, was denn das Gute sei. Sie war oft allein gewesen in dieser Zeit. Heute fragte sie sich allerdings schon manchmal, warum denn eine Hand voll friedlich demonstrierender Menschen im Namen des Staates von Polizisten eingekesselt und verprügelt werden mussten. Wer konnte darin etwas Gutes sehen? Aber sie hatte ihre Seite seit Langem gewählt. Anna war Polizistin geworden. Jetzt trat sie zögernd auf Paula zu.

»Ich mache mir Sorgen um Ben.«

Paula nahm ihre Fellmütze ab, öffnete die Haustür und schälte sich im Flur aus den hohen Gummistiefeln. Sie lächelte.

»Komm rein.«

8

Elsa in Maschen, im Winter 1985.

Als Elsa an diesem Mittag von der Schule nach Hause kam, saß Vera noch immer in ihrem Nachthemd in der Küche herum. Auf dem Tisch vor ihr lag ein Brief. Vera starrte unbeweglich auf das rechteckige Kuvert, und Elsa schien es, als hätte ihre Mutter schon den ganzen Vormittag in dieser starren Haltung dagesessen.

»Warum hast du dich nicht angezogen, Mama? Die Kleinen kommen gleich.«

Vera schüttelte den Kopf und steckte sich eine Zigarette an.

»Hier, für dich. Dein Vater war vorhin da, hat endlich seine Sachen abgeholt. Viel länger hätte ich auch nicht gewartet, dann wäre sein ganzer Kram im Müllcontainer gelandet.«

»Habt ihr über Weihnachten und meinen Geburtstag gesprochen?«

Vera drückte die Zigarettenkippe im Aschenbecher aus und stierte, ohne eine Regung zu zeigen, auf einen Rest Glut, der an ihrem Finger hängen geblieben war. Als sie ihre Hand schließlich schüttelte, landete die Glut auf dem Tisch und brannte ein Loch in die beigefarbene Plastikdecke. Vera schien es nicht zu bemerken. Schnell nahm Elsa einen feuchten Lappen von der Spüle und wischte die Aschereste fort.

»Ich sorge dafür, dass er kein Bein mehr auf die Erde bekommt. Dieser Kerl zahlt für uns, bis er schwarz wird. Der soll sich bloß nicht einbilden, dass er noch einmal ganz von vorne anfangen kann. Denn wenn ich erst mit ihm fertig bin, wird er keine Freunde mehr haben. Und zeig mir einmal die Frau, die sich dann noch mit ihm einlässt. Die müsste ja verrückt sein.«

Elsa wusste, dass es keinen Sinn machte, mit Vera zu reden, wenn sie in dieser Stimmung war. Deshalb ließ sie ihre Mutter in der Küche zurück, nahm den Brief und schloss sich im Bad ein. Elsa stellte das Radio an. Das Kuvert war zerknittert, so, als hätte es schon lang irgendwo in einer Schublade herumgelegen. Es war aber auch möglich, dass Vera es den ganzen Vormittag über in ihren Händen geknetet hatte. Viel Kraft musste es ihre Mutter gekostet haben, nicht hineinzusehen.

Liebe Elsa, las Elsa,

tut mir leid, dass ich unsere Verabredung neulich vergessen habe. Pass gut auf deine Geschwister auf und gib ihnen einen Kuss von mir. Ich weiß, jetzt wird alles noch schwerer für dich werden, aber du schaffst das schon. In Gedanken bin ich immer bei euch.

Wir bleiben in Verbindung.

Dein Vater

Elsa untersuchte den Umschlag, doch da war nichts. Warum nur hatte Friedrich ihr nicht erklärt, wie es weitergehen sollte? War seine Wohnung nicht groß genug für sie beide, musste er zuerst noch etwas Passendes finden? Elsa hatte nie daran gezweifelt, dass ihr Vater sie nach einer angemessenen Zeit nachkommen lassen wollte. Sie hatte die vergangenen

Wochen nur in der Gewissheit durchgestanden, dass es eine Zukunft für sie beide gab. Und nun schien es beinahe, als hätte Friedrich niemals vorgehabt, sie mit sich fortzunehmen. Sollte sie sich die ganze Zeit über so sehr in ihm getäuscht haben? Elsa fasste sich an die rechte Wange, wo ihr Feuermal brannte, als hätte ihr Vater es angezündet.

Elsa hielt den Zettel mit Frau Possels Telefonnummer in ihrer Hand, aber noch zögerte sie. Es war nicht gut, Doreens Mutter in diese Geschichte mit hineinzuziehen. Eine Frau, die eine saftige Birne in mundgerechte Stücke zerteilen konnte, ohne dass diese hinterher zermatscht aussahen, hatte so etwas nicht verdient. Nie hatte Frau Possel, wie etwa Vera, tiefe Daumenabdrücke auf den Schnitzen hinterlassen. Bei ihr war alles appetitlich gewesen, genauso wie sie selbst. In Frau Possels Küche war das Leben gemütlich. Sie war die einzige von allen Müttern gewesen, die es verstanden hatte, einen Kakao zu kochen, ohne dass sich diese eklige Haut auf seiner Oberfläche gebildet hatte und der obendrein auch noch fantastisch schmeckte. Nie wieder hatte Elsa etwas so wunderbar Schokoladiges auf der Zunge gehabt. Warum gab es eigentlich keine Prüfung für Mütter? Es sollte nur solche wie Frau Possel geben.

Doch leider gab es keinen anderen Weg mehr für Elsa, um an ihre Freundin aus Kinderzeiten heranzukommen. Sie hoffte, Doreens Mutter würde sich keine Vorwürfe machen – hinterher, wenn alles erledigt war. Vielleicht würde Frau Possel sich selbst die Schuld am Tod ihrer Tochter geben. Möglicherweise würde sie sich daran erinnern, dass sie einer fremden Frau von einer Reinigungsfirma, die in Wirklichkeit überhaupt nicht existierte, Doreens Adresse verraten hatte. Vielleicht würde Frau

Possel die richtigen Schlüsse daraus ziehen. Aber auch wenn Elsa nicht gerade glücklich angesichts dieser Möglichkeit war, nahm sie nun den Hörer in ihre Hand und wählte die Nummer. Während sie dies tat, überlegte sie kurz, ob es nicht vielleicht besser wäre, ihre Stimme zu verstellen, entschied sich dann jedoch dagegen. Es war doch alles schon so lange her, und die alte Frau würde Elsa ganz sicher nicht wiedererkennen.

Die Stimme am anderen Ende der Leitung klang brüchiger, auch viel älter, als Elsa sie in Erinnerung hatte, und doch wohlvertraut. Elsa konzentrierte sich und spulte ihren Text ab.

»Und jetzt kommt das Schönste, Frau Possel. Wir geben Ihnen außerdem die Möglichkeit, noch jemand anderem in Ihrer Familie eine Freude zu machen. Welches Ihrer Kinder hätte denn noch etwas Hilfe im Haushalt nötig?«

»Ja, ist denn das zu glauben, da wird sich meine Tochter aber freuen. Und diese ganze Aktion ist wirklich kostenlos?«

»Selbstverständlich, Frau Possel. Alles zur Feier unseres Firmenjubiläums.«

»Das ist ja wirklich eine gute Sache. Wenn ich das nächste Mal einen Staubsauger oder Ähnliches brauche, werde ich an Sie denken. Warten Sie, ich gebe Ihnen gleich die Telefonnummer meiner Tochter.«

Niedergeschlagen trottete Anna den Flur des Präsidiums zu ihrem Büro entlang. Dabei erinnerte sie sich an ihr Gespräch mit Paula. Nicht einmal Annas Freundin hatte es vermocht, ihr die Sorgen um Ben zu nehmen.

»Euer Gespräch ist doch wunderbar verlaufen, Anna«, hatte Paula gemeint. »Ben vertraut euch, sonst hätte er wohl kaum erzählt, dass er das Gras von Florian bekommen hat.«

»Richtig, aber trotzdem habe ich meine Zweifel, dass er in Zukunft seine Finger auch von dem Zeug lässt.«

»Jetzt bist du an der Reihe, Anna, du musst deinem Sohn vertrauen. Ben ist ein klarer Mensch, er wird schon nicht unter die Räder kommen.«

Paula hatte wohl Recht, aber dass Anna aufhören sollte, sich Sorgen zu machen, war leichter gesagt als getan. Dafür hatte die Kommissarin in ihrem Berufsleben einfach schon zu viele Kinder gesehen, deren Geschichte mit einem Joint begonnen und mit dem Verlust jeglicher Perspektive, manchmal sogar mit dem Tod geendet hatte.

Bereits durch die geschlossene Tür hindurch konnte Anna Greve das gekünstelte Lachen von Sigrid Markisch hören. Anna betrat den Raum und sah die Giraffe auf einer Ecke von Webers Schreibtisch sitzen. Sie beugte sich gerade tief zu Weber hinunter und erlaubte ihm einen großzügigen Einblick in ihre weit geöffnete Bluse, der, wie Anna sehen konnte, als sich Weber nun zu ihr umdrehte, seine Wirkung nicht verfehlt hatte. Webers Gesicht hatte, ganz anders als sonst, eine rosige Färbung angenommen; er sah aus, als hätte er soeben einen ausgedehnten Winterspaziergang unternommen.

»Gut, dass Sie da sind«, meinte er.

Hatte das nicht gerade erleichtert geklungen? Die Giraffe stieß sich mit ihrem Po keck von der Schreibtischplatte ab und landete mit ihren Beinen auf dem Boden.

»Wir erwarten hohen Besuch«, sagte sie mit einem Blick zu Anna. »Herr Schönauer macht heute seinen Antrittsbesuch in allen Abteilungen, und wir werden die Ersten sein.«

Hatte sie sich deshalb so in Schale geworfen? Anna nickte und setzte sich. Ihre Gedanken an Ben versuchte sie erst einmal wegzuschieben.

»Du rufst mich an, wenn er da ist, in Ordnung, Lukas?«

»Was würde Schönauer wohl zu Ihrer albernen Flirterei während der Dienstzeit sagen«, grummelte Anna, nachdem die Giraffe die Bürotür endlich von außen geschlossen hatte.

In Webers gerötetem Gesicht breitete sich ein Schmunzeln aus.

»Wenn ich es nicht besser wüsste, könnte ich meinen, Sie wären eifersüchtig.«

»Ach was, ich kann dieses Getue nur nicht ertragen. Sind wir eigentlich noch ein Team, Weber?«

»Ich versuche lediglich, die Arbeitsatmosphäre etwas zu entspannen. Von Ihnen kommt dazu ja herzlich wenig.«

»Wie auch immer, Weber, lassen Sie uns jetzt zu etwas anderem kommen. Dirk Adomeit hat mir gestern noch einen Hinweis auf eine ehemalige Mitschülerin gegeben, die damals, genau wie er, Probleme mit Rainer Herold und Torsten Lorenz gehabt haben soll. Gestern bin ich, wegen des Termins mit Elfi Graf, nicht mehr dazu gekommen, ihre Personalien im Computer zu überprüfen, aber das werde ich nun sofort nachholen.«

Weber wollte schon zu einer Erwiderung ansetzen, als sich die Tür zu ihrem Büro erneut öffnete und Martin Schönauer hereinkam, in seinem Schlepptau ein sichtlich missgelaunter Günther Sibelius. Weber griff zum Telefon, während Schönauer um die Schreibtische herumging, um Anna Greve zu begrüßen. Er hatte einen festen Händedruck.

»Ladys first«, lächelte er Anna freundlich an. Ein amüsierter Blick fiel dabei auf ihren rechten Stiefel.

»Schon repariert, das gute Stück?«

Weber beobachtete, wie sich die Stirn seiner Kollegin krauste, und hatte das untrügliche Gefühl, eingreifen zu müssen.

»Können wir Ihnen etwas anbieten, Herr Schönauer. Einen Kaffee vielleicht?«

Fragend schaute er in die Runde.

»Nein, vielen Dank, ich habe soeben einen mit dem Kollegen Sibelius getrunken. Seit wann sind Sie eigentlich in dieser Abteilung tätig, Herr Weber?«

»Müssen jetzt so an die zehn Jahre sein.«

»Und womit beschäftigen Sie sich zurzeit?«

»Wir haben gerade zwei Mordfälle auf dem Tisch, die wahrscheinlich miteinander zusammenhängen.«

Wie aufs Stichwort erschien in diesem Augenblick Sigrid Markisch.

»Das ist unsere Kollegin aus Hannover, Kommissarin Markisch. Wir bearbeiten die Fälle gemeinsam, da eine der Taten in ihren Zuständigkeitsbereich fällt.«

Sigrid Markisch nahm auf dem Stuhl neben Martin Schönauer Platz und strich sich ihre Bügelfalten glatt. Dabei lächelte sie ihr Giraffenlächeln und zeigte ihre weißen Zähne.

»Ja, ich versuche die Kollegen vor Ort ein bisschen zu unterstützen. Mir kam die Idee, dass eine Zusammenarbeit hilfreich sein könnte, denn schließlich ist der zweite Mord in Niedersachsen geschehen, und die Motive wie auch die Verdächtigen scheinen eher dort angesiedelt zu sein.«

»Und unsere Zusammenarbeit ist wirklich Ihre Idee gewesen, Frau Markisch?«, fragte Anna Greve in sanftmütigstem Ton nach. Martin Schönauer schaute irritiert von einer Kommissarin zur anderen. Sigrid Markisch hatte rote Wangen und hektische Flecken am Hals bekommen, blieb jedoch stumm, während Anna sie weiterhin fragend anlächelte.

»Wie dem auch sei, es ist jedenfalls ein guter Ansatz,

Glückwunsch, Kollegen«, fuhr er nun fort. »Wir werden in Zukunft noch so manche bürokratische Hürde überwinden müssen, um effektiver zu arbeiten. Nur so werden wir auch in der Lage sein, mit unserem nicht gerade fürstlichen Budget auszukommen. Stellen Sie mir bitte eine kurze Information über Ihr Vorgehen in diesem Fall zusammen, ich werde diese dann an die übrigen Abteilungen als ein Beispiel für vorbildliche Zusammenarbeit weiterleiten.«

Schönauer wandte sich zu Günther Sibelius um. »Es war eine gute Idee, diese Abteilung hier zuerst zu besuchen.«

Sigrid Markisch nickte zustimmend, Anna wischte derweil auf dem Zifferblatt ihrer Armbanduhr herum, als wolle sie einen imaginären Kratzer entfernen. Als sie anschließend aufsah, bemerkte sie den aufmerksamen Blick Martin Schönauers auf sich ruhen.

»Wie ich Ihrer Anmerkung entnehmen kann, sind auch Sie in diese Fälle involviert, Frau Greve?«

Anna bejahte. »Ich bin zurzeit an einem neuen Hinweis zur Sache dran, Herr Schönauer.«

Unter anderen Umständen hätte Anna ausgeführt, womit sie sich gerade beschäftigte, doch da sie bisher noch keine Gelegenheit dazu gehabt hatte, ihren Chef und Sigrid Markisch zu informieren, schwieg sie lieber. Bestimmt hätte ihr die Giraffe, die Anna für die intriganteste Person hielt, die ihr seit Langem begegnet war, ansonsten sofort einen Strick daraus gedreht und behauptet, dass Anna wichtige Informationen zurückhielt.

Martin Schönauer grüßte noch einmal in die Runde, dann strebte er dem Ausgang zu.

»Ich muss leider weiter, Kollegen. Aber wenn alle anderen Abteilungen auch so gut funktionieren wie die Ihre, werden wir die Probleme schon bald in den Griff bekommen.«

Wieder drückte er Anna die Hand, hielt sie eine Spur zu lange in der seinen und sah ihr dabei tief in die Augen.

Endlich wieder allein mit Weber, meldete sich Anna Greve zu Wort: »Ich verstehe wirklich nicht, dass Sie sich den Ton der Giraffe immer wieder ohne jeden Widerspruch gefallen lassen, Weber. Also, was ist jetzt, ich habe doch gesagt, dass ich Sie beim Wort nehmen werde. Unterstützen Sie mich in Zukunft bitte, wenn es notwendig ist.«

»Das würde ich ja gern tun, aber mir ist nicht wohl dabei, wenn ich mich dazu zwischen die Fronten zweier herumzickender Frauen begeben muss. Nein, Anna, so kommen wir nicht weiter. Versuchen wir lieber, ein klärendes Gespräch unter sechs Augen mit Sigrid Markisch zu führen.«

»Sie meinen also, ich zicke herum, nur weil ich auch in Ihrem Interesse versuche, mich gegen die Unverschämtheiten dieser blöden Kuh zu wehren? Na, vielen Dank auch.«

»Sie haben ja Recht, die Markisch geht tatsächlich nicht besonders diplomatisch vor und versucht manchmal sogar, uns die Butter vom Brot zu nehmen. Trotzdem werden Sie die Probleme mit ihr nicht lösen, indem Sie sich auf ein Niveau mit ihr begeben.«

»Meinetwegen vereinbaren Sie mit der Giraffe einen Termin für ein Gespräch. Doch jetzt lassen Sie uns schleunigst wieder an die Arbeit gehen. Ich werde nachsehen, was wir über Monika Diebach in unserem Computer haben, und für den Nachmittag habe ich uns einen Termin beim Schulleiter des Gymnasiums besorgt, in dem Rainer Herold und Torsten Lorenz früher ihr Unwesen getrieben haben. Wir sind für zwei Uhr dort angemeldet.«

Nur wenig später betrat Anna Greve gefolgt von Weber pünktlich das Gebäude des Merschenfelder Gymnasiums, es war dasselbe, in das auch ihre Söhne zur Schule gingen. Sigrid Markisch hatte es vorgezogen, im Büro zu bleiben. Sie hatte sich eine Übersicht aller Telefonnummern besorgt, die von Dirk Adomeit in den letzten sechs Monaten von seinem Apparat aus angewählt worden waren. Nun arbeitete sie sich durch die Listen, in der Hoffnung, früher oder später auf eine Verbindung zu stoßen, mit der sie den Kontakt zwischen Dirk Adomeit und den beiden Mordopfern nachweisen konnte.

Die beiden Kommissare hatten sich mittlerweile zum Büro von Direktor Dr. Günther durchgefragt, dem gegenüber sie ihr Anliegen unvermittelt zur Sprache brachten. »Uns geht es um die Zeit zwischen 1985 bis 1987. Lässt sich noch feststellen, wer der damalige Klassenlehrer der beiden Schüler war?«

»Ich werde nachsehen.« Dr. Günther schaute auf seinen Bildschirm. »Sie waren in der Sieben B, ja, hier.« Er blickte auf seine Uhr. »Warten Sie einen Moment, gleich endet die letzte Schulstunde. Dann werde ich die Kollegin Gerber holen lassen.«

Astrid Gerber war eine kleine, weißhaarige Frau, die wenig später resoluten Schrittes das Direktorenbüro betrat. Anna hatte das Gefühl, ihr irgendwo schon einmal begegnet zu sein. Ja, jetzt erinnerte sie sich, es war beim letzten Elternsprechtag gewesen. Der Anlass für Annas Kommen waren, wie so oft in der letzten Zeit, Bens miserable Mathematikleistungen gewesen, und danach hatte sich Anna noch einen zusätzlichen Termin bei Frau Gerber besorgt, den sie aber nicht hatte einhalten können, weil wieder einmal etwas Berufliches dazwischengekommen war. So waren den beiden nur zwei Minuten auf dem Flur vor dem Lehrerzimmer geblieben, wo sie übereingekommen waren, sich so bald wie möglich wieder zu treffen, um ein ausführliches Gespräch über Ben führen zu können. Leider war es bis heute bei diesem Vorsatz geblieben.

»Ich erinnere mich gut an Torsten Lorenz und Rainer Herold«, begann Astrid Gerber, »die beiden sind ziemliche Rabauken gewesen. Ihr Sozialverhalten ließ sehr zu wünschen übrig. Heutzutage ist es ja fast an der Tagesordnung, dass man seine Mitschüler schikaniert oder bedroht, aber vor zwanzig Jahren sind sie damit noch aus dem Rahmen gefallen.«

Anna Greve schlug ihr Notizbuch auf.

»Erinnern Sie sich noch an Monika Diebach?«

»Natürlich, die Monika ist eine begabte und intelligente Schülerin gewesen. Darüber hinaus war sie auch bei ihren Mitschülern sehr beliebt.«

»Hatte Frau Diebach zu dieser Zeit Probleme mit Rainer Herold und Torsten Lorenz?«

»Soweit ich weiß, ist es eher umgekehrt gewesen. Rainer und Torsten hatten ein Problem mit Monika, weil sie sich ihnen nicht unterordnen wollte. Als sie dann nicht mehr zur Klassensprecherin gewählt wurde, ist Monika sehr still geworden. Ich bin mir sicher, dass damals etwas Schwerwiegenderes zwischen den dreien vorgefallen ist, auch wenn uns offiziell nie etwas darüber zu Ohren gekommen ist.«

»Hat es denn andere Vorfälle gegeben, die offiziell angezeigt worden sind? Und wenn ja, welche?«, fragte Anna und kramte einen Kugelschreiber aus ihrer Tasche hervor.

»In dieser Klasse hat es tatsächlich jede Menge Probleme gegeben, und immer ist es dabei um tätliche, aber auch um psychische Gewalt gegangen. Rainer Herold und Torsten Lorenz haben sich ihre Opfer ganz genau ausgesucht. Vornehmlich traf es Mitschüler, die eher Außenseiter gewesen sind, Jungen die kaum einen Rückhalt in der Klassengemeinschaft gehabt haben.«

Anna schlug eine andere Seite ihres Notizbuchs auf, um Astrid Gerber die Personenbeschreibung der rothaarigen Frau vorzulesen, nach der sie nach wie vor auf der Suche war.

»Können Sie damit etwas anfangen? Vielleicht ist diese Frau als Mädchen früher ebenfalls hier zur Schule gegangen und den Attacken von Rainer Herold und Torsten Lorenz ausgesetzt gewesen.«

Astrid Gerber zog ihre Augenbrauen hoch.

»Hübsche Mädchen hatten es eher leicht bei Rainer und Torsten. Monika Diebach dagegen war kein besonders attraktiver Teenager. Darüber hinaus war sie sehr selbstbewusst, weshalb sie für die beiden wohl auch zur Zielscheibe geworden ist. Ansonsten haben sich Rainer und Torsten gern mit ihren Eroberungen geschmückt. Attraktive Freundinnen scheinen heranwachsende Jungen in ihrer Hierarchie entscheidend aufzuwerten. Das ist auch heute noch so und wohl nicht nur bei Jungen in der Pubertät.«

Sie lächelte Anna verschwörerisch zu, bevor sie Weber mit einem amüsierten Blick bedachte.

Anna Greve klappte ihr Notizbuch wieder zu.

»Es ist wirklich sehr wichtig für uns, weitere Hinweise zu bekommen, Frau Gerber. Daher denken Sie bitte, auch soweit es die Identität der rothaarigen Frau betrifft, noch einmal genau über die damaligen Vorfälle nach und rufen Sie uns an, falls Ihnen dazu noch irgendetwas einfallen sollte. Jede Kleinigkeit kann für unsere Ermittlungen wertvoll sein.«

Nachdem die Kommissare das Lehrerzimmer verlassen hatten und nebeneinander durch die Flure zurück in Richtung Aula liefen, fiel Anna zum ersten Mal, seit ihre Söhne das Merschenfelder Gymnasium besuchten, auf, wie viele Neigungskurse die Schule an den Nachmittagen veranstaltete. Die Angebotspalette reichte von verschiedenen Sportarten über Musik bis hin zu Tanz und Theater, aber Ben hatte bislang noch nie etwas davon wahrgenommen. Eigentlich war es schade, dass er sich außer für Basketball kaum noch für etwas interessierte und nicht einen der zur Wahl stehenden Kurse besuchte. In einer Ecke der Aula bemerkte Anna eine Gruppe Jugendlicher, die sie aufmerksam begutachteten. Waren das vielleicht die Jungen, mit denen Ben zurzeit so viel Ärger hatte? Andererseits konnte sie kein bekanntes Gesicht unter ihnen entdecken, und woher sollten diese Jungen schon wissen, wie Bens Mutter aussah. Anna knöpfte ihren Mantel zu und stellte den Kragen hoch. Draußen war es, seit die Sonne hinter dicken Wolken verschwunden war, wieder lausig kalt geworden.

»Lassen Sie uns noch einmal zum ZOB fahren, Kollege.«

Lukas Weber verkniff sich die Frage nach dem Warum und lenkte den Vectra in Richtung Autobahn.

»Kommen Sie, Weber.«

Anna klopfte auf den freien Platz unter dem Dach der Bushaltestelle neben sich. Sie saß auf der Bank, vor der Rainer Herold ermordet worden war, und beobachtete ein paar in der Ferne vorbeihastende Gestalten. Es gab niemanden, der innehielt, sich umschaute oder mit anderen plauderte. Wo waren nur die ganzen Menschen geblieben, die früher einmal diesen Vorplatz bevölkert hatten? Gab es für die Obdachlosen mittlerweile einen anderen, einen geeigneteren Treffpunkt? Oder war das Aufenthaltsverbot, das der frühere Innensenator Poll vor ein paar Jahren gegen diese Leute verhängt hatte, etwa noch in Kraft?

»Hier sieht es so aus, als hätte Poll in unserer Stadt noch immer das Sagen.«

Anna erwartete keine Antwort von Weber. Sie erhob sich von der Bank und schlenderte in Richtung Hauptbahnhof davon. Schon von Weitem konnten sie klassische Musik hören. Vivaldi »Die Vier Jahreszeiten«. Die Musik drang übersteuert aus leistungsstarken, überall auf dem Vorplatz angebrachten Lautsprechern. Freiwillig würde sich hier niemand länger aufhalten als für die Dauer einer Zigarettenpause.

»Es hat sich also doch etwas verändert. Heute arbeitet man nicht mehr mit Verboten, sondern mit Musik, die keiner aushält. Subtile Folter würde ich das nennen.«

Anna steuerte ein Café an, in dem sie sich ein großes Bier bestellte.

»Wir müssen zusehen, dass wir so schnell wie möglich Kontakt zu Monika Diebach bekommen, Weber.«

»Das sehe ich genauso. Vielleicht haben Sie ja Recht und es steckt tatsächlich eine Frau hinter den Morden an Rainer Herold und Torsten Lorenz.«

»Ja, mag sein, daher dürfen wir auch die Rothaarige nicht ganz aus den Augen verlieren. Selbst wenn es noch immer keinen Hinweis auf sie gibt, und das, obwohl wir bereits so viele Leute aus dem Umfeld der beiden Toten befragt haben.«

»Was daran liegen könnte, dass sie keinerlei Bedeutung für unseren Fall hat.«

»Und wenn es nun anders wäre, Weber? Ich meine, wir sollten für alle Möglichkeiten offen bleiben und die Wirtshausbekanntschaft von Rainer Herold weiterhin in unsere Überlegungen mit einbeziehen.«

»Wichtig sind jetzt zuerst einmal unsere konkreten Spuren, Anna. Und dazu gehört auch Sigrids Ansatz.«

»Unsinn, dieser Dirk Adomeit ist doch kein psychopathischer Mörder, der ist zu so einer Tat überhaupt nicht in der Lage. Da Sigrid Markisch in seinem Fall jedoch offensichtlich anderer Meinung ist, wird sie Dirk Adomeits Angaben so oder so bis ins letzte Detail prüfen. Wir werden uns dagegen auf Monika Diebach konzentrieren und herauszufinden versuchen, ob sie als Täterin infrage kommt. Trotzdem komme ich noch einmal auf die rothaarige Schönheit zurück, Weber. Wenn meine Annahme stimmt und sie unter Umständen doch etwas mit den Morden zu tun hat, ist sie möglicherweise auch in Maschen aufgewachsen. Und wenn sich heute niemand mehr an sie erinnern kann, könnte das daran liegen, dass sie sich stark verändert hat. Deshalb müssen wir unsere Zeugen dazu bringen, genauer hinzusehen und auf das Wesentliche zu achten. Denn selbst wenn es zwischen dem Mädchen von früher und der Frau von heute auf den ersten Blick keinerlei Ähnlichkeit mehr zu geben scheint, bleibt doch immer etwas unverwechselbar Spezifisches erhalten. Kein Mensch kann zu einer völlig anderen Persönlichkeit werden, das ist unmöglich. Der Ausdruck von Augen ändert sich schwerlich. Und was ist mit den Händen? Dem Geruch oder dem Gang eines Menschen? Das sind doch unverwechselbare Merkmale, Weber.«

Sie aßen noch eine Kleinigkeit, dann trennten sich ihre Wege. Anna starrte in den sternenlosen Abendhimmel. In einer Großstadt gab es keine richtige Dunkelheit, nur eine andere Art von Beleuchtung. Künstliches Licht, das harte Kontraste und tiefe, manchmal erschreckende Schatten schaffte. In diesem Licht war Rainer Herold gestorben. Was mochte er wohl noch gesehen haben, so kurz vor seinem Tod?

»Wird auch Zeit«, maulte Ben, als Anna die Haustür aufschloss und er sie missmutig dabei beobachtete, wie sie Mantel und Winterstiefel auszog.

»Ich dachte, dich interessiert, was heute mit Flo gewesen ist, schließlich willst du doch unbedingt mit ihm reden. Aber wenn es konkret wird, bist du nie da.«

Anna seufzte.

»Moment, ich komme gleich.«

Anna ging in die Küche und setzte Wasser auf, um sich einen Tee zu kochen. Minuten später kam sie mit ihrem Becher ins Wohnzimmer und legte sich auf das frei gebliebene Sofa. Der Fernseher lief in ohrenbetäubender Lautstärke. Ben und Tom saßen nebeneinander auf der blauen Couch und schauten sich die Übertragung eines Eishockeyspiels an.

Nun griff Tom nach der Fernbedienung und stellte den Ton ab. Anna registrierte verärgert, dass es sowohl Ben als auch ihrem Mann dennoch offensichtlich schwer fiel, ihre Augen von den bewegten Fernsehbildern zu lösen.

»Ben hat mit Florian gesprochen, Anna.«

»Ja genau, aber bitte nicht jetzt, Mama. Ich gehe kurz nach oben und sehe mir das Spiel zu Ende an.«

Er zog sich seine Hausschuhe an, worauf Tom den Fernseher ganz ausmachte und ihn zum Bleiben aufforderte: »Nein, Ben, wir reden jetzt miteinander.«

»Immer muss es nur nach deiner Nase gehen, Mama!«, wandte sich Ben wütend an Anna. »Wo kommst du überhaupt so spät noch her?«

Tom legte seine Hand beruhigend auf Bens wippende Beine.

»Deine Mutter ist erwachsen, außerdem hat sie gearbeitet.«

»Wenn ihr nicht mehr weiterkommt, zieht ihr euch also

darauf zurück, dass ich ein paar Jahre jünger bin als ihr. Dabei habt ihr immer gemeint, dass in unserer Familie jeder gleich behandelt werden soll.«

Anna versuchte ein Lächeln.

»Das stimmt, aber ich rauche schließlich auch keine Joints und lasse das Gras demonstrativ in meinem Zimmer herumliegen. Also, was hat Florian denn nun gesagt?«

»Er will sich morgen Abend um acht auf dem Parkplatz vor der Feuerwehrwache mit dir treffen, wenn du Zeit hast. Flo hat furchtbare Angst davor, dass du seinen Eltern etwas erzählen könntest. Das machst du doch nicht, oder?«

»Das kommt darauf an, Ben. Versprechen kann ich es nicht.«

»Du musst es mir aber versprechen. Warum habe ich dir überhaupt von der Sache erzählt, wenn du mir jetzt in den Rücken fällst? Kannst du nicht einfach alles so lassen, wie es ist? Immer musst du bestimmen, wo es langgeht. Vielleicht wärest du entspannter, wenn du auch mal einen Joint probieren würdest.«

Anna knallte ihren Teelöffel auf die Untertasse.

»Sag Florian, dass ich morgen da sein werde, aber ganz egal, wie die Unterhaltung mit ihm verläuft, du wirst dieses Zeug nicht mehr anrühren, hörst du? Besitz und Konsum von Marihuana in größeren Mengen sind nun mal illegal. Ich habe mir die Gesetze nicht ausgedacht, aber wir sind auf jeden Fall verpflichtet, dir das Rauchen zu verbieten, Ben. Ansonsten machen wir uns selbst strafbar.«

»Jetzt kommt auch noch die Bullenplatte an die Reihe. Du bist wohl nie jung gewesen, was?«

Anna sprang auf und schlug ihrem Sohn mit der flachen Hand ins Gesicht.

Ben rieb sich seine feuerrote Wange.

»Ich wollte sowieso gerade nach oben gehen. Klasse Gespräch, Mama, vielen Dank auch.«

Mit diesen Worten spazierte er betont lässig in seiner bis zu den Kniekehlen herunterhängenden Jeans an ihr vorbei und sah sie dabei vorwurfsvoll an.

Vor und im Haus war es mittlerweile dunkel geworden. Anna saß in der Stille des nächtlichen Wohnzimmers und starrte aus dem Fenster. Bis zu diesem Tag hatte sie ihren Sohn noch nie geschlagen; Anna fühlte sich unendlich einsam. Warum konnte man nicht einfach nur in der Welt sein und leben. Warum musste man sich immer entscheiden? Zumindest als Mutter musste man immer eine Karte aus dem Stapel ziehen. Nie konnte man aussetzen, nie war ein Freilos oder eine Ich-muss-da-jetzt-nichts-sagen-Lösung dabei. Mit pubertierenden Kindern am Rockzipfel gab es keine philosophischen Fragen mehr. Da ging es um Klarheit und Strukturen, auch wenn man sie nicht immer für gut befand. Nie hatte man eine ruhige Minute, nie einen Augenblick für sich allein. Immer musste man Grenzen aufzeigen, ständig musste man für alles ansprechbar, für alles verantwortlich sein. Und wo war eigentlich Tom bei all dem? Welche Aufgaben übernahm er als Vater in diesem mühsamen Spiel? Ja, wer fragte denn überhaupt einmal danach, wie es Anna ging, und wer war für sie da? Obwohl es schon spät in der Nacht war, schlich Anna auf Zehenspitzen in die Küche hinüber und setzte den Wasserkessel auf den Herd. Ein Schlaf- und Nerventee war jetzt genau das, was sie brauchte.

Elsa in Maschen, im Winter 1985.

Elsa hatte es noch nie leiden können, wenn man ihr übers Haar strich, so wie Tante Gertrud es immer tat, die einmal im Jahr zum Kaffeetrinken zu ihnen zu Besuch kam. Dann musste sich Elsa mit Robin und der kleinen Prinzessin im Wohnzimmer der Größe nach vor dem Esstisch, der nur für besondere Anlässe gedeckt wurde, aufstellen. Gertrud rauschte herein, den beleibten Körper jedes Mal in ein anderes wild gemustertes Kleid aus strapazierfähiger Kunstfaser gehüllt. An diesen Stoffen lag es wohl auch, dass beständig eine Mischung aus schlecht gelüftetem Kleiderschrank und Schweiß von ihr ausging. Ja, schwitzen, das tat die Tante unablässig. Elsa konnte sich nicht daran erinnern, sie jemals ohne ein Stofftaschentuch im Kleiderärmel gesehen zu haben. Ein zerknittertes angegrautes Stofftaschentuch, das sie in einem fort hervorholte, um sich damit über die feuchte Stirn zu wischen. Gertrud stellte ihre Tasche mit den abgetragenen Haltegriffen im Pepitamuster ab, in der wie jedes Jahr nutzlose Geschenke, gespickt mit je einer Tafel Zartbitterschokolade für die Kinder, verborgen war. Anschließend drückte sie Miriam fest an sich und begrub sie fast unter ihrem ausladenden Busen. Die kleine Prinzessin ließ sich das gern gefallen, sie quietschte vor Vergnügen. Robin bekam einen saftigen Kuss mitten auf den Mund, den er mit einem scheuen Lächeln erwiderte. Danach rieb er sich den Mund jedes Mal verstohlen mit seinem Handrücken trocken. Elsa hatte eigentlich Glück, dass ihr nur ausgiebig über das Haar gestreichelt wurde, aber Elsa hasste Berührungen. Und Elsa hasste Zartbitterschokolade.

»Wie ihr wieder gewachsen seid. Kinder, nicht zu fassen. Vera, wir sollten uns öfter sehen, ich bekomme ja gar nichts mehr von euch mit.«

Worauf auch die Mutter Elsa über den Kopf streichelte und ein freundliches Gesicht dazu machte. Elsa bückte sich, tat, als hätte sie etwas auf dem Boden verloren und müsste es nun wieder aufheben. Anschließend machte sie einen Ausfallschritt und kam ein gutes Stück von Vera entfernt erneut zum Stehen.

Wie so oft in den letzten Tagen wählte Robin die Nummer seiner Schwester. Diesmal war ihr Handy endlich eingeschaltet. Wie viele Male hatte er diese Zahlenkombination nun schon getippt und doch immer nur ihre Ansage auf der Mailbox gehört. Zuerst hatte Robin brav seinen Spruch aufgesagt, dann aber, als Elsa sich nicht zurückmeldete, schließlich keine Nachrichten mehr hinterlassen.

»Elsa, wo bist du nur die ganze Zeit gewesen? Gib mir doch bitte deine Adresse, damit ich dich erreichen kann.«

»Mein Handy hatte den Geist aufgegeben, ich musste mir ein neues besorgen.«

»Die Ärzte haben zugestimmt. Sie sagen, es könnte sogar sehr gut für Mutter sein, wenn du sie besuchst. Wann wollen wir uns treffen?«

Elsa legte ihre Hand auf die Muschel. Der Schweiß brach ihr aus allen Poren. Was sollte sie tun? Es war unmöglich, sie konnte Vera jetzt auf keinen Fall sehen.

»Zurzeit ist es schlecht, ich bin hier im Moment an einem Job dran, Robin, tut mir leid. Aber sobald ich den Kopf frei habe, melde ich mich, in Ordnung?«

»Wann wird das sein?«

»Kann ich noch nicht sagen, in ein paar Tagen, schätze ich. Sei nicht traurig, wir machen das, bestimmt. Du, ich muss jetzt Schluss machen, ich habe noch einiges für morgen vorzubereiten.«

Elsa legte den Hörer auf, holte sich ein Handtuch aus dem Badezimmer und zog sich das kurzärmelige T-Shirt aus. Es war ganz nass unter den Armen und es roch nach Angst.

Anna sah Sigrid Markisch aus dem Büro des Chefs kommen, als sie den Flur im Präsidium entlangging. Nicht einmal aus dieser Entfernung heraus war das selbstgefällige Lächeln der Giraffe zu übersehen.

»Wenn es Ihnen recht ist, treffen wir uns in einer Stunde zur Besprechung in meinem Büro«, rief sie Anna Greve zu.

In ihrem eigenen Büro traf die Kommissarin Lukas Weber vor seinem Computer sitzend an.

»An die Arbeit, Weber, wir haben nicht mehr viel Zeit bis zur nächsten Besprechung mit der Giraffe und sollten dann, wenn möglich, erste Ergebnisse präsentieren können. Monika Diebach heißt mittlerweile Diebach-Meyer und ist laut Information aus unserem Computer in Hannovers Innenstadt, unweit des Regierungsviertels wohnhaft. Versuchen Sie doch bitte herauszubekommen, ob sie, wie Dirk Adomeit vermutet hat, tatsächlich bei der niedersächsischen Landesregierung tätig ist. Ich kümmere mich derweil um ihre private Telefonnummer.«

Als Anna, gefolgt von Weber, kurz darauf das Büro von Sigrid Markisch betrat, stand diese vor ihrem Schreibtisch und schwenkte eine Liste mit Telefonnummern zwischen ihren Fingern.

»Dirk Adomeit hat, genau wie ich vermutet habe, doch Kontakt zu Rainer Herold aufgenommen, hier sehen Sie den Beweis. Am neunzehnten Mai hat er in der Frankfurter Bankzentrale angerufen.«

Weber starrte auf den Zettel und versuchte, mehrere auf dem Kopf stehende Zahlen zu lesen.

»Vielleicht ist Herr Adomeit dort Kunde, oder aber er hat sich über irgendetwas informieren wollen.«

Die Giraffe winkte ab.

»Ich habe das natürlich überprüft, Lukas. Dirk Adomeit

hat sein Konto bei der Kreissparkasse. Auch wird er sich wegen einer allgemeinen Information wohl kaum mit der Zentrale in Frankfurt verbunden lassen haben. Wenn man etwas Allgemeines erfahren will, geht man doch erstmal in seine Zweigstelle vor Ort, oder?«

»Vielleicht hat er das ja auch gemacht, aber nichts erreicht.«

»Wie auch immer, ich habe Herrn Adomeit zu einer weiteren Befragung gebeten. Er wird gleich hier sein, und ich würde es gut finden, wenn Sie beide dabei sind.«

»Das trifft sich gut, Frau Markisch, denn wir gehen zurzeit einem Hinweis von Herrn Adomeit zu einer seiner damaligen Mitschülerinnen nach und könnten ihn gleich noch einmal gemeinsam zur Sache befragen. Es geht um eine Frau namens Monika Diebach-Meyer«, antwortete Anna entgegenkommend, als die Tür aufgerissen wurde und Günther Sibelius hereingestürmt kam.

»Jetzt lassen sie die Katze endlich aus dem Sack«, schimpfte er aufgebracht.

Sibelius nickte Sigrid Markisch zu, dann setzte er sich zu Weber und Anna und reichte ihnen einen Zettel hinüber.

»Hier, diese Dienstanweisung kam heute per E-Mail rein. Stichwort bessere Kommunikation, dass ich nicht lache. Jeder von Ihnen soll in Zukunft noch detailliertere Wochenberichte anfertigen, als das bislang schon der Fall war. Ab heute werden wir über jede Stunde des Tages Rechenschaft ablegen müssen. Fein säuberlich notiert in Exceltabellen. Und Personenüberwachungen müssen ab sofort von ganz oben genehmigt werden, oder aber wir werden sie allein und ohne Unterstützung anderer Abteilungen vornehmen müssen. Das heißt für uns noch mehr Überstunden ohne jeglichen Lohn- und Freizeitausgleich.«

»Solange wir nicht während der Dienstzeit einkaufen gehen, haben wir doch gar nichts zu befürchten. Und das Hinterfragen von Sinn und Nutzen einer Rund-um-die-Uhr-Überwachung kann auch dazu führen, dass man ihre Notwendigkeit genau überdenkt, bevor man sich für diese personalintensive Maßnahme entscheidet.«

Günther Sibelius musterte die Giraffe argwöhnisch.

»Seien Sie froh, Frau Markisch, dass Sie von dieser Anweisung nicht lange betroffen sein werden. In Hannover ticken die Uhren zu Ihrem Glück anders.«

»Ich hätte nichts dagegen, unter der Leitung von Martin Schönauer zu arbeiten. Endlich werden die vorhandenen Probleme wieder einmal richtig von jemandem angepackt, selbst wenn das für einige Beamten bedeuten mag, sich von liebgewordenen Gewohnheiten verabschieden zu müssen.«

Anna hielt den Atem an. Günther Sibelius sagte zwar kein Wort, doch sie hatte ihren Chef noch nie zuvor so wütend gesehen. Die Probleme würden endlich wieder einmal richtig angepackt, hatte die Giraffe gesagt, was doch eine klare Anspielung auf das Gebaren des früheren Innensenators von Hamburg, Hartmut Poll, gewesen war. Und Anna wusste genau, wie sehr Günther Sibelius es verabscheut hatte, unter der Leitung von Poll zu arbeiten und all die absurden und teilweise sogar menschenverachtenden Dienstanweisungen in die Tat umsetzen zu müssen. Endlich war es heraus, und die Giraffe würde keine berufliche Zukunft mehr in Hamburg haben. Jedenfalls nicht, solange Günther Sibelius ihre Abteilung leitete.

»Wie ich vorhin bereits sagte, haben wir einen neuen Hinweis bekommen, Chef«, kam Anna erneut auf ihr Anliegen zurück. »Es geht um eine ehemalige Mitschülerin von Rainer Herold und Torsten Lorenz. Monika Diebach-Meyer hat früher wohl auch sehr unter den beiden zu leiden gehabt und könnte daher möglicherweise ebenfalls als Täterin in Frage kommen. Da sie allerdings mittlerweile in Hannover wohnhaft ist, werden wir unsere Ermittlungen auf diese Stadt ausdehnen müssen.«

»Machen Sie das, Frau Greve, und informieren Sie mich bitte weiterhin laufend über Ihre Ergebnisse«, entgegnete Günther Sibelius und verließ mit einem letzten, prüfenden Blick auf Sigrid Markisch das Büro.

Im Rückspiegel ihres Wagens beobachtete Elsa das Gebäude, in dem sich Doreen verkrochen hatte. Es war ein gepflegt aussehendes Fachwerkhaus mit einem zweiten, kleineren, das direkt daneben stand. Davor befanden sich ein Parkplatz und eine großzügige Auffahrt. Die Tannen vor dem Haus waren bereits weihnachtlich geschmückt, und an den Fenstern im ersten Stock klebten selbst gebastelte Sterne aus roter und goldener Metallfolie. Aus dem Nebengebäude drang das gleichförmige Geräusch einer Schleifmaschine. Hinter dieser Tür befand sich also demnach die Tischlerei, hinter dieser Tür musste der Ernährer von Doreen gerade an der Arbeit sein. Auch der weiße Lieferwagen mit der blauen Werbeaufschrift, der in der Einfahrt stand, zeigte, dass er zu Hause war. Ein kleines Mädchen von vielleicht fünf Jahren spielte im Vorgarten des Hauses. Sie hatte ein Kaninchen in einen mit Maschendraht umzäunten Auslauf gesetzt und amüsierte sich, dem Tier dabei zuzusehen, wie es seine Haken schlug. Gerade versuchte die Kleine, ihr Kaninchen wieder einzufangen, als sich die Eingangstür öffnete.

»Mittagessen!«

Doreen hatte sich kaum verändert. Sie war noch immer sehr schlank und hübsch. Die langen blonden Haare hatte sie mittlerweile zu einem modischen Pagenkopf gestutzt, außerdem trug sie eine Brille auf der Stupsnase. Doch sonst sah man ihr die vielen Jahre, die inzwischen vergangen waren, nicht an. Das Mädchen hatte sein Kaninchen unterdessen in den Stall gesperrt, lief nun auf Doreen zu und umarmte sie stürmisch. Elsa sah, wie Doreens Gesicht weich wurde. Sie beobachtete, wie Doreen ihre Tochter in die Luft hob und diese daraufhin juchzte und lachte. Elsa nahm dieses Bild in sich auf, fühlte aber nichts. Es machte für sie keinen Unterschied, ob Doreen inzwischen Kinder hatte oder nicht. Elsas Plan stand fest, und sie würde keinen Millimeter davon abrücken. Wie sehr hatte sie sich damals zu Doreen und ihrer Mutter hingezogen gefühlt. Am liebsten wäre es ihr gewesen, ganz bei den Possels bleiben zu können. Oder vielleicht auch bei der freundlichen Frau und ihren sauber gewaschenen Kindern. Elsa verstand bis heute nicht, warum sich Doreen von ihr abgewendet hatte. Wieso hatten es auf einmal Reitstunden sein müssen? Warum schwarze Lackschuhe? Bestimmt trug Vera die Schuld daran, dass sich die Dinge von einem Tag auf den anderen geändert hatten. Elsas Mutter schien es nicht gepasst zu haben, dass sie so oft bei den Possels gewesen war. Irgendwann hatte Vera sogar darauf bestanden, Elsa zu den Possels zu begleiten, und so getan, als interessierte es sie wirklich zu sehen, mit wem ihre Tochter ihre Zeit verbrachte. Dabei war es wohl vor allem Neugier gewesen, die Lust daran, zu sehen, wie andere Familien lebten. Frau Possel hatte gar nicht anders gekonnt, als Vera einen Kaffee anzubieten. Wie hatte sich Elsa nur für das schrille Lachen ihrer Mutter, das man sogar noch durch die geschlossene Tür hatte hören können, geschämt. Von diesem Tag an war Vera regelmäßig zu Doreen mitgekommen. Mindestens einmal in der Woche saß Vera nun in der gemütlichen Küche von Frau Possel herum und beschwerte sich über ihr freudloses Leben, vor allem jedoch über ihren Mann Friedrich. Mitgenommen hatte Elsas Mutter von diesen Nachmittagen leider überhaupt nichts. Bei ihnen war alles beim Alten geblieben, Frau Possel schien leider kein bisschen auf Vera abzufärben. Zu Hause gab es keinen selbst gebackenen Kuchen und keine heiße Schokolade. Keine Teller mit lecker angerichteten Obststücken oder kleinen Häppchen mit Käse oder Wurst mit Rosen aus Radieschen darauf. Dafür brachte Vera immer öfter einen Eierlikör zu den Treffen bei Doreens Mutter mit, manchmal auch eine Flasche süßen Sekt. Frau Possel hatte aus Höflichkeit und mit gleichbleibend freundlicher Miene das eine oder andere Glas mitgetrunken. Den Löwenanteil allerdings hatte sich Vera jedes Mal selbst einverleibt. Wenn es dann Zeit fürs Abendbrot geworden war und die Mädchen zusammen in der Küchentür gestanden hatten, hatte Elsa Veras verschwitzte Wangen und auch ihren rotfleckigen Hals sehen können. In der Küche aber hing der Zigarettenqualm zum Schneiden dick, und als Erstes öffnete Frau Possel immer das Fenster, sobald Vera Anstalten machte, nach Hause zu gehen. Nein, wahrscheinlich hatte Doreen damals gar nicht anders gekonnt, als sich von Elsa abzuwenden. Wer wollte schon auf Dauer mit einem Mädchen befreundet sein, dessen Mutter so wie Vera war.

Halt, dachte Elsa. Natürlich war Vera eine unmögliche Person, aber Elsa tat ihr Unrecht, wenn sie sich die Vergangenheit im Nachhinein so zurechtlegte, wie es ihr angenehmer war. Doreen hatte sich aus eigenen Stücken und aus was für Gründen auch immer dazu entschlossen, Elsa die Freundschaft zu kündigen. Mehr noch, Doreen war ihr nicht nur aus dem Weg gegangen, sie hatte Elsa sogar verraten. An jenem Nachmittag, als die Meute in einem Halbkreis um Elsa herumgestanden und sich voller Schadenfreude über sie lustig gemacht hatte, war Doreens Stimme diejenige gewesen, die alle anderen noch übertönt hatte. Für einen Augenblick hörte Elsa Doreen noch einmal in ihrer gehässigen Art und Weise lachen. Und danach hörte sie ihre Freundin die Worte sagen, die sie ihr bis heute nicht verziehen hatte.

»Seht euch an, wie rot sie ist!«

Elsa hatte viel zu lange damit gewartet, es dieser Hexe endlich heimzuzahlen. Es war egal, ob Doreen heute Kinder hatte oder nicht. Und selbst wenn sie mittlerweile die Verantwortung für einen ganzen Stall voller Kinder tragen würde, dürfte Doreen ihrer Strafe nicht entgehen. Es brauchte nur noch ein wenig Geduld, Zeit und gute Vorbereitung, dann aber würde Elsa ihrer Freundin aus Kindertagen endlich den Mund stopfen.

Dirk Adomeit hatte gerade im Büro des Morddezernats Platz genommen, als Sigrid Markisch nach einer kurzen Begrüßung auch schon das Aufnahmegerät einschaltete.

»Heute ist Donnerstag, der 29. November, elf Uhr vormittags. Anwesend sind der geladene Zeuge Herr Dirk Adomeit, geboren am 25. August 1972, wohnhaft in Maschen, sowie die Kommissare Greve, Weber und Markisch.«

Die Giraffe nahm einen Zettel aus der vor ihr liegenden Akte und schob sie über den Tisch hinweg zu Dirk Adomeit.

»Wir haben hier den Auszug einer Liste der von Ihrem Anschluss aus getätigten Telefongespräche vom Mai dieses Jahres.«

Dirk Adomeit sah sich Hilfe suchend nach Anna Greve um.

»Am Donnerstag, den zehnten Mai, haben Sie in der Zentrale der Hessen Bank in Frankfurt am Main angerufen. Können Sie uns sagen, warum?«

»Das ist doch fast ein halbes Jahr her. Wie soll ich mich da noch an ein einzelnes Telefonat erinnern?«

Sigrid Markisch erhob sich von ihrem Stuhl und stellte sich hinter ihn.

»Denken Sie nach, Herr Adomeit. Welchen Grund könnten Sie für diesen Anruf gehabt haben?«

»Ach so, nun fällt es mir wieder ein. Ich habe ein Klassentreffen organisieren wollen.«

Er schaute zu Boden.

»Und deshalb brauchten Sie natürlich die Adresse und Telefonnummer Ihres ehemaligen Mitschülers Rainer Herold.«

Sigrid Markisch konnte sehr freundlich sein, wenn sie wollte.

»Ich hatte gehört, dass Rainer mittlerweile in Frankfurt arbeitet.«

Wieder lächelte die Kommissarin aus Hannover, doch ihr Lächeln ähnelte dem Grinsen einer Raubkatze.

»Und wann hat dieses ominöse Klassentreffen stattgefunden?«

»Gar nicht. Irgendwann ist mir meine Idee einfach nicht mehr so gut vorgekommen.«

Obwohl sich seine Geschichte im ersten Moment konstruiert anhörte, konnte sie trotzdem wahr sein, dachte Anna Greve bei sich. Vielleicht hatte Dirk Adomeit ja angefangen, sich verstärkt mit seiner Vergangenheit zu beschäftigen, weil er in der Gegenwart so einsam war. Anna wusste, dass sehr viele Menschen dazu neigten, ihre Jugendzeit zu verklären und Freundschaften und Erlebnisse bedeutender zu sehen, als sie in Wirklichkeit gewesen waren. Besonders dann, wenn sie allein lebten. Dirk Adomeit könnte die Idee gehabt haben, durch das Organisieren eines Klassentreffens wieder an alte Freundschaften anknüpfen zu können. Oder aber er hatte noch einmal ganz andere Gründe dafür gehabt.

»Eine seltsame Geschichte«, entgegnete die Giraffe. »Und es fällt mir schwer, sie zu glauben. Ich kann mir eher vorstellen, dass Sie wegen etwas ganz anderem Kontakt zu Rainer Herold aufgenommen haben. So könnten Sie sich zum Beispiel schon vor langer Zeit daran erinnert haben, dass Herr Herold in Anlagegeschäften nicht ganz unerfahren ist. Vielleicht haben Sie sich sogar von ihm beraten lassen und sind dann später mit dem Resultat seiner Arbeit unzufrieden gewesen.«

Als Dirk Adomeit protestieren wollte, wischte Sigrid Markisch seinen Versuch mit einem Kopfschütteln beiseite.

»Rainer Herold hat Sie vielleicht schon seit Langem mit Anlagetipps versorgt und dafür ein paar Prozente des Gewinns erhalten. Bis Sie sehr viel Geld verloren haben. Und es ist durchaus möglich, dass Sie dafür einen Schuldigen gesucht und in Rainer Herold gefunden haben.«

»Das ist nicht wahr.«

»Nichtsdestotrotz werde ich mich um eine Verfügung bemühen, die uns Einsicht in Ihre Kontobewegungen erlaubt. Für heute können Sie gehen, oder haben die Kollegen noch Fragen an den Zeugen?«

»Ja, ich habe noch eine Frage zu Monika Diebach, Herr Adomeit«, meldete sich Anna Greve zu Wort. »Wir sind dabei, Kontakt zu ihr aufzunehmen, und daher würde ich die damaligen Ereignisse gern noch einmal aus Ihrer Sicht geschildert bekommen. Was ist denn bei besagter Klassensprecherwahl eigentlich genau geschehen?«

»Monika ist allgemein sehr beliebt gewesen, und sie hat auch unsere Interessen als Schüler gut vertreten. Ich glaube, dass es den beiden, besonders aber Rainer, nicht gepasst hat, dass Monika noch für ein weiteres Jahr weitermachen sollte. Daher hat Rainer seinen Freund Torsten als Gegenkandidaten für die Wahl aufgestellt und einige Mitschüler dazu motiviert, ihn zu wählen.«

»Und wie hat er das erreicht?«

»Na ja, bei einigen durch Bestechung, bei anderen auch durch das Androhen von Prügeln.« Dirk Adomeit lächelte verschmitzt in sich hinein. »Allerdings habe ich meine Stimme trotzdem der Monika gegeben.«

»Was soll denn der ganze Kinderkram hier überhaupt bringen«, mischte sich Sigrid Markisch in das Gespräch ein. »Eine getürkte Klassensprecherwahl als Mordmotiv, das ist doch wirklich sehr weit hergeholt, Kollegen.«

»Vielen Dank für Ihre Aussage, Herr Adomeit. Für heute habe ich keine weiteren Fragen«, überging Anna den Einwand der Giraffe und überlegte, als Nächstes das Gespräch mit Günther Sibelius zu suchen.

Anna klopfte an die Tür ihres Vorgesetzten.

»Störe ich?«

»Nein, kommen Sie ruhig herein.«

»Da ich ja weiß, wie detailliert wir von jetzt an über unsere Zeit Rechenschaft ablegen müssen, wollte ich Ihnen nur sagen, dass ich gleich mit meinem Mann verabredet bin. Er hat einen Termin in der Stadt und rief mich vorhin an. Es ist nur auf einen Kaffee, ganz in der Nähe, aber rein privat.«

Günther Sibelius grinste.

»Wirklich nett, Frau Greve, dass Sie mich informieren. Das sollte aber nicht zur Gewohnheit werden. Das Informieren, meine ich. Und, wie sieht es aus; hat die Vernehmung von Dirk Adomeit etwas Neues ergeben?«

»Eher nicht, Chef. Die Kollegin Markisch scheint sich mittlerweile ganz auf Herrn Adomeit eingeschossen zu haben, aber ich kann ihn mir nach wie vor nicht als Täter vorstellen. Und je öfter ich mit ihm spreche, desto stärker werden meine Zweifel. Wir müssen abwarten, was die weiteren Ermittlungen bringen. So, ich bin dann mal weg.«

Während Anna den Vectra einparkte, dachte sie darüber nach, wie sie eine Verabredung wie diese in ihren zukünftigen Wochenprotokollen wohl begründen würde. Nein, sie würde gar nichts begründen, schließlich würde auch niemand danach fragen, wie oft sie abends viel zu spät nach Haus kam. Hatte sie sich diese Zeiten jemals aufgeschrieben? Hatte sie jemals gesagt, sie käme heute nicht zum Dienst, weil sie Überstunden abfeiern musste? Sollten die anderen tun, was sie für richtig hielten, Anna würde sich auf keinen Fall daran beteiligen.

Ein paar Meter vor sich sah sie Tom in Richtung ihres Treffpunktes schlendern. Groß und schlank, mit wiegendem Schritt, und Anna dachte daran, wie schön es war, beim Tanzen in seinen Armen zu liegen. Er konnte so unglaublich sinnlich sein. Dazu sein runder, fester Po in der lässig weiten Jeans, was für ein Anblick. Undenkbar war es für Anna gewesen, mit einem Mann zusammenzuleben, der sich nicht zu bewegen verstand. Obwohl – Tom hätte sie vielleicht trotzdem in ihr Herz gelassen. Anna fror überhaupt nicht mehr, dabei hatte sie Schal und Mütze im Büro vergessen. Gleich würde er sich umdrehen, sie erkennen und dann so küssen, dass sie eine Gänsehaut davon bekäme. Es war schön, zu ihm zu gehören. Und wären sie beide allein auf der Welt gewesen, hätte Anna keinerlei Zweifel daran gehabt, dass dies auch immer so bleiben würde. Nun drehte sich Tom tatsächlich um. Anna sah die Freude in seinen grauen Augen und flog in seine Arme.

Elsa in Maschen, im Winter 1985.

Elsa hasste es, von fremden Händen berührt zu werden, besonders aber hasste sie es, wenn Vera nach ihr grapschte. Das war noch schlimmer als das Getätschel von Tante Gertrud. Veras Hände waren für Elsa, als hätte sie in eine Steckdose gegriffen, Veras Hände waren wie ein elektrischer Schlag. Die Intensität dieser Schläge hatte sich mit den Jahren verstärkt und beschränkte sich schon lange nicht mehr nur auf die Berührungen ihrer Mutter. Elsa hatte an diesem Tag einen Ausflug nach Hamburg unternommen, jetzt war es spät am Nachmittag, und sie befand sich zusammen mit vielen Pendlern auf dem Weg hinaus aus der Stadt. Der Bus war, obwohl er die Haltestelle an der S-Bahn-Station gerade erst verlassen hatte, zum Bersten voll. Elsa hatte mit Glück noch einen Sitzplatz ergattert. Neben ihr saß ein feister Mann, der seinen gewaltigen Körper so vor dem Fenster aufbaute, dass sie keinen Blick mehr auf den Himmel hatte. Er drehte und wendete sich auf seinem viel zu schmalen Sitz und kam dabei immer näher an sie heran. Sein Arm streifte aus Versehen Elsas Ellenbogen. Die Berührung war wie ein Stromstoß. Elsa rutschte noch ein Stück weiter von ihm weg, versuchte sich so klein wie möglich zu machen. Die Frau vor ihr auf dem Gang drückte ihre Beine und ihre Einkaufstasche an Elsas

Seite und sah sie dabei fortwährend missbilligend an. Elsa rutschte wieder auf ihren Sitz zurück. Sie schaute in eine andere Richtung, doch überall waren Köpfe, Arme, Schultern, die ihr den Blick aus den Fenstern versperrten. Sie schwitzte, das Atmen fiel ihr schwer, und sie sog die Luft gierig und in immer kürzeren Abständen ein. Ihre Beine fingen zu kribbeln an, wenn sie nicht bald etwas tat, würde sie sich nicht mehr bewegen können. Sie bot der Alten vor sich ihren Platz an, zwängte sich durch Rümpfe, Arme, Köpfe, Mäntel und Einkaufstaschen zur Tür hindurch und drückte auf den Halteknopf. Weit fort von zu Hause an der Landstraße sah sie den Bus an sich vorbeifahren. Sie schaute ihm nach, bis er hinter einer Kurve verschwunden war. Der nächste Bus würde erst in einer Stunde kommen, aber er würde sicher nicht mehr so voll sein. Elsa sah auf ihre Beine, sie kribbelten noch immer. Sie setzte sich in den Straßengraben, wo ihr auf einmal schlecht wurde und sie sich zwischen umherliegenden Fastfoodverpackungen und Plastikbechern übergab. Als sie anschließend wieder stand, waren gerade einmal fünf Minuten vergangen, noch eine Ewigkeit bis zum nächsten Bus. Elsa blinzelte in das Licht der herannahenden Autoscheinwerfer. Eines verlangsamte sein Tempo und kam auf ihrer Höhe zum Stehen. Doreen kurbelte das Autofenster herunter. Neben ihr auf dem Fahrersitz saß Frau Possel. Sie lächelte vertraut.

»Steig ein, Elsa, ich bringe dich eben nach Hause.«

Mit großer Sehnsucht im Herzen fuhr Anna in die Dienststelle zurück. Ihr Treffen mit Tom war wie ein heimliches Rendezvous gewesen. Über alltägliche Dinge hatten sie kaum gesprochen, stattdessen hatten sie einander fast die ganze Zeit über an den Händen gehalten und sich in die

Augen gesehen. Ob Tom den neuen Kunden an Land gezogen hatte? Anna wusste es nicht. Und hatte er Ben die Leviten gelesen?

All das war im Moment unwichtig für sie. Anna wusste, sie würde damit umgehen lernen müssen, dass sie, soweit es die Erziehung ihrer Söhne betraf, ganz allein dastand. Wenn sie Tom nicht verlieren wollte, würde sie sich mit der unumstößlichen Tatsache arrangieren müssen, dass er als Vater völlig unfähig war. Sie hoffte, den Spagat hinzubekommen und in Tom zukünftig nur noch ihren Lebenspartner sehen zu können. Den Mann, der sie liebte und der ihr dieses auch zeigte. Trotz aller vorauszusehenden Schwierigkeiten war Anna zuversichtlich und freute sich, ganz gleich wie die Lage in ein paar Minuten im Büro auch sein würde, unbändig auf den bevorstehenden Abend mit Tom. Nicht einmal die Giraffe würde ihr heute noch etwas anhaben können, dachte Anna, als sie den Vectra auf dem Behördenparkplatz einparkte. Das Einzige, was an diesem Tag zählte, waren Tom und sie.

9

Als Anna an diesem Abend einigermaßen pünktlich nach Haus kam, parkte Toms Wagen bereits in der Einfahrt. Er war gerade dabei, in der Küche den Abendbrottisch zu decken, als sich Anna von hinten an ihn heranschlich und ihn umarmte. Er schüttelte sie lachend ab. Dann sagte er gutgelaunt: »Du, ich habe gerade in der Zeitung gelesen, dass der HFC nach der Winterpause endlich wieder richtiges Bier ausschenken darf. Das ist doch klasse, oder?«

Anna versuchte, ihren Blick von den zarten Adern auf Toms Händen zu lösen. Sie durfte jetzt nicht nervös werden.

»Das hat der Senat wohl als Ablenkungsmanöver eingetütet. So wie wir alle in Zukunft den Gürtel noch enger schnallen sollen, hat er sich bestimmt gedacht, dass ein bisschen Alkohol fürs Volk nicht schaden kann.«

»Ich freue mich trotzdem darauf.« Tom nahm Anna in den Arm. »Und wenn es Jan tatsächlich gelingt, wieder nach Hamburg zu wechseln, ist mein Glück, jedenfalls was den HFC angeht, komplett.«

Eben noch hatte Anna überlegt, ihn zu küssen, jetzt verschluckte sie sich beinahe an ihrem Tee.

»Jan kommt wirklich zurück?«

Tom Greve rieb sich zufrieden beide Hände.

»Ich habe dir doch erzählt, dass er sich in England nicht wohlfühlt. Sein Management hat die Fühler schon in Richtung Hamburg ausgestreckt. Was sollen die in London auch mit einem Spieler anfangen, der nicht hundertprozentig motiviert ist? Wie es aussieht, kann der Transfer eigentlich nur noch an einer überzogenen Ablöseforderung der Briten scheitern.«

Anna schaute auf die Adern an Toms Händen, die jetzt allerdings nichts anderes mehr als dünne Striche auf seiner Haut waren.

»Ich drücke ihm die Daumen.«

»Das kannst du ihm bald selbst sagen. Jan hat mich heute im Büro angerufen, er wird uns über Weihnachten besuchen kommen.«

Wie hatte sich Anna auf diesen Abend gefreut, der nur ihnen beiden hatte gehören sollen. Dabei hatte er so schön angefangen, nicht zuletzt weil Tom ihr heute sogar einmal bei der Hausarbeit geholfen hatte, doch nun schien er sich in eine ganz andere Richtung zu bewegen. Außerdem, seit wann wurden in ihrer Familie eigentlich Entscheidungen über die Gestaltung des Weihnachtsfestes im Alleingang getroffen?

Draußen hörte sie die Haustür ins Schloss fallen. Nach der Intensität des Lärms im Flur zu schließen, war Ben soeben nach Hause gekommen.

»Musst du nicht langsam losfahren?«, fragte er seine Mutter kurz darauf in der Küche. »In zehn Minuten hast du doch deine Verabredung mit Flo.«

Schnell steckte sich Anna noch ein Stück Vollkornbrot in den Mund und trank ihren Tee aus.

»Bis später, ihr beiden«, rief sie Tom und Ben zu und kam anschließend noch einmal zurück, um ihren Mann zu umarmen. »Wir sprechen weiter, wenn ich zurück bin.«

Als Anna wenig später auf dem Parkplatz vor dem Gebäude der Freiwilligen Feuerwehr ihres Dorfes in der Ferne einen Motorroller auf sich zufahren sah, kam sie sich vor wie bei einem konspirativen Treffen. Flo stieg von seinem Gefährt ab, dann öffnete er die Beifahrertür ihres Wagens und ließ sich auf den Sitz neben sie fallen.

»Ich finde es ganz klasse, dass Sie mit mir reden, Frau Greve. Aber bitte erzählen Sie meinen Eltern nichts von der Geschichte, die stecken mich sonst ins Heim.«

In beschwörendem und auch ein wenig weinerlichem Ton setzte Florian sein Gespräch mit Anna fort. Dabei stellte er sich ihr gegenüber als bemitleidenswerter Junge dar, der, da er von seinen Eltern viel zu wenig Taschengeld erhielt, gar keine andere Möglichkeit hatte, als sich nebenbei ein paar Euro dazuzuverdienen. Dass er seine desolate Kassenlage allerdings nicht mit irgendeinem Job wie dem Austragen von Zeitungen, sondern vielmehr mit dem Verkauf von Drogen aufgebessert hatte, schien ihm keinerlei Gewissensbisse zu bereiten. Und obwohl er Anna, in allem, was sie sagte, zustimmte, hatte sie hinterher, trotz seines Versprechens, ab sofort mit dem Dealen aufzuhören, nicht den Eindruck, als wären ihre Ermahnungen bei Florian auch wirklich angekommen. Mit gemischten Gefühlen kehrte Anna nach Hause zurück, wo Ben und Tom bereits auf sie warteten.

»Und, wie ist es gelaufen, Mama? Du wirst Flo doch nicht etwa verraten, oder?«

»Ich kann noch nichts Endgültiges dazu sagen, Ben, denn meine Entscheidung wird auch von dir abhängen. Wenn ich allerdings sehe, dass du tatsächlich damit aufhörst, diese verdammten Joints zu rauchen, werde ich die ganze Geschichte sicherlich auf sich beruhen lassen. Florian hat beteuert, dass er bisher nur zweimal eine geringe Menge Gras in Hamburg besorgt und an seine Freunde verteilt hat.

Außerdem hat er mir versprochen, schleunigst mit dem Dealen aufzuhören. Wir werden sehen.«

»Du kannst dich auf mich verlassen, Mama; und auch auf Flo, versprochen«, entgegnete Ben mit jungenhaftem Lächeln und nahm Anna in den Arm.

Als Ben kurz darauf in seinem Zimmer verschwunden war, schenkte Tom seiner Frau ein Glas Rotwein ein und sagte schmunzelnd: »Wir selbst sind auch nicht unbedingt leuchtende Vorbilder in Sachen Drogen. Trotzdem, Anna, ich finde es wunderbar, wie du die Probleme mit Ben anpackst.«

In diesem Moment war es mit Annas guten Vorsätzen vorbei. »Vielen Dank auch für die Blumen, Tom. Ich würde es dagegen klasse finden, wenn du dich dazu durchringen könntest, mich in Zukunft ein wenig mehr bei der Erziehung unserer Kinder zu unterstützen«, erwiderte sie gereizt und stellte fest, dass Toms Verhalten auf Dauer untragbar für sie war. Niemals würde Anna den Spagat hinbekommen, von dem sie gestern noch geträumt hatte. Sie konnte Tom nun einmal nicht nur als ihren Liebsten betrachten und dabei völlig ausblenden, dass er auch der Vater ihrer Kinder war.

Elsa in Maschen, im Frühjahr 1986.

Da lag nur eine Ansichtskarte im Briefkasten. Elsa nahm sie heraus und öffnete die Haustür. Auf der braunen Kommode im Flur sah sie bereits einen Stapel mit Briefen, Werbezetteln und dem Wochenblatt liegen. Es war der Rest der Tagespost, die Vera am Vormittag herausgenommen hatte. Friedrichs Karte hatte sie im Briefkasten liegen gelassen, denn sie war an Elsa gerichtet. Vorn grün schillerndes Meer, Palmen und ein alter Dreimaster. Sie drehte die Karte um.

Liebe Elsa, las Elsa.

Viele Grüße aus dem Indischen Ozean. Ich hoffe, ihr seid alle gesund und munter. Hier ist es fremd und heiß. Wie ist es bei euch? Schreib doch mal wieder,

Dein Vater

Hatte er seinen Plan, zur See zu fahren, also tatsächlich wahr gemacht. Und nun sandte er unverbindliche Worte an sie, so als ginge ihn alles, was hier geschah, nichts mehr an. Die Weihnachtstage waren ohne eine Nachricht von Friedrich vergangen. Sogar Elsas Geburtstag, Anfang Januar, hatte er vergessen. Ihr Vater hatte sich weit entfernt mittlerweile. Und bei ihnen war es traurig wie immer. Nein, es war zu spät, er würde Elsa nie an die Hand nehmen und mit ihr zusammen ein neues Leben beginnen. Dabei hatte sich Elsa so sehr nach jemandem gesehnt, der sie an die Hand nahm. Aber sie war allein, ab jetzt gab es für sie keine Eltern mehr, basta. Friedrich schrieb ihr die bunten Karten nur, um sein Gewissen zu beruhigen. Und vielleicht auch, weil sie seinen Platz innerhalb der Familie einnehmen sollte. Schluss damit, es war an der Zeit, dass sie sich endlich auf sich selbst besann. Elsa, das Waisenkind, musste lernen zu laufen. Eigene Schritte zu tun, ja, sie war in den vergangenen Monaten viel zu freundlich zu Vera gewesen. Elsa betrachtete sich und ihren Körper, ihren Feind. Hässliches Gesicht. Hässliche Elsa. Und in der Klasse ging es mittlerweile zu wie in einem Hühnerstall. Selbst die stillen grauen Mäuse schickten jetzt Briefe. Kleine Zettel, im Unterricht hinter dem Rücken des Lehrers weitergereicht. Ankreuzbegehren für die blassen Jungen mit den verpickelten Gesichtern. »Willst du mit mir gehen?« Elsa ließ die Zettel fallen, jedes Mal, wenn sie an der Reihe war. Ihre Hände hatten keine Lust mehr, ein Glied der Kette zu sein.

Warum war sie immer noch hier, warum war sie nicht weit fort wie Friedrich?

Wieder einmal war das Haus so still und dunkel, als würde sie allein darin leben. Anna dachte daran, wie sehr sie sich auf diesen Abend gefreut hatte, doch wie schon so oft in den letzten Monaten saß sie ohne ihren Mann im Wohnzimmer herum. Dabei war es noch nicht einmal Mitternacht. Wo sollte sie nur mit all ihrer Sehnsucht nach Tom und ihren chaotischen Gedanken hin? Und wie sollte sie ihre Sorgen um Ben in den Griff bekommen? Es war offensichtlich, wie sehr sich ihre Haltung von der Toms unterschied, was die Erziehung ihres Sohnes betraf. Dabei war es doch so wichtig, dass sie als Eltern, zumindest nach außen hin, eine Einheit bildeten. Anna war ratlos, also wählte sie Paulas Nummer. Ihre Freundin war der einzige Mensch, dem sie sich immer anvertrauen konnte, egal, worum es ging. Vielleicht würde sie ihr aber auch gar nichts von ihren Sorgen erzählen, sondern nur ein bisschen mit ihr plaudern und hoffentlich auch lachen. Es gab niemanden, mit dem Anna das Lachen so viel Freude machte wie mit Paula.

»Störe ich?«

»Ach, woher. Ich pule mir gerade den Kleister aus den Haaren. Weißt du, ich hab heute endlich mein Schlafzimmer renoviert. Wollte ich eigentlich schon im Sommer machen, aber da hat mich immer die Sonne gekitzelt und zum Schwimmen geschickt. Jetzt ist das Jahr fast vorbei, Zeit, endlich etwas zu verändern. Musst du dir unbedingt ansehen, dieses Orange ist wunderbar. Und dann die darunter schimmernden asiatischen Schriftzeichen. Ich hab mir vom Hauptbahnhof ein paar chinesische Zeitungen besorgt und eine Wand damit tapeziert. Sieht klasse aus. Was gibt's, Anna?«

Als Anna am nächsten Morgen ihr Büro betrat, saß Lukas Weber bereits an seinem Schreibtisch.

»Anna, mir ist es gestern Abend noch gelungen, Frau Diebach telefonisch zu erreichen. Sie erwartet uns heute in ihrem Büro beim niedersächsischen Gesundheitsministerium in Hannover. Sigrid meint, wir sollten diesen Termin ohne sie wahrnehmen, da sie nach wie vor an der Recherche zu Dirk Adomeit sitzt. Wie ist es, wollen wir heute nicht ausnahmsweise einmal den Zug nehmen? Es würde sich anbieten, denn der Regierungssitz liegt gar nicht weit entfernt vom Hauptbahnhof.«

»Um Gottes willen, nein, Weber! Aber ich habe Ihren Wink mit dem Zaunpfahl schon verstanden, also geben Sie mir ruhig die Autoschlüssel, ich fahre.«

An diesem Vormittag war die Autobahn 7 in Richtung Hannover jedoch so stark frequentiert, dass Anna, als sie kurz darauf mit ihrem Wagen im Stau standen, ihre Entscheidung, mit dem Auto zu fahren, mehr als bedauerte. Sie überlegte schon, das Warnlicht anzuschalten und auf der Standspur bis zur nächsten Ausfahrt zu fahren, da bemerkte sie, dass Weber sie aufmunternd von der Seite ansah.

»Fahren Sie nur los, Anna, ein paar Vorteile muss unser Job schließlich auch haben.«

Obwohl die anschließende Autofahrt über Land zeitraubend war, trafen die beiden Kommissare beinahe pünktlich in Hannover ein. In ihrem Büro im Presseamt des niedersächsischen Ministeriums für Familie und Gesundheit wurden sie bereits von Monika Diebach-Meyer erwartet.

»Frau Greve, Herr Weber«, nickte sie zuerst Anna und anschließend Lukas Weber zu. »Es tut mir sehr leid, aber jetzt habe ich nicht viel mehr als eine Viertelstunde Zeit für Sie. Morgen steht ein wichtiger Termin in Berlin an, auf den ich mich noch vorbereiten muss. Was kann ich denn für Sie tun?«

»Es geht um die Mordfälle an Rainer Herold und Torsten Lorenz. Sie werden vielleicht schon davon gehört haben«, übernahm Anna.

»Wie bitte, Rainer und Torsten sind tot?«

»Genau deshalb sind wir hier. Immerhin sind Sie früher zusammen mit den beiden zur Schule gegangen und sollen nicht gerade das beste Verhältnis zueinander gehabt haben.«

Monika Diebach-Meyer lächelte die Kommissare freundlich an und erwiderte gelassen: »Das ist richtig, schließlich haben mir Rainer und Torsten von Anfang an Steine in den Weg gelegt. Ein Versuch, der jedoch, wie Sie heute sehen können, offensichtlich gescheitert ist.«

»Trotzdem sollen Sie sich dahingehend geäußert haben, es Rainer Herold und Torsten Lorenz irgendwann einmal heimzahlen zu wollen.«

Monika Diebach-Meyer nahm ihre Lesebrille von der Nase und starrte anschließend eine ganze Weile nachdenklich aus dem Fenster, bevor sie antwortete.

»Die beiden haben sich mir gegenüber damals sehr niederträchtig verhalten, und das nicht nur, weil sie meine erneute Wahl zur Klassensprecherin verhindert haben. Rainer und Torsten hatten vor allem deshalb ein Problem mit mir, weil ich ein Mädchen war, das sich ihnen nicht unterordnen wollte. Ich glaube, wenn ich zu jener Zeit eine gute Gelegenheit zur Rache gehabt hätte, so hätte ich sie auf jeden Fall auch wahrgenommen. Und wenn ich ehrlich bin, habe ich keinerlei Mitleid mit den beiden. Aber das Ganze ist nun schon so lange her, Frau Greve, dass ich es beinahe vergessen habe.«

»Gut, Frau Diebach-Meyer, für heute müssen wir nur noch einen letzten Punkt klären, dann können Sie sich wieder Ihrer Arbeit widmen. Würden Sie uns sagen, wo Sie sich am 23. November gegen 22.00 Uhr, sowie am 28. November in den frühen Abendstunden aufgehalten haben?«

»Am 28. und 29. November bin ich auf einem Kongress in Hamburg gewesen, doch an den anderen Abend kann ich mich nicht auf Anhieb erinnern. Ich werde dazu kurz in meinem Terminkalender nachschauen müssen, einen Moment bitte.«

Sie verließ den Raum, um in ihr Sekretariat hinüberzugehen, und Anna wandte sich ihrem Kollegen zu.

»Was halten Sie von der Frau, Weber?«

»Monika Diebach scheint mir sehr selbstbewusst zu sein, und darüber hinaus klingt ihre Aussage glaubwürdig.«

»Ja, genau so, wie man es sich von einer Politikerin erwartet. Doch damit ist noch nicht gesagt, dass ihre Angaben auch der Wahrheit entsprechen.«

»Am 23. November habe ich so spät abends keinen Termin mehr gehabt«, erklärte Monika Diebach-Meyer, nachdem sie aus ihrem Vorzimmer zurückgekehrt war. »Wahrscheinlich bin ich zu dieser Zeit bereits zu Hause gewesen.«

»Kann das jemand bezeugen? Ihr Mann vielleicht?«

»Ich lebe seit ungefähr zwei Monaten von meinem Mann getrennt. Falls Sie jedoch einen Kater als Zeugen akzeptieren, hätte ich ein Alibi vorzuweisen.« Sie lächelte und fuhr sich mit den Händen durch ihre kinnlang geschnittenen, kastanienbraunen Haare. »Falls nicht, gibt es für diesen Abend leider niemanden, der meine Aussage bestätigen könnte.«

Elsa saß auf dem Fußboden ihres Apartments. Vor sich hatte sie die Einzelteile des Nähkästchens ausgebreitet, neben ihr stand eine Flasche mit Leim. Sie untersuchte die zersplitterten Holzleisten und die verzogenen Schubladen mit ihren eingetretenen Fronten. Seltsam, dass es Zeiten gegeben hatte, in denen ihr dieses Ding einmal so wichtig gewesen war. Und dennoch hatte Elsa einst davon geträumt, genau so ein Kästchen zu besitzen und seine Schubladen mit ihren geheimen Schätzen zu füllen. Torsten hätte ihr ganz leicht eines schenken können, schließlich waren sie für seinen Vater nicht viel mehr als Verpackungsmaterial gewesen. Im Hinterhof der Näherei hatten immer ein paar angestoßene Kästchen beim Müllcontainer herumgelegen. Elsa wäre auch mit solch einem beschädigten zufrieden gewesen, aber sie wollte es sich nicht heimlich wegnehmen. Sie wollte, dass Torsten es ihr schenkte, aber Torsten hatte nein gesagt.

Elsa stand auf und betrachtete ihr Gesicht im Spiegel. Sosehr es ihr auch missfiel, die Ähnlichkeit mit ihrer Mutter Vera war unverkennbar. Der Mensch, mit dem sie in ihrem Leben immer am wenigsten hatte zu tun haben wollen, erfüllte sie, schimmerte durch sie hindurch. Elsa schüttete den schäbigen Rest ihrer Kinderträume in einen Plastikbeutel und schob ihn wieder unters Bett zurück. Ja, Vera war an allem schuld, Elsa hatte nie eine Chance gehabt, glücklich zu werden.

Dirk Adomeit saß in seinem rindsledernen Ohrensessel, die Füße auf einen weichen Hocker gelegt, und versuchte zu lesen. Aber die Zeilen verschwammen vor seinen Augen, und es gab nichts, was er dagegen tun konnte. Stattdessen drängten sich ihm immer wieder die Sätze der Kommissarin aus Hannover ins Bewusstsein. Er habe vielleicht Schuld daran, dass zwei Menschen ermordet worden wären, hatte sie gesagt. Und eventuell habe er das ja auch ganz direkt zu verantworten. Glaubte sie wirklich, dass er ein Messer zur Hand genommen hatte? Jedenfalls war die Kommissarin von nichts, was Dirk ausgesagt hatte, überzeugt gewesen. Ein Klassentreffen als Grund für die Anrufe anzugeben, wie lächerlich. Leider war der einzige Mensch, der seine Angaben hätte bestätigen können, Rainer Herold. Aber ein Toter machte sich nun einmal nicht gut als Zeuge. Und eine Frau wie Sigrid Markisch würde nicht verstehen, dass er nach ein paar unverbindlichen Telefonaten mit der Vergangenheit keine Lust mehr gehabt hatte, sich auch noch in der Gegenwart schlecht zu fühlen. Denn genau das wäre passiert. Dirk erinnerte sich noch einmal an sein Gespräch mit Rainer.

»Ein Klassentreffen?«, hatte Rainer in amüsiertem Ton gefragt. »Ich weiß wirklich nicht, ob ich für so etwas Zeit erübrigen kann, Dirk. Wie kommst du denn überhaupt auf eine dermaßen langweilige Idee, alter Junge? Hast du etwa nichts Besseres zu tun?«

Rainers Reaktion hatte für Dirk den Ausschlag gegeben, die Sache abzubrechen, bevor er überhaupt damit begonnen hatte, sie in die Tat umzusetzen. Doch die Kommissarin Markisch würde sich für das Warum kaum interessieren, fest stand nur, dass sie ihm nicht glaubte. Sie hatte sich in ihn verbissen und würde ihn weiter in die Enge treiben. So lange, bis er vielleicht sogar etwas gestand, was er gar nicht getan hatte. Dirk Adomeit war sich nicht sicher, ob er stark genug war, dieser Frau standzuhalten. Er sah aus dem Fenster, es hatte zu schneien begonnen, und klappte dann sein Buch zu. Etwas frische Luft würde ihm guttun.

Elsa hielt den Autoschlüssel über die Flamme ihres Feuerzeugs und versuchte auf diese Weise, das vereiste Türschloss ihres Wagens aufzubekommen. Schon begann sich der Himmel über dem Parkplatz vor ihrem Apartment grau zu färben. Wenn sie sich nicht bald auf den Weg machte, würde es zu spät sein, um Doreens Haus noch unbemerkt in Augenschein nehmen zu können. Bisher wusste sie noch viel zu wenig über die Gewohnheiten ihrer Freundin aus Kindertagen, und Elsa benötigte mehr Informationen, dank deren sie endlich einen vernünftigen Plan entwickeln konnte. An ihrem Bein begann das Handy durch den Wollstoff der Hose hindurch zu vibrieren. Elsa löschte das Feuerzeug und verbrannte sich daran, als sie es in ihre Manteltasche gleiten lassen wollte. Sie betrachtete die schmerzende Stelle an ihrem Zeigefinger und fluchte. Das Telefon gab noch immer keine Ruhe. Wahrscheinlich war es wieder Robin, aber sie konnte ihn nicht ständig ins Leere laufen lassen. Also nahm sie das Gespräch an, denn für einen Besuch bei Vera war es heute sowieso schon zu spät.

Robin hatte sich für diesen Abend mit seiner Schwester in einer Studentenkneipe am Schulterblatt verabredet. Als Elsa eintrat, wartete er bereits auf sie. Sie lächelte und Robin fiel wieder einmal auf, wie schön seine Schwester war. Heute schien sie auch bester Laune zu sein, denn sie küsste ihn sogar auf die Wange.

»Ist das dein Stammlokal?«

»Eigentlich nicht, aber ich habe mir gedacht, dass du dich hier vielleicht wohlfühlen würdest.«

Elsa sah sich in der lärmenden verrauchten Kneipe um und prostete ihrem Bruder dann mit ihrem Weinglas zu. Wie wenig er sie doch kannte.

»Auf dein Wohl, Brüderchen.«

»Ist lange her, dass wir zusammen unterwegs waren. Was ist eigentlich aus deinem Job geworden?«

Sie winkte ab.

»Die wollten mir viel zu wenig zahlen, aber ich werde schon noch etwas Passendes finden. Ich hab da mehrere Sachen laufen, die nächsten Tage dürften daher ziemlich anstrengend werden.«

»Ich habe Vera unseren Besuch für morgen angekündigt.«

»Das hat sie doch wahrscheinlich sowieso schon wieder vergessen. Was soll ich machen, Robin? Die Arbeit geht nun mal vor.«

Aus dem Augenwinkel heraus bemerkte Elsa einen jungen Kerl, der seine Blicke nicht von ihr lassen konnte. Er saß am Nebentisch und starrte die ganze Zeit zu ihr herüber, in seinem Schlepptau hatte er eine junge Frau, die ihr den Rücken zuwandte. Armes Mädchen, dachte Elsa, hoffentlich war sie nicht allzu verliebt in diesen Gockel. Nun sprach er zusätzlich auch noch so laut, dass man an den umliegenden Tischen jedes Wort mithören konnte. Wahrscheinlich war er ein angehender Jurist oder etwas Ähnliches, denn er redete in einem fort wichtig vor sich hin; irgendetwas über Klausuren und Fallbeispiele. Von seiner Begleiterin war dagegen nichts zu hören. Gerade stand das Mädchen auf und verschwand in einem der hinteren Räume. Wohl, um sich die Lippen nachzuziehen oder um einen hastigen Schluck Schnaps aus dem Flachmann in ihrer Damenhandtasche zu nehmen, dachte Elsa.

»Elsa? Hörst du mir überhaupt zu?«

»Entschuldige.« Fahrig strich sie sich die Haare aus der Stirn. »Was sagtest du gerade, Brüderchen?«

»Dr. Martin ist jedenfalls ganz zuversichtlich.«

Während Robin weitersprach, konnte Elsa den Blick nicht von der Tür lassen, hinter der das Mädchen vor einer Weile verschwunden war. Der Gockel konzentrierte sich unterdessen ganz auf Elsa. Er rückte immer näher an ihren Tisch heran und stieß dabei mit seinem Stuhl gegen den von Robin. Elsas Bruder drehte sich um.

»Studiert ihr auch in Hamburg?«

Robin war nicht sicher, ob der junge Mann hinter ihm tatsächlich ihn gemeint hatte.

»Äh, nein, wieso?«

»Ich stecke gerade mitten im Examen. Wenn es gut läuft, trete ich demnächst in die Kanzlei meiner Eltern ein. Zuerst als Referendar, aber später werde ich den Laden irgendwann übernehmen.«

Der Gockel lehnte sich zurück, verschränkte die Arme hinter seinem Kopf und sah Elsa dabei erwartungsvoll an.

»Glückwunsch«, entgegnete Robin freundlich, dann wandte er sich wieder seiner Schwester zu.

Elsa lächelte nicht. Ihre Fingerkuppen klopften einen Rhythmus auf die Tischplatte, den Robin nicht kannte.

»Warum ist dieser Arzt auf einmal so zuversichtlich, Robin? Du hast mir doch erzählt, mit Vera ginge es ständig bergab.«

Wieder wurde ihr Gespräch von dem jungen Mann am Nebentisch unterbrochen.

»Darf ich euch etwas mitbestellen?«

Er stand vor Elsa, berührte ihren Arm und glitzerte sie an.

»Wir sind versorgt«, blaffte sie zurück.

Elsa setzte sich seitlich auf ihren Stuhl und beugte sich dabei weit zu ihrem Bruder hinüber. Sie senkte ihre Stimme, als sie weitersprach.

»Ich verspreche dir, dass wir so bald wie möglich zusammen zu Vera gehen werden. Aber jetzt lass uns bitte von etwas anderem reden. Wie sehen eigentlich deine Pläne für Weihnachten aus?«

Robin musterte seine Schwester irritiert. Was sollte er schon groß an den Festtagen vorhaben, außer Vera zu besuchen und ansonsten für sich allein zu sein? Außer er entschloss sich, noch eine Gans für sie beide in den Ofen zu schieben. Was war nur los mit Elsa? Sie wirkte auf einmal total nervös und wusste nicht, wohin mit ihrem Blick. Sollte dieser zugegebenermaßen ein wenig aufdringliche Junge am Nebentisch etwa der Grund dafür sein? Möglicherweise kannte Elsa ihn ja von irgendwoher.

»Aber ihr habt doch hier studiert, oder?«

Der Student wollte es anscheinend noch immer nicht aufgeben.

»Einen Moment, Robin.«

Elsa, die eben noch wie ein scheues Reh gewirkt hatte, das man in die Enge treiben wollte, bekam einen starren Blick. Dann stand sie auf und baute sich vor dem jungen Mann auf, nahm das halb volle Glas von seinem Tisch und schüttete ihm das Bier in den Schoß.

»Kann ich sonst noch etwas für Sie tun?«

Wäre der junge Mann schlagfertig gewesen, wäre ihm vielleicht eine passende Antwort dazu eingefallen. So wischte er nur wortlos mit einer Serviette auf seiner Hose herum. Er schien viel zu überrascht, um wütend zu sein.

Elsa setzte sich nicht wieder an den Tisch.

»Ich muss morgen früh raus, Robin, wir telefonieren.«

Sie zerrte ihre Tasche von der Stuhllehne, und Robin beobachtete, wie ihre Hände dabei zitterten. Als Elsa gegangen war, bestellte er für sich und den Gockel am Nebentisch, der jetzt eher wirkte wie ein begossener Pudel, noch ein Bier.

»Tut mir leid, Kumpel, meine Schwester hatte einen schweren Tag.«

Robin starrte zu der Stelle auf der Straße, an der Elsa vor ein paar Minuten seinem Blickfeld entschwunden war. Was war hier eigentlich gerade geschehen? Gut, der Mann hinter ihm mochte zwar penetrant gewesen sein, aber ein paar klare Worte hätten auch gereicht, um ihn in seine Schranken zu weisen. Warum hatte Elsa nur dermaßen die Fassung verloren? Warum war sie auf einmal so aggressiv geworden? Doch wenn er es recht überlegte, wusste Robin, dass Elsa schon immer so gewesen war. Manchmal hatte es nur einer Kleinigkeit bedurft, und Elsa hatte ihre Wut nicht mehr unter Kontrolle gehabt. Darüber hinaus war sie schon immer nachtragend, ja sogar rachsüchtig gewesen. Plötzlich kamen Robin all die Geschichten von früher wieder in den Sinn und verbanden sich in seinen Gedanken mit dem, was er in der Zeitung über die Morde an Torsten Lorenz und Rainer Herold gelesen hatte. Besonders die Information, dass beide Männer verstümmelt worden waren, ließ ihn jetzt nicht mehr los. Und je intensiver Robin darüber nachdachte, desto unsicherer begann er zu werden. Auch wenn er nicht wusste, worum es damals tatsächlich gegangen war, so hatte er doch mitbekommen, dass Rainer und Torsten seiner Schwester Elsa übel mitgespielt hatten. War es denkbar, dass sie sich nun, nach all dieser Zeit, dafür an ihnen gerächt hatte? Konnte Elsa etwas mit den Morden an Rainer und Torsten zu tun haben? Sollte sie tatsächlich dazu in der Lage sein, andere Menschen zu töten?

Elsa in Maschen, im Sommer 1986.

Vera trug ein neues, blau-weiß gepunktetes Sommerkleid. Sie drehte sich vor dem Spiegel im Flur herum wie eine Ballerina und warf die Haare in den Nacken. Ihre Lippen waren rot geschminkt.

»Herr Wegener holt mich gleich ab. Richtest du bitte das Abendbrot und bringst nachher die Kleine ins Bett? Es kann spät werden, wir gehen nämlich aufs Sommerfest des MVV.«

Der MVV war der Maschener Verkehrsverein und Herr Wegener einer seiner Busfahrer. Er machte des Öfteren Pause in der Kehre vor dem Haus der Hollsteins, so hatte Vera ihn kennen gelernt. Das war vor drei Wochen gewesen, und seitdem war kein Tag ohne Wegenerkontakt verstrichen. Gestern in der Nacht war der Kontakt sogar so weit gegangen, dass man Herrn Wegener durch die Tür des Elternschlafzimmers hatte stöhnen hören können. Wenigstens trank Vera ihren Schnaps nun nicht mehr allein oder ging in die Heidbergklause, um sich mit irgendwelchen Männern einen anzusaufen. Gestern war auch wieder eine Postkarte von Friedrich gekommen. Diesmal hatte Vera sie für Elsa auf den Schreibtisch gelegt. Elsas Vater schipperte noch immer auf den Meeren herum und hatte offensichtlich Besseres zu tun, als sich um seine Kinder zu kümmern. Elsa nahm die Postkarte zusammen mit den anderen und dem Brief von Friedrich aus ihrer Holzschachtel heraus und begann, das Papier mit einer seiner Rasierklingen in kleine Stücke zu zerschneiden. Danach schrieb sie ein paar Zeilen an Robin und setzte sich auf ihr Fahrrad. Sie fuhr den weiten Weg durch den Wald bis zu den Feuchtwiesen an der Seeve. Atemlos ließ sie das Rad neben sich ins Gras fallen. Sie schloss die Augen, endlich war Stille. Doch nach einer Weile drang aus der Entfernung Gelächter an Elsas Ohr. Sie stand auf, um zu sehen, wer den Lärm verursachte, und erkannte ein paar Mädchen aus ihrer Klasse, in deren Schlepptau sich ein paar ver-

pickelte Ankreuzbegehren befanden. Jetzt schwoll das Geschrei weiter an, denn die Jungen versuchten, ihre Favoritinnen in die Seeve zu ziehen. Elsa hörte hysterische Mädchenschreie, in denen Angst, aber auch Vergnügen mitschwang. Der Fluss war nicht sehr tief, doch er hatte an einigen Stellen eine starke Strömung und war sogar jetzt, im Sommer, kalt wie ein Gebirgsbach. Elsa hockte sich hin und beobachtete Torsten und Rainer, die gerade dabei waren, Paula hinterherzujagen. Ja, so wie Paula sollte man sein, dann wäre das Leben leicht. Paula war ein Mädchen aus ihrer Parallelklasse, und Elsa hatte schon oft gesehen, wie ihr irgendwelche Jungen, auch solche aus den oberen Jahrgängen, Zettelchen zusteckten. Aber warum gab sich Paula überhaupt mit diesem Kindergarten ab, wo sie doch ganz andere haben konnte? Und was machte ausgerechnet Torsten hier? Der hatte schließlich etwas im Kopf und war für einen Jungen gar nicht einmal so übel.

Günther Sibelius saß zusammen mit Anna, Weber und Antonia Schenkenberg in der Polizeikantine in Hamburg Alsterdorf.

»Die Anzeigen über Zwischenfälle mit Nichtsesshaften im Hamburger Umland häufen sich wieder«, berichtete er. »Es ist fast so wie vor ein paar Jahren, als Innensenator Poll am Ruder war. Die Obdachlosen stehen zwar nicht mehr am Hauptbahnhof oder in der Innenstadt herum, aber damit ist das Problem noch lange nicht aus der Welt. Irgendwo müssen sie sich schließlich ja auch aufhalten. Vor dem Rathaus in Harburg soll jetzt wieder so ein Treffpunkt entstanden sein. Die örtliche Polizei ist hoffnungslos überfordert, auf einen solchen Andrang waren sie nicht vorbereitet.«

»Genau wie in Pinneberg«, setzte Antonia Schenkenberg hinzu. »Da komme ich fast jeden Tag an dem Platz vorbei, an dem sie sich versammeln, es sind manchmal an die hundert Menschen.«

»Und in den U- oder S-Bahnen in Richtung Vororte werden wieder vermehrt Drogen unter die Leute gebracht. Dort ist es allerdings viel schwerer, Kontrollen durchzuführen, als früher neben dem Hauptbahnhof in der Kirchenallee.«

Günther Sibelius klopfte sich auf die Schenkel, hatte aber kein vergnügtes Gesicht dabei.

»Übrigens habe ich heute die Mitteilung auf den Schreibtisch bekommen, dass unser Weihnachts- und Urlaubsgeld weiter gekürzt wird. Damit wurde die Erhöhung unserer Bezüge nicht nur rückgängig gemacht, nein, unterm Strich werden wir in Zukunft sogar noch weniger im Portemonnaie haben als früher.«

»Mehr Arbeit für weniger Geld. Was für ein Spaß, unter Schönauers Leitung zu den Guten zu gehören«, lachte Anna bitter.

Wie aufs Stichwort kam Martin Schönauer in diesem Augenblick zu ihnen an den Tisch.

»Ach, hier stecken Sie, Herr Sibelius. Auf ein Wort.«

»Wahrscheinlich will er dem Chef jetzt den Mund wegen der beschlossenen Schweinerei mit unseren Bezügen verbieten«, flüsterte Weber hinter vorgehaltener Hand seiner Kollegin Anna Greve zu.

»Ist die Giraffe eigentlich noch immer in ihrem Verschlag?«

»Anna!«

Schönauer war derweil an ihren Tisch zurückgekehrt, begrüßte Weber und stand nun lächelnd vor Anna Greve.

»Sie wirken so unglaublich jung, Frau Greve, fast wie frisch von der Akademie. Ich muss mir immer wieder ins Gedächtnis rufen, dass sie eine erfahrene Polizistin sind.«

Anna nickte wortlos zurück und überlegte, wie sie die elende Schleimspur, die Schönauer gerade eben hinterlassen hatte, nur wieder loswerden würde.

Elsa hatte den Fahrersitz ihres Wagens in eine geneigtere Position gebracht und saß jetzt vor Doreens Haus nahezu so bequem wie in einem alten Kinosessel. Nur wenig später beobachtete sie, wie ein weißer Transporter um die Kurve gefahren kam, der anschließend in die Einfahrt zu Doreens Haus einbog. Der Wagen war mit der Aufschrift »Tischlerei Arno Rost« versehen. Ein Mann, ungefähr Mitte dreißig, stieg aus, zwei weitere, jüngere Männer folgten ihm. Der Ältere hatte offensichtlich das Sagen, also musste er Arno Rost sein, der Ernährer von Doreen. Die beiden anderen waren wahrscheinlich seine Angestellten, vielleicht ein Geselle und ein Lehrling. Doreen Rost, dachte Elsa, das war nicht gerade ein sehr klangvoller Name. Vielleicht hatte sich Doreen deswegen sogar für einen Doppelnamen entschieden und hieß heute gar Doreen Possel-Rost, wie lächerlich. Elsa warf einen aufmerksamen Blick auf Herrn Rost. Gar nicht schlecht, dachte sie. Das Haar des Tischlers war lang und wunderschön. Zerzaust, aber nicht ungepflegt. Wunderschön zerzaust war es, wie von der Brise eines unbekannten Meeres. Jetzt flog die Haustür auf, und Doreen stürmte auf ihren Ernährer zu. Sie ließ sich in seine Arme fallen, und der Tischler fing sie tatsächlich auf. Elsa konnte seine Augen sehen; braun waren sie, braun und blitzend. Unter seiner Arbeitskluft zeichnete sich ein kräftiger Oberkörper ab. Muskulös war er, aber nicht bedrohlich. Warum war Elsa niemals eine solche Liebe begegnet? Dieser Tischler war nicht nur attraktiv, er schien darüber hinaus auch noch ein freundlicher Mann zu sein. Wie war es Doreen nur gelungen, einen solchen Kerl einzufangen? Da konnte eigentlich nur Betrug im Spiel gewesen sein. Wahrscheinlich hatte sie sich von Herrn Rost schwängern lassen, um ihn dann anschließend an seine Pflichten erinnern zu können. Jetzt flüsterte Doreen gerade irgendetwas in sein Ohr, und Elsa beobachtete, wie der Tischler lächelte. Sie öffnete ihr Fenster und horchte.

»Tut mir leid, mein Schatz. Du weißt doch, dass es nächste Woche in den Osten geht. Wir machen das, wenn ich wieder zurück bin, versprochen.«

Elsa sah, wie Doreen ihren Tischler daraufhin an sich zog und mit ihm zusammen ins Haus zurückging.

Anna Greve saß zusammen mit Weber in ihrem Büro. Es war bereits später Nachmittag, als die Kommissare die neuen Überprüfungsergebnisse zu Monika Diebach untereinander austauschten.

»Ende November hat in Hamburg tatsächlich ein Ärztekongress stattgefunden, an dem Frau Diebach als Pressesprecherin des niedersächsischen Gesundheitsministeriums teilgenommen hat«, begann Weber. »Da das offizielle Programm des 28. Novembers allerdings bereits um 16.00 Uhr endete, wäre es für sie theoretisch möglich gewesen, anschließend nach Maschen zu fahren, um Torsten Lorenz zu töten.«

»Hat sie denn hinterher keine offiziellen Verpflichtungen mehr gehabt?«, fragte Anna zurück.

»Soweit ich weiß, hat es seitens des Senats an diesem Abend noch eine Einladung zu einem gemeinsamen Essen im Kollegenkreis gegeben, das sie jedoch abgesagt haben soll.«

»Gut gemacht, Weber, also werden wir Frau Diebach um ein weiteres Gespräch bitten. Diesmal werden wir sie allerdings ganz offiziell in unser Büro einbestellen. Zumal Frau Diebach, nachdem die Befragung ihrer Nachbarn und Mitarbeiter zum Abend des 23. November ebenfalls nichts ergeben hat, jetzt weder für den ersten noch für den zweiten Tatzeitpunkt ein glaubwürdiges Alibi vorzuweisen hat. Zunächst sollten wir jedoch den Chef und auch Sigrid Markisch über unsere neuen Ansatzpunkte informieren. Kommen Sie, Weber?«

»Ich denke, dass daraus heute nichts mehr werden wird, denn Sigrid Markisch hat Dirk Adomeit schon wieder herzitiert. Soweit ich informiert bin, soll die Vernehmung bereits in ein paar Minuten beginnen. Der arme Kerl, er scheint mir von seiner Persönlichkeitsstruktur her nicht gerade der Typ zu sein, der anderen Männern die Eier abschneidet.«

Annas Augen leuchteten auf.

»Sag ich doch. Gut, dann setzen wir gleich für Montag früh eine ausführliche Besprechung mit den Kollegen an.«

»Wie wäre es, Anna, wenn wir stattdessen heute noch einmal eine gemeinsame Befragung im Umfeld von Torsten Lorenz in Angriff nehmen? Schließlich war ich in den Tagen nach dem Mord ganz und gar mit dem jungen Bertram beschäftigt und würde mir gern selbst ein Bild von den Maschenern machen. Fangen wir mit der Witwe von Torsten Lorenz an?«

»Gute Idee, Weber.«

Anna Greve klingelte nun schon zum dritten Mal an der

Haustür der Lorenzens, aber niemand reagierte auf das Läuten. Dabei brannte in allen Räumen Licht, und die bläulichen Blitze im Wohnzimmer ließen darauf schließen, dass der Fernseher eingeschaltet war. Endlich tauchte der blond gelockte Schopf eines kleinen Mädchens hinter den Butzenscheiben der Haustür auf.

»Mama ist in der Sauna, ich sage ihr Bescheid«, rief sie ihnen zu, nachdem sie die Tür geöffnet hatte.

Weber und Anna standen im Flur, als die Kleine wiederkam.

»Sie kommt gleich.«

Das Kind steckte sich ein großes Fruchtgummi in den Mund und rannte ins Wohnzimmer zurück, wo tatsächlich der Fernseher lief. Ein Zeichentrickfilm aus Japan flimmerte über die Leinwand, der eigentlich viel zu brutal für ein Mädchen von höchstens fünf Jahren war, dachte Anna.

Marianne Lorenz kam kurz darauf in einem weißen Frotteebademantel die Treppe vom Keller herauf. Ihr Gesicht war gerötet, ihr Blick flackerte unruhig, und ihr Körper war schweißnass.

»Einen Augenblick, ich ziehe mir nur eben etwas an«, murmelte sie und zog sich den Mantel fester um die Schultern.

»Mittlerweile scheint schon Ihre bloße Anwesenheit zu genügen, Weber, um die Frauen aus der Fassung zu bringen. Ob das der neue Haarschnitt ist?«

Lukas Weber grinste.

»Vielleicht hatte ihr Zittern auch eine ganz andere Ursache.«

Tatsächlich, die Nervosität der Hausherrin hatte einen anderen Grund gehabt als Webers kecken Haarschnitt und kam wenig später auf zwei dunkel behaarten Beinen, ein kleines Handtuch um die nackten Hüften geschlungen, die Treppe herauf. Und auch Marianne Lorenz gesellte sich mit wirr um den Kopf stehenden Haaren wieder zu Weber und Anna.

Der unbekannte Mann blinzelte, ging nun zur Anrichte hinüber, wo er seine Brille zur Hand nahm, die er sich anschließend aufsetzte.

»Das ist Herr Wieland, ein Mitarbeiter unserer Bank«, stellte Marianne Lorenz den Saunagänger vor.

Anna hatte durchaus schon von geschäftlichen Besprechungen in der Sauna gehört, allerdings waren in diesen Fällen die Voraussetzungen und Hintergründe etwas andere gewesen. Das Bild der trauernden Witwe war für sie jedenfalls um eine Facette reicher geworden.

»Kommen Sie doch bitte mit ins Wohnzimmer.«

Marianne Lorenz stellte den Fernseher aus und schickte ihre Kinder in ihre Zimmer hinauf.

»Gibt es etwas Neues?«

»Nein, eigentlich nicht. Aber wir wollten noch einmal nachfragen, ob Ihnen nach unserem letzten Gespräch vielleicht noch etwas eingefallen ist. Hat es in den Tagen vor dem Mord wirklich keinerlei Auffälligkeiten gegeben, Frau Lorenz? Zum Beispiel Anrufe, bei denen aufgelegt wurde, sobald Sie sich gemeldet haben? Oder an ihren Mann adressierte Post, die ihn vielleicht irgendwie beunruhigt oder die er vor Ihnen zu verbergen versucht hat?«

»Nein, Torsten war wie immer. Natürlich habe ich die Tage vor seinem Tod noch einmal Revue passieren lassen, aber es bleibt dabei. Mir ist wirklich nichts Besonderes aufgefallen.«

Inzwischen hatte sich auch der mittlerweile wieder bekleidete Banker zu ihnen gesellt und sich neben Marianne Lorenz gesetzt.

»Worum geht es hier eigentlich«, fragte er mit einem Blick zu Lukas Weber.

»Sie sind ein Freund der Familie, Herr Wieland?«

»Ich kenne Frau Lorenz seit vielen Jahren, Herr Kommissar, und bin ihr dabei behilflich, ihre finanziellen Angelegenheiten zu regeln.«

»So, wie Sie vorher Ihren Mann berieten?«

»Als Hausbank von Herrn Lorenz fühlen wir uns nach seinem Tod auch der Familie gegenüber verpflichtet.«

Da Weber den Saunagänger daraufhin ungläubig musterte, fügte Wieland hinzu: »Hier auf dem Land gehen die Uhren eben etwas anders.«

Den langen Rückweg in die Stadt hinein kam Weber immer wieder mit einem breiten Grinsen auf diesen Punkt zu sprechen.

»Hab ich's doch gewusst, das Leben auf dem Land ist ein wahrer Sündenpfuhl.«

Im Büro zurück, machten sich die Kommissare sofort daran, Hajo Wieland, den Mann, den sie im Haus der Lorenzens angetroffen hatten, zu überprüfen. Wie sein Beruf als Bankangestellter vermuten ließ, war er bisher in keinerlei Straftaten verwickelt gewesen. Hajo Wieland war in Remscheid, im Bergischen Land, geboren worden und lebte und arbeitete derzeit in Maschen als stellvertretender Filialleiter der örtlichen Kreissparkasse. Zu Rainer Herold und Torsten Lorenz schien er in der Vergangenheit keinerlei Verbindungen gehabt zu haben.

Weber schaute auf seine Uhr und grinste Anna an.

»Lassen Sie uns heute einmal pünktlich Feierabend

machen, Frau Kollegin, vielleicht können Sie sogar noch auf einen Sprung in die Dorfsauna hereinschauen. Auf jeden Fall wünsche ich Ihnen ein schönes Wochenende, Anna. Ich dagegen werde in den nächsten beiden Tagen meine armen Knochen beim Umzug meiner Schwiegereltern schinden. Was soll's, es ist ja für einen guten Zweck.«

Frierend rieb Elsa ihre Hände aneinander. Seit Stunden beobachtete sie nun schon das Haus von Doreen, ohne dass sich etwas ereignet hatte. Mittlerweile konnte sie die Welt außerhalb des Autos kaum noch erkennen, denn ihr Atem hatte die Scheiben schon ganz beschlagen. Dennoch traute sie sich nicht, den Motor anzuschalten. Das Geräusch würde die Nachbarn nur unnötig auf sie aufmerksam machen.

Elsa öffnete die Fahrertür und stieg aus. Sie trat fest auf, um ihre von der Kälte tauben Füße wieder zu durchbluten. Nach etwa dreihundert Metern knickte die asphaltierte Straße in einer scharfen Linkskurve ab, dahinter tat sich ein schmaler, unbefestigter Feldweg auf. Hier gab es keine Häuser mehr, nur noch unberührte Natur. Zu ihrer Rechten sah sie eine große, unbebaute Fläche, links begann ein Kiefernwäldchen. Elsa betrat die Wiese und spürte den weichen Schnee unter ihren Füßen nachgeben. Sie zog die Handschuhe aus und bückte sich, um seine Konsistenz zu prüfen. Er war schön pappig, wie geschaffen für einen Schneemann. Eine solche Idee war ihr schon lange nicht mehr in den Kopf gekommen. Voller Eifer machte sich Elsa an die Arbeit, als sie plötzlich Blicke auf sich ruhen fühlte. Kurz hinter der Kurve, am Anfang des unbefestigten Weges, stand ein kleines Mädchen, das sie aufmerksam beobachtete. Es war das Mädchen mit dem Kaninchen, Doreens Tochter.

»Hallo«, rief Elsa und lächelte. »Willst du mitmachen?«

Das Mädchen zögerte. Es zappelte von einem Bein auf das andere und schien mit sich zu kämpfen. Wahrscheinlich hatte es die Anweisung bekommen, nicht weiter von zu Hause fortzugehen als bis zum Ende der ausgebauten Straße. Elsa nahm ihre Beschäftigung wieder auf und tat, als kümmerte sie die Kleine nicht mehr. Langsam kam das Mädchen näher.

»Eigentlich darf ich nicht hierher.«

»Du könntest den Kopf des Schneemanns übernehmen. Hol mir doch bitte ein paar Steine für seine Augen.«

Das Mädchen klaubte zwei Steine vom Weg auf und kam zu Elsa hinüber.

»Wie heißt du denn?« Elsa gab ihr die Hand. »Ich heiße Sabine.«

»Martha.« Die Kleine drehte schüchtern am Zipfel ihres Schals.

Elsa zeigte auf eine unberührte Feldfläche neben sich.

»Hier müsste es gehen. Da hast du genug frischen Schnee, was meinst du?«

Martha bückte sich und fing an, eine Kugel für einen schönen, großen Schneemannkopf zu bauen.

Nach einer Weile strahlte Martha ihre neue Freundin begeistert an: »Fertig!«

Nun fügte Elsa die Kugeln zusammen, und wenig später betrachteten die beiden ihr Werk.

»So einen großen hab ich noch nie gebaut, nicht mal mit Papa«, freute sich die Kleine.

»Aber es fehlt noch etwas.«

Elsa nahm Martha auf den Arm, damit das Mädchen die Augen selbst anbringen konnte. Als Nase diente ein Tannenzapfen, den Elsa in ihrer Manteltasche gefunden hatte. Nun stand ein imposanter Schneemann mitten auf dem Feld, der dank Martha und der Art und Weise, wie sie die Augen platziert hatte, zudem auch noch richtig fröhlich aussah. Langsam begann es zu dämmern.

»Hier«, Elsa löste eine zierliche Silberkette mit einem grün emaillierten Anhänger in Form eines Kleeblatts von ihrem Hals und legte sie Martha in die Hand.

»Die hängen wir ihm um, damit er über Nacht nicht so allein ist.«

»Hat der Schneemann denn Angst im Dunkeln?«

Elsa brachte die Kette an und schmunzelte.

»Jetzt nicht mehr.«

Als Elsa schließlich in ihren Wagen stieg und davonfuhr, winkte ihr das Mädchen noch lange hinterher. Kaum zu Hause angekommen, bestürmte Martha ihre Mutter Doreen.

»Mama, ich habe einen Schneemann gebaut.«

Marthas Wangen waren rot vor Kälte. »Einen ganz großen!« Sie zeigte mit der Hand auf eine imaginäre Stelle hoch über ihrem Kopf.

Doreen schaute aus dem Fenster hinaus auf die unberührte Schneelandschaft des Gartens.

»Das ist toll, wo denn?«

Martha sah auf den Fußboden und schwieg.

»Willst du ihn mir nicht zeigen?«

Die Kleine stapfte an der Hand ihrer Mutter die Straße entlang. Hinter der Kurve, dort, wo die Grenze ihres Reiches lag, blieb sie stehen und zeigte geradeaus, auf den Rand der Wiese.

»Wie oft habe ich dir gesagt, dass es gefährlich ist, ganz allein so weit wegzugehen.«

Marthas Gesicht entspannte sich.

»Aber ich war gar nicht allein, Mama. Sabine hat mir geholfen.«

Sie zog ihre Mutter weiter mit sich fort.

»Hier, das hat sie dem Schneemann geschenkt, damit er keine Angst hat im Dunkeln.«

Doreen betrachtete die Silberkette mit dem kleinen, grünen Kleeblatt. Sie öffnete den Verschluss und ließ die Kette in ihre Hand gleiten. Genauso einen Glücksbringer hatte sie als Kind auch einmal besessen. Doreen sah sich um. Auf einmal fühlte sie sich unbehaglich. Wurden sie etwa beobachtet?

»Wie hat die Frau denn ausgesehen, Martha?«

»Wie ein Engel, nur dunkler.«

»Was soll das heißen?«

»Na ja, sie hatte braune Sachen an, und Engel sind doch weiß.«

»Und wie sind ihre Haare gewesen?«

»Schön lang.«

»Und welche Farbe hatten sie? Waren sie so wie meine?«

»Nein, so!«

Martha zeigte auf den feuerroten Golf ihrer Nachbarin Frau Bohn von gegenüber.

»Und auch dunkel.«

10

Elsa an der Seeve, im Sommer 1986.

Elsa kauerte im Schatten hinter wild wucherndem Knöterich und rupfte Wiesenblumen aus der feuchten Erde nah am Fluss. Als die Blüten sterbend vor ihr auf einem Haufen lagen, begann sie, einen Kranz daraus zu winden. Das Lachen hinter der Hecke war leiser geworden. Vorsichtig bog sie einige Zweige auseinander und konnte gerade noch sehen, wie ihre Mitschüler auf ihre Fahrräder stiegen und in Richtung Dorf davonfuhren. Torsten hielt sich dicht neben Paula aus der Parallelklasse. Elsa spürte einen Mückenstich an ihrem Knöchel jucken, sie rieb etwas Spucke darauf. Dann band sie ihren Pullover um die Hüften und folgte den anderen in gebührendem Abstand. Paula fuhr mit wehenden Haaren immer neben Torsten her. Nein, Paula war wirklich keine graue Maus. Zum Glück sahen sie einander nur auf dem Schulhof, nicht auch noch während der vielen Stunden im Unterricht. Achtsam näherte sich Elsa der nächsten Kurve, als sie Torsten nebst Anhang plötzlich auf der roten Bank am Waldrand sitzen sah. Um sie herum die Räder im Gras. Rainer biss gerade in einen großen Apfel, den er anschließend Paula hinüberreichte. Torsten hatte es sich natürlich direkt neben ihr gemütlich gemacht und rauchte eine Zigarette. Zu gern hätte Elsa auch einen Apfel gehabt oder zumindest einen Schluck Wasser. Der Himmel hatte sich rot gefärbt, die Sonne war fast gänzlich hinter den Schönwetterwolken am Horizont verschwunden. Jetzt buken die Engelchen Kuchen im Himmel, die Abendbrotzeit war längst vorbei. Hoffentlich waren Robin und Miriam allein klargekommen. Immerhin hatte Elsa ihnen einen Zettel geschrieben und sogar noch den Tisch für sie gedeckt. Und wer bestimmte überhaupt, dass sie für die Pflichtversäumnisse ihrer Eltern aufzukommen hatte?

Mittlerweile war es dunkel geworden, und Elsa konnte den Abstand zu ihren Mitschülern verringern. Die Clique schlenderte vor ihr her durch die Siedlung. Torsten hatte seinen Arm um Paula gelegt, Rainer machte sich derweil an der Antenne eines Autos zu schaffen. Anschließend fuchtelte er mit der abgeknickten Metallstange vor den anderen herum.

»Lass doch den Kinderkram«, konnte Elsa Doreen rufen hören.

Davon unbeeindruckt nahm Rainer seinen Schlüssel aus der Tasche und verpasste dem blauen Golf am Straßenrand neben sich ein Muster an der lackierten Flanke. Danach zerrte er so lange am Stern auf der Kühlerhaube eines Benz herum, bis er ihn abgebrochen hatte, kniete sich mit seiner Trophäe vor Doreen in den Sand und sagte: »Hier, für dich.«

Doreen kicherte.

»Wer hat mal 'ne Kippe?«, fragte er anschließend weltmännisch in die Runde, doch ihre Vorräte waren schon seit einer Weile aufgeraucht. Zum Glück war es nicht mehr weit bis zum nächsten Zigarettenautomaten vor Meyers Bäckerei. Rainer stand vor der Kneipe in der Nebenstraße Schmiere, während Torsten wild, aber vergeblich auf den Automaten einschlug. Die anderen aus der Clique hatten sich an die gegenüberliegende Häuserwand gepresst und warteten kichernd.

»Lasst das mal eine Fachfrau erledigen, Jungs«, grinste Paula. Sie hatte geschickte Finger und darüber hinaus auch einen metallenen Hebel in ihrer Fahrradtasche. Paula knackte den Automaten, als hätte sie nie etwas anderes getan. Die anderen kamen herübergelaufen und klaubten die auf der Straße liegenden Schachteln auf, dann flohen sie an den Dorfteich. Torsten und Rainer hoben Paula hoch und wirbelten sie durch die Luft. Sie landete auf den Schultern von Torsten und hielt ihm die Augen zu, während er versuchte, sich mit seiner süßen Last auf eine Bank zu setzen. Elsa starrte in das grelle Licht der Telefonzelle gegenüber. Sollte sie jetzt die Schergen rufen und Paula verpfeifen? Verdient hätte sie es ja, so wie sie sich an Torsten und Rainer heranwanzte.

Doreen löste sich aus den Armen ihres Mannes Arno. Wenn sie nicht endlich damit aufhören würde, sich weiterhin im Bett herumzuwälzen, würde ihr Liebster bestimmt noch aufwachen. Doreen schlich auf Zehenspitzen aus dem Schlafzimmer und in die Küche hinunter, um sich einen Schlaftrunk zu kochen. Die Standuhr im Flur schlug dreimal. Wenig später goss sie den heißen Kakao in einen Porzellanbecher und hielt noch einmal vor der Uhr inne. Doreens Augen streichelten Arnos kostbares Geschenk. Diese Uhr war sein Meisterstück gewesen, handgearbeitet nach einem Vorbild aus dem neunzehnten Jahrhundert. Jede Schnitzerei, jede Einlegearbeit hatte er originalgetreu nachgebildet. Zu ihrer Hochzeit hatte Arno ihr die Standuhr als Unterpfand seiner Liebe anvertraut. Seitdem war sie Doreens Talisman, und ihr wohlklingender dunkler Ton zur vollen Stunde hatte es noch immer fertiggebracht, Doreen aufzuheitern. Doch sosehr sie sich auch bemühte, zur Ruhe zu kommen, in dieser Nacht wollte es ihr nicht gelingen.

Doreen saß im Wohnzimmer und starrte in die Dunkelheit hinaus. Sie konnte das ungute Gefühl, dass irgendjemand sie beobachtete, einfach nicht verscheuchen. Vor ein paar Tagen hatte sie dieses Gefühl zum ersten Mal gehabt, und heute wieder, als sie mit Martha vor dem Schneemann gestanden hatte. Und jetzt? Hatte sich nicht gerade eben dort hinten im Garten neben der Tannenreihe etwas bewegt? Doreen kniff die Augen zusammen, um besser sehen zu können, doch da war nichts außer der Spiegelung ihres eigenen Gesichts in der Fensterscheibe. Sie schaltete die Außenbeleuchtung im Garten an, nahm behutsam die grüne Strickjacke ihrer Mutter aus der Sofaecke und zog sie über. Irmgards Jacke war mit den Jahren an einigen Stellen, vor allem an den Ellenbogen, fadenscheinig geworden und verschlissen. Doch Doreen hatte diese Jacke schon als Kind gern getragen, vor allem dann, wenn sie sich krank gefühlt hatte oder traurig gewesen war. Früher hatte sie die Ärmel immer zweimal umschlagen müssen, mittlerweile war sie schon lange in sie hineingewachsen. Doreen tauchte mit ihrer Nase in den Jackenkragen und betrachtete die kleine Silberkette in ihrer Hand. Die Kette gehörte der fremden Frau, die an diesem Nachmittag mit Martha einen Schneemann gebaut hatte; Sabine hatte sie geheißen. Eigentlich hatte Sabine ihrer Tochter Martha eine wunderbare Geschichte erzählt. Da gab es einen Schneemann, der sich im Dunkeln fürchtete, aber den man mit einem Talisman beschützen konnte. Kinder liebten Geschichten. Besonders solche, in denen Magie vorkam. Was aber, wenn sich diese Frau damit nur in Marthas Herz hatte schleichen wollen? Seit Doreen eine Familie hatte, verstand sie, was es hieß, sich Sorgen zu machen. Ständig sorgte sie sich um ihre Tochter und auch um Arno, wenn er für längere Zeit geschäftlich unterwegs war. Es gab so viele Gefahren, übermüdete Lastwagenfahrer oder fremde Frauen, die kleine Mädchen entführten. Die zarte Silberkette lag noch immer in Doreens Hand. An den Rändern des grün emaillierten Kleeblattes war die Farbe abgestoßen, wahrscheinlich war es ziemlich alt. Genauso eine hatte Doreen ihrer Freundin Elsa damals zum Geburtstag geschenkt. Vielmehr hatte Irmgard gemeint, man müsse Elsa eine besondere Freude machen. Doreen hatte das übertrieben gefunden. Vielleicht, weil Elsa zu dieser Zeit schon nicht mehr ihre Freundin gewesen war. Im Grunde war sie das nie gewesen. Doreen hatte sich nur mit ihr getroffen, weil Elsa ihr leidgetan hatte. Elsa schien so dringend eine Freundin zu brauchen, doch das Zusammensein mit ihr war meist fürchterlich gewesen. Immer musste Elsa bestimmen, bei allem die Beste sein. Und dann ihre Wutausbrüche, ihr ungeheurer Zorn, wenn etwas einmal nicht nach ihrer Vorstellung lief. Kein Wunder, dass sich die anderen Mädchen schnell von ihr abwandten. Außerdem war sie eine penetrante Klette. Elsa wollte Doreen mit Haut und Haar, ganz für sich allein. Wenn Doreen ihrer Mutter Irmgard von ihrem Kummer erzählte, hatte diese sie ermutigt, trotz allem freundlich zu bleiben. Doreen hatte wirklich nicht gemein zu diesem Mädchen sein wollen, das keiner mochte, aber das Freundlichbleiben war ihr von Tag zu Tag schwerer gefallen. Schon hatten die anderen begonnen, Doreen wegen ihres schrecklichen Schattens aufzuziehen. Irgendwann hatte sie es dann nicht mehr ausgehalten und zu einer List gegriffen. Doreen bekniete ihre Eltern so lange mit dem Wunsch, dass sie unbedingt reiten lernen wolle, bis die beiden ihr endlich nachgaben. Von da an verbrachte sie ihre Nachmittage mit anderen Mädchen bei den Pferden und schaffte es auf diese Art, die Klette abzustreifen. Als Elsa zudem auch noch anfing, abscheulich dick zu werden, hatte sich Doreen ihrer umso mehr geschämt. Selbst wenn sie einander zufällig begegneten, versuchte Doreen so zu tun, als hätte es die Nachmittage in ihrem Zimmer nie gegeben. Und später war da außerdem noch diese Sache mit Rainer und Torsten gewesen, die Elsa zugegebenermaßen übel mitgespielt hatten. Trotzdem hatte Doreen am lautesten dabei gelacht, für sie hatte dieses Lachen die endgültige Befreiung bedeutet. Sie hatte sich großartig gefühlt in diesem Augenblick. Nun war das Kleeblatt zu ihr zurückgekommen, und Rainer und Torsten lebten nicht mehr. Hatte Elsa es ihr als Zeichen gesandt? Doreen stand auf und versuchte, diesen Gedanken abzuschütteln. Warum musste sie sich auch immer in alles hineinsteigern? Die Kleeblattgeschichte war nichts weiter als ein seltsamer Zufall. Und wenn sie schlecht geschlafen hatte, dann nur deshalb, weil sie sich damals nicht fair verhalten hatte, das war alles. Wie auch immer, Martha würde in Zukunft keinen Schritt mehr ohne sie tun. Und Arno würde sie alles, was Elsa betraf, erzählen. Ihr Liebster würde schon in der Lage sein, sie zu beschützen, wenn es darauf ankäme.

Der Winter war schließlich doch noch in den Norden zurückgekehrt. Gestern Abend hatte es zu schneien begonnen, und draußen war nun alles still und weiß wie auf einer Weihnachtspostkarte.

Anna Greve gähnte und reckte sich ausgiebig. Vor ihr lag ein dienstfreies Wochenende. Mit dieser erfreulichen Aussicht vor Augen sprang sie aus dem Bett und ging in die Küche, um Kaffee zu kochen. Auch Tom war, wie es schien, bester Laune, weshalb Anna sich vornahm, einen neuen Versuch zu wagen. Wenn Tom ihr zeigte, dass er sie begehrte, würde sie schon einen Weg finden, sich mit seinem Verhalten gegenüber Ben und sogar mit Jans Anwesenheit über Weihnachten zu arrangieren. Aber bereits im nächsten Augenblick, als Ben die Treppe heruntergestürmt kam, hatte Anna ihr Vorhaben wieder vergessen. Wie eine Trophäe trug er stolz das blaue Basketballshirt über seiner Schlafanzughose.

»Wie hast du es denn geschafft, deine Sachen wiederzubekommen?«

Ben zwinkerte seiner Mutter zu und lächelte, bevor er wieder in sein cooles Gehabe verfiel.

»Ist doch egal.«

»Es interessiert mich aber.«

In diesem Moment kam nun auch Tom nach unten, seine zärtlichen Hände auf ihrer Haut waren damit wieder einmal auf unbestimmte Zeit verschoben.

»Was interessiert dich, Anna?«

»Ich möchte wissen, wie Ben wieder an seine Basketballsachen gekommen ist.«

»Die Jungs sind ganz in Ordnung«, entgegnete Ben großspurig.

»Gehört Florian eigentlich auch zu der Clique?«, fragte Anna in dem unguten Gefühl, dass sich bereits eine neue Facette ihres Problems mit Ben auftun könnte, noch bevor die erste gelöst war.

»Nicht so richtig, aber was liegt heute an, Leute?«

»Wir wollen nachher auf den Weihnachtsmarkt«, platzte Paul freudig heraus.

Ben verzog angewidert das Gesicht.

»Das ist doch was für Babys. Da komme ich sicher nicht mit.«

Tom kitzelte seinen ältesten Sohn, bis er sich schließlich lachend auf den Boden fallen ließ.

»Ist selten genug«, meinte er, »dass wir alle zusammen sein können. Du bist also mit dabei.«

»Aber ich bin doch schon verabredet.«

»Stimmt, mit uns.«

Wie jeden Dienstag-, Donnerstag- und Samstagabend stieg Doreen, ihre Sporttasche auf dem Gepäckträger festgeschnallt, auf ihr Fahrrad und fuhr in Richtung des unbefestigten Feldweges davon. Doch heute war Elsa in der Lage, ihr zu folgen, denn sie hatte sich in der nächstgelegenen Kreisstadt ein Rad besorgt, das man zusammenklappen und im Kofferraum eines Autos verstauen konnte. Nun schwang sie sich ebenfalls auf den Sattel und folgte Doreen in unauffälligem Abstand. Ihr Weg führte ungefähr fünfzehn Minuten lang quer durch den Wald, dann stießen sie wieder auf eine Ausfallstraße. In der Ferne sah Elsa das Nachbardorf, Doreen hatte wirklich eine geniale Abkürzung genommen, an die sich Elsa von früher her nicht erinnerte. Jetzt hielt sie vor einem rechteckigen Gebäude mitten auf der grünen Wiese, das wie ein überdimensionierter Warencontainer aussah. »Health care« stand in gelben Leuchtbuchstaben oben über der Eingangstür. Doreen lehnte ihr Fahrrad an eine Mauer, die den Parkplatz vor dem Gebäude umgrenzte, und verschwand im Eingang. Es schien, als brächten die Dorfdeppen hier ihre Körper in Form. Aber selbst wenn Doreen in all den Jahren ihre Muskeln hier gestählt haben sollte, würde das nichts ausmachen. Elsa war von jeher stärker gewesen als sie. Während Elsa in ihrer Deckung vor dem Container darauf wartete, dass Doreen wieder herauskam, wanderten ihre Gedanken unwillkürlich zu dem wunderschön zerzausten Tischler. Ja, ein solcher Mann hätte ihr vielleicht gefährlich werden können. Auf jeden Fall aber hatte er etwas Besseres verdient als dieses armselige Abziehbild von Frau, mit dem er jetzt zusammenlebte. Wieso hatten selbst die beschränktesten Weiber noch immer mehr Glück in der Liebe als Elsa? Elsa würde Herrn Rost von Doreen befreien, endgültig. Sein muskulöser Oberkörper würde vielleicht zuerst einmal in sich zusammenfallen, wenn er erfuhr, dass Doreen gestorben war. Aber eines Tages würde er Elsa dankbar dafür sein. Vielleicht könnten sie irgendwann sogar gemeinsam darüber lachen.

Zwei Stunden später öffnete sich die Tür des Containers wieder und spie ein paar Hausfrauen aus, die sich von Doreen verabschiedeten und dann zu ihren Autos stolzierten. Doreen schien tatsächlich die Einzige zu sein, die die Sache mit der Fitness ernst nahm.

Hier auf ihrem Weg zum Sport musste es geschehen. Irgendwo am Waldrand würde Elsa im richtigen Augenblick zur Stelle sein und endlich tun, was sie schon längst hätte tun müssen.

Der Schnee fiel in großen Flocken zu Boden, und es begann zu dämmern, als die Greves gutgelaunt, mit Ausnahme von Ben, der mürrisch hinter ihnen hertrottete, zum Weihnachtsmarkt aufbrachen.

Am Glühweinstand sahen sie Paula, die offensichtlich gerade dabei war, eine ihrer vielen Geschichten zum Besten zu geben. Zwei junge Männer standen rechts und links von ihr und hingen an ihren Lippen. Anna drehte sich in die Mitte des Marktplatzes und bewunderte den Weihnachtsbaum. Ben schielte währenddessen zu einer Gruppe Jugendlicher hinüber, die neben dem Schießstand herumlungerten und Bier aus Pappbechern tranken. Nun lächelte er Anna mit treuem Blick an, wie immer, wenn er etwas von ihr wollte.

»Gibst du mir fünf Euro? Dann schieße ich ein paar Rosen für euch.«

Anna sah Ben dabei zu, wie er zu den anderen hinüberschlenderte und dort mit Handschlag begrüßt wurde. Gerade so, als begegneten sich alte Freunde.

Paula gesellte sich nun zu den Greves und hakte sich bei Anna unter. Tom beschloss, mit Paul über den Weihnachtsmarkt zu bummeln, während Anna solange mit Paula einen Glühwein trinken und auf Ben warten wollte. Die beiden Frauen nahmen ihre Becher und stellten sich an den Rand des Marktplatzes, um einen guten Überblick zu haben. Anna deutete auf die Clique um Ben.

»Ich glaube, das sind die Jungen, die seine Sachen geklaut haben.«

»Sieht mir aber mehr nach Harmonie zwischen denen aus.«

»Die Jungs sind älter als er, und nicht gerade die Gesellschaft, die ich mir für Ben wünsche. Dabei hat er mir versprochen, in Zukunft so einiges in seinem Leben zu ändern, doch wenn ich mir nun anschaue, mit wem er sich umgibt, kommen mir wirklich Zweifel.«

Anna fiel nicht auf, dass ihr Ton härter geworden war, aber Paulas warme Hand an ihrer Wange tröstete sie zumindest ein wenig über ihren Ärger hinweg.

»Dann greif deine Knarre und verhafte sie. Im Ernst, Anna, lass Ben mal machen, der ist schon in Ordnung.«

Anna versuchte, ihren Ärger mit dem nächsten Schluck Glühwein zu vergessen. Trotzdem, woher nahm Paula eigentlich ihre Gewissheit, wo sie doch selbst keinerlei Erfahrungen mit Kindern hatte? Es war vielleicht besser an der Zeit, das Thema zu wechseln.

»Sagt dir der Name Hajo Wieland etwas?«

»Das ist ein Bankheini aus unserer Zweigstelle, warum?«

»Und in Zusammenhang mit den Lorenzens?«

»Du meinst, er könnte Mariannes Geliebter sein? Na, ich weiß nicht.«

»Paula, ich kann dir wirklich nicht unsere Ermittlungsergebnisse auf dem Silbertablett präsentieren.«

»Wenn du eine Aussage von mir willst, dann lad mich doch offiziell vor.«

Anna holte neuen Glühwein und hielt Paula einen Pappbecher hin.

»Frieden?«

Paula knuffte Anna mit ihren dicken Fellhandschuhen in den Arm.

»Von Mariannes Liebschaften weiß ich nichts, aber der Hajo ist hinter allem her, was einen Rock trägt. Sonst fällt mir nur seine Leidenschaft für Jungskram ein. Ausgefallene Motorräder und alte Porsche. Hat er beides, glaub ich.«

»Hast du ihn mal mit den Lorenzens zusammen gesehen?«

Auf Paulas Stirn bildete sich eine steile Falte.

»Entspann dich, wir sind doch zum Feiern hier. Bald ist Weihnachten. Bekommt ihr Besuch?«

»Toms Eltern kommen aus Dänemark, und Jan wird auch da sein.«

»Mensch, Anna, warum machst du es dir nur immer so schwer?«

»Das ist nicht meine Idee gewesen, aber was soll's. Zwischen Tom und mir läuft es recht gut, auch wenn wir in vielen Dingen nicht einer Meinung sind, hatten wir in letzter

Zeit doch ein paar schöne Nächte miteinander. Und was wirst du so machen?«

»Ich habe ein paar Leute zu mir eingeladen und werde eine fette Weihnachtsgans auf den Tisch bringen. Was kann da noch schiefgehen?«

Am Montagmorgen kam Anna Greve nur mühsam aus ihrem Bett. Am Tag zuvor hatte sie zusammen mit Tom noch das letzte Holz, das sie von ihrem Nachbarn Menzel bekommen hatten, gehackt und alles ordentlich unter dem Dachüberstand aufgestapelt. In Zukunft würde sich dann Herr John, ein netter Mann mit gärtnerischen Fähigkeiten, den Paula ihnen vermittelt hatte, um ihr Holzproblem kümmern.

Auf dem Flur des Dezernats wäre Anna beinahe mit Sigrid Markisch zusammengestoßen.

»Morgen, Frau Markisch. Dann bis gleich zur Dienstbesprechung in unserem Büro.«

»Das trifft sich gut, denn es gibt auch Neuigkeiten zu Dirk Adomeit, Frau Greve. Übrigens, der Chef möchte, dass die Besprechung heute bei ihm stattfindet.«

Hatte die Markisch eigentlich gar nichts anderes mehr im Kopf als diesen armen Kerl? Anna dachte an die vergangene Nacht mit Tom zurück und lächelte; die Giraffe konnte einem wirklich leidtun. Sie öffnete die Tür zu ihrem Büro, doch Weber war noch nicht an seinem Platz. Heute würde sie ihn mit seinem Lieblingskräutertee überraschen, aber zuerst einmal brauchte sie selbst einen starken Kaffee. Anna füllte gerade Wasser in die Kaffeemaschine, als es klopfte.

»Kommissar Weber hat sich krankgemeldet«, verkündete Antonia Schenkenberg. »Er lässt Sie grüßen.«

Anna stellte den Kräutertee wieder auf die Ablage zurück und sagte: »Trinken Sie einen Kaffee mit mir, Antonia? Ich könnte eine kleine Aufmunterung gut gebrauchen, bevor es gleich wieder losgeht.«

Sigrid Markisch hatte ihre Notizen auf Günter Sibelius' Schreibtisch ausgebreitet und sah genervt auf die Uhr, als Anna hereinkam.

»So, dann können wir ja wohl endlich anfangen. Dirk Adomeit hat für seine Verhältnisse sehr viel Geld verloren, so ungefähr zehntausend Euro.«

»Wie die meisten Menschen, die ihre Rücklagen der letzten Jahre in Aktien angelegt haben«, gab Günther Sibelius zu bedenken.

»Aber Dirk Adomeit ist nicht gerade ein wohlhabender Mann. Er hatte allen Grund, deswegen auf Rainer Herold sauer zu sein.«

»Grund genug, jemanden auf diese grausame Art umzubringen?« Anna zog tief an ihrer Zigarette, die sie mit Günther Sibelius' Einverständnis am geöffneten Fenster stehend rauchte. »Auch erklärt sich damit keineswegs der Mord an Torsten Lorenz. Mir scheint Ihre Theorie ziemlich konstruiert zu sein.«

Sigrid Markisch sah ihre Kollegin über die Brille hinweg scharf an.

»Ich habe hier wichtige Indizien zusammengetragen, Frau Greve, über die Sie nicht einfach so hinweggehen sollten.«

»In Ordnung, doch wenn Sie jetzt fertig sind, möchte ich gern zum eigentlichen Punkt unserer Besprechung kommen.«

Anna schlug ihre mitgebrachte Akte auf und begann.

»Es geht um Monika Diebach-Meyer, eine ehemalige Klassenkameradin von Rainer Herold und Torsten Lorenz. Frau Diebach hat damals, ähnlich wie Dirk Adomeit, unter den Schikanen der beiden schwer zu leiden gehabt und sogar angedroht, sich an ihnen rächen zu wollen. Unsere Ermittlungen haben ergeben, dass sie weder für die Tatzeit im Fall Herold noch für den Abend des 28. November, den Zeitpunkt, zu dem Torsten Lorenz getötet wurde, ein Alibi vorzuweisen hat. Wir haben Frau Diebach-Meyer daher heute zu einer Befragung herbestellt. Ich würde es, zumal sich der Kollege Weber krankgemeldet hat, begrüßen, wenn Sie an dieser Befragung teilnehmen könnten, Frau Markisch.«

Günther Sibelius schaute unbehaglich von einer Frau zur anderen.

»Frau Markisch hat den Zeugen Adomeit ebenfalls für heute zu einer weiteren Vernehmung vorgeladen. Sehen Sie also zu, dass Sie beide Termine koordinieren und gemeinsam auf die Reihe bekommen. Wir brauchen endlich Ergebnisse.«

Anna starrte eine Weile stumm aus dem Fenster hinaus. Warum hatte sich Weber nur ausgerechnet heute seinen Schnupfen nehmen müssen? Aber in einem hatte Sibelius schon Recht. Sie brauchten Ergebnisse, das würde ihnen auch in der zu befürchtenden kommenden Auseinandersetzung mit Martin Schönauer den Rücken stärken. Er sollte erfahren, wie erfolgreich ihre Abteilung auf die altbewährte Weise arbeitete.

Wie sich herausstellte, waren die zwei Befragungstermine zum Glück zu unterschiedlichen Tageszeiten angesetzt worden, sodass sie keinen von beiden verschieben mussten. In einer Stunde würde Frau Diebach-Meyer eintreffen, am frühen Nachmittag dann Dirk Adomeit. Anna ging in ihr Büro zurück, um sich auf die anstehenden Vernehmungen vorzubereiten, als das Telefon auf ihrem Schreibtisch klingelte.

»Hallo, meine Süße, ich bin's, Paula.«

Anna lächelte in sich hinein, denn niemand außer Paula nannte sie »meine Süße«.

»Bist du gestern Abend noch lange auf dem Weihnachtsmarkt gewesen?«, fragte Anna. »Und hat sich dabei etwas mit dem dunkelhaarigen Schönling ergeben, der so begeistert von dir war?«

»Das erzähle ich dir ein anderes Mal. Mir ist da aber noch etwas eingefallen, was dich vielleicht interessieren könnte. Es geht um Hajo Wieland.«

»Ja, was gibt's denn?«

»Hajo kommt ursprünglich nicht von hier, er ist erst später zusammen mit seiner Familie in unsere Gegend gezogen. Seine Eltern sind beide Lehrer gewesen, glaube ich. Das erklärt vielleicht auch, warum er damals auf einer anderen Schule als der unsrigen, einer anthroposophischen Privatschule, war. Wenn ich es recht erinnere, gibt es aber trotzdem eine Verbindung zu Rainer und Torsten, die drei haben früher nämlich zusammen Musik gemacht.«

»Danke dir, Paula, das könnte in der Tat hilfreich sein. Auf bald.«

Anna legte auf und nahm den Hefter zur Hand, der die bisherigen Ermittlungsergebnisse zu Hajo Wieland enthielt. Bei ihrem letzten Besuch im Haus der Familie Lorenz war offenkundig geworden, dass Hajo Wieland der ritterliche Helfer der Witwe Lorenz war. Vielleicht war er außerdem nicht erst seit gestern ihr Seelentröster. Laut Paula schien er sowieso einen Hang zu attraktiven Frauen zu haben. Ebenso wie zu schnellen Autos und Motorrädern, und das waren alles sehr kostspielige Hobbys. Hatte er sich dafür möglicherweise in Schulden gestürzt? War er dadurch erpressbar geworden und vielleicht in Dinge verstrickt worden, die sich ein leitender Angestellter einer Sparkassenfiliale keinesfalls erlauben durfte? Wie sahen seine Familienverhältnisse aus? Und wenn es, wie Paula meinte, tatsächlich eine Verbindung zwischen Hajo Wieland und den beiden Mordopfern gab, würde es Sinn machen, an diesem Punkt noch einmal akribisch nachzuhaken.

Anna stellte sich vor die große Tafel in ihrem Büro, auf der alle bisherigen Spuren und Hinweise dokumentiert waren, die sie bisher zu den Mordfällen Herold und Lorenz zusammengetragen hatten. Sie nahm einen roten Marker zur Hand und begann zu schreiben.

Hinterher betrachtete Anna ihre Ergebnisse und stellte fest, dass sie es mittlerweile mit vier verdächtigen Personen zu tun hatten. Da war zuerst einmal Dirk Adomeit, den Anna allerdings für sich als Täter ausschloss. Dann gab es Monika Diebach-Meyer, die, falls sie in der gleich folgenden Vernehmung keine glaubwürdigen Zeugen für ihre Angaben aufzuweisen hatte, ganz genau unter die Lupe genommen werden musste. Und was Monika Diebach-Meyer betraf, konnte sich Anna im Gegensatz zu Dirk Adomeit durchaus vorstellen, dass sie zu den brutalen Morden an Rainer Herold und Torsten Lorenz fähig gewesen war. Schließlich hatte sie klar ausgesprochen, dass sie keinerlei Mitleid mit den beiden empfand. Was für Anna ein deutlicher Hinweis darauf war, wie sehr sie Rainer Herold und Torsten Lorenz gehasst und wie wenig sie ihnen in all den Jahren verziehen hatte. Mit dem heutigen Tag war jedoch noch ein weiterer Verdächtiger dazugekommen, den es bis in die letzte Kleinigkeit zu durchleuchten galt: Hajo Wieland. Auch hielt Anna nach wie vor an der Möglichkeit fest, dass die unbekannte rothaarige Frau, die Rainer Herold im »Maschener Hof« kennen gelernt hatte, ebenfalls als Täterin infrage kommen konnte. Und so hatte sie den Namen »Angela« an die vierte Stelle der Verdächtigenliste im Fall Herold und Lorenz gesetzt.

War es ein Fehler gewesen, das Kleeblatt zurückzulassen? Eigentlich durfte sich Elsa sicher fühlen, zumindest schien bisher noch niemand eine Verbindung zu ihr und den Morden an Rainer und Torsten hergestellt zu haben. Doch nun hatte sie zum ersten Mal ein wichtiges Indiz zurückgelassen. Ihre Kette befand sich nun in den Händen der Verräterin. Doreen war zwar nie besonders klug gewesen, vielleicht zog sie jetzt aber trotzdem die richtigen Schlüsse. Leider hatte Elsa das Gesicht ihrer Freundin aus Kindertagen nicht genau sehen können, dafür war sie, als sie Mutter und Tochter vom Feldrand aus beobachtet hatte, zu weit entfernt gewesen. Was hatte Doreen empfunden, als sie das Kleeblatt an dem Schneemann hängen gesehen hatte? Unbehagen? Möglicherweise sogar Angst? Bestimmt hatte sie ihre Tochter nach einer möglichst genauen Beschreibung der Frau, die den silbernen Glücksbringer zurückgelassen hatte, ausgequetscht. Doch war ein Kind in diesem Alter überhaupt zu einer realistischen Beschreibung fähig? Was aber, wenn Doreen trotzdem eins und eins zusammenzählte? Wenn sie Robin anrief, um sich nach Elsa zu erkundigen, ihrer Mutter Irmgard von ihrem Verdacht erzählte oder, noch schlimmer, der Polizei einen Hinweis gab? Elsa hatte die Vorstellung genossen, dass sie Doreen mit der Kette ins Herz treffen würde. Das Unterpfand ihrer Kinderfreundschaft sollte zum Zeichen der Bedrohung für Doreen werden. Schluss sollte sein mit dem unbeschwerten Familienleben, Elsa wollte endlich einen Schatten auf dem Gesicht von Doreen sehen. Doch sie hatte nicht bedacht, dass ihre ehemalige Freundin versuchen könnte, sich ihrerseits von der Vergangenheit und somit von ihr zu befreien. Es gab keinen Zweifel, Elsa war zu weit gegangen. Jetzt war es höchste Zeit, dass sie ihre Spuren verwischte. Mit ihrem Bruder Robin würde sie anfangen.

»Ich werde nach Frankfurt zurückgehen, Brüderchen. Zum Glück habe ich meinen Job und die Wohnung dort noch nicht gekündigt. Es hat nicht geklappt mit meinen Plänen, hier noch einmal ganz von vorn anzufangen.«

»Aber du kannst doch nicht gehen, ohne Mutter zu besuchen. Das ist nicht fair, Elsa.«

»Was ist schon fair.«

Am liebsten hätte Elsa ihr Gespräch mit Robin an diesem Punkt beendet, doch sie musste klug handeln. Sie brauchte ihren Bruder auf ihrer Seite. Schließlich war er der einzige Mensch, der sie tatsächlich mit den Morden in Verbindung bringen konnte und es vielleicht auch tun würde, wenn sie ihn noch länger hinhielt.

»In Ordnung, wann sollen wir hingehen?«

»Morgen Nachmittag, am besten, du kommst erst mal zu mir.«

In dieser Nacht tat Elsa kein Auge zu, denn schon morgen würde sie ihre Mutter wiedersehen. Dabei hatte sie hart dafür gekämpft, Vera für immer aus ihrem Leben zu verbannen. Sie war von zu Hause ausgezogen, lange vor ihrer Volljährigkeit. Das karge Zimmer und die Ignoranz ihrer Tante Gertrud, die sich überhaupt nicht für ihre Nichte interessiert hatte, hatten es Elsa möglich gemacht, sich auf die Schule und einen guten Abschluss zu konzentrieren. Anschließend hatte sie ihr Studium in Angriff genommen, Lebensmittelchemie in Hessen, und ebenfalls mit einem anständigen Abschluss zu Ende gebracht. Später hatte Elsa nahtlos eine

Anstellung als Chemikerin in einem großen Lebensmittelkonzern gefunden. Seitdem war sie Tag für Tag damit beschäftigt, überraschende Geschmackserlebnisse zu kreieren. Es war ein anständiger Beruf, der ihr Sicherheit gab, denn sie wurde gut für ihre Arbeit bezahlt. Ja, Elsa war anständig geworden. Und mittlerweile war sie schlank und schön, das kleine Feuermal schon lange mit einem Laser von ihrer Haut gebrannt. Doch all das half ihr jetzt in keiner Weise. Elsa lag auf ihrem Bett und fühlte sich, als schwämme sie ganz allein auf einer Holzplanke im großen Meer, so, als drohte sie zu ertrinken. Denn Elsa war Elsa geblieben, in ihrem Herzen war sie noch immer das Mädchen mit dem Feuermal. Hörte das denn niemals auf? Hatten die Gefühle, die jetzt gerade wieder in ihr hochbrandeten, etwa etwas damit zu tun, dass Vera wieder in ihr Leben zurückgekehrt war? Aber wie konnte eine alte Frau, die nicht einmal mehr wusste, wer sie früher gewesen war, nur eine so ungeheuer große Macht über sie besitzen? Elsa hatte nur eine ungenaue Vorstellung davon, was sie morgen im Altersheim erwarten würde. Doch sie fürchtete sich davor. Was bedeutete Demenz? Vielleicht begann die Krankheit damit, dass man einen Namen vergaß, stellte Elsa sich vor, oder vielleicht seinen Autoschlüssel in den Kühlschrank zu den Joghurts legte, um ihn anschließend stundenlang suchen zu müssen. Dann konnte man, in einem späteren Stadium der Demenz, die Dinge nicht mehr richtig benennen. Man ging aus dem Haus zum Brötchenholen, um sich wenig später orientierungslos vor dem Schaufenster einer Tierhandlung wiederzufinden. Und immer hatte man das Gefühl, etwas Entscheidendes vergessen zu haben. Sich selbst? Wo war der Weg, wo sollte es hingehen, wo war das Zuhause? Man war damit beschäftigt, Fragen zu stellen, die niemand beantworten konnte, um all die Fragen im nächsten

Augenblick schon wieder vergessen zu haben. Sah Veras Leben heute ungefähr so aus? Doch mochte die Welt ihrer Mutter heute auch zusammengeschrumpft sein, irgendwann hatte sie einmal wirklich gelebt. Vera hatte es immerhin nicht versäumt, viel zu enge, kurze Röcke zu tragen, unter denen sich die Form ihrer Slips abgezeichnet hatte. Und sie hatte einen Kerl eingefangen, der sie begehrte, auch wenn es nur der Busfahrer Wegener vom MVV gewesen war. Wo mochte ihr Vater Friedrich heute wohl leben, fragte sich Elsa. Und wo war die freundliche Frau geblieben?

Nein, im Grunde genommen konnte es ihr gleichgültig sein, was ihr Vater, die freundliche Frau oder Gottweißwer heute sonst so tat, schließlich war der einzige Mensch, der Elsa Halt geben konnte, niemand anderer als sie selbst.

Pünktlich um elf Uhr an diesem Vormittag betrat Monika Diebach-Meyer das Büro der Kommissarin Anna Greve. Kurz darauf gesellte sich auch Sigrid Markisch zu ihnen, und die Befragung konnte beginnen.

»Dies ist meine Kollegin, Kommissarin Markisch aus Hannover«, begann Anna. »Sie wird an unserem Gespräch teilnehmen. Haben Sie in der Zwischenzeit noch einmal über den Abend des 23. November nachgedacht, Frau Diebach-Meyer? Ist Ihnen vielleicht noch jemand eingefallen, der Ihre Angaben bestätigen kann?«

»Mittlerweile kann ich mich wieder genau an besagten Abend erinnern, denn es kommt zum Glück nicht so häufig vor, dass ich von meiner Arbeit dermaßen erschöpft nach Hause komme.« Monika Diebach krauste ihre Stirn und strich sich mit der Hand über ihr dunkelgraues Seidenkleid. »Ich habe einfach nur meine Ruhe haben und ein gutes Buch lesen wollen und daher ausnahmsweise sogar meinen Anrufbeantworter eingeschaltet, um endlich einmal ungestört zu sein.«

»Gut, dann kommen wir jetzt zum 28. November. Wir haben recherchiert, dass für diesen Abend am Ende des Kongresses noch ein Essen im Kollegenkreis stattgefunden hat, zu dem Sie eingeladen waren, aber nicht erschienen sind. Was ist der Grund dafür gewesen?«

»Da ich für den nächsten Veranstaltungstag gut gewappnet sein wollte, habe ich noch etwas gearbeitet und mir anschließend eine Kleinigkeit zu essen aufs Zimmer kommen lassen. Sie kennen das doch sicher auch«, sie nickte den Kommissarinnen freundlich zu, »als Frau empfiehlt es sich, immer besonders gut vorbereitet zu sein.«

»Ich weiß genau, was Sie meinen«, bestätigte Sigrid Markisch. »Was ist damals überhaupt zwischen Ihnen, Herrn Herold und Herrn Lorenz geschehen, das Sie heute ein Alibi für die Tatzeiten benötigen lässt?«

»Rainer und Torsten sind richtige Saukerle gewesen, das können Sie mir glauben. Sie haben jeden gemobbt, der sich nicht zu wehren wusste. Bei mir ist es allerdings anders gewesen. Mich haben die beiden auf dem Kieker gehabt, weil ich beliebt, selbstbewusst, gut in der Schule und dazu noch ein Mädchen war. Daran hat sich auch bis heute leider nichts geändert. Es ist noch immer so, dass erfolgreiche Frauen mehr Missgunst um sich herum auslösen als erfolgreiche Männer. Trotzdem verstehe ich natürlich«, fuhr Monika Diebach-Meyer mit einem Lächeln zu Anna fort, »dass die Polizei in alle Richtungen ermitteln muss.«

Nach ihrem Gespräch mit Monika Diebach-Meyer gingen Anna und Sigrid Markisch gemeinsam in die Kantine.

»Eine sympathische Frau«, schwärmte die Giraffe. »Sie

scheint überaus erfolgreich und dabei trotzdem natürlich geblieben zu sein. Woher haben Sie eigentlich den Hinweis auf Monika Diebach-Meyer bekommen, Frau Greve?«

»Ich habe Dirk Adomeit nach weiteren Mitschülern gefragt, denen es ähnlich mit Rainer Herold und Torsten Lorenz gegangen ist wie ihm.«

»Das ist wirklich interessant. Auf mich wirkte Frau Diebach nämlich sehr glaubhaft, und darüber hinaus ist sie wohl kaum die Person, die es nötig hat, sich an alten Schulkameraden zu rächen. Herr Adomeit dagegen hat für mich viel eher ein Motiv für die Morde gehabt. Was meinen Sie?«

»Ich mcinc, dass – Glaubwürdigkcit hin odcr hcr – Frau Diebach auch heute kein Alibi vorweisen konnte, und daher sollten wir nach wie vor an ihr dranbleiben. Dazu ist noch eine weitere Person aufgetaucht, mit der wir uns unbedingt näher beschäftigen sollten. Hajo Wieland ist leitender Angestellter einer Sparkassenfiliale in Maschen und außerdem der Lover von Marianne Lorenz. Auch soll er früher ebenfalls Kontakt mit Herold und Lorenz gehabt haben. Nach der Befragung von Herrn Adomeit werde ich dem sofort nachgehen und prüfen, ob an diesem Hinweis etwas dran sein könnte.«

Die wenigen Minuten vor der Vernehmung von Dirk Adomeit nahm sich Anna noch die Zeit, um draußen, vor dem Eingang des Präsidiums, ungestört eine Zigarette rauchen zu können. Anna drückte gerade ihre Zigarettenkippe im Aschenbecher aus, als sie Dirk Adomeit auf sich zukommen sah.

»Müssen Sie mittlerweile auch draußen rauchen, Frau Greve?«, erkundigte er sich ehrlich interessiert.

»Hallo, Herr Adomeit«, lächelte Anna zurück. »Eigentlich

schon, aber mir war sowieso danach, noch ein bisschen frische Luft zu schnappen.«

Gemeinsam betraten sie das Gebäude und öffneten kurz darauf die Tür zu Anna Greves Büro.

Sigrid Markisch saß bereits ungeduldig auf sie wartend an Webers Schreibtisch.

»Setzen Sie sich, Herr Adomeit«, fing sie an. »Wir kommen am besten gleich zur Sache, damit wir nicht noch mehr Zeit vertrödeln.«

Anna schob einen Becher mit Kaffee zu ihm hinüber und stellte sich hinter die Giraffe.

»Durch Einsicht in ihre Bankunterlagen haben wir herausgefunden, dass Sie an die zehntausend Euro durch Warentermingeschäfte verloren haben. Ich habe recherchiert, und da eine Anlage wie diese ein beträchtliches Risiko in sich birgt, festgestellt, dass die Investition in Warentermingeschäfte vornehmlich von Zockern oder Verzweifelten getätigt wird. Welcher der beiden Kategorien gehören Sie an, Herr Adomeit?«

»Herr Wieland von der Kreissparkasse hat mir die Information, dass mit Warentermingeschäften gutes Geld zu verdienen sei, bestätigt und meinte, das Risiko wäre auch nicht größer als anderswo. Ich kenne Herrn Wieland schon sehr lange, und er hatte mich bis dahin immer gut beraten. Deshalb habe ich ihm eine Vollmacht unterschrieben, sodass er mein Geld in diesem Bereich investieren konnte.«

Anna Greve räusperte sich, Sigrid Markisch drehte sich fragend zu ihr um.

»Einen Moment, Herr Adomeit, wir sind gleich wieder da«, sagte Anna und zog die Giraffe mit sich zur Tür hinaus.

»Wenn hier jemand gezockt hat, und das auch noch mit fremdem Geld, dann scheint das doch wohl vor allem Hajo Wieland gewesen zu sein. Nach der Vernehmung von Dirk

Adomeit mache ich mich auf den Weg zu ihm und überprüfe, ob an der Sache etwas dran ist. Vielleicht hat Hajo Wieland ja tatsächlich mit Rainer Herold zusammengearbeitet.«

»Gut, Sie fahren sofort los und befragen Hajo Wieland, während ich hier allein mit Herrn Adomeit weitermache. Anschließend treffen wir uns in Ihrem Büro wieder zur Besprechung.«

Warum war die Giraffe nur so wenig teamfähig, fragte sich Anna verärgert, als sie sich kurz darauf auf dem Weg nach Maschen zu Hajo Wielands Arbeitsstelle befand. Denn selbst wenn es unbestreitbar eine gute Idee von ihr gewesen war, sich für den Rest des Tages aufzuteilen, so hatte Sigrid Markisch doch stets bei allem, was sie sagte, einen Kommandoton an sich.

Von ihrem Auto aus rief Anna über Handy in der Kreissparkasse an und ließ sich zu Hajo Wieland durchstellen. Wenig später wartete sie im Schalterraum der Bank auf ihn.

Hajo Wieland hatte einen außergewöhnlichen Gang für einen Mann. Er setzte seine Schritte fast wie ein Tänzer im klassischen Ballett, als er durch den Geschäftsraum auf Anna zukam. Zuerst stellte er die Fersen auf, dann rollte er konzentriert ab. Das Ganze wirkte wie in einem orthopädischen Lehrfilm über richtiges Gehen und wirkte dennoch nicht geziert oder gewatschelt. Der Banker war groß, hielt sich im Gegensatz zu Weber aber sehr gerade. Sollte er so auch auf seinem Motorrad sitzen, würde dies einen putzigen Anblick abgeben, stellte sich Anna gerade vor. Hajo Wieland war wegen des Eindrucks, den er bei ihrer ersten Begegnung hinterlassen hatte, kein bisschen verlegen. Immerhin war er ihnen fast nackt, nur mit einem kleinen Handtuch um die Hüften geschlungen, gegenübergetreten.

»Frau Greve, nicht wahr?« Er gab Anna die Hand. »Kommen Sie bitte hier entlang.«

Bevor sie sich ihm gegenübersetzte, nahm Anna noch das eingerahmte Foto von Hajo Wielands Schreibtisch in die Hand, das eine brünette Frau und zwei Kinder am Strand irgendeines mediterranen Ortes zeigte.

»Ihre Familie?«

Wieland nickte.

Annas anschließende Frage zu Hajo Wielands beruflicher Position war schnell geklärt. Er habe Prokura, gab er an, vermittle auch schon einmal das eine oder andere Börsengeschäft, sei ansonsten aber vor allem mit administrativen Aufgaben beschäftigt. Hajo Wieland war seit zwölf Jahren verheiratet und hatte zwei Kinder im Alter von acht und zehn Jahren. Zusammen mit seiner Familie lebte er in einem Neubaugebiet, ganz in der Nähe von Marianne und Torsten Lorenz.

»Weiß Ihre Frau eigentlich von Ihren ungewöhnlichen Beratungsgesprächen nach Büroschluss bei den Lorenzens?«

Statt einer Antwort erhob sich Hajo Wieland, öffnete seine Bürotür und wies seine Sekretärin an, während des folgenden Gesprächs jedwede Störung von ihm fernzuhalten.

»Karin wird bestimmt nicht begeistert sein, wenn sie davon erfährt«, murmelte er schließlich. »Es wäre schön, wenn Sie meine Frau aus dieser Angelegenheit raushalten könnten.«

»Seit wann besteht Ihr Verhältnis zu Marianne Lorenz?«, fragte Anna unbeirrt weiter.

»Es ist beim Scheunenfest im August letzten Jahres passiert. Marianne war so unglücklich, weil Torsten wieder einmal das große Wort geführt hat, anstatt sich auch ein wenig um seine Frau zu kümmern. Ich bin mir nicht sicher, ob er überhaupt zu schätzen wusste, was er an Marianne hat.«

»Und Ihre Frau?«

»Karin ist eine gute Mutter, aber zwischen uns steht es schon seit Längerem nicht mehr zum Besten. Marianne und ich haben uns zwar stets um Diskretion bemüht, doch hier auf dem Dorf ticken die Uhren leider anders. Hier lebt jeder unter der Kontrolle seiner Nachbarn und Bekannten, weshalb ich nur hoffen kann, dass Karin nach wie vor nichts von meiner Beziehung zu Marianne weiß. Manchmal wünschte ich mir, in der Stadt wohnen zu können. Die Anonymität dort hat auch ihre Vorteile.«

»Kommen wir nun wieder auf Ihre beruflichen Arbeitsfelder zurück«, entgegnete Anna ungerührt. »Ist es richtig, dass Sie für einen Ihrer Kunden, Herrn Dirk Adomeit, Warentermingeschäfte getätigt haben?«

Hajo Wieland nickte.

»Ja, aber leider konnte niemand voraussehen, dass es wenig später zu einem weltweiten Börsencrash kommen würde, in dessen Verlauf so ziemlich jeder Anleger sein Geld verloren hat.«

Hajo Wieland sah die Kommissarin aufmerksam an.

»Wenn es Ihnen recht ist, würde ich jetzt gern wieder an meine Arbeit zurückgehen«, sagte er. »In ein paar Minuten habe ich bereits einen weiteren Gesprächstermin.«

»Eine letzte Frage noch, Herr Wieland, und danach werde ich Sie nicht länger stören. Sie sind im Bergischen Land aufgewachsen, später jedoch mit Ihrer Familie in den Landkreis Harburg gezogen.«

»Genau«, bestätigte Hajo Wieland und blickte ungeduldig auf seine Armbanduhr.

»Sie sollen in Ihrer Jugend großes Interesse an Musik gehabt und auch ein Instrument gespielt haben. Welches denn?«

»Ich habe mich eine Zeitlang am Schlagzeug versucht. Warum?«

»Ist es richtig, dass Sie in dieser Zeit zusammen mit Rainer Herold und Torsten Lorenz in einer Band gespielt haben?«

»Nein, aber wir haben einige Male zusammen geübt.«

»Das heißt also, dass Sie die beiden bereits seit Ihrer Jugend kennen.«

»Ja, aber nur sehr flüchtig, Frau Greve«, erwiderte Hajo Wieland knapp, als sich seine Sekretärin durch die Gegensprechanlage meldete.

»Die Herren wären jetzt hier«, verkündigte sie quäkend.

»Einen Moment noch, Frau Wasslach«, bat er und wandte sich dann erneut Anna zu. »Ich möchte wirklich nicht unhöflich sein, aber wir müssen unser Gespräch an dieser Stelle leider abbrechen.«

»Natürlich, Herr Wieland, für heute habe ich sowieso keine weiteren Fragen mehr. Sie hören von uns.«

Auf dem Weg zurück ins Präsidium dachte Anna noch einmal genau über Hajo Wielands Aussage nach. Einerseits war er, soweit es sein Privatleben betraf, sehr ehrlich ihr gegenüber gewesen, doch auf ihre Fragen zu Rainer Herold und Torsten Lorenz hatte er mehr als ausweichend geantwortet.

Während sie die Elbbrücken überquerte, kam ihr Lukas Weber in den Sinn. Kurz entschlossen drückte Anna die Kurzwahltaste ihres Handys, auf der die Nummer seines Privatanschlusses gespeichert war, und freute sich, ihren Kollegen Sekunden später ganz lebendig am Apparat zu haben.

»Weber, was ist denn bloß mit Ihnen los?«

»Ich habe mir beim Umzug meiner Schwiegereltern den Rücken verrenkt. Bin heute Morgen nicht aus dem Bett gekommen, aber Rita hat mir ein Wärmepflaster für meine armen Knochen besorgt. Morgen komme ich wieder ins Büro.«

»Das ist gut, Weber, denn es gibt eine Menge zu tun. Monika Diebach-Meyer hat nach wie vor keine Alibis vorzuweisen, und auch zu Hajo Wieland gibt es Neuigkeiten. Wie es aussieht, hat er Dirk Adomeit tatsächlich zu Warentermingeschäften verleitet. Außerdem ist er seit mehr als einem Jahr mit Marianne Lorenz liiert. Aber das Interessanteste ist, dass Hajo Wieland die beiden Ermordeten bereits seit seiner Jugendzeit kennt und ich das Gefühl nicht loswerde, dass auch er damals nicht gerade gut mit Rainer Herold und Torsten Lorenz ausgekommen ist.«

»Versuchen Sie doch gleich noch einmal einen Termin mit dem Direktor der Merschenfelder Schule zu vereinbaren, Anna. Dann können wir der Sache gemeinsam weiter nachgehen.«

»Leider ist Hajo Wieland nicht auf dieser Schule gewesen, wir werden uns daher andere Informationsquellen suchen müssen. Also bis morgen, Weber«, lachte Anna erleichtert in den Hörer. »Und freuen Sie sich schon heute auf einen von mir mit Liebe zubereiteten Kräutertee.«

»Gut, dass Sie zurück sind, Frau Greve, ich bin sehr gespannt auf Ihre Ergebnisse«, rief Günther Sibelius freudig aus, als Anna ihm wenig später auf dem Flur des Präsidiums in die Arme lief. »Sigrid Markisch wartet bereits in Ihrem Büro auf uns.«

»Dirk Adomeit hat seine gesamten Rücklagen durch die

Börsenspekulationen verloren«, begann die Giraffe, an Webers Schreibtisch sitzend, die Zusammenfassung ihrer vor Kurzem beendeten Vernehmung. »Ich glaube nicht, dass er Hajo Wieland die Vollmacht unterschrieben hätte, wenn er gewusst hätte, auf welches Risiko er sich da einlässt. Und ich halte es nach wie vor für wahrscheinlich, dass Rainer Herold derjenige war, der ihm ursprünglich zu dieser Geldanlage geraten hat, auch wenn Herr Adomeit das weiterhin bestreitet. Wie es aussieht, könnte Hajo Wieland tatsächlich mit Rainer Herold und Torsten Lorenz zusammengearbeitet und außer Herrn Adomeit auch noch viele andere gutgläubige Anleger geschädigt haben. Damit schwebt er allerdings selbst in Gefahr, das nächste Mordopfer zu werden. Ich schlage daher vor, dass wir Herrn Wieland von jetzt an nicht mehr aus den Augen lassen und ihn rund um die Uhr überwachen.«

»Da stimme ich Ihnen zu, Frau Kollegin«, erwiderte Anna. »Ich denke ebenfalls, wenn auch aus anderen Gründen, dass wir ab sofort über jeden Schritt, den Hajo Wieland tut, informiert sein müssen. Schließlich könnte er auch der gesuchte Täter sein. Und in keinem Fall dürfen wir Monika Diebach vergessen, schließlich hat sie nach wie vor kein Alibi vorzuweisen. Da kommt jede Menge Recherchearbeit auf uns zu. Es ist daher nur gut, wenn Weber schon morgen wieder im Dienst ist.«

Nachdem Sigrid Markisch die Zusammenfassung ihres Gesprächs mit Dirk Adomeit beendet hatte, brachte Anna ihre Kollegen auf den neuesten Stand, was Hajo Wieland betraf.

Hinterher wirkte Günther Sibelius ausgesprochen entspannt.

»Gut gemacht, Kollegen, Sie sind heute beide ein gutes

Stück weitergekommen. Jetzt haben wir endlich genügend Anhaltspunkte, denen wir nachgehen können. Morgen früh und je nachdem, wie fit unser Kollege Weber ist, verteilen wir dann die anstehenden Aufgaben«, schloss Günther Sibelius die Dienstbesprechung für diesen Tag.

Elsa in Maschen, im Sommer 1986.

Elsa hasste es, von ihrer Mutter berührt zu werden, und mittlerweile konnte sie es auch kaum mehr ertragen, dabei zusehen zu müssen, wie Vera andere Menschen berührte. Zum Beispiel Herrn Wegener, den Busfahrer vom MVV. Ständig klebten die beiden aneinander, küssten und streichelten sich, sabberten und alberten miteinander herum. Außerdem war alles noch viel schlimmer geworden, seit Herr Wegener bei Vera einen festen Unterschlupf gefunden hatte. Wenn es wieder einmal zur Sache gehen sollte und sich ihre Mutter mit dem Busfahrer ins Schlafzimmer zurückzog, ging Elsa in die Küche hinunter. So weit von ihnen entfernt wie nur irgend möglich. Doch obwohl Elsa durch ein Stockwerk und zwei geschlossene Türen vom Schlafzimmer ihrer Mutter getrennt war, konnte sie die beiden noch immer hören. Sie presste ihre Hände fest auf beide Ohren, aber es half nicht. Veras Stöhnen drang durch jede Wand hindurch und war so eindringlich, dass es alle anderen Geräusche im Haus übertönte. Manchmal stellte Elsa auch das Radio in der Küche so laut ein, dass sie darüber hinaus keinen anderen Ton mehr wahrnehmen konnte, doch dann hatte sie wiederum Angst, den Zeitpunkt zu verpassen, an dem es schließlich zu Ende sein würde. Das kündigte sich meist durch Veras Lachen und durch das tiefe Brummen des Busfahrers an. Sie atmete auf, wenn oben endlich die Schlafzimmertür geöffnet wurde und die Tür zum Bad zuklappte. Elsa hörte, wie anschließend die Klospülung betätigt wurde, sie horchte auf das Rauschen des Wassers in der Dusche, auf den eingeschalteten Föhn und wenig später auf Veras und des Busfahrers Schritte auf der Treppe. Elsa sah dann in erhitzte Gesichter und bemerkte ein entspanntes Lächeln auf dem Gesicht ihrer Mutter.

»Habt ihr schon gegessen, Kinder?«, fragte Vera danach meist gut gelaunt und war sogar bereit, etwas Leckeres für sie zu kochen.

In solchen Momenten wünschte sich Elsa inständig ihren Vater zurück, denn als Friedrich noch mit ihnen zusammengelebt hatte, waren im Elternschlafzimmer niemals Geräusche wie diese zu hören gewesen.

Anna freute sich sehr auf den bevorstehenden Abend, sie überlegte sogar, ob sie zum Essen wieder einmal eine ihrer alten Weihnachtsplatten auflegen sollte. Als sie nach Hause kam, traf sie im Flur auf ihren Sohn Ben, der sich gerade umständlich seine Hausschuhe anzog und dabei grinsend und aus geweiteten Pupillen zu Anna aufsah. In einer Hand hielt er eine Tafel Schokolade mit ganzen Haselnüssen, von der er abbiss, als wäre es ein Stück Brot.

»Hi, Mam, warst du Verbrecher jagen?«

Wütend warf Anna ihre Tasche auf den Fliesenboden des Flurs.

»Du bist ja schon wieder bekifft, Ben! Nicht einmal eine Woche hast du dich an dein Versprechen, damit aufhören zu wollen, gehalten. Hast du das Gras dieses Mal auch wieder von Florian bekommen?«

Obwohl sich Ben alle Mühe gab, ernst zu bleiben, verzog sich sein Gesicht erneut zu einem dümmlichen Grinsen.

»Tut mir wirklich leid, Mam, aber es kommt bestimmt

nicht wieder vor. Ich habe vorhin nach dem Basketball noch ein paar Typen getroffen, und da konnte ich schlecht nein sagen.«

»Du wirst lernen müssen, nicht alles mitzumachen, nur weil irgendwelche anderen Leute dir irgendetwas vorschlagen, Ben. Ich bin wirklich enttäuscht von dir.«

Anna nahm ihm die Schokolade aus der Hand.

»Jetzt geh schlafen und vergiss nicht, dir die Zähne zu putzen. Morgen, wenn du wieder klar denken kannst, reden wir dann über die Konsequenzen, die dein heutiger Auftritt noch haben wird.«

Ben schlich sich kleinlaut in sein Zimmer hinauf, während Anna zu ihrem Mann Tom ins Wohnzimmer ging, wo dieser vor dem Fernseher saß. Als er Anna bemerkte, schaltete er den Ton des Gerätes aus.

»Dass ihr euch auch immer streiten müsst.«

»Jetzt reicht es mir aber, Tom! Hast du denn überhaupt nicht mitbekommen, dass Ben schon wieder gekifft hat?«

»Nein, ich bin auch erst seit ein paar Minuten zu Hause und ...«

»Und hast zuerst einmal die Glotze eingeschaltet, anstatt dich um die Jungs zu kümmern«, vollendete Anna seinen Satz. »Werde endlich erwachsen, Tom.«

»Soll ich mir jetzt etwa den Gürtel aus der Hose ziehen und Ben übers Knie legen? Möchtest du vielleicht, dass ich etwas in dieser Art unternehme?«

Anna lachte bitter.

»Hör doch bitte mit dem Kinderkram auf und lass uns lieber überlegen, wie es weitergehen soll. Ich habe Ben gesagt, dass sein Handeln Konsequenzen für ihn haben wird und dass wir ihm morgen sagen werden, wie diese aussehen.«

»Und, wie stellst du dir die Konsequenzen vor?«

»Zuerst einmal möchte ich wissen, wie wir deiner Meinung nach reagieren sollten.«

Tom starrte in den Fernseher und schwieg.

»Hast du denn wirklich überhaupt keine einzige Idee dazu, Tom?«, fragte Anna wütend nach.

»Ich lasse mir von dir kein Gespräch aufzwingen, schon gar nicht, wenn du in dieser Stimmung bist. Das führt doch zu nichts anderem als Streit.«

»Manchmal lässt sich ein Streit eben nicht vermeiden. Gut, wenn dir nichts dazu einfällt, möchte ich Folgendes vorschlagen. Zuerst einmal sollten wir Ben das Taschengeld streichen, ab sofort hat er uns zu fragen, wenn er etwas kaufen will. Außerdem möchte ich sein Sparbuch an uns nehmen. Schließlich scheint er bisher jede Menge Geld übrig gehabt zu haben, mit dem er sich das Gras kaufen konnte. Damit muss Schluss sein.«

»Hört sich gut an.«

»Auch sollte Ben bis auf Weiteres nicht nur unter der Woche, sondern auch an Freitagen und Samstagen spätestens um acht Uhr abends zu Hause sein müssen. Und er muss von uns mehr Pflichten übertragen bekommen. So könnte er zum Beispiel seinen Bruder Paul zukünftig regelmäßig vom Tennis abholen.«

»Meinst du nicht, dass wir damit etwas zu weit gehen, Anna? Ich befürchte, dass sich Ben ganz von uns abkehrt, wenn wir ihn zu hart bestrafen. Wann soll das Gespräch mit ihm überhaupt stattfinden?«

»Morgen Abend, sobald ich von der Arbeit zurück bin. Warum?«

»Weil ich morgen Abend zu einem Geschäftsessen mit Herrn Meyerding verabredet bin. Und ich kann den Termin unmöglich verschieben, immerhin geht es um einen neuen Auftrag.«

»Dann werde ich wohl allein mit Ben reden müssen«, blaffte Anna zurück und machte auf dem Absatz kehrt. In der Küche räumte sie, wie so oft, das von ihrer Familie nach dem Essen stehen gelassene Geschirr weg. Am liebsten hätte sie Tom jetzt von seinem Fernsehsessel hochgescheucht und ihre Jungen für eine weitere Standpauke aus den Betten geholt, war dazu aber viel zu müde. Was lief nur schief in ihrem Leben? Warum, zum Teufel, kam niemand in ihrer Familie auf die Idee, sie ein wenig zu unterstützen? Und weshalb konnte Tom nicht endlich einmal eine klare Position gegenüber Ben beziehen? Was war der Grund dafür, dass er sich ständig aus allem herauszuhalten versuchte?

Hatte Anna vor ein paar Tagen nicht noch glücklich gedacht, dass zwischen Tom und ihr alles wunderbar lief? Heute jedoch hatte sie das Gefühl, ohne ihn besser dran zu sein, jedenfalls was die Erziehung ihrer Kinder betraf.

Als Elsa an diesem Abend ihren Beobachtungsposten vor Doreens Haus bezog, parkten zwei Wagen vor der Einfahrt, die sie dort noch nie gesehen hatte. Das untere Stockwerk war hell erleuchtet, und vor dem Eingang brannten hohe Windlichter. An der Haustür hing ein mit weihnachtlichen Schleifen geschmückter Adventskranz aus Buchsbaum und rot leuchtenden Vogelbeeren. Elsa stieg leise aus dem Auto. Sie schaute sich vorsichtig nach allen Seiten um, damit kein neugieriger Nachbar auf sie aufmerksam wurde, und suchte Schutz im Schatten der Lebensbaumhecke. Jetzt konnte sie hören, wie drinnen im Haus des Tischlers Musik gespielt wurde. »Kommet ihr Hirten«, ein altes Weihnachtslied, das Elsa in ihrer Kindheit sehr geliebt hatte. Vorsichtig reckte sie den Kopf über die Hecke. Die Vorhänge waren nicht zugezogen und gaben den Blick auf eine festlich gedeckte Tafel frei, vor der zwei Kinder standen. Ein Mädchen, das wie Doreens Tochter Martha aussah, und ein kleiner Junge hielten Blockflöten in den Händen. Ihr Spiel klang selbst in dieser Entfernung noch recht holprig und falsch. Doch als sie endeten, klatschten die Erwachsenen begeistert Beifall. Elsa schlich zu ihrem Wagen zurück und verfluchte schon nach ein paar Minuten stillen Sitzens, dass sie vergessen hatte, die Wolldecke aus ihrem Zimmer mitzunehmen. Bestimmt wäre die Zeit schneller vergangen, hätte sie wenigstens das Radio anschalten können. Elsa kauerte im Auto und hauchte ihre Hände an. Dann kurbelte sie den Sitz nach hinten und verstellte den Rückspiegel, damit sie sehen konnte, wenn sich im Haus von Doreen etwas tat. Elsa überlegte kurz, ob sie die Zeit vielleicht nutzen und den Weg bis ins Nachbardorf noch einmal mit dem Rad abfahren sollte. Denn drinnen sah es so aus, als würde man nun erst mit dem ausgedehnten Essen beginnen. Andererseits konnte sie nicht wissen, wann es wirklich so weit war und etwas passierte. Auch wenn das Warten an ihren Nerven zerrte, blieb Elsa daher, wo sie war. Es war bereits stockdunkel, als drüben endlich die Haustür geöffnet wurde. Im Schein der Außenbeleuchtung beobachtete Elsa einen Mann, der aussah wie die gealterte Version des wunderschön zerzausten Tischlers. In der einen Hand trug er eine Plastiktüte mit einem Weihnachtsmann darauf, in der anderen ein Dreirad. Hinter ihm ging eine adrette Brünette um die vierzig in einem grauen Wollmantel, unter dem auf schwarzem Grund eine dreireihige Perlenkette matt schimmerte. Ihre Haare waren wie in Beton gegossen, keine Strähne lag, wo sie nicht hingehörte. An der Hand der Frau hing ein Junge von vielleicht fünf Jahren in einem dunklen Matrosenanzug und zeterte. Nun erschien auch der Tischler unter der Haustür, und hinter ihm, die Arme um seine Hüften geschlungen, lugte Doreen hervor. Sie rückte gerade zur Seite, löste sich von ihrem Tischler und umarmte eine kleine, korpulente Frau mit weißem Haar. Doreen trug die Handtasche der Alten und half ihr die Stufen hinab. Am Blick der Weißhaarigen, der in diesem Moment in Elsas Richtung ging, erkannte sie, dass es Frau Possel sein musste. Frau Possel war dick geworden, sie hielt sich mit unsicheren Schritten am Arm ihrer Tochter fest, die andere Hand auf einen Stock gestützt. Doch ihr Lächeln war das alte geblieben, unverkennbar Irmgard Possel. Am liebsten wäre Elsa ihr jetzt um den Hals gefallen, aber wozu sollte das gut sein?

11

Vera war wie die roten Ahornblätter, die sie als Kind zwischen Buchseiten gepresst hatte, dachte Elsa. Allerdings erst Jahre später, wenn man zufällig irgendein altes Buch aufschlug und einem dabei eines dieser Blätter entgegenflog. Trocken, ja, vertrocknet war ihre Mutter, Elsa sah die papierene Struktur ihrer Haut mit den durchschimmernden Adern. Vera war geschrumpft. Ihr Kopf war viel kleiner, als Elsa ihn in Erinnerung hatte, dafür schienen ihre Ohren und die Nase gewachsen zu sein. Mit riesenhaften Augen glotzte Vera ihre Tochter an, schien sie aber nicht zu erkennen. Das Haar trug Vera kurz geschnitten, wahrscheinlich war es für die Mitarbeiter des Altersheims praktischer so. Dabei war Vera früher immer so stolz auf ihre langen Haare gewesen. Von ihrem Bett baumelten die Enden grauer Gurte lose auf den Fußboden hinunter. Robin bemerkte Elsas Blick und erklärte: »Die werden gebraucht, um sie zu fixieren. Mutter ist früher oft nachts aufgestanden und herumgewandert, einmal sogar bis nach draußen in den Park. War ein Riesentheater, bis die Schwestern sie endlich gefunden haben.«

»Und deshalb fesselt man sie jetzt?«

»Denen fehlt hier einfach die Zeit, sich so um Mutter zu kümmern, wie sie es eigentlich tun müssten. Wenn du hiergeblieben wärest, hätten wir sie vielleicht nach Hause holen können. Aber allein schaffe ich das nicht.«

Die Bewegungen ihrer Mutter waren hastig, so, als hätte

ihr jemand einen Ruck gegeben. Sprunghaft wirkten sie, wie die eines Kobolds in einem Buch, geschrieben von Stephen King. Nein, das war nicht ihre Mutter, das war ein Kobold mit Veras Gesicht, der sich gerade wie eine professionelle Turnerin aus dem Bett herausschwang. Elsa blickte auf die langen, sehnigen Beine ihrer Mutter. Und was ging nur in Veras Kopf vor sich? Geräusche kamen aus ihrem Mund heraus, wurden nun langsamer, dunkler. Geräusche, die klangen wie ein Kinderkreisel, kurz bevor er aufhörte, sich zu drehen. Elsa hielt sich noch immer hinter ihrem Bruder Robin und ließ die Zimmertür dabei nicht aus den Augen. Robin schien keine Schwierigkeiten damit zu haben, das fremde Wesen vor ihnen auf die Wange zu küssen. Sanft umarmte er Veras hageren Körper, dann brachte er sie in das Bett zurück.

»Schau mal, Mutter, du hast Besuch. Elsa ist da.«

»Wer?«

Die Geräusche hatten sich tatsächlich zu einem verständlichen Wort formiert. Elsa fühlte, dass sie erneut mit leerem Blick von dem unheimlichen Kobold angestarrt wurde. Sie hatte Augen wie diese schon einmal in einem Buch gesehen. In einem medizinischen Wälzer über Geisteskranke eines früheren Jahrhunderts, Schwarzweißfotografien, die furchtbare Behandlungsmethoden, wie aus einem Gruselkabinett entsprungen, dokumentierten. Überhaupt ließ Elsa die ganze Szenerie hier an einen alten Horrorfilm denken. Verstaubt und verblichen, aber eindringlich; es wurde einem schlecht davon. Dabei waren die Räume in einer freundlichen hellgelben, abwaschbaren Farbe gestrichen. Nun streckte der Kobold eine seiner Krallen nach Elsa aus. Von Neuem glotzte er sie aus riesenhaften Augen an.

»Wer?«

Wiederum strampelten sich die Beine aus dem Bett heraus, doch Robin beugte sich über Vera, sodass sie nicht aufstehen konnte.

»Ich bin's, Robin, dein Sohn. Und das hier« – er zeigte auf Elsa – »ist deine Tochter Elsa.«

Die Augen des Kobolds füllten sich mit Tränen, sein Mund begann zu schreien. Seine Hände ballten sich zu Fäusten, mit denen er auf Robin einschlug. Dieser versuchte, den Angriff so gut es ging abzuwehren.

»Drück auf die Klingel«, rief er Elsa zu. »Da, sie hängt neben ihrem Bett.«

Elsa fand den Knopf und presste ihren Finger so fest darauf, dass er ganz weiß wurde. Zwei Krankenschwestern kamen herein und meisterten die Situation mit routinierter Freundlichkeit. Sie hielten Vera an beiden Armen fest und sprachen beruhigend auf sie ein. Dann drückten sie den Oberkörper ihre Mutter sanft aufs Bett zurück.

Diesen Moment nutzte Elsa zur Flucht. Sie lief hinaus, am Ende des Gangs befand sich eine Tür, die nach draußen führte. Elsa stellte sich in den Wind und atmete tief ein. Die schneidend kalte Winterluft trieb ihr die Tränen in die Augen. Sie fixierte die Dunkelheit vor sich, machte einen spärlich beleuchteten Weg aus, danach den Park. Elsa sah einen zugefrorenen Teich mit leeren Bänken an seinem Ufer und stellte sich vor, wie hier im Sommer die Alten unter Schatten spendenden Linden saßen, Enten fütterten, miteinander redeten oder spielten. Dann drehte sie sich um und stellte sich den Bildern hinter den Fensterfronten. Alte Frauen zumeist; manche schlichen an ihre Gehhilfen geklammert auf den Fluren herum. Drei von ihnen saßen schweigend in einer Sitzecke nebeneinander, warteten auf die nächste Mahlzeit oder einen Besucher. Stille. Im Aufenthaltsraum lärmte es immerhin aus dem Fernseher, davor konnte Elsa die Zusammenkunft einiger lebender Leichname und einen langhaarigen Pfleger beobachten, der Aschenbecher säuberte. Die nächsten Fenster gaben den Blick auf den Speiseraum frei. Vierertische, fast wie in einem Hotel. Aber wo war der fesche Fred oder wie die Alleinunterhalter mit ihren Orgeln und Rhythmusmaschinen immer hießen? Hier gab es keinen Fred, dafür abgetragene Bademäntel, Schlappen, Urinbeutel, in mundgerechte Häppchen zurechtgestutzte Mettwurst- und Käsebrote, und dazu Lätzchen wie auf einem Kindergeburtstag. Elsa drehte sich um, der Park, der Teich, die Linden waren jetzt anders. Ihre Hände kribbelten, so als hätte sie in einen Kaktus gegriffen oder eine Herkulesstaude berührt, die ihren giftigen Saft auf ihrer Haut versprüht und schmerzhafte Blasen hinterlassen hatte. Sie lief in das Gebäude zurück und bis zu einer Tür, auf der »Waschraum« stand. Dort stand eine alte Frau mit nacktem Oberkörper über eines der Becken gebeugt und wusch sich unter den Armen. Als sie Elsa bemerkte, entschuldigte sich die Greisin und begann ihre Bluse überzuziehen.

»Nein, bleiben Sie doch. Tut mir leid, dass ich Sie gestört habe.«

Elsa trocknete ihre Hände an der Hose ab und trottete zu Vera zurück. Hier auf diesen Fluren, in diesen Zimmern, gab es kein Lachen. Was nützte da der Park. Eine zufällig zusammengewürfelte Mannschaft wartete, ein jeder für sich, auf den Untergang seines Schiffes. Vielleicht war Vera sogar zu beneiden, weil sie von alldem nur noch wenig mitbekam. Aber die freundliche Frau oder eine Mutter wie die von Doreen sollte niemals an einem solchen Ort sterben müssen. Wie viele Frau Possels mochte es hier wohl geben? Oder waren sie alle so wie Vera gewesen und erhielten am Ende genau das, was sie verdienten?

Als Elsa in das Zimmer zurückkam, war Robin gerade dabei, den Kobold mit klein geschnittenen Weißbrotstücken unter einer orangefarbenen Streichmettwurst zu füttern. Jetzt wirkte er ganz zufrieden, kaute mit offenem Mund, während Robin ihm das Gesicht mit einer Serviette abwischte und ihn so von den herausgefallenen Essensresten befreite. Zwischendurch gab er ihm eine Tasse mit rotem Tee, aus der er schlürfend trank.

»Ich komme so oft wie möglich zum Abendbrot hierher, damit Mutter überhaupt etwas isst. Sie scheint vergessen zu haben, wie das geht.« Er schüttelte den Kopf, doch seine Stimme klang nachsichtig. »Wie ein kleines Kind ist sie geworden.«

»Warum machst du das? Dafür gibt es doch Personal.«

»Die Schwestern fangen jetzt mit ihrer Nachtrunde und dem Waschen an. Gleich können wir noch ein bisschen plaudern, bevor ich Mutter dann das Gebiss herausnehme und sie zu Bett bringe.«

Plaudern war Elsa jedoch nicht möglich gewesen. Sie hatte ihren Stuhl weit entfernt von Vera aufgestellt und ihrer Mutter, vor allem Robin zuliebe, noch einmal die Hand gestreichelt. Als dieser eine Waschschüssel zusammen mit einem grünen Froteelappen aus dem Badezimmer holte und eine Tablette Gebissreiniger in das Wasserglas fallen ließ, stand Elsa auf.

»Ich gehe schon mal vor. Vielleicht finde ich einen Arzt, der ein bisschen Zeit für mich hat.«

Endlich war sie draußen. Vor dem Ausgang des Altersheims schnappte Elsa nach Luft, als hätte sie die letzten Stunden auf einem anderen Planeten verbracht, in einer viel zu dünnen, menschenfeindlichen Atmosphäre. Sie hatte sich bemüht, den Geruch von alten Körpern und deren Ausscheidungen, der von den antiseptischen Mitteln nur unzureichend überdeckt wurde, so wenig wie möglich einzuatmen. Dabei war dies nicht einmal das Schlimmste. Unerträglich hingegen war die leichte Süße verfaulenden Fleisches, der Geruch von Tod gewesen, der überall und auf allen Dingen gelegen hatte.

Nun kam auch Robin durch die Drehtür zu ihr nach draußen und sagte: »Ich glaube, sie hat sich über deinen Besuch gefreut. Wenn du öfter kämst, würde sie es dir bestimmt auch zeigen können.«

»Ich werde dir Geld schicken«, versprach Elsa. »Such dir jemanden zur Entlastung, damit du nicht jeden Tag dahin musst.«

»Ist deine Telefonnummer in Anspach noch immer dieselbe?«

»Ja, vielleicht komm ich bald mal wieder.«

Aber Elsa wusste, dass sie das auf keinen Fall tun würde. Jedenfalls nicht, solange Vera noch lebte.

In dieser Nacht fand Elsa nicht in den Schlaf. Sie fühlte sich von koboldhaften Augen verfolgt, die selbst dann nicht von ihr abließen, wenn sie sich dazu zwang, an etwas anderes zu denken. Elsa versuchte einen letzten Trick, indem sie sich auf die glücklichen Zeiten mit den Possels in ihrer Kindheit konzentrierte.

Zurückdrehen. Alles zurückdrehen. Wieder auf dem flauschigen Wollteppich sitzen und in Doreens Augen sehen, in denen so viel Zuversicht gestanden hatte. Die Gegenwart, die Zukunft, die ganze Welt war in diesen Augen gewesen. Es hatte kein Hin oder Her, nichts anderes als diesen Moment gegeben. Diese Augen waren der Spiegel gewesen, durch den Elsa sein konnte. Alles sein konnte. Die beste Freundin, liebenswert und geliebt. Geliebt im Spiegel dieser Augen. So war es einmal gewesen. Elsa starrte in das nächtliche Zimmer und drehte sich in ihrem Bett herum. War es so gewesen? Und wenn, warum hatte es dann aufgehört, so zu sein? Vielleicht hätte sie damals nicht so schnell aufgeben und stattdessen einen zweiten Versuch mit Doreen wagen sollen, überlegte Elsa. Möglicherweise konnte sie das auch heute noch tun. Aber würde dann alles anders und viel schöner werden, wenn Elsa es von Neuem wagte, Doreen als Freundin zu gewinnen? Würde es die schwarzen Lackschuhe nicht mehr geben, beim zweiten Versuch? Elsa schloss ihre Augen und atmete tief aus. Ja, zurückdrehen, am besten ganz an den Anfang. Bis zu dem Moment, in dem Elsa geboren werden würde, aber diesmal von einer anderen Frau. Von einer Frau, der es auch möglich wäre, ihr Mutter zu sein.

Halt, dachte Elsa, schlug die Augen auf und trank einen Schluck Wasser aus der Flasche neben ihrem Bett. Was für ein Denkfehler! Ihre Familie würde immer ihre Familie bleiben, ebenso wie Doreen Doreen bleiben würde, auch beim zweiten Versuch. Immer. Und darüber hinaus gab es nichts, was zurückzudrehen sich gelohnt hätte. Sie musste aufhören, sich etwas vorzumachen. Schluss mit dem Träumen. Voraus in den Gedanken, nicht zurück. Für Robin war sie nun fort. Mochte er sich vorher vielleicht noch gefragt haben, ob sie, Elsa, etwas mit den Morden an Torsten und Rainer zu tun hatte, jetzt würde er keinen Verdacht mehr schöpfen. Nur deswegen hatte sie seinen Wunsch erfüllt und den Kobold mit dem Gesicht ihrer Mutter besucht. Hatte Robin tatsächlich, wenn auch nur für einen Moment, geglaubt, Elsa in die aufopfernde Pflege Veras mit einspannen zu können? Nein, er würde ihr nicht weiterhelfen können, Robin trug das wirre Fadenknäuel ihres Lebens nicht in seiner Hand. Das hatte er nie getan.

Als Weber am nächsten Morgen ins Büro kam, schleppte er sich unter Stöhnen zu seinem Schreibtisch. Er verzog das Gesicht, ließ sich umständlich auf seinem Stuhl nieder und blieb dort unbeweglich mit gebeugtem Rücken sitzen. Seinen Nacken hielt er unnatürlich durchgestreckt, damit er besser auf den Bildschirm sehen konnte.

»Morgen, Weber«, empfing ihn Anna mit einem Becher Kräutertee, den sie vor ihn auf den Schreibtisch stellte. »Haben Sie etwa mehrere Bücherkisten auf einmal getragen?«

»Nein«, gab er verlegen zurück. »Mir ist auf der Leiter schwindlig geworden. Deshalb habe ich den Halt verloren und bin runtergefallen.«

»Ist sie sehr hoch gewesen?«

»Nein, es war nur eine Trittleiter mit drei Stufen. Eigentlich gar nicht so wild, wenn ich mir dabei nicht den Rücken verrenkt hätte.«

»Sie sollten endlich etwas gegen Ihre Höhenangst unternehmen, Weber. Wie wollen Sie jemals in der Lage sein, einen Verbrecher zu jagen, wenn schon jede Grasnabe zum unüberwindlichen Hindernis für Sie wird.«

Anna lächelte.

»Was Sie jetzt unbedingt brauchen, ist ein schnell wirkendes Rheumamittel und etwas gegen Ihre Schmerzen. Die Verspannung in Ihrem Rücken wird nur nachlassen, wenn Sie sich möglichst normal bewegen. Wenn Sie jedoch weiterhin diese Schonhaltung einnehmen, wird alles nur noch schlimmer. Ich informiere kurz den Chef, dass wir unsere Besprechung verschieben müssen, anschließend bringe ich Sie zum Arzt.«

Weber schaute sich beunruhigt um, aber von Antonia Schenkenberg, die ihrem Gespräch unter der Tür stehend gefolgt war und zu Annas Worten beipflichtend genickt hatte, würde er keine Unterstützung bekommen.

»Geben die mir eine Spritze?«

»Das wäre sehr zu wünschen, wird aber leider nur noch selten gemacht.«

Zwei Stunden später saßen Anna und ein sichtlich entspannter Lukas Weber wieder in ihrem Büro. Der Arzt hatte sich seiner erbarmt und ihm eine schnell wirkende Spritze gegen die Schmerzen verabreicht. Stirnrunzelnd las Weber nun den Beipackzettel des Rheumamittels, nahm eine Tablette heraus und spülte sie anschließend mit einem großen Schluck Wasser hinunter.

Während Weber sein Glas erneut mit Wasser füllte, klopfte es an der Tür, und Günther Sibelius trat, gefolgt von Sigrid Markisch, ins Büro.

»Schön, dass Sie wieder an Bord sind, Kollege Weber«, eröffnete Sibelius die Dienstbesprechung.

»Ja, allerdings befürchte ich, für den Außendienst noch nicht ganz tauglich zu sein.«

»Das macht nichts, dann koordinieren Sie eben die Rechercheergebnisse zu Monika Diebach-Meyer und Hajo Wieland. Ab morgen werden also alle Fäden bei Ihnen zusammenlaufen, Weber. Wir müssen mehr über die beiden herausbekommen. Drehen Sie jeden Stein um, Kollegen, und kümmern Sie sich dabei nicht nur um Fakten, sondern haben Sie auch ein Ohr für Gerüchte und private Geschichten.«

»Ich habe mich übrigens bereits gestern von zu Hause aus ein wenig darüber informiert, unter welchen Bedingungen und Voraussetzungen hochspekulative Geldanlagen wie Warentermingeschäfte abgeschlossen werden«, fügte Weber an.

»Erzählen Sie«, forderte ihn Günther Sibelius auf.

»Die Risiken solcher Geldanlagen sind schnell zu begreifen«, erläuterte Weber. »Mit etwas Glück kann man in kurzer Zeit große Gewinne erzielen. Aber wenn Aktien und Anteile in die Miesen gehen, haftet der Anleger dafür, und zwar auch über den eigenen Investitionsbetrag hinaus. Und das mit seinem gesamten Vermögen, es sei denn, er hat vorher ein Limit festgelegt.«

»Das heißt, man wird sogar über den ursprünglichen Wert seiner Anlagen hinaus zur Verantwortung gezogen?« Günther Sibelius schaute ungläubig in die Runde.

»Genau«, bestätigte Weber. »Ich habe mich beim Deutschen Schutzverein für Wertpapierbesitz nach der Sachlage erkundigt, und besagter Haftungsfall tritt leider immer wieder bei privaten Anlegern infolge irgendwelcher Börsenirritationen ein. Oftmals sind die Anleger nicht umfassend über die Risiken informiert worden und haben daher Bankvollmachten unterschrieben, in denen kein Limit festgeschrieben wurde. Und noch immer gilt der Grundsatz, dass kein Anleger vor den Konsequenzen seiner Gutgläubigkeit oder Dummheit geschützt ist. Jemand, der sich im Vorfeld nicht ausreichend informiert hat und die Verantwortung für sein Eigentum abgibt, indem er Vollmachten unterschreibt, ohne diese aufmerksam zu lesen, darf sich hinterher eigentlich nicht beklagen. Wie heißt es so schön? Eigentum verpflichtet.«

»Also müssen wir weiterhin sowohl die Unterlagen von Rainer Herold als auch die von Hajo Wieland nach Kunden durchforsten, die durch mögliche Beratungsfehler der beiden zu Schaden gekommen sind«, nahm Sigrid Markisch den von

Weber begonnenen Gesprächsfaden auf. »Außerdem gehe ich nach wie vor davon aus, dass Torsten Lorenz mit Rainer Herold zusammengearbeitet und seinen Schulfreund mit Kunden versorgt hat, die er zuvor im eigenen Umfeld akquiriert hat. Daher glaube ich auch Dirk Adomeit kein Wort, wenn er behauptet, von Hajo Wieland beraten worden zu sein. Ganz im Gegenteil gehe ich davon aus, dass er seinen Geldverlust allein den Herren Herold und Lorenz zu verdanken und somit das stärkste Motiv von allen Verdächtigen gehabt hat, die beiden zu ermorden.«

»Aber es ist doch längst erwiesen, dass Dirk Adomeit von niemand anderem als Hajo Wieland beraten wurde«, widersprach Anna. »Haben Sie denn etwa immer noch nicht die Kopie seiner Vollmacht an die Maschener Kreissparkasse zur Kenntnis genommen?«

»Ja, Sie haben Recht, Frau Greve«, lenkte Sigrid Markisch ein. »Aber vielleicht finden wir in den Unterlagen außer Herrn Adomeit noch einen weiteren geschädigten Anleger, der Rainer Herold und Torsten Lorenz genug gehasst hat, um sie mit dem Tod zu bestrafen.«

»Auch das wäre möglich, Frau Markisch«, überlegte Günther Sibelius. »Doch ebenso könnte Herr Herold mit Hajo Wieland gemeinsame Sache gemacht haben, und dann könnte Herr Wieland tatsächlich in großer Gefahr schweben. Ich habe bereits bei den Kollegen von der Dienststelle für Kommissionsermittlungen hier im Haus um personelle Unterstützung gebeten. In deren Abteilung läuft zurzeit alles recht ruhig, daher haben sich ein paar Kollegen bereiterklärt, die Überwachung von Hajo Wieland in den kommenden Tagen zu übernehmen. Für uns bleiben die Nachtschichten. Wir sollten jetzt also sofort einen Dienstplan austüfteln und gar nicht erst einen offiziellen Antrag auf personelle Unterstützung stellen. Das würde nur ewig dauern, und es wäre damit auch noch lange nicht sichergestellt, dass uns Schönauer die benötigte Hilfe überhaupt bewilligt. Mit anderen Worten: Wenn wir so lange warten, bis Hilfe von oben kommt, könnte Hajo Wieland längst tot sein und seine Kinder schon ihren Antrag auf Hinterbliebenenrente eingereicht haben. In jedem Fall wird diese Maßnahme jedoch eine Menge Überstunden für uns bedeuten. Sind Sie trotzdem einverstanden?«

Die anderen nickten.

»Dann kommen wir jetzt zur Einteilung, ich schlage vor, wir legen unsere Schichten erst mal nur für diese Nacht bis morgen früh um sieben Uhr fest.« Sibelius schaute auf seine Armbanduhr. »Wenn es Ihnen recht ist, beginnen Sie, Frau Greve, und Frau Markisch mit der ersten Schicht bis um Mitternacht, ich übernehme die restlichen Stunden. Der Kollege Weber wird dagegen zu Hause bleiben und derweil seinen Rücken pflegen. Übrigens möchte ich Herrn Wieland morgen im Verlauf des Nachmittags in meinem Büro sehen«, fügte er mit einem Blick auf Lukas Weber an.

»Wie wäre es, wenn wir vor der Nachtschicht im ›Maschener Hof‹ noch eine Kleinigkeit zusammen essen«, schlug Anna der Giraffe vor, nachdem die Dienstbesprechung beendet war. »Vielleicht könnten Sie mich anschließend netterweise kurz zu Hause absetzen. Ich muss dort vorher noch eine Kleinigkeit erledigen und komme dann mit meinem eigenen Wagen nach.«

Sigrid Markisch nickte, und Anna konnte sehen, dass es ihr nicht leicht fiel. Aber sie nickte.

Als Anna wenig später ihr Haus betrat, rief sie bereits im Flur nach Ben, der daraufhin sofort die Treppe aus dem ersten Stockwerk heruntergelaufen kann.

»Das mit dem Joint von gestern tut mir echt leid, Mam«, lächelte er Anna schuldbewusst an. »Wenn du willst, können wir auch gleich zusammen mit Paul essen, ich habe schon den Tisch gedeckt. Möchtest du einen Tee trinken?«

»Lieb von dir«, sie legte eine Hand auf seine Schulter, »aber ich habe leider nur wenig Zeit, denn ich muss heute Abend noch einmal los. Setz dich doch bitte für einen Moment zu mir.«

Anna klopfte auf den freien Platz neben sich auf der Küchenbank.

»Wir haben uns überlegt, wie wir dabei helfen können, dass du dein Versprechen, mit dem Grasrauchen aufzuhören, einhältst. Ich denke, wir sollten uns als Familie insgesamt noch mehr umeinander kümmern, Ben. Da sich dein Bruder Paul, wie du bestimmt weißt, noch immer davor fürchtet, nach seinem Tennistraining allein durch den Wald bis zum Bus zu gehen, möchte ich, dass du ihn in Zukunft begleitest. Mit Sicherheit wird ihn das ungeheuer stolz machen, und ich glaube auch, dass Paul von dir am besten lernen kann, wie man erwachsener wird.«

Anna beobachtete, wie Ben bei ihrem letzten Satz auf seinem Platz gewachsen war und lächelte.

»In Ordnung, Mam, ich übernehme das mit dem Kleinen.«

»Jetzt komme ich allerdings zu einer Sache, die dir wahrscheinlich weniger gefallen wird, die wir aber trotzdem für nötig halten. Ab sofort wirst du kein Geld mehr zur freien Verfügung haben, Ben. Das bedeutet natürlich nicht, dass du dir jetzt keine Computerzeitschriften oder Ähnliches mehr kaufen kannst, sondern lediglich, dass du uns vorher fragen musst, wenn du etwas haben willst. Wir werden dir dann den jeweiligen Betrag dafür geben.«

»Aber ich bin doch kein Baby mehr!«

»Nein, das bist du nicht, Ben, doch du bist auch noch nicht ganz erwachsen. Und unsere Maßnahmen werden dir dabei helfen, in Zukunft nicht mehr so leicht in Versuchung zu geraten.«

Anna versuchte ihren Sohn in den Arm zu nehmen, doch Ben verweigerte sich dieser Geste, indem er von der Küchenbank aufsprang.

»Und jetzt, nachdem du deine Anweisungen gegeben hast, musst du wieder zur Arbeit, oder wie? Das ist doch kein Gespräch gewesen, Mam!«

»Da hast du natürlich Recht, und ich verspreche dir, dass wir es sobald wie möglich nachholen. Glaub mir, ich würde heute Abend nur zu gern zu Hause bleiben und mich über den von dir gedeckten Tisch freuen und weiter mit dir reden. Aber es geht nun einmal nicht.«

Es war gegen neun Uhr desselben Abends. Anna Greve und Sigrid Markisch standen und warteten bereits seit über einer Stunde in ihren Autos vor Hajo Wielands Haus, als dieser mit hochgeschlagenem Mantelkragen herauskam und um die Ecke verschwand. Anna startete ihren Wagen, dann funkte sie die Giraffe an.

»Wir müssen uns trennen, für den Fall, dass der Täter hier noch auftauchen sollte. Ich folge Hajo Wieland, Sie bleiben erst mal vor Ort, einverstanden?«

In der Straße angekommen, in der sich auch das Haus von Marianne Lorenz befand, begann Hajo Wieland langsamer zu gehen. Vor dem Grundstück der Lorenzens blieb er stehen und schaute sich aufmerksam nach allen Seiten um, dann überquerte er die Straße und hechtete anschließend mit einem kurzen Sprung über die Gartenpforte. Hajo Wieland hatte noch nicht einmal die Haustür der Lorenzens erreicht, als sich diese bereits öffnete. Kaum war er in dem dunklen Hausflur verschwunden, fiel auch schon die Eingangstür hinter ihm ins Schloss.

Kurz darauf konnte Anna hinter dem Vorhang des Lorenz'schen Wohnzimmers zwei sich umarmende und küssende Schatten wahrnehmen. Anna steckte sich eine Zigarette an.

Zwei Stunden später verließ Hajo Wieland das Haus von Marianne Lorenz wieder. Anna überlegte, was er seiner Frau Karin wohl als Grund für sein spätes Weggehen angegeben hatte. Vielleicht hatte er ihr irgendeine Geschichte von einem Herrenabend oder aber von einer wöchentlichen Kegel- oder Skatrunde aufgetischt. Männern fehlte ja meist die Fantasie für eine gute Ausrede, die ihre Frauen ruhig schlafen ließ. Anna folgte Hajo Wieland in ihrem Wagen zurück zu seinem Haus, wo sie ihren dunkelblauen Golf hinter dem Vectra der Giraffe einparkte und sich kurz darauf neben Sigrid Markisch auf den Beifahrersitz fallen ließ.

»Hat sich hier während meiner Abwesenheit etwas getan?«, fragte Anna.

»Nein, in diesem Dorf scheinen die Bürgersteige tatsächlich um acht Uhr hochgeklappt zu werden. Ein älterer Mann hat zwar seinen Hund ausgeführt und die Wielands dabei auch eine Weile durch die Fenster hindurch beobachtet. Ich glaube aber, das war nur ein harmloser Spanner.«

Anna gähnte.

»Fahren Sie ruhig los, Frau Markisch, Sie müssen ja noch ganz bis nach Hamburg zurück. Die letzte Stunde übernehme ich allein.«

Zum ersten Mal, seit sie einander kannten, sah Sigrid Markisch ihre Kollegin Anna Greve freundlich lächelnd an.

Anna lächelte zurück. Und zum ersten Mal, seit Anna die Giraffe kannte, war deren Lächeln auch bei ihr angekommen.

Elsa in Maschen, im Sommer 1986.

Herr Wegener, der Busfahrer vom MVV, hatte Elsa zehn Mark in die Hand gedrückt. Nach dem Mittagessen sollte sie mit Miriam ins Dorf gehen, um sich und der Prinzessin von dem Geld ein Eis zu kaufen. Sie könnten sich ruhig Zeit damit lassen, hatte Herr Wegener gesagt. Während er mit Elsa redete, stachen seine Augen zu Vera hinüber, dann ging er zum Kühlschrank, um sich ein Bier herauszunehmen. Robin war an diesem Nachmittag nicht zu Hause, er würde noch bis zum Abend auf einem Schulausflug unterwegs sein. Elsa beobachtete ihre Mutter, die in ihrem neuen weißen Rock vor dem Herd stand und kochte. Unter dem dünnen Stoff zeichnete sich die Form ihres Slips ab. Viel zu eng war dieser Rock und auch zu kurz für eine Frau ihres Alters, fand Elsa.

»Wenn du willst, gebe ich dir fünf Mark ab, und du gehst zu Frederike hinüber. Das Geld reicht auch für euch zwei«, schlug Elsa ihrer kleinen Schwester Miriam kurz darauf auf der Straße vor, nachdem sie beide bereits angebrannte Kartoffelpuffer hinuntergewürgt hatten.

Miriam lächelte verschlagen.

»Der Onkel Wegener hat aber gesagt, dass du auf mich aufpassen sollst. Wir können Frederike doch abholen und dann zusammen mit ihr zum Eisladen gehen.«

»Nein, wir machen das allein.«

Elsa hielt die Hand ihrer kleinen Schwester fest gepresst und zog sie die Straße bis zum Dorfplatz entlang.

»Aua, das tut weh.«

»Dann geh doch alleine, blöde Kuh.«

Vor dem Café saßen Torsten und die anderen an einem Tisch in der Sonne und ließen sich ihr Spaghettieis schmecken. Miriam wurde von Doreen freundlich begrüßt, aber durch Elsa schaute sie hindurch, als wäre sie Luft. Nur Torsten nickte Elsa zu, und sie spürte, wie ihre Wangen anfingen zu glühen. Schnell wandte sie ihr Gesicht ab, als sie mit Miriam in den Laden hineinging.

»Warum ist Doreen eigentlich nicht mehr deine Freundin?«

»Hör auf zu quatschen, welche Sorte willst du?«

Auf dem Nachhauseweg war Miriam vor allem mit ihrem großen Becher Eis beschäftigt. Sie bemerkte nicht einmal, wie sich ihre Füße gefährlich dicht am Rand des Bürgersteigs bewegten, und auch für die vorbeirasenden Lastwagen aus dem nahe gelegenen Kieswerk hatte sie keinen Blick übrig. Elsa hatte die Gefahr sofort erkannt, doch sie griff nicht ein, schließlich war die Prinzessin alt genug, um auf sich allein aufzupassen. Miriam lächelte ihre große Schwester schief an. In ihrem Mund fehlte ein Vorderzahn, und ihr Gesicht war eisverschmiert.

»Komm, Elsa, wir gehen auf den Spielplatz. Du kannst mich anschubsen.«

Gegen Mittag trafen sich die Kommissare zu einer weiteren Besprechung in Annas und Webers Büro. Günther Sibelius schien, unrasiert und erschöpft, wie er aussah, kaum mehr als eine oder zwei Stunden geschlafen zu haben, falls er überhaupt dazu gekommen war, sich nach seiner Nachtwache eine Weile auszuruhen.

»Bei Hajo Wieland ist in der vergangenen Nacht alles

ruhig geblieben«, begann er mit müder Stimme. »Ich habe während meiner gesamten Dienstzeit nicht oft eine Person überwacht, die sowohl Täter als auch Opfer sein könnte.«

Nachdem Anna über Hajo Wielands gestrigen Besuch im Haus der Lorenzens berichtet hatte, wandte sich Günther Sibelius an Lukas Weber.

»Und was haben Sie bis jetzt herausbekommen, Herr Kollege?«

»Im Fall von Monika Diebach-Meyer funktioniert die Gerüchteküche mehr als zufriedenstellend, Chef. Ich habe mich gleich heute früh auf den Weg nach Hannover gemacht und bei ihrer Arbeitsstelle im Gesundheitsministerium nachgefragt. Dort scheint es einige Leute zu geben, die der Frau nicht gerade wohlgesinnt sind. Ihre Ehe mit dem Informatiker Wilfried Meyer soll schon seit mehreren Jahren nur noch auf dem Papier bestehen. Der Grund liegt für die Meisten darin, dass Frau Diebach um jeden Preis Karriere machen wollte und sich deshalb zu wenig um ihren Mann gekümmert hat.«

Anna runzelte verärgert die Stirn, und Weber, der dies bemerkte, fügte hinzu: »Diese Einschätzung ist übrigens ausschließlich von einigen ihrer weiblichen Mitarbeiter gekommen. Dagegen haben sich die Männer, die mit Monika Diebach-Meyer zusammenarbeiten, vor allem über ihre Humorlosigkeit beklagt und sehr stark bemängelt, dass sie überhaupt nicht kompromissfähig ist. Ich habe außerdem noch einmal in dem Hotel in Hamburg nachgehakt, in dem Frau Diebach im Anschluss an den Kongress übernachtet hat. Aus ihrer Abrechnung geht hervor, dass sie an besagtem Abend tatsächlich eine Bestellung für ein Abendessen in ihrem Zimmer aufgegeben hat. Trotzdem könnte sie das Gebäude unauffällig durch den Hintereingang verlassen und sich auf den Weg zu Torsten Lorenzens Näherei gemacht haben, um ihn zu töten. Des Weiteren hat sie, wie ich ihrer Telefonabrechnung entnehmen konnte, mehrfach eine Mobilfunknummer angewählt, deren Inhaber ich allerdings noch nicht ermitteln konnte.«

»Gut gemacht, Weber, bleiben Sie weiter an der Sache dran. Und fragen Sie noch einmal vor Ort in dem Hotel nach, ob jemand bestätigen kann, dass Monika Diebach an dem betreffenden Abend ihr Zimmer tatsächlich nicht mehr verlassen hat.«

»Gibt es auch schon erste Ermittlungsergebnisse zu Hajo Wieland?«, meldete sich Anna zu Wort.

»Dazu bin ich noch nicht gekommen«, entgegnete Weber. »Aber ich habe Herrn Wieland, wie gewünscht, zu einer Befragung heute Nachmittag herbestellt. Er wird um 15.00 Uhr hier sein. Außerdem habe ich mir erlaubt, Marianne Lorenz ebenfalls zu einem Gespräch ins Präsidium zu bitten, allerdings für eine Stunde später. Könnte doch interessant werden, wenn sich die beiden hier zufällig begegnen«, zwinkerte er in die Runde.

»Gut, dann sehen Sie zu, dass Sie bis dahin noch ein wenig mehr über Hajo Wieland in Erfahrung bringen«, erwiderte Günther Sibelius. »So, ich brauche jetzt unbedingt eine Pause. Ich möchte in den nächsten beiden Stunden nicht gestört werden, und ...«

»Einen Moment bitte, Herr Sibelius, ich habe da nämlich auch noch etwas Interessantes über Herrn Adomeit in Erfahrung gebracht«, unterbrach Sigrid Markisch ihren Chef.

Wie eine Lehrerin die Klassenarbeiten, teilte Sigrid Markisch daraufhin mit wichtiger Miene ihr Protokoll an die Teilnehmer der Dienstbesprechung aus.

»Dirk Adomeit scheint wie Herr Wieland scharf auf die Witwe Lorenz zu sein. Ich habe mich noch einmal in seinem

Umfeld umgehört und bin dabei auf eine bemerkenswerte Geschichte gestoßen.«

Günther Sibelius schlug die erste Seite auf, dann legte er das Protokoll zur Seite. »Fassen Sie den Inhalt für uns doch bitte kurz zusammen, Frau Markisch.«

»Dirk Adomeit soll schwer verliebt in Marianne Lorenz sein«, begann Sigrid Markisch. »Und das schon seit vielen Jahren. Der betreffende Zeuge hat Adomeits Schwärmerei sogar als Sandkastenliebe bezeichnet, und die wird ja bekannterweise nie vergessen, was vielleicht auch erklären würde, warum Dirk Adomeit noch immer allein lebt. Auf jeden Fall ist er so etwas wie der gute Onkel für die Lorenzens gewesen, der oft auf die Kleinen aufgepasst hat, wenn Torsten und Marianne etwas vorhatten. Für Kinder soll er ein richtiges Händchen haben, der Herr Adomeit. Auf jeden Fall waren die alle enger miteinander verbandelt, als sie uns bislang glauben machen wollten.«

»Und Ihre Quelle ist glaubwürdig?«, wollte Anna wissen.

»Natürlich, Frau Greve.«

Anna klappte das Protokoll der Giraffe zu.

»Nein, Frau Markisch, selbst wenn Dirk Adomeit für die Lorenzens den Babysitter gespielt hat, überzeugt mich Ihre Theorie nach wie vor kein bisschen. Ich halte es für mehr als unwahrscheinlich, dass er der gesuchte Täter ist. Selbst wenn Herr Adomeit glaubhafte Motive für die Morde gehabt hat, ist er meiner Meinung nach überhaupt nicht dazu fähig, dermaßen brutale Verbrechen, wie wir sie hier vor uns haben, zu begehen.«

»Wie auch immer«, beendete Günther Sibelius das Streitgespräch zwischen Anna und Sigrid Markisch. »Sie gehen der Sache weiter nach, Frau Markisch. Versuchen Sie herauszubekommen, ob zwischen Dirk Adomeit und Marianne

Lorenz tatsächlich etwas gelaufen ist. Ich möchte noch die geringste Kleinigkeit darüber wissen. Also gehen Sie alle an die Arbeit, Kollegen. Wir treffen uns um 15.00 Uhr an gleicher Stelle zur Befragung von Herrn Wieland wieder.«

Elsa saß in ihrem Auto und beobachtete das Haus von Doreen. Heute schien die Sonne, und mit ihrer wärmenden Kraft taute sie den Schnee und das Eis von der Straße. Darunter kamen welke Kastanienblätter zum Vorschein.

Elsa sah in Gedanken noch einmal die Greisin aus dem Altersheim vor sich. Sie erinnerte sich, wie sie die Alte bei ihrer Abendtoilette gestört hatte. Dabei wäre sie niemals einfach so in ein fremdes Zimmer gestürmt, wenn dort nicht ein Schild mit der Aufschrift »Waschraum« angebracht gewesen wäre. Wie konnte so etwas überhaupt passieren? Gab es für die Bewohner dieses Heimes etwa keine eigenen Bereiche für die Intimpflege? Oder hatte sich die Frau möglicherweise nur in der Tür geirrt? Lebte sie vielleicht ebenso in ihrer eigenen Welt wie der Kobold, der früher einmal Vera gewesen war? Wenn man sich jedoch nicht mehr selbst versorgen konnte, hieß das gleichzeitig auch, keinen Anspruch mehr auf das zu haben, was den Menschen zum Menschen machte? Das Recht auf Privates, auf Intimes. Und wer setzte eigentlich die Grenze dafür fest? Armut war nie ein guter Begleiter, besonders im Alter nicht, dachte Elsa. Doch in einem war sie sich ganz sicher: Sie selbst würde sich einen solchen Einbruch in ihre Privatsphäre niemals gefallen lassen, auch nicht als Kobold. Sogar noch als Kobold hätte sie einer verirrten Besucherin in jedem Fall die Grenze aufgezeigt. So oder so, Elsa selbst würde niemals auf der Pflegestation eines Altersheims enden, sie verdiente Geld genug, um sich später einmal etwas Besseres leisten zu können. Sollte sie also Vera unterstützen, damit ihre Mutter angemessen sterben konnte? Angemessen sterben, wenn sie schon nicht angemessen gelebt hatte. Andererseits, was hatte Vera denn jemals für sie, für ihre Tochter Elsa, getan?

Nach dem Mittagessen stieg Doreen in ihr Auto, schnallte Martha hinten auf dem Kindersitz fest und fuhr davon. Sie nahmen die Straße in Richtung Hamburg, bogen dann allerdings nicht auf den Zubringer zur Autobahn ein, sondern fuhren in Richtung Harburg weiter. Doreen lenkte ihren Wagen in das Parkhaus über dem Einkaufszentrum, und wenig später betraten sie zusammen die weihnachtlich geschmückten Ladenpassagen. Doreen hielt Marthas kleine Hand fest in der ihren. Während sie an all den prächtigen Fensterauslagen vorbeigingen, sah Doreen sich immer wieder um. Wurden sie auch heute verfolgt? Doch selbst wenn irgendjemand sie beobachtete, war es Doreen inmitten dieser Menschenmenge unmöglich, ein einzelnes Gesicht, einen Menschen ausfindig zu machen, der sich verdächtig verhielt. Im Kaufhaus, das Doreen mit ihrer Tochter betrat, herrschte ein fürchterliches Gedränge, wie eben nur in der Vorweihnachtszeit. Zielstrebig steuerte sie einen Schmuckstand im Parterre des Kaufhauses an. So einen, an dem sich vor allem alte Frauen aufhielten und Horden kichernder Teenager. Eine grell geschminkte Verkäuferin stand mit eingeschaltetem Mikrofon hinter dem Verkaufsstand und pries die Supersonderangebote an, die, wie sie gerade verkündete, nur noch bis zum großen Fest gelten würden. Nun begann sie ihren Vortrag von Neuem. Die Menschentraube vor dem Verkaufsstand begann sich aufzulösen und gab Doreen und ihrer Tochter die Möglichkeit, einen Blick auf die Schmuckstücke in der Auslage zu werfen. Im untersten der

Glasregale waren silberne und goldfarbene Kinderringe mit jeweils einem funkelnden Glasstein in den schönsten Bonbonfarben ausgestellt, dazwischen lagen dazu passende Ketten und Armbänder. Martha drückte ihre Nase an der Scheibe platt. Vor ihr lag ein kleiner, goldschimmernder Elefant. Auf dem Rücken trug er einen weißen Sattel, und zwischen seinen Augen funkelte ein hellblauer Stern.

»Mama, guck doch mal, wie schön der ist. Wie macht man den an?«

Doreen reagierte nicht, stattdessen wanderten ihre Augen weiter suchend über die Regale hinter der Scheibe, anschließend auch über die Ständer, die auf dem Verkaufstresen aufgebaut waren. Endlich entdeckte Doreen, wonach sie gesucht hatte. Nicht weit entfernt von ihr hingen grün emaillierte Anhänger in der Form von Kleeblättern, bestimmt an die zwanzig Stück. Jedes Kleeblatt war mit einer zarten Silberkette versehen und sah genauso aus wie der Talisman, den sie in ihrer Handtasche mit sich herumtrug. Doreen beugte sich zu Martha hinunter und lachte ihre Tochter erleichtert an.

»Was hast du gefragt, meine Kleine?«

»Wofür benutzt man den Elefanten, Mama?«

»Das ist eine Brosche, die trägt man am Pullover oder an der Jacke.«

»Kann dieser Elefant auch fliegen? Er sieht genauso aus wie der in meinem Buch.«

Marthas Wangen glühten. Für sie war das Messingtier mit der weißen Lackfarbe und dem blauen Glasstein der wunderschönste Schatz, den sie sich denken konnte. Und weil sie nicht fragte oder ihre Mutter bedrängte, ihr einen solchen zu schenken, hatte Doreen plötzlich große Lust dazu, genau das zu tun. Hand in Hand gingen sie anschließend in die Kaufhauskantine hinüber. Der Elefant am Revers von Marthas Jacke strahlte um die Wette mit ihren Augen. Die Kleine saß in der überheizten Kaufhausluft vor ihrem Eisbecher und war noch immer nicht dazu zu bewegen, endlich ihre Winterjacke auszuziehen. Jeder sollte ihn sehen, ihren wunderbaren, sterngeschmückten Elefanten. Doreen konnte kaum fassen, wie viel Glück sie doch mit diesem Kind hatte. Und wie viel Glück erst mit ihrem Mann Arno. Er würde es sicher nicht verstehen, wenn sie ihm die Geschichte von Elsa erzählte und somit ihren Verrat gestand. Was würde von seiner Königin übrig bleiben, wenn Arno erst begriffen hatte, wie gemein und niederträchtig Doreen sein konnte. Zu einer Königin passte nun einmal kein gehässiges Lachen. Seitdem Doreen die grün emaillierten Kleeblätter mit eigenen Augen in der Auslage gesehen hatte, ging es ihr auf einmal viel besser, und vor allem fühlte sie sich nicht mehr verfolgt. Wie viel Schaden ein schlechtes Gewissen doch anrichten konnte, dachte sie erleichtert. Und obwohl es dabei um eine Geschichte ging, die schon vor so langer Zeit geschehen war, hatte sie sich dermaßen in sie hineingesteigert, dass sie fast alles andere darüber vergessen hatte. Nein, Elsa hatte ihr kein Zeichen gesandt, und diese Kleeblattgeschichte war nichts weiter als ein Zufall gewesen. Doreen fühlte sich von einer großen Anspannung befreit und nahm sich daher vor, auch weiterhin über die Sache mit Elsa zu schweigen.

Zehn Minuten vor drei Uhr klopfte Anna mit einem Becher Kaffee in der Hand an die Bürotür ihres Chefs. Als Anna eintrat, stand Sibelius mit aufgeknöpftem Oberhemd vor dem Waschbecken und rasierte sich.

»Danke, Frau Greve, das ist wirklich nett von Ihnen«,

freute er sich und trank einen großen Schluck Kaffee. »Gehen Sie ruhig schon einmal vor, ich komme gleich nach.«

Als Günther Sibelius in Annas Büro trat, hatte die Befragung von Hajo Wieland bereits begonnen.

»Machen Sie eigentlich auch heute noch Musik, Herr Wieland? Schließlich sollen Sie in Ihrer Jugend ein ziemlich guter Schlagzeuger gewesen sein und sogar eigene Songs komponiert haben«, stellte Weber seine nächste Frage. Die bislang gestellten Fragen hatten Wielands beruflicher und privater Situation gegolten und nichts Neues erbracht.

Hajo Wieland lächelte versonnen.

»Nein, leider habe ich seit damals keine Sticks und auch keine Klaviertasten mehr angerührt. Seitdem ich berufstätig bin und eine eigene Familie gegründet habe, ist mir für meine Hobbys nicht mehr viel Zeit übrig geblieben.«

»Und das, obwohl Sie früher sogar Ambitionen gehabt haben sollen, Profimusiker zu werden. Wirklich jammerschade.«

»Allerdings nicht ganz richtig, Herr Weber. Wer behauptet so etwas denn überhaupt?«

Weber schlug seine Unterlagen auf.

»Herr Vomberg, ein Musiklehrer des Merschenfelder Gymnasiums, hat mir versichert, dass Sie ein ausgesprochenes Talent gewesen sind. Darüber hinaus sollen Sie auch die Gründung einer eigenen Band geplant haben, die dann jedoch, wie Herr Vomberg meinte, durch eine Intrige von Rainer Herold, der zu dieser Zeit ebenfalls Schlagzeug spielte, nicht zustande gekommen ist.«

»Wie kann sich denn ein Lehrer, in dessen Unterricht ich nie gewesen bin, überhaupt an mich erinnern? Schließlich bin ich zu der Zeit auf einer ganz anderen Schule gewesen.«

»Richtig, aber dennoch hat Herr Vomberg Sie damals

sehr in Ihren Plänen unterstützt, und außerdem haben Sie alle, bevor Torsten Lorenz einen eigenen Übungsraum bei sich zu Hause einrichtete, durch Herrn Vomberg die Möglichkeit bekommen, an den Nachmittagen in einem Schulraum zu üben. Können Sie sich daran denn nicht mehr erinnern?«

»Natürlich, jetzt fällt es mir wieder ein, Herr Weber. Sie müssen schon entschuldigen, dass ich eben dermaßen begriffsstutzig gewesen bin, aber diese Geschichte ist schon so lange Zeit her.«

»In jedem Fall hat Rainer Herold Sie damals auf, wie uns Herr Vomberg erzählte, üble Art und Weise ausgebootet.«

»Und nun glauben Sie, dass diese alte Geschichte ein Mordmotiv abgeben könnte?«

»Wenn Sie uns sagen, wo Sie zu den besagten Tatzeiten gewesen sind, können Sie sich auf der Stelle von jedem Verdacht befreien.«

Hajo Wieland zog ein Notizbuch aus seiner Jacke hervor und gab an, die fraglichen Abende zu Hause verbracht zu haben.

»Meine Frau Karin wird meine Angaben selbstverständlich bestätigen.«

In diesem Moment wurde an der Bürotür geklopft und ein uniformierter Polizist trat ein.

»Frau Lorenz wäre jetzt hier«, meldete er. »Soll sie im Flur auf Sie warten?«

»Einen Moment, Kollege, ich übernehme das«, erwiderte Sigrid Markisch und verließ zusammen mit dem Beamten das Büro.

»Ich finde es total unverständlich, Herr Sibelius«, beschwerte sich Hajo Wieland beim Chef der Abteilung, »dass Sie Marianne Lorenz ins Präsidium vorladen. Die arme Frau hat doch wirklich schon mehr als genug durchgemacht. Verdächtigen Sie sie etwa?«

»Wir sind für heute fertig, Herr Wieland. Sie können jetzt gehen«, überging Günther Sibelius seine Frage. Hajo Wieland sprang daraufhin von seinem Stuhl auf und stürmte in den Flur hinaus, wo er die dort stehende Marianne Lorenz sofort in die Arme nahm.

»Soll ich auf dich warten?«, fragte er besorgt.

»Nein, nein, ist schon in Ordnung, Hajo. Ich rufe dich an, sobald ich hier fertig bin«, entgegnete Marianne Lorenz lächelnd und ließ ihren Verehrer auf dem Flur des Polizeipräsidiums zurück.

»Wir haben noch einige Fragen zu Dirk Adomeit an Sie, Frau Lorenz«, begann Anna kurz darauf die Befragung. »Er soll ein guter Bekannter von Ihnen und Ihrem Mann gewesen sein. Können Sie uns sagen, wie gut?«

Marianne Lorenz zog eine ihrer Augenbrauen hoch.

»Herr Adomeit versteht sich bestens mit unseren Kindern und hat daher manchmal auf die beiden aufgepasst. Dirk ist wirklich ein feiner Mensch, schade, dass er keine eigene Familie hat.«

»Und wie ist sein Verhältnis zu Ihrem Mann gewesen?«

»Na ja, in der Schulzeit leider nicht so gut. Schließlich haben ihm Torsten und Rainer das Leben früher ziemlich schwer gemacht. Das ist aber eigentlich mehr von Rainer ausgegangen.«

»Und wie haben Sie sich in dieser Angelegenheit verhalten?«

»Bedauerlicherweise bin ich damals zu feige gewesen, um Dirk beizustehen, aber ich glaube, er hat mir diese Schwäche längst verziehen.«

»Wie würden Sie also insgesamt Ihr Verhältnis zu Dirk Adomeit beschreiben?«

»Wie meinen Sie das, Frau Kommissarin?«

»Ich möchte wissen, ob es irgendwann einmal Situationen gegeben hat, in denen ihr Verhältnis das einer normalen Freundschaft überschritten hat.«

»Meine Güte, nein. Wir haben von jeher ein kameradschaftliches Verhältnis zueinander gehabt. Rein platonisch, das ist alles.«

»Herr Adomeit könnte das allerdings ganz anders gesehen haben als Sie, Frau Lorenz«, warf Sigrid Markisch ein. »Oder sich zumindest gewünscht haben, dass es anders wäre.«

»Darüber habe ich noch nie nachgedacht.«

»Wie wir wissen, ist Monika Diebach-Meyer früher ebenfalls eine ihrer Mitschülerinnen gewesen«, übernahm Weber. »Wie würden Sie Frau Diebach beschreiben?«

»Monika war sehr gut in der Schule, aber niemals eine Streberin, sie hat damals jeden, der es nötig hatte, von sich abschreiben lassen. Ich habe Monika wirklich sehr gemocht, auch wenn ich nie mit ihr befreundet war.«

»Und wie ist Frau Diebachs Verhältnis zu Ihrem Mann und zu Rainer Herold gewesen?«

»Ähnlich wie bei Dirk haben sie auch an Monika kein gutes Haar gelassen«, Marianne Lorenz zögerte. So als wäre es ihr unangenehm, zugeben zu müssen, dass sich ihr Mann Torsten auch im Fall Monika Diebach nicht gerade vorbildlich verhalten hatte.

»Eine letzte Frage, Frau Lorenz, besteht heute noch Kontakt zwischen ihnen beiden?«

»Nein, leider nicht. Zuletzt habe ich ein Foto von Marianne in der Zeitung gesehen und mich sehr über ihren

Erfolg gefreut. Aber ich habe sie schon seit Jahren nicht mehr getroffen.«

Als Anna Greve an diesem Abend auf der A 7 in Richtung Süden fuhr, gingen ihr viele Gedanken im Kopf herum. Schließlich hatten sie heute viele Gespräche geführt und verschiedene Hinweise erhalten, die sie für sich noch nicht hatte einordnen können. Anna rief bei sich zu Hause an, doch dort lief wieder einmal nur der Anrufbeantworter. Deshalb beschloss sie, noch auf einen Sprung bei Paula vorbeizuschauen, bevor sie dann ihre letzte Aufgabe für heute, das Gespräch mit Ben, in Angriff nehmen würde.

Wenig später saß Anna in Paulas Küche und schaute ihrer Freundin dabei zu, wie sie aus Pappe und Glitzerfarbe feine Sterngebilde für ihre Weihnachtskarten fabrizierte.

»Wenn der Täter tatsächlich aus der Vergangenheit von Rainer Herold und Torsten Lorenz stammt«, sinnierte Anna, »wird er wahrscheinlich ein Außenseiter gewesen sein. So einer wie Dirk Adomeit mit seinen viel zu kurzen Hosen, seinem ständigen Zucken und seiner Schüchternheit. Wie war das damals? Ist Marianne Lorenz eigentlich auch in eurer Clique gewesen?«

»Marianne hat früher eigentlich nur Pferde im Kopf gehabt. Wie viele Mädchen dieser Gegend hat sie sich meistens in den Ställen herumgetrieben, und verliebt haben sich solche höchstens einmal in ihren Reitlehrer. Auf Feten ist Marianne früher schon auch ab und zu gewesen, aber ich habe sie dort niemals rumknutschen sehen.«

»Auch nicht mit Dirk?«

»Wie kommst du denn darauf? Dirk scharwenzelte zwar um uns alle herum, war aber nie irgendwo eingeladen. Er konnte einem schon irgendwie leidtun. Ständig hat er sich abgemüht, ohne je einen Fuß in die Tür zu bekommen.«

»Paula, ich glaube nicht, dass Dirk Adomeit etwas mit den verübten Verbrechen zu tun hat. Nein, es muss noch jemand anderen gegeben haben. Kennst du eigentlich auch Monika Diebach von früher?«

»Natürlich, und wenn du mich fragst, hat Monika gewiss nicht weniger Gründe gehabt, sich an Rainer und Torsten zu rächen, als Dirk Adomeit, so wie die damals von den beiden gemobbt worden ist. Aber ich glaube kaum, dass sie sich deswegen zu irgendwelchen Straftaten hat hinreißen lassen und somit alles gefährdet, was sie sich erarbeitet hat. Wenn also tatsächlich jemand aus der Vergangenheit für die Morde verantwortlich ist, musst du möglicherweise noch ein paar Jahre früher ansetzen, Anna. Schließlich bin ich ja erst in der Oberstufe dazugekommen. Hast du dir das schon mal überlegt?«

Nein, diese Möglichkeit hatte Anna bisher noch gar nicht in Betracht gezogen. Sie schnappte sich eine der bereits fertiggestellten Weihnachtskarten von Paulas Tisch und gab ihrer Freundin einen dicken Kuss.

»Die ist für meine Mutter«, meinte sie erklärend. »Und danke für den Tipp, Paula! Du bist einfach genial.«

Elsa in Maschen, im Herbst 1986.

Elsa hatte sich in ihrem Zimmer eingeschlossen. Sie stopfte Chips in sich hinein, danach kam eine ganze Packung Schokoladenkekse an die Reihe. Auch wenn alles irgendwie gleich schmeckte, verschwand doch die Kälte in ihr, während sie kaute. Als die Tüten leer waren, stand Elsa auf und fegte die Krümel von ihrer Bettdecke. Sie schaute an sich hinunter, pulte ein letztes Stück Keks aus der Falte ihrer Jogginghose und steckte es sich in den Mund. Ihre Augen blieben an den Fettwülsten in der Mitte ihres Körpers hängen. Wie eine Schwangere sah sie aus oder wie ein Kerl mit einem vom vielen Biertrinken aufgeschwemmten Bauch, die konnten ihre Füße, sobald sie aufrecht standen, auch nicht mehr von oben sehen. Aber als Schwangere trug man immerhin ein neues Leben in sich, bei ihr hingegen waren es nur Chips und literweise zuckerige Blubberbrause. Da war nichts als Müll in ihrem Bauch. Der Körper war Elsas Feind, er hielt sie gefangen. Trotzdem musste Elsa ihn am Leben erhalten, denn er beherbergte ihre Gedanken. Dieses unförmige Ding aus Fett- und Fleischbergen, wie sie ihren Körper doch hasste. Andauernd ließ er sie im Stich, ständig hatte sie Schmerzen; Migräne, Schwindel oder einen brennenden Unterleib. Darüber hinaus konnte er nie Ruhe geben, wollte immer essen und trinken oder schlafen. Und wenn sie ihren Körper auf die Hälfte reduzierte, würde er dann vielleicht begehrenswert sein, überlegte Elsa. Wäre sie liebenswerter, gäbe es nur noch halb so viel von ihr? Würde Torsten sie dann mögen? Elsa stellte sich vor den Spiegel, um sich vorzustellen, wie sie als geschrumpfte Prinzessin aussehen würde. Der Fleck in ihrem Gesicht sprang sie feuerrot an. Würde auch er schrumpfen, nur noch halb so groß sein und blassrosa vielleicht? Nein, natürlich nicht, er würde wie immer sein, vielleicht sogar mehr auffallen in ihrem dann schmalen Mäusegesicht. Elsa würde immer gezeichnet bleiben, entstellt durch das Mal. Doch wie armselig war es, in der Äußerlichkeit stecken zu bleiben. Elsa fühlte, dass ihr Geist unendlich war. Wie wenig Wert hatte dagegen diese schadhafte Außenhülle, ihr Körper, die ihn begrenzte. Warum gab es niemanden, der spürte, wie viel sie war? Nein, zu ihrer Seele passte nur eine ihr gleichgeartete. Elsa wusste, sie war allein, weil sie besonders war. Sie war ein Mensch mit einem großen Geist, gefangen im Körper eines Monstrums.

Wie so oft in letzter Zeit fand Doreen in dieser Nacht keinen Schlaf. Sie wälzte sich in ihrem Bett herum, aber heute gab es leider niemanden, auf den sie Rücksicht nehmen musste. Arno hatte auf einer Baustelle im Osten zu tun und würde erst Ende der Woche wieder zurück sein. Sie machte Licht, zog sich die grüne Strickjacke über und wartete, dass der Geruch ihrer Mutter sie tröstete. Auf Zehenspitzen, um Martha nicht zu wecken, ging sie nach unten. Dabei übersprang sie die knarrenden Stufen und stellte sich einen Stuhl vor die Standuhr. Gleich war es so weit, und Arno würde sie im Geist in den Arm nehmen; zwölf Mal.

Doreen sah vor ihrem inneren Auge noch einmal das Phantombild der unbekannten Zeugin aus der Zeitung, jene Frau, die im Zusammenhang mit Rainers Tod gesucht wurde. Bei genauerem Überlegen glich die Phantomzeichnung Marthas Beschreibung der fremden Frau, die mit ihr zusammen einen Schneemann gebaut hatte. Sabine. Wie ein Engel habe Sabine ausgesehen, nur dunkler, hatte Martha gesagt. Irgendwie erinnerte das an Elsa. Waren Elsa und Sabine möglicherweise doch ein und dieselbe Person? Wiederum sah Doreen die grün emaillierten Kleeblätter aus dem Kaufhaus vor sich liegen und schüttelte energisch den Kopf. Nein, zum Teufel, Sabine war Sabine. Sie war einfach eine Frau, die Kinder gern hatte, weiter nichts.

Was Elsa heute wohl machte? Nachdem sie aus Maschen fortgezogen war, hatte es geheißen, dass sie jetzt in Hamburg lebe. Ihre Mutter Vera hatte Doreen dann irgendwann einmal erzählt, dass Elsa mittlerweile ein Studium in Hessen begonnen habe. Doreen erinnerte sich, wie verwundert, aber auch stolz Vera gewesen war, dass die kleine Elsa nun so zielstrebig ihren Weg ging. Überhaupt, warum sollte Elsa nach all der Zeit zurückkommen und sich ihr gegenüber als Rachegöttin aufspielen? Hatte sie denn überhaupt einen Grund dafür? Gut, möglicherweise konnte Elsa mit gutem Recht eine Entschuldigung von Doreen erwarten, mehr allerdings nicht.

Wahrscheinlich war aus Elsa mittlerweile eine erfolgreiche Chemikerin geworden, überlegte Doreen weiter. Vielleicht lebte sie heute mit einem humorvollen Mann zusammen und hatte drei niedliche Kinder. Aber passte ein Mann mit Humor überhaupt zu Elsa?

Wie auch immer, bestimmt würde Elsa gerade jetzt, in dieser Nacht, gut schlafen und keinen Gedanken an ihre Schulzeit verschwenden. Keine Gedanken verschwenden an sie, Doreen. Und wenn alles nun doch ganz anders war? Doreen kam Elsas aufbrausendes Wesen in den Sinn und auch ihre Wutausbrüche. Früher hatte Elsa des Öfteren die Kontrolle verloren, einmal sogar ihr, der einzigen Freundin, ins Gesicht geschlagen. Damals hatte Elsa so getan, als wäre das völlig in Ordnung gewesen. Elsa hatte sich immer im Recht gefühlt. Glaubte sie jetzt etwa, das Recht zu haben, andere Menschen zu töten, nur weil man sich vor vielen Jahren einen üblen Scherz mit ihr erlaubt hatte? Waren Rainer und Torsten erst der Anfang gewesen? Die Uhr schlug zwölf Mal, aber Doreen fühlte sich leider nicht von Arno in den Arm genommen. Vielleicht sollte sie doch zur Polizei gehen. Am besten schon morgen, bevor sie es sich wieder anders überlegte. Und darüber hinaus musste sie auch ihrer Mutter Irmgard von ihrem Kummer erzählen. Doreen gähnte, aber es war kein Gähnen aus Müdigkeit. Doreen gähnte, damit sich ihre angespannten Kieferknochen wieder lockerten. Sie sah sich in ihrem Haus um, aber die Dinge um sie herum wirkten auf einmal verändert. Sie wirkten, als hätte Elsa sie vergiftet. Die Sofas, die Vorhänge, die Standuhr, das kleine weiße Lämpchen im Flur auf dem Telefontisch, sogar der Teebecher in Doreens Händen fühlte sich anders an. Es war, als hätte sich über alles ein dumpfer Überzug gelegt, der nicht mehr abging. Eingetrübt waren sie, die Dinge. Dann plötzlich starrte Doreen aus jeder Ecke Elsas Gesicht entgegen, und sie sah ihre Kinderfreundin vor sich stehen und auf sie einschlagen. Doreen warf sich auf den Boden und hob die Arme, um ihren Kopf zu schützen. Als ihr Tagtraum endlich vorüber war, kam sie nur mühsam wieder auf die Beine. Sie zitterte und fühlte nichts als Angst.

12

Doreen winkte ihrer Tochter Martha ein letztes Mal durch die Glasscheibe des Gruppenraums für »die kleinen Enten« zu und zog ihren Autoschlüssel aus der Manteltasche. Weil sie heute Morgen später gekommen waren als sonst, hatte Doreen einen Parkplatz direkt vor dem Kindergarten erwischt. Gerade hastete Sylvia mit ihrer Tochter Lina an ihr vorbei.

»Immer dieses Gehetze, die Kleine wollte sich wieder mal nicht anziehen lassen. Wie isses, hast du Zeit für einen Kaffee?«

»In Ordnung, aber beeil dich.«

Doreen stand auf dem Bürgersteig vor dem Kindergarten und wartete auf Sylvia. Sie beobachtete das Treiben auf der Straße, an diesem Morgen war anscheinend nicht nur sie zu spät gekommen. Schräg gegenüber parkte ein dunkelblauer Kleinwagen, den Doreen noch nie zuvor hier gesehen hatte. Sie kniff ihre Augen zusammen, doch er war zu weit von ihr entfernt, als dass sie das Kennzeichen hätte erkennen können. Auf der Fahrerseite nahm Doreen den Umriss eines Menschen wahr und machte ein paar Schritte auf das Auto zu, um vielleicht doch noch erkennen zu können, wer darin saß, als der Wagen plötzlich startete. Er fuhr an ihr vorüber, und Doreen konnte dabei einen kurzen Blick auf das Gesicht einer Frau erhaschen, die sie noch nie zuvor gesehen hatte, eine Frau mit langem dunklem Haar. Es kam ihr außerdem so vor, als hätte sich die Dunkelhaarige noch nach ihr umgedreht. Elsa? Doreen spürte, wie sich ihr Magen bei dem Gedanken zusammenkrampfte, aber in diesem Moment hakte sich Sylvia bei ihr unter.

»Wollen wir zu dir oder zu mir? Was ist denn los, Doreen du bist ja ganz blass.«

»Hab noch nicht gefrühstückt.«

Sylvia tätschelte ihr die Wange, dann fiel ihr Blick auf Doreens flachen Bauch.

»Also zu mir, ich habe ein paar leckere Laugenbrezeln da. Morgendliche Übelkeit und ein Gesicht weiß wie ein Käse, na, ich weiß nicht. Verbirgt sich da nicht vielleicht ein süßes Geheimnis unter deinem ausgeleierten Pullover, meine Liebe? Martha würde ein Geschwisterchen sicher guttun, es ist doch traurig für sie, so als Einzelkind.«

Doreen starrte noch immer dem blauen Wagen hinterher und beobachtete, wie dieser nun an der nächsten Ecke rechts in einer Seitenstraße verschwand.

»Was? Nein.« Doreen versuchte ein Lächeln. »Mir ist einfach nur schlecht, weil ich noch nichts gegessen habe. Komm, ich könnte jetzt wirklich einen heißen Tee vertragen.«

Als Anna Greve an diesem Morgen ins Büro kam, warf sie Weber zur Begrüßung eine Brötchentüte zu, die dieser geschickt aus der Luft auffing.

»Gute Parade, demnach scheint es Ihrem Rücken wieder besser zu gehen. Das sind Schokocroissants, die mögen Sie doch so gern. Und ich habe uns auch etwas Weihnachtliches mitgebracht.«

Sie zog einen kleinen Tannenbaum aus Plastik aus ihrer Tasche und steckte dann das Kabel für die Lichterkette in die

Steckdose. Die bunten Glühbirnchen waren dermaßen kitschig, dass sie schon wieder schön aussahen.

»Meine Freundin Paula hat mich gestern auf eine Idee gebracht, Weber.«

»Lassen Sie hören.«

»Je intensiver wir im Umfeld der beiden Ermordeten, also bei Freunden, Verwandten, ehemaligen Mitschülern, Lehrern und weiteren Personen, ermitteln, desto mehr Hinweise erhalten wir auch zu Monika Diebach, Hajo Wieland und Dirk Adomeit. Und je mehr wir über sie erfahren, desto weniger kommen sie für mich als Täter noch infrage, Weber. Dirk Adomeit ist meiner Meinung nach zu solch einer Brutalität, wie die Morde sie voraussetzen, gar nicht in der Lage, und Hajo Wieland hätte viel zu viel zu verlieren gehabt. Und auch wenn ich mir Monika Diebach da schon eher als Täterin vorstellen kann, halte ich sie vor allem für eine kluge Frau. Auch sie würde von heute auf morgen alles verlieren, wofür sie hart gekämpft, und wenn man den Gerüchten glauben will, sogar ihre Ehe aufs Spiel gesetzt hat. Nein, Weber, ich glaube, wir müssen noch einmal ganz von vorne beginnen. Möglicherweise sind wir zwar mit unserer Theorie, dass der Täter in der Vergangenheit von Rainer Herold und Torsten Lorenz zu suchen ist, auf der richtigen Fährte. Allerdings hat mich meine Freundin Paula darauf gebracht, dass wir unser Augenmerk auf der Suche nach unserem Täter auch auf die Jahre vor der Oberstufe richten sollten.«

»Wie meinen Sie das, Anna?«

»Wenn der gesuchte Täter das Merschenfelder Gymnasium bereits vor der Oberstufe verlassen hat, ist er uns bei den bisherigen Ermittlungen durch die Lappen gegangen. In jedem Fall kann es nicht schaden, noch einmal in der Schule nachzufragen, ob Rainer Herold und Torsten Lorenz ihre Mitschüler schon während der Mittelstufe schikaniert haben. Wenn Sie Ihr Croissant aufgegessen haben, müssen wir uns sputen. Frau Gerber hat bald eine Freistunde.«

Astrid Gerber saß im Lehrerzimmer und korrigierte einen Stapel Deutscharbeiten, als die beiden Kommissare eintrafen. Sie sah Anna Greve über ihre Lesebrille hinweg prüfend an.

»Für ein Elterngespräch ist jetzt wirklich keine Zeit, liebe Frau Greve.«

»Wir sind dienstlich hier, Frau Gerber«, entgegnete Anna und erinnerte sich schuldbewusst, dass sie noch immer keinen Termin wegen Bens schulischer Leistungen vereinbart hatte.

»Es geht noch einmal um Rainer Herold und Torsten Lorenz. Von welcher Altersstufe an haben Sie diese Klasse eigentlich geleitet?«

»Da muss ich überlegen. Sie sind meine erster Jahrgang nach dem Umzug gewesen.« Astrid Gerber kaute auf dem Bügel ihrer Brille herum. »Ich habe die Klasse damals von Herrn Dr. Grütter übernommen, der kurz danach in Pension gegangen ist. Also von der zehnten bis zum Abitur.«

»Die Person, nach der wir suchen, könnte der Klasse zu diesem Zeitpunkt eventuell schon gar nicht mehr angehört haben. Daher müssen wir mit einem Ihrer Kollegen sprechen, der die betreffenden Schüler bereits vor der Oberstufe unterrichtet hat. Haben Sie noch Kontakt zu Herrn Grütter?«

»Ich bin mir nicht einmal sicher, ob der Kollege Grütter überhaupt noch lebt. Am besten, Sie erkundigen sich im Sekretariat nach ihm, das ist die Tür gleich links neben dem Lehrerzimmer.«

Astrid Gerber wandte sich erneut ihrem Stapel Hefte zu.

Anna zögerte, sie überlegte kurz, ob sie mit der Lehrerin gleich noch einen Termin wegen Ben vereinbaren sollte, kam dann aber zu dem Schluss, dass dafür nicht der richtige Moment war. Sollte sich doch Tom zur Abwechslung einmal darum kümmern, dachte Anna kampflustig.

Die Schulsekretärin, Frau Mondt, war eine elegant gekleidete Dame in den fünfzigern, die den Vorgänger von Astrid Gerber sicher noch kennen gelernt hatte.

»Herr Dr. Grütter lebt schon lange im Ausland. In Spanien, auf Mallorca, glaube ich, auf jeden Fall ist es irgendeine Baleareninsel. Früher hat er uns noch ab und zu eine Ansichtskarte von dort geschrieben.«

»Haben Sie seine Adresse vielleicht noch irgendwo gespeichert?«

»Nein, tut mir leid. Aber ich werde mich für Sie umhören. Es könnte gut sein, dass noch jemand aus dem Kollegium Genaueres über den Verbleib von Herrn Dr. Grütter weiß. Ich rufe Sie an.«

»Gibt es hier sonst noch einen Lehrer, der die betreffende Klasse in der Zeit vor der Oberstufe unterrichtet hat?«

Frau Mondt überlegte, dann zuckte sie bedauernd die Schultern.

»Nicht dass ich wüsste, in unserer Schule hat während der letzten fünf Jahre ein Generationswechsel innerhalb des Lehrerkollegiums stattgefunden. Ich werde aber darüber nachdenken, welche der pensionierten Lehrkräfte außer Herrn Grütter Ihre Fragen noch beantworten könnten. Wie schon gesagt, ich melde mich wieder bei Ihnen.«

Im Rückspiegel beobachtete Elsa, wie eine aufgetakelte Schnepfe ihre Kinderfreundin Doreen in den Arm nahm. Es war eine von diesen Frauen, die sicher heute noch schwarze

Lackschuhe in ihrem Schrank stehen hatten. Es schien, als ob die beiden noch etwas vorhätten, daher entschloss sich Elsa, ihnen zu folgen. Sie bog von der Hauptstraße ab, wendete, parkte und ging zu Fuß an die Kreuzung zurück. Vorsichtig spähte sie um die Ecke. Doreen fuhr gerade los, die andere Frau setzte sich mit einem türkisfarbenen Hausfrauengeländewagen hinter sie. Gleich würden sie an Elsa vorbeikommen. Doch mittlerweile hatte Elsa Übung darin, jemanden zu verfolgen, ohne dass der Verfolgte es bemerkte. Der Konvoi machte sich in das Neubaugebiet von Maschen auf und hatte kurz darauf sein Ziel erreicht. Doreen parkte am Straßenrand, der türkisfarbene Barbiewagen unter einem Doppelcarport vor einer Doppelhaushälfte.

»Ich könnte dir auch einen Kakao kochen, du siehst echt schrecklich aus«, hörte Elsa die Schnepfe gerade flöten. Doreens Antwort war dagegen nicht zu verstehen. Elsa wartete, bis die Frauen im Eingang des Doppelhauses verschwunden waren, und stieg dann aus. Die Spielstraßen in der Neubausiedlung waren weihnachtlich geschmückt, kein Fenster, in dem nicht selbst gebastelte Papiersterne oder großflächig mit Hilfe von Schablonen gemalte Krippenstillleben klebten.

Während sie wartete, waren ihre Gedanken bei Vera. Ihre Mutter hatte sich nie die Zeit genommen, in den Adventswochen gemeinsam mit ihren Kindern etwas zu basteln. Die Schablonen für Weihnachtsmotive wären sowieso zu teuer gewesen, aber etwas Stroh oder ein paar Rollen Metallfolie hatte es auch damals schon für ein paar Mark in jedem Bastelgeschäft gegeben. Allerdings war Vera immer viel zu sehr mit sich selbst beschäftigt gewesen, um auf die Idee zu kommen, mit ihren Kindern zusammen etwas Schönes auf die Beine stellen zu können.

Vera war immer gefährlich gewesen. Sie wollte immer zu viel. Zu viele Kleider, zu viele Haartrockner, zu viele Worte; zu viel Sehnsucht nach Liebe? Und wenn ihr misslungen war, was sie anpackte, war auch ihre Reaktion immer von einem Zuviel geprägt gewesen. Zu viele Zigaretten, zu viel Alkohol, zu viel Schminke, zu viel Wut. Vera konnte nie einfach nur da sein. Zuhören, trösten, erklären, bestärken, wie sich das für eine Mutter gehörte. Dieses Zuviel von allem hatte Friedrich aus dem Haus getrieben. Dieses Zuviel war auch der Grund für Elsa gewesen, zu gehen. Vera war gefährlich, aber schon bald nicht mehr am Leben. Elsa würde warten, bis ihre Mutter gestorben war, und dann hoffentlich zum letzten Mal in dieses Gnomengesicht schauen und sich dem stellen, was ihnen gemeinsam war.

Doreen sah auf ihre Armbanduhr und erhob sich, denn es war höchste Zeit aufzubrechen.

»Tut mir leid, Sylvia, ich muss los. Ich will noch kurz in den Supermarkt.«

Sylvia schnurrte. »Du bist immer in Eile, ich weiß.« Sie drückte noch einmal auf Doreens Bauch. »Versprich mir aber, dass ich als Erste erfahre, wenn es etwas Neues gibt.«

Doreen atmete auf. Sylvia war eigentlich ganz in Ordnung, aber wenn sie einen erst mal in ihren pink lackierten Krallen hatte, war es schwer, wieder von ihr lozukommen. Doreen überlegte, was sie einkaufen musste. Makkaroni brauchte sie und Sahne, denn Nudeln mit Tomatensoße waren Marthas Lieblingsgericht. Auf ihrem Weg zum Supermarkt spähte sie erneut in den Rückspiegel, aber der dunkelblaue Kleinwagen war nicht mehr zu sehen. Trotzdem fühlte sie sich kein bisschen erleichtert, denn seit ihrem Tagtraum, in dem Elsa sie angegriffen hatte, war Doreens

Angst von Stunde zu Stunde gewachsen. Mittlerweile war Doreen sicher, beobachtet zu werden, weshalb sie gleich morgen Vormittag, sobald Martha im Kindergarten war, zur Polizei gehen wollte. Allerdings würde sie ihren Friseurtermin dann schon zum dritten Mal verschieben müssen, überlegte Doreen. Und zudem wusste sie nicht einmal genau, was sie bei der Polizei überhaupt anzeigen sollte. Wenn sie mit nichts als dem Kleeblattanhänger als Beweis für ihre Geschichte auf der Wache erschien, würde man sie vielleicht sogar auslachen. Und würde Irmgard ihr glauben, dass sie von Elsa verfolgt wurde? Wahrscheinlich nicht, denn schließlich hatte sich Doreen schon als Kind in alle möglichen Kleinigkeiten so hineingesteigert, dass sie darüber oftmals nicht hatte einschlafen können. Nein, bevor sie Elsa bei der Polizei anzeigte, musste Doreen zunächst einmal ihre Gedanken ordnen, und dazu brauchte sie Arno. Immer wieder rückte er ihr den Kopf zurecht, wenn sie sich in irgendetwas verrannt hatte. Arno erklärte Doreen die Welt, und sie würde ihren Mann an ihrer Seite brauchen, wenn sie zur Polizei ging. In zwei Tagen kam er endlich zurück; ja, jetzt waren es nur noch zwei Tage.

Auf ihrem Weg zurück nach Hamburg hielt Anna bei einer Konzertagentur in der Innenstadt an. Strahlend kam sie eine halbe Stunde später mit einem Kuvert in der Hand zum Wagen zurück.

Weber warf den Motor an und startete durch, kaum dass sie sich angeschnallt hatte.

»Haben Sie etwa Weihnachtseinkäufe gemacht? Sigrid Markisch hat schon ein paarmal per Funk gefragt, wo wir denn bleiben. Ich habe ihr etwas von einem Stau erzählt.«

»Heute war der letzte Tag, an dem noch Karten für das

Konzert von Sting verkauft wurden. Tut mir leid, dass es so lange gedauert hat, Weber.«

Anna und Weber hatten gerade das Präsidium betreten, als sie schon von der Giraffe im Flur empfangen und ins Büro von Günther Sibelius gebeten wurden.

»Da sind Sie ja endlich.«

Sigrid Markisch überprüfte den Zustand ihrer glatt polierten Fingernägel, während Weber sich setzte. Anna blieb hinter seinem Stuhl stehen.

»Wenn's recht ist, informiere ich die Kollegen jetzt über die Ergebnisse meiner Recherchen.«

Günther Sibelius nickte.

»Rainer Herold musste sterben, weil er Dirk Adomeit den Tipp mit den Warentermingeschäften gegeben hat, ohne diesen vorher über die Risiken aufzuklären. Könnte sein, dass es Rainer Herold ziemlich kalt gelassen hat, dass sein alter Klassenkamerad seinetwegen all seine Ersparnisse verloren hat. Es könnte weiterhin sein, dass er dumm genug war, dies Dirk Adomeit auch zu zeigen. Und schon haben wir unser Mordmotiv.«

»Ich wiederhole mich wirklich ungern, Frau Kollegin, aber erstens enthält mir ihre Theorie ein wenig zu oft die beiden Worte ›könnte sein‹, und zweitens scheinen Sie immer wieder zu vergessen, dass es Hajo Wieland gewesen ist, der Herrn Adomeit beraten hat«, entgegnete Anna.

»Letzteres mag durchaus so gewesen sein, Frau Greve, bedeutet aber noch lange nicht, dass Rainer Herold nicht trotzdem mit Herrn Wieland zusammengearbeitet hat und Dirk Adomeit dahintergekommen ist.«

»Sie gehen also nach wie vor davon aus, dass Dirk Adomeit die Kontrolle so weit verloren hat, dass er Rainer

Herold nach dem Mord in derart brutaler Weise verstümmelt hat?«, fragte Weber dazwischen.

»Seine Gesichtsverletzung könnte auch während des Kampfes entstanden sein oder meinetwegen, als er schon im Sterben lag.«

»Nein, es ist zweifelsfrei erwiesen, dass die Wunde postmortal entstanden ist«, entgegnete Weber.

»Dann hat er dem Herold die Schnitte eben beigebracht, als er schon tot war. Wie es genau gewesen ist, werden die Verhöre zeigen. Auf jeden Fall könnte Dirk Adomeit nach dem ersten Mord auf die Idee gekommen sein, Torsten Lorenz gleich noch mit zu beseitigen. Schließlich hing er in der Anlagengeschichte mit drin, und als Ehemann von Marianne Lorenz war er außerdem noch Adomeits Nebenbuhler.«

Anna schüttelte missfällig den Kopf und bekräftigte gegenüber Günther Sibelius und der Giraffe noch einmal ihre Einschätzung zu Dirk Adomeit.

»Warten Sie doch erst mal ab, bis ich fertig bin, Kollegin Greve«, fuhr Sigrid Markisch fort. »Meine Recherchen haben nämlich ergeben, dass Hajo Wieland sehr wohl das halbe Dorf mit Anlagetipps versorgt hat. Auch wenn er das nur aus reiner Gefälligkeit getan haben will und nie Prozente dafür genommen hat, wie er sagt.«

»Ist das glaubwürdig? Für mich klingt das eher wie ein netter kleiner Nebenverdienst.« Weber grinste. »Sollte ich auch mal versuchen, vielleicht als Sicherheitsberater oder so.«

»Hat Herr Wieland Namen genannt?«

»Nein, er hat ganz allgemein von seinen Kunden gesprochen, Frau Greve. Aber ich glaube mittlerweile immer mehr daran, dass sich Hajo Wieland in großer Gefahr befindet. Immerhin ist er der neue Lover von Marianne Lorenz.«

Günther Sibelius stand auf und sah aus dem Fenster, als Anna mit ihrer Zusammenfassung der Ereignisse begann und danach auch auf ihre neue Theorie zum gesuchten Täter zu sprechen kam.

»Eine interessante Idee, Kollegin Greve. Es ist durchaus möglich, dass der Täter seine Opfer bereits in der Mittelstufe der Schule kennen gelernt hat. Gehen Sie dem unbedingt weiter nach. Wie sieht es heute Nacht eigentlich mit der Überwachung von Hajo Wieland aus?«, schaute er anschließend fragend in die Runde. »Ich selbst werde wieder die letzte Schicht übernehmen.«

Weber nickte zustimmend, doch Sigrid Markisch verdrehte die Augen.

»Ich kann leider nicht, denn ich bin heute Abend zu einem Familienfest in Hannover eingeladen.«

»Und Sie, Frau Greve?«

»Ich bin dabei. Wenn es Ihnen recht ist, mache ich dafür heute aber etwas früher Feierabend als sonst. Ich will vorher noch auf einen Sprung nach Haus, schließlich wissen meine Jungs schon kaum mehr, wie ihre Mutter aussieht.«

»Gut, dann fangen Sie um 22.00 Uhr mit der Überwachung an, Kollegin Greve. Weber wird die ersten Stunden vermutlich auch ohne Sie auskommen.«

Den Rest des Tages verbrachte Anna allein in ihrem Büro. Weber hatte sich noch einmal in das Hotel aufgemacht, in dem Monika Diebach während des Ärztekongresses in Hamburg abgestiegen war. Nachdem sie ihre Mails abgefragt hatte, wählte Anna sogleich die Telefonnummer des Merschenfelder Gymnasiums und hatte wenig später die Schulsekretärin Frau Mondt am Apparat.

»Ja, Greve hier. Frau Mondt, es geht noch einmal um

Herrn Dr. Grütter. Haben Sie nicht vielleicht doch noch etwas über ihn gespeichert? Schon sein Geburtsdatum würde mir ein großes Stück weiterhelfen.«

»Gut, ich werde mich dahinterklemmen.«

»Könnten Sie nicht netterweise gerade mal eben in Ihrer Datei nachschauen?«

»Gerade mal eben kriege ich auch jeden Tag von der Schuldirektion zu hören«, schimpfte die Sekretärin. »Nein, tut mir leid, aber das geht jetzt nicht. Wir telefonieren morgen Vormittag wieder.«

Genervt legte Anna den Hörer auf die Gabel zurück und überlegte, wie sie auch noch auf anderem Weg an die benötigten Informationen herankommen könnte. Es war kurz vor drei Uhr, als Anna schließlich beim Niedersächsischen Landesamt für Bezüge und Versorgung anrief. Sie ließ es lange klingeln, doch in der Behörde ging niemand mehr ans Telefon. Also nahm sie sich missmutig einen weiteren Bankkunden von Hajo Wieland zur Überprüfung vor.

Als Anna ihr Büro endlich verließ, blieben ihr noch drei Stunden Zeit bis zum Beginn ihrer Nachtschicht. Drei Stunden – viel zu wenig für ein geordnetes Familienleben, aber auf jeden Fall genug Zeit, um in Ruhe etwas zu essen und noch ein Gespräch mit Ben zu führen. Als sie die Einfahrt hinauffuhr und Toms Wagen unter dem Carport stehen sah, begann Annas Herz schneller zu klopfen. Ben und Paul waren offensichtlich noch beim Sportunterricht, jedenfalls blockierten ihre Räder nicht wie sonst den Eingangsbereich vor dem Haus.

Im Wohnzimmer lief eine alte Platte von Sting, und im Ofen prasselte das Feuer, ansonsten war es dunkel. Tom hatte sich einen Sessel vor den Kamin geschoben. Er trug einen seiner weichen Wollpullover mit rundem Halsausschnitt und die abgeschabten Jeans, die Anna so gern an ihm mochte. Klamotten, in denen er unerhört sexy aussah.

»Ich habe eine Überraschung für dich, Großer. Augen zu.«

Anna setzte sich auf Toms Schoß und küsste ihn leidenschaftlich.

»Und jetzt halte deine Hände nach vorn.«

Anna legte das Kuvert mit den Konzertkarten in seine geöffneten Handflächen.

»Kannst die Augen wieder aufmachen.«

»Aber zuerst werde ich was anderes aufmachen.«

Tom teilte ihre Lippen mit seiner Zunge, knöpfte dabei ihre Jacke auf und schob eine Hand unter ihre Bluse.

»Alles, was ich brauche, ist genau hier.«

Erstaunlich, dass Anna nach all diesen Jahren noch immer schwindelig wurde vor Glück, wenn Tom sich Mühe gab. Sie wollte nicht länger warten, sondern gleich jetzt und hier auf dem Sessel vor dem Kamin mit ihm schlafen, als sie hörte, wie sich ein Schlüssel im Haustürschloss umdrehte.

»Von mir aus. Aber ihr geht nicht an meinen Computer, klar.«

Soeben streckte Paul seinen Kopf zur Tür herein.

»Hi, Mam, ich habe ein paar Freunde mitgebracht. Das ist doch in Ordnung, oder?«

Jetzt war auch Ben hinter ihm aufgetaucht.

»Ich habe übrigens gerade Paul vom Tennis abgeholt, Mam. Oh, seid ihr in Weihnachtsstimmung?«, fragte er grinsend. »Was gibt's denn heute zu essen?«

Es war kurz nach drei und das Haus dunkel und still, als Anna von ihrem Einsatz zurückkam. Müde kroch sie zu Tom unter die Bettdecke und rieb ihre kalten Füße an seinen Beinen. Er schlug die Augen auf und murmelte: »Wie ist es möglich, dass eine Frau wie du nur solche Eisklumpen als Füße haben kann. Komm her.«

Am nächsten Morgen fühlte sich Anna wunderbar, auch wenn sie nur kurz geschlafen hatte. Mit einem Frühstückstablett in seinen Händen kam Tom zur Schlafzimmertür herein und strahlte sie an.

»Danke übrigens für die Karten. Du siehst richtig müde aus, meine Süße. Hat die Aktion von letzter Nacht wenigstens irgendetwas gebracht?«

Anna gähnte, dann schlang sie ihre Arme um ihren Mann.

»Unbedingt.«

»Ich meinte damit eure Zeugenüberwachung.«

»Nee, da ist leider nichts gewesen. Und auch sonst komme ich im Moment einfach nicht weiter, Tom, weil ich es mit überlasteten Schulsekretärinnen zu tun habe und mit Behördenwillis, die nachmittags um drei Uhr bereits Feierabend machen, anstatt mir eine Auskunft zu geben.«

»Stichwort Feierabend, Anna. Unser Weihnachtsessen wird dieses Jahr leider nicht in gewohntem Rahmen stattfinden können. Mein Vater hat sich dummerweise vorgestern ein Bein gebrochen, soll ein ziemlich komplizierter Bruch sein. Und du kennst ja Mutter, sie traut sich nicht, über längere Strecken mit dem Auto zu fahren. Also wird Jan mit seiner neuen Flamme unsere Eltern über Weihnachten auf Fano besuchen, dann sind die beiden nicht so allein.«

»Flamme, was?«

»Na ja, diese Brasilianerin, die Jan auf dem Sponsorenfest in London kennen gelernt hat. Habe ich dir etwa nicht von ihr erzählt?«

»Kann schon sein, aber ich muss es wohl vergessen haben.«

»Bist du denn kein bisschen neugierig auf sie?«

»Na ja, doch.«

»Jan wird uns jedenfalls vor Weihnachten besuchen kommen und dann weiter nach Dänemark zu unseren Eltern fahren. Seine Paola wird er da bereits mit dabeihaben, und ich bin schon ganz gespannt auf sie.«

Elsa in Maschen, im Herbst 1986.

In der Schule saß Elsa schon lang nicht mehr neben Doreen. Stattdessen hatte sie sich für einen der beiden Einzelplätze entschieden, die in einigem Abstand zu den anderen Tischen aufgestellt waren, um die Sitzordnung in eine U-Form zu bringen. Von ihrem Platz aus konnte Elsa ihrer ehemaligen Freundin Doreen gut ins Gesicht sehen. Doch die feige Heulsuse wandte sich jetzt meist gleich einem der schwarzen Lackschuhmädchen zu, wenn sie Elsas Blick auf sich ruhen fühlte.

In diesem Halbjahr war ein neuer Lehrer in ihre Klasse gekommen, er unterrichtete Englisch und Musik. Herr Vomberg hieß er, hatte das Referendariat gerade hinter sich und lockige, dunkle Haare. Bereits nach einer Woche war er zum Star der ganzen Schule geworden, besonders für die Hühner der unteren Jahrgänge. Herr Vomberg übersetzte mit ihnen Songtexte aus dem Englischen ins Deutsche. Und er ermunterte seine Schüler, eigene Lieder mitzubringen, solche, die ihnen besonders gut gefielen. Endlich gab es einen Lehrer, der sie ernst nahm. Herr Vomberg spielte Schlagzeug und wenn man ihn darauf ansprach, konnte es vorkommen, dass er den Lehrplan vergaß und über Musik zu philosophieren begann. Ähnlich wie früher der alte Grütter, aber dessen Geschichten waren nicht so interessant gewesen. Dr. Grütter hatte man nur auf das Thema U-Boote anzubohren brauchen, schon hatte er ihnen alte Kriegsgeschichten über seine Zeit bei der Marine erzählt. Zum Sterben langweilig war das gewesen, aber immer noch besser als jede normale Geschichtsstunde. Torsten war der Aufforderung von Herrn Vomberg als Erster nachgekommen und hatte eine Schallplatte von »The Cure« in die Englischstunde mitgebracht. Elsa hatte eine solche Musik noch nie gehört. »Seventeen Seconds«. Einsamkeit lag in dieser Stimme und Schmerz. Konnte es sein, dass es doch noch jemanden gab, der so fühlte wie sie? Kaum war der letzte Ton verklungen, als es Rainer nicht mehr auf seinem Stuhl hielt.

»Torsten, wo hast du bloß dieses Gewimmer ausgegraben? Das ist doch ein voller Griff ins Klo, Alter. Komm bloß nicht auf die Idee, so einen Scheiß mitzubringen, wenn wir morgen mit der Band üben.«

Herr Vomberg lächelte Rainer an.

»So, jetzt wissen wir wenigstens, wer der Nächste von euch sein wird, der uns nächste Woche mit seinem Lieblingsstück versorgen wird. Ich bin schon gespannt, Rainer.«

Elsa blickte vorsichtig zu Torsten hinüber. Sein Gesicht war gerötet, und auf seiner Stirn standen Schweißperlen. Sie schickte einen Zettel auf die Reise zu Torsten.

»Mach dir nichts draus. Ich habe noch nie so gute Musik gehört.«

An diesem Nachmittag klingelte das Telefon bei Elsa.

»Ich habe noch viel mehr Platten von ›The Cure‹. Wenn du willst, kann ich dir was aufnehmen.«

Elsa kämmte sich die Haare ins Gesicht. Heute fuhr sie nicht mit dem Fahrrad, auch wenn sie zu Fuß einen langen Marsch vor sich haben würde. Trotzdem, es war einfach unmöglich, verschwitzt und außer Atem bei Torsten anzukommen.

Doreen gähnte, während sie eine Birne zerteilte und die einzelnen Stücke danach für sich und Martha in das Müsli schnitt. Es war wie an jedem Morgen, Martha kam mit verschlafenem Gesicht an den Frühstückstisch heran, legte einen Arm um den Hals ihrer Mutter und schmiegte sich an sie. Doreen spürte die warme Kinderhand an ihrem Hals und wünschte sich, dass es immer so bleiben könnte wie in diesem Augenblick. Seit gestern Morgen verließ Doreen das Haus nicht mehr, ohne darauf zu achten, dass sie ihr Handy dabeihatte. Sie steckte es sogar dann ein, wenn sie nur kurz eine Mülltüte in den Abfalleimer vor ihrer Haustür werfen wollte. Warum musste Arno ausgerechnet in dieser Woche so lange auf einer Baustelle im Osten sein? Doreen würde ihre Tochter Martha und auch sich selbst nicht beschützen können, wenn Elsa tatsächlich etwas Schlimmes plante, das sich gegen sie beide richtete.

Nach ihren morgendlichen Fahrdiensten und Besorgungen war Doreen auf direktem Weg wieder nach Hause zurückgekehrt. Seitdem waren an die zwei Stunden vergangen, doch ihre Einkaufstüten standen noch immer unausgepackt in der Küche herum. Doreen hatte heute keinen Blick dafür. Sie saß im Flur auf dem Boden, beugte sich über die Zeitung und suchte nach Neuigkeiten zu den Mordfällen Herold und Lorenz, vor allem nach einem Hinweis auf Elsa. Doch nachdem nicht einmal die allerkleinste Nachricht auf den Seiten zu finden war, sah alles danach aus, als ob die Polizei noch keinen Schritt weitergekommen wäre.

Im Lokalteil fand Doreen dann doch noch etwas, das mit den Morden im Zusammenhang stand. Es war ein Bericht über die Bürgerwehr, die sich nach dem Verbrechen an Torsten Lorenz im Landkreis formiert hatte. Daneben war ein Interview mit Martin Schmidt abgedruckt, dem Vorsitzenden des Gewerbevereins, der tatsächlich einen unerschütterlichen Glauben in die Stärke seiner Wehr zu besitzen schien. »Wer immer das Phantom ist, das da um unsere Häuser herumschleicht, wir werden ihm schon beikommen«, wurde er zitiert. »Ab sofort zeigen wir Präsenz auf unseren Straßen, vor allem wenn es dunkel wird. Jeder, der sich an unserer Aktion beteiligen möchte, ist herzlich willkommen.«

Nur noch ein Tag, dann würde Arno endlich zurück sein. Wahrscheinlich würde er vorschlagen, dass sich ihre Familie endlich einen Hund anschaffen sollte. Einen großen Hund, in dessen Natur es lag, sich unterzuordnen, zu gehorchen, und der sie bewachte. Ein Schäferhund oder Rottweiler musste es sein, etwas anderes kam für Arno nicht infrage. Reinrassig, mit abgeschlossener Schutzhundausbildung und ein Rüde, natürlich. Doreen hatte davon bisher nichts wissen wollen und dagegen gemeint, dass ein kleiner Pudel als Spielkamerad für Martha völlig ausreichend wäre. Vielleicht würde sie diesmal aber zustimmen. Mit einem Rottweiler zu leben war allemal besser, als sich ständig sorgen zu müssen.

Eine Brasilianerin sei die neue Flamme von Jan, hatte Tom gesagt. Anna sah in Gedanken ein ebenmäßiges und zugleich ausdrucksstarkes Gesicht vor sich, das kaum geschminkt und von langen, lockigen Haaren umrahmt war. Sie sah gebräunte Haut, natürlich ohne Cellulitis, dazu einen wohlgeformten Hintern und Brüste, so aufrecht, dass man eine Tasse darauf hätte abstellen können. Kurz, sie sah einen fleischgewordenen Männertraum vor sich. Dazu eine samtweiche Stimme, die mit betörendem Akzent kluge Dinge sagte, während sie vor Jan Samba tanzte. Hatte sie sich die echte Paola tatsächlich so vorzustellen? Nur noch ein paar

Tage, dann würde Anna ihr von Angesicht zu Angesicht gegenüberstehen. Und vor allem würde sie Jan wiedersehen. Ihren Schwager Jan, den Anna in den letzten Monaten so erfolgreich verdrängt hatte. Anna wusste, dass die Gefahr, sich erneut mit ihm einzulassen, noch lange nicht vorüber war. Nur noch ein paar Tage, und sie wusste noch immer nicht, wie sie sich auf diese Begegnung vorbereiten sollte. Am besten, sie konzentrierte sich zuerst einmal auf die praktischen Dinge, wie zum Beispiel darauf, das Bett im Gästezimmer neu zu beziehen. Außerdem würde sie für ihre Gäste etwas kochen, denn das wollte sie auf keinen Fall ihrer Mutter Elisabeth überlassen. Anna überlegte, etwas Leichtes zuzubereiten, irgendetwas mit wenig Kalorien. In Brasilien sollte ja wohl mittlerweile jeder dritte Einwohner zu dick sein, besonders betroffen davon junge Frauen.

»Telefon für Sie, es ist Frau Mondt.«

Weber hielt Anna den Hörer hin.

»So, Frau Greve, ich habe mich noch einmal im Kollegium umgehört, aber leider weiß niemand genau, wo Dr. Grütter heute lebt. Von Mallorca, Menorca, Formentera, bis hin zu Ibiza war da alles dabei. Aber ich kann Ihnen sein Geburtsdatum nennen. Haben Sie etwas zu schreiben?«

Im Anschluss an das Gespräch mit Frau Mondt rief Anna gleich noch ein zweites Mal beim Niedersächsischen Landesamt für Bezüge und Versorgung an, doch auch heute schien das Telefon dort nicht besetzt zu sein. Obwohl es erst kurz vor zwölf war; aber wahrscheinlich machten sie schon Mittagspause, dachte Anna ärgerlich. Außerdem war Freitag, da würde in der Behörde wohl sowieso nur bis 14.00 Uhr gearbeitet werden, wenn nicht sogar schon ab 13.00 Uhr alles dicht wäre.

»Wollen wir zusammen in die Kantine gehen, Weber?«

Wenig später kaute Anna auf einem Brötchen herum und sah Weber dabei zu, wie er eine Gänsekeule abnagte.

»In der Vorweihnachtszeit gibt's hier wirklich gute Sachen«, sagte er, während er sich mit einem Fingernagel hinter vorgehaltener Hand die letzten Gänsereste aus den Zahnzwischenräumen pulte. »Der Rotkohl war auch nicht schlecht. Nur für die Knödel gehört denen eins übergezogen. Haben Sie schon einmal richtige Knödel gegessen, Anna?«

»Ist nicht so ganz mein Geschmack.«

»Aber einen Germknödel zum Nachttisch, den nehmen Sie doch, oder? Und danach erzähle ich Ihnen wirklich interessante Neuigkeiten über Monika Diebach.«

Lukas Weber stand bereits wieder in der Schlange vor der Essensausgabe an, als Martin Schönauer zu Annas Tisch herüberkam.

»Ihnen sind die vielen Überstunden gar nicht anzusehen, Frau Greve.«

»Wie?«

»Ich weiß doch, dass Sie in den letzten Nächten unterwegs gewesen sind. Sie haben sich an einer nicht genehmigten Observation beteiligt.«

»Aha.«

»Woher ich das weiß, spielt keine Rolle, aber ich warne Sie. Hier werden Köpfe rollen, wenn sich Herr Sibelius nicht endlich dazu durchringt, ordnungsgemäß mit uns zusammenzuarbeiten.«

»Wer ist denn wir? Gibt es denn jetzt schon eine Doppelspitze im Präsidium, von der ich bisher noch nichts gehört habe? So etwas wie den großen Unbekannten im Hintergrund?«

»Seien Sie vorsichtig, Frau Greve. Wer nicht für uns ist, ist gegen uns. Einen schönen Tag noch.«

Weber kam zurück und stellte einen Teller mit einem Kloß vor Anna auf den Tisch, dessen Konsistenz und Farbe Anna unwillkürlich an Spermaflüssigkeit denken ließ.

»Igitt, essen Sie das Zeug von mir aus im Büro, Weber. Wir müssen reden.«

»Während Sie zu Ende essen, werde ich eben noch einmal kurz telefonieren. Mit vollem Mund ist eh keine vernünftige Unterhaltung möglich.«

Anna sah Weber dabei zu, wie er an seinem Schreibtisch saß und die Reste seines Nachtischs verschlang. Wie schon vorhin wählte sie die Telefonnummer des Landesamtes für Bezüge und Versorgung, und diesmal nahm nach dem achten Klingen endlich jemand den Hörer ab. Anna stellte sich vor und erklärte ihr Anliegen.

»Das wird nicht so einfach werden, Frau Kommissarin. Um herauszubekommen, auf welches Konto die Pensionsbezüge von Herrn Grütter derzeit monatlich überwiesen werden, brauche ich zuerst einmal seine Personalnummer.«

»Aber Sie müssen doch irgendeine Datei haben, in der alle Informationen zur Person zusammenlaufen und gespeichert sind. Schließlich sind Sie die ausführende Behörde in dieser Sache. Wir ermitteln hier immerhin in zwei Mordfällen, und Herr Dr. Grütter könnte ein wichtiger Zeuge sein.«

Der Behördenmann schnaufte.

»Gute Frau, heute ist Freitag. Außerdem hat der zuständige Sachbearbeiter zurzeit Urlaub. Rufen Sie am Montag wieder an, am besten zwischen zehn und zwölf Uhr. Dann sehen wir weiter.«

Anna knallte den Hörer auf, dann wählte sie noch einmal

die Telefonnummer des Merschenfelder Gymnasiums, doch auch hier war das Wochenende offensichtlich schon eingeläutet worden.

»Wir haben den falschen Job, Weber. Schulsekretärin sollte man sein oder Behördenhansel.«

Weber schob sich den letzten Löffel seines Nachtischs in den Mund und fragte: »Was ist denn nun eigentlich so Wichtiges passiert, dass ich in der Kantine nicht einmal mehr in Ruhe zu Ende essen konnte?«

»Martin Schönauer scheint mitbekommen zu haben, dass wir Hajo Wieland ohne vorherige Rücksprache mit seinem Büro überwacht haben.«

»Na und?«

»Er hat mir gedroht, Weber. Es würden Köpfe rollen, wenn wir uns weigern, mit ihm zusammenzuarbeiten, hat er gesagt. Hörte sich an, als könnten die sogar vorhaben, unsere Abteilung zu zerschlagen.«

»Darüber müssen wir den Chef auf der Stelle informieren.«

»Aber die Giraffe bleibt diesmal draußen, Weber. Ich kann mir schon vorstellen, wer Martin Schönauer einen Tipp gegeben hat.«

Günther Sibelius hatte Anna und Weber aufmerksam zugehört, dann knüllte er das Papier, das er in seinen Händen hielt, zu einem Wurfgeschoss zusammen.

»Was bildet sich dieser Kerl überhaupt ein! Wenn ihm etwas nicht passt, soll er mir das gefälligst selbst sagen.«

Günther Sibelius griff zum Telefon.

»Der soll mich kennen lernen!«

»Chef, meinen Sie nicht, es wäre besser, wenn wir unser Vorgehen zuerst in aller Ruhe beraten würden?«

»Ich trage hier die Verantwortung, keine Angst, Weber.

Martin Schönauer wird Ihnen schon nicht den Kopf abreißen.«

»Weber hat Recht, Chef, diese Sache betrifft uns schließlich alle.«

»Also, was schlagen Sie vor, Frau Greve?«

»Was können die uns überhaupt vorwerfen? Schließlich haben wir Hajo Wieland in unserer Freizeit observiert. Allerdings finde ich es bemerkenswert, dass die Information überhaupt zu Martin Schönauer gelangt ist. Ich befürchte, wir haben ein Loch in unserer Abteilung, Herr Sibelius. Wir können davon ausgehen, dass es niemand von uns gewesen ist, und auch Antonia Schenkenberg ist absolut vertrauenswürdig.«

»Bleibt die Kollegin Markisch. Holen Sie sie her, Frau Greve«, schnaubte Günther Sibelius wütend.

Sigrid Markisch war betroffen, als sie von dem Verdacht gegen sich erfuhr.

»Auch wenn ich die Vorgehensweise von Herrn Schönauer insgesamt richtig finde, weiß ich doch, wem gegenüber ich verpflichtet bin, Herr Sibelius. Ich habe Sie in der Sache Wieland unterstützt, also hänge ich genau so mit drin wie alle anderen. Halten Sie mich wirklich für so dumm, mich selbst zu verpfeifen?«

Ein Argument, gegen das es auf den ersten Blick nichts zu sagen gab. Dennoch ahnte Anna, dass niemand anderer als die Giraffe für diesen Verrat verantwortlich war. Vielleicht hatte Sigrid Markisch ja sogar von Anfang an eine Absprache mit Martin Schönauer getroffen. Sie versorgte ihn mit Informationen über das Geschehen im Dezernat, und er revanchierte sich bei ihr dafür beizeiten mit einem Job als Kommissarin in Hamburg. Schließlich war der

Wechsel nach Hamburg schon von vornherein ihr erstrebtes Ziel gewesen.

»Ach, bevor ich es vergesse, es gibt auch noch etwas Neues zu Monika Diebach, Chef«, meldete sich Weber zu Wort. »Ich habe noch einmal in dem Hamburger Hotel nachgefragt, in dem Frau Diebach während des Ärztekongresses abgestiegen ist. An dem Abend, als Torsten Lorenz umgebracht worden ist, hat sie das Hotel tatsächlich noch einmal verlassen. Der für ihre Etage zuständige Kellner hat Frau Diebach weggehen sehen, gerade als er ihr das von ihr bestellte Essen aufs Zimmer bringen wollte. An ihre Tür hatte sie einen Zettel geklebt, dass man klingeln und anschließend das georderte Essen vor die Tür stellen solle.«

»Das heißt, Monika Diebach hat nicht die Wahrheit gesagt. Sie könnte in der Tat nach Maschen gefahren und Torsten Lorenz getötet haben. Gut gemacht, Weber. Laden Sie bitte Frau Diebach für morgen ins Präsidium vor, denn ich möchte unbedingt erfahren, wie sie uns die Beobachtung des Etagenkellners erklärt. Aber kommen wir noch einmal auf Martin Schönauer zurück, Kollegen. Wie geht es jetzt weiter? Sollen wir uns etwa von ein paar Betonköpfen in der Behörde vorschreiben lassen, wie wir unsere Arbeit zu erledigen haben?«

»Der Chef hat Recht«, erwiderte Anna. »Ich bin heute Abend jedenfalls wieder mit dabei.«

Diesmal hatte auch die Sigrid Markisch nichts anderes vor. Also übernahm Anna zusammen mit Weber die erste Schicht an diesem Abend. Um Mitternacht würden sie dann von ihren Kollegen abgelöst werden.

Der Lieferwagen des wunderbar zerzausten Tischlers hatte nun bereits seit zwei Tagen nicht mehr vor dem Haus von

Doreen geparkt. Außerdem klingelte das junge Mädchen, das Elsa in den letzten Tagen schon häufiger gesehen hatte, auch heute wieder an der Haustür der Familie Rost. Sie schien der Babysitter für die kleine Martha zu sein und kam immer dann, wenn das Auto des Tischlers fort war und Doreen sich auf den Weg zu ihrem Fitnessclub machte.

Wenn alles genauso verlief wie in den letzten Tagen, würde Doreen schon sehr bald aufbrechen. Elsa zog den Reißverschluss ihrer Daunenjacke hoch und nahm ihre Handschuhe vom Beifahrersitz. Dann stieg sie auf ihr Klapprad und fuhr in die Dunkelheit hinein. Elsa musste ihren Plan auf Doreens Hinweg zu ihrer Sportstunde in die Tat umsetzen. So blieb ihr genug Zeit, ihre Spuren zu verwischen und zu verschwinden, bevor die Tat bemerkt wurde. Doreen war bisher immer so gegen zehn Uhr von ihrer dämlichen Hüpferei zurückgekommen, also würde der Babysitter vermutlich nichts vor halb elf Uhr unternehmen. Damit hatte Elsa einen Vorsprung von drei Stunden gewonnen.

Der kalte Fahrtwind schnitt Elsa ins Gesicht, doch sie spürte ihn nicht. Wenig später hatte sie die Stelle erreicht, die sie für ihre Rache an der Verräterin ausgewählt hatte. Elsa versteckte sich hinter ein paar großen Bäumen in der Nähe des Feldweges und wartete. Das mitgebrachte Nylonseil hatte sie bereits straff über den Feldweg gespannt, hoch genug, dass es Doreen in Brusthöhe treffen würde. Gut, dass es so lausig kalt und ungemütlich war, dachte Elsa. So würde wohl kaum noch jemand auf die Idee kommen, mit dem Fahrrad irgendwohin zu fahren, und sie möglicherweise stören. Während Elsa den Waldweg nicht aus den Augen ließ, kam ihr plötzlich in den Sinn, dass sie ebenfalls von jemandem beobachtet werden könnte. Oder hatte ihr der

Erfolg, den sie bei Rainer und Torsten gehabt hatte, etwa die Sinne vernebelt? Manchmal, wenn sie Doreen umkreist hatte, war es ihr so vorgekommen, als spürte sie fremde Blicke in ihrem Rücken. Aber die fremden Augen waren jedes Mal verschwunden gewesen, sobald Elsa sich umgedreht hatte. Wahrscheinlich hatte es diese Blicke niemals gegeben, versuchte sich Elsa zu beruhigen, und ihr Gefühl, beobachtet zu werden, kam nur daher, dass sie selbst seit Tagen nichts anderes tat, als Doreen zu beobachten. Wie wenn man in einem Wald steht und die Bäume in einer Pfütze mit Regenwasser betrachtet. Es wird einem schwindelig davon, dachte Elsa, weil man auf einmal nicht mehr weiß, wo sich der Boden befindet. Weil man, während man in die Pfütze auf die Spiegelung der Bäume starrt, nicht mehr weiß, welches der Bilder real ist und welches der Spiegel. Elsa knipste ihre Taschenlampe an und sah auf ihre Armbanduhr. Nein, sie hatte alles bedacht und bestens geplant. Doreen würde ihr Fitnessstudio, das »Health care«, an diesem Abend nicht erreichen; nie mehr.

Zu gern hätte Doreen ihre Gymnastikstunde abgesagt, aber Birgit, die Trainerin des »Health care«, feierte heute Abend ihren Geburtstag. Da war es üblich, dass sie hinterher noch etwas zusammen tranken, und außerdem hatte Doreen das Geschenk für Birgit besorgt. Die anderen Frauen aus ihrer Gruppe würden nicht verstehen, wenn Doreen sie heute im Stich ließe. Also legte Doreen das in orangefarbenes Papier eingewickelte Taschenbuch über Feng Shui ganz oben auf ihre Sportsachen und zog entschlossen den Reißverschluss ihres Rucksacks zu. Sie steckte ihr Handy ein und verabschiedete sich von Vanessa, dem Babysitter. Martha schlief bereits tief und fest, also würde Vanessa ihr Geld wahrscheinlich auch heute wieder leicht verdienen. Doreen schaute in den bewölkten Himmel, während sie ihre Handschuhe anzog. Es sah nach Schnee aus, dachte Doreen, wahrscheinlich würde in dieser Nacht wieder einiges herunterkommen. Sie fror. An diesem Abend wäre sie lieber mit dem Auto zum Sport gefahren, doch der stand noch bei Wagners an der Tankstelle. Ihr Golf hatte einen Wackelkontakt im linken Scheinwerfer, und mit nur einem Licht loszufahren war in dieser Jahreszeit nicht ganz ungefährlich. Herr Wagner war heute nicht mehr dazu gekommen, den Schaden zu reparieren, aber er hatte versprochen, ihr das Auto morgen Vormittag vorbeizubringen. Doreen holte ihr Fahrrad aus der Garage und stieg auf. Der Ostwind fegte ihr durch die Kleider, und sie freute sich schon jetzt auf den Saunagang nach der Sportstunde. Als Doreen in den Waldweg abbog, schaltete sie ihr Licht ein. Auch wenn sie jede Baumwurzel kannte, hatte das kleine Fahrradlämpchen etwas Tröstliches für sie. Während sie durch die Kälte radelte, versuchte Doreen sich den Weg im Sommer vorzustellen. Wunderschön war es, durch die schattigen, nach Harz riechenden Baumreihen zu fahren und dabei auf in der Hitze flirrende Felder und Wiesen zu schauen.

Elsa in Maschen, im Winter 1986.

In der Schule gingen Elsa und Torsten einander aus dem Weg, aber zum Glück gab es ja noch die Nachmittage. Immer wenn Rainer mit anderen Jungen zum Fußballtraining verabredet war, trafen sich Elsa und Torsten heimlich miteinander. Seit ein paar Wochen, genauer seit jener Musikstunde, in der Torsten sein Lieblingsstück vorgestellt hatte, machte Rainer seinem besten Freund das Leben schwer. Nie war er einverstanden mit etwas, das Torsten sagte, ständig nörgelte er an seinem Freund herum. Wenn sie es nicht besser gewusst hätte, wäre Elsa vielleicht sogar auf die Idee gekommen, dass Rainer eifersüchtig war. Doch sie dachte nicht weiter darüber nach, Elsa war froh, dass sie in Torsten einen Menschen gefunden hatte, mit dem sie sich unterhalten konnte. Meist fanden ihre Treffen in Torstens Übungsraum statt, denn dort fühlten sich Torsten und Elsa ungestört. Frau Lorenz, Torstens Mutter, war oft unterwegs und, wenn sie tatsächlich einmal zu Hause war, viel zu beschäftigt, um Elsa oder ihren Sohn überhaupt wahrzunehmen. Frau Lorenz engagierte sich in der Kirchengemeinde, immerhin hatte sie Elsa schon einmal die Hand geschüttelt und gefragt, woher die beiden sich kannten. Torstens Vater hatte Elsa dagegen noch nie gesehen. Herr Lorenz schien genauso abwesend zu sein wie Elsas Vater Friedrich, auch wenn er mit seiner Familie in einem Haus zusammenlebte. Überhaupt beklagte sich Torsten ständig über seine Eltern bei Elsa. Und in einem war er sich ganz sicher, auf keinen Fall würde er später einmal so leben wie sie. Elsa hörte Torsten zu, doch über Vera und Friedrich sprach sie nie mit ihm. Außerdem gab es weitaus Interessanteres, denn seit jener Unterrichtsstunde in der Schule hatte auch Elsa ihre Leidenschaft für die Musik entdeckt. Stundenlang hockten die beiden nebeneinander auf dem Fußboden des Partykellers und hörten sich Schallplatten an. Manchmal schaltete Torsten das Schwarzlicht an der Decke ein und spielte Elsa etwas auf seiner Gitarre vor. Er hatte angefangen, eigene Lieder zu komponieren, und wenn Elsa dann mitsummte, lobte er sie für ihre schöne Stimme. Torsten ermunterte Elsa, mit dem Singen anzufangen. So richtig professionell, mit Stimmbildung und allem Drum und

Dran. Rainer war seit ein paar Monaten eifrig dabei, Schlagzeugspielen zu lernen, vielleicht könnten sie irgendwann sogar eine eigene Band gründen. Wenn Elsa nach diesen Nachmittagen dann wieder zu Hause war und in ihrem Bett lag, träumte sie von gemeinsamen Auftritten mit Torsten. Elsa sah sich schon auf einer Bühne stehen. Sie war begehrenswert und schlank, kein Mal verunstaltete ihr Gesicht. Elsa stellte sich vor, eine Stimme zu haben, die so schön war, dass sie die Menschen zum Träumen brachte. Vielleicht wäre das Lachen dann endlich auch einmal bei ihr.

Bisher war ihre äußere Verwandlung perfekt gewesen, dachte Elsa. Was würde sie für Doreen sein? Einen Abend lang war sie für Rainer zur Prinzessin geworden, für Torsten zur Hure. Und wenn Elsa ihrer früheren Gefährtin diesen gemeinsamen Moment tatsächlich zugestand, könnte Doreen dann vielleicht sogar noch einmal zu ihrer Freundin werden? Was wäre gewesen, wenn sie einander zufällig in der Stadt getroffen hätten? War es möglich, wieder dort anzuknüpfen, wo es vor vielen Jahren auf dem flauschigen Wollteppich in Doreens Zimmer aufgehört hatte? Würde Doreen sie heute so ansehen, wie sie vorhin die aufgetakelte Schnepfe vor dem Kindergarten angesehen hatte? Möglicherweise war es noch nicht zu spät, alles noch einmal an den Anfang zurückzudrehen und abzuwarten, was sich daraus entwickelte. Ja, vielleicht war es doch noch nicht zu spät dafür.

Elsa starrte in die Dunkelheit, als sie auf einmal ein kleines Licht langsam näher kommen sah, das einmal heller, dann wieder dunkler flackerte. Dort hinten musste ein altertümliches Fahrrad auf dem Waldweg sein, ein Fahrrad, dessen Lampe von einem Dynamo angetrieben wurde. So eines, wie Doreen es besaß. Elsa schaltete ihre Taschenlampe aus und überprüfte noch einmal das Nylonseil.

Doreen hielt inne. In der Ferne, kurz bevor der Weg weiter hinten eine leichte Biegung machte, war einige Sekunden lang ein Licht zu sehen gewesen. Doch nun lag der Weg wieder dunkel vor ihr. Hatte sie sich getäuscht? Hatte Doreen aus dem Unbehagen und der Nervosität der letzten Tage heraus etwas gesehen, das gar nicht vorhanden war? Sollte sie wieder einer dieser Tagträume einholen, der mit Elsas wütendem Gesicht und ihren auf sie einschlagenden Fäusten enden würde? Andererseits, wer sollte in dieser Kälte und Dunkelheit schon freiwillig mit dem Fahrrad unterwegs sein? Dennoch glaubte Doreen nicht, dass es schon so schlecht um sie stand, dass sie Gespenster sah. Vielleicht sollte sie doch besser umdrehen und anschließend im »Health care« anrufen. Aber was sollte sie dann erzählen? Dass Martha plötzlich hohes Fieber bekommen hatte? Niemand würde Doreen ernstlich böse sein, wenn sie eine gute Ausrede parat hatte. Unsinn, sie durfte ihrer Furcht jetzt nicht nachgeben. Sonst würde in Zukunft bereits eine Kleinigkeit genügen, um sie nicht mehr allein aus dem Haus gehen zu lassen. Sie würde zu zittern beginnen, sobald auch nur das Telefon klingelte. Vor einer solchen Angst konnte sie auch ein zum Wachhund ausgebildeter Rottweilerrüde nicht mehr beschützen. Nein, Doreen durfte nicht zulassen, dass irgendeine diffuse Angst ihr Leben beherrschte. Also stieg sie wieder auf ihr Fahrrad und trat entschlossen in die Pedale. Wenn sie soeben ein Licht gesehen hatte, dann nur deshalb, weil noch jemand mit seinem Hund unterwegs war. Doreen war auf dem besten Weg, sich lächerlich zu machen. Und das alles nur, weil sie ein schlechtes Gewissen wegen einer Geschichte hatte, die mehr als zwanzig Jahre zurücklag. Ihre ganze Panik war nur auf ein kleines Kleeblatt aus emailliertem Silber zurückzuführen. Doreen würde sich jetzt zusammenreißen und sich nicht länger vor einer Klassenkameradin fürchten, die ihrerseits bestimmt schon lange nicht mehr an Doreen dachte. Zum Teufel mit Elsa.

Nun war das Fahrradlicht wieder verschwunden, und Elsa horchte angestrengt in die Stille hinein. Hatte Doreen etwa den Schein ihrer Taschenlampe gesehen? Die Sekunden verstrichen quälend langsam, aber Elsa glaubte, dort hinten am Waldweg soeben noch ein rotes Leuchten gesehen zu haben. Wie von einem Katzenauge, dem Rückstrahler eines altertümlichen Rades. Elsa rückte ein paar Schritte aus ihrer Deckung hervor. Wenn Doreen tatsächlich umgedreht sein sollte, musste sie das Nylonseil bald wieder entfernen. Vielleicht war es ja ganz gut so. Dann würde es diesen gemeinsamen Moment doch noch geben, bevor es für Doreen ans Sterben ging. Möglicherweise würde Doreen dann gar nicht sterben müssen. In der Ferne flackerte jetzt wieder eine kleine gelbe Fahrradlampe auf. Schneller als vorhin näherte sie sich der Stelle, an der Elsa wartete.

»Seht euch an, wie rot sie ist!«

Plötzlich hatte Elsa wieder Doreens Lachen an jenem schrecklichen Nachmittag vor langer Zeit im Ohr, glockenhell war es gewesen und gehässig. Elsa wischte sich den Schweiß von der Oberlippe. Nein, es war entschieden zu spät, um die Geschichte mit Doreen noch einmal an den Anfang zurückzudrehen. Nicht mehr lang, dann würde die Jugendfreundin auf Elsas Höhe sein, und ein paar Meter weiter spannte sich das Nylonseil.

Schon wieder war es weit nach Mitternacht, als Anna Greve zu ihrem Mann Tom ins Bett gekrochen kam. Die vergangenen Stunden hatte sie zusammen mit Weber in ihrem Auto vor dem Haus von Hajo Wieland verbracht. Heute hatte er seine Freundin Marianne Lorenz nicht besucht, und auch draußen war niemand um das Haus herumgeschlichen. Die einzige Abwechslung für Anna und Weber war eine Gruppe durch die Neubausiedlung patrouillierender Männer gewesen, die dabei auch an ihre Autotür geklopft hatten. Weber und Anna hatten den bläulichen Blitzen aus dem Fernseher im Wohnzimmer der Wielands zugesehen, bis das Licht dann gegen elf gelöscht worden war.

Tom war aufgewacht und näher an Anna herangerückt. »Ben hat schon wieder eine Fünf in Mathe geschrieben. Was sagt eigentlich seine Lehrerin dazu? Wird er die Versetzung in die nächste Klasse schaffen?«

»Das möchte ich auch gern wissen«, murmelte Anna schläfrig. »Aber leider bin ich bisher noch nicht dazu gekommen, einen Termin mit Bens Lehrerin zu vereinbaren. Sprich du doch mal mit ihr.«

»Was?«

Anna knipste das Licht wieder an, suchte einen Zettel und einen Kugelschreiber in ihrem Nachttisch und schrieb Tom die Telefonnummer des Gymnasiums auf, die sie mittlerweile auswendig kannte. »Frag nach Frau Gerber.«

»Seit wann muss ich mich denn um so etwas kümmern?«

»Ich denke, ihr seid so prima Kumpel. Da wirst du dir doch wohl mal eine halbe Stunde Zeit für deinen Sohn nehmen können. Außerdem, wenn du die Sache in die Hand nimmst, klappt es bestimmt.«

Anna löschte das Licht und drehte sich auf die Seite.

Jetzt schaltete Tom neben ihr seine Nachttischlampe an und schulterte sein Bettzeug.

»Besser, ich lasse dich heute Nacht allein, damit du ungestört schlafen kannst. Du scheinst ja wirklich einen verdammt harten Tag hinter dir zu haben.«

Nachdem Tom gegangen war, konnte Anna noch lange nicht einschlafen. Warum war der Alltag mit Tom nur dermaßen kompliziert? Nur noch ein paar Tage, dachte sie, dann würde sie Jan wieder begegnen. Dem Mann, der alles für sie hätte sein können, wenn sie damals nur etwas mehr Mut aufgebracht hätte. Und wie sah es heute aus mit ihrem Mut?

Doreen trat weiter kräftig in die Pedale. Nur noch ein paar Minuten, sprach sie sich Mut zu, dann würde sie wieder auf der Hauptstraße sein. Zunächst führte der Weg aber einmal ein Stück bergab, also nahm sie die Füße von den Pedalen und ließ es rollen. Doreen genoss die schnelle Fahrt sogar ein bisschen, denn sie fühlte sich stark. Es war ein gutes Gefühl, sich ihrer Angst gestellt zu haben und als Siegerin aus diesem Kampf hervorgegangen zu sein. Jetzt würde alles gut werden. Doreen lachte. Sie lachte noch, als sie plötzlich auf einen für sie unsichtbaren Widerstand traf, der sie vom Sitz ihres Fahrrads und zu Boden schleuderte. Im nächsten Moment fand sich Doreen auf dem verschneiten Waldboden wieder, ihr rechtes Bein war im Rahmen des Hinterrades eingeklemmt. Sie befreite sich mühsam und blinzelte in die Dunkelheit hinein, doch ihr Gesicht war voller Schnee, sodass sie kaum etwas erkennen konnte. Hatte etwa eine Baumwurzel ihren Sturz verursacht? Doreen spürte einen Schmerz quer über ihrer Brust, nein, irgendetwas hatte sie voll am Oberkörper erwischt und vom Rad gefegt. War es Elsa gewesen? Doreen stöhnte auf, als sie tief einzuatmen versuchte. Der Rucksack hing ihr verdreht auf dem Rücken, es war unmöglich, ihn in dieser Position abzustreifen. Also kam sie mühsam auf die Beine, warf ihre Last ab und versuchte gerade, sich ganz aufzurichten, als ihr Gesicht plötzlich höllisch zu brennen anfing. Doreen hustete, sie übergab sich. Tränen liefen ihr aus den Augen, Wasser und Schleim drangen aus ihrem Mund, aber das Brennen wollte nicht aufhören.

»Hilfe!«, schrie sie verzweifelt.

Elsa hatte das Pfefferspray extra neu gekauft, denn die gebrauchte Flasche in ihrer Handtasche war schon alt und lang nicht mehr benutzt worden. Während Doreen sich übergab, band Elsa ihr das Nylonseil um beide Hände, danach zurrte sie es fest. Solange sie mit Doreen beschäftigt war, versuchte Elsa so leise wie nur möglich zu atmen. Doreen sollte so gut wie nichts von ihrem Angreifer mitbekommen. Danach trat Elsa ein paar Schritte zurück und schwieg.

»Hilfe!«

Doreen glaubte, keine Luft mehr zu bekommen. Ihr Gesicht brannte wie Feuer, und es war ihr unmöglich, die Augen zu öffnen, unmöglich, etwas zu sehen. Doreen war blind geworden, und diese Tatsache verschlimmerte ihre Angst. Erneut wurde ihr schlecht, und wieder übergab sie sich. Jetzt konnte sie Finger auf ihren Armen spüren, dann, als sie sich von diesen Fingern befreien wollte, einen Widerstand. Schon lagen Doreens Hände gefesselt auf ihrem Rücken, und sie hatte keine Möglichkeit mehr, sich den Schleim aus dem Gesicht fortzuwischen.

»Elsa?«

Stille.

»Elsa?«

Doreen weinte, als sie plötzlich ein Scharren neben sich hörte. Es klang wie ein Fahrradreifen, der sich drehte und dabei immer wieder gegen das Schutzblech stieß.

»Bitte Elsa, lass mich gehen.«

Stille. Das Schleifgeräusch war plötzlich nicht mehr da, es war, als hätte jemand den Reifen mit der Hand angehalten. In der Ferne hörte Doreen einen Wagen fahren, wahrscheinlich befand er sich auf der Hauptstraße. Doch die war viel zu weit entfernt, als dass dort jemand ihre Hilferufe hätte hören können. Doreen sackte in sich zusammen und wimmerte leise vor sich hin. Warum war sie nur zu stolz gewesen, ihrem Mann Arno die alte Geschichte von Elsa und sich anzuvertrauen? Warum hatte sie weder der Polizei noch ihrer Mutter Irmgard erzählt, was sie im Hinblick auf die Morde an Rainer und Torsten befürchtete? Wenn sie nun auf diesem Waldweg umgebracht werden würde, käme niemals jemand auf die Idee, Elsa mit der Tat in Zusammenhang zu bringen. Wenn sie jetzt hier sterben sollte, würde sie auch ihre kleine Martha niemals wiedersehen. Doreen sah Arno und Martha vor ihrem geistigen Auge Hand in Hand vor ihrem Grabstein stehen und schrie auf. Der Schleim in ihrer Nase und ihrem Hals verhinderte, dass sie kraftvoll um Hilfe rufen konnte, aber sie musste es wenigstens versuchen. Doreen schrie. Dann horchte sie in die Stille hinein, doch da war nichts, bis auf ein Knirschen im Schnee rechts neben ihr. Doreen konnte jetzt ganz deutlich Schritte, hören. Schritte die sich entfernten und dann auf einmal schneller wurden. Es klang wie ein Mensch, der davonlief. Elsa genoss die Wartezeit, diese Zeit vor dem sicheren Ende. Aufmerksam hatte sie alle Phasen der Verzweiflung und Wut bei ihrer Freundin aus Kindertagen verfolgt. Schließlich war Doreen zusammengebrochen und hatte nur noch gewimmert. Als Elsa jedoch ein paar Schritte von ihr weggemacht und so getan hatte, als würde sie davonlaufen, war sofort wieder neues Leben in Doreens Körper zurückgeflossen. Neues Leben und darüber hinaus vielleicht auch etwas Hoffnung, denn Doreen hob jetzt sogar ihren Kopf. Sie konnte nicht wissen, dass Elsa nur ein Spiel mit ihr spielte.

Hatten ihre Schreie Elsa vertrieben? Doreen fasste wieder neuen Mut, auch wenn sie nach wie vor blind war und ihr Gesicht noch immer brannte, als wäre es mit Säure übergossen worden. Erneut hörte sie Schritte. Jemanden, der sich auf sie zu bewegte. Elsa? Aber diesmal klangen die Schritte irgendwie anders, weicher. War es also doch nicht Elsa?

Jetzt drang eine Stimme in Doreens Bewusstsein. Eine fremde Frauenstimme, sanft klang sie, beinahe mütterlich.

»Kommen Sie, ich helfe Ihnen.« Doreen fühlte schneebedeckte Hände auf ihrer Stirn. »Hier, das wird Ihre Schmerzen lindern.«

»Danke, das ist lieb von Ihnen.«

Doreen atmete auf, endlich war ihr jemand zu Hilfe gekommen. Sie erinnerte sich an das Licht, das vorhin kurz am Waldrand aufgeflackert war. Vielleicht hatte eine fremde Spaziergängerin etwas von Doreens Not mitbekommen. Vielleicht war sie in ihre Richtung marschiert und hatte Elsa somit vertrieben. Doreen atmete tief ein. Wenn sie den heutigen Angriff auf ihr Leben überlebte, würde sie sofort zur Polizei gehen und Anzeige erstatten. Und sie würde den Beamten darüber hinaus endlich den schon lange fälligen und entscheidenden Hinweis auf Elsa geben. Aber noch war es nicht so weit, zuerst einmal musste sie sich bei ihrer fremden Retterin, die sie vor dem sicheren Tod bewahrt hatte, bedanken. Vorsichtig tauchte Doreen ihr Gesicht in die schneegefüllten Hände der unbekannten Frau ein. Wie gut das tat. Doch plötzlich kamen Doreen Zweifel, ob sie mit ihrer Annahme überhaupt richtig lag. Wenn diese Frau tatsächlich nach Einbruch der Dunkelheit noch im Wald unterwegs gewesen war, dann doch nur, um ihren Hund auszuführen. Aber Doreen hatte bislang noch keinen Hund bemerkt. Und woher wusste ihre Retterin außerdem, dass Doreen im Gesicht verletzt worden war? Blutete sie etwa aus einer Wunde am Kopf? Oder hatte die Fremde Elsas Angriff sogar aus nächster Nähe beobachten können?

13

Doreen lehnte sich an die Schulter der fremden Frau.

»Ich bin so froh, dass Sie da sind. Können Sie mir bitte die Fessel abnehmen?«

Sie hustete, spürte, wie sich ihre Retterin nun an ihrem Rücken zu schaffen machte. Das Seil um Doreens Hände lockerte sich.

»Haben Sie gesehen, wer mich angegriffen hat? Würden Sie die Frau wiedererkennen?«

Ihre Retterin schwieg. War die Fessel so schwer zu lösen, oder warum sonst konnte Doreen ihre Arme noch immer nicht richtig bewegen? Vorsichtig öffnete sie ihre brennenden Augen und nahm eine Gestalt wahr, die sich über sie beugte. Dann hörte sie eine wohlbekannte Stimme.

»Wen meinst du, Prinzessin?«

Wie konnte es sein, dass ihre Retterin gerade genauso geklungen hatte wie Elsa früher? Doreen brauchte einen Augenblick, um die Situation zu begreifen. Ihr Herzschlag setzte für einen Moment aus, dann kehrte ihre Angst zurück. Doch mit ihr zusammen kam auch die Wut. Sie versuchte, auf die Beine zu kommen, zerrte mit aller Kraft an der Fessel, aber das Nylonseil hatte sich plötzlich wieder so fest um ihre Hände gezogen wie zuvor. Doreen kniff ihre Augen zusammen, das Gesicht der Gestalt über ihr war jetzt ganz nah. Sie warf sich auf den Rücken, hob ihre Beine an und trat dann entschlossen zu. Doreen spürte einen Widerstand und kurz darauf ein Stöhnen. Vielleicht war es ihr sogar gelungen, Elsas Kopf zu treffen. Wenn sie jetzt schnell genug reagierte, hätte sie möglicherweise doch noch eine Chance, Elsas Angriff zu überleben. So schnell sie konnte, kam Doreen wieder auf die Beine und begann zu laufen. Nur fort, weg von diesem Grauen. Sie hatte bereits einige Meter hinter sich gebracht, als sie ins Straucheln geriet und auf allen vieren auf dem Boden landete.

»Heute ist wohl nicht dein Glückstag, Kleeblatt.«

Die kalten Hände, die Doreen vor wenigen Minuten noch beinahe zärtlich das Gesicht gekühlt hatten, packten nun hart zu und warfen sie bäuchlings in den Schnee. Ihr Nacken wurde mit einem erbarmungslosen Griff schraubstockähnlich umspannt; es war ihr unmöglich, sich auch nur einen Zentimeter von der Stelle zu bewegen. Die kalten Hände drückten Doreens Gesicht weiter zu Boden, und ihre Nase füllte sich mit Schnee. Doreen konnte nicht mehr atmen, und so öffnete sie ihren Mund, um nicht zu ersticken. Sie versuchte zu schreien, aber ihre Mundhöhle hatte sich mittlerweile ebenfalls mit Schnee gefüllt, die Luft begann dünn zu werden. Mit letzter Kraft zappelte sie wie ein Fisch an Land, während die Welt um sie herum dunkler zu werden begann. Von fern hörte Doreen noch einmal Elsas Stimme, dann war es zu Ende.

»Du wirst mich nie wieder auslachen, Prinzessin!«

Elsa hatte so lange zugedrückt, bis sie einen Krampf im Arm bekommen hatte. Jetzt kam sie schnaufend auf die Beine und trat gegen Doreens schlaffen Körper zu ihren Füßen. Langsam drehte sie das, was von ihrer Freundin aus Kindertagen übrig geblieben war, um und sah in Doreens weit geöffnete Augen. Elsa wischte ihr den Schnee vom Mund, sah ihre zu einer Fratze verzerrten Gesichtszüge. Im

Sterben hatte Doreens Gesicht wahrhaftig jegliche Anmut verloren. Für den wunderbar zerzausten Tischler würde sie kein schöner Anblick mehr sein, aber immerhin verhalf ihm Elsa dazu, seine Prinzessin endlich einmal so sehen zu können, wie sie wirklich war. Doreen hatte Elsa nie das Wasser reichen können, denn Elsa war stark und ihrer Kinderfreundin von jeher auf allen Ebenen überlegen gewesen. Auch körperlich, nur deshalb hatte sie es sich leisten können, ihr Spiel zu Ende zu spielen, und der Prinzessin vorhin für einen Moment sogar die Fesseln gelöst. Doreen hatte noch einmal Hoffnung schöpfen sollen, bevor es für sie endgültig ans Sterben ging. Elsa grinste böse und trat ein zweites Mal fest gegen Doreens leblosen Körper. Als Elsa anschließend ihre Sachen in den Rucksack einpackte, rieb sie sich die schmerzende Beule am Kopf. Das kleine Miststück hatte doch tatsächlich versucht, sich zu wehren. Elsa zog ein Messer hervor, dann wischte sie den restlichen Schnee von Doreens rechter Wange. Vielleicht wäre dem Tischler der Anblick, den er nun zu sehen bekäme, erspart geblieben, hätte die Prinzessin in letzter Sekunde nicht noch so ein Theater veranstaltet.

Elsa in Maschen, im Winter 1986.

Elsa lebte nur noch für die Musik. Und vor allem für ihre heimlichen Treffen mit Torsten. Seit Wochen lag Elsa ihrer Mutter damit in den Ohren, dass sie unbedingt Gesangsunterricht nehmen wolle. Doch gestern hatte Vera Elsas Bitte endgültig abgeschmettert.

»Für einen solchen Firlefanz haben wir nun wirklich kein Geld übrig. Wie kommst du überhaupt auf diese Idee, schließlich habe ich dich noch nie singen hören.«

Darüber hinaus hatte Vera ihr auch noch verboten, sich um einen Nebenjob zu kümmern.

»Dafür sind deine Leistungen in der Schule viel zu schlecht, Elsa. Außerdem, wer wollte dich schon als Babysitter im Haus haben? Wenn ich nur daran denke, wie gemein und grob du immer mit deiner Schwester umgehst. Nein, vergiss diesen ganzen Quatsch! Kümmere dich nächstes Halbjahr lieber darum, dass du nicht sitzen bleibst.«

Als Elsa an diesem Nachmittag auf ihr Fahrrad stieg, war sie noch immer wütend auf ihre Mutter. Endlich hatte sie etwas gefunden, das ihr wirklich Spaß machte, da ließ Vera ihre Träume mit ein paar Worten auch schon wieder platzen.

»Wenn du wirklich singen willst, gibt es auch einen Weg, Elsa«, versuchte Torsten sie zu trösten. »Hier, nimm das Mikro, wir versuchen es einfach. Du kennst den Song, und Noten brauchen wir eh nicht dafür.«

Elsa hatte gerade angefangen, die Melodie mitzusummen, als die Tür des Partykellers aufgerissen wurde und Rainer, gefolgt von einem weiteren, ihr fremden Jungen, hereingestürmt kam.

»Das ist Hajo, ich kenne ihn vom Schlagzeugunterricht. Er hat ein paar ziemlich starke Songs geschrieben, die wir gut für unsere Band gebrauchen können.«

Rainer warf seine Sporttasche auf die Couch in der Ecke, nahm sich eine Cola aus dem Kühlschrank und bemerkte erst in diesem Moment Elsas Anwesenheit. Rainer sah Torsten misstrauisch an.

»Was läuft denn hier, Alter? Was soll die fette Kuh in unseren heiligen Hallen? Machst du jetzt etwa einen auf beschützende Werkstätten?«

»Ach was, die Kleine ist vorhin zufällig hier vorbeigekommen. Aber Elsa singt wirklich nicht schlecht.«

»Ja, ja.« Rainer setzte sich mit einem breiten Grinsen ans Schlagzeug, während Hajo einige Notenblätter aus seiner Tasche hervorholte, die er Rainer hinüberreichte. »Jetzt lass uns mal richtig loslegen. Das Training ist ausgefallen, daher habe ich jede Menge Zeit. Wenn sie unbedingt will, kann sie bleiben; mich stört das nicht. Doch sie soll gefälligst den Mund halten.«

Torsten nickte und brachte Elsa zur Tür.

»Tut mir leid, Rainer wird sich bestimmt schon noch an dich gewöhnen. Komm morgen wieder, ja?«

An diesem Samstagmorgen waren Tom und Anna früh aufgestanden, um die lange Liste ihrer Besorgungen für das bevorstehende Weihnachtsfest in Angriff zu nehmen. Ben wünschte sich ein Skateboard, außerdem ein paar neue Klamotten im Hip-Hop-Stil, was nichts anderes hieß, als dass die Kleidung mindestens drei Nummern zu groß ausfallen musste. Ihr jüngerer Sohn Paul hatte dagegen zum Glück noch keine festen Vorstellungen davon, wie er angezogen sein wollte. Für ihn hatten Anna und Tom einen neuen Tennisschläger auf ihrer Liste notiert, dazu Inliner und eine dunkelblaue Jeans. Normalerweise fuhren Anna und Tom zum Einkaufen immer nach Hamburg, auch um nach getaner Arbeit noch einen Spaziergang an der Alster machen zu können. Heute jedoch hatten sie sich für das Einkaufszentrum in ihrer Gegend entschieden, da die Hamburger City besonders an den langen Samstagen in der Vorweihnachtszeit meist aus allen Nähten platzte.

Als sie wenig später in das Menschengewimmel der Ladenpassage eintauchten, nahm Tom seine Frau Anna an die Hand.

»Tut mir leid, dass ich gestern Abend überreagiert habe«,

entschuldigte er sich und gab ihr einen Kuss auf die Wange. »Du hast schon Recht, ich werde mich in Zukunft mehr an der Erziehung unserer Jungen beteiligen. Gleich am Montag mache ich einen Termin mit Bens Lehrerin, in Ordnung?«

Tapfer lächelte Anna ihren Mann Tom an und hakte sich bei ihm unter. Was hatte es schließlich für einen Sinn, weiterhin böse auf ihn zu sein?

»Ich glaube, Elisabeth würde sich über einen neuen Kaschmirschal freuen«, meinte sie schließlich. »Am besten, wir nehmen einen in Rosa, denn seit meine Mutter so viel Zeit mit ihrem Herrn Horn verbringt, scheint das ihre neue Lieblingsfarbe geworden zu sein. Wer weiß, vielleicht kommt sie demnächst sogar noch mit einer Zahnspange daher. Apropos Zahnspange; hast du eigentlich eine Idee, was wir Jan schenken könnten?«

»Darum kümmere ich mich noch. Ich wollte das Geschenkeproblem sowieso einmal grundsätzlich mit meiner Sippe besprechen«, antwortete Tom und blieb vor dem Schaufenster eines Sportgeschäfts stehen.

»Komm, lass uns hier anfangen.«

Als Anna im Begriff war, hinter ihrem Mann her in den Laden hineinzugehen, fiel ihr Blick auf eine Gruppe Jugendlicher, die es sich auf einer Bank gegenüber dem Elektronikmarkt gemütlich gemacht hatten. Anna hielt inne und zupfte Tom am Ärmel.

»Warte einen Moment, ich glaube, da hinten steht Ben.«

Tatsächlich, nur ein paar Meter von ihnen entfernt sahen Tom und Anna ihren Sohn Ben mit einer Zigarette im Mund und einer Flasche Bier in der Hand mit mehreren anderen Jugendlichen zusammenstehen. Wenn Anna sich nicht sehr täuschte, waren es dieselben Jungen, die ihr bereits vor ein paar Tagen in der Aula des Gymnasiums aufgefallen waren.

»Was macht Ben denn um diese Zeit hier?«, wunderte sie sich, »wo er doch normalerweise am Wochenende selten vor Mittag aufsteht?«

»Ich habe ihm gestern Abend dummerweise erlaubt, dass er bei Sebastian übernachten darf.«

»Wie bitte? Du lässt Ben, entgegen unserer Absprache, nach acht Uhr noch aus dem Haus gehen? Das darf doch alles nicht wahr sein, Tom!«

»Bitte beruhige dich, ich weiß selbst, dass ich einen Fehler gemacht habe. Aber Ben hat mich so nett gebeten, da konnte ich einfach nicht nein sagen.«

Kopfschüttelnd zog Anna ihr Handy aus der Tasche und wählte die Nummer ihres Sohnes. Als er sich kurz darauf meldete, hielt sich Anna nicht mit langen Begrüßungen auf.

»Ich möchte, dass du auf der Stelle die Bierflasche und auch die Zigarette aus der Hand legst und zu mir herüberkommst!«

Ben sah sich suchend um, dann entdeckte er seine winkende Mutter vor dem Schaufenster des Sportgeschäfts und trottete zu ihr hinüber.

»Du fährst jetzt sofort nach Hause, Ben, und danach setzt du dich an deine Hausaufgaben. Heute Abend kontrolliere ich deine Hefte, schließlich kann es doch nicht angehen, dass ein intelligenter Mensch wie du in der Schule zu scheitern droht, nur weil er faul ist. Außerdem möchte ich, dass du dir bis dahin auch überlegt hast, welche Zusammenhänge du in Mathe noch nicht verstanden hast. Dein Vater«, sie warf Tom einen wütenden Blick zu, »wird sich genügend Zeit für dich nehmen, um dir die Sachen zu erklären. Alles klar?«

Ben nickte wortlos und machte sich in Richtung der Bushaltestelle davon.

Tom hatte die ganze Zeit über kein einziges Wort gesagt.

Als er Anna anschließend mit unsicherem Blick ansah, hakte sie sich bei ihm unter.

»So, und jetzt gehen wir shoppen. Ich werde mir meine gute Laune doch nicht von deiner Inkonsequenz und unserem pubertierenden Sohn verderben lassen.«

Als Elsa wieder in ihrem Apartment angekommen war, drehte sie zuerst alle Heizkörper auf, dann ließ sie sich ein heißes Bad ein. Es war ein schönes Gefühl, zur Abwechslung endlich einmal zu frieren und nicht wie sonst diese alles überlagernde Hitze in sich zu spüren.

Ja, dieser letzte Augenblick mit Doreen hätte möglicherweise alles verändern können, aber leider war er Elsa verwehrt geblieben. Während sie in das wärmende Wasser der Badewanne eintauchte, dachte Elsa noch einmal an ihre Prinzessin zurück. Doreen lag jetzt tot im Schnee, aber gab es darüber hinaus denn wirklich niemanden für Elsa, gab es denn keine einzige Frau, die mehr war als nur eine graue Maus? Hatte es überhaupt jemals solche Frauen gegeben? Elsa kam Frau Possel in den Sinn und auch die freundliche Frau, doch die zählten nicht, das war in ihrer Kindheit gewesen. Entscheidend war, ob es hier und heute wirklich niemanden gab, der so war wie sie? Frauen, die anderes im Kopf hatten als wunderbar zerzauste Tischler oder schreiende Bälger? Frauen, die mehr wollten als selbstgemalte Fensterdekorationen und ein gelungenes Mittagessen? Gab es irgendwo eine Frau, die Elsas Freundin sein konnte? Elsa hatte bisher noch nie eine kennen gelernt, die es wert gewesen war. Während ihres Studiums war Elsa zumeist von Lippenstiften umgeben gewesen, manchmal auch von Lippenstiften mit Taschenrechnern. Und heute, in ihrem

Labor, huschten ausschließlich Hühner um sie herum. Unterwürfige, berechnende oder geile Hühner, manchmal auch all das zusammen in einer Person. Immer waren diese Frauen auf irgendwelche Männer fixiert, in denen sie sich jeweils spiegelten. Niemals schienen sie etwas ausschließlich für sich selbst zu tun. Verstummten stattdessen oder glotzten Wände an, sobald kein Schwanz mehr in der Nähe war, dem sie gefallen wollten.

In dieser Nacht träumte Elsa von einem wunderbar verwilderten Garten mit einer imposanten Rotbuche in der Mitte. Eine Frau lag auf einer weiß bezogenen Holzliege im Schatten des Baumes und prostete Elsa neben sich zu.

Aber nein, es gab keine Frau, die so war wie sie. Es gab niemanden, der Elsa würde retten können. Außer Paula vielleicht, das Mädchen, das damals in ihre Parallelklasse gegangen war. Sie war das einzige Mädchen gewesen, das mehr als eine graue Maus oder ein schwarzer Lackschuh gewesen war. Mehr als ein Huhn und auch keine Prinzessin, selbst wenn sie mit Torsten poussiert hatte. Ob Paula noch in der Gegend lebte?

Anna und Tom hatten ihre Weihnachtseinkäufe so zügig erledigt, dass sie sich nun überlegten, was sie mit der ihnen geschenkten Zeit anfangen sollten. Erst als sie aus den überdachten Ladenpassagen herauskamen, fiel ihnen auf, wie schön dieser Wintertag im Grunde war. Die Sonne schien an einem hellblauen Himmel, und doch war es klirrend kalt dabei.

»Komm, Anna, lass uns nach Hause fahren und die Schlittschuhe holen. Danach fahren wir zum See hinaus.« Tom strahlte mit dem Sonnenlicht um die Wette.

»Wunderbare Idee, mein Hase, aber vorher müssen wir unbedingt noch nach Ben sehen.« Anna grinste frech und schmiegte sich im Auto an ihren Mann. »Ich hoffe nur, dass ich so schnell noch meine Skiunterwäsche und die Handwärmer finden kann.«

»Ach was, das ist nicht nötig, du hast doch mich.«

Als die beiden zu Hause angekommen waren, ging Anna sofort nach oben und klopfte an Bens Zimmertür. Tatsächlich saß er an seinem Schreibtisch, die Nase tief über ein Schulbuch gebeugt.

»Darf ich reinkommen?«

»Klar doch, Mam. Ist ganz gut, dass ich jetzt schon mit Physik anfange«, meinte er sorgenvoll. »Wir schreiben nämlich am Mittwoch eine Arbeit, aber irgendwie verstehe ich diesen Kram hier überhaupt nicht.«

»Gut, dann schlage ich vor, du überlegst dir deine Fragen, und da dein Vater sowohl in Mathe als auch in Physik eine Leuchte gewesen ist, kann er dir bestimmt weiterhelfen.«

»Bist du noch böse? Eigentlich habe ich doch überhaupt keine Schuld, weil Papa mir die Sache gestern Abend erlaubt hat.«

»Das sehe ich etwas anders, Ben, denn schließlich hast du dich nicht an unsere Absprache gehalten. Aber das ist jetzt nicht mehr zu ändern. Mir geht es übrigens ähnlich wie dir, denn auch ich habe immer viele Probleme mit Mathe und Physik gehabt. Also bis nachher, ich gehe jetzt mit Papa zum Schlittschuhlaufen.«

Als sie wieder nach unten kam, hatte Tom bereits einen Tee gekocht und die Schlittschuhe ins Auto eingeladen. Anna warf sich rasch ein paar bequeme Wintersachen über, schnappte sich ihr Handy und folgte Tom dann nach draußen.

Obwohl das Wetter wie geschaffen für einen Spaziergang war, trafen sie am See nahezu keinen Menschen. Anna und Tom zogen sich ihre Schlittschuhe an und drehten ihre ersten Runden auf dem Eis.

Tief atmete Anna die klare Winterluft ein. Sie sah Tom vor sich eine gewagte Pirouette drehen, die er allerdings nicht sehr elegant bis zu Ende brachte. Krachend landete er auf dem Boden, kam anschließend mühsam auf die Beine und rieb sich sein Hinterteil.

»Ich glaube, ich bin doch ein wenig aus der Übung«, lachte er. »Wie wäre es mit einer kleinen Pause?«

Anna holte die Thermoskanne aus ihrem Rucksack heraus, goss den dampfenden Tee in zwei Becher und reichte Tom eine der Zimtschnecken hinüber, die sie vorhin im Einkaufszentrum mitgenommen hatten. Sie selbst nippte an ihrem Tee und steckte sich eine Zigarette an. Versonnen blickte Anna über die beinahe noch unberührte Eisfläche. Die einzigen Fahrspuren, die in die Eisfläche eingeritzt waren, stammten von ihnen beiden. Wenn sich das Wetter hielt, würde es hier morgen ganz anders aussehen, dachte sie. Für diesen Moment aber gehörte der See nur ihnen allein. Anna spürte, wie sich ein Kribbeln in ihrem Körper ausbreitete. Sie traute sich kaum noch, zu atmen. Hier und jetzt, genau in diesem Augenblick, war sie unbeschreiblich glücklich.

Wieder zu Hause angekommen, fand Anna zwei Schulhefte und einen von Ben geschriebenen Zettel auf dem Küchentisch liegen. Nachdem er seine Hausaufgaben erledigt hatte, war er zusammen mit Paul zum Eishockeyspielen an den kleinen Teich unweit ihres Hauses gefahren. Oben hatte Tom als Erstes die Badewanne mit heißem Wasser und einem großzügigen Schuss aus der Flasche mit der Melissenessenz gefüllt. Nun rief er von der Wanne aus nach seiner Frau, und Anna war schon auf dem Weg nach oben, als ihr Handy klingelte.

»Tut mir leid, wenn ich Sie gestört haben sollte, Anna, aber wir müssen sofort los. Sigrid Markisch hat mich gerade angerufen, sie sagte, in einem Waldstück zwischen Maschen und Horst sei eine Tote gefunden worden.«

»Muss das wirklich jetzt sein, Weber«, stöhnte Anna auf. »Dieser Fundort liegt doch überhaupt nicht in unserem Revier.«

»Das Gesicht der Toten ist verstümmelt worden, ich befürchte daher, dass der Mord sehr wohl in unseren Zuständigkeitsbereich fällt.«

»O. k., geben Sie mir eine halbe Stunde.«

Wenig später stieg Anna missmutig in ihren Dienstwagen. Sie hoffte, schnell wieder nach Hause zurückfahren zu können, schließlich war Wochenende, und außerdem wollte sie heute unbedingt noch einen Blick in Bens Schulhefte werfen.

Als sie sich kurz darauf jedoch über die junge Frau beugte, die tot und mit verstümmelter rechter Gesichtshälfte auf einem Feldweg in der Nähe von Maschen lag, spielten all ihre privaten Ärgernisse keine Rolle mehr.

»Woran ist sie gestorben?«, wandte sie sich an Dr. Schröter, den diensthabenden Arzt der Rechtsmedizin.

»Sieht ganz nach Tod durch Ersticken aus«, meinte er.

»Und die Gesichtsverletzung? Könnte die vielleicht auch durch einen Sturz entstanden sein?«, meldete sich Weber zu Wort. »Immerhin liegt in unmittelbarer Nähe der Toten ein Fahrrad.«

»Nein, das sieht mir eher nach einer Stichverletzung aus. So, als wäre dem Opfer ein Stück der Wange aus dem Gesicht herausgeschnitten worden. Außerdem hat die Wunde viel zu wenig geblutet, die Frau muss daher bereits tot gewesen sein, als ihr diese Verletzung beigebracht wurde.«

»Kennen wir schon ihre Identität?«, fragte Anna in die Runde.

Mit wichtiger Miene holte Sigrid Markisch einen in Plastikfolie eingeschweißten Personalausweis aus ihrer Tasche hervor und schwenkte ihn in der Luft.

»Den haben wir in der Innentasche ihrer Daunenjacke gefunden«, erklärte Weber. »Die Frau heißt Doreen Rost und wohnt hier ganz in der Nähe.«

»Gut, dann sollten wir zuerst einmal ihre Familie informieren. Die Kollegen von der Spurensicherung werden sowieso froh sein, wenn sie hier ungestört weiterarbeiten können.«

Kurz darauf machten die drei Kommissare vor einem gepflegt aussehenden Einfamilienhaus in einer schmalen Straße von Maschen, Ortsteil Horst, Halt. Drinnen bot sich ihnen ein trauriges Bild. Ein Mann um die vierzig saß, ein kleines Mädchen auf seinem Schoß wiegend, schweigend auf einem Holzstuhl in der Küche. Die weißhaarige Frau in den Siebzigern, die den Kommissaren kurz zuvor die Haustür geöffnet hatte, nahm nun das Kind in ihren Arm und ging mit ihm hinaus.

Arno Rost stand offensichtlich noch unter dem Schock, den die Nachricht über den Tod seiner Frau in ihm ausgelöst hatte. Anna Greve ignorierte Sigrid Markischs Bemühungen, sich über diese Tatsache hinwegsetzen zu wollen, und verließ den Raum. Aus dem oberen Stockwerk hörte sie eine Frauenstimme ein Kinderlied summen, also ging Anna diesem Geräusch nach. Schweigend setzte sie sich zu der Alten und dem Mädchen auf das Kinderbett. Dann nahm sie eine der auf dem Kopfkissen liegenden Plüschmäuse in die Hand und betrachtete diese aufmerksam. Sofort löste sich das Mädchen von der Alten und starrte Anna an.

»Das ist Mia, und die daneben heißt Mauz.«

Die Kleine zeigte auf eine blaue Stoffmaus, die ein buntgeblümtes Kleid anhatte.

»Eine lustige Idee, dass du ihr einen Katzennamen gegeben hast.«

»Is nicht von mir. Mama nennt sie immer so.«

Nun ging Anna zum Schreibtisch des Mädchens hinüber und begann in einem Malbuch zu blättern.

»Martha heißt du? Das ist aber ein schöner Name.«

Anna entdeckte ein rosafarbenes Kästchen, das verschlossen neben dem Malbuch lag, und fragte: »Darf ich hier mal hineinsehen?«

Jetzt funkelten Marthas Augen für einen Moment lang. »Kann ich dir zeigen, wenn du willst.«

»O ja, gerne.«

Als sie den Kasten öffnete, kamen verschiedene Dinge zum Vorschein. Martha hielt Anna mehrere Tuben glitzernden Klebstoffs unter die Nase, die allesamt in kräftigen Farben leuchteten. Anna wusste von den Klassenkameradinnen ihres jüngeren Sohnes, dass diese Klebe auch zum Malen verwendet wurde.

»Das kenne ich von meinem Sohn. Damit kann man ganz tolle Sachen basteln.«

»Wie heißt er?«

»Sein Name ist Paul, aber jetzt spielt er mit anderen Dingen. Er ist nämlich schon zwölf Jahre alt.«

»Guck mal hier!«

Martha nahm eine kleine Metallfigur aus der Schatulle

heraus. Es war eine silberfarbene Brosche in Form eines Elefanten.

»Den kann man sich an die Jacke machen.«

Plötzlich stand Martha auf und rannte in das Schlafzimmer ihrer Eltern hinüber. Kurz darauf kam sie mit einer Silberkette in der Hand in ihr Zimmer zurück.

»Und das Kleeblatt hier hat der Schneemann von Sabine geschenkt bekommen. Damit er keine Angst hat im Dunkeln.«

Die alte Frau auf dem Bett räusperte sich.

»Zeig mal her Martha, die kenn ich ja noch gar nicht. Und wer ist denn Sabine, mein Schatz?«

Nach ihren Gesprächen mit den Angehörigen der ermordet aufgefundenen Doreen Rost waren die drei Kommissare in den »Maschener Hof« eingekehrt und hatten sich dort in einem Nebenraum niedergelassen, um die ersten Ergebnisse untereinander auszutauschen.

Anna ließ die Silberkette mit dem grün emaillierten Kleeblattanhänger durch ihre Finger gleiten. Wie Weber herausgefunden hatte, war Doreen Rost mit Rainer Herold und Torsten Lorenz bekannt gewesen, auch sie hatte früher dieselbe Klasse des Merschenfelder Gymnasiums besucht. Darüber hinaus hatte Arno Rost, von dem Weber diese Information erhalten hatte, aber keine weiteren, für sie hilfreichen Angaben machen können. Allerdings hatte der herbeigerufene Tischlerlehrling ausgesagt, in den Tagen vor dem Mord des Öfteren einen ihm unbekannten dunkelblauen Kleinwagen mit fremdem Kennzeichen in der Nähe des Hauses bemerkt zu haben. Weiter berichtete die Mutter der toten Frau, Irmgard Possel, den Kommissaren von einem Anruf, den sie ein paar Tage vor dem Verbrechen bekommen hatte. In diesem Gespräch mit einer angeblichen Angestellten des Geräteherstellers Elektrofox, war es um eine kostenlose Reinigungsaktion von Teppichen und Polstermöbeln gegangen. Frau Possel erinnerte sich, der fremden Frau auch die Adresse und Telefonnummer ihrer Tochter Doreen gegeben zu haben. Am Interessantesten aber war die Aussage der kleinen Martha über die ihr unbekannte Frau gewesen, die mit ihr zusammen einen Schneemann gebaut hatte. Auf einmal glaubte Anna Greve wieder an die Existenz jener vierten verdächtigen Person, die sie schon lange auf die Liste der Verdächtigen gesetzt hatte. Es ging um die schöne, rothaarige Wirtshausbekanntschaft von Rainer Herold, die dieser allerdings nicht Sabine, sondern Angela genannt hatte. Auch in der Nähe des ermordeten Torsten Lorenz war ein langes rotes Haar auf dem Fußboden gefunden worden. Aber erst Marthas Geschichte von der ebenfalls rothaarigen Frau, die dem Schneemann eine Silberkette umgehängt hatte, hatte das Bild abgerundet. Anna hielt die Kette mit dem grün emaillierten Kleeblattanhänger in ihren Händen und dachte über die Frau nach, die sich Sabine genannt und von der Martha gesagt hatte, sie habe »wie ein Engel« ausgesehen, »nur dunkler«. Nein, das alles musste mehr sein als ein Zufall und die rothaarige Frau höchstwahrscheinlich die gesuchte Täterin. Anna ließ ihre Kollegen an ihren Gedanken teilhaben, und als sie geendet hatte, sagte niemand mehr ein Wort. Selbst Sigrid Markisch war ins Nachdenken gekommen, denn der Mord an Doreen Rost hatte ihre Theorie bezüglich Dirk Adomeits endgültig ins Wanken gebracht.

Es war bereits weit nach 22.00 Uhr an diesem Samstagabend, als Anna endlich müde die Tür ihres Hauses aufschloss. Tom saß im Wohnzimmer und hörte Musik, von ihren beiden Jungen fehlte dagegen jede Spur. Jetzt erinnerte sie sich wieder daran, dass Paul diese Nacht bei seiner Großmutter verbrachte.

»Tut mir leid, Tom, aber ich konnte beim besten Willen nicht früher zu Hause sein. Wo steckt denn Ben?«

»Er ist in seinem Zimmer und mault, weil er nicht auf die Party bei den Klaasens gehen darf. Ich glaube, Sebastian ist auch noch oben bei ihm.«

»Hat er dir seine Mathe- und Physiksachen gezeigt?«

»Ja, ich habe vorhin einen kurzen Blick darauf geworfen, ich kümmere mich morgen darum.«

Anna ging in die Küche hinüber, brühte sich einen Tee auf und nahm, während die Blätter im heißen Wasser der Kanne zogen, eines der beiden Schulhefte ihres Sohnes zur Hand. Im Deutschunterricht behandelten sie das Thema »Kurzgeschichte«, und Anna bemühte sich zu entziffern, was Ben mit seiner unleserlichen Handschrift dazu zu Papier gebracht hatte. Immerhin hatte er, wie das heutige Datum oben am Rand der Heftseite zeigte, überhaupt etwas geschrieben. In seinem Englischheft waren ebenfalls zwei Seiten unter dem heutigen Datum beschrieben worden. Anna holte das Teesieb aus der Kanne, die sie anschließend aufs Stövchen stellte, nahm beide Schulhefte in die Hand und ging zu Ben hinauf.

»Respekt, mein Lieber«, begann sie. »Wenn du so weitermachst, können wir darüber nachdenken, deine ›Ausgangssperre‹ in absehbarer Zeit wieder zu lockern.«

»Wie wäre es zum Beispiel mit heute, liebe Mam?«, fragte Ben in schmeichelndem Ton.

»Tut mir leid, Ben, aber ganz so schnell geht es dann doch wieder nicht.«

Als sie wenig später zusammen mit Tom im Bett lag, verging kaum mehr als eine Minute, und Anna war erschöpft eingeschlafen.

Elsa in Maschen, im Frühling 1987.

Jetzt waren die Osterferien zum Greifen nah, und heute in der Schule hatte Elsa mitbekommen, wie sich die Clique um Torsten und Rainer für den ersten Ferientag zu einer »Butterfahrt« verabredet hatte. Schon oft war die Gruppe vom ZOB aus zusammen zu solchen Ausflügen aufgebrochen. Mit dem Reisebus ging es vom Hamburger Busbahnhof bis nach Travemünde, von dort dann weiter mit einem Schiff auf die Ostsee hinaus. Diese Ausflugsfahrten wurden vor allem von Rentnern unternommen, von Menschen, die auch während der Woche genügend Zeit für ein stundenlang andauerndes, günstiges Vergnügen hatten. Zu gern wäre Elsa auch einmal mitgefahren, doch bisher hatte sie noch niemand gebeten, mitzukommen. Fast konnte Elsa die anderen jetzt leibhaftig vor sich sehen, wie sie rauchend und mit einer Flasche Kirschlikör in der Hand an Deck standen und über ihre wunderbaren Pläne für die Zukunft plauderten. Doch ihre Freundschaft zu Torsten war noch immer ihrer beider Geheimnis, und Elsa traute sich nicht, daran etwas zu ändern. Schließlich gab es in der Clique genügend Mitglieder, die sie nicht leiden konnten. Vor allem jedoch traute sich Elsa nicht, den anderen, besonders Rainer, von Torsten und sich zu erzählen, weil sie Angst davor hatte, dass er sie dann wieder verleugnen würde. Genauso wie an jenem Nachmittag, an dem Rainer und der andere Junge sie zusammen im Partykeller überrascht hatten.

Umso erstaunter war Elsa, als Rainer an diesem Sonntagmittag vor ihrer Haustür stand.

»Ich würde es klasse finden, wenn du morgen dabei bist, Elsa. Dann können wir auch endlich mal in Ruhe über die Band quatschen.«

Am nächsten Morgen war Elsa sehr früh von zu Hause aufgebrochen und wartete nun am ZOB auf die anderen. Noch war eine halbe Stunde Zeit, bis der Reisebus nach Travemünde abfahren würde. Die ersten Rentner hatten bereits die für sie angenehmsten Plätze vorn im Bus besetzt, aber im hinteren Teil waren zum Glück noch einige Reihen frei. Elsa legte ihre Tasche auf die letzte Bank, steckte sich eine Zigarette an und sah sich nach den anderen um. Als der Bus startete, war allerdings noch immer keiner von ihnen erschienen, also fuhr sie erst einmal allein nach Travemünde, denn sie hoffte, die Clique am dortigen Bootsanleger zu treffen. Zwei Stunden später stand Elsa an Deck des Schiffes und beobachtete zwei alte Frauen dabei, wie diese einen Schwarm gefräßiger Möwen mit ihren Butterbroten fütterten. Überhaupt gab es an Bord niemanden in ihrem Alter. Elsa kam sich unter all diesen Witwen verloren vor. Sie hatte sich eine Flasche Kirschlikör gekauft, nun stand sie wieder an Deck und nahm einen großen Schluck. Die beiden Alten von vorhin musterten Elsa missbilligend. Wäre jetzt Torsten neben ihr gewesen, bestimmt wäre Elsa eine passende Reaktion für die vertrockneten Weiber eingefallen. So aber fühlte sich Elsa nur allein und kam sich mit ihrer Flasche Likör in der Hand auch ein bisschen lächerlich vor. Es machte eben keinen Spaß, etwas Verbotenes zu tun, wenn niemand aus der Clique dabei war. Ob Torsten von Rainers verlogener Einladung wusste? Hatte er sie vielleicht sogar mit Rainer zusammen geplant? Wollte auch er Elsa loswerden, obwohl sie beide doch so vieles miteinander verband?

Endlich schien Elsa ihr Ziel erreicht zu haben, doch freuen konnte sie sich noch immer nicht darüber. Und sie war auch kein bisschen erleichtert, dass ihre Mission mit der Bestrafung der Verräterin nun zu Ende war. In der vergangenen Nacht war sie wieder einmal durch ihren Albtraum geweckt worden. Durch immer die gleichen, sie seit damals ständig verfolgenden Bilder. Erneut hatte sie Torsten und Rainer vor sich gesehen, hatte Doreen lachen hören und in all die anderen grinsenden Mitläufergesichter schauen müssen, die damals einfach zugesehen und sich über ihr Unglück amüsiert hatten. Auch wenn die drei Verräter mittlerweile ihre gerechte Strafe bekommen hatten, so fehlte doch immer noch das Entscheidende. Es fehlte der grundlegende Ansatz, den Elsa weder bei Robin noch bei ihrer Mutter gefunden hatte. Was fehlte, war die Entwirrung ihres Lebensknäuels, ein Neubeginn, eine Perspektive, dachte Elsa. Irgendetwas, das es ihr ermöglichte, von nun an ihren Frieden mit der Vergangenheit zu machen. Sie wollte endlich einen Menschen finden, der genauso besonders war wie sie selbst. Elsa sehnte sich nach einer Freundin, denn sie hatte schon lange den Glauben daran verloren, dass es zwischen ihr und einem Mann wirkliche Freundschaft geben konnte. Sollte sie also definitiv von hier fortfahren, ohne Kontakt zu der Frau herzustellen, die ihr seit Tagen nicht mehr aus dem Kopf ging?

Elsa schaltete ihren Laptop ein und gab Paulas Namen in die Suchmaschine ein. Tatsächlich, Paula hieß noch immer Antonis mit Nachnamen und hatte sich daher vermutlich auch noch keinen Kerl gesucht, der sie ernährte. Paula Antonis, was für ein klassisch schöner Name das war. Da hatte sie natürlich nicht zu einer Frau Meyer werden können, selbst wenn sie mittlerweile mit einem Herrn Meyer verbandelt sein sollte. Paula war das einzige Kind ihrer Eltern gewesen, einfach undenkbar, diesen klangvollen Namen einfach so aussterben zu lassen. Elsa fand einige Einträge, in denen es vor allem um Keramik ging. Auch einige Ausstellungseröffnungen waren darunter; Kunsthandwerk, ja, das passte zu Paula. Der letzte Eintrag war allerdings mehr als ein Jahr alt. War sie mittlerweile also doch fortgezogen? Um sich Gewissheit zu verschaffen, loggte sich Elsa auf Paulas Homepage ein. Wenig später sah sie in ein strahlendes Frauengesicht, umrahmt von einer blonden, wilden Mähne. Äußerlich hatte sich Paula kaum verändert, auch ihre Adresse war nach wie vor dieselbe. Sie lebte noch immer in ihrem früheren Elternhaus. Elsa legte sich auf ihr Bett und begann erneut, in ihren Tagträumen zu versinken. Natürlich barg es ein gewisses Risiko, weiter in der Gegend zu bleiben. Andererseits, wozu sollten all ihre Rettungsversuche gut gewesen sein, wenn nicht für einen neuen Anfang?

Paula Antonis saß in ihrer Küche, einen großen Becher Kaffee neben sich, und las in der Morgenzeitung. Das brennende Holz im Ofen knisterte und erfüllte den Raum mit angenehmer Wärme. Paula zog ihren Bademantel aus und warf ihn über die Stuhllehne. Dann legte sie die Zeitung zusammen, für heute hatte sie genug von Katastrophenmeldungen, sentimentalen Vorweihnachtsanekdoten und Sexanzeigen; diesen sie oftmals anwidernden Mix von sogenannten Informationen. Paula schaltete den Fernseher ein. Eine Reporterin stand mit einem von wehenden weißen Fransen überzogenen Mikrofon auf einem unbefestigten Weg, jetzt schwenkte die Kamera zu einer mit rotweißen Plastikstreifen abgeriegelten Stelle. »Maschen-Horst« war unten in das Bild eingeblendet. Paula drehte den Ton lauter. Schon wieder war jemand getötet worden, diesmal eine Frau. Paula kannte den Feldweg nicht, dabei musste er sich ganz in ihrer Nähe befinden. Nun wurde ein Foto des Opfers eingeblendet. Ein Gesicht, das Paula irgendwie bekannt vorkam. Sanfte blaue Augen, ein blonder Haarschopf, ein fröhliches Lächeln. Die Tote hieß Doreen Rost und war eine Hausfrau aus dem Ort gewesen. Paula stieg in ihren Arbeitsoverall, zog die warmen Stiefel an und ging in ihre Werkstatt hinüber. Sie musste heute unbedingt noch das Teeservice für Herrn Melcher fertigstellen, die Feinglasur auftragen und es anschließend in den Ofen schieben. Zum Glück war das ihr letzter Auftrag vor Weihnachten, danach würde Paula endlich etwas Zeit für ihr Experiment mit dem Speckstein haben. Paula pfiff vor sich hin, während sie die Glasur anrührte. Es war wirklich eine schöne Arbeit, die ihr hier gerade unter den Händen entstand. Hoffentlich würde Frau Melcher das auch so sehen, dann würde es ein gelungenes Weihnachtsfest werden und noch mehr leuchtende Augen in ihrer Nachbarschaft geben. Paula räumte gerade das Service in ihren Brennofen ein, als ihr plötzlich wieder einfiel, weshalb ihr diese Frau, die tot in der Nähe von Maschen aufgefunden worden war, so bekannt vorkam. Schnell rannte sie ins Haus hinüber, nahm ihre Tasche und eine Jacke von der Garderobe und machte sich auf den Weg zu ihrer Freundin Anna.

In der Straße vor Paulas Haus war es nicht möglich, längere Zeit zu parken, ohne gesehen zu werden. In der Einfahrt sah Elsa einen Geländewagen stehen. Keinen chromverzierten wie den von Torsten, sondern einen alten. Sein trüber Lack und die mit Dreck verkrusteten Reifen deuteten darauf hin, dass er tatsächlich auch für unbefestigte Wege genutzt wurde. Elsa fuhr in eine Seitenstraße, stellte ihr Auto dort ab und machte sich zu Fuß auf den Weg. Der Garten von Paulas Haus grenzte an ein Feld. Auch hier war nichts als flaches Land, aber weiter hinten befand sich ein Gebüsch, ein sogenannter Knick, der die einzelnen Felder voneinander abgrenzte. Er bot einen willkommenen Schutz für Elsa. Sie richtete sich hinter ihm ein und fand schon bald eine Stelle, von der aus sie das Haus gut im Blick hatte. Jetzt sah sie Paula durch den Hof in ein Nebengebäude gehen. Kurz darauf wurde dort das Licht und danach Musik eingeschaltet, die bis zu Elsa hinaus aufs Feld drang. Es war eine getragene Melodie, die ihr bekannt vorkam und auch gefiel, aber leider kannte sie sich mit klassischer Musik nicht aus. Soeben kam Paula mit einem Eimer in der Hand aus dem Schuppen heraus, hielt eine Kelle in der anderen Hand und rührte darin herum. Sie schien irgendetwas zu begutachten, das sich in diesem Eimer befand. Paula trug einen viel zu großen blauen Arbeitsoverall und dicke Bauarbeiterstiefel an den Füßen. Ihr Gesicht wirkte konzentriert, nun drehte sie sich der Sonne zu, die für einen Moment zwischen den dichten Winterwolken hervorgekrochen kam, und hielt die Kelle ins Licht. Farbe tropfte in den Eimer zurück, es war ein Ton zwischen Gelb und Orange, geradeso wie die Sonne. Paula lächelte. Sie schien mit ihrem Ergebnis zufrieden zu sein und verschwand erneut im Nebengebäude des Hauses. Auch Elsa lächelte. Ja, so wie Paula sollte man leben. Eine Arbeit finden, die einen erfüllte, ganz ohne irgendjemanden, der einem sagte, was man zu tun oder zu lassen hatte. In diesem Moment war sich Elsa sicher, dass sie mit ihrem Versuch, eine Freundin wie Paula zu finden, genau das Richtige tat. Plötzlich hörte sie, wie irgendwo auf dem Grundstück, eine Tür zugeschlagen wurde. Sofort nahm sie wieder ihr

Fernglas zur Hand. Sie sah Paula über den Hof rennen, dann, wie diese im Wohnzimmer ihres Hauses etwas suchte und anschließend das Licht löschte. In Windeseile raffte Elsa ihre Sachen zusammen und lief zu ihrem Auto hinüber. Vorsichtig folgte sie Paulas Geländewagen, bis er schließlich nach einigen Minuten vor einem roten Backsteinhaus Halt machte.

Obwohl es schon weit nach zehn an diesem Morgen war, traf Paula ihre Freundin Anna mit wirren Haaren, ungeschminkt und im Jogginganzug in der Küche sitzend an. Tom hatte Paula die Tür geöffnet, danach war er wortlos im Keller verschwunden.

»Sieht nicht gerade nach Wochenendstimmung bei euch aus, oder?«

Anna winkte ab und erklärte: »Wir haben uns wegen Ben gestritten. Tom hatte versprochen, ihm heute bei seinen Mathe- und Physikaufgaben zu helfen, will jetzt aber plötzlich nichts mehr davon wissen. Ihm ist wieder einmal seine Arbeit dazwischengekommen, die, wie du ja weißt, bei ihm fast immer an erster Stelle steht. Manchmal ist es echt schwer, es mit Tom auszuhalten. Aber sag mal, was treibt denn dich an diesem frühen Adventsvormittag zu mir?«

»Es geht um die tote Frau, die gestern ganz in meiner Nähe im Wald gefunden worden ist, Anna. Den ganzen Morgen denke ich schon darüber nach, woher ich sie kenne, und gerade vorher ist es mir wieder eingefallen. Doreen Rost ist damals auch in meine Parallelklasse gegangen, genau wie Torsten und Rainer.«

Anna schenkte Paula einen Kaffee ein.

»Danke, aber das wissen wir bereits. Und da sie darüber hinaus auch noch auf ähnliche Weise mit einem Messer im Gesicht verstümmelt worden ist wie Rainer Herold, gehen wir mittlerweile auch in allen drei Mordfällen von ein und demselben Täter aus. Paula, denk um Gottes willen noch einmal nach. Hier ist jemand zu Werke gegangen, der mit der Vergangenheit der drei Toten etwas zu tun haben muss. Und ein Teil dieser Vergangenheit bist auch du.«

»Was glaubst du eigentlich, womit ich mich die letzten Tage beschäftigt habe? Ich habe sogar die ganzen alten Fotos von damals hervorgekramt, aber ich kann mich beim besten Willen an niemanden erinnern.«

»Übrigens bin ich deiner Anregung gefolgt, weshalb wir die Suche nach dem Täter jetzt auch auf Mitschüler ausgeweitet haben, die nur in der Mittelstufe mit Rainer und Torsten in eine Klasse gingen. Ich versuche gerade, Kontakt zu ihrem früheren Lehrer herzustellen. Hoffentlich gelingt es mir morgen, auf diese Weise noch mehr herauszufinden.«

Anna nippte an ihrem Kaffee, anschließend setzte sie den Becher ab und starrte nachdenklich in die ölige, dunkle Flüssigkeit.

»Du, Anna, ich kenne den Torsten Lorenz von früher her sehr viel näher, als ich dir bisher erzählt habe. Dieser Mistkerl hätte mir seinerzeit fast das Herz gebrochen. Kaum zu glauben, wie verliebt ich einmal in den gewesen bin. Damals habe ich alles für ihn getan, auch Dinge, an die ich mich heute gar nicht mehr gern erinnere.«

»Was denn zum Beispiel?«

Paula grinste schief.

»Na ja, ich habe Automaten aufgebrochen, alle möglichen Leute belogen, um mit ihm zusammen zu sein, meine Eltern beklaut, Häuserwände und Autos beschmiert, die ganze Palette eben. Alles nur, um Torsten zu beeindrucken.«

»Das hast du wirklich gemacht?«

»Vergiss es.«

Anna überlegte.

»Hättest du damals unter Umständen auch eine Konkurrentin ausgeschaltet oder aber ihr einen bösen Streich gespielt?«

»Ich weiß nicht, worauf du hinauswillst.«

»Wenn Torsten Lorenz wirklich ein so hübscher Kerl gewesen ist, um den sich die Mädels gezankt haben, und Rainer Herold sein bester Freund, dann könnte Doreen Rost früher vielleicht eine Nebenbuhlerin unserer unbekannten Schönen gewesen sein.«

Vor dem Haus war es plötzlich laut geworden. Ben war mit ein paar anderen Jungen von seinem morgendlichen Eishockeyspiel zurückgekommen, und zusammen lärmten sie nun in der Einfahrt. Kurz darauf wurde Annas Haustür geöffnet, und das laute Gelächter der Jungen setzte sich im Flur fort.

»Jemand da?«, rief Ben durch das Haus.

»Wir sind in der Küche«, antwortete Paula und nahm Ben, als er daraufhin zur Tür hereinkam, herzlich in die Arme.

»Klasse, dass wir uns noch mal sehen, mein Großer, bevor diese ganze Feierei losbricht. Worauf freust du dich denn am meisten?«

»Darauf, für ein paar Tage endlich mal meine Ruhe zu haben«, entgegnete Ben vorwitzig.

»Ja, so ähnlich geht es mir auch.« Paula stand auf und nahm ihre Tasche in die Hand. »Jetzt muss ich aber los, nach dem Brennofen schauen.«

Während Anna die Kaffeebecher in die Spülmaschine einräumte, warf sie Ben einen aufmunternden Blick zu.

»Ich habe übrigens noch einmal mit Papa gesprochen und soll dir ausrichten, dass er heute Abend ganz bestimmt mit dir üben wird.«

»Aber um kurz nach acht gibt es einen guten Film auf RTL. Außerdem bin ich dann viel zu kaputt zum Lernen.«

»Es geht leider nicht anders, Ben. Komm, lass uns noch einen Kakao zusammen trinken, danach muss ich leider noch ins Büro fahren und arbeiten. Wenn du willst, kannst du dir zum Ausgleich dafür heute Abend aber mit Paul eine Pizza bestellen.«

Elsa hatte ein weiteres Mal ihren Aufenthaltsort gewechselt. Jetzt wohnte sie in einer kleinen Pension ein paar Dörfer von Maschen entfernt, brauchte wegen des Autobahnanschlusses vor Ort aber nicht länger als zehn Minuten, um vor Paulas Haustür zu stehen. Ihr Zimmer erinnerte Elsa ein wenig an die Butze, die sie kurz nach ihrer Flucht aus Maschen bei ihrer Tante Gertrud in Hamburg bezogen hatte. Ein Bett, ein Schreibtisch, ein Schrank, viel mehr war dort auch nicht gewesen. Elsa hatte die dicke Schwester ihrer Mutter Vera nie leiden können, und das hatte offensichtlich auf Gegenseitigkeit beruht. Im Nachhinein fragte sich Elsa manchmal, warum Gertrud überhaupt darin eingewilligt hatte, sie bei sich wohnen zu lassen, damit Elsa in Hamburg ihre Schule abschließen konnte. Gertrud und Vera hatten einander nie etwas geschenkt, vielleicht war Gertruds mildtätige Geste in Wahrheit nur eine Art Rache an ihrer Schwester gewesen.

Elsa ging in die Schule und lernte. Sie tat es mit der gleichen Besessenheit, mit der sie sich vorher geweigert hatte. An den Nachmittagen und Abenden, an den Wochenenden und in den Ferien saß Elsa nun an ihrem Schreibtisch. Sie hatte viel nachzuholen, denn die letzten beiden Schuljahre waren an ihr vorbeigerauscht, ohne dass besonders viel bei ihr hängen geblieben war. Jetzt galt es für Elsa, ihren Kopf anzustrengen, und hier im Haus ihrer fetten Tante Gertrud lenkte sie nichts, aber auch gar nichts von der Arbeit ab. Gemütlichkeit wärmt, dachte Elsa, und wer es warm hat, wird träge. Bis spät am Abend saß sie vor ihren Büchern und vergaß sogar oft das Essen darüber. Was machte es, sie war eh Masse genug. Und dann die langen Winterabende, Elsas Einsamkeit. Ihr Blick aus dem Fenster auf eine menschenleere Straße. Da war niemand, kein Mensch, der nach ihr rief und sie zu irgendetwas einladen wollte. Nicht einmal Tante Gertrud hatte das Bedürfnis nach Elsas Gesellschaft. Sie durfte hier wohnen, bekam sogar ein kleines Taschengeld, wenn sie zum Ausgleich dafür Gertruds Haus und Garten in Ordnung hielt, von einem Zusammenleben aber war nie die Rede gewesen. Elsa störte das nicht, die Erfahrungen aus ihrer Kindheit halfen ihr gegen alle sentimentalen Gefühle. Nur Robin fehlte Elsa manchmal, der kleine zarte Robin. Sie vermisste seinen warmen Blick, der ihr sagte, dass er an sie glaubte, sein Blick, der ihr sagte, dass sie unverwechselbar war. In solchen Momenten nahm Elsa die Schatulle hervor und betrachtete deren Inhalt. Die glitzernden Scherben aus Glas, die Papierfetzen, die Rasierklinge. Manchmal benutzte sie noch etwas von ihren Schätzen, doch sie erwartete schon lang keine Rettung mehr von ihnen.

Elsa dachte an Paula. Eigentlich war es höchste Zeit, aus dieser Gegend zu verschwinden, aber Paula bewirkte, dass sie bleiben wollte. Die Szene, die Elsa vorhin beobachtet hatte, machte, dass sie bleiben wollte. Eine Frau, die etwas tat, nur für sich. Die sich über eine neue Farbe freute. Die etwas mit ihren Händen tat und die konzentriert in ihrer Welt lebte. Paula schien zufrieden zu sein. Nur noch ein paar Tage. Elsa würde Paula weiterhin studieren, um ihre Gewohnheiten besser kennen zu lernen. Auf jeden Fall würde sie Paula irgendwann gegenüberstehen, und sei es auch nur für einen Augenblick. Paula hätte dann die Chance, Elsa zu versöhnen.

Auch Lukas Weber sah nicht gerade glücklich aus, als Anna ihm an diesem Sonntagnachmittag auf dem Flur des Präsidiums über den Weg lief.

»Rita hat ein Riesentheater gemacht, weil ich mich aus ihrem Adventskaffeetrinken mit ihrer bescheuerten Mischpoke ausklinken musste.«

»Ja, manchmal hat unser Job eben auch sein Gutes«, lächelte Anna verschmitzt.

Nachdem Anna ihren Kollegen auf den neuesten Stand der Dinge gebracht hatte, fügte sie hinzu: »Am liebsten würde ich jetzt sofort eine Großfahndung nach dieser Angela oder Sabine, oder wie sie auch immer heißen mag, einleiten.«

»Ich schlage trotzdem vor, dass wir damit noch bis morgen warten, Anna. Denn sollte es uns gelingen, diesen pensionierten Lehrer auf Menorca zu erreichen, erhalten wir vielleicht noch mehr Informationen über unsere Schöne. Und wir brauchen so viele Hinweise wie nur möglich, um erfolgreich zuschlagen zu können. Auf jeden Fall sollten wir uns vorher noch einmal mit Sigrid und dem Chef absprechen.«

Auf dem Rückweg vom Altersheim machte Robin Hollstein noch kurz an einer Tankstelle Halt, nachdem ihm eingefallen war, dass er überhaupt kein Bier mehr zu Haus hatte. Und genau das brauchte er jetzt. Vera war heute kaum ansprechbar gewesen, immerzu hatte sie ihn mit seinem Vater Friedrich verwechselt. Robin hatte die Hasstiraden seiner Mutter über sich ergehen lassen, doch nun fühlte er sich wie nach einem Marathonlauf. Seine Kraftreserven waren aufgezehrt, also würde er sie mit einer Pizza, ein paar Bieren und dem »Tatort« im Ersten wieder auffüllen. Als Robin schließlich mit seinem Sechserpack Jever in der Schlange am Tresen stand, um zu bezahlen, fiel sein Blick auf die erste Seite der Abendzeitung.

»Wer ist das Ungeheuer von Maschen?«

Neben der Schlagzeile war das Foto einer Frau abgedruckt. Robin nahm die Zeitung in die Hand, dann erkannte er Doreen.

Robin wartete nicht, bis er zu Hause angekommen war, sondern wählte schon gleich auf dem Parkplatz vor der Tankstelle die Nummer seiner Schwester. In ihrer Wohnung im Taunus lief nur der Anrufbeantworter, also versuchte er es mit Elsas Handynummer.

»Ja?«

»Elsa, wo steckst du?«

»Ist etwas mit Vera?«

»Nein, aber wo bist du?«

»In Anspach, wo sonst. Hier ist das Wetter so klasse, deshalb mache ich gerade noch ein paar Schritte um den Block. Wieso?«

»Elsa, Doreen ist ermordet worden. Hast du sie eigentlich noch einmal gesehen, bevor du von hier abgefahren bist?«

»Nee, wie kommst du denn darauf?«

»Ich dachte nur so. Du, ich muss jetzt Schluss machen, ich melde mich wieder.«

Wenig später stand die Pizza fertig aufgebacken vor

Robin auf dem Wohnzimmertisch, das erste Bier war geöffnet, und aus dem Fernseher drang die unverkennbare Titelmelodie seiner Lieblingskrimiserie, als er plötzlich aufstand, um das Telefonbuch zu holen. Auf einmal war ihm nicht mehr nach dem normalen Sonntagabend zumute, den er sonst so gern in immer gleicher Weise zelebrierte. Stattdessen suchte er die Telefonnummer der Polizeiwache in seinem Viertel heraus. Oder sollte er besser gleich die 110 wählen? Doch was sollte er vorbringen, wenn man Beweise für seine Vermutungen haben wollte? Besaß Robin denn überhaupt irgendein handfestes Indiz für das, was er zu wissen glaubte? Andererseits, war nach dem Mord an Doreen nicht allzu offensichtlich, dass niemand anderes als Elsa hinter den Verbrechen stecken konnte?

Als Anna nach Hause zurückkam, saßen ihre Kinder bereits, jedes mit einem Pizzakarton vor sich, kauend am Wohnzimmertisch und sahen fern. Sie setzte sich zu ihnen, schenkte sich einen Früchtetee ein und angelte sich ein Stück Pizza aus Pauls Karton.

»Guck mal, Mama, das hab ich von Oma bekommen, klasse, was!«

Freudestrahlend hielt ihr Paul die Verpackung eines Computerspiels unter die Nase.

»Das ist die allerneueste Version vom Formel-1-Rennen.«

»Schön«, murmelte Anna und verkniff sich hinzuzufügen, wie unmöglich sie es fand, dass ihre Mutter Elisabeth ihm einfach so und auch noch kurz vor Weihnachten ein so kostspieliges Geschenk gemacht hatte.

»Hat sich Papa noch nicht gemeldet?«, fragte sie stattdessen in die Runde.

»Nee, bisher gibt es keine Spur von unserem Leitwolf«,

grinste Ben. Und als kurz darauf die Eingangsmelodie seiner Lieblingsserie ertönte, fügte er hinzu: »Jetzt ist es sowieso schon zu spät für die Lernerei.«

Schweigend verließ Anna ihre sich mittlerweile auf den Sofas flegelnden Söhne. Mit den leeren Fast-Food-Verpackungen in Händen war sie gerade auf dem Weg in die Küche, als Tom zur Haustür hereinkam.

»Tut mir leid, es ist etwas später geworden. Wo steckt Ben? Von mir aus können wir sofort loslegen.«

»Du wolltest bereits vor einer Stunde hier sein, Tom! Jetzt ist es zu spät zum Üben.«

»Dann nehmen wir uns die Aufgaben eben morgen vor«, erwiderte er gleichmütig.

»Ja, oder übermorgen oder in drei Wochen, wenn dir bis dahin nicht wieder etwas Wichtigeres dazwischenkommt. Ich bemühe mich wirklich, dich zu verstehen, und versuche auch auszugleichen, wenn du ein Problem damit hast, deinem Sohn etwas zu verbieten, Tom. Was ich aber überhaupt nicht begreife, ist, dass du es einfach nicht schaffst, einzuhalten, was du versprochen hast. Wie soll denn Ben mit einem solchen schlechten Beispiel vor Augen überhaupt lernen, worauf es im Leben ankommt!«

»Ich bin nicht nach Hause gekommen, um mich gleich wieder von dir beschimpfen zu lassen, Anna. Ich wünsche dir einen schönen Abend.«

Als sie anschließend die Haustür hinter Tom ins Schloss fallen hörte, hatte Anna Mühe, ihre Tränen zurückzuhalten. Wenn Tom nicht mehr weiterwusste, trat er stets die Flucht an, resümierte sie wütend. Anna dachte an ihren gemeinsamen Nachmittag am See zurück und konnte kaum fassen, dass sie vor ein paar Stunden noch so ungeheuer glücklich darüber gewesen war, dass es Tom gab, jetzt aber bereits ins nächste Gefühlstief mit ihm hineinschlidderte. Warum gab es nur so wenig Beständiges, das sie miteinander teilten? Und warum konnte sich Anna nicht irgendwann einmal in dem Bewusstsein zurücklehnen, dass sich Tom ebenso verantwortlich für die Erziehung von Ben und Paul fühlte wie sie selbst?

14

»Allmählich scheinen die Zusammenhänge klarer zu werden, Kollegen«, begann Günther Sibelius die Dienstbesprechung an diesem Morgen. »Alle Opfer und Verdächtigen verbindet ihre gemeinsame Schulzeit im Merschenfelder Gymnasium. Alle, bis auf Hajo Wieland, der als Einziger aus diesem Schema herausfällt. Wir müssen daher herausfinden, ob es noch andere Berührungspunkte zwischen ihm, Herrn Herold und Herrn Lorenz gegeben hat. Außerdem müssen wir überprüfen, ob es Verbindungen zwischen ihm und Frau Rost gegeben hat. Dasselbe gilt übrigens auch für Monika Diebach. Andernfalls werden wir die Observation von Herrn Wieland sofort abbrechen. Diese Aufgaben übernehmen Sie, Frau Markisch. Auch denke ich, dass wir die Befragungen von Herrn Adomeit bis auf Weiteres einstellen sollten«, fügte Günther Sibelius mit einem Blick auf die Giraffe hinzu. »Oder sehen Sie das anders?«

»Im Moment spricht einiges dafür«, erwiderte Sigrid Markisch kleinlaut.

»Die Kollegen Greve und Weber werden den neuen Hinweisen nachgehen und alles daransetzen, sie zu erhärten, sodass wir endlich eine Großfahndung nach der verdächtigen Frau starten können. Ich werde mich dagegen noch einmal mit den Angehörigen von Doreen Rost, insbesondere mit ihrer Mutter, über deren Schulzeit unterhalten. An die Arbeit, Kollegen.«

Als sie alle bereits auseinanderstrebten, wandte sich Sibelius noch einmal an Lukas Weber: »Für wann haben Sie eigentlich die Vernehmung von Monika Diebach anberaumt?«

»Frau Diebach wird gegen 17.00 Uhr auf dem Präsidium sein.«

Robin Hollstein hatte sich für einen Tag freigenommen und befand sich auf dem Weg nach Maschen. Schließlich kannte er Arno Rost noch von früher und war Doreen außerdem immer verbunden gewesen. Als er wenig später vor dem Haus der Familie Rost stand, kamen ihm allerdings Zweifel, ob Arno seinen Besuch auch richtig verstehen würde. In keinem Fall wollte Robin für einen Menschen gehalten werden, der vorgab, mitzufühlen, hinter dessen Anteilnahme aber nur die nackte Sensationslust stand. Robin saß in seinem Auto und dachte noch darüber nach, was wohl das Richtige zu tun wäre, als bei den Rosts die Haustür geöffnet wurde. Zum ersten Mal seit vielen Jahren sah er Arno Rost wieder, an der Hand hielt er ein kleines Mädchen, das eine verblüffende Ähnlichkeit mit Doreen aufwies. Hinter Vater und Tochter erschien nun auch Frau Possel. Alle drei stiegen in ein Auto ein, und Robin spürte die tiefe Verzweiflung, die von dieser schweigenden Prozession ausging. Robin wusste, dass er nun nicht länger warten durfte. Er würde versuchen, noch mehr herauszubekommen, und sollte Elsa tatsächlich etwas mit dem Mord an Doreen zu tun haben, würde er nicht zögern, seine Schwester bei der Polizei anzuzeigen.

Erneut hatte Elsa ihren Beobachtungsposten am Feldrand hinter Paulas Garten bezogen. Lange würde sie sich allerdings nicht mehr in der Gegend aufhalten können, denn Robin schien langsam misstrauisch zu werden. Die Aufgeregtheit in seiner Stimme, als er sie gestern Abend wegen des Todes der Verräterin angerufen hatte, war ein deutliches Zeichen dafür gewesen. Andererseits hatte sich Robin schon immer schwer mit Entscheidungen getan. Ein paar Tage würde er also sicherlich noch zögern und seine Vermutungen überdenken, in keinem Fall würde er jedoch sofort eine Polizeistation aufsuchen. Elsa hingegen hatte für ihre eventuelle Flucht aus Deutschland schon alles durchdacht. Sie wollte nur noch einmal in ihrer Wohnung im Taunus vorbeischauen, um ein paar Dinge von dort mitzunehmen. Doch falls die Zeit zu knapp dafür werden sollte, würde Elsa zur Not auch ohne ihre Sachen aufbrechen. Bis es jedoch so weit war, wollte sie Paula noch eine Weile weiter beobachten. Denn das, was Elsa bisher herausgefunden hatte, sprach in der Tat dafür, dass Paula ihr die Freundin hätte sein können, nach der Elsa immer gesucht hatte. Paula schien, wie sie, allein zu leben, zumindest hatte Elsa die ganze Zeit über weder einen Kerl noch irgendwelche Kinder bei ihr gesehen. Genau wie am Tag zuvor arbeitete sie nun schon seit Stunden allein in ihrer Werkstatt, ohne dass jemand anderer aufgetaucht wäre. Elsa überlegte, wie sie es anstellen sollte, in Kontakt mit Paula zu kommen. Für Paula musste ihr Aufeinandertreffen zufällig wirken, also war es am besten, sie weiter zu beobachten und auf den richtigen Zeitpunkt zu warten.

Elsa in Maschen, im Sommer 1987.

Die Sonne strahlte warm an diesem ersten Tag der Sommerferien. Eigentlich hätte man auf die Idee kommen können, in kurzen Hosen herumzulaufen oder in einem leichten Rock, doch das war leider undenkbar für Elsa. Immerhin hatte sie sich in ihre beste Jeans gezwängt, ein kurzärmeliges schwarzes T-Shirt angezogen und um ihre Hüften eine wallende Strickjacke geschlungen. Als Elsa sich anschließend im Spiegel betrachtete, war sie ganz zufrieden. Sogar das Mal auf ihrer rechten Wange schien geschrumpft zu sein. Nicht einmal ihre Mutter konnte ihre Freude auf diesen Tag schmälern.

»Komm nicht wieder zu spät!«, rief Vera ihr keifend hinterher, als Elsa das Haus verließ, wo sie auf Robin stieß, der auf den Treppenstufen vor dem Haus saß. Sein Gesicht leuchtete auf, aber Elsa kam seinen Ideen für diesen Tag zuvor.

»Tut mir leid, Kleiner, aber heute kann es später werden.«

Elsa stieg auf ihr Fahrrad und fuhr damit aus der Siedlung hinaus, dann weiter in Richtung Gewerbegebiet. Schon morgen würde Torsten zusammen mit seinen Eltern in den Urlaub nach Spanien fahren. Deshalb hatte er ihr am Freitag, dem letzten Schultag, in der Pause noch einen Zettel zugesteckt.

»Wir treffen uns um vier, du weißt schon, wo«, hatte daraufgestanden.

Während Elsa kräftig in die Pedale trat, pfiff sie eine Melodie vor sich hin, irgendetwas Neues aus England, das Torsten ihr vor ein paar Tagen vorgespielt hatte. An diesem Nachmittag hatte er Elsa endlich auch erklärt, wie es dazu hatte kommen können, dass sie auf ihrem Ausflug an die Ostsee allein gewesen war.

»Rainer scheint wirklich eifersüchtig auf dich zu sein, Elsa. Deshalb hat er sich die Gemeinheit mit der Butterfahrt ausgedacht. Er hat wohl geglaubt, dich damit so fer-

tigzumachen, dass du in Zukunft die Finger von uns lässt.«

»Hätte ja auch fast geklappt«, entgegnete Elsa.

»Ist schon klar«, grinste Torsten, »aber zum Glück eben nur fast. Was meinst du, wollen wir uns am Montag in meinem Schuppen hinter der Fabrik treffen? Da haben wir dann endlich mal unsere Ruhe.«

Elsa fröstelte, als sie daran dachte, wie Torsten sie bei diesem Vorschlag angesehen hatte. Jetzt sah sie an sich hinunter. Selbst die Härchen auf ihren Armen hatten sich aufgerichtet. An diesem Tag hatte Elsa sogar eine Ganzkörpergänsehaut. Und alles nur, weil sie sich so freute. Sie spürte, dass etwas Großes an diesem Nachmittag vor ihr lag.

Schließlich lachten Torsten und sie über dieselben Sachen, und auch er war allein. Vielleicht würde Torsten heute spüren, dass sie es gut haben konnten miteinander. Möglicherweise wusste er schon lange, dass sich Elsa in ihn verliebt hatte, und war für eine Erwiderung bisher nur zu schüchtern gewesen. Würde heute nun der große Moment kommen? Würde Torsten heute endlich mit der Sprache herausrücken?

Die Hannoversche Behörde für Bezüge und Versorgung hatte lange Zeit gebraucht, um die angefragten Daten zu Herrn Dr. Grütter, den ehemaligen Lehrer des Merschenfelder Gymnasiums, zu beschaffen, aber nun lagen sie als Dossier auf Annas Schreibtisch. Sie wählte die Nummer seines Anschlusses in Pollensa auf der spanischen Baleareninsel Mallorca und hatte den pensionierten Oberstudienrat Sekunden später am Telefon. Anna Greve erklärte ihm ihr Anliegen und wartete anschließend auf seine Reaktion. Sie wartete ziemlich lange, bis Dr. Grütter ihr endlich antwortete.

»Ich erinnere mich noch gut an diese Klasse«, nuschelte er. »Das war ein schwieriger Jahrgang, einer, den man nicht so schnell vergisst. Es gab einen Haufen Probleme, vor allem mit zweien der Schüler, die mir und auch meinen Kollegen immer wieder wegen ihres ungebührlichen Verhaltens aufgefallen sind. Leider kann ich mich nicht mehr an die Namen der Jungen erinnern.«

»Haben sie vielleicht Rainer Herold und Torsten Lorenz geheißen?«

»Ja genau, jetzt fällt mir alles wieder ein. Die beiden haben sich insgesamt nicht gut geführt, aber auf einen ihrer Mitschüler hatten sie es besonders abgesehen. Es war ein schmal gewachsener Junge, stark kurzsichtig meine ich, dessen Vater gerade verstorben war. Zudem gab es in dieser Zeit auch noch einen ganz schlimmen Vorfall mit einem Mädchen, das anschließend sogar die Schule gewechselt hat.«

Anna atmete tief ein und fragte: »Was genau ist ihr denn passiert? Erinnern Sie sich möglicherweise noch an den Namen der Schülerin?«

»Bedaure, wir sind der Sache damals zwar sehr sorgfältig nachgegangen, haben letztendlich aber trotzdem nie herausbekommen, was geschehen ist. Aber mit diesem Mädchen hat es sowieso öfters Probleme gegeben. Sie tat sich sehr schwer damit, ihren Platz in der Klassengemeinschaft zu finden und sich einzufügen. Ich glaube, sie ist ein Scheidungskind gewesen, eine bedauerliche Geschichte. Ich muss zugeben, dass ich sie nicht besonders gern mochte. Auch hatte Elsa so eine bestimmende Art an sich, sie wollte ihren Mitschülern immer vorschreiben, was sie zu tun hatten. Ganz anders dagegen ihr kleiner Bruder Robin. Was seine Schwester an Durchsetzungswillen zu viel besaß, hat dem Jungen vollständig gefehlt. Hinzu kam noch, dass Elsa sehr unsportlich war, was sie nicht gerade beliebter in der Klasse machte. Kein Wunder, schließlich trug sie etliche Kilo zu viel mit sich herum. Dabei hatte sie einen so schönen Namen, einen Namen, der eigentlich überhaupt nicht zu ihr gepasst hat ...«

Anna steckte sich eine Zigarette an und wartete geduldig, bis Dr. Grütter den Faden von sich aus wieder aufnahm. Vielleicht würde er sich nicht mehr an den Rest der Geschichte erinnern, wenn sie ihn jetzt aus seinen Gedanken riss.

»... Elsa Hollstein hat sie geheißen. Dabei kommt einem doch das Meer in den Sinn. Und dazu ein Mädchen von der Küste; blond, attraktiv, ein natürliches Gesicht, ein freundliches Wesen. In Elsas Fall lag man mit dieser Assoziation allerdings komplett daneben.«

»Sagen Sie, Herr Dr. Grütter, ist es möglich, dass Sie noch im Besitz von Fotos aus dieser Zeit sind?«

»Nein, es tut mir leid, Frau Kommissarin. Ich habe damals, als ich nach Spanien umgezogen bin, allen unnötigen Ballast weggeworfen.«

Als Anna den Hörer aufgelegt hatte, informierte sie Weber sofort über ihr Gespräch mit Dr. Grütter. Anschließend machten sie sich an die Recherchen zu Elsa und Robin Hollstein.

Unter dem Namen Elsa Hollstein gab es in ganz Hamburg nur einen Eintrag, und hierbei handelte es sich um eine Frau in den Siebzigern.

»Wir werden also bundesweit nach ihr suchen müssen, Weber. Wie sieht es denn mit ›Robin‹ aus?«

»Der hier könnte passen«, entgegnete Weber. »Ein Mann Anfang dreißig, wohnhaft in der Lippmannstraße 14. Ich habe bereits versucht, ihn zu erreichen, aber er scheint nicht zu Hause zu sein.«

»Die Adresse liegt doch irgendwo in Richtung Schanzenviertel, oder? Kommen Sie, Weber, lassen Sie uns unser Glück versuchen und einen kleinen Abstecher dorthin machen.«

Mittlerweile war Robin Hollstein von seiner Fahrt nach Maschen zurückgekehrt und kochte sich einen starken Kaffee. Anschließend erkundigte er sich bei der Auskunft nach der Telefonnummer des Frankfurter Unternehmens, in dem seine Schwester Elsa beschäftigt war. Robin starrte auf die Zahlenfolge und überlegte, was er nun damit tun sollte. In Gedanken hob er den Becher an, um einen Schluck Kaffee zu trinken, und verbrühte sich dabei prompt die Zunge. Robin hustete und spuckte die viel zu heiße Flüssigkeit auf den Teppich. Anschließend aber wusste er genau, was er zu tun hatte. Er nahm sich nicht einmal mehr die Zeit, den Kaffeefleck vom Boden zu entfernen, sondern griff sofort zum Telefonhörer.

»Robin Hollstein hier, ich hätte gern meine Schwester Elsa Hollstein gesprochen. Sie arbeitet als Lebensmittelchemikerin in Ihrem Forschungslabor.«

»Moment, ich verbinde Sie mit der Personalabteilung.«

Wenig später hatte Robin erfahren, wie es sich in Wahrheit mit Elsa verhielt. Seine Schwester hatte sich vor mehr als zwei Wochen unbezahlten Urlaub genommen, der jedoch in fünf Tagen zu Ende ging. Danach standen allerdings auch schon die Weihnachtsfeiertage vor der Tür.

»Aber am Montag nach dem Fest wird Frau Hollstein wieder zurück sein«, hatte die zuständige Mitarbeiterin des Betriebes erklärt.

Seit mehr als zwei Wochen war Elsa also unterwegs, das hieß, dass sie sich durchaus seit Längerem hier in der Gegend hatte herumtreiben können, ohne dass Robin etwas davon mitbekommen hatte. Dann aber wären all ihre angeblichen Vorhaben, wie zum Beispiel, sich in Hamburg einen neuen Job suchen zu wollen, nichts weiter als Ablenkungsmanöver gewesen. In diesem Moment bezweifelte Robin auch, dass es Elsa mit ihrem Interesse an Vera ernst gewesen war. Aber warum das alles? Robin kam nur eine einzige Erklärung in den Sinn. Elsa musste vollständig verrückt geworden sein und beschlossen haben, die schrecklichen Morde an Rainer Herold, Torsten Lorenz und sogar an ihrer einzigen Freundin von früher, der sanftmütigen Doreen, zu begehen.

Robin holte sich einen Lappen und den Teppichschaum aus seiner Küche und begann, an den Kaffeeflecken auf seinem Teppichboden herumzuwischen, als es an der Tür klingelte.

Elsa war Paulas Geländewagen bis ins Parkhaus eines Einkaufszentrums in Hamburg-Harburg gefolgt. Sie suchte nach einem Parkplatz, an dem sie ihr Auto abstellen konnte, ohne Paula dabei aus den Augen zu verlieren, die gerade im Eingang eines Kaufhauses verschwand.

Elsa ließ eine alte Frau, die einen Einkaufswagen hinter sich herzog, auf der Rolltreppe vorgehen und fuhr in einigem Abstand hinter Paula in den ersten Stock hinauf. Oben angekommen, sah Elsa sie gerade noch in die Damenabteilung schwenken und vor einem Ständer mit hellbraunen Hosenanzügen stehen bleiben. Das Verkaufsschild darüber zeigte ein italienisches Firmenlabel, gehobene Preisklasse. Anscheinend wusste Paula genau, was sie haben wollte, denn sie ging schon wenig später mit einem der Hosenanzüge in Richtung Umkleidekabinen davon. Schnell zerrte Elsa zwei schwarze Hosen der Größe 38 von einem der Ständer und stellte sich damit ebenfalls in die Warteschlange vor den Umkleidekabinen. Paula, mittlerweile einige Plätze vor ihr, war nicht zu übersehen, denn sie war beinahe so groß wie Elsa. Sie hatte gerade ein Gespräch mit der Frau, die vor ihr wartete, angefangen, zeigte ihr ihren Hosenanzug und lachte.

Elsa hatte Glück. Als sie an die Reihe kam, wurde ihr eine Kabine direkt neben der von Paula zugewiesen. Schnell streifte sie eine der schwarzen Stoffhosen über. Und als Paula den Vorhang ihrer Umkleide zur Seite zog, kam auch Elsa heraus, stellte sich ihr in den Weg und betrachtete sich im Spiegel.

Elsa lächelte und sah zu Paula hinüber.

»Was halten Sie davon. Ist die zu eng überm Po? Ich habe ja leider keine Augen im Rücken. Außerdem verzerren diese Kaufhausspiegel doch immer alles, und von den Verkäuferinnen bekommt man auch keine ehrliche Antwort. Also, was meinen Sie?«

Paula begutachtete den Sitz der Hose.

»Steht Ihnen nicht schlecht, aber ich würde die Hose trotzdem nicht nehmen. Der Stoff sieht so aus, als würde er mit der Zeit überall diese ekligen Fussel bilden.«

Elsa tat, als würde sie darüber nachdenken. Dann sah sie gehetzt auf ihre Armbanduhr.

»Dabei brauche ich genau so eine, unbedingt. Na ja, das wird wohl auch heute wieder nichts werden.«

»Geht es um Weihnachten?«

»Genau, ich bin Heiligabend nämlich zum ersten Mal bei den Eltern meines Bekannten eingeladen und möchte mich schon dem Anlass entsprechend präsentieren.«

»O. k., ich habe dahinten ein paar Hosen von besserer Qualität gesehen. Wenn Sie wollen, besorge ich Ihnen eine. Die sind aber ziemlich teuer.«

»Egal, Hauptsache, ich finde eine, die sitzt. Danke, dass Sie mir helfen. Ich warte hier in der Kabine auf Sie.«

Nach einer Weile wurde der Kabinenvorhang einen Spalt breit zur Seite gezogen, und eine zierliche Frauenhand hielt Elsa eine Hose aus schwarzem Stoff hin. Hastig zog sie das Teil über.

»Klasse, die ist ja wie für mich gemacht.«

Paula grinste. Sie holte ihre neue Digitalkamera aus ihrer Tasche und drückte auf den Auslöser.

»Die hier habe ich mir selbst zu Weihnachten geschenkt«, erklärte sie mit einem Blick auf den Fotoapparat. Sie hielt Elsa die Kamera hin und zeigte ihr ihr eigenes Abbild: eine schöne Frau, die lächelnd in einer engen schwarzen Hose posierte.

Elsa wies auf die Kaufhauskantine, deren Eingang neben der Kasse lag.

»Trinken Sie noch etwas mit mir? Ich würde Sie gerne einladen und mich für die Hose bedanken.«

»Geht leider nicht, ich muss los. Aber das Bild von Ihnen behalte ich, wenn ich darf. Jetzt wünsche ich Ihnen ein schönes Fest und werde Heiligabend an Sie denken.«

Anna klingelte an der Tür zu Robin Hollsteins Wohnung, die sich im zweiten Stock eines Mietshauses in der Lippmannstraße Nummer 14 befand. Weber stand direkt hinter ihr und hielt seinen Dienstausweis schon bereit, als ihnen ein schmächtiger Mann um die dreißig und mit Gummihandschuhen an den Händen öffnete.

Kurz darauf saßen die Kommissare in einem Wohnzimmer, das aussah, als wäre es nicht das von Robin Hollstein, sondern das eines alten Menschen.

»Können Sie uns sagen, wie wir Ihre Schwester Elsa erreichen können, Herr Hollstein«, begann Anna.

»Es ist gut, dass Sie da sind. Ich habe selbst schon überlegt, Kontakt zur Polizei aufzunehmen. Ja, wegen Elsa, ich glaube, sie hat sich da in eine schlimme Sache hineinmanövriert.«

Robin Hollstein berichtete den Kommissaren von seinen Befürchtungen, die mit dem Mord an Torsten Lorenz begonnen hatten. Anschließend meinte er: »Und nun hat sich herausgestellt, dass Elsa schon viel länger in der Gegend ist, als sie mir weismachen wollte. Das heißt, sie könnte also auch für den Mord an Rainer verantwortlich sein. Möglicherweise hält sie sich sogar noch immer irgendwo im Landkreis Harburg auf. Zuletzt hat sie mir erzählt, dass sie sich in einem kleinen Hotel in der Nähe von Maschen einquartiert hat.«

»Wir brauchen unbedingt ein aktuelles Foto von Ihrer Schwester, Herr Hollstein«, erklärte Anna. »Und wenn es Ihnen recht ist, werden wir Ihr Telefon anzapfen, damit wir stets auf dem Laufenden sind, was Ihre Schwester betrifft. Wann hatten Sie denn zuletzt Kontakt zu ihr?«

»Gestern Abend, nachdem ich von Doreens Tod erfahren habe. Ich konnte sie allerdings nur über ihr Handy erreichen. Elsa hat behauptet, längst wieder im Taunus zu sein, aber das ist, wie ich jetzt weiß, nicht die Wahrheit gewesen. Leider sind die Fotos, die ich von meiner Schwester besitze, schon ziemlich alt. Da hat sie noch ganz anders ausgesehen. Versuchen Sie es doch mal bei ihrem Arbeitgeber, die müssten vielleicht noch ein Bewerbungsfoto haben.«

Weber verließ den Raum, um die Überwachung des Telefons in Angriff zu nehmen, anschließend kümmerte er sich um die Frankfurter Firma, in der Elsa Hollstein beschäftigt war. Anna blieb allein mit Elsas Bruder zurück und stellte ihm nun die Frage, die ihr seit ein paar Minuten unter den Nägeln brannte.

»Wären Sie eventuell bereit, mit uns zusammenzuarbeiten, Herr Hollstein?«

»Sie meinen, ob ich in der Lage bin, meine Schwester in eine Falle zu locken und zu verraten?«

»Wenn Sie es so nennen wollen. Aber bedenken Sie, dass es hier um drei Morde geht. Und vielleicht ist es ja auch noch nicht vorbei. Wir müssen Ihre Schwester stoppen, Herr Hollstein, und Sie sind der einzige Mensch, der uns dabei helfen kann.«

Als Anna und Weber anschließend wieder in ihr Büro zurückkamen, warteten Günther Sibelius und auch Sigrid Markisch bereits auf sie.

»Monika Diebach ist gerade hier gewesen, aber ich habe sie erst einmal in unser ›Wartezimmer‹ geführt«, begann die Giraffe.

»Frau Possel, die Mutter von Doreen Rost, hat bestätigt, dass ihre Tochter früher einmal gut bekannt mit einem Mädchen namens Elsa Hollstein gewesen ist«, ergriff Günther Sibelius nun das Wort. »Elsa Hollstein soll sogar eine Zeitlang Doreens beste Freundin gewesen sein. Der kleinen Martha ist aber leider nichts Neues zu unserer Verdächtigen eingefallen. Sie macht einen ziemlich verstörten Eindruck, kein Wunder, wenn man mit kaum fünf Jahren bereits zur Halbwaise wird.«

»Ja, die Kleine kann einem wirklich leidtun«, entgegnete Weber ernst. »Übrigens laufen jetzt die Vorbereitungen für die Überwachung von Robin Hollsteins Telefon. Aber das Foto seiner Schwester werden wir leider nicht vor morgen früh auf dem Tisch haben.«

»Trotzdem schadet es nicht, schon einmal mit der Überprüfung aller infrage kommenden Hotels im Landkreis Harburg zu beginnen. Ich habe das bereits an die örtlichen Dienststellen weitergeleitet, die Suche nach Elsa Hollstein kann beginnen. Schicken Sie Frau Diebach einstweilen nach Hause, Frau Markisch«, wies Günther Sibelius sie an. »Wir werden später wieder auf sie zurückkommen. So, und damit sollten wir endlich einmal pünktlich Feierabend machen«, Günther Sibelius lächelte in die Runde. »Nutzen Sie Ihre Zeit auch für letzte Weihnachtsvorbereitungen, denn ich befürchte, dass uns die Suche nach Elsa Hollstein in den nächsten Tagen noch jede Menge Überstunden bescheren wird.«

Während Anna in ihrem Dienstwagen wieder einmal im Schritttempo die Autobahn 7 in Richtung Süden entlangschlich, überlegte sie, was sie mit ihrem unverhofft frühen Feierabend anfangen sollte. Dabei wurde ihr bewusst, dass sie überhaupt keine Lust hatte, schon jetzt nach Hause zu fahren. Stattdessen bog sie ein paar Ausfahrten früher von der Autobahn ab, um für Paula ein Weihnachtsgeschenk zu besorgen. Ziellos lief sie durch mehrere Modegeschäfte, ohne etwas zu finden, was sie Paula schenken wollte. Geistesabwesend strich sie über die weiche Wolle einiger Mohairpullover, doch in Gedanken war sie bei ihrem Mann Tom.

Wenn er sich nur etwas mehr Mühe geben würde, könnte er noch immer ihr Held sein, dachte Anna. Und wenn der Alltag mit seinen vielfältigen Problemen nicht gewesen wäre, hätte aus ihnen beiden sogar noch ein Traumpaar werden können. Für Anna bedeutete »ein Traumpaar« zu sein, miteinander alt werden zu wollen, einander zu begleiten und sich nichts anderes zu wünschen als genau das. Wie immer man es auch drehte, war es doch gerade das tagtägliche Miteinander, das eine Partnerschaft ausmachte. Sie beide konnten schließlich nicht fortwährend immer nur außergewöhnliche Momente miteinander erleben, wie zum Beispiel gemeinsame Runden auf einem menschenleeren, romantischen Winterteich ziehen. Und daher bedeutete die Tatsache, dass sie ihren Alltag nicht in den Griff bekamen, für Anna, dass sie in Wahrheit leider nicht zueinanderpassten.

Während Anna wenig später an der Kasse wartete, um den hellblauen Schal zu bezahlen, den sie für Paula ausgesucht hatte und den sie noch als Geschenk verpacken lassen wollte, kam ihr plötzlich Jan in den Sinn. In den letzten Monaten hatte sie sich jeglichen Gedanken an ihren Schwager verboten. Zu stark wurde die Sehnsucht nach seiner Nähe, wenn Anna die Erinnerung an den Nachmittag, an dem sie in seiner Wohnung miteinander geschlafen hatten, zuließ. Jan und sie hatten sich wunderbar verstanden, zumindest körperlich. Jetzt waren es nur noch zwei Tage, dann würde er mit seiner Tusnelda im Arm bei ihnen vor der Tür stehen. Wie sollte es Anna nur fertigbringen, sich bis dahin wieder mit Tom zu versöhnen? Würde Jan nicht sofort mitbekommen, dass sie ihm Harmonie vorspielten, es in Wirklichkeit aber ganz anders aussah? Und warum, zum Teufel, mussten sie ihm überhaupt etwas vorspielen? Wenn es nach Anna ging, sollte Jan ruhig bemerken, dass ihre Ehe mit Tom zu scheitern drohte.

Als Anna vor Paulas Haus parkte, fing es leicht zu nieseln an. Der Himmel war wolkenverhangen, hoffentlich, so wünschte sie sich, würde es bald zu schneien beginnen. Denn falls bei dieser Wetterlage auch noch Regen auf die gefrorenen Straßen fiele, würde Anna es schwer haben, an diesem Abend überhaupt noch nach Hause zu kommen. Aber vielleicht war es sowieso besser, die Nacht bei Paula zu verbringen. So würde sie sich zumindest für heute eine kleine Auszeit von ihrer privaten Misere verschaffen.

Unterdessen hatte sich Elsa wiederum an Paulas Fersen geheftet und beobachtet, wie die Keramikerin zu Hause erneut in ihrer Werkstatt verschwunden war. Also hatte ihr Paula vorhin im Kaufhaus die Wahrheit gesagt und nicht nur vorgegeben, etwas zu tun zu haben, weil sie mit Elsa nicht an einem Tisch sitzen wollte. Wahrscheinlich hatte sie noch einiges an Arbeit fertigzustellen, dachte Elsa. Aufträge, die sie nicht verschieben konnte, weil sie als Geschenke unter dem Tannenbaum liegen sollten. Ob Paula sie sympathisch gefunden hatte? Und wäre sie auch einer anderen Frau dabei behilflich gewesen, die richtige Hose zu finden? Möglicherweise ja, denn Paula schien ein freundlicher und offener Mensch zu sein. Aber hätte sie eine andere auch so angelacht, wie sie es vorhin bei Elsa getan hatte? Und hätte Paula von irgendeiner anderen Frau ebenfalls ein Foto zur Erinnerung gemacht? Einen Kerl schien Paula jedenfalls wirklich nicht zu haben, es sei denn, er war gerade für längere Zeit verreist oder krank. Nein, Paula war auch nicht der Typ Frau für überflüssiges Geplänkel mit irgendeinem Kerl. Paula war anders. Allerdings schien sie bereits eine Freundin zu haben. Diese kleine Dunkelhaarige, die Paula vor ein paar Tagen schon einmal besucht hatte, kam gerade über den Hinterhof gelaufen und öffnete die Tür zur Werkstatt. Sie schien sich hier gut auszukennen. Elsa sah, wie Paula die Dunkelhaarige umarmte, anschließend gingen die beiden Arm in Arm ins Haus hinüber. Die Dunkle hatte etwas mitgebracht, ein Paket, das Paula nun in ihrem Wohnzimmer auspackte. Elsa konnte nicht genau erkennen, was es war. Es sah wie eine Wolldecke aus, ein langer Schal oder eine Stola vielleicht. Und es war himmelblau, genauso wie Paulas Augen. Musik klang aus dem Haus, und die Dunkle machte sich jetzt in Paulas Küche zu schaffen, kurz darauf kam sie mit einer Flasche Sekt und zwei Gläsern in den Händen ins Wohnzimmer zurück. Wieder umarmten sich die beiden Frauen. Küssten sie sich auch? War Paulas Kerl am Ende etwa eine Frau mit kurzen, dunklen Haaren?

Unterdessen hatte es zu regnen begonnen. Dicke Tropfen fielen auf den gefrorenen Boden und würden schon in kurzer Zeit alles in eine Eislandschaft verwandelt haben. Wenn Elsa noch länger hier bliebe, würde sie möglicherweise nicht mehr mit dem Wagen fortkommen. Mit einem letzten Blick auf das Treiben in Paulas Wohnzimmer kroch sie aus ihrer Deckung hervor. Warum musste es ausgerechnet jetzt diesen bescheuerten Eisregen geben, schimpfte Elsa ärgerlich vor sich hin. Zu gern hätte sie noch ein wenig weiter beobachtet, was in Paulas Haus vor sich ging. Doch da sie wenig Wert auf eine improvisierte Nacht mitten auf dem Feld bei Eiseskälte legte, packte Elsa ihr Fernglas in den Rucksack zurück und machte sich anschließend auf den Weg zu ihrer Pension.

Am nächsten Morgen waren die Straßen gestreut. Anna hatte sich ein paar frische Sachen zum Anziehen von Paula geliehen und war nun gut gelaunt auf dem Weg ins Präsidium. Tom hatte sie gestern nur eine kurze SMS geschrieben, dass sie wegen der Wetterverhältnisse bei ihrer Freundin übernachten würde. Als sie kurz darauf in ihr Büro kam, hielt Weber seiner Kollegin Anna ein Foto von Elsa Hollstein unter die Nase.

»Die sieht eigentlich ganz nett aus«, meinte er. »Man kann sich kaum vorstellen, dass eine solche Frau für drei brutale Morde verantwortlich sein soll.«

Auch Anna schaute sich in Ruhe das Foto an und fand, dass Elsa Hollstein auf den ersten Blick eine wirklich sympathische Ausstrahlung besaß. Und doch verbarg sich hinter ihrem angenehmen Äußeren ein Mensch, der nicht nett, sondern äußerst gefährlich war. Anna und Weber leiteten die Großfahndung nach Elsa Hollstein ein, und schon in wenigen Stunden würden, vor allem im Landkreis Harburg, viele Polizisten mit diesem Bild bewaffnet auf der Suche nach ihr sein.

Sigrid Markisch backte mittlerweile deutlich kleinere Brötchen, ja, sie war sogar bereit, die Kollegen mit allen Kräften bei der Suche nach Elsa Hollstein zu unterstützen. Und auch von Martin Schönauer hatten sie weder gestern noch heute irgendeine neue Anordnung erhalten, die sie von der Arbeit ablenkte. Die Giraffe würde zusammen mit dem Chef von der Zentrale aus mögliche Fahndungsergebnisse oder Hinweise bewerten, ihnen nachgehen oder diese gegebenenfalls weiterleiten, während sich Anna und Weber erneut auf den Weg zu Robin Hollstein machten.

»Haben Sie noch einmal über meine Frage nachgedacht, Herr

Hollstein? Werden Sie uns helfen, Ihre Schwester zu stoppen?«

Anna blickte Elsa Hollsteins Bruder erwartungsvoll an, der daraufhin zustimmend nickte.

»Ja, ich werde es tun. Aber wie haben Sie sich das eigentlich vorgestellt?«

»Ich möchte, dass Sie Elsa anrufen und ein möglichst ausführliches Gespräch mit ihr führen. Sobald wir das Handy Ihrer Schwester dann über GPS lokalisiert haben, gebe ich Ihnen ein Zeichen. Wenn Sie bereit sind, können wir sofort loslegen.«

»Einen Moment noch«, bat Robin Hollstein und verschwand im Badezimmer. Kurz darauf kam er mit nassem Haar wieder heraus und griff entschlossen nach dem Telefon.

Anna beobachtete das leise Zittern seiner Hand und hoffte, dass es sich nicht auch auf seine Stimme übertragen würde.

»Hallo, Elsa, wo steckst du?«

»Zu Hause, ich habe mir heute noch mal freigenommen. Hier ist so vieles liegen geblieben, und ich hatte echt keine Lust, Weihnachten in einer versifften Bude zu hocken.«

»Ach so, aber sag mal, wie wäre es, wenn wir dieses Jahr den Heiligabend doch zusammen feiern würden? Es war so schön mit dir in den vergangenen Tagen, irgendwie vermisse ich dich schon jetzt. Wenn du willst, besorge ich uns eine Gans, oder wir essen Würstchen mit Kartoffelsalat, so wie früher.«

»Lieb von dir, Robin, aber ich bin doch gerade eben erst wieder im Taunus angekommen. Jetzt noch einmal den weiten Weg nach Hamburg zu machen, nee du, das ist mir echt zu viel.«

Anna gab Robin ein Zeichen, sie hatten Elsa Hollsteins

Standort lokalisiert. Das Handysignal kam aus Ramelsloh, einem kleinen Ort in der Nähe von Maschen, also befand sich Elsa nach wie vor im Landkreis Harburg.

»Und wenn du dich in den Zug setzt? Wir könnten uns das Geld für die Fahrkarte teilen. Wer weiß, vielleicht schneit es sogar, dann bringen wir einen Schlitten mit, wenn wir Mutter besuchen. Möglicherweise ist sie sogar zu einem kleinen Ausflug zu bewegen. Und dazwischen gucken wir uns alles in der Glotze an, was nur ein bisschen nach Märchen aussieht. Außerdem könntest du mich zu Doreens Beerdigung begleiten.«

»Stopp! Robin, merkst du überhaupt nicht, was für eine Scheiße du da redest? Ich fasse es nicht, wie du mir ein solches Gruselkabinettprogramm überhaupt vorschlagen kannst. Und auch noch ausgerechnet zu Weihnachten.«

»Aber du wolltest doch unbedingt Kontakt zu Doreen aufnehmen, Elsa. Keiner von uns konnte schließlich wissen, dass sie so bald sterben würde. Die Polizei spricht mittlerweile von einem Fahrradunfall, ist sich aber noch nicht ganz sicher. Also, was ist, kommst du?«

»Nein, du Idiot, zum Teufel mit dir! Geh mir nicht weiter mit deinem Kinderkram auf den Zeiger! Und vor allem, lass mich endlich mit Vera in Ruhe. Du hast doch überhaupt keine Ahnung. Vergiss den Schlitten, Vera wird sowieso sterben. Außerdem interessiert es mich wirklich nicht, Doreens wunderbar zerzausten Tischler und das verzogene Gör an ihrem Grab flennen zu sehen. Iss deine Gans mit wem du willst, ich habe andere Pläne. Mach's gut, Brüderchen.«

Robin Hollstein saß noch immer reglos mit dem Telefon in der Hand am Tisch, obwohl seine Schwester das Gespräch bereits vor ein paar Minuten abgebrochen hatte.

»Sie war es, Frau Greve«, murmelte er schließlich und drehte sich zu Anna um. »Wie sonst sollte sie von Arno Rost oder auch von Martha wissen. Ich möchte jetzt gern allein sein. Falls Elsa sich noch einmal meldet, informiere ich Sie sofort.«

»Sie haben Ihre Sache sehr gut gemacht, Herr Hollstein«, versuchte Anna ihn zu trösten.

Wenig später, als sie zusammen mit Weber ins Präsidium zurückfuhr, fügte Anna hinzu, was sie sich eben nicht zu sagen getraut hatte.

»Robin hat seine Schwester vorhin echt aus der Reserve gelockt. Ziemlich clever, wie er Doreen Rost ins Spiel gebracht hat.«

»Ja, und damit ist der Fall eindeutig, Anna. Jetzt müssen wir Elsa Hollstein nur noch finden, und dann würde ich gern wissen, was eigentlich der Grund für diesen ganzen Wahnsinn ist.«

Elsa in Maschen, im Sommer 1987.

Als Elsa an diesem Montagnachmittag um die Ecke der Näherei bog, wartete Torsten bereits auf sie. Verlegen stand er da und traktierte, ein Büschel Grashalme in seiner Hand, den Zaun vor der väterlichen Fabrik. Jetzt grinste er Elsa schief an, umarmte sie und führte sie anschließend zu seinem Holzschuppen hinter der Halle. Torsten hatte einen Platz in der Ecke mit Stroh ausgeschlagen und eine weiche Decke darübergelegt. Aus einer Bananenkiste war ein Tisch geworden. Darauf stand der Kassettenrekorder aus seinem Zimmer, der leise Musik spielte, natürlich von »The Cure«. Daneben brannte eine rote Kerze. Elsa war hingerissen. Torsten schien alles nur für sie vorbereitet zu haben. Als er ihr wenig später zärtliche Worte ins Ohr flüsterte und sie durch seine fordernden Hände und Bewegungen immer weiter in Aufregung versetzte, hätte Elsa platzen können vor Glück.

Elsa schloss ihre Augen. Sie wagte kaum zu atmen, und ihr Körper war bis in die letzte Faser gespannt. Eine Fliege lief über ihre Wange. Sie schlug danach. Als die Stelle anschließend brannte, wusste Elsa, dass sie diesmal nicht träumte. Voller Verwunderung versuchte sie, sich an den Gedanken zu gewöhnen, dass Torsten sie tatsächlich lieben könnte. Niemals hätte sie gedacht, ernsthaft eine Chance bei ihm zu haben, schließlich war es ihr bisher noch nicht einmal gelungen, in seine Clique aufgenommen zu werden. Und selbst wenn das Feuermal in Elsas Gesicht plötzlich unsichtbar geworden wäre, so blieb sie trotz allem doch immer noch die fette, schwitzende Elsa. Torsten schien sich jedoch nicht daran zu stören, genauso wie es ihm egal zu sein schien, dass Elsa aus keinem reichen Elternhaus kam, so wie manch eine der schwarzen Lackschuhe. Und es interessierte ihn offensichtlich auch nicht weiter, dass sie, außer ihrer Stimme vielleicht, ansonsten keine weiteren Fähigkeiten hatte, mit denen sie jemanden beeindrucken konnte. Natürlich ließ sie sich nicht alles gefallen, doch Elsa war weder besonders schlagfertig noch so ein unverschämter Clown wie Rainer. Sie war eben Elsa, einfach nur Elsa. Dick, hässlich und meistens traurig. Mit einer einsamen Mutter, die zu viel trank, und einem Vater, der auf allen Meeren herumschipperte und seine Familie schon längst vergessen hatte. Einem Vater, der eben keine Fabrik besaß, so wie der Vater von Torsten. Und doch musste es einen Grund geben, weshalb Torsten sie eingeladen hatte. Elsa wollte beim besten Willen keiner einfallen, außer ... Ja, außer, er hatte sich wirklich in sie verliebt.

Da drangen von draußen plötzlich Geräusche an Elsas Ohr. Stimmen waren es, die vor der Tür nach ihr riefen.

»Elsa komm raus!«

Als Elsa nach dem Gespräch mit Robin ihr Handy wieder in die Tasche zurücksteckte, zitterte sie noch immer vor Wut. Mit einem Zug sollte sie fahren, wenn es nach ihrem Bruder ging, um am Heiligabend Kartoffelsalat mit Würstchen zu essen. Wie wenig Robin sie doch kannte.

Jetzt war Elsa froh darüber, dass sie am gestrigen Abend, trotz des Eisregens, noch mit ihrem eigenen Wagen hatte wegfahren können. Es wäre eindeutig zu gefährlich gewesen, ein Taxi zu nehmen, und Elsa erinnerte sich noch gut daran, wie schrecklich es war, mit dem Zug oder dem Omnibus unterwegs sein zu müssen. So wie auf jener ersten Zugfahrt von Hamburg nach Frankfurt, als sie ihr Studium der Lebensmittelchemie begonnen hatte.

Das Zugabteil war überfüllt gewesen, und Elsa hatte jeden Geruch, den die Menschen um sie herum ausgedünstet hatten, wahrgenommen. Sie roch deren Parfum und darüber hinaus auch das, was sie gegessen hatten. Bei einigen ihrer Mitreisenden konnte sie riechen, wo diese arbeiteten und sogar wie sie lebten. Elsa roch Fisch und Knoblauch, Fett, Mehl und Staub, ausgedrückte Zigarettenkippen, ungewaschene oder frisch geduschte Körper und Haare, Alkohol, Sex. Elsa roch Verwahrlosung, Seife und das Leben. Sie hörte all den sie zufällig umgebenden Menschen beim Reden zu und beobachtete, wie sie aßen oder tranken.

Und all diese Gerüche, das Reden, Schlucken und Saugen waren unerträglich und wie ein körperlicher Angriff auf sie.

Elsa begann zu hyperventilieren, während das Land hinter den Zugfenstern an ihr vorbeiflog. Sie flüchtete auf die Toilette und schloss sich dort für den Rest der Zugfahrt ein. Elsa fürchtete, dass irgendwann jemand kommen würde, vielleicht mit dem Zugschaffner oder dem Generalschlüssel bewaffnet, um sie von ihrem Zufluchtsort zu vertreiben. Vor allem aber hatte sie auch Angst um ihr Gepäck. Doch was sollte sie tun, Elsa konnte sich nicht rühren.

Ob Paula so ein Gefühl wohl auch kannte, kam Elsa wieder in die Gegenwart zurück. Oder war Paula nur die begabte Keramikerin im viel zu großen Arbeitsoverall; die Schöne, die wusste, wie man die Sonnenfarbe mischte? Hatte Paula schon einmal Angst gehabt? Und wenn ja, wovor? Um ihr Gepäck jedenfalls ganz sicher nicht.

War Paula wie sie?

Auf jeden Fall war Paula besonders. Aber war sie auch einsam? Elsa erinnerte sich, wie sehr sie Doreen bewundert hatte, früher. Doreen war für sie eine Prinzessin gewesen, wunderschön. Elsas Bauch hatte gekribbelt, wenn Doreen sie ansah. Wenn sie sie ansah, oder nur wenn sie einander berührt hatten? Wie war das eigentlich genau gewesen? Auf jeden Fall aber war Doreen die Welt für sie gewesen, ein unentdeckter Kontinent, nur für Elsa. Auf dem flauschigen Wollteppich hatten sich manchmal ihre Füße getroffen, das war wunderbar gewesen. Anders dagegen, wenn Doreen sich ausgemalt hatte, wie es war, eines Tages endlich einen Jungen kennen zu lernen. Wie er sein musste, damit er ihr gefiel. Doreen hatte einen langen Atem, wenn sie sich ihr künftiges Leben vorstellte. Ihr Leben als erwachsene Frau. »Das Allerwichtigste ist dabei die Liebe«, hatte Doreen behauptet. Und dann all die lächerlichen Starschnitte von Kerlen an Doreens Zimmerwänden, die vielen Schallplatten voll von süßlichen Mädchenträumen. Es hatte zahllose Augenblicke gegeben, da hatte Elsa den Träumen ihrer Freundin nicht mehr folgen können. Trotzdem war sie zufrieden, mit Doreen neben sich auf dem Teppich zu liegen. Ihr seidiges Haar, das beim Kartenziehen ab und an Elsas Gesicht streifte, hatte sie jedes Mal eine Gänsehaut bekommen lassen. Und jetzt Paula. Elsa wusste, dass sie viel riskierte, nur um weiterhin in Paulas Nähe sein zu können. Wie war das damals eigentlich mit Torsten gewesen? Hatte Elsa ihn wirklich so sehr geliebt, dass sie ihn nun hatte töten müssen, ihn und seinen Herold? Oder war es nicht vielmehr Stolz gewesen? Der Stolz darauf, dass ein Gewinner mit ihr zusammen sein wollte. Aber was hatte dann ihr feuchtes Höschen im Schuppen zu bedeuten gehabt? Was war mit der Gänsehaut, die ihren ganzen Körper überzogen hatte, als Torsten sie berührte? Und wie war es mit Johannes gewesen, ihrem Freund aus der Studienzeit?

Worum ging es hier überhaupt, fragte Elsa sich verwirrt. »Ich kann auch eine Blume lieben«, diesen Satz hatte einmal eine Italienerin zu ihr gesagt. Natürlich eine Italienerin. Elsa hatte sie auf einem Kongress in der Schweiz kennen gelernt. Ein schöner Gedanke, und diese Frau hatte das auch wirklich ernst gemeint. Sie schien genau das zu leben, was für andere Menschen nicht mehr als ein verlockender oder absurder Gedanke war. War es nicht eigentlich egal, in wen man sich verliebte? War es nicht vielmehr Zufall und somit unbedeutend, ob dieser Mensch einen Schwanz hatte oder aber andere Schätze, die innen lagen?

Konnte es eine Zukunft, eine Perspektive mit Paula geben?

Auch wenn die Großfahndung inzwischen in die Wege geleitet war, spürte Anna Greve nach wie vor eine große Unruhe in sich. Der Umstand, dass sich Elsa Hollstein noch immer im Landkreis Harburg aufhielt, sprach dafür, dass der Albtraum noch nicht zu Ende war. Wahrscheinlich befand sich Elsa bereits auf den Spuren ihres nächsten Opfers, und sie mussten hilflos abwarten, was als Nächstes geschehen würde. Schließlich konnten sie ja schlecht jeden einzelnen von Elsas ehemaligen Mitschülern observieren. Das Einzige, was sie versuchen konnten, war, die Mörderin zu erwischen, bevor diese erneut zuschlug.

»Kommen Sie, Weber, wir schließen uns der Suche nach Elsa Hollstein vor Ort an. Ist immer noch besser, als hier herumzusitzen und gar nichts zu tun.«

15

Elsa beobachtete, wie Paulas beigefarbener Geländewagen in die Einfahrt des Bauern Westerhofen abbog. Früher war das hier eine heruntergekommene Klitsche gewesen, erinnerte sich Elsa. Der ganze Hofladen war nicht mehr als ein notdürftig von einem braunen Wollvorhang abgeteiltes Scheunenteil gewesen. Doch das hatte sich grundlegend geändert. Über der Hofeinfahrt war nun ein großes Schild angebracht: »Ökohof Westerhofen – Lebensmittel in Demeter-Qualität«, und die windschiefe Scheune hatte sich inzwischen in einen voll verglasten, modernen Supermarkt verwandelt. Mittlerweile gab es hier sogar zwei große Parkplätze, die an diesem Abend nahezu voll belegt waren. Elsa blickte sich um und sah vor allem Hamburger Kennzeichen. Auf dem Vorplatz stand eine mit roten Schleifen und vielen elektrischen Kerzen geschmückte Blaufichte. »Jetzt zu Weihnachten: Frische Enten und Gänse!«, stand mit weißer Kreide auf einer Schiefertafel geschrieben, die vor dem Eingang angebracht war. Paula verschwand in der Tür des Geschäftes, Elsa wendete derweil ihren Peugeot und wartete. Nach einer Weile kam Paula in Begleitung eines dicklichen Mannes über den Hof zurück. Das musste Walter sein, der mittlere Spross der Westerhofens. Paula schob einen gut gefüllten Einkaufswagen vor sich her, obenauf lag eine Papiertüte, aus der Lauchstangen herausragten. Walter Westerhofen trug einen Zehn-Kilo-Sack Kartoffeln, auf den er noch einen zweiten kleineren gestapelt hatte. Elsa konnte sehen, wie die beiden miteinander lachten. Sie öffnete das Fenster auf der Beifahrerseite, um zu hören, was sie miteinander zu bereden hatten.

»Gib Anna einen Kuss von mir. Sag ihr, sie soll es nicht zu doll treiben über die Feiertage.«

»Ich hol die Gans dann morgen ab, ja, Walter?«

»Klar, ich werde den schönsten Vogel für dich auswählen. Wer ist denn dieses Jahr der Auserkorene?«

Was fing eine einsame Frau wie Paula nur mit solch einer großen Gans an, fragte sich Elsa. Oder würde sie das Tier vielleicht zerteilen und portionsweise einfrieren? Elsa startete ihren Wagen und fuhr langsam hinter Paula her. Mittlerweile war es dunkel geworden, trotzdem schaltete Elsa die Scheinwerfer erst wieder an, als sie die Hauptstraße erreicht hatten. Erneut schlug Paula den Weg in Richtung der Dunkelhaarigen ein, parkte wenig später vor deren rotem Backsteinhaus und klingelte. Statt der Dunkelhaarigen öffnete heute jedoch ein hochgewachsener Mann die Haustür. Er ging hinter Paula her zu deren Geländewagen und lud mit ihr zusammen die Lebensmittel aus.

»Hier, Tom, wie versprochen, etwas zu futtern für euch. Wenn du willst, helfe ich dir.«

Der Mann nahm Paula in den Arm und sagte: »Ich habe eine gute Idee, der Rote aus der Toskana ist nämlich gestern angekommen. Komm, wir machen eine Flasche auf.«

»Ist Anna nicht da?«

Es waren die letzten Worte, die Elsa noch hören konnte, danach waren die beiden im Hauseingang verschwunden.

»Danke noch mal, Paula. Ich wäre heute beim besten Willen nicht mehr zum Einkaufen gekommen, und Annas Mutter mit solchen Lappalien zu belatschern ist vollkommen sinnlos.«

»Elisabeth habe ich auch schon lange nicht mehr gesehen, wie geht es ihr denn so?«

»Die hat den Kopf zurzeit echt voll. Sie scheint auch nicht besonders traurig zu sein, dass unser großes Weihnachtsessen dieses Jahr wegen des Unfalls meines Vaters ausfällt. Elisabeth hat sogar vorgeschlagen, den Heiligabend bei sich daheim zu verbringen, damit wir unsere Ruhe hätten, meinte sie. Und das alles nur wegen Herrn Horn, dem netten Klavierspieler, der über ihr wohnt.«

Tom trug den Lauch in die Küche, die Kartoffeln stellte er am Treppenabsatz zum Keller ab. Danach öffnete er eine Flasche Montepulciano und füllte den Wein in eine Glaskaraffe um.

»Wo steckt denn eigentlich Anna?«

Toms Miene verfinsterte sich.

»Weiß nicht. Auf jeden Fall scheint sie mal wieder etwas Wichtigeres als uns im Kopf zu haben.«

Auf einmal stand Ben in der Küchentür, mit Pupillen so groß wie Hafertaler, und kicherte albern.

»Hi, Paula. Mama ist wohl noch immer am Arbeiten, oder? Wahrscheinlich wäre sie ohne uns besser dran. Was gibt es zu essen, Papa?«

Paula wartete gespannt auf Toms Reaktion, doch der fiel nur in das dümmliche Grinsen seines Sohnes mit ein.

»Also, ich weiß, dass Anna ganz viel an euch denkt. Ich hätte gern eine Mutter wie Anna gehabt, mein Großer«, ergriff Paula lächelnd das Wort.

»Du kennst sie auch nicht so, wie wir das tun. Mam verbietet mir alles Mögliche, sie ist echt schräg drauf im Moment. Außerdem ist sie nie da.«

»Bist du denn kein bisschen stolz auf deine Mutter?«, gab Paula nun eine Spur härter zurück.

»Wieso, weil sie als Bulette arbeitet?«

»Nein, weil sie so ist, wie sie ist. Deine Mutter ist wirklich eine klasse Frau, und du solltest sie ein bisschen mehr unterstützen. Ich bewundere, wie sie das alles hier meistert. Außerdem seid ihr ja auch nicht gerade immer ein stetiger Grund zur Freude, oder? Wie lange willst du mit deiner Kifferei eigentlich noch weitermachen, Ben? Meinst du nicht, du hast mittlerweile zur Genüge bewiesen, dass du kein kleines Kind mehr bist?«

Tom sah Paula warnend an.

»Du musst hier wirklich nicht für Anna in die Bresche springen, Paula. Ben wird schon noch von ganz allein dahinterkommen, wie er sich zu verhalten hat, auch wenn Anna das manchmal anders sieht. Ich vertraue meinem Sohn jedenfalls.«

Unterdessen verstärkten Anna und Weber die uniformierten Kollegen aus dem Landkreis Harburg bei ihrer Suche nach Elsa Hollstein. Der Provider ihres Handys gab Elsa Hollsteins Position stündlich an die Kollegen in der Leitzentrale weiter, sodass sie gegenwärtig ziemlich genau wussten, in welcher Gegend sich Elsa Hollstein zurzeit befand. Sie war von Maschen-Horst aus zuerst in Richtung Hittfeld gefahren, den Ort, in dem auch Anna Greve lebte. Anschließend hatte sich das Signal wieder zurück nach Maschen bewegt, um dann eine Stunde später auf dem Weg nach Ramelsloh plötzlich abzubrechen. Also musste Elsa Hollstein ihr Handy ausgeschaltet haben. Möglicherweise hatte sie mit Ramelsloh aber auch den Ort erreicht, in dem sie die Nacht verbringen würde.

Während sich Anna zusammen mit Weber auf den Weg nach Ramelsloh machte, dachte sie darüber nach, was sie tun würde, befände sie sich in der Lage von Elsa Hollstein.

In keinem Fall hätte sie sich in ein Hotel eingemietet, denn dort fiel man viel zu sehr auf. Stattdessen hätte sie sich entweder für ein Zimmer mit Frühstück in einer privat geführten Pension oder, noch besser, für ein Apartment entschieden, in dem man ganz und gar ungestört war. Also setzten die Kommissare mit ihrer Suche genau hier an und fragten in abseits gelegenen, privat geführten Pensionen nach der Täterin.

Nach ihrem Besuch bei Tom und Ben stieg Paula in ihren Wagen und überlegte, ob sie jetzt nicht besser Anna anrufen und sie über die Lage zu Hause informieren sollte. Toms vorwurfsvoller Ton war Paula nicht entgangen, er würde Anna das Heimkommen ganz sicher nicht leicht machen. Doch wahrscheinlich war ihre Freundin bestimmt noch immer in Sachen »Ungeheuer von Maschen« unterwegs. Nein, Paula hatte sich entschieden. Sie würde sich auch dieses Mal nicht in die Beziehung der beiden einmischen, schließlich war Anna erwachsen. Stattdessen wollte sie noch auf einen Wein hinüber zu Alfred in die Kneipe gehen. Tom war wirklich ein sympathischer Mann, für Paulas Geschmack allerdings ein bisschen zu ruhig. Und er ging Konflikten aus dem Weg. Tom schien vor allem Wert auf Harmonie zu legen, und das um jeden Preis. Wann immer eine Auseinandersetzung mit Anna, im Moment aber vor allem mit Ben, anstand und ein klärendes Gespräch angesagt war, tat Tom so, als schiene noch immer die Sonne. Und wenn er damit nicht durchkam, entzog er sich oder spielte die beleidigte Leberwurst.

Am liebsten wollte Tom eben immer jedermanns Freund sein. Auch ziemlich anstrengend, dachte Paula.

Wieder hatte sich Elsa an Paulas Fersen geheftet. Sie beobachtete, wie diese nun den »Maschener Hof« betrat. Heute hatte Elsa Glück, denn sie fand einen Parkplatz, von dem aus sie einen Teil der Gaststube im Auge behalten konnte. Paula stand am Tresen und war sogleich von einer Horde junger Kerle umgeben. Elsa sah zu, wie Paula den Männern irgendetwas erzählte. Währenddessen lachte sie in einem fort, warf die Haare zurück und drehte sich in ihrem schwarzen Wollkleid, das ziemlich eng über ihrem Po saß, hin und her. Auf einmal kam Elsa ihre Mutter in den Sinn. Genauso hatte Vera ausgesehen, als sie sich damals mit ihrem viel zu kurzen weißen Rock auf Herrn Wegener vom MVV kapriziert hatte.

Nach einer Weile verließ Paula in Begleitung eines großen dunkelhaarigen Mannes den »Maschener Hof«. Wieder öffnete Elsa das Fenster auf der Fahrerseite ihres Peugeot.

»Komm doch mit, Paula, wenigstens auf ein Glas Wein. Hab einen echt guten da. Eigentlich war der für Weihnachten gedacht, aber viel lieber würde ich ihn jetzt mit dir trinken.«

»Nee du, ich hatte schon mehr als genug für heute. Ich muss jetzt wirklich nach Hause.«

»Dann lass mich dich doch wenigstens begleiten, wegen der Morde. Nur bis zur Haustür, ja?«

Die beiden gingen zu Paulas Geländewagen hinüber. Bevor sie einstieg, gab Paula dem jungen Kerl zum Abschied einen Kuss auf die Wange. Worauf er sie an sich zog und ihren Kuss leidenschaftlich beantwortete. Paula lachte, befreite sich aus seiner Umarmung und gab ihm einen Klaps auf den Hintern.

»Dieses Jahr ist dafür schon zu alt, Anton. Außerdem

muss ich morgen früh raus, hab noch sehr viel vorzubereiten. Aber wir treffen uns im Januar und holen das nach«, versprach sie, setzte sich hinters Steuer und ließ den Motor an.

Elsa wartete, bis der freche Kerl verschwunden war, dann startete auch sie ihren Wagen. Für heute hatte Elsa genug gesehen, und so machte sie sich auf den Weg zurück in ihre Pension nach Ramelsloh.

War die Szene zwischen Paula und dem jungen Kerl, die sie vor ein paar Minuten auf dem Parkplatz vor dem Wirtshaus beobachtet hatte, wirklich real gewesen, oder hatte sich Elsa den Kuss der beiden nur eingebildet, weil sie in ihren Gedanken noch immer bei Vera gewesen war? Eine Frau wie Paula konnte sich doch unmöglich so an einen Kerl heranschmeißen, wie ihre Mutter es getan hatte. Warum zum Teufel hatte Paula überhaupt ein Kleid wie dieses angehabt? Das passte doch gar nicht zu ihr. Nein, Elsa versuchte, sich noch einmal genau ins Gedächtnis zurückzurufen, was in der Kneipe vorhin tatsächlich passiert war.

Aber über eines war sich Elsa ziemlich sicher, Paula hätte niemals ein Foto von ihr gemacht, wenn sie ihr gleichgültig wäre. Und nun würde sie zum großen Fest schon bald ohne Elsa in ihrem wunderbaren Haus sitzen und für sich allein eine Weihnachtsgans zubereiten. Alles nur, weil Elsa nicht rechtzeitig reagiert hatte. Paula musste unglaublich schüchtern sein. Warum sonst hatte sie Elsa nicht direkt zum Weihnachtsessen eingeladen und stattdessen als Zeichen nur dieses Foto von ihr gemacht. Elsa lächelte in sich hinein, ja, Paula war tatsächlich genau wie sie. Aber diesmal würde Elsa nicht zögern, sondern Paulas hinter sympathischen Annäherungsversuchen versteckte Einladung annehmen. An diesem besonderen Tag würde sie auch die schwarze Hose tragen, die sie sich zusammen mit Paula gekauft hatte. Aber was für Blumen sollte sie ihr mitbringen? Elsa überlegte, was ihrer neuen Freundin wohl gefallen könnte. Weiße Lilien vielleicht?

Als Anna ihren Vectra an diesem Abend unter dem Carport ihres Hauses parkte, wäre sie anschließend am liebsten noch eine Weile im Auto sitzen geblieben, um für sich zu sein und die Stille genießen zu können.

»Schön, dass du auch mal wieder reinschaust, Anna«, bemerkte Tom kurz darauf mit ironischem Unterton in seiner Stimme. »Übrigens, Paula ist vorhin da gewesen. Sie hat uns Gemüse und Kartoffeln von Westerhofens mitgebracht. Sie lässt dich grüßen.«

»Danke. Habt ihr schon gegessen?«

»Selbstverständlich.« Tom schenkte sich den letzten Rest Wein aus der Glaskaraffe ein. »Möchtest du den mal probieren? Der Rotwein ist auch in diesem Jahr wieder allererste Sahne.«

»Nein, aber danke, Tom. Ich mache mir lieber zuerst ein Brot.«

»Paula hat uns heute wieder einmal gerettet, sonst hätte ich nicht gewusst, was die Kids essen sollen. Sie ist wirklich eine tolle Frau. Verlässlich und dabei immer gut gelaunt. Der Mann, der sie sich irgendwann mal angelt, zieht echt das große Los.«

»Ja, ja, du, ich muss jetzt wirklich etwas essen.«

Als Anna kurz darauf allein in ihrer Küche saß und lustlos auf ihrem Käsebrot herumkaute, versuchte sie ihre Wut auf Tom so schnell wie möglich wieder zu vergessen. Hatte er nicht tatsächlich gerade versucht, einen Keil zwischen sie und Paula zu treiben? Wie armselig er doch manchmal sein konnte, dachte Anna bitter. Trotzdem würde sie sich zurückhalten und jetzt keinen Streit mit ihm beginnen. Sonst würde sie hinterher vermutlich wieder die halbe Nacht lang wach liegen. Stattdessen würde sie lieber mit Paula telefonieren, denn Anna wollte unbedingt wissen, ob ihr der Name Elsa Hollstein etwas sagte. Doch bedauerlicherweise war Paulas Festnetzanschluss besetzt und unter ihrer Handynummer meldete sich nur die Mailbox. Anna hinterließ ihr eine Nachricht und schrieb ihr zudem eine SMS mit der dringenden Bitte, sich heute Abend noch bei ihr zu melden. Als Anna anschließend die Küche aufgeräumt hatte, war Tom bereits schlafen gegangen, leider wieder einmal, ohne ihr Bescheid gegeben zu haben. Anna wusste, dass Tom, würde sie ihn am nächsten Tag auf sein Verhalten ansprechen, beteuern würde, er habe nur aus Unachtsamkeit heraus vergessen, ihr »Gute Nacht« zu sagen, und es überhaupt nicht böse gemeint. Doch seit ihrer Paartherapie wusste es Anna besser. Toms so genannte Gedankenlosigkeit ihr gegenüber war nichts weiter als versteckte Aggression. Widerstrebend legte sie sich wenig später neben Tom ins Bett. Viel lieber wäre Anna ins Gästezimmer hinuntergegangen, um dort ihre Ruhe zu haben, aber sie tat es nicht.

Elsa hielt den Strauß weißer Lilien wie einen Schild vor ihre Brust, als Paula die Haustür öffnete.

»Ach, die Hose«, grinste sie überrascht. »Wie kommen Sie denn hierher?«

»Ich habe zufällig gesehen, wie Sie nach unserem Einkauf in diesen Geländewagen gestiegen sind. Er ist ja wirklich etwas Besonderes.« Elsa zeigte auf Paulas alten Toyota. »Und als ich jetzt auf dem Weg zu meiner Mutter hier an Ihrem

Auto vorbeigekommen bin, dachte ich mir, dass ich mich noch einmal kurz für Ihre Hilfe bedanken könnte. Sehen Sie, ich habe meine neue Hose heute sogar an, sie sitzt wirklich wunderbar. Ohne Sie hätte ich die nie gefunden.«

Elsa lächelte und war bereits schon wieder am Gehen, als Paula spontan vorschlug: »Vielleicht können wir ja noch kurz einen Tee zusammen trinken, was meinen Sie? Ich habe gerade einen gekocht.«

Elsa schaute auf ihre Armbanduhr. »Gute Idee, ich bin sowieso viel zu früh dran.« Anschließend hielt sie ihre Blumen in die Luft. »Haben Sie vielleicht eine Vase, in die ich die Lilien so lange hineinstellen kann? Wäre doch schade, wenn sie ihre Köpfe schon hängen lassen, bevor ich überhaupt bei meiner Mutter angekommen bin.«

Kurz darauf saßen die beiden Frauen an Paulas gemütlichem Küchentisch und tranken Tee. Elsa schaute sich um.

»Schön haben Sie es hier. Und die Lilien sind wie gemacht für Ihre Anrichte. Wissen Sie was, ich schenke sie Ihnen. Meine Mutter bekommt eh nicht mehr viel mit seit ihrem Schlaganfall.«

Paula lächelte und stellte eine Flasche Prosecco sowie zwei Gläser auf den Tisch.

»Vielen Dank für die schönen Blumen. Wollen wir nicht du zueinander sagen? Ich heiße Paula.«

»Gern, lass uns darauf anstoßen. Ich bin Sabine. Wie weit bist du eigentlich mit deinen Vorbereitungen für das Weihnachtsessen gekommen? Falls du noch Hilfe brauchst, ich bin dabei.«

Für einen Moment fühlte sich Paula unbehaglich und wünschte sich, die Verschwisterung mit Sabine zurücknehmen zu können. Sie war nun wirklich ein spontaner Mensch, doch diese fremde Frau hier, Sabine, schien Paula an Unmittelbarkeit noch weit zu übertreffen. Zudem hatte etwas Forderndes in ihrem Blick gelegen. So, als dürfte es von nun an keinerlei Geheimnisse mehr zwischen ihnen beiden geben.

»Was wird dann mit deinem Bekannten? Müsstest du an Weihnachten nicht eher bei ihm sein und ihm bei den Vorbereitungen helfen?«

»Den sehe ich doch erst zu unserer großen Zusammenkunft bei seinen Eltern am ersten Festtag, habe ich dir das nicht erzählt? Und du, was tust du denn sonst so, wenn du nicht gerade unterwegs bist, um deine Geschlechtsgenossinnen vor Fehlkäufen zu bewahren?«

»Ich bin Keramikern.«

»Wow, ich glaube, es gibt wirklich nicht mehr viele Töpfereien. Bist du irgendwo hier im Landkreis angestellt?«

»Nein, ich arbeite selbstständig. Und wenn es dich interessiert, können wir auch gern noch auf einen Sprung in meine Werkstatt hinübergehen, bevor du wieder losmusst.«

Elsa nickte begeistert, doch nur wenige Sekunden später, nachdem das Telefon in Paulas Wohnzimmer geklingelt hatte, beobachtete Elsa verunsichert, wie sich Paulas Stimme, ja selbst ihre Bewegungen im Laufe des Telefongespräches zu verändern begannen.

»Nein, Anton, ich habe jetzt wirklich keine Zeit. Außerdem habe ich gerade Besuch.«

Anton, so hatte doch der langhaarige Kerl von gestern Abend geheißen, erinnerte sich Elsa an einen Teil der Gesprächsfetzen, die sie aus ihrem Auto heraus verstanden hatte.

»... Vielleicht«, kicherte Paula. »O. k., komm nachher vorbei, aber nicht vor acht.«

Als Paula aufgelegt hatte, fragte Elsa verschmitzt: »War das dein Freund?«

»Nee, aber ein ganz netter Zeitvertreib. Auf jeden Fall werde ich heute Nacht wohl keine kalten Füße bekommen.«

Auf einmal wirkte Paulas Grinsen ekelhaft anzüglich auf Elsa. Und in ihrer Stimme schwang eine Geilheit mit, die Elsa sofort wieder an Vera, ihre Mutter, denken ließ. Elsa bemerkte, dass sie plötzlich stark zu schwitzen begann.

»Dieser Tee treibt ja ungeheuerlich. Darf ich kurz deine Toilette benutzen, bevor ich mich auf den Weg mache?«

»Klar, sie ist gleich links neben dem Ausgang.«

Mit einer dicken Lage Toilettenpapier versuchte Elsa, sich den Schweiß vom Gesicht und unter den Achselhöhlen fortzuwischen. Doch es nützte nicht viel, ihr Kinn begann bereits wieder feucht zu werden. Sie setzte sich auf den Rand der Badewanne und versuchte, sich zu beruhigen. Eigentlich war doch alles in Ordnung, immerhin hatte ihre Freundin Paula sie sogar zum Teetrinken eingeladen. Aber das Monster da eben in der Küche hatte plötzlich nicht mehr viel mit ihrer Paula zu tun gehabt. Als sie vorher mit dem Kerl telefoniert hatte, war es Elsa so vorgekommen, als hätte Vera dort gestanden, gesprochen, gelacht und sich hin und her gedreht. Mit der gleichen herausfordernd geilen Stimme hatte Paula den jungen Kerl zu einem Besuch aufgefordert. Genauso wie Vera geklungen hatte, kurz bevor sie mit Herrn Wegener, dem Busfahrer des MVV, hinter der Tür des Elternschlafzimmers verschwunden war. Schon hörte Elsa wieder die widerlichen Stöhngeräusche, die damals sogar durch mehrere verschlossene Holztüren hindurchgedrungen waren. Elsa hielt sich die Ohren zu, aber es half nichts. Es war, als müsste ihr der Kopf platzen, so sehr hämmerten die Schmerzen unerwartet gegen ihre Stirn. Nein, Paula war wie alle anderen, sie konnte niemals Elsas Freundin werden. Verzweifelt durchwühlte Elsa ihre Tasche auf der Suche nach den Migränetabletten, als sie plötzlich ein anderes Medikament in ihren Händen hielt. »Rohypnol« stand auf der Verpackung. Diese Tabletten hatte Elsa immer dabei, seit ein Arzt sie ihr einmal zur Beruhigung verschrieben hatte. »Es wirkt so ähnlich wie Valium«, hatte er behauptet. Doch Elsa wusste es besser. Rohypnol wirkte beruhigend, aber darüber hinaus konnte es einen auch in eine Art Rauschzustand versetzen, der sehr angenehm war und einen die Wirklichkeit vergessen ließ. Als Elsa ihre Rache an Doreen geplant hatte, war ihr kurz der Gedanke gekommen, Rohypnol bei ihr zum Einsatz zu bringen. Doch dazu wäre ein direkter Kontakt nötig gewesen. Außerdem war Elsa eine Ladung Pfefferspray auch viel passender für die Verräterin erschienen. Schließlich sollte Doreen bei Bewusstsein sein, wenn Elsa ihren Angriff auf sie startete.

Nun war Elsa ganz ruhig, denn endlich wusste sie, was sie zu tun hatte. Elsa war ein Mensch mit einem großen Geist, und ab heute wollte sie akzeptieren lernen, dass dieses Geschenk das einzig Wichtige war. Denn einen großen Geist zu besitzen, bedeutete einsam zu sein.

Paula räumte währenddessen ein wenig in ihrer Küche herum und wunderte sich, wo Sabine nur so lange blieb. Langsam war es an der Zeit, dass sich ihre Wege trennten, und Paula würde von sich aus auch nichts weiter dazu tun, den Kontakt zu Sabine aufrechtzuerhalten. Ihre Digitalkamera lag noch immer auf dem Küchentisch herum, und Paula wollte sie gerade wieder in ihr Etui zurückstecken, als ihr Blick auf das Display mit dem Foto fiel, das sie zuletzt aufgenommen hatte. Es war ein Foto von Sabine, der Frau, die sich jetzt gerade in ihrem Bad aufhielt. Paula betrachete das Bild noch einmal genauer und nahm nun zum ersten Mal Sabines dunkelrote, zu einem Zopf zusammengebundene Haare wahr. Ihr wurde kalt. Was zum Teufel wollte diese Frau von ihr? Paula suchte in ihrer Handtasche nach ihrem Handy, in das sie Annas Telefonnummer eingespeichert hatte, konnte es aber nicht finden. Wo das Ding wohl nur wieder herumlag? Wahrscheinlich hatte sie es gestern auf dem Beifahrersitz ihres Autos liegen gelassen, grübelte Paula und wollte gerade draußen nachschauen, als sich die Tür des Badezimmers öffnete.

»Tut mir leid, dass es so lange gedauert hat, aber ich habe gerade fürchterliche Kopfschmerzen bekommen. Du hast nicht zufällig eine Migränetablette da?«

Paula überlegte.

»Irgendwo müsste ich noch etwas herumliegen haben, einen Moment, ich sehe eben nach.«

Nachdem Paula nach oben gegangen war, löste Elsa mehrere Rohypnoltabletten in deren Tasse auf und füllte sie anschließend wieder mit heißem Tee. Es war schon lange her, dass Elsa dieses Medikament eingenommen hatte, sie konnte daher nur hoffen, dass die Dosis ausreichen würde.

Fieberhaft überlegte Paula derweil im oberen Stockwerk ihres Hauses, was sie für Möglichkeiten hatte. Wie sollte sie es nur anstellen, zu ihrem Auto zu kommen und zu telefonieren, ohne dass Sabine etwas davon bemerkte? Als sie wieder herunterkam, hatte sie eine Tablette in ihrer Hand. Und darüber hinaus hatte sie auch eine Idee.

»Hier, bitte, das hilft gegen fast alles, bestimmt auch gegen Kopfschmerzen.«

Elsa tat, als schluckte sie die Tablette herunter. Dann bemerkte sie nebenher: »Ich habe uns noch einmal Tee nachgeschenkt. Möchtest du Zucker?«

»Lieber Kandis und einen Schuss Milch.«

Paula trank ihren heißen Tee und hoffte, dass Elsa ihre Unruhe nicht weiter auffiel. Wenn alles gut lief, müssten bei Elsa schon bald die ersten Auswirkungen des Schlafmittels zu sehen sein. Irgendwie schmeckte der Tee schal. Kein Wunder, dachte Paula, schließlich hatte sie ihn nicht einmal umgerührt.

»Wenn du willst, dann ruhe dich noch ein bisschen da hinten auf meinem Sofa aus«, schlug Paula beiläufig vor. »Zumindest so lange, bis die Tablette wirkt. Ich bin gleich wieder da, muss nur kurz etwas aus meinem Auto holen.«

Mit diesen Worten machte sich Paula zur Haustür auf, doch Elsa stand daraufhin schnell wieder vom Sofa auf, um sie nach draußen zu begleiten.

»Nein, das ist nicht nötig, es geht schon wieder«, lächelte sie Paula freundlich an. »Was ist, willst du mir jetzt vielleicht deine Werkstatt zeigen?«

Betont langsam und dicht gefolgt von Elsa schlenderte Paula durch den Hof hinüber zu ihrer Töpferwerkstatt. Während sie ging, spähte Paula durch den Sichtschutz zu ihrer Linken, aber der Parkplatz vor dem Nachbarhaus war verwaist. Die Hachmanns waren gestern früh in die Weihnachtsferien nach Österreich gefahren, und Herr Melcher von rechts war mit Sicherheit noch nicht von der Arbeit zurück. Aus dem Melcherschen Wohnzimmer dröhnte zwar ein Staubsauger, demnach schien wenigstens seine Frau zu

Hause zu sein. Und Herr Melcher hatte angekündigt, heute noch auf jeden Fall bei ihr vorbeizuschauen, um das bestellte Teeservice abzuholen. Jetzt war es Mittagszeit, etwa ein Uhr. Bis zu Melchers Besuch am späten Nachmittag waren es also noch mehrere Stunden. Wenn Paula sich nicht täuschte und hinter ihr gerade die Frau den Schuppen betrat, nach der wegen dreier Morde gefahndet wurde, würde sie noch viel Zeit überbrücken müssen, bis ihr jemand zu Hilfe kommen konnte.

»So, das hier ist nun meine Hexenküche«, plauderte Paula munter drauflos. »Hier siehst du meinen Brennofen, und da drüben«, sie zeigte auf ein Regal in der hinteren Ecke der Werkstatt, »mische ich meine Glasuren an.«

Auf dem Rand des Waschbeckens sah Paula jetzt tonverschmiert ihr Handy liegen und machte sich langsam in diese Richtung auf.

»Schau dich nur in Ruhe um, Sabine, und wenn dir etwas von meinen Arbeiten gefällt, sag es mir ruhig. Ich würde dir dann gern eine Freude machen und es dir schenken, schließlich ist ja bald Weihnachten.«

Paula drehte Elsa ihren Rücken zu, stellte den Wasserhahn an und tat, als würde sie das Waschbecken säubern. Dabei griff sie unauffällig nach ihrem Handy, bekam es aber irgendwie nicht richtig zu fassen. Scheppernd landete es auf dem Steinfußboden. Elsa bückte sich danach und versuchte, es einzuschalten, doch das Display blieb dunkel.

»Ich befürchte, dein Telefon ist hin, Paula. Damit kannst du wohl nicht mehr viel anfangen.«

Elsa steckte Paulas Handy in ihre Tasche, zog ihr eigenes Handy aus der Handtasche hervor und schaltete es ein.

»Aber wenn du willst, kannst du auch mit meinem telefonieren.«

»Nicht weiter schlimm, und telefonieren wollte ich jetzt sowieso nicht. Doch jetzt sag mal, wie gefallen dir eigentlich meine Sachen?«

Paula holte eine schwere tönerne Teekanne mit einer hellblauen, an einigen Stellen silbern schimmernden Glasur aus einem der Regale hervor. Sie fühlte sich plötzlich unendlich müde und auch ein bisschen so, als hätte sie allein eine Flasche Wein ausgetrunken. Dabei aber musste sie jetzt unbedingt all ihre Sinne zusammennehmen.

»Ist die Kanne nicht besonders schön geworden?«, fragte Paula.

»Ja, aber das hier gefällt mir auch sehr gut.«

Als Elsa sich bückte, um eine rote Schale aus dem untersten Regal hervorzuholen, schlug Paula ihr die schwere Teekanne mit aller Kraft auf den Kopf.

»Warum ist Elsa Hollstein überhaupt noch immer hier in der Gegend?«, holte Weber seine Kollegin Anna aus ihren Gedanken an Tom zurück. »Wenn ich an ihrer Stelle wäre, hätte ich mich schon lange abgesetzt.«

Die beiden Kommissare saßen im Wohnzimmer einer alten Frau in Ramelsloh, die Privatzimmer vermietete. Sie hatte Elsa Hollstein auf dem Fahndungsfoto sofort wiedererkannt, und nun waren Weber und Anna dabei, alles Nötige für die Rückkehr der Mörderin vorzubereiten.

»Wahrscheinlich ist es noch immer nicht vorbei, Weber. Hoffentlich erwischen wir Elsa Hollstein noch rechtzeitig, bevor sie ihren nächsten Mord in die Tat umsetzen kann.«

»Ich wünschte, wir könnten mehr tun als hier herumsitzen und auf sie warten, Anna. Wenn wir nur wüssten, wen sich Elsa Hollstein als nächstes Opfer ausgeguckt hat.«

Als Webers Handy kurz darauf klingelte, meldete er sich

sofort, und Anna konnte an seinem Gesichtsausdruck erkennen, dass es eine wichtige Neuigkeit gab.

»Die Leitzentrale hat sich gemeldet, es gibt wieder ein Signal von Elsa Hollsteins Handy. Sie hält sich in Maschen-Horst auf, irgendwo im Fachenfelder Weg.«

»Meine Güte, Weber, genau dort wohnt auch meine Freundin Paula!

Anna checkte ihre Mailbox und sagte: »Gestern Abend habe ich eine Nachricht auf Paulas Anrufbeantworter hinterlassen, in der ich sie dringend um ihren Rückruf gebeten habe, aber sie hat sich immer noch nicht gemeldet.«

Anna erinnerte sich an den Abend, als Paula ihr erzählt hatte, wie scharf sie einmal auf Torsten Lorenz gewesen war. Überhaupt schien ihr Torsten Lorenz im Verlauf der Zeit immer mehr der Schlüssel des Ganzen zu sein. Rainer Herold war sein bester Freund gewesen und Doreen Rost wahrscheinlich ein Mädchen, das sich damals, genau wie Paula, für Torsten interessiert hatte.

»Ich fahre jetzt sofort zu Paula und sehe dort nach dem Rechten.«

Anna schlug vor, dass sich Günther Sibelius oder zumindest die Giraffe auf den Weg nach Ramelsloh machten, um an ihrer Stelle die Aktion hier vor Ort zu leiten.

»Weber, bitte kommen Sie so schnell wie möglich nach.«

Paula schlug mit aller Kraft zu, doch sie traf nicht richtig, da Elsa die Bewegung aus dem Augenwinkel heraus wahrgenommen und die Teekanne mit dem Ellenbogen abgewehrt hatte. Anschließend war Paula ins Straucheln geraten und mit ihrem Kopf gegen das Waschbecken geschlagen. Als sie wieder zu Bewusstsein kam, roch es nach Kaffee. Paula lag mit einer Decke über ihren Beinen auf der Couch im Wohnzimmer, die sie kurz zuvor noch Elsa zum Ausruhen angeboten hatte. Soeben kam Elsa mit einem großen Becher zu ihr hinüber, stellte ihn vor Paula auf den Tisch und lächelte sie freundlich an.

»Hallo, na, du machst mir Sachen! Bist vorhin doch tatsächlich auf dem glitschigen Boden ausgerutscht und hast dir den Kopf gestoßen. Blass siehst du aus. Hast du Schmerzen, Paula? Komm, jetzt trink erst mal deinen Kaffee.«

Paula nahm einen winzigen Schluck und schüttelte sich.

»Der ist ja mit Zucker, das Zeug kriege ich auf keinen Fall runter.«

»Trink ihn trotzdem aus, danach wird's dir besser gehen.«

»Lieb gemeint, aber von diesem Gebräu wird mir schon schlecht, wenn ich nur daran rieche.« Paula rieb sich ihre schmerzende Stirn. »Am besten, wir rufen meine Freundin Anna an, die hat immer einen genialen weißen Rum da. Davon einen ordentlichen Schluck in meinen Kaffee, und ich bin wieder fit.«

Paula rappelte sich mühsam hoch, stand auf und machte ein paar schwankende Schritte in Richtung des Telefons.

»Schluss damit!« Elsa war auf sie zugelaufen, hatte ihre Handgelenke in die Zange genommen und sie anschließend unsanft auf die Couch zurückgeworfen.

»Du bist wirklich unhöflich, Paula. Schließlich habe ich diesen schönen starken Kaffee nur für dich gekocht. Also los, trink ihn schon aus.«

Mit eingeschaltetem Blaulicht raste Anna über die Autobahn bis zur Ausfahrt Hittfeld. Mit laufendem Motor hielt sie wenig später in der Einfahrt vor ihrem Haus und kam kurz darauf mit Paulas Haustürschlüssel in der Hand zurück. Als sie endlich in Maschen bei Paula angekommen war, parkte sie ihr Auto in einer Seitenstraße und sah dort auch einen dunkelblauen Peugeot mit Frankfurter Kennzeichen stehen. Hoffentlich kam sie noch rechtzeitig. Elsa Hollstein war zwar in Frankfurt tätig, wohnte aber im Taunus, und daher hatte Anna die Hoffnung, dass ihr dieser Wagen nicht unbedingt gehörte. Vorsichtig näherte sich Anna dem Haus ihrer Freundin von der Rückseite. Das Wohnzimmer schien leer zu sein, und Anna pirschte sich behutsam näher. Im Innenhof sah sie Paulas Fellmütze liegen, die Tür zu ihrer Werkstatt war weit geöffnet. Anna sprang über die Hecke und war wenig später im Schuppen verschwunden. Auf dem Steinfußboden in der Nähe des Waschbeckens von Paulas Werkstatt lagen hellblaue Keramikscherben.

Anna zog ihr Handy aus der Hosentasche hervor.

»Weber, wo bleiben Sie denn! Ich glaube, hier ist etwas passiert.«

»Bin in fünf Minuten da.«

Während Anna auf Weber wartete, umrundete sie noch einmal Paulas Haus. Es würde nicht leicht werden, unbemerkt hineinzukommen, aber sie mussten es trotzdem versuchen.

Endlich hörte Anna auf der Straße ein Auto näher kommen, und glücklicherweise war Weber klug genug, nicht in Paulas Einfahrt zu parken.

»Ich glaube, sie sind beide da drin«, informierte Anna ihren Kollegen atemlos. »Aber ich habe einen Schlüssel für das Haus. Gehen wir rein.«

Geräuschlos öffnete Anna die Haustür ihrer Freundin, als sie wenig später von oben die Stimmen zweier Frauen hören konnten. Vorsichtig schlichen Anna und Weber die Treppe in den ersten Stock hinauf und sahen die geöffnete Dachbodenluke, von der aus eine schmale Leiter nach unten führte.

Paula saß an Händen und Füßen gefesselt auf ihrem Dachboden und fragte sich, wie sie in eine solche Lage hatte kommen können. Was wollte diese Frau überhaupt von ihr? Paula erinnerte sich nicht daran, Sabine schon jemals zuvor gesehen zu haben. Aber sicher täuschte sie sich, denn die drei anderen Menschen, die Sabine umgebracht hatte, hatte sie schließlich auch gekannt. Dabei konnte sie sich nach wie vor weder an eine Frau dieses Namens noch an eine Angela erinnern. Also versuchte Paula, beide Namen aus ihrem Kopf herauszubekommen. Angestrengt dachte sie darüber nach, welches Mädchen aus ihrer Vergangenheit sich stattdessen hinter der Frau verbergen konnte, die sie mit irgendetwas in ihrem Kaffee betäubt, auf den Dachboden geschleift und gefesselt hatte. Was war nur der Grund für all das? Auch wenn Paula sich fühlte, als hätte sie eine Nacht lang durchgemacht und dabei alle Schnapsvorräte leer getrunken, musste sie trotzdem versuchen, wach zu bleiben. Und sie nahm sich vor, nichts zu sagen und zu tun, was die Situation noch weiter eskalieren lassen konnte.

»Eigentlich sollten wir doch schon längst in deiner Küche sitzen, um die Gans vorzubereiten«, tätschelte die fremde Frau Paulas Arm, dann aber schlug sie unvermittelt zu. »Warum hast du auch nur mit diesem schrecklichen Kerl poussieren müssen, du Schlampe!«

»Ich weiß wirklich nicht, was du meinst.«

Paulas Stimme hatte merkwürdig schleppend geklungen, dachte Anna.

»Ich glaube, sie hat Paula betäubt oder so. Sie lallt, als hätte sie literweise Alkohol getrunken«, flüsterte sie Weber zu.

»Ach, du weißt nicht, was ich meine? Scheiße, bist du

wirklich so blöde, Paula? Dabei habe ich gedacht, dass du anders bist. Dass du ein bisschen bist wie ich. Schade, es hätte so schön mit uns werden können.«

»Ich möchte, dass du mich jetzt losmachst. Unten steht der Prosecco herum und wird schal.«

»Später vielleicht. Weißt du denn wirklich nicht mehr, wer ich bin?«

Plötzlich fiel Paula eine Geschichte aus ihrer Schulzeit ein. Rainer, Torsten und ein paar andere Mitschüler aus deren Klasse hatten irgendein Mädchen, das Paula nicht weiter kannte, in eine ziemlich gemeine Falle gelockt. Kurz darauf war die Kleine verschwunden gewesen. Wie hatte sie noch geheißen?

»Elsa?«

Nun war es lange still, bis Anna und Weber von oben ein klatschendes Geräusch hörten und anschließend Paulas Stöhnen.

»Ich habe diese schlimme Sache, die dir passiert ist, damals irgendwann von Torsten und Rainer gehört. Es tat mir echt leid für dich, auch wenn ich dich überhaupt nicht gekannt habe. Aber als ich dich nach den Sommerferien anrufen wollte, warst du bereits fort. Ich verstehe nur nicht, dass du dich anscheinend noch immer von irgendwelchen Scheißtypen beeindrucken lässt, Elsa. Was ist, wollen wir jetzt endlich zusammen die Füllung für die Gans in Angriff nehmen?«

Elsas Lippen wurden schmal.

»Dafür ist es leider zu spät.«

Paula war näher an Elsa herangerückt. Sie versuchte, deren Haar zu berühren, aber ihre Hand fiel immer wieder auf den Boden hinunter. Nicht mehr lange, dann würde Paula vollkommen wehrlos sein.

»Bitte sei nicht mehr böse. Wir können doch immer noch Freundinnen sein.«

Elsa holte aus, wieder schlug sie Paula mit ihrer Faust ins Gesicht.

»Nein, denn das sind wir nie gewesen, auch wenn ich kurz gedacht habe, dass wir es hätten werden können. Leider habe ich mich getäuscht, denn ich habe dich beobachtet, Paula. Hab auch diese blöde Kuh mit den kurzen Haaren gesehen, die bei dir ein und aus geht. Sie ist deine Freundin, Paula. Warum hast du mich überhaupt im Kaufhaus angesprochen?«

Paula wischte sich das Blut aus ihrem rechten Auge und überlegte.

»Weil du sympathisch bist, Elsa. Und schließlich kann man doch mehr als nur eine Freundin haben.«

»So wie auch mehr als nur einen Kerl? Du vielleicht.«

Unten neben der Treppe stieß Anna ihrem Kollegen Weber heftig in die Rippen.

»Wir müssen auf diesen Boden hinaufkommen, ohne dass Elsa Hollstein uns bemerkt, Weber«, raunte sie ihm zu. »Wenn wir die Leiter nehmen, hat sie Zeit genug, um Paula zu töten, bevor wir sie überwältigt haben. Haben Sie eine Idee?«

»Ich meine, wir ziehen jetzt in jedem Fall die Sondereinheit hinzu. Gehen wir wieder nach unten und gucken uns die Sache noch einmal von draußen an.«

Während Weber um Verstärkung telefonierte, spähte Anna zum Dach des Hauses hinauf, wo sie eine geöffnete Luke im seitlichen Teil des Dachbodens entdeckte. Fieberhaft versuchte sich Anna an die Gegebenheiten auf Paulas Speicher zu erinnern, schließlich war sie selbst schon ein paar Mal mit ihrer Freundin dort oben gewesen. Der Dachboden von Paulas Haus war ein großer Raum mit Schrägen, der trotzdem hoch genug war, um darin stehen zu können. Paula hatte einmal scherzhaft gemeint, dass sie diesen Raum später vielleicht einmal als Zimmer ausbauen könnte, wenn sie erst den richtigen Partner gefunden hätte. Als Räuberhöhle für ihre Kinder oder auch als Rückzugsmöglichkeit für sich selbst. Anschließend war sie mit Anna zu einer Art Verschlag gegangen, zu einer mit einer Holztür abgetrennten Kammer, in der sie die Habseligkeiten ihrer verstorbenen Eltern aufbewahrte. In dieser Kammer hatte sich eine Dachluke befunden, die Paula immer einen Spalt breit offen ließ. Anna machte ihren Kollegen auf das geöffnete Fenster aufmerksam.

»Die Dachluke da oben ist unsere Chance. Sie gehört zu einer Kammer, die vom Rest des Bodenraums nicht einzusehen ist.«

An der Hauswand wuchs eine Glyzinie empor. Im Mai war diese Wand von Paulas Haus immer von einem Meer fliederfarbener Blüten geschmückt, jetzt aber war hier nicht mehr als ein Gewirr kahler, ineinandergewundener Äste. Um der Rankpflanze Halt zu geben, hatte Paula vor Jahren ein metallenes Gitter anbringen lassen, das bis zum Dachfirst hinaufreichte.

»Hier können wir es versuchen.«

Weber stieg hinter Anna die ersten Schritte auf dem Gerüst hinauf. Als er dann aber nach unten sah, verschwamm der Boden vor seinen Augen. Weber hielt inne, er wagte sich nicht zu bewegen.

»Es hat keinen Sinn, Anna, da komme ich niemals rauf.«

»Gut, Weber, gehen Sie wieder ins Haus zurück. Sie versuchen Elsa Hollstein abzulenken, indem Sie die Treppe nehmen, ich werde kurz danach den Dachboden stürmen. Machen Sie nur ordentlich Lärm, Weber, damit ich Sie hören kann. Die Holzleiter werden Sie doch wohl schaffen, oder?«

»Nein, Anna, wir sollten warten, bis die Kollegen da sind. Sie können da nicht ohne Verstärkung reingehen.«

»Bis das Sonderkommando eintrifft, kann es für Paula bereits zu spät sein.«

Anna grinste verbissen.

»Es ist doch bloß eine einzelne Frau. Mit der werde ich schon fertig. Schaffen Sie es allein wieder hinunter, Weber?«

Wenig später hörte Anna, wie Weber unter ihr unsanft auf dem Boden aufschlug und sah nach unten. Als er signalisierte, dass ihm nichts weiter passiert war, konzentrierte sie sich auf ihre letzten Schritte auf dem Metallgestell. Hoffentlich kam sie über den letzten Absatz bis zum Dach des Hauses, ohne allzu viel Lärm zu veranstalten, dachte sie gerade, als ihr Fuß abrutschte und sich dabei ein Teil des Gerüstes aus der Verankerung löste.

Elsa hörte draußen ein Rumoren und bemerkte in der Ecke des Bodens eine mit einem Vorhängeschloss gesicherte Holztür.

»Was ist dahinter?«

»Nur Müll und eine Marderfamilie. Ab und zu rutschen die innen an den Dachsparren herunter. Die machen den ganzen Tag über Lärm.«

Paula fragte sich, wer hier wohl gerade versuchte, an ihrem Gerüst hinaufzuklettern? Anna? Hatte sie vor, durch die geöffnete Dachluke zu ihnen hineinzukommen? Paula hoffte, dass Elsa nicht allzu viel über Marder wusste. Zum Beispiel, dass sie nur nachtaktive Tiere waren.

Erneut hatte Weber seine Position im ersten Stock des Hauses eingenommen. Jetzt spähte er um die Ecke und sah in der Decke wieder die geöffnete Luke und die schmale, steile Holzleiter vor sich. Zum Glück war sie nicht besonders lang. Wenn er sich konzentrierte und nicht nach unten sah, würde er sie vielleicht mit zehn Schritten überwinden können. Weber zog seine Pistole aus dem Gürtel, nahm sie in die rechte Hand und atmete tief durch, um das Schwindelgefühl, das erneut in ihm aufkam, zu bezwingen. Dabei hoffte er inständig, dass die Verstärkung nun jeden Moment eintreffen würde.

»Du bist kein bisschen anders als der Rest der Leute hier. Eigentlich bist du sogar noch viel schlimmer als sie. Hast so getan, als würdest du mich mögen, dabei ging es dir in Wahrheit die ganze Zeit nur um die Frage, wo du den nächstbesten Schwanz herbekommen kannst. Dein schwarzes Wollkleid ist widerlich. Du bist widerlich, Paula. Warum habt ihr es immer nötig, euch hinter irgendwelchen Kerlen zu verstecken? Am liebsten würde ich dieses ganze beschissene Kaff hier hochgehen lassen!«

»Lass mich dir doch helfen, Elsa.«

Elsa lachte böse.

»Du verkennst die Situation, Prinzessin. Du bist schließlich diejenige, die Hilfe braucht. Du wirst sterben, ich habe mich nur noch nicht entschieden, wie ich es mache.«

Jetzt zog Elsa das Messer hervor. Dasselbe Messer, mit dem sie auch Rainer Herold, Torsten Lorenz und Doreen Rost bearbeitet hatte.

»Obwohl, der Dachbalken sieht eigentlich recht stabil aus. Er wird eine wie dich wohl noch aushalten.«

Paula schrie verzweifelt um Hilfe.

Als Paula zu schreien aufgehört hatte, hörte Weber ein Poltern aus dem Stockwerk über sich. Dann so etwas wie Schleifgeräusche und danach Paulas leises Stöhnen. Weber wischte sich die Haare aus der Stirn. Er wusste, dass er jetzt nicht länger warten durfte, aber sein Schwindelgefühl war keinesfalls fort, es hatte sich im Gegenteil mit jeder Minute, die verstrich, noch weiter gesteigert. Doch als er sich vorstellte, wie Anna oben auf dem Dach auf den richtigen Augenblick wartete, kam er aus seiner Deckung hervor. Weber setzte den ersten Fuß auf die Leiter.

»Keiner von euch hat damals irgendetwas begriffen. Schließlich habe ich mir das Feuermal doch nicht selbst gemacht. Wie fies ist es eigentlich, ein Kind zu meiden, nur weil es anders aussieht. Sag bloß, du hast mein Gesicht vergessen. Nur deshalb wollte doch schließlich niemand mit mir befreundet sein.«

»Das ist doch Blödsinn, Elsa. Ich glaube, du hast es den anderen nicht gerade leicht gemacht. Du sollst eine ziemliche Zicke gewesen sein.«

»Als ob du das beurteilen könntest, du hattest ja viel zu viel damit zu tun, dich an Torsten ranzuschmeißen. Dabei ist er mein Freund gewesen, aber gegen dich, die langbeinige Schönheit aus der Parallelklasse, die zudem noch Zigarettenautomaten aufbrechen konnte, hatte ich natürlich keine Chance. Torsten hat mich wegen dir verlassen.«

»Das ist nicht wahr, Elsa. Außerdem habe ich dich damals doch überhaupt nicht gekannt. Und mit Torsten bin ich nie gegangen.«

»Klar hast du mich gekannt, aber eben wie alle anderen links liegen lassen. Und jetzt halt endlich still! Wenn das Seil nicht richtig sitzt, wird es länger dauern.«

»Elsa, nein!«

Anna nutzte das Geschrei aus dem Bodenraum unter sich, um in das Dachfenster zu schlüpfen. Jetzt hörte sie Paula weinen. Durch einen Spalt in der Holztür beobachtete sie, wie sich Paula auf dem Boden verbissen wehrte, während eine Frau mit langen dunkelroten Haaren versuchte, sie fortzuziehen. Das Seil um Paulas Hals lag mit seinem anderen Ende bereits über dem tragenden Holzbalken.

»Reichen die Tabletten etwa immer noch nicht? Muss ich dir noch eine verpassen, damit du endlich Ruhe gibst?«

Paula wehrte sich verzweifelt, während Elsa weiter auf sie einschlug. Als Paula endlich bewegungslos am Boden lag, zog Elsa das Seil um ihren Hals fest. Paula wimmerte und versuchte, mit ihren Händen, das Seil wieder zu lockern.

Plötzlich hörte Anna ein Krachen auf der Bodentreppe, danach einen lauten Schrei. Weber, dachte Anna und zögerte nicht länger. Sie entsicherte ihre Pistole und machte sich bereit, die Tür des Verschlages aufzutreten.

Elsa Hollstein sprang mit beiden Beinen noch einmal entschlossen auf die von Paula, dann ließ sie für einen Augenblick von ihr ab und lief ein paar Schritte auf die Dachluke zu, aus der ein lautes Poltern nach oben drang. In der einen Hand hielt sie ihr großes Messer, in der anderen das Pfefferspray. Sofort zielte Elsa damit in das Gesicht des Mannes, der soeben in der Luke aufgetaucht war, anschließend stieß sie ihn mit aller Kraft die Treppe hinunter. Im Fallen hatte Weber seine Waffe losgelassen, und Elsa Hollstein hatte sofort nach ihr gegriffen. Nachdem sie kontrolliert hatte, ob die Waffe geladen war, steckte sie das Messer ein und nahm die Pistole in die Hand.

Anna trat kraftvoll zu und stand im nächsten Moment im Raum. Sie konnte nicht wissen, dass Elsa bereits hinter der Tür auf ihren Angriff wartete. Noch bevor Anna die Situation richtig begriffen hatte, wurde ihr irgendetwas ins Gesicht gesprüht. Anna schloss die Augen, aber das Gift brannte bereits in ihnen. Sie hustete und würgte, als sie schemenhaft eine Frau auf sich zukommen sah. Wenn sie jetzt nicht handelte, würde die Lage hoffnungslos sein und Elsa Hollstein anstatt einer sogar zwei Geiseln haben sowie die Möglichkeit, mit ihnen zu tun, was immer sie wollte. Schließlich hatte sie nichts mehr zu verlieren, und Anna zweifelte nicht daran, dass Elsa, wenn sie schon sterben musste, so viele Menschen wie möglich in den Tod mitnehmen würde. Anna zielte mit letzter Kraft auf den Kopf der Frau und feuerte drei Schüsse ab, als sie plötzlich einen höllischen Schmerz in ihrer rechten Schulter spürte und zu Boden fiel.

Als Anna wieder zu sich kam, sah sie in Webers gerötetes Gesicht.

»Elsa Hollstein ist tot. Bitte verzeihen Sie mir, Anna. Ich habe mich wie ein Anfänger aufgeführt. Bleiben Sie ruhig liegen, der Krankenwagen ist gleich da.«

Anna versuchte etwas zu fragen, doch sie bekam keinen Ton heraus. Dann wurde es wieder dunkel um sie.

Elsa in Maschen, im Sommer 1987.

»Elsa komm raus!«

Als Elsa ihre Augen öffnete, sah sie, dass die Schuppentür halb offen stand und auch Torsten nicht mehr neben ihr lag.

»Worauf wartest du denn?«

Vorsichtig blinzelte Elsa aus der Tür von Torstens Schuppen, trat jetzt in das sie blendende Sonnenlicht. Vor ihr stand die gesamte Clique aus ihrer Klasse, diese ganzen coolen Leute, die sie sonst noch nie beachtet hatten. Diese ganzen coolen Leute, vor denen sie ihre Freundschaft mit Torsten immer hatte verbergen müssen. Vielmehr vor denen Torsten sich geschämt hatte zuzugeben, dass er mit Elsa befreundet war. Darüber hinaus waren auch noch ein paar Mitläufer gekommen, anscheinend gab es hier gerade etwas zu sehen. Elsa suchte Torsten in der Menge, und jetzt erst bemerkte sie, dass er es war, der als Erster in der Reihe stand. Elsa suchte seinen Blick. Bevor er dem ihren auswich, grinste er verlegen. Rainer, der sich gerade noch in Torstens Windschatten aufgehalten hatte, trat nun hervor und begann unter Gejohle der anderen, einen blauen Stoff, gerade so wie ein Lasso, über seinem Kopf herumzuschwenken. Eine weitere Salve hämischen Gelächters prasselte auf Elsa ein. Sie war nicht mehr in der Lage, einzelne Stimmen herauszuhören, vielmehr erschien ihr das Ganze wie ein großes infernalisches Geheul. Doch eines hatten diese Stimmen gemeinsam. Sie alle lachten über Elsa. Lachten in der Gewissheit, dass ihnen ein köstlicher Spaß gelungen war. Ein Spaß, von dem sie einander noch lange erzählen konnten, und jeder, der nicht dabei gewesen war, würde sich für alle Zeiten deswegen ärgern.

Elsa sah an sich hinunter, und danach konnte sie sich nicht mehr rühren. Das Ding, das Rainer die ganze Zeit zur Begeisterung der anderen in der Luft herumgeschwenkt hatte, waren ihre Jeans gewesen. Und ihre hellblaue Unterhose mit dem zartlila Schmetterling vorn drauf trug Rainer jetzt wie eine Mütze auf seinem Kopf. Einen Teil des Gummibandes, das sich vom vielen Waschen und Tragen aus dem Bund der Unterhose gelöst hatte, verwendete er, um so zu tun, als wäre es sein langes Haar, das er sich aus seiner Stirn streichen musste. Dazu stolzierte er über den Vorplatz wie ein Gockel auf der Suche nach einem fügsamen Huhn. Die anderen johlten und beklatschten Rainers Bemühungen, während sich Elsa an einen anderen Ort wünschte, weit fort von hier. Doch der Unsichtbarkeitszauber aus Kindertagen funktionierte nicht mehr. »Seht euch an, wie rot sie ist!«, hörte sie stattdessen Doreen kreischen. Und Torsten, ihr Torsten, mit dem sie gerade eben noch alles hatte teilen wollen, stand dabei und sagte kein Wort, um Elsa zu retten.

Elsa fühlte sich auf einmal wie die Attraktion eines Kuriositätenkabinetts, das zur Schau gestellt wurde.

Sie war das Mädchen mit dem Feuermal, das von neugierigen Augen angestarrt wurde, während sie allein auf der hölzernen Bühne eines Jahrmarktes stand. Aber nein, Elsa war ja gar nicht mehr allein, denn neben ihr hielt sie Torsten, ihr Gefährte, der Elefantenmensch, im Arm. Mit seinem von großflächigen Hautwucherungen entstellten Gesicht war er die männliche Attraktion des Kuriositätenkabinetts.

Kein Zweifel: Sie beide waren das auf bunten Plakaten angekündigte »außergewöhnlichste Liebespaar des Jahres«.

Das Mädchen mit dem Feuermal und der Elefantenmensch.

Paula spazierte auf einem schmalen Feldweg durch die Lüneburger Heide immer vor Anna her. Wo aber war Henry bloß? Schließlich hatten die beiden den Hund doch sonst immer auf ihren ausgedehnten Wanderungen mit dabei gehabt. Anna hörte Paula plappern, unablässig erzählte sie von ihrem neuen Freund, den sie auf einer Party in Hamburg, bei einem befreundeten Fotografen in der Speicherstadt, kennen gelernt hatte. Zu gern hätte Anna etwas entgegnet, doch irgendwie war ihr auf einmal ihr Mund abhandengekommen. Dort, wo er sich normalerweise befand, war nicht mehr als eine schmale Hautfalte, die sich nicht mehr öffnen ließ. Daher versuchte Anna, Paula einzuholen, um sie auf ihr Problem aufmerksam zu machen. Eigentlich eine Kleinigkeit, denn Paula wanderte schließlich nur ein paar Schritte weit von ihr entfernt den Weg entlang. Doch je schneller Anna ging, desto mehr vergrößerte sich der Abstand zu ihrer Freundin. Anna rief verzweifelt nach Paula, schrie, dass sie endlich stehen bleiben sollte. Aber Paula konnte ihren Hilferuf ja nicht hören. Deshalb nahm sich Anna einen Stein vom Boden auf und bewarf damit den Rücken ihrer Freundin. Doch als diese sich nun endlich umdrehte, blickte Anna nicht in Paulas vertrautes Gesicht, sondern in die kühlen Augen von Elsa Hollstein.

Anna schrie auf. Sie atmete schwer und beruhigte sich erst wieder, als sie merkte, dass sie nur geträumt hatte. Auf dem Nachttisch neben ihrem Bett stand wie immer ein Glas mit Wasser. Sie trank es in einem Zug leer und schmiegte sich erneut in ihre Kissen.

Jetzt sah Anna eine Winterlandschaft mit einem See vor sich, dessen zugefrorene Eisfläche in der Sonne blitzte. Nun bemerkte sie auch, dass sie Schlittschuhe an ihren Füßen trug, und machte sich auf, um ein paar Runden zu drehen. Es war wunderbar, endlich einmal nur das zu tun, was sie tun wollte. Plötzlich spürte Anna eine Hand in ihrem Rücken, und als sie sich umdrehte, sah sie in Jans Gesicht. Sofort wurde Anna weich, denn Jan war schließlich schon seit Langem das Gesicht ihrer Sehnsucht. Das Schönste an allem war doch sowieso die Sehnsucht. Jan nahm sie in seine Arme, dann legten sie sich zusammen auf das glitzernde Eis. Anna war kein bisschen kalt, sie fühlte sich so unglaublich leicht und unbeschwert. Nichts zählte, nur dieser Moment. Wieder fühlte sie Jan in sich, genauso wie damals in seiner Wohnung in Hamburg. Aber das Beste war, dass Anna dieses Mal den Moment festhalten konnte. Jan war ihr Liebster, und in ihrem Traum legte sich diesmal kein anderes Gesicht über das seine.

Aus müden Augen blinzelte Anna an die weiß getünchte Decke über ihrem Bett. Wieso war die eigentlich auf einmal weiß, fragte sie sich einen Moment lang, bis ihr der höllische Schmerz in der rechten Schulter bewusst machte, dass sie sich in einem Krankenhaus befand. Vorsichtig versuchte Anna, sich aufzusetzen. Neben ihrem Bett stand noch ein zweites, das, wie die daraufliegenden Zeitschriften zeigten, offensichtlich auch benutzt wurde. Als es kurz darauf an der Tür klopfte, begann sich ihr Krankenzimmer zu füllen. Tom stand neben ihrem Bett und mit ihm zusammen auch ihre Söhne Ben und Paul. Und hinter Pauls Kopf lugte jetzt noch ein anderes, wohlbekanntes Gesicht hervor. Jan. Endlich!

»Was machst du nur für Sachen, meine Große. Dabei sollten wir jetzt doch alle bei euch zu Hause unterm Weihnachtsbaum sitzen und ein paar fröhliche Lieder singen«, meinte Jan mit leiser Stimme, als er Anna schließlich vorsichtig umarmte.

»Tut es noch sehr weh?«, fragte Ben mit einem bewundernden Blick auf Annas Schulterverband.

»Geht schon, aber ich bin echt froh, dass diese Sache einigermaßen glimpflich ausgegangen ist.«

Plötzlich kam ihr Paula wieder in den Sinn. Das Letzte, woran sich Anna noch erinnerte, war Paulas lautes Schreien gewesen, danach hatte sie endgültig das Bewusstsein verloren. Wie war der Schusswechsel zwischen Elsa und ihr ausgegangen? Hatte sie Elsa getroffen, oder war der Schrei nur das letzte Lebenszeichen ihrer Freundin Paula gewesen?

»Elsa Hollstein ist tot«, genau das hatte Weber doch zu ihr gesagt, bevor sie ohnmächtig geworden war.

Auf einmal erinnerte sich Anna wieder an das, was gestern auf Paulas Dachboden passiert war. Sie hatte den Kampf gegen Elsa Hollstein zum Glück für sich entscheiden können. Aber es hätte nicht viel gefehlt, dass alles anders gekommen wäre. Es war wirklich an der Zeit, dass Weber endlich etwas gegen seine Höhenangst unternahm, in ihrem Job brauchte Anna einfach einen Partner, auf den sie sich verlassen konnte.

»Was ist mit Paula?«

»Och, es geht ihr nicht schlecht, auch wenn sie wegen ihres lädierten Beines zur Zeit nicht gerade schnell zu Fuß ist«, ergriff Tom das Wort. »Wir haben sie eben draußen auf dem Flur getroffen.« Er wies auf das Bett neben Anna und grinste. »Nachher werdet ihr bestimmt noch so einiges zu bereden haben.«

Anna schloss ihre Augen und atmete erleichtert auf.

»Wenn du zu müde bist, können wir morgen noch einmal wiederkommen. Jetzt ist sowieso nicht der richtige Zeitpunkt, um dir jemanden vorzustellen«, meinte Jan mit zärtlicher Stimme.

Erneut blinzelte Anna ins Licht, konnte ihre Augen aber beim besten Willen nicht ganz öffnen. Ihr war, als würde eine Horde wilder Pferde in ihrem Kopf herumtrampeln. Müde lächelte sie in Richtung der Hand, die sich soeben auf die ihre gelegt hatte.

»Hello Anna, see you.«

Die Hand der Brasilianerin fühlte sich weich und sehr leicht an. Mit letzter Kraft kniff Anna noch einmal ihre Augen zusammen und sah dunkle, lange Haare und einen geschlitzten, taubenblauen Rock, der den Blick auf wohlgeformte, schlanke Schenkel freigab. Seufzend schloss sie ihre Augen wieder und war kurz darauf eingeschlafen.